Lydia Conradi
Tausend Nächte und ein Tag

PIPER

Zu diesem Buch

»Sentas Sehnsucht hatte begonnen mit einem Buch. Tausendundeine Nacht. Es war eine prachtvoll bebilderte Ausgabe gewesen. Sobald die Eltern ihr gute Nacht gewünscht und das Zimmer verlassen hatten, hatte sie sich darauf gestürzt, sich in den schillernden Farben der Bilder verloren und war nicht mehr davon losgekommen. Eine Zeile darin hatte sie als Schulmädchen mit rotem Buntstift unterstrichen: ›Die Welt ist die Wohnung dessen, der keine Wohnung hat.‹«

Exotisch, üppig und voller Sinnlichkeit erzählt Lydia Conradi von einer starken und weltoffenen Frau in einer Zeit, die dem weiblichen Geschlecht nichts als Grenzen setzt. Das Schicksal von Senta Ziedlitz wird so zur bewegenden Geschichte einer Liebe, die nicht sein darf, und gleichzeitig zum beeindruckenden Porträt einer Welt in Aufruhr und eines Konflikts, der einem Land seit hundert Jahren keinen Frieden lässt.

Lydia Conradi ist das Pseudonym einer deutschen Autorin, die mit ihrer Familie im europäischen Ausland lebt. Als Literaturhistorikerin arbeitet sie im Bildungsbereich eines Museums, verbringt alle verfügbare Zeit auf Reisen und ist der verlorenen Vielfalt der Levante verfallen – ihrem sinnlichen Zauber, ihrem kulturellen Reichtum und ihrer Tradition der Toleranz.

Lydia Conradi

TAUSEND
Nächte UND
EIN TAG

Roman

PIPER

Mehr über unsere Autoren und Bücher:
www.piper.de

Wenn Ihnen dieser Roman gefallen hat, schreiben Sie uns unter Nennung des Titels »Tausend Nächte und ein Tag« an *empfehlungen@piper.de*, und wir empfehlen Ihnen gerne vergleichbare Bücher.

Von Lydia Conradi liegen im Piper Verlag vor:
Das Haus der Granatäpfel
Tausend Nächte und ein Tag
Palast der Safranblüten

Ungekürzte Taschenbuchausgabe
ISBN 978-3-492-31488-6
Juli 2021
© Piper Verlag GmbH, München 2018,
erschienen im Verlagsprogramm Pendo
Dieses Werk wurde vermittelt durch die
AVA international GmbH Autoren- und Verlagsagentur
www.ava-international.de
Redaktion: Silvia Kuttny-Walser
Umschlaggestaltung: U1 berlin / Patrizia Di Stefano
Umschlagabbildung: RICHARD JENKINS photography;
Classic Image / Alamy Stock Foto; Getty Images
(Antagain; Kav Dadfar; Katsumi Murouchi)
Satz: Eberl & Koesel Studio GmbH, Krugzell
Gesetzt aus der Adobe Garamond
Druck und Bindung: CPI books GmbH, Leck
Printed in the EU

Für Fabian,
der versprochen hat, eines Tages in einem
pinken Flugzeug mit mir in das Land mit den
beiden Flüssen zu fliegen, unter Palmen zu sitzen
und Gummibärchen zu essen.
Eines Tages.

Als sie nun von Osten aufbrachen, fanden sie eine Ebene im Lande Schinar und wohnten daselbst. Und sie sprachen untereinander: Wohlauf, lasst uns Ziegel streichen und brennen! – und nahmen Ziegel als Stein und Erdharz als Mörtel und sprachen: Wohlauf, lasst uns eine Stadt und einen Turm bauen, dessen Spitze bis an den Himmel reiche, dass wir uns einen Namen machen; denn wir werden sonst zerstreut über die ganze Erde.

1. Mose 11, Verse 2–4, »Der Turmbau zu Babel«

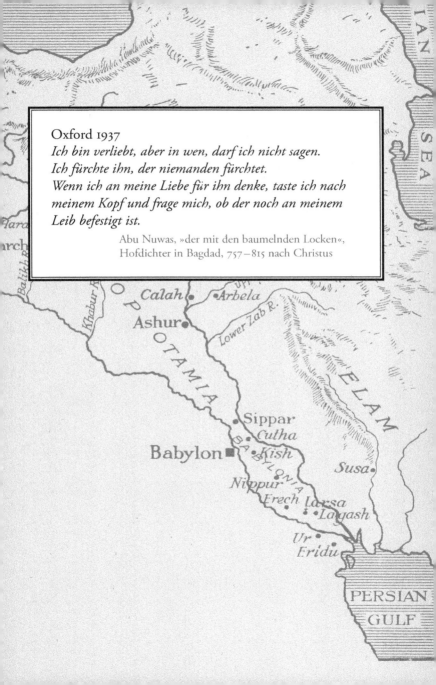

Oxford 1937
Ich bin verliebt, aber in wen, darf ich nicht sagen.
Ich fürchte ihn, der niemanden fürchtet.
Wenn ich an meine Liebe für ihn denke, taste ich nach
meinem Kopf und frage mich, ob der noch an meinem
Leib befestigt ist.

Abu Nuwas, »der mit den baumelnden Locken«,
Hofdichter in Bagdad, 757–815 nach Christus

1

Ashmolean Museum,
Archäologische Abteilung,
Büro des Kurators
Oktober, Beginn des akademischen Jahres

Schenken Sie mir eine Sekunde Ihrer kostbaren Zeit, mein Freund? Ich würde diesen jungen Mann hier gern Ihrer Obhut anvertrauen.«

Percy hatte zwei Paar Schritte auf den knarrenden Dielen erkannt, als auch schon die Tür aufschwang. Es bestürzte ihn, wie sehr er sich erschrocken hatte. Minette, seine Sekretärin, ließ für gewöhnlich niemanden zu ihm durch. Bei der Direktion hatte er seinerzeit eigens darum gebeten: »Wie gut die Dame in Stenografie ist, interessiert mich nicht. Schicken Sie mir einen Drachen mit Haaren auf den Zähnen, einen *Lamassu*, an dem niemand vorbeikommt. Ich brauche meine Ruhe.«

Er schaute absichtlich nicht hoch, schob aber schließlich das Dossier, in dem er zu lesen vorgegeben hatte, beiseite und hob den Kopf. Vor ihm stand seine Freundin Ariadne Christian, an deren Zuneigung ihm etwas lag. Was bedeutete, dass die Behandlung, die er für gewöhnlich Eindringlingen angedeihen

9

ließ, nicht infrage kam. Weder durfte er sie durch sein notorisch schlechtes Benehmen verscheuchen – womit er bei ihr ohnehin auf Granit gebissen hätte –, noch konnte er seine Gebrechlichkeit vorschützen, um sie wortlos abzuweisen.

Er erschrak ein weiteres Mal, als er das Gesicht des zweiten Besuchers neben dem vertrauten von Ariadne sah. In seinen Ohren setzte das Brausen ein, das ihn selten einen Tag lang unbehelligt ließ. Es war, als stünde er auf einem futuristischen Großbahnhof, eingequetscht zwischen Gleisen, über die ohne Unterlass Züge jagten. Morbus Menière nannten seine Ärzte die Krankheit, die sowohl unheilbar wie ursächlich unbekannt war und mit einer Überempfindlichkeit gegen Geräusche einherging. Dem imposanten Namen zum Trotz war daran nichts Elegantes.

Das Gesicht des Fremden – eines jungen Mannes von Anfang zwanzig – war mitnichten fremd. Seine Züge waren in Percys Erinnerung gehämmert wie in Metall, und er hatte nicht erwartet, sie noch einmal an einem Menschen zu sehen: sehr runde, sehr zarte Brauen, die dem Gesicht eine Herzform verliehen, lieblich und in der Klarheit der Linien asketisch zugleich. Die Nase schmal, schnurgerade, die Jochbeine hoch, die Lippen trotz der Fülle fest.

Senta, Senta.

Über den futuristischen Großbahnhof hallte der verhasste Name.

Immer wieder hatte er Hymnen auf die perfekte Mandelform der Augen, die göttliche Vollkommenheit des gesamten Gesichts lesen müssen, bis er kurz davor gewesen war, die Briefe ins Feuer zu werfen: »*Sie ist Deine Ischtar, Vally.*« Kein Mensch hatte ihn zuvor oder danach je Vally genannt. »*Erklär mich für verrückt, lass mich einsargen oder kündige mir die Freundschaft, aber sie ist die goldene Löwin, von der Du gesagt hast, niemand könne sie in all ihren Facetten erfassen. Sie ist Deine Göttin von Liebe und Krieg, die das Dunkel in sich nicht einmal selbst erfasst.*«

»*Komm endlich nach Hause*«, hatte Percy zurückgeschrieben. »*Was die Wüste mit den Köpfen von halbwegs vernünftigen Männern anstellt, ist hinlänglich bekannt. Deiner braucht vermutlich nicht viel mehr als eine gründliche Wäsche und etwas Erfrischung mit einem sorgsam gelagerten, durch keinen Schnickschnack verwässerten* Tanqueray *Gin.*« Später hatte er andere Briefe geschrieben, und noch später hatte er sich nicht länger mit dem Schreiben von Briefen begnügt, sondern die Verwurzelung seiner Familie im diplomatischen Dienst seines Landes bis zur äußersten Möglichkeit genutzt. Die letzte Nachricht, die auf nicht mehr nachzuverfolgenden Wegen weitergereicht worden war, hatte er auf die Rückseite einer Fotografie gekritzelt, die zwei vor Jugend und Schönheit strotzende Männer im Badekostüm an der Mündung des Deben zeigte:

»*Würde mich mein eigener Körper nicht verhöhnen und zur Untätigkeit verdammen, ich käme persönlich in dieses Land, das die Hölle jeglicher Weltreligion zum Kinderschreck schrumpfen lässt, und risse Dich von dort weg. Wir sind dabei, es wie Teegebäck in Teile zu zerbrechen, und zerbrechen uns selbst dabei ein Stück weit mit. Jeder Verräter verrät auch sich selbst, und die erst geküsste, dann getretene Schlange wendet sich gegen uns. Komm zurück, ehe im Inferno dort unten jeder Ausweg verglüht. Lass meinen Boten wissen, was es mich kostet, und ich sorge dafür, dass Du das Geld auf schnellstem Weg erhältst.*«

Auf diese Nachricht hatte er – wie auf die ungezählten, die ihr vorausgegangen waren – keine Antwort erhalten. In zahllosen Nächten jenes schwarzen Jahres, während im Wüten des Krieges seine Welt zerbarst, war er in Schweiß gebadet aus dem Schlaf geschreckt wie aus einem Sarg, weil er begriffen hatte, dass er nie wieder eine Antwort erhalten würde, dass jede Hand, die er ausstreckte, ins Leere griff.

Monatelang war es ihm gänzlich unmöglich erschienen,

damit zu leben. Er mied den Schlaf, bis es nicht mehr ging, und in Gesellschaft brüskierte er jeden mit beißendem Zynismus, nur um anschließend in eine noch tiefere Einsamkeit zurückzufallen. Er hatte Gewicht verloren, hatte vom Geruch gekochter Speisen würgen müssen, bis von seiner einstigen Fleischlichkeit nur mehr ein mit Haut bespanntes Skelett geblieben war. Seine körperlichen Gebrechen hatten sich in jener Zeit so rapide verschlechtert, dass er sich nicht wieder davon erholte.

Der neue Arzt, den er sich hatte aufschwatzen lassen, verordnete ein Tonikum und rühmte sich später, es hätte Wunder gewirkt. In Wahrheit hatte wahrscheinlich die Zeit das Ihre getan, die Tatsache, dass es – abgesehen von der allzu melodramatischen der Selbsttötung – keine andere Wahl gab. Geholfen hatte die Spur Hoffnung, die sich wider jede Vernunft in sein Bewusstsein vorgekämpft hatte. Und Ariadne Christian, die dieser völlig verstiegenen Hoffnung keinen Riegel vorgeschoben, sondern ihr in kleinen Dosen Nahrung verabreicht hatte.

Jetzt stand der junge Mann, der die Substanz dieser Hoffnung war, vor ihm und machte ihm mit den Farben seines Haares, seiner Haut und seiner Augen deutlich, dass sie nicht mehr länger bestand. Die Hoffnung starb ab und stürzte mit einem dumpfen Laut zu Boden wie die Kastanien vor dem Fenster. Die Wucht, mit der Percy sich betrogen fühlte, drohte, ihn zu übermannen. Vor seinen Augen schienen zwanzig Jahre zu Staub zu zerfallen wie Babylons aus Lehmziegeln erbaute Stadtmauern, die einst zu den Wundern der Welt gezählt hatten. Die Frau, die sich kerzengerade vor seinem Schreibtisch aufbaute, hätte ihn daran hindern können, sich in die Hoffnung hineinzusteigern. Ariadne Christian, der letzte Mensch, dem er vertraut hatte, hätte zwanzig Jahre lang die Macht dazu besessen.

»Ich weiß, was Ihnen jetzt durch den Kopf geht«, sagte Ariadne, und Percy hegte daran keinen Zweifel.

Wissen Sie auch, was mir durch die Brust geht, hätte er sie um ein Haar gefragt, *durch das Herz, über das wir auf irgendeiner dieser unsäglichen Teepartys gespottet haben, es sei nichts weiter als ein Muskel, zu feinerer Empfindung so wenig fähig wie etwa die Wade oder der Gluteus maximus, gemeinhin Hintern genannt?*

Wir haben uns geirrt, meine Teuerste, ich so sehr wie Sie. Nicht bei der Entzifferung der urartäischen Sprache und nicht beim Vergleich zwischen Keilschrift und Hieroglyphen des Luwischen, wohl aber beim Bemühen, zu begreifen, was unser innerstes Selbst uns zu sagen versuchte. Sei es, wie es sei. Um uns zu ändern, ist es zu spät – wer weiß, wie lange schon.

»Ich habe zu tun«, sagte er, als Ariadne zum Sprechen ansetzte. »Seit Anfang der Woche trampeln die heimgekehrten Elefantenhorden, die behaupten, hier einem Studium nachzugehen, durch die Gänge, zudem erwarte ich jeden Augenblick allerhand Material aus der Bodleian Library. Eine Vortragsreihe steht an, und ich habe mir die Aufgabe aufs Auge drücken lassen, die begleitende Broschüre zu erstellen.«

»Ich weiß«, unterbrach ihn Ariadne. »Das British Museum schickt Ihnen ein paar Leihgaben und einen Experten zu Campbell Thompsons Funden in Ninive, richtig?«

Ehe Percy sich überlegen konnte, wie am besten darauf zu antworten war, hatte er bereits genickt.

»Deshalb sind wir hier«, sagte Ariadne.

Er versuchte, zwei und zwei zusammenzuzählen, stand stattdessen aber vor einer Gleichung mit allzu vielen Unbekannten. Ariadne – seine Freundin Ariadne – hatte ihn zwanzig Jahre lang betrogen. Sie hatte den Jungen von ihm ferngehalten, damit die Wahrheit nicht ans Licht kam und er ihrem Schützling seine Unterstützung nicht entzog, sondern letztendlich sogar ein Testament zu seinen Gunsten abfasste. Ihr Motiv blieb dabei im Dunkeln. Sie musste einst die gleiche Hoffnung gehegt haben wie er, und der Junge erfüllte weder ihre noch seine. Weshalb ihn also begünstigen? Weshalb der gottverfluchten Senta am Ende auch noch diesen Triumph gönnen? Und weshalb nach zwanzig Jahren schlagartig die Richtung ändern und die Felle davonschwimmen lassen – jetzt, da das rätselhafte Ziel in greifbare Nähe rückte?

Percy war vierundsechzig und damit bereits älter, als er allen ärztlichen Prognosen nach hätte werden dürfen. Älter als etliche andere, die ihrer Natur nach so viel mehr versprochen hatten. Ein Termin bei seinem Notar stand an, und mit einem gewissen Interesse fragte er sich, was geschehen wäre, wenn Ariadne ihre Intrige bis zum Ende durchgehalten hätte. Hätte er sich entschieden, einem – soweit er wusste – begabten jungen Mann einen Fonds für die Gestaltung seiner Zukunft anzulegen, statt seinen Gesamtbesitz dem Museum zu hinterlassen? Hätte er sich dabei erleichtert gefühlt, zufrieden in der Erinnerung an die paar leuchtenden Jahre, in denen er sich von seinem Gastspiel auf Erden mehr erhofft hatte als Arbeit und die Suche nach Erkenntnissen, die letztlich nur neue Fragen aufwarfen?

Wünschte sich im Grunde jeder Mann ein Kind, um ihm all die Träume aufzuladen, bei deren Erfüllung er im eigenen Leben schmählich versagt hatte?

Die Überlegung erübrigte sich. Ariadne hatte beschlossen, ihr buchstäblich dunkles Geheimnis vor der Zeit zu lüften.

»Percy? Perceval? Hören Sie mir noch zu?« Ariadnes Tonfall erinnerte in unerfreulicher Weise an den einer Krankenschwester. »Wir sind nicht gekommen, um an Wunden zu rühren, mit denen ich nicht besser lebe als Sie. Wir hätten Sie nicht belästigt, wenn wir einen anderen Weg gesehen hätten. Dieser Experte, den Sie erwarten, hat mit Thompson gearbeitet, er kommt direkt aus dem Mandatsgebiet Mesopotamien, richtig?«

»Aus dem Irak«, erwiderte Percy. »Das Mandat ist vor fünf Jahren erloschen. Man hat uns dort nicht länger haben wollen, auch wenn wir unsere Luftstützpunkte wohl behalten.«

»Wundert Sie das?«

»Was? Der Erhalt der Luftstützpunkte?«

»Nein.« Unerträglich milde schüttelte Ariadne den Kopf. »Das andere. Man stelle sich nur einmal vor, eines dieser uns im Denken und Fühlen so fremden Völker käme auf die Idee, uns eine vollständige Überwachung vor die Nase zu setzen, damit wir unser Land verwalten, wie es ihnen richtig scheint.«

»Das ist der übliche Vergleich der Schwärmer, die immer Sentimentalität mit Menschenfreundlichkeit verwechseln«, sagte Percy, obwohl er nur allzu gut wusste, dass sie recht hatte. »Er hinkt auf beiden Füßen und auf seinem Pferdefuß obendrein.«

»Ich bedanke mich für die Belehrung. Aber wenn es Ihnen Freude macht, mich wie ein Milchmädchen zu behandeln, tun Sie sich keinen Zwang an. Schließlich bin ich hier, weil ich einen Gefallen von Ihnen erbitten muss. Ihre Vermittlung, Percy. Der Junge braucht eine Gelegenheit, mit Thompsons Mann zu sprechen. Er braucht mehr als das: Sie müssen Ihr Wort für ihn einlegen, damit der Mann ihn zurück nach Mesopotamien – Verzeihung, in den Irak – mitnimmt.«

»Haben Sie den Verstand verloren?« Die eigene Stimme bohrte sich wie ein Geschoss in Percys lädierte Gehörgänge.

Ariadne trat vor seinen Schreibtisch und stützte die Hände auf die mit Dokumenten übersäte Platte. »Es ist die einzige Chance, die er hat.«

Bedingt durch den chronischen Katarrh, bildete sich in Percys Kehle mitunter übermäßig viel Schleim, der ihm das Sprechen erschwerte. Dafür, dass die Schleimbildung mit erhöhter Erregung einherging, gab es aus medizinischer Sicht allerdings keinen Grund. Er räusperte sich. Ehe er jedoch seine Kehle befreit hatte, trat der Junge vor. »Gestatten Sie, dass ich mich vorstelle?«, sagte er mit erstaunlich heller, beinahe noch kindlicher Stimme. »Mein Name ist Isaac Christian, und ich bin mir darüber im Klaren, dass meine Bitte Ihnen unverschämt erscheinen muss …«

»Mir ist bekannt, wer Sie sind«, schnitt Percy ihm das Wort ab. »Und unverschämt ist vor allem, dass Sie einen Namen tragen, an dem Sie kein Recht besitzen.«

»Er besitzt es sehr wohl«, mischte sich Ariadne ein. »Abgesehen davon, dass er diesen Namen – Isaac Christian – schon sein Leben lang trägt, weil mein Bruder ihn damit in die Welt geschickt hat. Seine Mutter ist vor zehn Jahren für tot erklärt worden, und anschließend habe ich als nächste Verwandte ihn adoptiert.«

»Als Verwandte«, hörte Percy sich wie ein Echo seiner eigenen Gedanken murmeln.

»Ich bin Ariadne zu Dank verpflichtet«, meldete sich wieder der Junge zu Wort, dessen Sprechweise anzumerken war, dass er zwar eine kostspielige Ausbildung erhalten, die Obhut einer Familie aber entbehrt hatte. »Trotzdem kann ich mich nicht durchringen, die Nachforschungen über den Verbleib meiner Eltern aufzugeben. Ich bin deshalb zu Ihnen gekommen, Dr. Russell. Weil ich nach meinen Eltern suche und Sie bitten möchte, den Kontakt zu Campbell Thompsons Mitarbeiter herzustellen.«

»Und davon versprechen Sie sich bitte was? Was hat Dr. Farringdon, der mit einem extrem begrenzten Zeitkontingent unterwegs ist, mit Ihren Eltern zu tun?«

»Versprechen kann ich mir natürlich nichts«, erwiderte der junge Mann. »Ich wage lediglich zu hoffen, dass Dr. Farringdon es mir ermöglichen wird, ihn auf der Rückreise in den Irak zu begleiten.«

»Nach Ninive.« Der verächtliche Ton, den Percy als junger Mann kultiviert hatte, versickerte im Schleim in seiner Kehle. »Selbst wenn wir die übrigen Absurditäten Ihres Vorhabens beiseitelassen – Campbell Thompson gräbt in Ninive, und Dr. Farringdon reist dorthin zurück. Ninive liegt bei Mossul im Norden, rechts des Tigris.«

Der Bursche war jung, der Name der Stadt ließ ihn nicht aufhorchen. Sie war eine von so vielen Städten, die zu nah an willkürlich in den Sand gezogenen Grenzlinien lag, um je wirklich Frieden zu erlangen. Ein Jahrzehnt lang war um sie gefochten und geschachert worden, und die Stille, die jetzt dort herrschte, war die eines schlafenden Vulkans.

»Ihre Eltern sind dort nie gewesen«, sagte er zu dem Jungen. »Sie waren am Euphrat, in Babylon, keine hundert Kilometer vor Bagdad, das wir 1917 eingenommen haben. In Mossul erst ein Jahr später. In dem Land, von dem wir sprechen, war Krieg, in aller Welt war Krieg. Vielleicht sollten Sie in Zukunft Ihre Hausaufgaben machen, ehe Sie die Zeit anderer Leute in Anspruch nehmen.«

Der Junge zuckte zusammen, wie einer, der Ohrfeigen nicht gewohnt war. Dann straffte er den Rücken. Er war nicht groß, im Gegenteil. Gemessen an Percys Hoffnung, war er ein lächerlich schmächtiges Kerlchen, aber das Aufrichten, das Verhärten der Züge und das Schweigen verfehlten nicht völlig ihre Wirkung.

»Isaac hat seine Hausaufgaben gemacht«, sagte Ariadne. »Er macht sie unermüdlich, geradezu besessen, seit er zwölf Jahre alt war. Letztlich ist er zu dem Schluss gelangt, dass seine Eltern nach Ninive unterwegs gewesen sein müssen. Das Letzte, was irgendwer von ihnen weiß, ist, dass sie zu den Hängenden Gärten wollten.«

»Und dass sie verrückt waren, krank, nicht mehr bei Verstand!«, hieb ihr Percy ins Wort. »Was immer dieser Deutsche Robert Koldewey sonst noch gewesen sein mag, er war auf jeden Fall ein exzellenter Archäologe. Wo er die Hängenden Gärten gefunden hätte, wenn ihm die Weltgeschichte nicht in die Quere gekommen wäre, ist hinlänglich bekannt: In Babylon. Am Euphrat. Wo sie hingehören.«

»Meine Mutter war überzeugt, der vermutete Standort Baby-

lons habe vom Ufer des Euphrat zu weit entfernt gelegen, um
eine ausreichende Bewässerung der Gärten möglich zu machen«,
wandte der Junge ein.

»Zum Teufel, Sie haben Ihre Mutter doch überhaupt nicht
gekannt!«, brach es aus Percy hervor. Er erschrak über sich selbst
bis ins Mark, presste sich die Hände auf die Ohren und nahm
sie rasch wieder herunter, als ihm klar wurde, welch alberne
Figur er abgab. »Ihr lag nichts an der Archäologie, und sie verstand auch nichts davon. Was immer sie vermutete, ist hanebüchener Unsinn, geeignet für die Leserinnen von *Peg's Paper*. Das
ist das Kreuz mit Frauen auf Grabungen: Sie wollen etwas erleben, was sie in ihrer Einfalt für romantisch halten, aber sie wollen dabei nicht ihren Verstand gebrauchen. Und am Ende gebraucht ihn überhaupt niemand mehr.«

Seine Lunge gab ein kleines japsendes Geräusch von sich.
Pfeifend holte er Atem, ehe er gedämpfter weitersprach: »Ihre
Mutter ist tot, junger Mann. Sie sind beide tot, die Wüste hat sie
verschluckt, und auch wenn es anmaßend erscheinen mag, so
etwas auszusprechen: Aus meiner Sicht hat zumindest das etwas
von ausgleichender Gerechtigkeit. Was wollen Sie noch?«

Der Junge stand still und focht einen Kampf mit sich aus. Als
Ariadne seinen Arm berührte, trat er einen Schritt zur Seite.
»Dass sie tot sind, ist anzunehmen«, sagte er endlich. »Ob das
mit Gerechtigkeit zu tun hat, kann ich nicht beurteilen. Ich will
nur wissen, wo sie begraben sind.«

ERSTER TEIL

Konstantinopel,
Osmanisches Reich
1912

*Ihr Herz ist ein rasender Löwe,
ihr Gemüt ein wilder Bulle.*

Ischtar-Hymnus, Vorläufer der Šu-illa, Boğazköy,
Mitte des 2. Jahrtausends vor Christus

2

Konstantinopel, Bahnhof Sirkeci
Juni, in diesem Teil der Welt
längst Sommer

Der Bahnhof war eine Kathedrale. Als der Zug, der bisher Meile um Meile mit eisernem Maul verschlungen hatte, auf das bläulich gewölbte Dach zwischen Türmen zurollte, drosselte er sein Tempo. Das letzte Stück fuhr er langsam, geradezu zeremoniell, gab den Menschen in den Abteilen, den Salon- und Speisewagen Zeit, zu begreifen, dass ihre lange Reise nun zu Ende war. Eine Reise, die nicht nur von einer Stadt in eine andere geführt hatte, wie es Bahnreisen seit ihrer Erfindung eben taten, sondern die all jene, die vor dreieinhalb Tagen auf dem nächtlichen Pariser Gare de l'Est an Bord gegangen waren, aus ihrer vertrauten Welt in eine fremde transportiert hatte. Aus dem Abendland ins Reich des Morgens.

Senta Zedlitz war nicht sicher, dass sie es begriff. Sie hatte keine einzige Nacht in diesem rollenden Grandhotel gut geschlafen, sie schlief praktisch nie gut, doch in der letzten Nacht, seit sie im Stockdunkeln aus Sofia aufgebrochen waren, hatte sie kein Auge zugetan. Auf dem bulgarischen Bahnhof war sie, wie etliche andere Reisende, nach der Prozedur der Passkontrollen kurz ausgestiegen, um sich die Beine zu vertreten. Winfried Heyse, ihr Reisebegleiter, einstiger Vorgesetzter, und was immer er sonst noch sein mochte, war dagegen ängstlich an Bord geblieben, als drohte ihm draußen die ewige Verdammnis. Ein wenig anders war es in Sofia schon gewesen, anders als in Wien und Bukarest und Belgrad, wo sie zuvor Aufenthalt gehabt hatten, die Luft weicher und zugleich schwerer, die Wärme intensiver, als selbst der heißeste Berliner Sommer sie bescherte, das Gewirr der Stimmen lauter, schneller, schärfer.

Dennoch war etwas Vertrautes spürbar gewesen, die Atmosphäre von Aufbruch und Geschäftigkeit, die sämtlichen Bahnhöfen in Sentas Erinnerung gemein war, die Anordnung von Schaltern, Kiosken und Cafés, die es dem Durchreisenden ermöglichte, sich sofort zurechtzufinden. *Wer ein reisendes Herz besitzt, ist auf jedem Bahnhof der Welt zu Hause,* hatte ihr Vater behauptet, der kein reisendes Herz besessen hatte. *Aber ich habe eines,* hatte Senta gedacht, hatte sich an dem letzten noch ausharrenden Verkaufskarren eine Tüte Nüsse gekauft und sich auf dem nächtlichen Bahnhof von Sofia zwar nicht zu Hause, aber auch nicht fremder gefühlt als daheim in Berlin.

Und noch ein anderer Gedanke hatte sie beschäftigt. Ihr Entschluss, das Geld aus ihrem Erbe, das für die Absicherung ihrer Zukunft gedacht gewesen war, stattdessen in diese Reise zu stecken, hatte etwas von einer Flucht, darüber machte sie sich nichts vor. *Vielleicht,* so überlegte sie, *ist es ja das hier, was mir in Wahrheit entspricht – von Bahnhof zu Bahnhof reisen, nirgendwo bekannt, überall nur kurz zu Gast sein, ohne sich festzuhalten, ohne anzukommen.*

Angekommen war sie jetzt aber doch. Zwar nicht am geplanten Endziel der Reise, jedoch immerhin dort, wo der Zug – der überkomfortable, sicher bewachte, westlich-vertraute Orientexpress – zum letzten Mal haltmachte und seine Passagiere ihrem Schicksal überließ. *Istanbul* stand in unlesbaren osmanischen Zeichen auf den langsam vorbeigleitenden Schildern und *Konstantinopel* darunter in lateinischen. Sie war in der Welt, von der sie geträumt hatte, solange sie denken konnte. Im Osmanischen Reich. In *Tausendundeine Nacht.*

Senta war Altorientalistin. Mit einer Entschlossenheit, die sie zuweilen selbst verblüfft hatte, hatte sie sich über die Steine, die Frauen mit solchen Vorhaben in den Weg gelegt wurden, hinweggesetzt und ein Studium absolviert. Nicht irgendwo. Sondern am Somerville College in Oxford, einem von lediglich zwei Colleges der ehrwürdigen Universitätsstadt, das Frauen vorbehalten war. Hätte jemand sie nach ihren Gründen für die Reise gefragt, so hätte sie ihm eine sachliche, vernünftige Antwort geben können: Sie wollte den Beruf, den sie erlernt hatte, ausüben, und zwar vor Ort, dort, wo es derzeit jeden Deutschen, dem das Herz für die Kulturen des alten Orients schlug, hinzog – in Mesopotamien, in der Wüste vor Bagdad, wo Robert Koldewey im Auftrag des Kaisers und seiner Orient-Gesellschaft die Königsstadt Babylon ausgrub.

Koldewey vertrat jedoch die Ansicht, Frauen hätten auf Ausgrabungen so viel zu suchen wie Motten in der Kleiderkammer, und das Archäologische Institut vergab keine Stipendien an Frauen. Also war Senta nichts anderes übrig geblieben, als ihre Expedition selbst zu finanzieren, und das alles hätte sie einem Fragesteller zur Antwort geben können. Im Grunde ihres Herzens, in der dunklen Tiefe, in die sie kaum je zu blicken wagte, wusste sie jedoch, dass ihre Sehnsucht nach dem Orient schon geboren worden war, ehe sie die Namen Koldewey und Babylon auch nur hätte aussprechen können, und dass sie mit Vernunft nichts zu tun hatte. Die Sehnsucht hatte begonnen mit einem Buch, das nicht in ihrem Kinderregal gestanden hatte, sondern in dem ihrer Schwester.

Tausendundeine Nacht.

Es war eine prachtvoll bebilderte Ausgabe, die August Zinserling nach der französischen Übersetzung ins Deutsche übertragen hatte. Davon hatte Senta damals, mit ihren drei oder vier Jahren, jedoch nichts gewusst, und an der miserablen Bearbeitung des Textes hatte sie sich nicht gestört. Sie wusste nur, dass sie das Buch nicht anfassen durfte, so wenig wie den Bären, der ganz oben auf dem Kleiderschrank saß. An den Bären war sie nicht herangekommen, nicht einmal, wenn sie einen Schemel auf ihre Spielzeugkiste stellte und hinaufkletterte. Das Buch aber, das geheimnisvoll leuchtende Buch stand in Reichweite, und sie hatte es um jeden Preis haben müssen.

Sobald die Eltern ihr Gute Nacht gewünscht und das Zimmer verlassen hatten, hatte sie sich darauf gestürzt, sich in den schillernden Farben der Bilder verloren und war nicht mehr davon losgekommen. Ob ihre Eltern bemerkt hatten, dass sie das verbotene Buch genommen hatte, wusste sie nicht. Das Geschenk, das sie ihr zum letzten Geburtstag gemacht hatten, sprach dafür, aber sicher konnte sie nicht sein. Wenn sie es geahnt, wenn sie das Buch je überprüft hatten, mussten sie auch gesehen haben, dass Senta als Schulmädchen eine Zeile darin mit ihrem roten Buntstift unterstrichen hatte, in der einhundertachtundvierzigsten Nacht, der *Geschichte vom Wasservogel und der Schildkröte:*

»Die Welt ist die Wohnung dessen, der keine Wohnung hat.«

Sie war sicher gewesen, diese Zeile gehöre ihr, ganz egal, ob ihr das Buch verboten war.

Und jetzt war sie hier. Der Bildband von *Tausendundeine Nacht* blätterte sich auf, gewann Dimensionen und lockte sie zwischen die zum Leben erwachten Seiten. Mit einer Mischung aus Ächzen und Quietschen kam der Zug zum Stillstand. Vor den Fenstern eilten Menschen vorbei, die jemanden erwarteten oder Waren feilboten: Zeitungen mit grellen Schlagzeilen, auf Stangen gestapeltes ringförmiges Gebäck, Tabletts mit dampfenden Gläsern, tönerne Wasserkrüge. Senta sprang aus dem allzu weich gepolsterten Sitz und schob ihr Fenster nach unten. Eine Woge aus Lärm und Duft und Wärme schlug ihr so heftig entgegen, dass sie sich am Fensterrahmen festhielt.

»Sehen Sie doch!«, rief sie außer sich. »Wir sind tatsächlich hier, das da draußen ist Konstantinopel!« Dann besann sie sich, dass sie ja übereingekommen waren, sich zu duzen, doch wie so oft war es zu spät, den Fehler auszubügeln. Meist gelang es ihr mit einiger sprachlicher Verrenkungskunst, die Anrede ganz zu umschiffen. Sie und Heyse waren miteinander quer durch Europa gereist, ohne dass sie ihn ein einziges Mal bei seinem Namen angesprochen hatte.

Heyse, der ihr gegenübersaß und wie schon den größten Teil der Fahrt über in seinen Ordnern mit Papieren geblättert hatte, schloss die Lider, stöhnte und lehnte sich zurück. Auf seiner Stirn glänzte Schweiß, die feine Haut um die Augen, über denen er sonst wie zum Schutz seine Brille trug, war gerötet, als litte er an einer Entzündung.

Senta öffnete den Mund, erwog kurz, noch etwas zu sagen, besann sich dann aber und schwieg. Dies war der Augenblick, auf den sie ihr Leben, das kurz war und ihr doch so lang vorkam, gewartet hatte. Sie hatte keine Zeit mehr, um geduldig auszuharren, bis Heyse sich aus seinem Netz von Ängsten und Bedenken freigezappelt hätte. Sie hatte für gar nichts mehr Zeit. Nur für Konstantinopel und für sich.

Nichts hielt sie. Ohne sich um den Verbleib ihres Gepäcks oder um Heyses Leichenbittermiene zu kümmern, stürmte sie aus dem Abteil, drängte sich an Reisenden und Kofferträgern vorbei durch den Gang, schob am Ausstieg einen beleibten Herrn mit Aktenkoffer reichlich ungezogen und undamenhaft beiseite und sprang aus dem Zug. Im Laufen drehte sie sich um und sandte ihm ein entschuldigendes Lächeln.

Noch ein paar Schritte eilte sie rückwärts weiter und sah dabei, wie der Grimm in seinen Zügen schmolz. Gerade hatte er noch Luft geholt und zu einer Schimpftirade ansetzen wollen, doch die Empörung verpuffte in derselben Sekunde, und er erwiderte geradezu schüchtern ihr Lächeln. Dass Männer auf diese Weise auf sie reagierten, war Senta nicht neu. Sie war es gewohnt und schreckte nicht davor zurück, es sich zunutze zu machen. An Mode hatte sie zu wenig Interesse, um einen sicheren Geschmack zu entwickeln, aber zu erkennen, dass das leicht rötliche Braun ihres Haars über dem Tannengrün des Reisekostüms eine schmeichelhafte Wirkung erzielte, war keine Kunst. Genauso leicht erkennbar war, dass die neuen schmal geschnittenen Röcke ihre langen Beine vorteilhaft betonten.

Den jungen Frauen des 20. Jahrhunderts wurde beigebracht, sie hätten auf ihre Beine keinen Gedanken zu verschwenden, aber Sentas Eltern hatten solche Verbote für ihre Tochter abgelehnt. »Ich gehe davon aus, dass du selbst am besten weißt, worüber nachzudenken dir von Nutzen ist«, hatte ihr Vater gesagt.

Also hatte Senta über ihre Erscheinung nachgedacht und war zu ihrem eigenen Schluss gekommen. Sie mochte sich daraus so wenig machen wie aus dem Geld ihrer Eltern, aber wo es nötig war, würde sie nicht zögern, das eine wie das andere einzusetzen: Sie war eine Tochter aus gutem Hause, das Kind eines erfolgreichen Geschäftsmannes. Und sie war eine schöne Frau.

Vielleicht hätte sie sich schämen sollen, aus beidem Kapital zu schlagen, und vielleicht schämte sie sich manchmal tatsächlich ein wenig. Wäre sie aber als Junge zur Welt gekommen, hätte sie völlig selbstverständlich und ohne Scham aus ihrem Geschlecht jeden möglichen Vorteil gezogen.

Das Geld ihrer Eltern hatte ihr den Weg nach Oxford geebnet, und ihre Schönheit hatte ihr Türen geöffnet, die sonst als hermetisch verschlossen galten. Professoren waren nicht verpflichtet, die Studentinnen von Somerville zu ihren Vorlesungen zuzulassen, und es gab einige, die sich eine solche Zumutung verbaten. Der, der sie interessierte, war Leonard Dougherty. Er war der einzige Professor, der eine Veranstaltungsreihe zu den Sakralbauten Babylons anbot, jedoch behauptete, er stürbe lieber, als seine Perlen einer Frau vorzuwerfen. Zu Beginn des Semesters war Senta in den Hörsaal getreten und hatte sich in die erste Reihe gesetzt. Sie hatte die Passe, die ihren Rock unterhalb der Knie befestigte, an der Innenseite aufgetrennt, damit sie sich besser bewegen konnte, aber das bekam niemand zu sehen. Professor Dougherty jedoch, der am Vortragspult stand, sah nur Sentas Beine in königsblauem Samt, die sich sachte aneinanderrieben.

Sie durfte bleiben. Abends, beim Verlassen des Gebäudes, fing er sie ab und sprach Einladungen aus, die kein auf seinen Ruf bedachtes Mädchen annehmen durfte. Revue-Besuche, Abendessen in verschwiegenen Restaurants. Obwohl Senta nicht auf ihren Ruf bedacht war, ließ sie ihn stehen und ging nach Hause, wobei sie seinen Blick auf ihren sich wiegenden Hinterbacken zu spüren glaubte. Leonard Dougherty zappelte bis nach den Abschlussprüfungen in ihrem Netz. Während Senta bereits ihre Koffer packte, sandte er ihr weinerliche Billetts, die sie unbeantwortet ließ.

Der Dicke mit dem Aktenkoffer würde nicht so lange leiden, und Senta hatte ihn schon vergessen, als sie sich umdrehte. Sie rannte das Gleis entlang, schlug Haken um Gepäckträger und Beamte in roter Uniform und mit Fes, die versuchten, sich ihr in den Weg zu stellen. Endlich erreichte sie die überkuppelte Halle, in der sämtliche Geräusche wie in einer Kirche hallten. Das Gebäude war weitläufig, doch bis in den letzten Winkel angefüllt mit geschäftigen Menschen. Während manche von ihnen es eilig hatten und in Schlangenlinien durchs Gewimmel hasteten, blieben andere stehen, bildeten Gruppen, die den Weg versperrten, debattierten mit fuchtelnden Händen und vergaßen die Zeit.

Senta fühlte sich von einem Strudel gepackt, der sie ohne ihr Zutun mitriss. Sie stürzte sich in das Menschenmeer wie als Kind in die Ostsee, in der sie nie wieder schwimmen würde, setzte die Ellenbogen ein und wurde vorangetrieben, auf das gleißende Licht zu, das von vorne einfiel. Losverkäufer hielten ihr bunt bedruckte Papierstreifen entgegen, hinter Räderkarren wurden noch buntere Süßigkeiten feilgeboten, und eine Stimme überschrie die andere, ohne dass Senta auch nur ein Wort verstand. Ein schnurrbärtiger Offizier in Märchenuniform ritt auf einem Schimmel durch die Halle, ein barfüßiger Bettler ließ einen Affen, der auf seinem Buckel hockte, Geld einsammeln.

Ohne recht zu fassen, wie sie bis hierhin gekommen war, fand Senta sich plötzlich vor dem Haupteingang wieder. Die in Gänze mit Schnitzwerk verzierten Flügeltüren standen weit offen. Menschen strömten in das Gebäude und fluteten wieder hinaus, Träger schoben Karren mit Messinggestänge, auf denen bis über ihre Köpfe Gepäck gestapelt war, ein weiß gekleideter Kellner balancierte zwei Tabletts mit kunstvoll zu Pyramiden arrangierten Gebäckstücken durch die Massen. Senta blieb stehen, drückte sich gegen den Türrahmen, um nicht umgerannt zu werden, und nahm die Stadt in sich auf.

Nicht die Stadt. Nur den winzigen Ausschnitt davon, den ihr Blickfeld ihr gewährte und dem ihr bereits übervolles Herz gewachsen war. Die Enge, die sie so oft von außen bedrohte und ihr die Sinne raubte, spürte sie auf einmal in sich. Sie selbst war es, ihre eigene Brust war zu eng für die Fülle der Stadt. Sie stand ganz still, zwang sich, ruhig zu atmen, und sog die Luft in sich ein. Die schien zu wabern wie Dampf über einem Kochtopf, war heiß und sämig, süß und ein wenig faulig und stieg unweigerlich zu Kopf. Die Enge löste sich ein wenig, und ihr Herz wagte sich ein Stück weit aus seinem Versteck.

Vor ihr tummelte sich das quirlige Leben der Straße. Die Fahrbahn hinunter zockelte eine Straßenbahn, gelb mit rotbraunem Dach war sie und so bis zum Bersten mit Menschen gefüllt, dass Arme und Köpfe aus den offenen Fenstern ragten. Am Rinnstein wartete eine Reihe von Droschken, bespannt mit mageren Pferden, die Perlenketten am Zaumzeug trugen und mit dem Schweif nach Fliegen schlugen. Noch immer konnte Senta kein Pferd sehen, ohne es berühren, ihre Stirn an seine lehnen, wenigstens die Hand zwischen seine Nüstern legen zu wollen. Als steckte in jedem Pferd Wahid, bei dem sie dies nicht mehr hatte tun können. Sie streckte die Hand nach dem Braunen aus, der ihr am nächsten stand, blickte in dunkle, halb geschlossene Augen, spürte samtweiches Fell und in der Fremde sekundenlang Brüderschaft.

Der Kutscher, der auf dem Bock gekauert und vor sich hin gedöst hatte, sprang wie von der Tarantel gestochen auf die Füße, verzog den Mund zu einem blitzenden Lächeln und rief ihr etwas zu. Senta verstand kein Wort, konnte sich aber zusammenreimen, dass er sie fragte, ob sie eine Fahrt wünsche, und schüttelte ebenfalls lächelnd den Kopf. Der Mann redete weiter auf sie ein, sie lachte auf, streichelte noch einmal sein Pferd und kehrte in den Schutz der Tür zurück.

Hohe Häuser mit farbig verputzten Fassaden reihten sich neben kleinere aus Holz. Vor mehreren Cafés standen Tische, um die sich ausschließlich Männer scharten, die aus winzigen Teegläsern tranken und ein Brettspiel spielten, das über die Tischplatte ragte. Dazwischen quetschten sich Verkaufsbuden, hinter denen Händler mit flinken Bewegungen Essbares in Papiertüten füllten und es in lärmendem Singsang anpriesen. Eselskarren und Männer, die auf den viel zu kleinen Eseln ritten, schlängelten sich mit erstaunlichem Geschick durchs Gewühl. Auf den Köpfen derer, die zu Fuß unterwegs waren, fand sich jede Art von Kopfbedeckung, vom roten *Fes* bis zum Turban. Manche hatten sich die modernen Panamahüte tief ins Gesicht gezogen, andere Tücher wie Verbände um den Kopf gewunden.

Senta stand wieder still, ließ sich von den schillernden Farben, hinter denen jede Buchillustration verblasste, blenden und spürte am Hals, auf den Wangen und bis unter die Kleider die völlig andersartige Wärme. Das Durcheinander von Gerüchen, das auf die einstürmte, war so intensiv, dass sie keinen einzelnen hätte zuordnen können, um ihre Ohren wirbelten Worte, von denen keines einer ihr bekannten Sprache entstammte, und alles in ihr wusste: Ihre wahre Reise begann erst jetzt.

Die Fahrt mit dem Orientexpress – dicke Teppiche, in Samt und Teakholz gestaltete Abteile und Austern zum Dinner – hatte sich kaum von den Nächten im Luxushotel unterschieden, mit denen ihr Vater die Familie zuweilen überrascht hatte. Dies hier aber war anders als alles, was sie kannte, es war neu, es war fremd, und es nahm all ihre Sinne gefangen. Eine Woge der Erleichterung durchströmte sie. Sie war endlich in der richtigen Richtung unterwegs, dorthin, wo die Nadel des Kompasses, den sie in sich trug, ihr Leben lang gewiesen hatte.

Über die Dächer der Häuser erhob sich ein weißes Minarett, und just in diesem Moment ertönte über alles hinweg der *Adhan*, der Gebetsruf des *Muezzin*:

»Allahu akbar, Allahu akbar – Gott ist groß, größer als alles und mit nichts vergleichbar.«

Sie hatte davon gelesen – schließlich hatte sie ein Jahr lang Zeit gehabt, sich auf die Reise vorzubereiten –, aber es jetzt zu hören, war, als stürzte sie aus der Wirklichkeit geradewegs in ihren Traum. Es war kein Rufen, sondern eine Melange aus Singen und Flehen, gebieterisch und ergeben zugleich und so laut, dass es bis an die Ränder der Stadt und bis in den Himmel zu hören sein musste. Unvorstellbar schien, dass jemand sich dem entzog. Das Getümmel auf der Straße erstarb.

Dem Bahnhofsgebäude gegenüber waren fünf dunkelhaarige Männer damit beschäftigt gewesen, Plakate, die farbenprächtig für den Orientexpress warben, an einer Holzwand anzuleimen.

Jeder der fünf ließ auf der Stelle alles stehen und liegen, wandte sich in Richtung des Bahnhofs, in der also in meilenweiter Ferne Mekka liegen musste, und rollte auf dem Pflaster, Seite an Seite mit seinen Gefährten, seinen Gebetsteppich aus.

Senta sah ihnen zu, wie sie murmelnd eine Gebetshaltung nach der anderen einnahmen, sich schließlich kniend vornüberbeugten und die Köpfe in den Armen bargen. Zuletzt knieten sie aufrecht, wandten sich nach links und rechts, wie um ihre gleichermaßen betenden Kollegen zu grüßen, und dann war alles vorbei, und die fünf nahmen, als wäre nichts geschehen, ihre Arbeit wieder auf.

In das Straßenbild kehrte – wie in einen Menschen, der den Atem angehalten hatte und jetzt kräftig Luft holte – die Bewegung zurück.

»Senta? Dem Himmel sei Dank! Ich kann nicht fassen, dass ich dich gefunden habe.«

Sie fuhr herum und fand sich Heyse gegenüber, der aussah wie jäh aus einem Albtraum erwacht: Das sonst so korrekt gekämmte Haar war feucht und zerrauft, die Augen geweitet, das Gesicht leichenblass. Wie aufgezogen redete er auf sie ein: »In diesem Gewimmel einen Menschen zu suchen, ist schlimmer als eine Stecknadel im Heuhaufen. Ich dachte, ich würde dich nicht wiedersehen, du wärst allein in diesem Tohuwabohu verloren. Mir ist beim besten Willen nichts eingefallen, was ich sonst noch hätte tun können, und es ist mir auch nicht gelungen, jemanden aufzutreiben, der bereit war, zu helfen.«

Endlich verstummte er. Senta betrachtete ihn. Verärgert wirkte er nicht, nur verzweifelt, verstört und verschwitzt.

»Es tut mir leid«, sagte sie. »Mir geht es gut, ich konnte es nur nicht erwarten, die Stadt zu sehen.«

»Du bist doch sonst nicht so!« Noch immer klang er erschüttert.

Doch, dachte Senta. *Ich weiß es nur nicht immer, und ich habe*

es vierzehn Monate lang keinen einzigen Augenblick mehr gewusst.
»Es kam einfach so über mich«, erklärte sie Heyse. »Diese Vorstellung war so unglaublich: Wir sind in Konstantinopel. Ich musste loslaufen und mich überzeugen, dass es diesmal keine Schimäre, sondern die Wirklichkeit ist.«

Er rieb sich die Stirn. »Du darfst das nicht wieder tun«, sagte er. »Es ist gefährlich, Senta.«

»Aus einem Bahnhof zu laufen und sich die belebte Straße einer Weltstadt anzusehen?«

»Weltstadt ist nicht gleich Weltstadt. Diese hier kannst du mit Berlin nicht vergleichen, und da, wo du hinreisen willst, wird es recht bald keine Bahnhöfe und keine belebten Straßen mehr geben. Stattdessen giftige Schlagen und Insekten, Raubtiere, Geier und Rotten von bewaffneten Beduinen, die nicht viel anderes tun, als sich gegenseitig zu bekriegen und westlichen Reisenden aus Hinterhalten aufzulauern.«

»Du hast die Sandstürme vergessen«, versetzte sie scharf. »Und halb leere Gläser. Nicht zu vergessen die Sonne, die die Haut aufplatzen lässt, was böse endet, wenn man nicht Nadel und Faden dabeihat, um sie wieder zuzustopfen.«

Das war gehässig. Senta fühlte sich schäbig und konnte dennoch nicht anders. Während der nicht enden wollenden Vorbereitungen für die Reise hatte er vorgeschlagen, Gepäcklisten anzulegen, auf denen er in sorgsam gezogenen Spalten vermerkte, welche Gegenstände in Koffern verstaut werden sollten, welche in Handtaschen gehörten und welche man ständig am Körper zu tragen hatte. Zur letzten Kategorie gehörte seiner Ansicht nach um jeden Preis ein Etui mit Stopfgarn für Notfälle.

»Was denn für Notfälle?«, hatte Senta gefragt. »Wenn ich mir beim Ritt durch die Wüste die Strümpfe zerreiße, werde ich es vermutlich überleben.«

»Um Strümpfe geht es nicht, Senta.« Aus einem seiner heiß geliebten Ordner hatte er einen Bericht von Koldewey gefischt.

»Hier weist Koldewey eigens darauf hin, obwohl er sich ja sonst meist an Archäologisches hält: Die Sonne in der Euphrat-Senke darf auf keinen Fall unterschätzt werden. Sie brennt dermaßen heiß, dass sie die Haut platzen lässt, was zu lebensbedrohlichen Infektionen führen kann, wenn die Wunde offen bleibt. Um sich zu schützen, tut man es am besten den Arabern nach, die grundsätzlich Nadel und Faden bei sich tragen.«

Es war das erste Mal seit der Nachricht aus Warnemünde, dass Senta lauthals hatte lachen müssen. Koldewey, der Frauenhasser, der als unerbittlich und unnahbar galt, zeigte hier einen menschlichen Zug – Humor. Komisch an der Geschichte war jedoch vor allem, dass ein Universitätsprofessor – Seine Herrlichkeit Winfried Heyse, des Reiches jüngster habilitierter Altorientalist und Mitglied der Preußischen Akademie der Wissenschaften – imstande war, solchen Unsinn für bare Münze zu nehmen und in seine pedantische Liste einzutragen.

Es war Heyse entsetzlich peinlich gewesen. Minutenlang hatte er kein verständliches Wort herausgebracht und sich erst beruhigt, als Senta ihm versprach, den Vorfall nie wieder zu erwähnen. Dieses Versprechen hatte sie soeben gebrochen, sie hatte ihn absichtlich an einer empfindlichen Stelle verletzt, und dabei war sie es doch, die einen Fehler begangen hatte und sich hätte schuldig fühlen müssen. Heyse hatte ja nicht unrecht: Auf dieser Reise waren sie aufeinander angewiesen. Wenn einer von ihnen sein eigenes Spiel trieb, ohne auf den anderen Rücksicht zu nehmen, handelte er ihnen beiden Schwierigkeiten ein.

»Ich wusste nicht einmal, wie viel ich dem Gepäckträger geben durfte«, murmelte Heyse. »Vermutlich hat er mir einen Wucherpreis abgeknöpft, aber ich hatte ja keine Wahl, und wir können nur hoffen, dass er nicht mit dem Gepäck auf und davon ist.«

»Das ist er bestimmt nicht. Diese Leute haben ihre Berufsehre, nicht anders als wir.«

»Wir sind hier nicht in Berlin«, begann er noch einmal, aber sie ließ ihn nicht aussprechen.

»Kommen Sie schon«, sagte sie, hielt inne und korrigierte sich. »Komm schon, wollte ich sagen. Gehen wir zurück ans Gleis und überzeugen uns, dass alles in Ordnung ist.«

Der Zauber war ohnehin verflogen, und das, was sie seit vierzehn Monaten ihr Leben nannte, erstand in aller Wucht auf, obgleich sie eintausendfünfhundert Meilen weit gereist war, um ihm zu entfliehen.

3

Winfried Heyse war Sentas Vorgesetzter. Oder genauer gesagt: Er war ihr Vorgesetzter gewesen, solange sie noch an der Philosophischen Fakultät der Friedrich-Wilhelm-Universität, im Seminar für Altorientalistik, gearbeitet hatte. Nicht als Wissenschaftlerin mit eigenen Rechten, sondern als sogenannte akademische Mitarbeiterin, die wie ein strammer kleiner Zinnsoldat oder ein emsiges Telefonfräulein tagaus, tagein um den Herrn Professor herumwuselte und ihm die Ordner, die er für seine bedeutsame Tätigkeit benötigte, aus den Regalen zog.

Dabei war ihre Ausbildung nicht schlechter als seine, nur verfügte sie im Gegensatz zu ihm über keinen Titel, um es nachzuweisen. Das Somerville College mit seinem ehrwürdigen Standort und seinen strengen Ausbildungskriterien veröffentlichte die Ergebnisse seiner Absolventinnen in der *Times,* aber es verlieh ihnen keinen akademischen Grad. Man ließ sie promovieren – Senta selbst hatte über akkadische und sumerische Hymnen an Ischtar, die Göttin von Liebe und Krieg, promoviert –, aber man erkannte ihre Qualifikation so wenig an wie die der anderen Studentinnen. Sie waren Frauen. Wozu hätten sie gültige Universitätsabschlüsse und Berufsaussichten brauchen sollen?

Selbst ihre Kommilitoninnen in Oxford hatten sie nicht verstanden. Beryl, die Moderne Geschichte studierte und gelegentlich mit ihr zur Bodleian Library ging, hatte sie unverblümt gefragt: »Willst du tatsächlich arbeiten, wenn du hier fertig bist, meine seltsame Senta? Du findest doch einen Mann, du brauchst dich nur einmal um dich selbst zu drehen, schon könntest du etliche haben. Oder willst du etwa keinen? Bist du einer dieser Blaustrümpfe, die Männer nicht mögen, oder sogar eine Suffragette? Aber es kann dir doch nicht besser gefallen, dir über staubigen Büchern die Augen zu verderben, als einem ansehnlichen Haushalt vorzustehen und in der Gesellschaft etwas zu gelten!«

Beryls Gesicht war vor Neugier spitz geworden, aber Senta hatte keine Antwort gewusst. In ihren schwarzen Talaren waren sie nebeneinanderher gelaufen, und Senta hatte sich gefragt: *Ist es das, was ich will? Für mein Leben?*

Sie hatte es gewollt, weil ihr daheim in Berlin jedes Zimmer zu eng geworden war. Weil sie immer ohne Mühe gelernt hatte, und weil die Beschäftigung mit fernen Völkern, Epochen, Welten so viel reizvoller schien, als in muffigen Salons den kleinen Finger von der Teetasse zu spreizen. In Oxford hatte sie eine Weile besser atmen und auch besser schlafen können, doch mit der Zeit war das Gefühl, nicht genug Raum zu haben, zurückgekehrt, das Suchen und Sehnen, ohne zu wissen, was ihr eigentlich fehlte.

Ist es das, was ich will?, hatte es in ihrem Kopf fortwährend gehämmert, während sie damals mit Beryl zur Bodleian Library gegangen war. *Die Gelehrsamkeit? Soll das meine Zukunft sein?*

Sie hatte wieder die Enge verspürt und sich an den Hals fassen müssen, um den Kragen ihrer Bluse zu lockern. Nein, sicher war sie nicht, ob sie wirklich für eine Laufbahn als Akademikerin geboren war. Die wilde Sehnsucht, die sie beim Gedanken an den Orient erfasste, war in den Vorlesungen über Keilschrift und sakrale Bauweisen der vorchristlichen Jahrtausende nicht gestillt worden. Wie aber sollte sie finden, was sie wollte, wenn man ihr gar keine Wahl ließ, gar keine Möglichkeit, sich auszuprobieren?

Mit ihrer nutzlosen Bestnote hatte sie Oxford verlassen und in Berlin nach einer Stellung gesucht. »Muss das denn auch noch sein?«, hatte ihre Mutter, die sich sonst jeder Einmischung enthielt, zu fragen gewagt. »Du weißt, dass du nichts davon nötig hast. Ist dir wahrhaftig so viel daran gelegen?«

»Sie hat studiert«, hatte ihr Vater an Sentas statt geantwortet. »Hat sich in der Männerdomäne mit Bravour geschlagen, da ist es doch wohl nur natürlich, dass sie sich jetzt auch beweisen will.«

Als sie in Fakultäten und Instituten gegen Wände rannte, als auf ihre Bewerbungen nichts als Schweigen oder gönnerhaftes Spötteln folgte, hatte ihr Vater, der ein renommiertes Verlagshaus führte, ein paar Beziehungen spielen lassen und ihr die Stellung als Mitarbeiterin bei Winfried Heyse besorgt. Dieser besaß einen in Fachkreisen bekannten Namen und wertete für die neu gegründete Vorderasiatische Abteilung der Königlichen Museen die Berichte und Artefakte aus, die Koldewey aus Babylon schickte.

Koldewey, des Reiches berühmtester Archäologe, den Kaiser Wilhelm persönlich hofierte, herrschte vermutlich in seinem Reich am Euphrat so selbstherrlich wie Heyse in Berlin und verlangte, dass seine Erkenntnisse unverzüglich in den Mitteilungsheften der Orient-Gesellschaft veröffentlicht wurden. Dafür war Heyse zuständig, der selbst ein Pedant war wie Koldewey.

Die Artefakte gelangten in grob gezimmerten Holzkisten in Heyses Büro. Koldewey schickte sie den Euphrat und den Schatt al-Arab hinunter nach Basra, und von dort wurden sie weiter nach Europa verschifft. Senta kamen sie vor wie Schatztruhen, in denen die Erfüllung ihrer Träume verborgen lag. Heyse aber wäre vermutlich lieber gestorben, als seiner unwürdigen Hilfskraft einen Blick in eine der kostbaren Kisten zu gestatten.

Dass sich diese Hilfskraft als weiblich herausgestellt hatte, war ohnehin eine Kröte gewesen, an der er sichtlich zu schlucken hatte. Um es ihm zu versüßen, hatte Sentas Vater dem Institut eine Spende in nicht unerheblicher Höhe zukommen lassen. »Ich weiß, es ist nicht das, was du wolltest«, hatte er so zerknirscht erklärt, als trüge er daran Schuld. »Aber du bist immerhin in deinem Feld tätig, und letzten Endes …«

Senta wusste, wie das verschluckte Ende des Satzes gelautet hätte: *Letzten Endes bist du doch eine Frau und wirst ohnehin heiraten.* Ihr Vater tat alles, um sie nicht spüren zu lassen, dass er so dachte. Aber es blieb ihr dennoch nicht verborgen. Jeder dachte ja so, vielleicht im Innersten sogar sie selbst, und womöglich fand sie deshalb kein Ziel, nichts als verstiegene, unerfüllbare Träume.

Über Heyse, der sich stocksteif hinter seinem Schreibtisch verschanzte und nie ein überflüssiges oder gar privates Wort fallen ließ, lästerte das gesamte Institut. Seine Studenten nannten ihn *Sargon im Taschenformat* und fanden es lustig. Vielleicht war es das sogar. Sargon von Akkad war ein Mundschenk gewesen, ein Findelkind, das zum bedeutendsten König des Zweistromlandes aufgestiegen war, und Winfried Heyse war angeblich, wenn man dem Institutsklatsch glauben wollte, als Sohn einer Kneipenwirtin aufgewachsen und kannte seinen Vater nicht.

Senta bezweifelte, dass er außerhalb des schuhschachtelgroßen Raumes, den er sein Büro nannte, ein Leben führte. Sie hatte ihn sich wie eine Art Larve vorgestellt, die sich abends, nach Verlassen des Universitätsgebäudes, verpuppte und morgens wieder aus dem Kokon hervorbrach. Nicht als Schmetterling. Sondern immer noch als Wurm.

Dann aber war der Abend gekommen, an dem er sie nach getaner Arbeit, als sie bereits mit gepackter Tasche an der Tür stand, völlig unverhofft angesprochen hatte. »Ach, Fräulein Zedlitz«, hatte er leiser als gewöhnlich gesagt, seine Brille abgenommen und sich mit rigoroser Grobheit ein Auge gerieben.

»Wenn Sie heute Abend noch frei sind, würde ich Sie gern einladen, mich ins Theater zu begleiten.«

Senta war selten sprachlos. *Schlagfertig, nicht auf den Mund gefallen,* lauteten die Beschreibungen, die ihre Mitmenschen ihr zudachten, doch in diesem Moment war ihr buchstäblich das Wort im Hals stecken geblieben. Heyse sprach eine Einladung aus, Larven-Heyse wollte seinen Abend nicht über Koldeweys Berichten, sondern ausgerechnet mit ihr im Theater verbringen. »Genauer gesagt, ins Königliche Opernhaus«, hatte er ergänzt, aus einer Schublade einen Umschlag gezogen und ihn Senta hingeschoben. »Man hielt es für nötig, mir dafür zwei Karten zukommen zu lassen. *Sardanapal oder die letzten Tage von Ninive.* Ein pantomimisches Ballett, was immer das bedeuten soll. Fragen Sie nicht mich, ich kenne mich mit so etwas nicht aus.«

Wie sich herausstellte, hatte er die Theaterleute über die historischen Hintergründe des Stücks, in dem es um die Eroberung Ninives durch die Babylonier ging, beraten.

Der Kaiser persönlich, der dem Babylon-Fieber noch mehr als die ganze Stadt verfallen war, hatte die Aufführung veranlasst. Senta war mit Heyse hingegangen, weil Walter Andrae das Bühnenbild entworfen hatte. *Der* Walter Andrae, der mit Koldewey in Babylon gearbeitet hatte und als einer seiner wenigen Freunde galt!

Nicht nur Andrae selbst, sondern die gesamte Orient-Gesellschaft und alles, was in der brandneuen Vorderasiatischen Abteilung der Museen Rang und Namen hatte, würde im Theater zugegen sein. Ein Funke Hoffnung war in Senta aufgeflammt: Wenn sie dort jemanden kennenlernte, wenn sie mit Verantwortlichen ins Gespräch kam und ihre weiblichen Reize als Waffe einsetzte, mochte sie dem verrückten Traum, den sie hegte, einen unglaublichen Schritt näher kommen: nach Mesopotamien zu reisen, sich Koldeweys Expedition anzuschließen, Bagdad und Babylon zu sehen.

Babylon, Babylon. Wüstenstadt.

Herz der Erde, Sitz des Lebens, Licht der Himmel – so hatten die Babylonier selbst ihre Stadt genannt. Herodot, der griechische Historiker, den Senta ansonsten als staubtrocken kannte, war allein von der Mauer der Stadt so beeindruckt gewesen, dass er sie hundert Meter hoch schätzte. Sie sei ein Schutzpanzer, hatte er geschrieben – *um die schönste, berühmteste, mächtigste Stadt.*

Sobald Senta den Namen nur hörte, kam es ihr vor, als sprenge ihr Herz die Enge, die es zu erdrücken drohte.

Ihre Hoffnung zerschlug sich. Keiner der hohen Herren legte Wert darauf, ein bedeutungsloses Fräulein Zedlitz kennenzulernen, keiner kam ihr nahe genug, um an das Spiel, das sie mit ihm hätte treiben wollen, auch nur zu denken. Stattdessen verbrachte sie den Abend mit Heyse, dem jegliche Lebensart fehlte. Der gefeierte Professor stolperte derart hilflos und linkisch durch das gesellschaftliche Ereignis, dass Sentas Mitleid erwachte und sie ihre eigenen Probleme vergaß.

Zu dieser Zeit war sie noch sicher gewesen, zu den vom Glück in unverschämter Weise begünstigten Menschen zu gehören. Auch wenn sie kein Geschöpf als den toten Wahid ihren Freund nannte, auch wenn sie sich zuweilen so einsam fühlte, dass sie nach einem Gefährten hätte schreien wollen – sie war es in Wahrheit nicht. Sie hatte ihre Eltern, den Dreibund, von dem ihr Vater so oft sagte, er sei in seiner Harmonie und Erfüllung sich selbst genug. Heyse dagegen hatte keine Menschenseele.

Er war nicht einfach ein ungehobelter Menschenfeind – er hatte tatsächlich nicht die geringste Ahnung, wie man sich in Gesellschaft anderer Menschen bewegte. Auf einmal kam er ihr vor wie ein scheues Tier, das den Kopf zwischen die Schultern duckte, weil ungewohnte Geräusche ihm Angst machten. Senta hatte die Geschichte von seiner Geburt in der Kneipe für eine Legende gehalten. Er war eine solche Koryphäe, die in ihrem Fach jeden überragte – wie konnte er ohne Zugang zu Bildung aufgewachsen sein? Eine derart einzigartige akademische Laufbahn schien ohne entsprechenden Hintergrund undenkbar, zumal Heyse höchstens zehn Jahre älter war als sie selbst. Aber die Legende war keine, sondern es war Heyses Leben, in dem er sich ständig bewegte, als hätte man ihn in fremder, feindlicher Umgebung ausgesetzt.

Ohne ganz zu durchschauen, wie ihr geschah, hatte Senta ihn unter ihre Fittiche genommen.

Seither hatte ihre Mutter ihn mit unverhohlener Seligkeit *deinen jungen Mann* genannt: »Du weißt nicht, wie sehr ich mir das für dich gewünscht habe, Liebes. Dein Papa hat ja recht, wenn er darauf beharrt – wir dürfen uns nicht einmischen, sondern müssen dir dein eigenes Leben zugestehen. Aber für mich wäre es eine solche Erleichterung, dich nicht allein zu wissen ...«

»Allein?«, hatte Senta gefragt.

Die Mutter hatte den Kopf gesenkt und sich am Treppengeländer festgehalten, als wäre ihr schwindlig. »Eines Tages. Wenn wir nicht mehr da sind.«

Senta hätte sie über die wahre Natur ihrer Beziehung zu Heyse aufklären müssen, aber sie brachte es nicht über sich. Daraufhin wurde der Professor fortan zu Gelegenheiten eingeladen, die sonst der Familie vorbehalten gewesen waren. Er störte dabei, brachte das Gleichgewicht ins Wanken und machte die herrliche Vertrautheit zunichte, mit der sie zu dritt im Salon Musik gehört, dabeigegessen und die Füße hochgelegt hatten, ohne sich um Konventionen zu scheren. Senta war es lästig geworden, sie hatte nach Wegen gesucht, das schiefe Verhältnis zu beenden. Dann aber hatte er sie eines Tages im Institut beiseitegenommen und sie unter viel Gestammel gefragt, ob sie ihn heiraten wolle.

»Haben Sie den Verstand verloren?«, war Senta herausgeplatzt.

Das Blut war ihm ins Gesicht geschossen, und er hatte den

Blick zu Boden gesenkt. Aber er hatte Senta nichts übel genommen, und den Verstand verloren hatte er auch nicht, wie er ihr gleich darauf noch mühsamer stammelnd darlegte.

»*Mulier taceat in excavationes*«, das Weib schweige auf Ausgrabungen, lautete nun einmal die Einstellung, die Robert Koldewey vertrat und in Babylon strikt durchsetzte. Wenn es Senta ernst damit war, dass sie an jene Stätte reisen, dass sie dabei sein wollte, wenn der *Etemenanki,* der berühmte Turm zu Babel, aus dem Sand gehoben wurde, würde sie es nicht als Archäologin tun können. Niemals würde sie als Expeditor berufen werden und die Reise von der Orient-Gesellschaft finanziert bekommen, denn Koldewey selbst würde ihr diesen Weg versperren. Nicht verbieten konnte er hingegen seinen Leuten, dass sie ihre Frauen als Gäste einluden und auf dem Gelände unterbrachten.

»Als Frau eines Expeditors bekämen Sie einen Fuß in die Tür«, erklärte ihr Heyse. »Einer meiner Kollegen, Dr. Fehling, hat beispielsweise seine Gattin mitgenommen, auch wenn sie wohl nicht sehr angetan gewesen ist. Statt ohne Ventilator und Moskitonetz in einem Zelt im Wüstensand zu schlafen, wo Hornvipern, Skorpione und Araberhorden lauern, zog sie es vor, in Bagdad zu bleiben. Das Hotel dort soll eine grauenhafte Klitsche mit durchgelegenen Betten und von zweifelhafter Sauberkeit gewesen sein, aber ...«

»Das ist mir egal!«, war ihm Senta ins Wort gefallen. »Ich will nach Bagdad, ich will nach Babylon, ich schlafe in einer Kuhle im Sand, wenn es sein muss.«

Statt weiter von den Klagen der Archäologengattin zu berichten, hatte Heyse genickt und ihr mitgeteilt, dass er sich beim Generaldirektor der Preußischen Museen um die Entsendung nach Babylon beworben hatte. Er warte nun auf seine Berufung, und wenn Senta es wünsche, sei er bereit, sie als seine Gattin mitzunehmen. Senta zögerte keine Sekunde. Wie sie vorgehen sollten, was genau geschehen würde, wenn die Berufung erfolgte, besprachen sie nicht, doch darum war ihr nicht bange. Wäre nur der ersehnte Brief erst da, würde sich der Rest schon finden.

Der Brief aber kam nicht. Die eisgrauen Tage des Winters begannen, sich in die Länge zu ziehen, und in dem Haus in der Bellevuestraße, wo Senta mit ihren Eltern lebte, in der Geborgenheit, die sie gekannt hatte, veränderte sich etwas, ohne dass sie den Finger darauf hätte legen können. Vielleicht lag es daran, dass sie die Eltern Heyses wegen belog, ihnen etwas verschwieg. Seltsam war jedoch, dass es ihr vorkam, als würden die Eltern ebenfalls lügen, als breitete sich das Verschweigen wie Mehltau in den Räumen ihrer Dreisamkeit aus.

Von Koldewey trafen keine Kisten mehr ein. Offenbar hatte er Schwierigkeiten mit seiner Grabungslizenz, die alljährlich erneuert werden musste. »Die osmanischen Behörden verlangen, über Funde und Erkenntnisse auf dem Laufenden gehalten zu werden«, erklärte Heyse. »Das Museum in Konstantinopel untersteht einem Mann namens Osman Hamdi, der regelmäßige Berichte von Koldewey erwartet. Koldewey bemüht sich zwar, lässt den Briefwechsel aber immer wieder einschlafen. Davon fühlt Hamdi sich gekränkt und zögert die Erneuerung der Lizenz hinaus. Diese Menschen im Orient sind anders als wir, man bringt sie allzu leicht gegen sich auf.«

So viel anders fand Senta die Reaktion des Orientalen nicht. Sie stellte sich einen deutschen Würdenträger vor, der sich in seiner Wichtigkeit übergangen fühlte, und sah ein tanzendes Rumpelstilzchen vor sich. »Ist denn Koldewey auf diesen Hamdi angewiesen?«, fragte sie.

»Leider ja«, antwortete Heyse. »Das unterscheidet Koldewey von den übrigen namhaften Archäologen. Ob Borchardt in Ägypten oder Wiegand in Kleinasien, sie alle sind bei den Botschaften angestellt. Koldewey dagegen hat keine diplomatischen Verbindungen und ist dem Wohlwollen osmanischer Behörden ausgeliefert.«

»Offenbar hat er auch keine diplomatischen Fähigkeiten«, versetzte Senta. »Wenn er von diesen Leuten abhängig ist – weshalb ist er sich dann zu fein, ihnen Briefe zu schreiben?«

»Ich denke nicht, dass er sich zu fein ist«, erwiderte Heyse und warf ihr einen Blick wie ein trauriger Spaniel zu. »Ihm fallen wohl nur diese Spielregeln des gesellschaftlichen Umgangs nicht so leicht.«

Ob er damit nur von Koldewey sprach oder zugleich von sich selbst, blieb dahingestellt. In jedem Fall wurde, solange Koldewey keine Erlaubnis hatte, kein weiterer Archäologe eingestellt, und Senta und Heyse blieb nichts übrig, als abzuwarten.

»Die ständigen Aufstände und Machtwechsel verlangsamen amtliche Vorgänge noch weiter«, erklärte er ihr, als einen Monat später noch immer nichts geschehen war. »Das Osmanische Reich ist in Aufruhr. Dieser ganze Menschenschlag dort unten, der Schmelztiegel aus allzu vielen dunklen, heißblütigen Völkern ist mit unserem helleren, vernunftgesteuerten Typus nicht zu vergleichen. Jeder Osmane ist käuflich, und ohne *Bakschisch* rührt sich in keiner Behörde eine Hand. Da werden Pässe einbehalten, Geleitbriefe verloren, und wer nachfragt, steht vor aufgehaltenen Händen und orientalischen Pokergesichtern.«

Er klang wie ein Griesgram, der überallhin lieber wollte als in den Orient. Das Land, das er in der Studierstube erforschte, machte ihm in der Wirklichkeit Angst. Zudem gehörte die Lage vor Ort offenbar zu den unzähligen Wissensgebieten, mit denen er sich nicht auskannte. Von seiner Brillanz als Altorientalist hatte sich Senta inzwischen überzeugen können, doch was immer in der Welt vorging, rauschte an ihm vorbei.

Senta selbst las Zeitungen nur gelegentlich, doch ihr Vater studierte die *Vossische* bereits am Frühstückstisch von der ersten bis zur letzten Zeile. Dabei kommentierte er, was immer ihm interessant erschien, und Senta fragte nach, sooft etwas ihre Aufmerksamkeit weckte. Ihres Vaters Antworten waren Gold wert. Er war keiner, der sich gern selbst reden hörte, sondern einer, dem daran lag, dass sein Gegenüber verstand.

Demzufolge hätte Senta Heyse besser erklären können, was im Osmanischen Reich vor sich ging, als umgekehrt. Die Partei der Jungtürken, die seit zwei Jahren offen den Aufstand probte, hatte Sultan Abdülhamid im April endgültig gestürzt. Sein Bruder Mehmet, der ihm auf den Thron gefolgt war, wurde nur mehr als Galionsfigur geduldet, während führende Vertreter der Jungtürken an den Schalthebeln der Macht saßen. Hinzu kam, dass das Riesenreich an den Rändern zerfaserte wie ein vom Alter verschlissenes Tuch. Auf dem Balkan wie im fernen Libyen strebten Völker nach Unabhängigkeit, und die jungen europäischen Mächte – wie das erst kürzlich vereinte Italien – versuchten, sich das zunutze zu machen, um ihren Einfluss auszudehnen.

»Sie wollen das, worauf die alten Europäer – Briten wie Franzosen – sich seit Jahrhunderten ausruhen«, hatte Sentas Vater gesagt. »Kolonien. Endlose Landschaften mit endlosen Völkerscharen, die auf der anderen Seite der Erde für sie arbeiten. Im Britischen Empire geht die Sonne nicht unter. Kann man es da einem italienischen König oder einem deutschen Kaiser verdenken, dass sie mit dem Fuß aufstampfen und sich auch ihr Plätzchen in der Welt sichern möchten?«

Senta hatte stets die Unaufgeregtheit bewundert, mit der ihr Vater Umstände von allen Seiten betrachtete. »Die Briten muss man allerdings auch verstehen«, hatte er erklärt. »Wenn das Osmanische Reich zerfällt, greift Russlands Zar als Erster zu, und die Machtblöcke geraten aus dem Gleichgewicht. Und wir Deutschen sitzen ihnen zu dicht auf den Fersen, weshalb ihnen unsere Pläne, dem Sultan eine Eisenbahnstrecke von Konstantinopel bis nach Bagdad zu legen, nie geschmeckt haben. Also stützen sie den kranken Mann am Bosporus selbst nach Kräften, und solange sie ihm immer wieder auf die Beine helfen, wird der kranke Mann nicht sterben.«

Den kranken Mann am Bosporus – so nannten Journalisten das zerfallende Osmanische Reich. Und der Bau der Bagdadbahn, die ambitionierte deutsche Ingenieure über die Weite des Reiches hinweg hatten führen wollen, lag auf Eis, obwohl alle Konzessionen unterzeichnet waren. Die Aufstände und das zusammenbrechende Machtgefüge machten die Lage zu instabil für den Transport von Menschen, Material und Geld.

So, wie es mit der Eisenbahn nicht weiterging, ging es auch mit Heyses Berufung nicht weiter, und mit jedem Tag schwand Sentas Glaube daran, dass er mit seiner Zögerlichkeit und seinen ewigen Bedenken etwas erreichen würde. Anfang März, als noch Schnee lag, kam er einmal mehr mit leeren Händen von einer Besprechung. »Es tut mir leid«, sagte er. »Alles ist noch ärger geworden. Dieser Osman Hamdi ist überraschend verstorben, und bis sein Bruder sich in den Vorgang eingearbeitet und eine Entscheidung gefällt hat, können Monate vergehen.«

Es war ihr Geburtstag gewesen, und in ihrer Erinnerung war es zugleich der Tag, an dem alles sich verändert hatte. *Der letzte Tag* – so hieß er in ihrem Gedächtnis, auch wenn sie damals noch nicht gewusst hatte, dass es tatsächlich der letzte war. Höchstens, was die Expedition betraf: Sie hatte alle Hoffnung aufgegeben, nicht länger daran geglaubt. Sie würde nicht nach Bagdad reisen, würde Babylon nicht sehen, nicht vor den Überresten des *Etemenanki* stehen, dem *Fundament des Himmels und der Erde*. Dumm war sie sich vorgekommen, weil sie je ernsthaft angenommen hatte, aus der Schnapsidee des weltfremden Heyse könne die Erfüllung ihres Traumes werden.

An dem Abend hatten sie nicht gefeiert. Für gewöhnlich luden ihre Eltern zu Sentas Geburtstag ein paar Freunde zu einer Soirée ein, doch in diesem Jahr hatte ihr Vater sie gebeten, darauf zu verzichten. Stattdessen hatte Heyse kommen sollen, der nach der Hiobsbotschaft jedoch erklärte, er wolle nicht stören. »Ich hatte gehofft, ich könnte dir die Berufung als Geschenk zum Geburtstag bringen. Wo ich nun mit leeren Händen dastehe, werde ich mich nicht auch noch unbefugt auf die Feier drängen.«

Er hatte vor ihr gestanden, als fehlte ihm nur noch ein Arme-Sünder-Hemd. Senta hätte sich seiner erbarmen, hätte ihm sagen können, dass ihr Geburtstagsgeschenke ohnehin verhasst waren und sie sie nur ertrug, um ihren Eltern nicht wehzutun. Sie hatte ein einziges Mal, zu ihrem zehnten Geburtstag, das eine Geschenk erhalten, das sie sich innigst gewünscht und ersehnt hatte. Es war perfekt gewesen, der vollkommene Moment, und danach, als es das Geschenk nicht mehr gab, hatte sie nie mehr ein anderes gewollt. Aber das ihren Eltern zu erklären, hätte zu viel Schmerz verursacht. Ihre Eltern brannten noch immer darauf, ihr den Geburtstagstisch wie für ein kleines Mädchen mit einem Kranz aus Kerzen, einem Strauß Kamelienblüten, verzierter Zitronentorte und liebevoll verpackten Geschenken zu schmücken, und Senta hatte nicht das Herz, ihnen das zu verderben.

Heyse hätte sie es sagen können, aber Heyse ging es nichts an. Es ging niemanden etwas an. Also ließ sie ihn mit seinen hängenden Schultern ziehen und machte sich selbst auf den Heimweg, um dem gefürchteten Ritual die Stirn zu bieten, das jedoch am Ende gar nicht stattfand.

Ihre Mutter hatte sich nicht wohlgefühlt. Sie gehörte zu jenen Frauen, denen nie die Strumpfnaht verrutschte, die nie zur falschen Tageszeit Perlen anlegten und sich nie einen Hut aufsetzten, der nicht mit der Bluse harmonierte. An diesem Abend hatte Senta sie zum ersten Mal in einem Kleid gesehen, das ihr nicht stand. Es war lindgrün und machte die Mutter blass. *Nicht blass*, dachte Senta, denn blass war sie ohnehin. *Sondern alt, die Haut sieht aus wie vergilbtes Papier.* Es tat eigenartig weh.

Am Ende hatte die Mutter sich hingelegt, und Senta hatte allein mit ihrem Vater im Salon gesessen. Auf dem Grammofon hatten sie sich eine Platte mit Schubert-Liedern angehört, die er eigens besorgt hatte, doch die Musik jagte ihr Schauder über den Rücken. Sie hatten darüber gesprochen, dass die Eltern für ein paar Wochen an die Ostsee fahren wollten, weil die Mutter den sich hinschleppenden Winter nicht vertrug. Dorthin, wo sie zu dritt gewesen waren, als Senta ein Kind gewesen war. Zum Schluss hatte ihr Vater ihr die Neuausgabe von *Tausendundeine Nacht – Alf Leila Wa Leila –,* die sein Verlag herausbrachte, als Geschenk überreicht.

»Wir haben das gesamte Werk neu übersetzen lassen, Liebes. Aus dem Arabischen, nicht aus einer europäischen Sprache. Es dürfte die beste deutsche Ausgabe sein, die erhältlich ist, und sie ist dir gewidmet. Die Literaturwissenschaftler, die künftig damit arbeiten, werden von der Senta-Zedlitz-Ausgabe sprechen. Das ist unser Geschenk für dich. Etwas, das nicht vorübergeht wie unsere gemeinsamen Jahre, sondern bleibt wie die Liebe. Die Liebe bleibt immer.«

Danach war alles anders geworden, und infolgedessen war sie jetzt – gut anderthalb Jahre später – in Konstantinopel, und Heyse war zwar nicht mehr ihr Vorgesetzter und schon gar nicht ihr Mann, aber dennoch mit ihr hier. Das machte die Sache nicht leichter, weder für ihn noch für sie.

Wir hätten uns vorher überlegen sollen, wie wir es mit all diesen Fragen halten, wie wir sie praktisch handhaben wollen, schoss es ihr durch den Kopf. Aber um zu überlegen, um das, was unterwegs geschehen konnte, vernünftig zu durchdenken, war zumindest sie wohl kaum in der Verfassung gewesen. Und jetzt waren sie hier und hatten niemanden als einander.

Sie rissen sich wohl besser beide am Riemen und lernten, aufeinander Rücksicht zu nehmen.

4

Senta hakte sich bei Heyse unter, auch wenn ihr noch immer nicht wohl dabei war. Zusammen durchquerten sie die Bahnhofshalle nun in entgegengesetzter Richtung. Vorn an der Schranke, wo das Schild die Ankunft des Orientexpress aus Paris Gare de l'Est bekannt gab, ballte sich eine Traube grau uniformierter Männer mit *Fes*. Vermutlich Beamte, die dazu abgestellt waren, die Papiere der Ankommenden zu kontrollieren. Den grimmigen Mienen war leicht zu entnehmen, dass sie mit Sentas Verhalten ganz und gar nicht einverstanden waren.

»Du hast recht«, sagte Senta zu Heyse. »Ich habe mich wie eine Idiotin benommen.«

»Du tust das nicht noch einmal, nicht wahr?« Im Gehen wandte er ihr sein erschöpftes Gesicht zu und sah sie geradezu bettelnd an. »Ich trage die Verantwortung für dich, Senta.«

Perplex blieb sie mitten im Gewimmel stehen und zwang ihn, das Gleiche zu tun. »Wie kommst du denn darauf? Natürlich trägst du die *nicht*.«

»Ich weiß, du bist eine unabhängige Frau«, sagte er und gestikulierte über Köpfe hinweg in Richtung der osmanischen Beamten. »Du bist es, die diese Reise finanziert, und du bist es auch, die sich auf all diese Dinge versteht – Reservierungen in

Schlafwagen, Hotelbuchungen, Trinkgelder, Währungen und Gott weiß, was noch alles. Ich kenne mich mit nichts davon aus, und obendrein geht mir auch noch jegliches Talent ab, mir eine Sprache von Menschen anzueignen, die noch nicht seit mehreren Tausend Jahren verstorben sind.«

Sie hatten beide den Winter über versucht, Arabisch zu lernen. Senta, der Englisch und Französisch zugeflogen waren, hatte die Sprache schwierig gefunden, wie ein Knäuel, in dem sich kein Anfang zum Entwirren fand. Von ihren kläglichen Fortschritten war sie enttäuscht, doch immerhin hätte sie jemanden nach dem Weg fragen oder um ein Glas Wasser bitten können. Heyse hingegen brachte kein arabisches Wort über die Lippen, und mit Englisch erging es ihm kaum besser. »Ich habe jahrelang Unterricht genommen, weil die Briten in unserem Fach so lange führend waren«, hatte er ihr erzählt. »Zur Not bin ich in der Lage, einen Fachtext zu lesen, aber es ist mir ein Rätsel, wie jemand diese Sprache aussprechen kann.«

Den Sprachführer für das osmanische Türkisch, den Senta angeschafft hatte, hatte er mit ähnlicher Skepsis bedacht. Bei der Verständigung war er somit auf Gedeih und Verderb von ihr abhängig – und was das meiste andere betraf, sah es leider nicht besser aus. Ohne sich mit ihm zu beraten, regelte sie die Angelegenheit mit der Passkontrolle, sah, wie die grimmigen Mienen sich entspannten, sobald sie die Männer ansprach, und mit einigem Radebrechen in drei Sprachen war die Unstimmigkeit rasch beigelegt. Sie trugen schließlich Empfehlungsschreiben der Vorderasiatischen Gesellschaft bei sich und obendrein den Brief des Übersetzers, der die *Tausendundeine Nacht*-Ausgabe für Sentas Vater betreut hatte. Er besaß Verbindungen zur deutschen Botschaft am Taksim-Platz und hatte versichert, dass man nach all den Liebesbekundungen des Kaisers für die Hohe Pforte den Deutschen selten Schwierigkeiten machte.

Nach Sentas Einschätzung gab es überhaupt keinen Grund,

vor diesen Männern Angst zu haben. Nicht anders als Beamte in Deutschland erledigten sie ihre Arbeit, folgten den Gesetzen und waren auf leicht wichtigtuerische Art freundlich, wenn man selbst ihnen freundlich entgegenkam. Heyse aber hielt sich einen halben Schritt hinter ihr und senkte den Blick, als wäre er ein gesuchter Verbrecher.

»Ich weiß, ich mache mich lächerlich«, murmelte er kaum hörbar im Weitergehen. »Aber in meinen Augen trage ich trotz allem die Verantwortung für dich. Daran kann ich nichts ändern. Wenn dir etwas zustieße, könnte ich mir das niemals verzeihen.«

Senta entlohnte den graubärtigen Gepäckträger, den Heyse lediglich mit ein paar Münzen abgespeist hatte und der geduldig samt seinem Wagen mit dem Messinggestänge am Gleis wartete. Von den Sprachen, die sie ihm anbot, verstand der alte Mann keine, aber er winkte einen jüngeren Kollegen herbei, der sich mit formvollendeter Verbeugung als Mehmet vorstellte und ein eloquentes, farbenfrohes Englisch sprach. Die Farbigkeit wurde geradezu blumig, als es ans Feilschen um Preise ging, aber das war Senta im Augenblick gleichgültig. Sie zahlte, was er verlangte, und vereinbarte, dass ihr Gepäck ins Hotel *Pera Palas* geschafft würde, in dem sie brieflich zwei Zimmer reserviert hatte. Anschließend half der beflissene Mehmet ihnen, eine Droschke zu mieten, und verhandelte wortreich mit dem Fahrer.

»Du hast dir von diesen zwei Schacherern ein Vermögen abschwatzen lassen«, sagte Heyse, sobald Senta ihrer Börse einige Lira-Scheine entnommen hatte, um den von Mehmet genannten Preis zu entrichten.

Senta wollte ihn mit einer passenden Antwort in die Schranken weisen, als ein Geschrei aufbrandete und sie innehalten ließ. Dass die Türken lauter und stürmischer miteinander sprachen, als sie es aus Berlin gewohnt war, hatte Senta bereits bemerkt. Ob es um den Verkauf von klebrigen Süßigkeiten, um die Frage nach Zugabfahrzeiten oder um die Kontrolle von Dokumenten ging – immer waren die Hände im Spiel, immer hoben sich Stimmen, übertönten einander, schienen manchmal zu streiten, ehe sie sich wieder senkten und beruhigten. Dies hier aber klang anders: wütend, aggressiv, bedrohlich. Senta überließ dem Fahrer die Geldscheine, trat aus dem Pulk zurück und reckte sich auf die Zehenspitzen, um zu sehen, was los war.

Auf der gegenüberliegenden Straßenseite hatten vier Männer in dunklen Uniformen eine schmale Gestalt, die in eine Art weißes Nachthemd gehüllt war, zu Boden gestoßen. Ob es sich um einen Mann, eher wohl einen Jungen, oder um ein Mädchen handelte, konnte Senta nicht erkennen. Sie sah nur, dass er oder sie ein Tuch ums Haar gewickelt trug, wie sie es bereits an mehreren Männern bemerkt hatte, und dass er sich zur Kugel krümmte, um seinen Kopf vor Schlägen zu schützen. Die vier Uniformierten hatten Knüppel aus ihren Koppeln gezogen und ließen in schneller Folge Hiebe auf ihn niederprasseln, ohne sich darum zu scheren, welchen Teil des geradezu zarten Körpers sie trafen.

»Sie schlagen ihn tot!«, entfuhr es Senta.

Trotz des Geschreis konnte sie den dumpfen Aufprall hören, mit dem die Stöcke auf Knochen und Fleisch knallten. Sie sah, wie der junge Mann sich krümmte, Blut floss über den mit Sonnenflecken übersäten Stein, und die Leute, die ihre Einkäufe heimtrugen oder zu einer Verabredung eilten, gingen vorbei und wandten sich ab. In den Kaffeehäusern würfelten die Männer weiter über ihrem Brettspiel und tranken aus winzigen Gläsern ihren Tee.

»Verdammt, jemand muss doch etwas tun!«

Ob sie Englisch oder Deutsch geschrien hatte, wusste sie nicht, aber Mehmet schien sie verstanden zu haben. »Das arabische Leute«, sagte er und winkte ab. »Stinker aus Wüste. Das nicht viel gut.«

Senta hatte ihn mit seinem fantasievollen Englisch als überschwänglich, warm und regelrecht erfrischend erlebt. Jetzt aber wirkte er undurchdringlich, als hätte sich ein Vorhang gesenkt und seine Züge unlesbar gemacht.

Die Soldaten oder Polizisten prügelten den Jungen, der nicht länger schrie, sondern still und reglos am Boden lag.

»Dann gehe eben ich!«, rief sie und lief los.

»Nicht doch, Senta, das geht uns nichts an!« Heyse packte sie am Arm. »Die Leute sind hier anders, ein jeder, der diese Länder bereist hat, sagt dir, dass man sich nicht einmischen soll, und wir beide kennen uns nicht aus.«

»Wir kennen uns nicht aus?« Empört straffte Senta den Rücken und riss sich von ihm los. »Wenn vier große Kerle einen kleinen verdreschen, dann kenne ich mich allerdings aus und weiß, was ich zu tun habe, das hat mein Vater mir nämlich beigebracht, als ich nicht älter war als vier!«

Beim Losrennen fuhr ihr wie ein Blitz die Frage durchs Hirn, warum sie ihren Vater erwähnt hatte, warum sie an ihn dachte, wo sie vierzehn Monate lang mit allen Kräften versucht hatte, *nicht* an ihn zu denken. Auch nicht an ihre Mutter. Jetzt schon gar nicht. Die Straße zu überqueren, war nicht so leicht, wie sie geglaubt hatte. Ein Art Staatskarosse mit vier schwarzen, prachtvoll aufgezäumten Pferden donnerte von links heran, während sich von rechts die Straßenbahn mit ihrer überquellenden Menschenladung näherte. Dazwischen schlängelte sich ein findiger Alter mit einem von einem Esel gezogenen Gemüsewagen, und Senta musste im Zickzack springen, um den verschiedenen Fahrzeugen auszuweichen.

Was Heyse ihr hinterherrief, wollte sie nicht hören, sie blendete es aus wie die Bilder von ihrer Mutter, die in einem lindgrünen Kleid auf einmal wie eine alte Frau wirkte, von ihrem Vater, der morbide Musik auf seinem Grammofon spielte und ihr mit verschwommenem Blick ihr Geschenk überreichte.

Als sie die andere Straßenseite erreichte, hatten die Uniformierten aufgehört, den schmalen Jungen zu prügeln, und zerrten ihn auf die Füße. Das zuvor weiße, knöchellange Hemd, das er trug, klebte ihm von Blut und Dreck durchnässt am Leib, und das Tuch hatte sich aufgewickelt, fiel auf die Schultern herunter und gab dichtes, schwarz glänzendes Haar frei. Sekundenlang fand Senta sich abartig, weil sie statt auf die Verletzungen auf dieses Haar starrte und wahrhaftig daran dachte, wie schön sie es fand.

Die Uniformierten schoben die nass glänzenden Knüppel zurück in ihre Koppel. Drei von ihnen zerrten den Jungen vorwärts, riefen ihm Worte zu, aus denen durch fremde Laute der Hohn triefte, und versetzten ihm Klapse auf die Wangen, den Hintern und die Schenkel. Der Junge, der vor Entkräftung stolperte, bog sich unter den Demütigungen nach vorn und zur Seite, als schmerzten sie ihn mehr als die Schläge mit dem Stock. Der vierte Uniformierte förderte eine kurze Peitsche zutage und zog sie ihm über den Rücken, herrschte ihn an und trat ihm in die Hacken, um ihn zu mehr Eile anzutreiben.

»Stop it!«, rief Senta, sprang dazwischen, stieß dem Peiniger die Peitsche beiseite und riss den Jungen zu sich heran. Der war aus der Nähe breiter und kräftiger als vermutet, ließ sich aber dennoch leicht zur Seite drängen. »Auf der Stelle hören Sie damit auf! Sind Sie nicht bei Trost?«

Erst jetzt erkannte sie, dass die Uniformierten den jungen Mann an Stricken hielten, mit denen er um Hand- und Fußgelenke gefesselt war. Die zwei, die vorausgingen, zerrten ihn daran von Senta weg. Der, der die Peitsche geschwungen hatte, sagte etwas zu ihr, das sie nicht verstand, aber er wirkte nicht zornig dabei, sondern beinahe amüsiert.

Sie sprang hinterher, wollte den Jungen befreien und wusste doch, dass sie allein auf verlorenem Posten kämpfte. Der Junge drehte sich um. Quer über sein Gesicht, von der Stirn bis zum

Kinn, zog sich ein Striemen mit aufgeplatzter Haut, deren Ränder sich blau verfärbten. Senta wurde übel.

Schön war er trotzdem. Die Augen waren dunkel und still, so wie Wahids Augen.

Wann immer sie an Wahid dachte, zog sich in ihrem Innern etwas so heftig zusammen, dass sie all ihre Kraft brauchte, um aufrecht stehen zu bleiben. Er war ihr Freund gewesen, und sie hatte ihn allein gelassen. Scharf schnitt der Schmerz ihr in den Bauch. Der Gefangene sah, wie sie kämpfte, umfasste mit der gefesselten Hand ihren Ellenbogen und stützte sie. Der Scherge hinter ihm versetzte ihm erneut einen Hieb mit der Peitsche. Der Junge krümmte den Rücken und verdrehte die Augen, ließ aber Senta nicht los.

Senta fand Halt, fuhr herum, wollte den Uniformierten fortstoßen, doch der Gefangene zog sie wieder zu sich und schüttelte den Kopf. Während sie noch in seinem Blick wie in einem Netz gefangen hing, schlangen sich von hinten feste Arme um sie, und jemand zwang sie, an seinen Leib gedrückt drei Schritte rückwärts zu machen. Der Junge wurde abgeführt, hielt dabei den Kopf gedreht und sah sie unverwandt an. Senta stand wie erstarrt, bis die Gruppe um die Ecke verschwunden war. Dann drehte sie sich um und fand sich Brust an Brust mit Mehmet wieder.

»Du haben viel gute Herz, Lady *Tanriça*«, sagte er weich. »Aber stören *Zaptiye,* das nicht viel gut, nicht für dich, nicht für Gesindel aus Wüste.«

»Was ist das – *Zaptiye?*«

»Polizei«, erklärte Mehmet, schob und zupfte ihr Hut und Kragen zurecht und führte sie behutsam durch den quirligen Verkehr auf der Straße. Auf der anderen Seite half er ihr auf den Wagen und trat dann beiseite, um Heyse, der weder ihn noch Senta eines Blickes würdigte, nachfolgen zu lassen. Der klapprige Grauschimmel zog an, und Senta starrte noch immer auf den Flecken Straßenpflaster, auf dem die Sonne das Blut des jungen Mannes trocknete.

»Ich dachte, wir wären uns einig, dass du dich nicht wieder leichtsinnig in Gefahr begibst«, schimpfte Heyse los, kaum dass sie zwei Straßenecken umrundet hatten. »Und was tust du, keine fünf Minuten später? Erst wirfst du diesen Schacherern das Geld in den Rachen, das wir für einen ganzen Tag berechnet hatten, und dann läufst du los und legst dich mit der osmanischen Polizei an. Ich habe gedacht, diese Barbaren nehmen dich fest, Senta, ich hatte Angst, du bist die Nächste, die blutig geschlagen auf dem Pflaster liegt. Und was wäre dann gewesen? Was hätte ich tun sollen, hier, wo kein Mensch uns hilft, wo kein Mensch auch nur unsere Sprache versteht?«

Senta hätte die Bilder, die sich vor ihrem geistigen Auge überschlugen, gern ausgelöscht. Sie hatte sich im Polster der halb offenen Droschke zurückgelehnt und hätte stattdessen Konstantinopel in sich aufsaugen wollen, dessen Kuppeln und schlanke Türme, auskragende Erker und geschnitzte Fenstergitter sich um ein verwinkeltes Netz aus Straßen erhoben. Die sehr langsam untergehende Sonne überzog das Glänzen und Prunken der Stadt mit einem so fragilen Gespinst in Rosa, dass Senta sich wünschte, zu schweigen, keinen Luftzug zu erzeugen, um von der Zartheit nach all der Gewalt nichts zu zerstören.

»Aber helfen wolltest du mir nicht, nein?«, fragte sie, ohne ihn anzusehen. »Und was die angeblichen Schacherer betrifft: Warum hast du dich nicht wenigstens um dich selbst gekümmert, wenn ich deiner Ansicht nach alles falsch gemacht habe?«

Auf eine Antwort von ihm legte sie keinen Wert, und er gab ihr auch keine, denn die kurze Fahrt war schon zu Ende. Das Hotel *Pera Palas*, ein stattlicher Quader voller glitzernder Fenster und steinerner Balkone, war eigens für die Reisenden, die mit dem Orientexpress in die Stadt kamen, erbaut worden. Wenn der kranke Mann am Bosporus sich solche Prunkfassa-

56

den leisten konnte, hegte Senta wenig Furcht, dass die Krankheit tödlich enden würde.

War das *Pera Palas* bereits von außen imposant, so glich es im Inneren tatsächlich einem Palast. Sobald sie in der weiten, von goldenem Licht durchfluteten Halle standen, wo eine Abordnung von livrierten Pagen sie empfing und hofierte, fühlte sich Senta ein wenig getröstet. Helligkeit und Freundlichkeit wirkten beruhigend auf ihre aufgepeitschten Nerven. Heyse hingegen senkte von Neuem den Kopf wie ein armer Sünder.

Für die erlesene Schönheit der Einrichtung hatte er keinen Blick, sondern schlich hinter Senta und den Pagen zum Aufzug und den Gang entlang. Bei ihrer Reservierung war offenbar etwas missverstanden worden, denn man hatte ihnen nicht zwei getrennte Zimmer, sondern eine Suite mit einem gemeinsamen Wohnbereich zugewiesen. Senta machte es nichts aus. Die Suite besaß zwei Schlafzimmer, die Zwischentüren ließen sich schließen, und der Blick von dem schmalen Balkon aus war atemberaubend. Hinter den Dächern der Stadt, die sich nach der Hitze des Tages in Schwaden aus Rosa, Gold und Grau hüllte, glitzerte als blausilbernes Band der Bosporus, der Europa und Asien trennte.

Schiffe, unterwegs nach Gott-weiß-wohin, waren im Zwielicht nur noch an ihrer Beleuchtung auszumachen. Sie würden ihre Reise durch die Nacht fortsetzen und behielten ihre Geschichte, ihr Geheimnis für sich. *So wie ich,* dachte Senta. Sie hatte geglaubt, sie könne nie wieder ein Schiff, ein Boot, jede Art von Gefährt, das sich auf dem Wasser bewegte, mit Freude betrachten, aber sie fand die leuchtenden Punkte, die die Meerenge hinunterglitten, schön. Diesen Augenblick lang gefiel ihr der Gedanke, dass sie alle nicht mehr als solche leuchtenden Punkte waren, die nichts preisgaben, durch die Fremde tanzten und verschwanden.

Auf dem Teetisch im Wohnbereich standen ein Korb mit

Obst, eine Schale mit stark duftenden Gebäckstücken und ein Kühler mit einer Flasche Champagner auf Eis. Senta, die nicht hungrig, nur erschöpft und erfüllt von Bildern war, schien die Vorstellung paradiesisch, sich ans weit geöffnete Fenster zu setzen und sich von der Süße ihrer ersten orientalischen Nacht benebeln zu lassen, bis der Schlaf kam.

Und er würde kommen. Darauf hoffte sie fest. Seit jenem Tag vor vierzehn Monaten erschienen ihr die Nächte wie Schlachtfelder, auf denen sie sich mit dem Schlaf einen Kampf lieferte, bis sie beide entkräftet liegen blieben. Heute würde es anders sein. Sie war im Orient, auf ihrem Weg in ein neues Leben. Der Schlaf würde sie umarmen, ihr die Augen verschließen und jeden Traum, der sie heimsuchen wollte, fortscheuchen.

»Du hättest das nicht buchen dürfen«, sagte Heyse, der noch immer bleich, doch mit immerhin frisch gekämmtem Haar den gemeinsamen Salon betrat. Sie hatte ihm vorschlagen wollen, er solle allein zum Abendessen gehen und bei einem köstlichen Menü die Strapazen des Tages vergessen, doch er kam ihr zuvor. Er hob die bronzene Schale mit den Süßigkeiten hoch und betrachtete kopfschüttelnd das Siegel auf dem Boden. »Welche Unsumme kostet eigentlich dieses Hotel? Ist es das teuerste der Stadt? Wir waren uns doch einig, dass wir sparsam reisen wollen.«

Sie glaubte zu hören, wie etwas in ihr riss. »Warum hast du dann nicht ein anderes gebucht?«, platzte sie heraus. »Mir sind leider keine Listen von Hotels in Konstantinopel bekannt. Der Bekannte meines Vaters hat dieses hier empfohlen, und mir gefällt es. Dass ich es dir wieder einmal nicht recht machen kann, tut mir leid, aber das lässt sich nun nicht mehr ändern.«

»Darum geht es doch gar nicht.« Er ließ sich auf das türkis und golden gemusterte Polster der Ottomane fallen und wirkte noch müder, als Senta sich fühlte. »Natürlich gefällt es mir. Dieses Zugabteil mit dem Waschbecken aus Marmor und der heißen Schokolade auf dem Servierwagen, dieses Hotel, wo auf jeder Stufe eine Gestalt steht und dient, ohne das Gesicht zu verziehen – wie könnte jemand wie ich sich anmaßen, daran keinen Gefallen zu finden? Ob es mir gefällt oder nicht, ist nur leider nicht die Frage, denn ich kann es mir nicht leisten. Und dafür schäme ich mich. Umso mehr, als ich mich für dich als völlig nutzlos erweise.«

Senta setzte sich ebenfalls, das Gesicht zum Fenster gewandt, aber ohne wirklich etwas zu sehen. Was er vorgebracht hatte, ließ sich nicht von der Hand weisen. Dass die Schieflage, in der sie diese Reise angetreten hatten, zum Problem werden konnte, hätte sie wissen müssen, aber sie hatte es verdrängt. Nüchtern betrachtet, hatte es für sie keinen Grund gegeben, Heyse mitzunehmen. Keinen handfesten Grund jedenfalls. Nichts als das vage Gefühl, ihm etwas schuldig zu sein, sowie die vage Hoffnung, seine Begleitung möge ihr doch noch den Weg in Koldeweys Mannschaft ebnen.

Allein hatte sie nicht die Spur einer Chance. Weil sie es trotz allem nicht hatte glauben können, hatte sie in Berlin – damals, nachdem ihre Situation sich so dramatisch geändert hatte – noch einmal Erkundigungen eingezogen. Mit einiger Mühe war sie schließlich an Erhard Carsdorf geraten, der dem Vorstand der Orient-Gesellschaft angehörte. Wie Andrae hatte er mit Koldewey gearbeitet und galt als einer seiner wenigen Vertrauten. Immerhin hatte sich Carsdorf dazu herabgelassen, Senta in seinem Refugium bei der Orient-Gesellschaft zu empfangen und ihr eine Viertelstunde seiner kostbaren Zeit zu opfern, doch die Antworten, die sie von ihm bekommen hatte, hatten alle Hoffnung zunichtegemacht: »Sie wollen sich in Babylon als Expeditor andienen?«

»Ich habe mein eigenes Geld«, hatte Senta aufgetrumpft, doch das hatte Carsdorf nicht mehr als ein müdes Lächeln entlockt.

»Vergessen Sie's! Robert, dieser Eigenbrötler, hat ohnehin nie mehr als fünf oder sechs deutsche Archäologen vor Ort. Er zieht es vor, sich arabischer Hilfskräfte zu bedienen, mit denen persönliche Gespräche nicht vonnöten sind. Und er würde fraglos eher eine Horde Dulaim-Krieger in sein Expeditionshaus einladen als eine Frau, die sich Archäologin schimpft, in eines seiner Ausrüstungszelte.«

Wut war in Senta aufgewallt und hatte ihrer Vernunft die Zügel entrissen. Sie hatte damals nichts mehr besessen, das ihr etwas bedeutete, nichts als Geld auf einem Konto und den Traum von Babylon, von einem Tor aus leuchtend blauen Kacheln, das nicht den Namen des Stadtgottes Marduk, sondern den der Ischtar trug, der Herrin über Liebe und Krieg. Wenn sie der Schwärze in ihrem Kopf, der Leere, der Enge entfliehen wollte, beschwor sie Bilder von der Prozession des babylonischen Frühlingsfestes herauf, bei dem gigantische Standbilder beider Gottheiten aus der Stadt getragen und in juwelenbesetzten Booten den Euphrat hinuntergerudert wurden. Sie sah den Königspalast und die Straße zu dem himmelhohen Turm, dem *Etemenanki,* vor dem jeder sich in den Staub warf und dessen Spitze in die Wolken ragte, dorthin, wo kein Menschenblick hinreichte.

Es war alles, was sie noch wollte – Babylon sehen. Mit welchem Recht versagte ihr das dieser Graubart, der doch sein Leben gelebt hatte, wie es ihm gefiel? Mit welchem Recht behandelte er sie, als hätte irgendein unappetitliches Tier die Frechheit besessen, in sein Reich zu kriechen?

Haben Altorientalisten Angst vor Frauen?, hatte sie sich gefragt, und ehe sie sich besinnen konnte, hatte sie es auch schon ausgesprochen: »Woran liegt es, dass die Männer in unserem Feld sich vor Frauen fürchten wie das Kaninchen vor der Schlange? Dass man uns gemeinhin für einfältige Trinen hält, ist ja bekannt, aber fern der Altorientalistik hindert das niemanden, uns zumindest mit einem Minimum an Höflichkeit zu behandeln.«

»Angst?« Carsdorf hatte sie angesehen, als wüsste er nicht, wovon sie sprach. »Vor Frauen?«

»Liegt es an Ischtar?«, war ihm Senta ins Wort gefallen. »Fürchten Sie in jeder Frau eine allgewaltige Göttin, in deren Glanz selbst der donnernde Marduk zum harmlosen Hausgeist schrumpft?«

Der Vorsitzende der Orient-Gesellschaft hatte gehüstelt. »Ich kannte Ihren Herrn Vater«, hatte er gesagt. »Weil ich ihn sehr geschätzt habe, habe ich mich bereit erklärt, Sie zu empfangen. Dass Sie an latentem Größenwahn leiden, war mir allerdings bereits zugetragen worden.«

»Vielleicht«, hatte Senta erwidert und gegen die Macht der Wut angekämpft, die ihr die Kehle zuschnürte. »Aber will ich eigentlich so viel anderes als Sie? Ich will in die Wüste. Nach Babylon. Mit meinem eigenen Geld, nicht mit dem der Gesellschaft, aber als Archäologin, nicht als Zuschauerin. Ich will daran teilhaben, wenn der *Etemenanki* freigelegt wird, die Stadtmauer, die Hängenden Gärten der Semiramis.«

»Auf gut Deutsch: Sie wollen, dass man Ihnen Zutritt zu dem Feld gewährt, das ja nicht ohne Grund allein Männern offensteht. Haben Sie sich schon einmal gefragt, warum eigentlich Frauen nicht neuerdings auch Soldaten werden?«

»Ischtar war eine Soldatin«, hatte Senta ihm hingeworfen und war aufgestanden. »Sie war Babylons mächtigste, am schwersten fassbare Gottheit, herrschte über Liebe und Krieg und besaß die Mittel, Reiche zu vernichten und Fürsten zu Fall zu bringen. In den Augen der Babylonier fungierte sie als ihr oberster Kriegsherr, und offenbar hatte seinerzeit kein Mann Probleme damit, ihr das zuzutrauen.«

Ohne Gruß hatte sie sich umgedreht, war gegangen und hatte keinen weiteren Versuch unternommen, ohne Heyses Hilfe zu Koldewey durchzudringen. Heyse war also so etwas wie ihre lebende Eintrittskarte, nur ließ sich nicht einmal sagen, ob sie überhaupt gültig war. Aller Wahrscheinlichkeit nach würde sie sich als so wirkungslos erweisen wie alles, was Heyse bisher in dieser Frage unternommen hatte.

5

Senta musterte ihn, wie er ihr jetzt, in dem palastartigen Hotelzimmer hoch über Konstantinopel, gegenübersaß und sich stumm ein Auge rieb, bis es tränte. Sie fand, dass er keineswegs wie eine lebende Eintrittskarte aussah, sondern eher wie eine lebende Anklage, weil die Welt nicht gerecht war und Menschen wie ihm die Tore zu den entscheidenden Schauplätzen des Lebens verschlossen blieben.

Wer auf einen wie ihn setzte, war selbst schuld, und genau das hatte er ihr gesagt, als er sechs Wochen nach ihrem Geburtstag, an dem ihr Vater ihr die Neuausgabe von *Tausendundeine Nacht* geschenkt hatte, zurück ins Büro gekommen war. Ihre Eltern waren schon seit Ostern in Warnemünde an der Ostsee gewesen, wo sie in Sentas Kindheit so oft die Sommerfrische verbracht hatten, dass Senta die Wirtsleute im Hotel Onkel Anton und Tante Gesine genannt hatte.

Sie hatten eine Segeljacht dort gehabt, eine Slup, die die Eltern von *Cathrin* in *Senta* umgetauft hatten. Senta hatte die Ferien in dem weißen Haus am Wasser geliebt, die Sandburgen, die der Vater mit ihr gebaut hatte, doch vor allem die Weite, wenn sie morgens das Fenster öffnete und über die Fläche des Meeres schaute, wo dem Blick keine Grenze gesetzt war. Das Gefühl verstärkte sich noch, sooft sie auf der *Senta* in diese

Grenzenlosigkeit hinaussegelten, doch seit sie erwachsen war, waren sie nicht mehr in Warnemünde gewesen.

Dass die Eltern allein dorthin gefahren waren, hatte sie gewundert. Sonst waren sie immer nur im Sommer gereist, und zu dieser Jahreszeit würde das Wetter dort der Gesundheit der Mutter kaum zuträglicher sein als daheim. In diese vagen Gedanken über Warnemünde und die Eltern, die sie nun nie vergessen würde, war Heyse mit seiner Nachricht geplatzt. Wie ein Schuljunge, der mit gesenktem Kopf und im Rücken verschränkten Händen seine Strafe erwartet, hatte er sich vor sie hingestellt und verkündet: »Ich wurde abgelehnt.«

»Die Grabungslizenz?«, hatte Senta gefragt, ohne recht zu verstehen. »Ist die denn immer noch nicht erteilt?«

»Doch.« Heyse stand unbewegt. »Halil Edhem, Osman Hamdis Bruder und Nachfolger, hat die Genehmigung unterzeichnet, und in Babylon sind die Arbeiten angelaufen. Noch sind über Basra keine neuen Fundkisten eingetroffen, aber immerhin bereits ein Bericht.«

Hinter seinem Rücken tauchte zaudernd seine Rechte auf, die einen großformatigen Umschlag hielt. Mit steifen Fingern entnahm er ihm mehrere Bögen beschriebenes Papier. Senta sah zuoberst eine Zeichnung, einen kompakten, quadratischen, von einer spiralförmigen Treppe umgebenen Turm. Ehe sie sich bremsen konnte, hatte sie Heyse das Blatt aus der Hand gerissen. Koldewey hatte Talent zum Zeichnen. Aus den Skizzen, die er seinen Berichten beilegte, entstand ein lebhaftes Bild davon, wie die freigelegten Überreste in ihrer Blütezeit ausgesehen haben mochten.

Das Tor der Ischtar, die Prozession, auf der die Riesenstatue der Göttin aus der Stadt hinaus und an den Fluss getragen wurde – durch Koldeweys Skizzen nahmen sie in Sentas Vorstellung Gestalt an. Und jetzt hielt sie eine Zeichnung in den Händen, die die Krönung von allem zeigte. Den *Etemenanki.* Turm von Babel, Fundament des Himmels und der Erde, Versuch des Menschen, an der Himmelspforte anzuklopfen.

Ihr schauderte davor, als wäre sie keine Akademikerin, sondern ein kleines Mädchen, das nach den Eltern rief, weil unter ihrem Bett ein namenloses Grauen lauerte. Zugleich aber verlangte sie mit jeder Faser danach, dieses Grauen, dieses Wunder, dieses menschliche Meisterwerk zu kennen. Es war der Turm, der ihre Fantasie mehr als alles andere beflügelt hatte. Der biblischen Erzählung zufolge hatten die Menschen Gott herausfordern wollen, indem sie ihr Gebäude bis an die Pforte des Himmels errichteten. Gott hatte sie dafür bestraft, indem er ihnen die gemeinsame Sprache raubte, sodass sie einander nicht länger verstanden.

Vielleicht erkenne ich darin mich, war es Senta damals, über Koldeweys Skizze, jäh eingefallen. *Ich fordere Gott heraus, weil ich will, was eine Frau nicht wollen darf, und zur Strafe fehlt mir irgendetwas zur Verständigung.*

Natürlich war die biblische Erzählung nur eine Parabel, vermutlich erstellt aus älteren Quellen, doch das Bauwerk selbst entsprang der Wirklichkeit. Koldewey hatte bereits zu Beginn seiner Expedition dessen Standort ausgemacht und seither angekündigt, dass er das, was von ihm geblieben war, eines Tages freilegen würde. Natürlich gab es Skeptiker, die spekulierten, er habe diese Behauptung ebenso wie die von der Entdeckung der sagenumwobenen Hängenden Gärten nur aufgestellt, weil eine Sensation für mehr Forschungsgelder sorgte. In sumerischen Quellen aber tauchte der Turm immer wieder auf. Die Babylonier hatten ihm den Namen *Etemenanki* gegeben. Fundament des Himmels und der Erde.

Ich muss dorthin, ich muss mich selbst überzeugen. Der Gedanke war wie ein fortwährender Glockenschlag in Sentas Kopf. Und jetzt hatte also Koldewey mit dem ersten Bericht, den er seit der erzwungenen Grabungspause nach Hause sandte, eine

Zeichnung des Turmes geschickt. Das konnte nur eines bedeuten.

Heyse hatte Antwort gegeben, noch ehe sie ihre Frage formuliert hatte: »Die Gelder sind bereitgestellt, der Kaiser hat das Budget noch einmal aus der eigenen Schatulle aufgestockt. Wenn nichts dazwischenkommt, ist für die kommende Grabungsphase die Freilegung des *Etemenanki* vorgesehen.«

Panik hatte Senta erfasst: Ihr lief die Zeit davon! Sie würde versäumen, worauf sie ihr gesamtes Denken, all ihre Bestrebungen ausgerichtet hatte. »Aber wenn die Grabungslizenz doch jetzt vorliegt, warum darfst du dann noch immer nicht reisen?«, hatte sie Heyse angefahren. »Liegt es am Geld, erlaubt das Budget keinen weiteren Expeditor?«

»Doch, ein neuer Expeditor wird entsandt«, hatte Heyse geantwortet und zu Boden gestarrt. »Womöglich sogar zwei, weil dort unten jemand das Handtuch geworfen hat. Aber keiner davon werde ich sein.«

»Was soll das heißen? Du hast dich doch schon im Herbst beworben, du wartest seit Monaten auf den Bescheid …«

»Aber sie wollen mich nicht haben«, erwiderte Heyse. »Die offizielle Begründung lautet, dass sie mich hier bei der Auswertung nicht entbehren können. Natürlich ist mir klar, was in Wahrheit dahintersteckt: Sie trauen mir nicht zu, vor Ort von Nutzen zu sein. Ich hätte es mir denken können. Schon beim Militärdienst hat mein Hauptmann gewitzelt, im Kriegsfall würde er persönlich dafür sorgen, dass ich in eine Schreibstube abgestellt werde, damit ich nicht den gesamten Vormarsch aufhalte. Es tut mir leid, Senta. Wäre dies hier ein Pferderennen, müsste man dir sagen, du hast dein Geld auf einen Versager gesetzt.«

»Aber das kann doch nicht sein!«, stieß Senta hervor – und brach ab, weil es eben doch sein konnte. Weil es auf der Hand lag, wenn man sich Heyse mit seiner verschwitzten Stirn, seinen dicken Brillengläsern und seiner völligen Weltfremdheit ansah.

»Natürlich verpflichtet dich damit nichts mehr, unsere Vereinbarung aufrechtzuerhalten«, hatte er gesagt, und ohne Frage hatte er damit recht gehabt. Sie hatte sich auf jene Vereinbarung nur eingelassen, weil sie ihr als der einzige Weg erschienen war, nach Babylon zu gelangen, und über das, was Heyse sich davon versprochen hatte, hatte sie nicht nachgedacht.

Durfte man aber einen anderen dafür bestrafen, dass man selbst nicht nachgedacht hatte? Natürlich hatte sie ihn nicht heiraten können – hatte sie je ernsthaft geglaubt, sie wäre dazu in der Lage? Ihr Vater hatte sie in der Nacht ihres Geburtstags gefragt, ob es ihr ernst damit sei, ob sie nicht Heyse nur zum Mann nehmen wolle, weil sie für sich keinen anderen Weg sah. Sie hatte abgewehrt, hatte jedoch zumindest flüchtig gespürt, wie absurd der Gedanke war. Jetzt aber erschien es ihr mindestens genauso undenkbar, Heyse ohne jeden Skrupel fallen zu lassen.

Sie wusste nichts von ihm, weil es nichts zu wissen gab. Er hatte keine Familie, keine Freunde, niemanden, zu dem er abends nach Hause ging. Sie tauchte bei ihren Eltern in einen Kokon aus Wärme. Er aber wurde von keinem Menschen geliebt, war allein wie der Bär, der oben auf dem Kleiderschrank saß und noch immer aussah wie neu, als wäre er nie einem glücksstrahlenden Kind als Geschenk überreicht worden.

Senta hatte sich manchmal gefragt, wie sich wohl ein Spielzeug fühlte, das zum Geliebtwerden gefertigt worden war und dann bald dreißig Jahre unberührt auf einem Fleck saß? *Gar nicht,* hatte sie sich jedes Mal zur Ordnung gerufen, denn der Bär besaß ja nichts, womit er hätte fühlen können. Heyse aber war kein Stofftier der Firma Steiff, und in seiner Brust befand sich keine Reißwolle. Er hatte weiter wie ein Schuljunge vor ihr gestanden, und sie hatte ihm halbherzig versichert, es bliebe vorerst alles beim Alten. Sie würden weiter zusammenarbeiten und mit der Zeit eben sehen, was sich ergäbe. Nun, da sich die Aussicht auf die Babylon-Reise zerschlagen hätte, bestünde ja kein Grund mehr zur Eile.

Anschließend war sie durch den noch hellen Abend nach Hause gegangen, und keine Stunde später hatte ihr Kokon aus Wärme nicht länger existiert. Er war zerplatzt wie eine Seifenblase, die Senta für eine schirmende Glasglocke gehalten hatte, und nun stand sie ohne Schutz in der Welt. Stattdessen – Zynismus des Schicksals – war nun die Babylon-Reise in greifbare Nähe gerückt. Eine Babylon-Reise, für die sie allein die Mittel aufbringen konnte und weder Stipendien, die an Frauen nicht erteilt wurden, noch eine Berufung von der Orient-Gesellschaft brauchte. Wer verlassen und verraten worden war, war niemandem verpflichtet. Sie konnte tun, was sie wollte, war vollkommen frei und obendrein reich. Noch in der Tür des Notariats hatte sie beschlossen, die Reise anzutreten, ohne jemanden um Erlaubnis zu fragen, und sich den Platz, den Koldewey ihr verweigerte, einfach zu kaufen.

Sie hätte auch den als Expeditor abgelehnten Heyse nicht mehr gebraucht.

Natürlich war es undenkbar, dass sie als Frau allein reiste, aber sie hätte jemanden für sein Geleit bezahlen können. Heyse konnte sie nicht bezahlen. Er war so etwas wie ein Freund, von dem Umstand abgesehen, dass weder er noch sie Freunde hatten.

Sie hatten niemanden. Sie so wenig wie er.

Er hatte ihr bei den Vorbereitungen geholfen, die – einschließlich der Vermietung des Hauses und des Verkaufs jeglichen Inventars – ein Jahr in Anspruch nahmen. Gesprochen hatten sie nur über praktische Fragen, und von irgendeinem Zeitpunkt an hatte wohl einfach festgestanden, dass sie zusammen reisen würden.

Jetzt saßen sie einander gegenüber vor dem niedrigen Tisch,

den eine zierliche Einlegearbeit aus schwarzen und roten Hölzern schmückte, vor dem Fenster senkte sich Dunkelheit über Konstantinopel, und sie schwiegen. Aber es war kein gutes Schweigen, keines, an dem man Sentas Vater zufolge erkannte, ob man einen Menschen liebte, und ganz gewiss keines, in dem man gern eine Nacht verbracht hätte.

Senta fasste sich ein Herz. »Sei mir nicht böse, ich komme heute nicht mit zum Essen nach unten«, sagte sie. »Geh du allein. Sollte ich später Hunger bekommen, bestelle ich mir etwas aufs Zimmer.«

»Wenn ich dir den Abend verdorben habe, tut es mir leid«, sagte Heyse. »Ich hätte wissen müssen, dass mein dummes Gerede nichts besser macht.«

»Vergiss es!« Senta zog die Beine auf den Sessel, wie sie es im Salon in der Bellevuestraße getan hatte. Früher. An den Abenden mit ihren Eltern, bei Kanapees, die sie aus den Händen aßen, und Musik von ihres Vaters Grammofon. »Ich bin nur müde und wäre gern eine Weile allein.«

Er starrte dorthin. Auf ihre Beine, die sie hochgelegt hatte, ohne darauf zu achten, was das mit ihrem Rock anstellte. Sein Blick wirkte wie gebannt, als wäre es ihm unmöglich, ihn abzuwenden. »Wenn du nicht mitkommst, gehe ich auch nicht zum Essen. Aber keine Sorge, ich falle dir nicht zur Last. Ich habe mir genügend Material mitgebracht, damit werde ich mich in mein Zimmer zurückziehen und ein wenig lesen.«

»Warum gehst du denn nicht nach unten und isst zu Abend?«, rief Senta. »Alle Mahlzeiten sind im Voraus bezahlt, und das Essen soll hervorragend sein. Du brauchst keine Angst zu haben, dass dich irgendwer vergiften, ausnehmen oder übers Ohr hauen will. In dem Restaurant treffen sich die Diplomaten vom Taksim-Platz zum Dinner, und im Hotel logiert die Crème de la Crème der westlichen Welt.«

Endlich löste er den Blick von ihren Beinen und starrte stattdessen auf seine verschränkten Hände mit den weiß hervortretenden Knöcheln.

»Davor habe ich keine Angst«, sagte er. »Jedenfalls keine allzu große. Ich habe Angst, mich zu blamieren, etwas Dummes, Falsches zu tun, das diese Leute aufbringt, weil es gegen ihre undurchschaubaren Sitten und Gebräuche verstößt ... Ich sehe sie an, aber ich kann in ihren Gesichtern nicht lesen. Ich weiß nicht, was sie von mir erwarten.«

Statt zu seufzen, hob Senta die Champagnerflasche aus dem Kühler. Die Hoffnung, sie allein oder in stiller Gemeinschaft mit Konstantinopel trinken zu können, konnte sie sich wohl abschminken. Während sie den Korken vom Draht befreite, flogen schnell, wie in einem Daumenkino, Bilder vor ihrem geistigen Auge vorbei. Die meisten stammten von heute: Heyse mit den osmanischen Kontrolleuren, mit dem feilschenden Mehmet, dem Empfangschef des Hotels, den Pagen und Liftboys – immer sah man seiner Körperhaltung die Angst an, die er gerade beschrieben hatte.

Danach folgten Bilder, die ihn im Kreis seiner Kollegen zeigten; im Speisewagen des Zuges, wo er statt des köstlichen, blutroten *Kressmann Latour* und des angewärmten *Grand Marnier* nur Wasser getrunken hatte; im Haus ihrer Eltern – stets lag in seiner Haltung, im gesenkten Kopf, den steifen Schultern und den verschränkten Händen dieselbe Angst.

»Ich bin gut in meiner Arbeit«, hatte er ihr einmal erklärt. »In meiner Forschung fühle ich mich zu Hause, da bringt mich so schnell nichts aus dem Gleichgewicht. Es ist dieses Getue, dieses Sich-zur-Schau-Stellen, das mir nicht liegt.«

Ein andermal, als sie mit Sentas Eltern im *Zinnober,* dem Lieblingsrestaurant der Familie, zum Essen waren, hatte er auf eine entsprechende Frage ihres Vaters erwidert, dass die Welt, die Senta so eng erschien, ihm allzu groß vorkam. »Vor dieser Größe scheue ich zurück«, hatte er eingestanden.

»Aber soweit ich von meiner Tochter weiß, geht es in Ihrer Arbeit doch um Größe«, hatte ihr Vater erstaunt erwidert. »Ihr Babylon ist gigantisch, deshalb lässt sich doch unser Berlin, das jetzt alles auf einmal und Paris und London einholen will, so gern mit ihm vergleichen. Wenn sich Berlin einen ganzen U-Bahnhof wie einen mesopotamischen Königspalast gestalten lässt, wenn es eine neue Sternwarte außerhalb der Stadt braucht, weil man im Innern vor lauter Licht keine Sterne mehr sieht, dann geschieht das alles doch, um die Größe Babylons zu imitieren: die sagenhaften Hängenden Gärten, die Stadtmauern, auf denen Wagen umherfahren konnten, den Turm zu Babel ...«

»In den Himmel gebaut«, war ihm Heyse ins Wort gefallen.

»Gottgleich. Mir ist das zu viel, auch bei Koldewey. Ja, er dringt darauf, dass jedes Fundstück untersucht wird, aber in Wahrheit strebt er nur nach dem Großen, dem Monumentalen. Die kleinen, mühsam zu ermittelnden Details sind ihm gleichgültig, denn sein Ziel wie das des Kaisers besteht ja nicht darin, über das Leben vor dreitausend Jahren etwas in Erfahrung zu bringen, sondern die Briten in ihrem Ninive zu übertrumpfen.«

Gleich nach dem letzten Wort hatte er sich die Hand vor den Mund geschlagen, sichtlich beschämt, weil er vor fremden Menschen so viel geredet hatte und Sentas Vater ins Wort gefallen war. Für den Rest des Abends war er wieder in seiner Angst gefangen gewesen, und das war er auch jetzt. Er würde nicht nach unten zum Essen gehen, und sie würde den Champagner und ihren ersten Abend im Orient mit ihm teilen müssen.

Überraschend sanft glitt der Korken aus der Flasche. Nicht mehr als ein paar Tropfen spritzten Senta auf die Hand. Sie zog die beiden Gläser heran. »Bist du sicher, dass es an der Fremdartigkeit der Leute in diesem Land liegt?«, fragte sie. »Kannst du denn überhaupt in jemandes Gesicht lesen?«

Statt darauf zu warten, dass sie ihm das Glas, das sie für ihn gefüllt hatte, hinschob, stand er auf. »Gute Nacht, Senta«, sagte er. »Du hast recht mit deiner Frage. An dem Land liegt es nicht, ich kann auch daheim in Berlin in niemandes Gesicht lesen. In deinem am wenigsten, sosehr ich es wieder und wieder versuche.«

6

In der Nacht schlief sie nicht tief und traumlos, wie sie es sich erhofft hatte, auch wenn Erschöpfung und Champagner sie recht schnell in einen ohnmachtsgleichen Schlaf schickten. Sentas Schlaf aber war kein Hinweggleiten in eine friedliche Nachbarwelt, sondern ein Sturz in eine Schwärze, die oft keinen Boden hatte und dann wieder in einer Enge endete, die dem Begrabensein in einem Sarg glich.

In dieser Enge suchten sie die Träume heim. Nie Fantasiegespinste, sondern Bilder, die sie gesehen hatte oder gesehen zu haben glaubte, nur anders zusammengesetzt, verzerrt, in ein höhnisches Gegenteil verkehrt. In der ersten Nacht in Konstantinopel träumte sie flüchtig von dem zerschlagenen Gesicht des jungen Mannes, der sie mit Augen, so schön wie die von Wahid angesehen hatte. Gewiss lag etwas Anstößiges darin, die Augen eines Menschen mit denen eines Pferdes zu vergleichen, aber Wahid war ihr Freund gewesen, und eine weitere Freundschaft hatte sie nie wieder schließen können. Sie mochte Menschen gern, sie kam gut mit ihnen aus, sie ertrug sie nur nicht zu dicht bei sich.

Das blutig geschlagene Gesicht des Mannes ging in das ihres Pferdes über, dann wurde daraus wieder seines, und seine aufgeplatzten Lippen, die sich öffneten, entließen keine Frage. Senta hörte sie dennoch. Es war dieselbe Frage, die sie hörte, sooft sie an Wahid dachte:

Warum bist du nicht bei mir geblieben, warum hast du mir nicht geholfen?

Wahid war ein Rappe gewesen, ein Vollblutaraber, dessen Mutter das Gestüt Weil in Württemberg aus der syrischen Wüste importiert hatte. Senta hatte ihn zu ihrem zehnten Geburtstag bekommen, weil sie ihn sich so sehr gewünscht hatte, und danach war sie sieben Jahre lang mit Wahid glücklich gewesen.

Seit er da war, war er ihr Freund – schwarzäugig und samtlippig, still tauchte sein Gesicht aus der Dunkelheit der Box auf, wenn sie ihn nach der Schule besuchte, und lud sie ein, ihre Stirn an seine zu lehnen. Während sie im Galopp über nebelverhangene Waldwege jagten, teilte er mit ihr ein Gefühl von Freiheit, das all die Enge, all die Ängste, die sie gefesselt hielten, sprengte. Senta hatte nicht gewusst, dass es so etwas gab, und seit sie es wusste, war sie süchtig danach.

Wenn sie auf Wahid ritt, konnte sie atmen, spürte sie um ihre Brust keine Zwinge, sondern nur die kühle, nach Wald schmeckende Luft, die wie Nahrung ihren Körper füllte. Und dann starb Wahid.

Es war ein Unfall gewesen, wie sie mit Pferden manchmal geschehen, zumal mit solchen, die dem Betreiber des Reitstalls zufolge »in eine Wüste, nicht in eine Stadt« gehörten. Senta war am Schildhorn einen Waldweg hinuntergesprengt, in der nebligen Frühe, die Wahid und sie so sehr liebten, aber an jenem einen Tag nicht früh genug. Der Wald gehörte ihnen nicht mehr allein, eine Gruppe Spaziergänger kam ihnen entgegen und brachte Wahid zum Scheuen. Er bäumte sich auf, scherte zur Seite aus und brach krachend ins Gehölz. Senta stürzte aus dem Sattel, schlug mit dem Kopf auf eine Baumwurzel und verlor das Bewusstsein, während Wahid mit seinen zarten Araber-Fesseln weiter über das dicht bewachsene Gelände galoppierte.

Als sie mit einer Gehirnerschütterung im Spitalbett erwachte, war er schon tot. Erschossen von dem Veterinär, der herbeigerufen worden war und den auf zwei gebrochenen Vorderläufen taumelnden Rappen eingefangen hatte.

Danach hatte Senta sich nie wieder etwas zum Geburtstag gewünscht, denn der eine Wunsch, den sie gehabt hätte, war unerfüllbar: Wahid Adieu sagen, ihn wenigstens um Verzeihung bitten, noch einmal ihre Stirn an seine lehnen und die Hand um die weichen, sachte mahlenden Lippen schließen.

Sie wünschte es sich auch jetzt, im Traum, wollte ihrem Pferd das Blut von den Nüstern streichen, doch sein Gesicht verschmolz schon wieder mit dem des jungen Mannes, dem das schwarze Haar ins Gesicht hing. Als sie auch danach greifen wollte, wurde es zu dem des *Lamassu,* des steinernen Schutzdämons aus Mesopotamien, den sie sich mit ihren Eltern auf einer London-Reise im British Museum angesehen hatte. Obwohl es verboten war, hatte sie die Hand nach der monumentalen Skulptur ausgestreckt und den sandgelben Stein berührt. Er hatte sich warm angefühlt, als wäre die sengende Sonne der Wüste noch darin gespeichert. Der Gesichtsausdruck des kolossalen, bedrohlichen Geschöpfs hatte sich in ihr Gedächtnis gegraben: seine seltsame Sanftheit, die großen, ein wenig schläfrigen Augen, die, in Stein gehauen, über drei Jahrtausende hinweg ihrem Blick begegneten.

Sie hatte den *Lamassu* geliebt. Er hatte sie an Wahid erinnert und war ihr vertraut gewesen, doch jetzt im Traum wich selbst die Skulptur vor ihr zurück, und die versteinerten Augen stellten ihr dieselbe Frage:

Warum bist du nicht bei mir geblieben, warum hast du mir nicht geholfen?

Senta schrie und schlug mit den Armen um sich, versuchte,

sich aus der Enge freizukämpfen, und erwachte schließlich. Schweißnass setzte sie sich auf, machte Licht, brauchte mehrere Augenblicke, um sich zurechtzufinden.

Beruhige dich, beschwor sie sich mit stummen Lippenbewegungen. *Du bist weit fort, in Konstantinopel, auf der Reise, die du dir immer gewünscht hast. Morgen früh ziehst du los und siehst dir die Hauptstadt des Osmanischen Reichs an, die Blaue Moschee, die Hagia Sophia, den Topkapi-Palast ... Du kaufst dir an einem der Stände Feigen und Trauben und isst sie aus der Hand, probierst die Süßigkeiten, die so kleben, dass der Verkäufer sie mit dem Messer in Stücke schlagen muss, lässt dir aus Früchten, die du nie zuvor gesehen hast, einen Saft pressen. Und in zehn Tagen fährst du nach Smyrna, und von dort mit dem Schiff immer weiter, immer näher an Bagdad heran, aus der Meerenge in die Meerweite ...*

Allmählich beruhigte sich ihr Atem, und der Schweiß, der ihre Haut bedeckte, trocknete. Aus dem Krug auf dem Nachttisch schenkte sie sich ein Glas Wasser ein, dann schaltete sie die Lampe aus, weil das Licht in ihren müden Augen brannte und sie die Lider nicht länger offen halten konnte.

Hatte sie aber auf einen friedvollen Rest der Nacht gehofft, so hatte sie sich getäuscht. Kaum übermannte der Schlaf sie, stürzte er sie von Neuem in die Tiefe, und aus dem bodenlosen Schwarz stieg ein neuer Traum.

Auch diesmal bestand er ausschließlich aus Bildern, die sie kannte, die zu ihrem Leben gehört hatten, die nur jetzt nicht mehr zusammenpassten und vor denen sie durch einen ganzen Kontinent geflohen war. Sie war wieder in dem Haus in der Bellevuestraße, in dem selbst Rosine, die nach Rumtopf und Kernseife duftende einstige Kinderfrau, und Helene, das Hausmädchen, überflüssig waren, weil ihre Gemeinschaft – Mutter, Vater, Senta – so eng war, dass jeder andere darin störte. Stundenweise war eine Köchin gekommen, doch ansonsten waren sie sich selbst genug gewesen.

Auch als Senta klein gewesen war, hatte sich nicht Rosine, sondern ihre Mutter um sie gekümmert, obwohl sie Probleme mit den Nieren hatte und oft krank im Bett lag. Rosine hatten sie nur behalten, weil die Eltern meinten, nach dem, was geschehen war, bekäme die Alte, die zu gern ins Glas schaute, in ihrem Beruf keine Anstellung mehr, und Sentas Mutter hatte bis fast zum Schluss alles selbst erledigt.

Während Senta und ihr Vater sich die Köpfe heiß redeten oder ihrer Liebe zur Musik frönten, war ihre Mutter oft aufgestanden und in die Küche gegangen, um ihnen mit Minzblättchen und Zuckerrändern garnierte Getränke zu servieren.

»Lass das doch Rosine machen, Annette«, hatte ihr Vater dann gesagt und nach der Hand der Mutter gegriffen. Dabei hatte er zu ihr aufgesehen, und sein Blick war Senta durch und durch gegangen.

Ihre Mutter war eine gut aussehende Frau aus bester Familie gewesen. Ihre Abstammung stand sogar noch ein wenig höher im Kurs als die des Vaters, der Kommerzienrat war und einer Dynastie von wohlhabenden Verlegern entstammte. Zudem war sie warmherzig, liebenswürdig und schuf ihrer Familie mit viel Geschmack ein behagliches Heim. Ohne Frage hatte sie die Wertschätzung ihres Mannes verdient. Aus dem Blick, den der Vater ihr nach fünfunddreißig Jahren noch schenkte, sprach jedoch eine Liebe, die über Wertschätzung zwischen Ehegatten weit hinausging.

Ich werde niemals jemanden so lieben, hatte Senta gedacht, sooft sie Zeugin einer solchen kleinen Szene zwischen ihren Eltern geworden war. Mit einem Lächeln in den Augen hatte ihre Mutter erwidert: »Es macht mir Freude, etwas für euch zu tun, Justus«, und Senta war sicher gewesen, dass eine solche Nähe zu einem anderen Menschen für sie nicht möglich war.

Vielleicht hätte sie so viel Nähe nicht einmal gewollt. Ihre ständige Furcht vor der Enge hätte dergleichen kaum zugelassen, und allein der Gedanke, mit jemandem ihre Nächte zu teilen, verursachte ihr Beklemmungen. Und dennoch spürte sie manchmal mit Bedauern, dass ihr etwas fehlte, dass gerade sie, die mit so viel Liebe aufgezogen worden war, in sich eine Leere trug, die sich nicht würde füllen lassen.

Einmal, an ihrem letzten gemeinsamen Abend, hatte ihr Vater ihr erzählt, wie er ihre Mutter kennengelernt hatte. Er hatte es getan, nachdem er ihr die neue Ausgabe von *Tausendundeine Nacht* geschenkt und ihr gesagt hatte, er habe Angst, sie heirate Heyse nur, weil sie keinen anderen Weg für sich sah.

»Vor vierzig Jahren luden mich Freunde zu einem Ausflug auf die Pfaueninsel ein«, hatte er erzählt. »Während die anderen sich beim Kartenspiel vergnügten, vertrat ich mir die Beine und sah dabei ein Mädchen, das im Rosengarten spazieren ging. Ein Pfau tauchte auf, pickte nach Futter, und sie versteckte sich hinter einem Rosenstrauch, um ihn nicht zu stören. So zart war sie, dass ein Rosenstrauch sie verbergen konnte, und so sehe ich sie noch heute. Wenn ich deine Mutter anschaue, sehe ich noch heute das zauberhafte Mädchen, das ich fortan nie anders genannt hätte als Annette. Meine Annette. Der Mensch ist einsam in die Welt gestellt, selbst wenn er im Tosen der Großstadt lebt, vom Lärm seiner Freunde umgeben. Heilbar ist das nicht, doch deine Mutter und ich waren einander nah. Wir haben manche Nacht schweigend beieinandergesessen, weil das Leben uns die Sprache verschlagen hatte, und waren dennoch nicht völlig allein.«

In der Wirklichkeit hatte ihr Vater längst die Platte mit den Schubert-Liedern, vor denen ihr schauderte, vom Grammofon genommen, doch in ihrem Traum hallte die Stimme des Baritons noch immer in der von Bildern durchtanzten Schwärze:

»Fremd bin ich eingezogen,
Fremd zieh' ich wieder aus.

Der Mai war mir gewogen
Mit manchem Blumenstrauß.
Das Mädchen sprach von Liebe,
Die Mutter gar von Eh',
Nun ist die Welt so trübe,
Der Weg gehüllt in Schnee.«

Ihr Vater und sie hatten einen beinahe identischen Musikgeschmack gehabt, hatten Schönberg, Zemlinsky, den jungen Alban Berg und den so plötzlich verstorbenen Gustav Mahler geliebt – alles von ihm bis auf die *Kindertotenlieder,* die die Mutter manchmal spielte. Warum der Vater an ihrem Geburtstag ausgerechnet diese Platte ausgewählt hatte, würde sie nie begreifen.

»Deine Mutter und ich, wir wünschen uns dasselbe für dich«, war er an jenem Abend fortgefahren. »Dass du nicht allein bist, was immer du auch mit deinem Leben anfängst, sondern erfährst, wie nah ein Mensch einem anderen sein kann. Auch wenn wir einsam bleiben. Wir wünschen uns jemanden an deiner Seite, mit dem du tausend Nächte lang schweigen kannst, so lange, bis aus der tausendundersten Nacht wieder ein Tag geworden ist.«

Das Lächeln, das ihr Vater ihr in der Wirklichkeit geschenkt hatte, verzerrte sich im Traum zu einer grinsenden Grimasse. »Und ein Kind wünschen wir dir, eines, das die Erfüllung deines Glücks wird, so, wie du es für deine Mutter und mich warst. Wir haben uns ja ein Kind gewünscht, seit wir miteinander vor dem Altar standen. Dass wir es bekamen, hat mich zum glücklichsten Mann auf der Welt gemacht. Danke für fünfundzwanzig gemeinsame Jahre, mein Liebes. Danke für die schönste Zeit meines Lebens.«

Durch die Schwärze gellte nicht länger die Stimme ihres Vaters, die von den Segnungen der Elternschaft sprach, sondern Gustav Mahlers *Kindertotenlied*:

»Oft denke ich, sie sind nur ausgegangen,
Bald werden sie wieder nach Hause gelangen.
Der Tag ist schön, oh sei nicht bang,
Sie machen nur einen weiten Gang.«

Im Haus ihrer Eltern hatte es nach Bienenwachs und den Tannenscheiten geduftet, mit denen ihr Vater im Winter ein Feuer im Kamin schürte, es hatte nach der Limonade geduftet, die ihre Mutter ihr im Sommer auf die Terrasse trug, doch im Traum gab es keine Düfte, und alle Bilder verschwammen. Allein der Bär war da, der verlassen auf dem Kleiderschrank saß, das winzige Regal, in dem ein einziges Buch stand, und die Bilder auf dem Kaminsims, die das Mädchen nicht abstauben durfte. Dann gab es nur noch die Schwärze des Wassers, die alles verschluckte wie der Tod in Samarra. Senta schrie und krümmte sich, bis ein Lichtschein im Finstern sie weckte und zurück in ihr Leben riss. Durch die Vorhänge drang ein zarter, noch rosiger Schimmer. Die erste Morgendämmerung des Landes, in dem die Sonne aufging, hatte sie erlöst.

7

Am nächsten Morgen hatte Heyse Kopfschmerzen. Beim Frühstück ließ er die Rühreier stehen, weil sich Tomaten und Würfel scharf gewürzter Wurst darin befanden, die ihm, wie er erklärte, nicht geheuer waren. Von dem Kaffee, den Senta köstlich fand, trank er eine winzige Tasse mit verzogenem Gesicht. »Ich denke, wir bleiben heute besser im Hotel«, sagte er.

»Du kannst ja bleiben«, sagte Senta, die selbst Kopfschmerzen hatte, jedoch entschlossen war, sich weder davon noch von der Nacht, die auf ihr lastete, den Tag verderben zu lassen. »Ich gehe und schaue mir Konstantinopel an.«

»Das geht nicht, und du weißt es. Ich kann dich unmöglich allein in dieser Stadt umherziehen lassen.«

»Ich wünschte, du würdest aufhören, *diese Stadt* zu sagen, als wären wir in einer Art Pesthöhle oder in einem Verbrechernest gelandet, nicht in einer der schönsten, kultiviertesten Städte der Weltgeschichte«, sagte Senta.

»Ich habe es so nicht gemeint«, erwiderte Heyse, und im Grunde wusste Senta das selbst.

Da sie sich von ihrem Plan, die Stadt zu erkunden, nicht abbringen ließ, nahm er irgendein Pulver ein und verkündete, er sähe sich dann eben gezwungen, sie zu begleiten. Senta hätte am

81

liebsten eine Kehrtwendung gemacht und den Ausflug abgeblasen. Sie war sicher, sie würde sich den ganzen Weg schuldig fühlen, weil sie den von Schmerzen geplagten Heyse dazu genötigt hatte, und keinen einzigen Augenblick davon genießen.

Vor dem Portal des Hotels begrüßten sie die Sonne, der Lärm von Konstantinopel, vor dem sich Heyse die Ohren zuhielt, und das Gewirr der Düfte, das zu Kopf stieg wie Wein.

Und Mehmet. Mit ausgebreiteten Armen und strahlendem Lächeln stand er mitten auf der Straße und störte sich nicht an den Passanten, die ihn streiften und beschimpften. »Herrschaften zum ersten Mal in schöne Stambul? Dann Herrschaften brauchen Stadtführer. Mehmet macht. Mehmet gut. Mehmet sehr nicht teuer. In Leben nicht. «

»Was will er?«, fragte Heyse. »Sich uns wieder aufdrängen?«

»Er will mir helfen, mich in der Stadt zurechtzufinden«, erwiderte Senta. »Ist das nicht ein Glück? Auf diese Weise ist für meine Sicherheit gesorgt, und du brauchst mich nicht zu begleiten, sondern kannst deinen armen Kopf auskurieren. «

Zwar versuchte Heyse, noch dieses oder jenes einzuwenden: Man dürfe dem Türken nicht trauen, und er werde ihnen wieder einen Wucherpreis abnehmen. Doch die Aussicht, sich im abgedunkelten Zimmer hinzulegen und den Ventilator einzuschalten, schien allzu verlockend zu sein. Seine Kopfschmerzen waren offenbar schlimmer, als Senta angenommen hatte, denn er gab überraschend schnell nach und überließ es ihr, sich mit Mehmet auf einen Preis zu einigen.

Von diesem Morgen an war sie mit Mehmet unterwegs. Er führte sie zu den Sehenswürdigkeiten, die sie sich hatte anschauen wollen, und geleitete sie über den *Kapali Carsi,* Konstantinopels großen Basar, den Sultan Mehmet Fatih angelegt hatte, nachdem er die Stadt im 15. Jahrhundert erobert hatte. Im Gewirr der von Kuppeln überwölbten Gänge, in denen sich ein Geschäft ans andere reihte, konnte man sich verlieren. Das ganze System wirkte wie eine eigene Stadt, ein Tummelplatz, in dem sämtliche Waren, die sämtliche Teile der Erde zu bieten hatten, zum Kauf aufgereiht lagen und ein Überfluss herrschte, als litte auf der Welt niemand Not. Es wurde gepriesen, gefeilscht und geschmeichelt, dazwischen geschimpft, gestritten und gelacht. Selbst die Bettler und Diebe, die sich dazwischen herumtrieben, die räudigen Hunde und barfüßigen Kinder schienen ins Bild zu gehören und waren geduldet.

Im Herzen des Irrgartens befand sich die einstige Tuchhalle *Eski Bedesten,* wo die teuersten Waren – Gold und Silber, Schmuck und Juwelen – angeboten wurden und nach dem Lärmen eine geradezu andächtige Stille herrschte.

Wenn es Mehmet verwunderte, mit einer Frau allein losgeschickt zu werden, so ließ er es sich nicht anmerken. Er redete ununterbrochen, erzählte Senta von seinem Leben, seinem zu kleinen Haus, in dem noch seine alten Eltern und eine Herde Ziegen lebten, und von seinen drei Frauen und acht Kindern, deren ewig hungrige Mäuler er zu stopfen hatte. Allah nämlich, so erklärte er ihr, gestatte die Ehe nur dem, der die Gattin – die wievielte auch immer – angemessen versorgte. »*Kafir,* ungläubige Mann, hat sich gelegt in bessere Bett«, rief er und verdrehte seine ausdrucksvollen Augen. »Nur eine Frau. Das viel genug teuer.«

Natürlich war auch Mehmet »*viel genug teuer*«, aber das störte Senta so wenig wie der unablässige Wortschwall. Sie mochte ihn. Seine unerschütterliche Heiterkeit, seine Art, sich die Dinge zurechtzubiegen, wie sie ihm gefielen, und aus allem mitzunehmen, was sich ihm bot.

Bereits am Tag ihrer Ankunft hatte er begonnen, Senta Lady *Tanrıça* zu nennen, ohne dafür einen Grund anzugeben. Es war ihr recht. Sie war dabei, in der Fremde anzukommen, sich langsam in sie hineinzufinden, hatte dafür einen neuen Namen erhalten und einen freundlichen Begleiter an der Seite. Die Zeit der Stille würde später kommen, und Mehmets unverwüstliche gute Laune bot eine willkommene Erholung von Heyses Missmut.

An ihrem letzten Abend in Konstantinopel riet er ihr, noch einmal an den funkelnden, beinahe violetten Bosporus zu fahren, um dort Abschied zu nehmen. »Lady *Tanriça* schauen Stambul an, wo ist Stambul am schönsten, dann nehmen Stambul in Herz mit und kommen wieder.«

»Wer weiß, Mehmet«, sagte Senta, zum ersten Mal auf dieser Reise mit Wehmut. Sie war von Stambul, von Konstantinopel bezaubert, sie hätte noch Wochen hier verbringen können und wusste, dass sie nicht einmal einen Splitter der Weltstadt gesehen hatte. Etwas in ihr vermochte jedoch nicht, daran zu glauben, dass sie wiederkommen würde. Was ihre Reise betraf, so war sie immer nur fähig gewesen, nach vorn zu denken, nicht zurück. *Die Welt ist die Wohnung dessen, der keine Wohnung hat.*

Sie gab Mehmet ein fürstliches Trinkgeld zum Trost. »Danke, dass du mir dein Stambul gezeigt hast. Führ deine Frauen und Kinder zum Essen aus, und deine Eltern und die Ziegen am besten auch.«

Mehmet bedankte sich unter zahlreichen Verbeugungen und nahm mit einer letzten Beteuerung seines Bedauerns Abschied.

In der Frühe, als der Träger, den das Hotel bestellt hatte, ihr Gepäck bereits zum Verladen abgeholt hatte, stand er strahlend und mit ausgebreiteten Armen erneut vor dem Portal. »Du fahren Izmir? Du fahren Tripoli, Aleppo, Bagdad? O weh, o weh, das alles schöne, ja herrlich schöne Stadt und viel schöne Häuser, aber sehr viel teuer und viele Betrüger unterwegs. Lady *Tanriça* viel gut, nicht erkennt Betrüger, wenn hat freundliche Gesicht. Mehmet dir sagen. Mehmet dir zeigen, was kaufen für Reise. Nehmen Mehmet mit. Mehmet sehr nicht teuer. In Leben nicht.«

»Er ist doch selbst der Betrüger«, rief Heyse, der Mehmets Radebrechen offenbar verstanden hatte, auf Deutsch. »Tu mir einen Gefallen, Senta, nimm ihn nicht auch noch mit nach Smyrna. Ich hätte keine ruhige Minute mehr, aus Angst, dass er uns die Reisekasse stiehlt.«

Statt ihm eine Antwort zu geben, wandte sich Senta an Mehmet: »Was ist mit deinen vier Frauen und den zwölf Kindern?«

Ein wenig verlegen strich er sich über das gekämmte, bleistiftschmale Schnurrbärtchen und zuckte mit einem Mundwinkel. »Waren wirklich so viele? Dann Lady *Tanriça* verstehen: Arme Mehmet muss arbeiten Tag und Nacht.«

Ohne Sentas Entscheidung abzuwarten, wandte er sich dem Gepäckträger zu, auf dessen Karren sich Heyses schäbige Taschen und der Überseekoffer stapelten, den Senta für die Reise neu angeschafft hatte, obwohl ihre paar Habseligkeiten ihn nicht einmal zur Hälfte füllten. Obenauf lag die ausgebeulte Leinentasche, die sie ebenfalls kürzlich gekauft hatte, um darin die wichtigsten Dinge aufzubewahren, die sie überall bei sich tragen wollte: Ihre Papiere, ihr Geld, ein wenig Schmuck, den Umschlag mit Adressen und Empfehlungsschreiben und die empfohlenen Medikamente. Zwei Bürsten mit Schildpattrücken. Dazu die beiden einzigen Gegenstände aus ihrem Haus, die sie nicht verkauft, verschenkt oder weggeworfen, sondern mitgenommen hatte.

»Du viel wenig Gepäck«, sagte Mehmet und trat neugierig näher an den Karren. »Ladys, für die Mehmet arbeiten, kommen mit Koffern, wie wenn wollen in Stambul eröffnen neue Basar. Aber Lady *Tanriça?* Nur kleine Täschchen.«

Mit einem blitzschnellen Sprung, ehe irgendwer in der Lage gewesen wäre, ihn aufzuhalten, hatte er sich auf den Gepäckstapel gestürzt und sich Sentas Tasche geschnappt.

»Habe ich es dir nicht gesagt?«, schrie Heyse. »Er stiehlt uns die Reisekasse – haltet den Dieb!«

Mehmet aber brauchte niemand zu halten, weil er überhaupt nicht versuchte davonzulaufen. Er war stehen geblieben, lehnte sich an den Karren und zog aus der Tasche etwas heraus. Nicht die Geldbörse. Sondern einen der Gegenstände aus Sentas Haus. Den kleineren der beiden. Eine Fotografie, die in einem goldenen Rahmen auf dem Kaminsims im Salon gestanden hatte.

Porträts seiner Familie, wie sie sich zum Verschenken an Verwandte eigneten, hatte Sentas Vater grundsätzlich im Fotoatelier von Otto Witte anfertigen lassen. Dieses Bild war jedoch daheim in der Bellevuestraße aufgenommen worden, und Justus Zedlitz hatte sich dafür eigens eine Rollfilmkamera angeschafft. Zumindest nahm Senta das an. Sie konnte ihren Vater vor sich sehen, wie er die Kamera nach Hause trug, um sein Familienglück für alle Zukunft festzuhalten.

Das Bild zeigte ein kleines Mädchen von vielleicht zwei oder drei Jahren. Es hatte einen fedrigen, mit einer Schleife geschmückten Haarschopf und stand ganz in Weiß vor einem hohen Weihnachtsbaum. Um Baum und Kind türmten sich Geschenke: ein Schaukelpferd mit seidiger Mähne, eine Puppe mit passendem Ausfahrwagen und eine ganze Anzahl noch eingepackter Schachteln. In ihren Armen aber hielt das Mädchen einen lächelnden Bären mit weichem Fell, der nicht viel kleiner schien als sie selbst.

Senta stand wie erstarrt.

Heyse war auf Mehmet zugeschossen und dann, als er bemerkte, dass er sich irrte, verwirrt und mit hängenden Armen stehen geblieben.

Mehmet betrachtete das Bild sehr lange, dann drehte er es um und sah sich an, was auf der Rückseite geschrieben stand. Senta wusste es. Ihr Vater hatte *Weihnachten* und die Jahreszahl darauf notiert, doch sie bezweifelte, dass Mehmet lateinische Buchstaben lesen konnte.

Er blickte auf und schob das Bild in Sentas Tasche zurück.

»Du waren viel süße kleine Mädchen, Lady *Tanriça*«, sagte er. »Viel süß, viel glücklich, viel geliebt.«

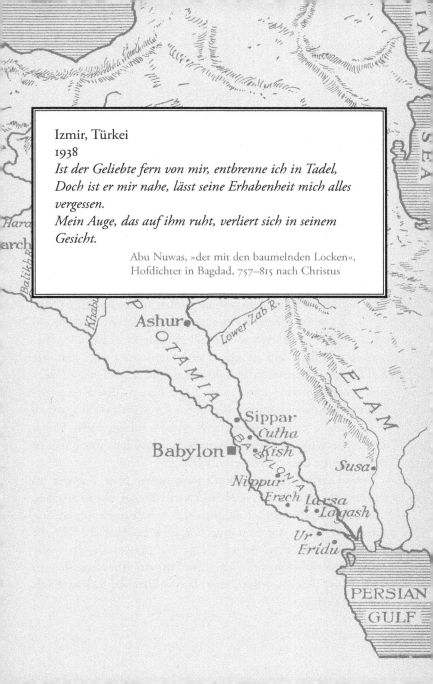

Izmir, Türkei
1938
*Ist der Geliebte fern von mir, entbrenne ich in Tadel,
Doch ist er mir nahe, lässt seine Erhabenheit mich alles vergessen.
Mein Auge, das auf ihm ruht, verliert sich in seinem Gesicht.*

Abu Nuwas, »der mit den baumelnden Locken«,
Hofdichter in Bagdad, 757–815 nach Christus

8

Hafen von Izmir
April

Die Zeit war nicht stehen geblieben. Nicht einmal hier. Die Stadt hatte ihren Namen verloren, ihr Gesicht und ihren Charakter. Vor allem gab es inzwischen bequemere Routen, um zu reisen, auch wenn die Deutschen ihre Eisenbahnstrecke nach Bagdad – ihren Turm zu Babel auf Schienen – noch immer nicht fertig gebaut hatten. Ihre Konzessionen von einst waren fragwürdig geworden, seit sie es dort, wo sie die letzten Streckenabschnitte verlegen wollten, nicht länger mit einem einzigen Reich zu tun hatten, sondern mit Ländern und Grenzen und verfeindeten Völkern.

Percy hatte dennoch darauf bestanden, über Smyrna zu fahren, das jetzt Izmir hieß und nicht länger ein exotischer, hitzeflimmernder, geruchsintensiver Schmelztiegel von Mittelmeervölkern war, sondern eine türkische Hafenstadt. Wer die Reisekasse bestückte, besaß Entscheidungsgewalt über die Route. Dem Jungen war alles recht. Nur Ariadne hatte ihn gefragt: »Sind Sie sich sicher, Percy? Was wollen Sie? Sich mehr als nötig quälen?«

Wie viel mehr war mehr als nötig? Dort vorn, auf dieser Promenade zwischen den zwei Piers, wo sich damals ein weiß und pastellfarben verputztes Luxushotel ans andere gereiht hatte, hatte Chri-Chri ihm lachend gezeigt, wie man einen Granatapfel zerteilte, ohne sich Hemd und Anzug zu bespritzen. »Die Schale muss sein wie Kalbsleder – dünn, glatt und glänzend. Wenn sie wie Holz ist, vergiss es, Vally. Ich besorge dir stattdessen eine Portion *Lokum* und einen großen *Raki* dazu.«

Chri-Chri und *Vally*. Seine kindische Seite hatte Christopher nie verleugnen können, und seiner Neigung zu albernen Kosenamen hatte er keine Zügel angelegt. »Sei kein Frosch, Vally«, hatte er zu Percy gesagt. »Soll ich dich vielleicht nennen wie alle Leute, wie jeder Tom, Dick und Harry, wie deine alte Tante aus Clacton-on-Sea? Wenn ich in deinem Leben einzigartig bin, muss ich auch einen einzigartigen Namen für dich haben dürfen.«

Jetzt waren die so lange verbotenen Namen auf einen Schlag wieder präsent. Percys eigene Schale war nicht wie Kalbsleder gewesen, nicht einmal wie Holz, sondern wie die eisenbeschlagene Tür einer *Madrasa*, die keinen Ungläubigen einließ. Aber diese Stadt mit ihrer Hitze, ihrem Gestank nach verfaultem Fisch und Muskat, Kameldung und Zimt, dieses nervenaufreibende Gewimmel brachte das Eisen zum Schmelzen und brach die Eichenbohlen darunter auf, so, wie Chri-Chri den roten Granatapfel mit seinen Händen aufgebrochen hatte. Ohne sich das Hemd zu bespritzen, das durchscheinend weiße Hemd, das er ohne Weste, Binder und Kragen trug. Lediglich ein paar Tropfen roter Saft betupften seine Handfläche, die er Percy hingehalten hatte.

»Na, komm schon. Probier's. Wenn wir erst in der Wüste sind, würdest du für so etwas Süßes zehn Jahre deines Lebens geben.«

War das wirklich er gewesen, Professor Perceval Russell, der sich vorgebeugt und einen Tropfen Saft aus der Hand eines anderen Mannes geleckt hatte? Mit einem Schlag waren die Bilder wieder da wie die Namen. *Vally. Chri-Chri.* Er hatte sie wie einen Geheimcode gehütet, wie die Schlüsselworte zu seinem verborgenen Schatz. Jetzt kamen sie ihm albern vor.

Er hatte Chri-Chri nicht gesagt, dass ihm wenig daran lag, an einer Uferpromenade auf der Kaimauer zu sitzen und in praller Hitze und unter jedermanns Augen seinen Lunch einzunehmen. Sofern man die Blutstropfen einer ledrigen Frucht, die wenig vertrauenerweckende Klebemasse einer lokalen Süßigkeit und eine Spirituose, die vermutlich die Speiseröhre verätzte, als Lunch bezeichnen konnte. Er hatte Chri-Chri nichts gesagt, damals noch nicht. Und schon gar nicht hatte er gesagt, dass ihm der orientalische Zauber, dem der andere verfallen war, die Nerven zerfetzte. *Ich möchte schlafen, aber du musst tanzen.* Er sagte auch Ariadne nichts. Nur, dass sie über Smyrna reisen würden, über Izmir, dass er dort bleiben würde und dass es darüber mit ihm kein Verhandeln gäbe.

Vor allem sagte er niemandem, dass er glücklich gewesen war, damals auf der Kaimauer, mit vom Orient zerfetzten Nerven und von blutrotem Fruchtsaft bespritztem Hemd. Und mit Chri-Chri. So sehr wie nie zuvor, so sehr wie nie mehr danach.

Das seichte Hafenbecken, in das kein Schiff mit nennenswertem Tiefgang einlaufen konnte, und die Fahrt mit der Barkasse hatte er nicht vergessen. Aber die Prozedur des Landgangs war ihm nur als lästig, nicht als derart beschwerlich in Erinnerung. Die ganze Schiffsreise war beschwerlich gewesen. Er hatte sich eine üble Magenverstimmung zugezogen, und noch ehe er sich davon einigermaßen erholt hatte, waren die Lähmungserscheinungen in seinen Beinen, die sich kein Arzt erklären konnte, wieder aufgetreten.

Er hatte immer den Kühlen gespielt, den Unerschütterlichen, es war sein Markenzeichen und seine Grundhaltung – eine Rolle, die ihn schützte. Wie aber sollte man irgendetwas vorspielen und irgendeine Haltung bewahren, wenn einem die eigenen Beine den Dienst versagten und man sich wie eine Gallionsfigur in einen an Stricken befestigten Stuhl setzen und an einer Winde aufs Wasser hinunterbefördern lassen musste? Ihn schützte nichts mehr. Er fühlte sich nur noch elend, erhitzt und krank.

Ganz ähnlich war damals eine Krankheit über ihn hergefallen, wenn auch nicht auf einem Schiff, sondern erst nach einigen Tagen an Land. Er hatte es Ariadne nie erzählt. Sie musste sich bis heute in der Annahme befinden, er sei mit ihrem Bruder weitergereist und erst aus Bagdad zurückgekehrt. In Wahrheit war er in Smyrna gestrandet, zurückgelassen und durch Tauglicheres ersetzt wie ein zur Weiterreise unbrauchbarer Gegenstand.

Er hatte es Ariadne nicht erzählt, weil die Kränkung immer noch schmerzte. Von dem Augenblick an, in dem seine Ischtar wie ein Hirnfieber von seinem Kopf Besitz ergriffen hatte, hatte Chri-Chri nichts anderes mehr gekannt. Leichtfertig, verwöhnt, ein wenig selbstsüchtig war er immer gewesen, aber er hatte Percy damit nicht verletzt. Im Gegenteil. Es hatte ihn amüsiert, wenn Chri-Chri andere schlecht behandelte, er hatte sich in dem Gefühl gesonnt, der Einzige zu sein, den der Freund davon ausnahm. Und als die bittere Medizin dann ihm selbst verabreicht wurde, war es zu spät. Nein, das war Unsinn. Es war immer zu spät gewesen.

Dieses Mal würde niemand ihn zurücklassen können, denn er hatte von Anfang an verkündet, nur bis Smyrna mitreisen zu wollen. Warum er sich schließlich bereit erklärt hatte, zwar nicht den elternlosen Grünschnabel Thompsons Mann aufzuschwatzen, immerhin aber die Reise an die Grabungsstätten von Ninive aus eigener Tasche zu finanzieren, war nicht leicht zu erklären. Es beruhte auf einem komplexen Geflecht von Gründen, das er vorzog, nicht näher zu entschlüsseln. Sie würden die eine Woche, die Ariadne und der Junge zur Akklimatisierung in Izmir eingeplant hatten, gemeinsam verbringen. Danach hatte er die beiden samt dem in England eingestellten Personal –

einem Fahrer und einem Koch – auf ein französisches Schiff nach Beirut gebucht. Es würde dieselbe Strecke fahren, die er mit Chri-Chri hätte fahren wollen und die Chri-Chri schließlich allein gefahren war.

Er selbst würde noch ein paar Tage allein in Izmir bleiben, um Abschied zu nehmen. Wenn er sich schon zu diesem wahnwitzigen Unternehmen hinreißen ließ, dann sollte es ihm zumindest helfen, den endgültigen Schlussstrich zu ziehen. Zu begreifen, dass dieser Teil seines Lebens bereits damals hier zu Ende gegangen war und nicht erst sechs Jahre später an einem Flecken in der Wüste, den er nicht kannte. Er würde nach Hause fahren, sich mit seinem Notar zusammensetzen und sein Geld in eine Stiftung zugunsten der assyriologischen Abteilung des Museums überführen. Noch ein Jahr oder zwei seine Arbeit tun und dann in einer Art von Frieden sterben.

Ariadne und der Junge würden nach Damaskus weiterreisen und dort einen Wagen mieten. Der Fahrer, den man Percy empfohlen hatte, war die Strecke schon gefahren. »Das ist keine große Sache mehr«, hatte er gesagt. »Mit dem Automobil kommen Sie heutzutage überallhin.« Er überzeugte Percy durch seine völlige Seelenruhe. Ein Technokrat eben, einer, der seinen vierrädrigen Götzen anbetete und sonst nichts. Und ausgerechnet der vierrädrige Götze machte aus dem Land, in das die Reise ging, ein Minenfeld, das nie mehr zur Ruhe kommen würde. Europas Großmächte hatten vermutlich bereits in den ersten Wochen des Krieges erkannt, dass sich zu Pferd keine Schlacht mehr gewinnen ließe. Die Kriege der Zukunft würden mithilfe von Antriebsmotoren entschieden werden.

Automobile fuhren weder mit Gold noch mit Seide oder Geschmeiden, sondern mit Öl, und auf ein Land mit Ölvorräten stürzten sich siegreiche Regierungen wie Ohrengeier auf verendete Kadaver im Wüstensand.

Den Vergleich verbot er sich. Die Bilder, die dadurch heraufbeschworen wurden, lösten noch immer Schweißausbrüche und Schwindel bei ihm aus, das Gefühl, lebendig begraben zu sein. Er fand es angesichts seines nahenden Todes beruhigend, dass diese Bilder zusammen mit ihm sterben würden. Zu Ariadne hatte er gesagt, er hielte ihren Plan, den Jungen auf der Fahrt durch die Wüste zu begleiten, für gefährlichen Irrsinn. »Sie mögen gesünder sein, aber Sie sind nicht jünger als ich.«

»Älter«, hatte sie erwidert. »Und zwar um ganze sechs Jahre.«

Natürlich. Wie hatte er das vergessen können? Sie war Chri-Chris ältere Schwester und hatte sie beide, wenn sie als Studenten nach Fenwick Hall gekommen waren, behandelt wie kleine Jungen oder junge Hunde.

Demnach musste sie über siebzig sein. »Warum wollen Sie sich das antun?«, fragte er. »Behalten Sie einen der Bediensteten bei sich und bleiben Sie in Beirut, das noch immer eine fast europäische Stadt sein soll. Oder meinetwegen in Damaskus. Die Franzosen haben dort wohl schon ein paar Jahre keinen Ärger mehr, andernfalls hätten wir sicher davon gehört. Vermutlich geht es derzeit dort geruhsamer zu als bei uns in Mitteleuropa.«

»Ich fürchte, zumindest die Österreicher oder Tschechen würden Ihnen da recht geben«, hatte Ariadne gesagt. »Es rührt mich, dass Sie sich um mich sorgen, Percy«, fuhr sie dann fort. »Es rührt mich, und ich sorge mich ebenfalls um Sie. Je mehr das Sonnensystem, in dem man sich einst fest verankert glaubte, ausdünnt, desto teurer wird jeder einzelne Planet, der noch darin kreist. Nehmen Sie mir nicht übel, dass ich trotzdem die Reise bis nach Mossul mitmachen werde. Mir ist sehr wohl klar, dass ich Isaac unterwegs zu nichts nütze sein kann, aber ich sehe mich dennoch außerstande, ihn allein fahren zu lassen.«

»Warum nicht?«

Sie wandte ihm das Gesicht zu – das Gesicht eines schönen Knaben, das an eine alte Frau verschwendet war. »Ich habe Christopher allein fahren lassen. Bis zuletzt allein.«

»Zum Teufel, Christopher war Ihr Bruder! Dieser Junge ist nichts dergleichen. Sie brauchen ihn nicht länger als einen Herzschlag lang anzusehen, um zu wissen, dass er nicht Ihr Neffe ist. Dass Sie nie einen Neffen hatten, dass das unser beider Hirngespinst war.«

»Ich weiß das, Percy, habe es immer gewusst. Lassen Sie uns nicht mehr darüber rechten, sondern einfach annehmen, dass ich Mesopotamien – Verzeihung, den Irak – vor meinem Tod noch einmal sehen möchte.«

Er hatte es vergessen: Sie war schon einmal dort gewesen, war ins kriegszerrissene Bagdad gefahren, um den Jungen abzuholen. Sie, nicht er. Es war ihre Entscheidung gewesen, und die war es auch jetzt.

Während der Ausschiffung mit der Winde schmerzte ihn jeder Knochen, und der Schweiß lief ihm in Strömen über den ganzen Körper. Dabei war es objektiv betrachtet nicht einmal heiß. Nicht viel wärmer als zwanzig Grad, schätzte er, aber für ihn hatte das Klima dieses Weltteils immer etwas Schwüles gehabt, in dem Krankheiten blühten. Krankheiten und kranke Leidenschaften. Die kleinen Wellen, die an der Bordwand der Barkasse hochschwappten, verschafften ein wenig Kühlung, und das Glitzern der Sonne auf ihren Kämmen entlockte den anderen Reisenden hingerissene Seufzer.

»Geht es Ihnen etwas besser?«

Percy fuhr zusammen, als die Stimme des Jungen an sein Ohr drang. Von Anfang an hatte er deutlich gemacht, dass er mit ihm so wenig Kontakt wie möglich wünschte, und hatte jeweils drei Abteile im Schlafwagen, drei Hotelzimmer und drei Kabinen auf dem Schiff bezahlt. Der Junge schien dies zu respektieren. Zu den Gelegenheiten, bei denen sich ein Beisammensein nicht gut vermeiden ließ, wie den Abendessen an Bord, hatte er es vermieden, Percy direkt anzusprechen.

Wenn Percy ehrlich war, hatte er recht bald zugeben müssen,

dass er ihm unter anderen Umständen eine angenehme Natur bescheinigt hätte. Der Junge wirkte still und in seine eigenen Gedanken vertieft, sehr wohlerzogen, äußerst bescheiden. Er aß manierlich und kleidete sich schlicht. Es gab wenig, was Percy so zuwider war wie Menschen, die sich auffällig kleideten, obwohl sie keinen Stil besaßen.

Wer sich aus der Menge herausheben wollte, musste einen Grund dazu haben, und der einzige annehmbare Grund bestand darin, schöner, begabter und mit mehr Charme und Zauber als gewöhnliche Menschen gesegnet zu sein. So wie Chri-Chri. *Liebling der Götter.* Wann immer das Ausmaß des Verlustes ihn ansprang, kämpfte er gegen eine Atemnot. Was für ein Gott konnte das sein, der zu solch atemberaubender Verschwendung die Schultern zuckte?

»Die Schifffahrtsgesellschaft hatte einen *Everest-&-Jennings-*Rollstuhl an Bord«, sagte der Junge und rief ihn damit in die Gegenwart zurück. »Er wird vorab an Land geschafft, und im Hotel ist man vorbereitet. Wenn Sie allerdings ärztliche Hilfe wünschen, wäre ... «

»Ich wünsche meine Ruhe«, blaffte Percy und kam sich vor wie eine Karikatur seiner selbst. Zu den ungezählten Plagen des Alters kam diese hinzu: Was man sein Leben lang mit Verve kultiviert hatte, wurde über Nacht zur Parodie. »Wenn ich Ihre Hilfe nötig habe, lasse ich Sie das wissen, junger Mann. Allerdings hoffe ich, dass ich vorher an einem diskreten Ort tot umfalle. «

»Meine Tante und ich würden genau das gern verhindern«, erwiderte der Junge.

»Sie haben gar keine Tante«, beschied ihn Percy. »Sie haben nichts. «

»Ach, eine Tante hat jeder, es sei denn, er stammt gleich von zwei Elternteilen ohne Geschwister ab«, konterte der Junge. »Aber Sie haben natürlich recht. Ich kenne meine Tanten nicht und sprach von Miss Christian, die in der Tat nur vor dem Gesetz meine Tante ist. Im Übrigen wollte ich Sie nicht mit Diskussionen über Verwandtschaftsverhältnisse brüskieren, sondern sicherstellen, dass Sie so, wie es Ihnen genehm ist, ins Hotel gelangen. Und Sie sollen wissen: Wenn Sie sich in einem Hospital derzeit besser aufgehoben fühlen, würden wir Sie begleiten. Wir würden uns vergewissern, dass Sie bestens versorgt werden, und nicht weiterreisen, ehe Sie wiederhergestellt sind.«

In der Schule hatte Percy gelernt, dass ein Mensch von ausgezeichneter Herkunft auf jeden Anwurf eine Antwort zu wissen hatte. Im Leben hatte er – unter Schmerzen – gelernt, dass es zuweilen eher für jemandes Herkunft sprach, nicht jede Antwort, die man wusste, auszusprechen.

Sechs Hafenarbeiter – alle jung, alle schlank, alle in eng anliegenden Hosen und operettenhaft bestickten Blusen – sprangen ins seichte Wasser und zogen die Barkasse an Land. Zwei traten ins Boot, um Percy herauszuhelfen. An dem kurzen Uferhang sah er den Rollstuhl stehen. Als der Junge ebenfalls hinzutrat, um ihm unter die Achsel zu fassen, fuhr er herum, als steckte in ihm noch ein Raubtier mit gebleckten Zähnen. Vor der eigenen Lächerlichkeit sackte er zusammen und ließ seinen schlaffen, ihn selbst anekelnden Nacktschneckenleib über die Bordwand hieven. Die Bediensteten, die er in London angeheuert hatte, waren zur Stelle und übernahmen den Rollstuhl, sodass er in die demütigende Verlegenheit, die Hilfe des Jungen akzeptieren zu müssen, nicht noch einmal kam.

Das *Grandhotel Kraemer Palace,* in dem sie damals logiert hatten, gab es nicht mehr. Es war verbrannt wie so vieles, das diesen Schmelztiegel der Kulturen ausgemacht hatte. Wer die Stadt nie gekannt hatte, hätte nichts bemerkt. Während Percy die Promenade entlanggerollt wurde, die er einst hinuntergerannt war, um den Menschen, den er liebte, in seine Arme zu reißen, fiel ihm vor allem das auf, was nicht fehlte: dass Atatürks Mutter in

Izmir geboren war, war der Stadt offenbar zugutegekommen. Der *Vater der Türken* hatte der Mutterstadt ein umfangreiches Bauprogramm zugedacht. Es gab keine Lücken. Keine schwarz verkohlten Ruinen. Wo einst ansprechende Cafés ihre Tische, Stühle und Sonnenschirme auf Hochterrassen geräumt hatten, gab es jetzt wieder Cafés und Hochterrassen, wenn auch vielleicht nicht so überfüllt, so vor Leben berstend wie vor Jahren.

Auch das Volk, das zwischen der Zollkontrolle und dem von Gustave Eiffel entworfenen Pier promenierte, unterschied sich von dem, das vor einem Vierteljahrhundert hier unterwegs gewesen war, auf den ersten Blick nur wenig. Noch immer wirkte die Menge erstaunlich europäisch, ja sogar noch europäischer als damals. Dass es keine Griechen und keine Levantiner – ebenso wenig wie Armenier – mehr gab, fiel dem unbedarften Besucher nicht auf. Stattdessen nahmen die umhereilenden Türken die Plätze der Verschwundenen ein, trugen Bowler-Hüte und Jacketts mit Nadelstreifen und unter den Armen flache Aktenmappen. *Fes* und *Kaftan* hatte Atatürk ebenso verboten wie Turban und Schleier. Atatürk war seit fünf Jahren tot, aber sein Geist, der diesen Splitter eines uralten Riesenreichs hatte zwingen wollen, ein moderner Staat zu werden, lebte fort.

Einen Staat, der mithalten konnte, hatte der türkische Napoleon, dem nur Trümmer zum Auflesen blieben, sich gewünscht, einen, der die Rückständigkeit überwand und zu den fortschrittlichen Nationen des Westens aufschloss. Wenn sein Izmir als Beispiel dafür herhielt, hatte er seine Sache nicht schlecht gemacht. Statt der niedergebrannten Gebäude, deren Bilder durch die Zeitungen der Welt gegangen waren, schmückten frisch geweißelte Fassaden mit europäischen Leuchtreklamen die seinerzeit berühmte Uferstraße.

Das *Hotel de Londres,* in dem sie sich eingemietet hatten, gehörte zu den nicht neu, sondern umso attraktiver wieder erbauten Etablissements. Ihre Gruppe – fünf Männer jüngeren Alters, von denen zwei einen Rollstuhl schoben, sowie eine Dame in zweifelsfrei englischer Garderobe – wurde angestarrt, aber nicht angefeindet. Die anderthalb Jahrzehnte voll Hass zwischen Britannien und dem Staat, der sich aus der Asche des Osmanischen Weltreichs aufgeschwungen hatte, waren vorüber.

Was ihm im Stadtbild Smyrnas, das jetzt Izmir hieß, am meisten als fehlend aufgefallen war, wurde Percy erst klar, als sie bereits in der luftigen Hotelhalle empfangen worden waren und ein Liftboy ihn dem Aufzug entgegenrollte: Es gab keine Araber mehr, die sich ihre *Keffiehs* wie einen Verband um den Kopf und das halbe Gesicht wickelten. Es gab niemanden mehr, der Kamele verkaufte und dabei feilschte, als belohnte ihn sein Himmel für jeden von einem *Kafir* erschwindelten *Qirsch* mit einer jungfräulichen Braut.

Gegen seine Suite ließ sich nichts sagen. Sie war komfortabel ausgestattet, einigermaßen luftig und – von einigen ornamentalen Details abgesehen – europäisch gehalten. Wie jämmerlich sein Zustand war, konnte er hingegen nicht länger leugnen. Lance, der Diener, musste ihm helfen, sich frisch zu machen und umzukleiden, was seinem Wunsch, allein zu sein, zuwiderlief. Nachdem er sich jedoch eine Stunde ausgeruht hatte, ging es ihm ein wenig besser, und seine Beine fühlten sich kräftig genug an, um auf den Stock gestützt zum Essen hinunterzugehen.

Der Koch war Engländer und hielt sich an eine kleine Auswahl klassischer Gerichte, die Weinkarte gab etwas her, und der Junge verhielt sich wie schon auf dem Schiff: bescheiden, ruhig. Nach dem Dessert verkündete er, er sei müde, und bat, sich zurückziehen zu dürfen.

»Darf ich Sie einen Augenblick allein lassen, Percy?«, fragte Ariadne. »Ich begleite rasch Isaac ein paar Schritte und bespreche eine Formalität mit ihm. Anschließend würde ich mich freuen, wenn wir unseren Kaffee gemeinsam trinken.«

Percy vermochte zwar an die Formalität nicht zu glauben,

beschloss aber, sich nicht darum zu scheren und den Moment des Alleinseins zu genießen.

Was hatte er damals empfunden, an jenem ersten Abend? Chri-Chri war wochenlang in Konya gewesen, hatte sich dort irgendeinem Deutschen von der Bagdadbahn angedient und wollte jetzt nach Bagdad, um sich dort einem noch wichtigeren Deutschen anzudienen. Angeblich faszinierte ihn das gewagte Bauvorhaben. Tatsächlich hatte Chri-Chri, der Architektur studiert hatte, eine unleugbare Schwäche für Größenwahn, doch sein Studieneifer hatte sich in überschaubaren Grenzen gehalten, und dass gesteigertes Interesse an Gleisbau hinter der Reise nach Bagdad steckte, bezweifelte Percy. Es war ihm gleichgültig. Als Chri-Chri vorschlug, er solle nach Smyrna kommen und ihn begleiten, sie könnten einen Abstecher nach Babylon machen, hatte er keine Minute gezögert.

Chri-Chri hatte ihn vom Kai abgeholt, und sie hatten drüben im *Kraemer*, das es heute nicht mehr gab, in einem Restaurant wie diesem ihr Dinner eingenommen. Kübelpalmen und Kristallleuchter, das Surren von Deckenventilatoren und ein Durcheinander von Weltsprachen. Er war aufgeregt gewesen, natürlich. Damals war gerade seine zweite wissenschaftliche Publikation erschienen: *Ischtar als Quelle von Chaos und Gewalt.* Das Buch war mit überraschendem Interesse aufgenommen worden, und nun würde er also das Land, dem seine Forschungen galten, mit eigenen Augen sehen. Er würde dort stehen, wo die ersten Hochkulturen der Menschheitsgeschichte entstanden waren, und womöglich ein Stück mehr von dem erfassen, was es bedeutete, ein Mensch zu sein.

Wenn er jedoch in seinem Innern forschte, was er zumeist tunlichst bleiben ließ, verblassten Vorstellungen von Mesopotamien zu einem grauen Hintergrund, und vorn, wo die Farben leuchteten, war nur Chri-Chri.

Was ihn erregte, war die Aussicht auf etliche Monate, in

denen sie aufeinander angewiesen wären und sich nie länger als ein paar Augenblicke trennen würden. Hätte er wählen können, hätte er sich gewiss nicht für endlose Tage im Sattel und Übernachtungen in den berüchtigten, von Ungeziefer bevölkerten *Funduqs* entschieden, doch letzten Endes spielte das höchstens eine untergeordnete Rolle. Sie waren zusammen, sie waren auf Reisen, weit weg von allem, was sie daheim zwang, sich zu zügeln und das, was in ihnen tobte, zu verbergen.

»Wie kommt es eigentlich, dass ein Mann, dem der Reiz von Frauen am schönsten Teil seiner Anatomie vorbeigeht, sich in seinen Studien ausgerechnet auf Ischtar stürzt?«, hatte Chri-Chri gefragt und Percy in all seiner Unbekümmertheit und all seiner Unwiderstehlichkeit angegrinst.

»Sehr einfach«, hatte Percy erwidert und war glücklich gewesen, so glücklich – das erkannte er jetzt – wie später nie mehr. »Einer wie ich hält diese mörderische Supergöttin aus, denn mir kann sie nichts anhaben. Für einen, der ihr verfallen könnte, wäre der Cocktail aus Gewalt und Liebe fatal.«

Die Wahrheit war eine andere. Innana, die sumerische Ischtar, hatte erkannt, dass ein zu Großem begabter Mann einen ebenbürtigen Freund brauchte, um zu werden, was er werden konnte. Diesen Grund einzugestehen, hatte er jedoch nicht den Schneid: Es hätte ihn allzu sehr entblößt.

»Gewalt und Sex, meinst du.« Chri-Chri, der seine fuchsienrote bestickte Weste offen trug, grinste immer noch und schob ihm ein schmales Buch hin. »Bei dem Thema fällt mir ein, dass ich dir doch etwas versprochen habe, Val. Hab's kaum erwarten können, dir das zu zeigen. Abu Nuwas, Hofpoet aus Bagdad, ist mit einem Kalifen durch *Tausendundeine Nacht* spaziert und vor mehr als tausend Jahren blutig verstorben. Und jetzt sieh dir an, was der Bursche schreibt.«

»Ich lese kein Arabisch, wie du weißt. Und mir ist neu, dass du es tust.«

Chri-Chri lachte. Percy kannte außer ihm keinen Menschen, der so dreckig und vornehm zugleich lachen konnte. »Ach ja, das hatte ich vergessen. Nun, dieses schmale Bändchen ist in englischer Sprache erschienen, und um das Werk dieses Prachtkerls im Ganzen zu lesen, würde es sich glatt lohnen, Arabisch zu lernen.« Er nahm das Buch, setzte sich umständlich zurecht und tat, als schöbe er sich eine imaginäre Brille vor die funkelnden Augen. »Passt zum Essen wie das Messer in die Scheide«, behauptete er und begann vorzulesen:

»Mein Schwanz ließ sich zwischen Sama'ans Hinterbacken nieder.

Er gierte nach deren Festmahl, und sie zeigten sich gastlich.

Ich sehe kein frommeres Festmahl als die Hinterbacken von Sama'an, dem Knaben. Als ich ihn besteigen wollte, hättest du ihn sehen sollen.«

Das Restaurant war voller Menschen, die der englischen Sprache mächtig waren. Um ihren Nachbartisch war ein Kränzchen levantinischer Damen versammelt, die von den Henkeln ihrer Mokkatassen kleine Finger abspreizten. Wie auf ein Zeichen drehten sie alle die Köpfe, und Chri-Chri brach erneut in sein degoutantes, jede Etikette ignorierendes Gelächter aus, bis Percy nicht anders konnte, als einzustimmen. Ja, er war glücklich gewesen an diesem Abend und die ganze Nacht hindurch, auch wenn ihm die Hitze und der Straßenlärm Kopfschmerzen verursachten. Flüchtig wünschte er, er hätte damals gewusst, dass es das letzte Mal war, ehe ihm wieder einfiel, dass solche Wünsche fruchtlos waren.

Auch mit dem Wissen um die Zukunft hätte er weder die Zeit aufhalten können noch alles, was dann geschehen war. Nur hätte er den letzten Rest seines Glücks vermutlich nicht ertragen.

»Trinken Sie zum Kaffee noch einen Brandy?« Ariadne war an den Tisch zurückgekehrt, und der Kellner erwartete ihre Bestellung. »Ich weiß, wir sollten uns eigentlich schlafen legen und unseren Mägen Schonung gewähren, aber Brandy hilft der Verdauung, und allzu viel Schlaf braucht man in unserem Alter ja nicht mehr.«

Sie wählten einen Armagnac. »Mein Vater schwor darauf. Er war überzeugt, ein Glas nach jeder Mahlzeit würde nicht nur sämtlichen Wehwehchen des Magens den Garaus machen, sondern ihm bis ins hohe Alter jugendliche Spannkraft erhalten.« Ariadnes Fröhlichkeit schien ihm aufgesetzt. »Wie schade. Er ist gar nicht alt genug geworden, um seine Lieblingstheorie zu beweisen. Ich dagegen bin jetzt schon älter als er, obwohl ich mich an seinen Rat nur unregelmäßig gehalten habe. Dabei trinke ich Armagnac gern.«

Percy trank ihn ebenfalls gern. Er hatte auf das Gesagte nichts zu erwidern.

Ariadne hielt ihr Glas schräg und sah zu, wie das Licht sich im Bronzeton des Weinbrands brach. »Schmerzt es Sie in den letzten Jahren auch manchmal, dass niemand von uns je solche Anekdoten erzählen wird? *Mein Vater tat dies … Meine Mutter pflegte jenes zu sagen …* – unsere gesammelten Marotten wird in spätestens zwanzig Jahren kein Mensch mehr kennen. Zumindest wird niemand sie mehr liebenswert finden oder es gar für nötig halten, sie der nächsten Generation weiterzureichen.«

Es schmerzte ihn, doch nicht für sich selbst. »*Vierzig ist wohl das Alter, in dem man beginnt, jedem vielversprechenden Bübchen hinterherzudenken: Das könnte mein Sohn sein*«, hatte Chri-Chri in seinem letzten Brief geschrieben. Da war er schon nicht mehr Chri-Chri gewesen, sondern Christopher, und Percy hatte seinen Schmerz aus jeder Zeile im eigenen Körper gespürt.

Der Schmerz war ihm geblieben, war in seinen Körper eingewachsen wie eines dieser Transplantate, mit denen man neuerdings experimentierte. Jetzt sah er Ariadne an, ihr Gesicht, das Christophers Züge bewahrt hatte, und ihr wie ein Helm geschnittenes Haar. »Warum haben Sie nicht geheiratet?«, fragte er und wunderte sich, warum ihn die Frage zuvor niemals beschäftigt hatte.

Heiser lachte sie auf. »Manchmal wüsste ich das selbst gern. So etwas hat ja selten einen einzelnen, klar umrissenen Grund. Man verpasst eine Gelegenheit, verpasst eine zweite, und während man sich noch darüber wundert, gehen einem die Gelegenheiten aus. Ich war eines dieser Mädchen, die mit der Arroganz der großen Familien überzeugt sind, lieber ledig zu bleiben, als sich unter Wert zu verkaufen. Wenn die Mitgift mit dem Namen nicht mithalten kann, wird das zum Problem, umso mehr, wenn die äußere Erscheinung nicht für Ausgleich sorgt. Fenwick war ja schon verschuldet, als Vater es übernahm, und Mutters Privatvermögen brachten die beiden mit vollen Händen durch. Vor allem Chris, ihrem Prinzen, sollte es nie an etwas fehlen. Es sei ihnen gegönnt. Ich glaube, sie waren eine ganze Reihe von Jahren außerordentlich glücklich.«

Das war etwas, das man von der Generation der *Belle Époque* häufig hörte. Sie waren blind und glücklich, erfüllt vom Glauben an den Fortschritt und des Menschen Allmacht in die Katastrophe gerannt.

»Kommen Sie zurecht?«, fragte er.

Über Ariadnes Gesicht flog ein Lächeln. »Es ist nett, dass Sie das fragen. Aber ja. Ich kann nicht klagen. Der Erlös aus dem Verkauf von Fenwick wird mir bis zum Ende meiner Tage ein angenehmes Leben ermöglichen und mich obendrein würdig ins Grab bringen.«

»Sie haben Fenwick verkauft?«

»Wussten Sie das nicht?« Sie hob die Brauen. »Mein Vetter Carlisle und ich haben es noch einmal beliehen, als wir nach Christopher suchen ließen. Und hinterher gab es ja auch niemanden mehr, für den es hätte bewahrt werden müssen. Für meine eigenen Bedürfnisse genügte ein schmales Stadthaus in Belgravia. Ich wohne gern in London. Später habe ich mir gelegentlich gewünscht, ich hätte Isaac ein Heim zu bieten gehabt, in dem er, so wie seine Kameraden, seine Ferien hätte verbringen können, aber es wäre wohl unangemessen gewesen, und Isaac ist bescheiden. Er hat immer beteuert, er bliebe gern in der Schule.«

»Finden Sie nicht, Sie haben genug für diesen Jungen getan?« Percy versuchte, sich Fenwick vorzustellen – den Tennisplatz, die Stallungen, den grünlichen, eiskalten Weiher, auf dessen Wasseroberfläche die Zweige der Weide trieben –, und musste erkennen, dass die Bilder seiner Erinnerung bereits entglitten.

»Tut man jemals genug für einen anderen Menschen?«, fragte sie zurück. »Bleiben am Ende nicht immer Schulden übrig? Ich glaube, wir nennen diesen Tag jetzt eine Nacht. Sie sehen müde aus, Percy.«

Jäh wurde ihm schwach. Er hätte austreten müssen, vermochte aber die Beine nicht zu rühren.

»Soll ich Lance Bescheid geben, damit er Ihnen auf Ihr Zimmer hilft?«

Percy nickte. Ariadne ging und kam kurz darauf zurück. »Er ist sofort mit dem Rollstuhl hier«, sagte sie. Dann streckte sie die Hand aus und berührte Percy an der Stirn. »Sie haben Fieber. Ich glaube, wir bringen Sie besser ins Hospital.«

Er wollte protestieren, doch der Schleim in seiner Kehle war zu zäh, um dagegen anzusprechen.

Ariadne ließ ihre Hand auf seiner Stirn ruhen. »Das frühere britische Hospital in Alsancak wird jetzt von italienischen Franziskanern geführt und hat den gleichen guten Ruf wie damals die Armenier. Sie brauchen sich nicht zu fürchten. Isaac und ich haben uns deswegen vorhin besprochen. Was er in der Barkasse gesagt hat, gilt: Wir reisen nicht ab, ehe Sie wiederhergestellt sind. Wir lassen Sie nicht krank und allein hier zurück.«

ZWEITER TEIL

Smyrna, Osmanisches Reich
1912

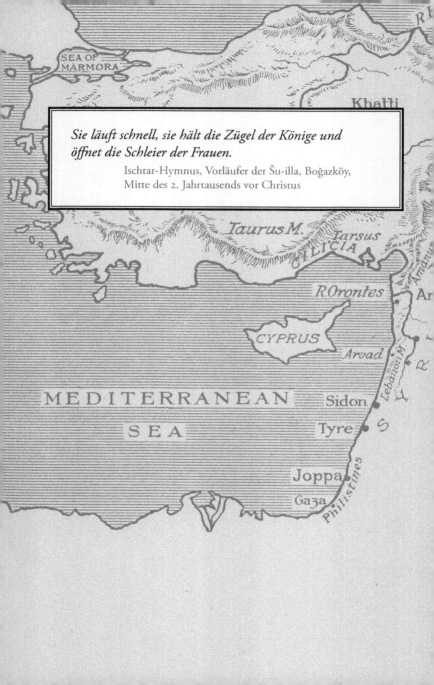

> *Sie läuft schnell, sie hält die Zügel der Könige und öffnet die Schleier der Frauen.*
>
> Ischtar-Hymnus, Vorläufer der Šu-illa, Boğazköy,
> Mitte des 2. Jahrtausends vor Christus

9

Pasaport Pier,
Hafen von Smyrna
Noch immer Juni

Die Schiffspassagen, die Senta von Berlin aus gebucht hatte, waren wertlos. Von der Gesellschaft, die die Tickets ausgestellt hatte, wollte im gesamten Hafen von Smyrna niemand gehört haben, und ein Schiff namens *Gräfin Clementine,* das übermorgen nach Tripoli auslaufen sollte, gab es nicht. Es war, als hätte Heyse mit seiner Schwarzseherei es heraufbeschworen: Sie waren übers Ohr gehauen worden.

Dabei war bis zu diesem vertrackten Vormittag alles geradezu traumhaft gelaufen. Von Konstantinopel waren sie mit dem Dampfboot über das Marmarameer in die Hafenstadt Bandirma gefahren und von dort mit einem Zug, der an jeder winzigen Siedlung hielt, nach Smyrna. Von Felskuppen blickten die Überreste griechischer Säulengänge auf sie herab, in jedem noch so kleinen Ort überragte ein Minarett die Häuser der Handwerker und die Hütten der Bauern, und mit jeder Meile, die der langsame Zug sich vorankämpfte, wuchs in ihr das Gefühl, sich tiefer in die Fremde vorzuarbeiten. Sie kam ihrem Herzen näher,

wenn auch noch immer ein Meer und eine Wüste zu überwinden waren, ehe sie es schlagen hören würde.

Bagdad, Bagdad.

Senta liebte es, wenn Mitreisende sie fragten, wohin sie unterwegs war, und sie den Namen der Stadt nennen durfte, die sie
mit ihren dunklen, rätselhaften Kräften zu sich zog.

»Und von dort reisen wir weiter zur Ausgrabungsstätte nach
Babylon.«

»Durch die Wüste?«, fragte ein englischer Geschäftsmann,
der in Lederwaren unterwegs war und das Osmanische Reich
bis Aleppo bereist hatte. »Und Sie sind sicher, Ihr Gatte ist im
Vollbesitz seiner geistigen Kräfte? Zu meiner Zeit brachte man
seine junge Frau für den Winter an die Côte d'Azur oder die
adriatische Riviera, aber gewiss nicht bei glühender Sommerhitze in die Hölle auf Erden. Mit Verlaub – schon gar nicht,
wenn die betreffende Dame so schön ist, dass sie in ein Paradies
gehört.«

Heyse hatte danebengesessen und sich nicht einmal zu Wort
gemeldet, sodass Senta annahm, er verstehe nichts. Abends,
nach ihrer Ankunft im *Grandhotel Kraemer* in Smyrna, sagte er
jedoch: »Ich verstehe nicht, warum du all diesen Fremden erzählst, wir führen nach Babylon. Noch sind wir nicht einmal in
Syrien, noch wissen wir nicht, ob wir in der Lage sein werden,
einen einzigen Tag in der Wüste zu überstehen, geschweige denn
die drei Wochen, die die Reise bis Bagdad mindestens erfordert.
Und selbst wenn es uns gelingt, steht in den Sternen, ob Koldewey uns überhaupt bleiben lässt.«

Es war seine übliche Angstmacherei, eine der Litaneien, die
er in regelmäßigen Abständen abspulte. Darüber, dass Senta
dem Engländer nicht widersprochen hatte, als dieser ihn ihren
Gatten nannte und für verrückt erklärte, beschwerte er sich mit
keinem Wort.

Der Engländer hatte empfohlen, in Smyrna zu bleiben. »Was

wollen Sie da drüben, wo Sie den ganzen Tag Staub in der Nase haben und obendrein womöglich den kriegswütigen Italienern vor die Kanonen laufen? In Smyrna bekommen Sie den ganzen *Tausendundeine-Nacht*-Kokolores für westliche Ansprüche angerichtet und auf einem Silbertablett serviert. Wenn überhaupt eine osmanische Stadt etwas Paradiesisches hat, dann ist es diese Enklave westlicher Ordnung und Lebensart.«

Senta glaubte zu wissen, was er meinte, sobald sie Smyrna zu Gesicht bekam. Entlang der breiten Uferpromenade reihte sich ein türkisches Café an einen englischen Herrenclub, erhoben sich weiße, französisch anmutende Hotels neben den auskragenden, typisch orientalischen Häusern. Auf der Straße flanierten Damen in Pariser Modellkleidern, denen Diener in Pluderhosen Sonnenschirmchen über die Köpfe hielten. Bauern trieben ihre Eselskarren vorbei und boten Früchte feil, die in der Hitze platzten. Männer in bodenlangen weißen Gewändern und dem *Keffieh*, dem um den Schädel gewickelten Tuch, saßen an winzigen Tischen vor Lokalen und rauchten Wasserpfeifen.

Die Stadt gefiel ihr. Ihre Lebensfreude, ihre unbändige Energie. Da man ihnen in Konstantinopel geraten hatte, verschiedene Ausrüstungsgegenstände in Smyrna einzukaufen, besuchte sie auch hier einen der Märkte, den die Türken *Basar*, die Araber jedoch *Souq* nannten, und wie in Konstantinopel war es ein Erlebnis, das sich jedem Vergleich entzog.

In eine überquellend enge Straße quetschten sich zu beiden Seiten Verkaufsstände, und durch die winzige Gasse, die dazwischen frei blieb, wälzte sich ein Wurm aus Menschen- und Tierleibern. Gerüche drangen mit einer Wucht auf sie ein, die sie benommen machte. Pfefferkuchengewürze, die in den Fässern der Händler leuchteten, mischten sich mit dem Gestank der Fischköpfe, um die sich Katzen balgten. Vor einer Fleischhandlung hingen die roten, gehäuteten Leiber von Hammeln, deren strenges Aroma für kurze Zeit alles überlagerte. Neben duftendem Leder, aus dem von Taschen über Sättel bis zu Sitzpolstern alles gefertigt wurde, sprühten Funken, wo Kupferschmiede ihr Material mit fliegenden Hämmern zu Kaffeetöpfen, Pfannen und kunstvoll verflochtenen Laternen trieben.

Sie kaufte so gut wie nichts. Sie war zu sehr auf ihre Sinne konzentriert, auf die ohne Unterlass Eindrücke einströmten. Dabei folgte ihr der unvermeidliche Mehmet, der beständig auf sie einredete, dieses oder jenes empfahl und bereitwillig darauf wartete, der Dame sämtliche Einkäufe abzunehmen und zurück ins Hotel zu tragen.

Senta hatte Heyses Protest in den Wind geschlagen und ihn mitgenommen. In Smyrna angekommen, hatte er sich von ihr Geld geben lassen, um sich in einem Gasthaus am Kadifekale, dem Berghang, an dem die türkischen Bewohner der Stadt lebten, ein Nachtlager zu sichern, und seither war er unentwegt an ihrer Seite. Tagsüber half er Senta bei ihren Einkäufen, riet ihr zu einem Moskitonetz und darüber hinaus zu einem Ballen dünner Baumwolle: »Wo ist Bagdad, ist Fluss, und wo ist Fluss, Mücke ist kleiner *şeytan*, Teufel. Durch Maschen in Netz Teufel kann schlüpfen, aber wenn Lady *Tanriça* macht Sack sich aus diese Stoff, Teufel hat Pech.«

Als zusätzliche Maßnahme, um die »Teufel« fernzuhalten, riet er vor dem Schlafengehen zu einem kräftigen Schluck aus der *Raki*-Flasche, die als Allheilmittel für Notfälle immer bereit zu stehen habe.

»Ich dachte, Allah verbietet euch Muslimen, Alkohol zu trinken«, wunderte sich Senta.

»Pssst, Lady *Tanriça*«, machte Mehmet. »Ist *Raki* nicht für Mehmet, ist für Teufel. Mehmet nur füllt *Raki* in Blut, Teufel trinkt Blut, geht tot und Mehmet viel gut.«

Senta genoss Mehmets Art, ihr ohne viel Gefackel seine Welt zu erklären und sie sich obendrein passend zurechtzumachen. Sie genoss auch die beiden Tage Erholung in Smyrna, doch mit jeder Stunde, die verstrich, wuchs ihre Rastlosigkeit, ihre Ungeduld.

»Smyrna ist ein Spinnennetz«, hatte ein flirtender Amerikaner an der Hotelbar zu ihr gesagt. »Wer hierherkommt, bleibt hängen.« Er war geschäftlich aus New York gekommen, hatte im Levantinerviertel ein Haus mit Meerblick gekauft und seine Heimat seit zehn Jahren nicht mehr gesehen. Senta aber wollte nicht im Netz der paradiesischen Spinne hängen bleiben. Es zog sie an den Ort, vor dem jeder sie warnte: in die Wüste. Dorthin, wo Menschen die grausame, leidenschaftliche Ischtar angefleht hatten, sie vor den Gefahren in Schutz zu nehmen, denen sie nackt bis auf die Haut ausgeliefert waren.

Das Büro der Schifffahrtsgesellschaft am Pasaport Pier hatte sie nur aufgesucht, um eine billige Passage für Mehmet dazuzukaufen. Zwei Bedienstete, einen Koch und einen bewaffneten Führer, wie erfahrene Orientreisende es anrieten, hatte sie für den Weg durch die Wüste ohnehin einstellen wollen, und Mehmet hatte sie erneut bestürmt, sie fände keinen, der so gut und so *»sehr nicht viel teuer«* wäre wie er. Sie war mit dem Arrangement zufrieden. Er sprach Englisch, Arabisch und Türkisch, er war der reinste *Dragoman* und würde ihnen bei der Auswahl des übrigen Personals in Tripoli oder Damaskus ausgezeichnete Dienste leisten.

Und jetzt stand sie mit den beiden Männern hier, in der flimmernden Sonne auf der Promenade, und musste feststellen, dass sie nicht im Orient, wo Heyse jeden Moment damit rechnete, sondern daheim in Berlin betrogen worden war. Das heitere Treiben um sie herum kam ihr auf einmal wahrhaftig vor wie die Fäden eines Spinnennetzes, die sich um sie schlossen. Ihre Passagen waren verloren, sie würde nicht übermorgen nach Tripoli und von dort weiter nach Damaskus reisen, und ein Schiff, das die Küste des Libanon anlief und freie Kabinen anzubieten hatte, fuhr erst wieder in vier Wochen. Ob sie nicht wisse, dass man im Krieg mit Italien stehe und dass die Zahl der zur libanesischen Küste aufbrechenden Schiffe eingeschränkt sei, hatte der Mann hinter dem verglasten Schalter sie wie ein dummes Schulmädchen gefragt.

Senta hatte davon tatsächlich nichts gewusst und verließ beschämt das Büro. Jäh fühlte sie sich so pessimistisch wie Heyse. Woher hatte sie bisher die Gewissheit genommen, dass sie nach Bagdad gelangen, dass sie nicht sterben würde, ohne Babylon gesehen zu haben?

»Lady *Tanriça*, du machen Gesicht wie drei Schritte vor Grab! Für dich nicht viel gut in Izmir? Du zu viel wollen Bagdad, Geschenk des Herrn, du nicht kann warten?«

»Nein«, sagte Heyse auf Deutsch. »Warten kann sie nicht. Sie muss immer laufen, sie kann nicht gehen und schon gar nicht stehen bleiben.«

Mehmet warf ihm lediglich einen Blick zu, dann war er wieder bei Senta: »Du vertrauen Mehmet, Lady *Tanriça*?« Er hielt ihr die geöffnete Hand hin. »Du geben Mehmet Geld, Mehmet gehen Pasaport und finden Schiff, das fahren Tripoli. Dauert nicht sehr viel lange. Mehmet gleich zurück.«

»Es gibt keines, Mehmet«, sagte Senta. »Wir haben bei sämtlichen Gesellschaften nachgefragt, keine hat in den nächsten Wochen eine Passage für uns. Es liegt am Krieg mit Italien. Vielleicht geht bald gar nichts mehr.«

»Du haben gefragt«, sagte Mehmet, beugte sich vor und klopfte auf den kleinen ledernen Beutel, den sie in Konstantinopel gekauft hatte und seither am Gürtel trug. »Aber du nicht hast gegeben *Bakschisch*. *Bakschisch* ist Fragen auf türkische Art, du geben *Bakschisch*, und Krieg mit Italien machen Pause.«

Er hielt ihr wieder die Hand hin, und sie dachte: *Was soll's?*, löste den Beutel vom Gürtel und legte ihn auf seine Handfläche. Mehmet grinste, verbeugte sich und schloss die Hand fest um das Geld, ehe er ging.

»Bist du nicht mehr bei Sinnen?«, rief Heyse. Sein von der Sonne gerötetes Gesicht war erbleicht, und der Schweiß lief in Bächen. »Wir haben das Geld für die Passagen verloren, und jetzt stiehlt uns dieser *Kaftan* tragende Bauernfänger noch den Rest! Kannst du mir verraten, was dann werden soll?«

»Wenn ich bei allem, was mir hier bevorsteht, vorher weiß, was daraus wird, hätte ich in Berlin bleiben können«, hörte Senta sich sagen und begriff, dass sie aus ebendiesem Grund Mehmet die Geldbörse überlassen hatte. Um sich in Gefahr zu begeben, ein Risiko einzugehen. Groß war das Risiko nicht. Bleichröder, ihr Bankhaus in Berlin, hatte sie mit Adressen seiner Partner in Konstantinopel, Damaskus und Bagdad ausgestattet, wo man ihr jederzeit einen Wechsel einlösen würde. Dass ihre Reisekasse viel schneller schmolz, als sie es daheim zu berechnen versucht hatte, war ihr nicht entgangen, aber vielleicht wollte etwas in ihr ja gerade das: sich nackt bis auf die Haut machen. Das Sicherheitsnetz unter ihrem Körper kappen und ihn dann zwingen, um sein Leben zu tanzen.

»Du bist mein vernünftiges Mädchen«, hatte ihr Vater gesagt, als er sie damals, vor dem Studium, nach Hamburg und an die Fähre nach England begleitet hatte. »Ich kann mich zwar eines etwas mulmigen Gefühls im Magen nicht erwehren, wie es uns Alten eben ergeht, wenn die Jungen flügge werden, aber ich weiß, dass du auf dich achtgibst und ich mich auf mein Mädchen verlassen kann.«

Kannst du nicht, dachte Senta. *Verlass dich auf das Mädchen, das neben dir im Grab liegt.* Woher auf einmal diese Wut kam, wusste sie nicht. Vermutlich ließ sie an ihrem toten Vater aus, was der betrügerischen Schifffahrtsgesellschaft gegolten hätte, aber es war ihr egal. Sie wollte sich spüren, Wut, Angst, Hitze, was auch immer. Am liebsten hätte sie die Geldscheine, die sie unter dem Brustteil ihres Mieders knistern spürte, Mehmet auch noch hinterhergeworfen. Er selbst hatte ihr – durch die Blume seines kapriziösen Englisch – geraten, dort einen Notvorrat an Geld zu verbergen, hatte behauptet, seine drei Schwestern, zwei Frauen und sieben Töchter täten das Gleiche, und hatte dabei weder Kleidungsstück noch Körperteil beim Namen genannt.

»Senta? Hörst du nicht, was ich sage? Wenn er mit dem Geld durchbrennt …«

»… dann ist es jetzt ohnehin zu spät«, sagte Senta. »Keine Sorge. Ich habe noch genug bei mir, um dir die Heimfahrt zu bezahlen, falls du von mir, meinen Eskapaden und diesem ganzen Land genug hast. Fahr nach Hause, quäl dich nicht länger. Mir bist du zu nichts verpflichtet.«

»Das glaubst du von mir? Dass ich dein Geld nehmen und dich zurücklassen würde, weil es mir schwerfällt, mich hier zurechtzufinden?«

Aus seiner Stimme war alles Jämmerliche verschwunden. Er hielt auch den Kopf nicht mehr gesenkt, sondern sah sie an. Die Brille, die ihm in der feuchten Wärme ständig beschlug, hatte er abgenommen, die dichten Wimpern waren ausgeblichen, und die Augen darunter schienen heller denn je. »Ich könnte das nicht tun«, sagte er. »Selbst wenn ich weiß, dass ich dir auf die Nerven gehe, dass du lieber allein wärst, dass du es nicht einmal über dich bringst, mich bei meinem Namen anzusprechen. Selbst wenn du ohne mich wohl wirklich nicht schlechter dran wärst – ich habe diese Sache mit dir angefangen, und ich bringe sie mit dir zu Ende.«

»Aber du kannst es doch kaum ertragen!«, rief Senta. »Dir ist alles zuwider, du genießt von dieser Reise keinen Augenblick.«

»Nein«, gab er zu. »Aber das liegt nicht daran, dass etwas mir zuwider wäre, sondern daran, dass wir in diesem Land nichts zu suchen haben. Ich komme mir vor wie im Zoologischen Garten und frage mich täglich, ob ich das Tier im Käfig bin oder der, der davorsteht und es beglotzt. Wahrscheinlich beides. Wir gehören hier nicht her, Senta.«

Ich schon!, begehrte es in ihr auf. Sie drehte sich um, wollte mit dem, was er gesagt hatte, nichts zu tun haben, und sah zwei arabisch gekleidete Männer auf sich zukommen, die zwischen sich, an geflochtenen Führleinen, das schönste Geschöpf führten, dem Senta je begegnet war. Oder das zweitschönste. Was machte das für einen Unterschied? Es wiegte sich in seinen langsamen Schritten mit einer Gelassenheit und einer Würde, die es aus der Masse emporhoben. Den edlen Kopf mit den riesenhaften, schwarz glänzenden Augen trug es hoch genug, um das Geschehen zu überblicken, aber nichts davon schien es sonderlich zu interessieren. Nur seine Unterlippe spielte vor und zurück, als hätte es sich einen Witz erzählt, den keiner außer ihm verstand.

Das Geschöpf war ein Kamel mit beinahe weißem Fell und einem einzigen Höcker. Die beiden Männer, ein sehr großer und ein sehr kleiner, führten es mit Ehrfurcht. Sie trugen beide ein nachthemdartiges Gewand, wie es Senta an dem verhafteten Jungen am Sirkeci-Bahnhof in Konstantinopel zum ersten Mal gesehen hatte, von dem sie inzwischen aber wusste, dass es zur traditionellen Bekleidung arabischer Stämme gehörte.

Wie von selbst lief Senta ihnen entgegen. Die Männer blieben stehen und warteten, Senta dagegen lief weiter, bis das Kamel ihr nur noch eine Armeslänge entfernt gegenüberstand. Sie erkannte den Geruch von Fellwärme, den Blick aus dunklen Augen, das Schnaufen aus geblähten Nüstern sofort wieder. Auch wenn es anders war. Ein anderes Tier, ein anderer Ort, eine andere Zeit, aber dasselbe Gefühl, nicht mehr allein zu sein.

Ich hätte mich so gern von dir verabschiedet, Wahid. Mich bei dir bedankt, dich gebeten, mir zu verzeihen. Sie hätte dem Kamel die Arme um den Hals schlingen und ihr Gesicht an seine Schulter legen wollen, seinen Kopf zu sich herabziehen und Stirn an Stirn mit ihm stehen. Stattdessen berührte sie es an der Brust, strich mit zaghaften Fingern durch dichtes, verfilztes Fell.

»Gnädige Dame haben Bedarf an einem Kamel?«, sprach der
größere der Männer sie in stark akzentuiertem, aber so gut wie
fehlerlosem Englisch an. »Es ist Ihr Glückstag, Sie sind genau an
die Richtigen geraten. Basim ist ein makellos herrlicher arabischer Kamelhengst, keine zehn Jahre alt, jedoch vollständig und
in sämtlichen Kameltugenden ausgebildet. Läuft vom Aufgang
der Sonne bis zu ihrem Niedergang in jeder Stunde sieben Meilen, und ist weich im Sitz wie der Thron für eine Sultanstochter.
Und dieses Kamel ist klug, so klug, dass es seinen Treiber beschämt. Sein Treiber – Sie gestatten, Herr Abdullah aus Basra –
kennt, wie es sich für einen frommen Muslim gehört, jeden der
neunundneunzig Namen Allahs. Wenn sie mich aber nach dem
hundertsten fragen – den kennt nur mein Kamel, und das verrät
ihn nicht.«

Ein paar Passanten – der Kleidung nach Araber und Türken –
waren stehen geblieben. Ein Europäer im hellen Anzug gesellte
sich ebenfalls dazu und erwies sich als des Englischen kundig,
indem er über den Witz lachte.

Der Mann, der sich als Abdullah vorgestellt hatte, schlug sich
an die Brust. »Ah, meine Gnädigste, glauben Sie mir, nie im
Leben würde ich Basim verkaufen, sähe ich mich nicht durch
widrige Umstände gezwungen. Die Zungen der Ahnungslosen
behaupten, nur ein Pferd könne eines Mannes Freund sein,
während in der Brust eines Kamels keine Liebe wohnt. Mein
Basim aber war mein Freund und floss vor Liebe zu mir über,
wie es das Herz keiner Frau vermag, und das ist so wahr, wie ich
Abdullah heiße.«

»Vermutlich heißt er überhaupt nicht Abdullah.« Heyse war
hinter Senta getreten. »Warum müssen diese Leute um alles so
viele Worte machen, warum kann man an ihnen nicht vorbeigehen, ohne dass sie versuchen, einem die unmöglichsten Dinge
aufzuschwatzen?«

Senta hörte ihn kaum. Sie sah zu dem Kamel auf und prägte

sich jede Einzelheit des schönen Kopfes ein. Seine Wimpern und die vereinzelten Barthaare um die Schnauze waren fedrig, schwarz, unglaublich lang. Die Lippen waren immens und mahlten unaufhörlich. Sie wollte noch immer den Kopf zu sich hinunterziehen, an diese weichen Lippen ihr Gesicht legen, in die pelzigen Ohren etwas flüstern, wie sie es jeden Tag nach der Schule mit Wahid getan hatte.

Guten Morgen, Basim. Ich bin Senta, ich spreche kein Arabisch, aber du bist ja klug, du verstehst alle Sprachen und kannst in ihnen schweigen.

»Wenn Ihnen jemand erzählt, Kamele hätten faulen Atem, geben Sie nichts auf die Worte des Verleumders«, redete der Mann namens Abdullah weiter. »Dieses Kamel, das versichere ich Ihnen, dieses Kamel kann Sie einen ganzen Monat lang durch die Wüste tragen und lebt dabei von einer Handvoll trockener Datteln und Stroh. Und von den Früchten des Kamelbrotbaums, die von Allahs Geschöpfen kein anderes als ein Kamel mit seinen Zähnen zerkaut bekommt. Haben Sie auf der Reise ein Maultier dabei, das nun einmal höhere Ansprüche stellt, führen Sie es dem Kamel ans Euter, und das Kamel wird es mit nahrhafter Milch säugen – und Sie selbst und Ihre Leute obendrein, *In scha'a llah.*«

»Aber es ist doch ein Hengst.«

Abdullah stockte nur einen Wimpernschlag lang. »Ein Hengst. Ja, natürlich. Dieses Letzte war bildlich gesprochen, eine Parabel, um zu verdeutlichen, welch vielfältigen Nutzen dieses Kamel seinem Besitzer offeriert. Und überhaupt, wir waren ja beim Atem. Wenn also der Atem des Kamels Ihnen keine Wohltat ist, was werden Sie dann tun? Sie mischen einfach einige Blättchen Minze unter Datteln, Stroh und die Früchte des Kamelbrotbaums, und kein Engel könnte Sie mit reinerem Atem beglücken.«

»Herrgott, Senta, sag ihm doch endlich, dass du sein verfluchtes Kamel nicht kaufen willst«, brach es aus Heyse heraus. »Wir haben nicht ewig Zeit, wir müssen den Türken finden, eher er mit unserem Geld über alle Berge ist.«

Senta wusste selbst, dass der Abschied sich nicht viel länger hinauszögern ließ. Sie streckte die Hand aus und berührte den Nacken des Kamels, klopfte sachte den harten Widerrist, wie sie ihn auch Wahid nach jedem Ritt zum Abschied geklopft hatte.

»Ah, meine Gnädigste«, rief Abdullah. »Zu meiner Freude sehe ich, ich habe keine Unwissende vor mir, sondern eine Kennerin der Kamele!«

Sehr langsam knickte das Kamel in seinen zierlichen Beinen ein und ließ seinen schweren Leib auf die Knie niedersinken.

»Sie wünschen einen Ritt zur Probe? Aber bitte doch, Gnädigste, bitte. Basim ist sanft wie eine Jungfrau und zartfühlend wie deren Mutter.«

Fassungslos starrte Senta auf das Kamel, über dessen höckerigen Rücken ein mit Schafswolle gepolsterter Sattel geschnallt war. Es schien sie zum Reiten einzuladen, und die Versuchung, den Fuß auf den dazu angebrachten Tritt zu stellen und sich hinaufzuschwingen, ließ sich kaum niederkämpfen. Um zu widerstehen, strich sie dem Tier den Hals hinauf und ließ die Hand zwischen den Ohren ruhen.

»Lady *Tanriça*! Meine Herrschaften!« Heftig mit einem Stapel Papiere winkend, kam ihr türkischer Diener vom Pier her angerannt. »Nicht mehr schauen traurig drein! Ist Mehmet zurück, hat Mehmet geregelt kleine Problem mit Schiffspassagen, fahren wir alle drei morgen auf griechische Schiff, was heißt *Gorgo*, nach schöne Stadt Tripoli.«

»Sie reisen nach Tripoli?«, fragte Abdullah.

»Nach Bagdad«, sagte Senta, die hätte jubeln sollen, weil Mehmet wiedergekommen war und sie nun doch noch die Weiterreise antreten konnten. Stattdessen verkrallte sich ihre Hand in Basims Stirnhaar, und ihre Gedanken verkrallten sich ebenso fest und trotzig in dem Wunsch, sich nicht von ihm zu trennen.

An ihrer Stelle jubelte Abdullah: »Nach Bagdad! Wenn das kein im Himmel beschlossenes Zusammentreffen ist! Sie sind eine weise Dame, meine Gnädigste, denn wer auf der Route über Tripoli nach Bagdad reist, kann sich nicht früh genug nach einem guten Kamel umsehen.«

Mehmet horchte auf. »Du wollen Kamel kaufen?«

»Nein«, antwortete Senta sterbenselend. »Wir sind diesen Leuten hier nur zufällig über den Weg gelaufen und werden natürlich alle Tiere, die wir benötigen, in Damaskus besorgen.«

In ihrem Rücken atmete Heyse auf. Abdullah sagte etwas auf Arabisch zu Mehmet, zu schnell, als dass Senta eine Chance gehabt hätte, es zu verstehen. Mehmet antwortete ebenso schnell, und eine Weile lang tauschten die beiden ihre Wortsalven.

Dann wechselte Mehmet zurück ins Englische und wandte sich wieder an Senta: »Diese Mann beste Kamelhändler von Smyrna. Ehrlich, kein Betrug, viel nicht teuer. Du machen gute Geschäft.«

»Aber wir können ihn doch nicht mit aufs Schiff nehmen«, rief Senta, ohne das Fell des Kamels loszulassen.

Mehmet winkte ab. »Kamel auf Schiff, das nicht viel Problem. Türkische Leute alle kaufen Kamel in Smyrna. Arabische Leute auch. Nur fremdes Leute, was nicht viel weiß Bescheid, kaufen Kamel in Syria, wo viele schlechte Leute, viel Betrug.«

»Du meinst, ich kann ihn wirklich kaufen? Die Schifffahrtsgesellschaft würde uns erlauben, ihn mitzunehmen?« Sie fühlte sich, als fiele eine Zentnerlast von ihr ab, die älter sein musste als die paar Minuten, die seit ihrer Begegnung mit dem Kamel verstrichen waren.

»Mehmet handeln für dich viel gute Preis, dann Mehmet wieder nehmen Geld und regeln mit Schiff. Das nicht viel Problem.«

»Jetzt ist es endgültig genug!« Heyse sprang vor, packte Senta am Arm und riss sie grob, wie er es nie zuvor getan hatte, von dem Kamel weg. »Lass endlich diese Rosstäuscher stehen, und dann machen wir uns am besten auf die Suche nach der deutschen konsularischen Vertretung. Wir werden Konsul Humbert um Hilfe wegen unserer Passage bitten müssen, sonst landen wir am Ende in Indien oder als Sklaven in Schwarzafrika.«

»Hast du nicht verstanden?« Ebenso grob machte Senta sich los. »Mehmet hat uns doch die Passage schon besorgt!«

»Diese Papiere, die er da besorgt haben will, sind vermutlich nicht mehr wert als die Geburtsurkunden seiner gesammelten Frauen und Kinder, von denen er dir dauernd erzählt. O doch, ich habe verstanden: Diese Leute halten mich für einen Idioten, den man nicht ernst nehmen muss. So ergeht es einem eben, wenn man seiner Sprache beraubt ist, aber verstanden habe ich jedes Wort, das die zwei Betrüger sich zugetuschelt haben. Der eine schanzt dem anderen ein Geschäft zu, der wiederum revanchiert sich und gibt ihm von der Beute einen Teil ab. Und du stehst sternenäugig dabei und lässt dir Unsinn einreden: von Kamelhengsten, die Maultiere säugen und die etwas Besonderes seien, weil sie arabisch sind – dabei ist *arabisches Kamel* nur eine andere Bezeichnung für Dromedar.«

Mit seinem Ausbruch schien er beileibe nicht fertig, doch wie sich zeigte, war er nicht der Einzige, der vorgegeben hatte, eine fremde Sprache nicht zu verstehen. Mit einem Satz stürzte Mehmet sich auf ihn und packte ihn am Revers. »Mehmet auch jedes Wort hören«, fauchte er in seinem speziellen Englisch keine Handbreit vor Heyses Gesicht. »Du einmal noch nennen Mehmet Betrüger, und du lernen Mehmet kennen. Mehmet nie machen nicht viel ehrliche Geschäft. In Leben nicht.«

Er stieß ihn so heftig von sich, dass Heyse rückwärts taumelte und gegen das auf Knien liegende Kamel prallte. Das Tier, das bisher das Geschrei in aller Nonchalance hingenommen hatte, gab einen dumpfen, gurgelnden Schrei von sich, rappelte sich auf die dünnen Beine und scherte zur Seite aus. Abdullah, im Begriff, sich von Mehmet berichten zu lassen, was Heyse gesagt hatte, wurde mitgezerrt, und der kleinere Araber hängte sich mit seinem ganzen Gewicht an die Führleine, um das Tier am Davonlaufen zu hindern. Das Kamel schrie noch einmal, wandte den Kopf von der Szene ab und hob einen seiner mächtigen, an den Zehen hufumkleideten Füße, um nach Heyse, der am Boden lag, zu treten.

»Heyse!«, schrie Senta, warf sich zu Boden und zerrte ihn unter dem Kamel hervor, das jetzt mit den Vorderbeinen in die Knie ging und versuchte, seinen Brustbereich, auf dem eine harte, wie verhornte Stelle prangte, auf Heyses Körper niederzudrücken. Ehe der schwere Leib sich ganz gesenkt hatte, hatte Senta Heyse in Sicherheit geschleift, und den beiden Arabern gelang es mit vereinten Kräften, das Kamel zurückzureißen. Dabei stieß es sich das Hinterbein, mit dem es nach Heyse hatte treten wollen, am Pfeiler einer Absperrung und gab noch einen seiner gurgelnden Schreie von sich.

Vor Schrecken und Anspannung rang Senta nach Atem. Heyse kämpfte sich auf die Füße und bemühte sich vergebens, sich den verdorbenen Anzug sauber zu klopfen.

»Wir holen besser die Hafenaufsicht«, sagte Abdullah auf Englisch, nun jedoch bar jedes blumigen Überschwangs. »Wenn mein Kamel sich durch Ihren grundlosen Angriff verletzt hat, werde ich Sie für den entstandenen Schaden haftbar machen.«

»Aber das Kamel war doch vorher schon lahm!«, rief Heyse außer sich auf Deutsch. »Genau das haben Sie zu ihm« – er wies auf Mehmet – »gesagt: Das Vieh ist lahm und bösartig, der Abdecker hat es mir für die Hälfte des Fleischpreises hinterhergeworfen, aber deine *Kafira* ist verliebt in es. Wenn du sie dazu bringst, es zu kaufen, bekommst du ein Fünftel vom Preis und kannst noch ein Sümmchen für die Steuer herausschlagen.«

Mehmet, der offenbar so viel Deutsch verstand wie Heyse Arabisch, übersetzte für Abdullah. Der wandte sich auf Englisch wieder an Heyse, während sich ein immer dichterer Ring aus Schaulustigen um sie sammelte und das Kamel – Basim, der lahmte und geschlachtet werden sollte – seine würdevolle Ruhe wiederfand und über alle hinwegsah: »So etwas wagen Sie zu behaupten? Sie wagen es, einen anderen Mann einen Betrüger zu nennen, und gehen selbst hin, schlagen ihm sein Tier lahm und erzählen anschließend schamlose Lügen, um die Schuld von sich abzuwälzen?«

»Sie wissen genau, dass ich nicht lüge, Sie haben es Wort für Wort so gesagt!«, schrie Heyse.

Mehmet schrie etwas Arabisches zu Abdullah hinüber, und der schrie umso lauter zurück: »Nun gut, mein Bester, Sie wollen es nicht anders. Soll also die Hafenpolizei entscheiden, was sich ein Gast hier in unserem Land erlauben darf. Sie glauben, Sie kommen hierher und können sich als Herr aufspielen, weil Ihre Leute sich bei der Hohen Pforte lieb Kind machen und durch unser Land ihre Eisenbahn bauen? Das wird die Polizei wohl anders sehen. Hier gibt es mehr als einen, der gar nichts davon hält, sich an die Deutschen mit ihrem einarmigen Kaiser statt an die *gentlemen* des Britischen Empire zu halten.«

»Nun mal halblang. Was wird denn hier für ein Zirkus aufgeführt, während andere Leute an einem schönen Tag die Grillen zirpen hören wollen?« Durch den Ring der Schaulustigen schob sich der Europäer im hellen Anzug, der die Szene von Anfang an miterlebt hatte. Während die übrigen Zuschauer erregt gestikulierten und durcheinanderredeten, wirkte er seelenruhig und hatte einen Mundwinkel verzogen, als amüsiere er sich bestens. Da er die meisten Anwesenden überragte und deutlich stattlicher gebaut war, fiel es ihm nicht schwer, zu den Kampfhähnen vorzudringen. Mit einer Bewegung der Arme trennte er

Abdullah, Mehmet und Heyse voneinander, ohne einen von ihnen zu berühren.

»Was ist Ihnen denn über die Leber gelaufen, Abdullah? Sie vergeuden doch sonst bei der Hitze nicht unnötig Kräfte.« Sein Englisch verriet den gebürtigen Engländer sofort. Es wies die glasklare, unnachahmliche Sprachmelodie auf, die Senta aus Oxford kannte.

»Ein ganz außerordentlicher Vorfall, Toffer *Effendi*«, echauffierte sich Abdullah. »Ich befand mich mit der Dame hier in Verhandlungen über ein wahrhaft vorzügliches Kamel. Dann aber mischte sich aus heiterem Himmel dieser Herr ein und versuchte, den Verkauf zu vereiteln. Als mir der Diener der Dame zur Seite sprang, ging er auf mein Tier los und verletzte es schwer an seiner linken Hinterhand.«

»Aha, Abdullah. Aha.« Der Engländer fixierte den Blick des Kameltreibers und strich sich über den Nasenrücken, als schöbe er eine imaginäre Brille nach unten, um über deren Ränder hinwegzusehen.

»Diese Darstellung entbehrt dermaßen jeglicher Wahrheit, dass es schon ans Lächerliche grenzt«, protestierte Heyse empört.

Der Engländer drehte sich nach ihm um und spreizte hilflos die Arme. »*Sorry, Sir.* Ich versuche es durchaus zuweilen mit ein paar Brocken Französisch, aber bei Deutsch streckt mein kleines Hirn die Waffen.«

»Du musst für mich übersetzen«, wandte Heyse sich an Senta. »Der Mann könnte uns helfen, du musst ihm erklären, was ich gesagt habe.«

Ehe Senta sicher war, ob sie das wollte, musste sie feststellen, dass sie es nicht konnte. Gegen Heyses verschwurbelten Umgang mit dem Deutschen setzte die geradlinige Sprache Englisch sich zur Wehr.

Statt ihrer half Mehmet aus: »Dieser Herr sagen, was Abdullah *Effendi* sagen, sein nicht viel wahr. Was ich sagen, er sagt, sein auch nicht viel wahr. Sagen er, wir sein Lügner und Betrüger. Verletzen er unsere Ehre.«

»In der Tat«, bestätigte Abdullah. »Auch die Ehre dieses Kamels ist verletzt, das er als bösartig, lahm und unbrauchbar geschmäht hat.«

»Aha, Abdullah«, sagte der Engländer noch einmal, beugte sich, so lang, wie er war, nieder, dass Kopf und Schultern unter dem Kamelleib verschwanden, und griff nach dem gefährlichen Fuß des Tieres, der Heyse vor wenigen Minuten um ein Haar am Kopf getroffen hätte.

»Nicht!«, rief der Araber und zog ihn zurück. »Das ist gefährlich, Toffer *Effendi*.«

»Ich denke, das Kamel ist so bösartig nicht. Und ich wollte mich ja lediglich überzeugen, dass mit seiner Hinterhand alles in Ordnung ist.«

»Wollen etwa Sie mich auch noch der Lüge zeihen?«, fragte Abdullah jetzt in weinerlichem Ton. »Ich sage Ihnen, dieses Kamel wäre imstande, Sie zu lehren, wie man sich sein halbmondförmiges Bett in der unwirtlichen Härte der Wüste bereitet, aber Sie schmähen es und mokieren sich über Belanglosigkeiten. Zudem trauen Sie mir, Ihrem getreuen Freund, zu, ein Betrüger zu sein, und beleidigen damit meine Würde als Muslim.«

»Aber nicht doch.« Der Engländer lachte und klopfte Abdullah auf die Schulter. »Wie steht es in eurer Sure Nummer drei? Der beste Listenschmied ist kein anderer als Allah. Weshalb sollte man es euch also verdenken, wenn ihr eurem Allah nacheifert und Listen schmiedet, um uns Ungläubige aufs Kreuz zu legen?«

Er klopfte dem anderen noch einmal auf die Schulter, schwang herum und stand im nächsten Augenblick vor Senta. »Unter diesen Umständen dürfte sich wohl kaum jemand finden, der uns beide der Form gemäß einander vorstellt. Sie gestatten, dass ich das selbst übernehme? Christopher Christian, Gleisbauingenieur aus Bury St. Edmunds in Suffolk.«

Er streckte ihr die Hand hin, die wie alles an ihm groß und gesund und kraftvoll wirkte. Aus dem verzogenen Mundwinkel war ein breites Lächeln geworden, das ebenso gesunde, kraftvolle Zähne entblößte. Während er sie ungeniert musterte, spürte Senta, dass sie kein Korsett trug. Sie hatte sich in keines mehr gezwängt, seit die ersten Reformkleider aufgekommen waren, hatte jedoch nie zuvor gespürt, wie nackt sie unter dem dünnen Stoff von Bluse und Mieder war. Ein Rinnsal Schweiß lief ihr kitzelnd zwischen den Brüsten hinunter und über den Bauch.

Erschrocken bemerkte sie, dass Christopher Christians Hand noch immer in der Luft hing. Hastig reichte sie ihm ihre. »Senta Zedlitz, Altorientalistin aus Berlin.«

»Wie faszinierend. Und da wird allenthalben behauptet, die weiblichen Untertanen des zackigen Kaisers besäßen den Liebreiz einer Siemens-Grubenlok.«

Das war dreist, und sie hätte ihm auf der Stelle Pardon bieten müssen, aber sein Blick nahm der Spitze die Schärfe. Obwohl er ebenfalls dreist war. Der Blick dieses vor Selbstbewusstsein strotzenden Menschen hatte etwas Wehrloses, etwas, das sich nicht wehren *wollte*. Auch nicht sich schützen wollte. Seine Augen ließen sich keiner bestimmten Farbe zuordnen, sondern bestanden aus etlichen braunen und grünen Sprenkeln, sie standen schräg unter geraden Brauen und waren zarter als der Rest des Gesichts. Seine Züge, seine Hautfarbe, sein sandfarbenes Haar waren, wie auch Hände, Zähne und Schultern, kräftig und gesund. Allein die Augen, unter schrägen Lidern träumend, wirkten angreifbar.

»Sie sind auf Reisen, glaube ich, verstanden zu haben«, sagte er. »Darf man fragen, wohin?«

»Nach Bagdad«, sagte Senta. »Dann weiter nach Babylon.«

»Mesopotamien«, erwiderte der Engländer, der einen dieser nur in England denkbaren Doppelnamen trug. »Das erleichtert mich.«

Unter allen Reaktionen, die Senta auf ihre Reisepläne bisher erhalten hatte, war diese die absonderlichste. »Warum sollte es Sie erleichtern, dass ich nach Mesopotamien fahre?«

»Ja, warum sollte es? Das ist wie beim Tod in Samarra, denke ich. Es verwirrt uns, jemanden an einem Ort zu sehen, wo er nicht hingehört, und es erleichtert uns, wenn wir erfahren, dass er dort nur auf der Durchreise ist.«

Die Geschichte vom Tod in Samarra war Senta bei Weitem vertrauter, als ihr lieb war, aber sie wollte davon nichts hören, hatte sich von jeher gewünscht, sie wäre auf diese Geschichte nie gestoßen. Sie schüttelte den Anflug von Beklemmung ab. »Und ich gehöre Ihrer Ansicht nach nicht nach Smyrna?«

Während Sie sprachen, hatte sich Senta wieder an das Kamel herangeschoben und die Hand, die der Engländer nicht in der seinen festhielt, in seinem Halsfell vergraben. Wie um ihm zu zeigen, dass ihr das ganze Gezänk um seinen Wert nichts ausmachte. Dass sie ihn hätte mitnehmen wollen, wohin auch immer sie ging, und dass sie nirgendwohin gehen wollte, wenn ausgeschlossen war, dass er sie begleitete.

»Smyrna ist himmlisch, *a real darling*«, sagte der Engländer und begann, die Innenfläche von Sentas Hand mit einer Fingerspitze zu streicheln. »Aber ergangen ist es mir eben wie dem Tod in Samarra: Um der Göttin von Liebe und Krieg zu begegnen, von der mein Reisebegleiter mir nächtelang in den Ohren liegt, sucht man im wilden Land zwischen den Strömen, nicht auf der levantinischen Amüsiermeile an der Ägäis.«

»Sie meinen Ischtar.«

Er nickte.

»Warum …«, begann sie und konnte nicht fortfahren.

»Interessante Frage«, sagte er leise. »Gern hätte ich jetzt die Zeit, sie bei einem geistigen Getränk mit Ihnen zu erörtern, aber leider gilt es noch immer, das Problem des unverkäuflichen Kamels zu lösen.«

»In der Tat«, sagte Senta, sosehr sie sich wünschte, das Problem würde sich im Hitzeflirren der Luft in nichts auflösen.

»Glücklicherweise sind wir in dieselbe Richtung unterwegs«, fuhr der Engländer fort. »Welche Route nehmen Sie? Und wann reisen Sie ab?«

»Über Tripoli. Morgen.«

»Das geht nicht«, sagte er. »Es geht auf gar keinen Fall. Sagen Sie Ihrem *Kavuklu*, er soll Sie auf mein Schiff umbuchen. Die *Princess Maud,* nächste Woche Mittwoch nach Beirut.«

»Meinem *was*?«

»*Kavuklu.* Eine Art türkischer Hanswurst. Gemeint habe ich ihren dienstbeflissenen Diener.«

Ohne Sentas Hand loszulassen, drehte er sich nach den übrigen um, die still dastanden und kampfbereit warteten. »Ich schlage vor, wir rollen den sprichwörtlichen Teppich aus und kehren den kleinen Zwischenfall darunter«, sagte er. »Keiner nimmt dem anderen etwas krumm, und jeder geht seines Weges.«

»Bei aller Geduld und Güte, Toffer *Effendi*«, erwiderte Abdullah, »ganz so einfach ist die Sache nicht aus der Welt zu schaffen. Ich hatte Auslagen, ich habe Zeit verloren, mein Kamel ist zu Schaden gekommen. Wenn nun kein Kauf zustande kommt, muss ich für all meine Unbill schon eine kleine Entschädigung fordern.«

»So weit kommt es noch!«, rief Heyse. »Sie können froh sein, wenn nicht wir Sie bei der Hafenpolizei melden.«

»Dafür sein kein Grund«, mischte Mehmet sich ein. »Abdullah *Effendi* niemand haben gezwungen, zu kaufen Kamel. War Lady *Tanriça*, was haben Abdullah *Effendi* aufgehalten, und wenn jetzt Lady *Tanriça* Kamel nicht kaufen …«

»Aber ich will es doch kaufen!«, rief Senta dazwischen. »Nennen Sie mir Ihren Preis, und Sie bekommen Ihr Geld. Wissen Sie vielleicht auch noch, wo ich Basim bis zu unserer Abreise unterstellen und versorgen lassen kann? Ich nehme an, dieser Rat wird ebenfalls nicht ohne *Bakschisch* zu haben sein, aber daran soll es nicht scheitern.«

Sie löste sich von dem Engländer und nahm dem kleineren Araber die Führleine aus der Hand.

Der Engländer lachte auf. »Sieh einer an. Wären die Probleme der Weltmächte derart einfach zu lösen, bräuchten sich die Herren unserer Regierungen mit ihrem Flottenwettrüsten nicht so abzuhetzen.«

»Das kann nicht dein Ernst sein!« Über Heyses Wange zog sich ein Schmutzstreifen, das Haar war verklebt, die Haut an der Schläfe blutig aufgeschürft. »Senta, wir haben doch genug Probleme am Hals, wo sollen wir denn obendrein mit diesem lahmen Teufel von Kamel hin?«

Der Engländer musterte ihn mit einem Interesse, wie ein Entomologe es einem seltenen Insekt entgegenbringen mochte. »Ich habe kein Wort verstanden, *Sir*«, sagte er. »Nur bemerkt, dass Sie reichlich erregt sind. Vielleicht sollten Sie zusehen, dass Sie irgendwo im Schatten einen ordentlichen Gin Tonic ergattern. Diese schwüle Hitze bekommt nicht jedem.«

Damit ließ er ihn stehen, wandte sich Senta zu und klopfte dem Kamel den Hals. »Wenig dran an dem Kerl. Ein bisschen vernachlässigt sieht er aus, und links hinten steht wohl etwas mit der Hüfte nicht zum Besten. Aber dass er bösartig ist, bezweifle ich. Das sind Kamele selten. Die meisten sind dazu zu faul.«

In seinen Augen funkelte ein Übermut, den Senta jäh teilte. Auf der von Menschen und Tieren wimmelnden Promenade schienen sie zu dritt allein zu sein, eine Frau, ein Mann und ein fast weißes Kamel.

»Ein hübscher Name übrigens: Basim.«

»Was bedeutet er?«

»Lächeln.« Er lächelte auch. »Wenn Sie Ihre Angelegenheiten

geregelt haben – darf ich Sie dann zum Lunch einladen, schöne Ischtar, die auf keinem Löwen, sondern auf einem Dromedar reitet? Ich kenne eine wahrhaft elysische Taverne im griechischen Viertel, aber der Geheimtipp, der es ist, soll es bleiben. Tun Sie mir also bitte die Liebe und bringen Ihre gesammelten Clowns nicht mit.«

10

Die Tage bis zur geplanten Abreise verstrichen wie im Flug und kamen Senta dennoch so vor, als machten sie viel mehr als eine Woche aus. Das, was sie erlebte, das Schwanken zwischen rauschhaften Glückszuständen und den Kämpfen dazwischen, erschien allzu raumgreifend, um in einen so kurzen Abschnitt Leben zu passen.

Sie genoss jeden Augenblick, in dem sie mit Christopher allein war, doch sobald die Zeit mit Christopher vorbei war, wollte sie augenblicklich mehr. Es war ihm gelungen, ihre Passagen umzutauschen, und da er es abgelehnt hatte, dabei Mehmets Hilfe in Anspruch zu nehmen, gab es zumindest keine obskuren anfallenden Gebühren. Soweit sie es überblickte, war das Teuerste der Transport des Kamels, von dem im Hotel wie auf den Behörden jeder ihr abriet. Wenn sie unbedingt ein Kamel wolle, solle sie in Damaskus eines kaufen, beschwor sie der französische Empfangschef, sie solle auf keinen Fall die hohe Kamelsteuer für ein Tier entrichten, das womöglich nichts taugte, und sie solle sich obendrein gut überlegen, ob sie tatsächlich eines brauchte.

»Sie sind keine Beduinin«, gab ihr amerikanischer Verehrer zu bedenken. »Die meisten Angehörigen sesshafter Völker empfinden es als Tortur, auf einer dieser Kreaturen zu reiten, und als

Lasttiere eignen sie sich nicht. Wozu das Kamel also mitnehmen, wenn Sie mit einem trittsicheren Pferd und einer Anzahl Packesel besser dran sind?«

Als meinen Freund, dachte Senta. Aber davon brauchte der Amerikaner nichts zu wissen. Niemand brauchte davon zu wissen, nur Basim, den sie in dem Mietstall, in dem Mehmet ihn eingestellt hatte, jeden Morgen vor dem Frühstück besuchte, um eine Stunde lang bei ihm zu sitzen und von ihm zu lernen. Er zeigte an seiner Besucherin wenig Interesse, sondern gab sich in Gänze der Beschäftigung hin, aus seinem Heuballen Halme zu rupfen. Aber er störte sich auch nicht an ihr, und während sie zusammen waren — er rupfend und malmend und sie, ohne irgendetwas zu tun —, kam eine Geborgenheit auf, die sie vermisst hatte, ohne es zu ahnen. Nur, wenn sie versuchte, ihn von dem Heuballen abzulenken oder den Ballen gar beiseitezuschieben, wandte er seinen Kopf von ihr ab — sein Zeichen, mit dem er ihr zu verstehen gab, dass ihr Verhalten ihm missfiel.

Es waren diese Dinge, die sie sich einprägte, und von Tag zu Tag lernte sie, ihn besser zu verstehen.

Christopher erzählte sie davon nichts. Er fragte: »Was macht das Kamel?«, und sie gab zur Antwort: »Es frisst und verdaut«, womit das Thema sich erledigt hatte. Das, was zwischen ihr und Basim war, ging nur sie und Basim etwas an — so, wie sie ihre Zeit mit Wahid für sich behalten und nicht einmal mit ihren Eltern geteilt hatte.

Wenn sie mit Christopher zusammen war, ging es ohnehin nicht ums Erzählen, um vernünftiges Fragen und Antworten. Zwar plapperten sie die ganze Zeit irgendwelche Belanglosigkeiten dahin und lachten über Dinge, die bei näherer Betrachtung nicht komisch waren, doch beschäftigt waren sie vor allem damit, einander anzusehen.

Dass man derart viel Zeit darauf verwenden konnte, einem anderen Menschen auf die Augen, die Nase, jede kleinste Sommersprosse am Hals zu starren, hätte Senta noch in Konstantinopel für unmöglich gehalten. Das Fesselndste, Schrecklichste, Köstlichste an dem vielen Starren war aber, dass es ihnen nicht genügte, dass die Hände mittun wollten, die Füße, die Gesichter, dass sich all dies im Lauf des Lunchs oder Tees oder was immer sie zusammen einnahmen, unweigerlich aufeinander zubewegte, um dann zu erschrecken, innezuhalten und sich verschämt zurückzuziehen.

Es war ein Spiel, von dem sie die Regeln nicht kannten, weil sie sie erst aufstellten, während sie spielten. Und weil sie die Regeln nicht kannten, kannten sie auch den Ausgang nicht, und jede Trennung kam ihnen vor, als bräche man einen Roman an der spannendsten Stelle ab. Die Trennungen, so verhasst sie ihnen beiden waren, ließen sich jedoch nicht vermeiden. Oben im Hotelzimmer, unter ständig surrendem Ventilator, wartete Heyse, der keinen Hehl daraus machte, dass er litt wie ein Tier. Unter der Hitze, unter den Insektenschwärmen, unter dem stärker gewürzten Essen, das ihm nicht bekam, unter dem unentwegten Lärm bei Tag und Nacht, kurz: unter allem, was Senta zum Aufblühen brachte. Vor allem aber litt er unter Senta selbst.

Hätte er ihr weiterhin die Stimmung verdorben, indem er über alles und jedes klagte, hätte sie ihm guten Gewissens aus dem Weg gehen können. Heyse aber hatte mit dem Klagen so vollständig aufgehört, als hätte man einen Wasserhahn zugedreht. Als sie nachfragte, erklärte er, er wisse schließlich, dass er selbst schuld sei, wenn er diesem Land nichts abgewinnen könne. Alle Übrigen fänden sich zurecht wie Fische im Wasser, und lediglich er war zu wenig Weltbürger, zu engherzig und verschroben, um sich anzupassen, seine Sinne für den Zauber zu öffnen, im Fremden das Abenteuer, nicht die Gefahr zu sehen.

»Warum versuchst du nicht, mit Leuten ins Gespräch zu kommen?«, schlug sie ihm vor. Dabei saß sie an seinem Bett, als wäre er krank, doch er war so gesund, wie ein Mann seines

Schlages eben sein konnte. Dass sie auf solche Art mit ihm allein war, gehörte sich nicht, aber im kosmopolitischen Smyrna und erst recht unter der stumm verschworenen Gemeinschaft der Reisenden waren die Fesseln der Etikette gelockert, und anders kam sie nicht an ihn heran. Er lag Tage und Nächte lang hinter abgedunkelten Fenstern und unter ums Bett drapierten Moskitonetzen, und wenn sie nicht bei jeder Rückkehr ins Hotel an seine Tür geklopft und darauf bestanden hätte, ihm eine Mahlzeit zu bestellen, hätte er womöglich nichts mehr zu sich genommen.

Ihren Vorschlag, sich ihr anzuschließen, in dem bunten Cocktail der Hotelgäste Bekanntschaften zu machen, lehnte er rundheraus ab. »Ich spreche ihre Sprachen nicht«, sagte er.

»Das ist reine Koketterie, wie ich ja inzwischen weiß«, wies sie ihn zurecht. »Ich wünschte, ich würde halb so viel Arabisch verstehen wie du, und mit Englisch tust du dich sichtlich auch nicht schwer. Du musst dir nur ein Herz fassen und mit ein paar belanglosen Worten anfangen, dann geht es auf einmal von allein. Am besten probierst du dein Glück unten an der Bar oder im Rauchsalon, wo die Amerikaner sitzen, die nur darauf warten, mit jemandem ins Gespräch zu kommen.«

»Ich rauche aber nun einmal nicht. Und mir graut vor dem Gedanken, mich allein an diese Bar zu setzen und zu versuchen, meine gesammelten Unfähigkeiten zu ertränken.«

»Lieber Himmel, wenn du mit jemandem sprechen würdest, wärst du doch nicht mehr allein!«

»Doch, Senta«, entgegnete er beinahe liebevoll. »Es ist eben, wie ich gesagt habe. Ich spreche ihre Sprachen nicht. Ich habe mein ganzes Leben dazu gebraucht, gerade genug von meiner sogenannten Muttersprache zu lernen, um mich anzuhören wie das, was ich bin: ein Akademiker. Würde ich versuchen, auf Englisch oder gar Arabisch zu radebrechen, würde ich mich wohl wie ein Schlachter oder wie einer dieser Burschen anhören, die sich ein Tragegestell mit zwei Körben auf die Schultern legen, um auf der Promenade gleichzeitig Kaffee und Limonen zu verkaufen. Und jetzt sieh mich doch an. Glaubst du wirklich, in einer dieser Rollen hätte ich die leiseste Chance, etwas anderes als eine lachhafte Figur abzugeben?«

»Aber man kann sich doch nicht nur über akademische Fragen unterhalten«, rief Senta immer verzweifelter, als sie spürte, dass er ja recht hatte, dass er dazu tatsächlich nicht fähig war. »Sprich von mir aus über das Wetter, über den guten Fisch, über die Aussicht in der Bucht oder über den komischen Hut, den der Redakteur des *Osmanischen Lloyd* gestern zum Tee getragen hat – darüber redet heute nämlich das gesamte Hotel.«

Heyse lächelte traurig. »Gerade das ist es. Alles redet davon, und du bist so mühelos in diese allzeit plappernde Menge hineingeglitten, als hättest du nie etwas anderes getan. Das ist keine Kritik. Ich bewundere das und bin wohl auch ein wenig neidisch, denn ich wüsste über all diese Dinge keinen einzigen Satz zu sagen.«

Senta hatte darauf keine Antwort mehr. Schweigend saß sie da, und während sie ihn ansah – die Wunde an der Schläfe, die dick verschorft war, ohne dass er, wie andere Männer es aus Eitelkeit getan hätten, sein Haar darüber kämmte, die Augen, die zu einem traurigen Spaniel gepasst hätten, hätte es blauäugige Spaniel mit weißblonden Wimpern gegeben –, verspürte sie das ganz und gar unverständliche Bedürfnis, ihn zu umarmen. Vielleicht, weil ihm anders nicht zu helfen war. Sie sehnte sich nach Christopher, sie wollte los und den ganzen Weg bis zum *Café Carousel*, wo er auf sie wartete, rennen, aber dass Heyse in dem dunklen Zimmer liegen blieb, als hätte er es mit fünfunddreißig Jahren schon aufgegeben, vom Leben etwas zu erwarten, spuckte ihr in den Becher ihrer Freude.

»Das ist eine Art von Tyrannei, weißt du das?«, fragte sie ihn. »Du liegst hier in deinem Elend und zwingst mich damit, mich um dich zu kümmern, statt mir die Stadt und die Umgebung anzusehen, wie es schließlich der Sinn des Reisens ist. Ein paar von den Engländern haben vorgeschlagen, einen Wagen zu mieten und einen Tagesausflug zu den Ausgrabungsstätten von Ephesos zu unternehmen.«

»Ein paar von den Engländern. Ist damit der Herr Christian gemeint?«

»Ja, er gehört auch dazu, und er hat uns beide eingeladen, die Fahrt mitzumachen.«

»Nein«, sagte Heyse. »Er hat *dich* eingeladen und gesagt, wenn es sich partout anders nicht einrichten ließe, solltest du deinen griesgrämigen Verlobten eben mitbringen. Aber das brauchst du nicht. Sag ihm, der Verlobte ist unpässlich, und genieß den Ausflug. Lass dir von mir nichts verderben.«

»Willst du Ephesos denn nicht sehen?«, unternahm sie einen letzten Versuch. »Den Artemis-Tempel, das Weltwunder?«

»Ich befürchte, meine Begeisterung für Weltwunder hielt sich schon immer in Grenzen«, erwiderte Heyse. »Meine Welt besteht aus dem Zusammenfügen von Kleinstpartikeln und dem Entziffern von Listen mit Getreidelieferungen. Und selbst dabei bin ich derart beschränkt, dass ich etwas Brauchbares nur in meinem eigenen Feld beizusteuern hätte.«

Also würden sie zu dritt nach Ephesos fahren. War sie ehrlich, so hätte Senta Heyse womöglich weniger bedrängt, hätte die Aussicht bestanden, mit Christopher allein zu fahren. Zu ihrem Leidwesen war jedoch Heyse nicht ihr einziges – und nicht einmal ihr größtes – Problem. Christopher war nämlich ebenfalls mit einem Gefährten unterwegs, mit einem Mann, bei dem Senta vom ersten Augenblick ihrer Begegnung an gespürt hatte: *Der würde mich gern ans andere Ende der Welt verschicken. Und ich ihn auf den Mond.*

Der Mann hieß Perceval Russell und war Altorientalist wie sie. Christopher hatte ihn während seines Studiums in Oxford kennengelernt. »Er ist der einzige Erbe einer der reichsten Familien von Essex«, hatte er Senta erzählt. »Seine Familie hat mit Tabakimporten ein Vermögen gemacht, und Vally könnte sich an jedem Finger einen weiteren kostspieligen Freund wie mich halten und hätte doch nicht einmal die Spur einer Chance, all den Zaster durchzubringen.« Christophers eigene Familie war fein, aber blank. »Wenn du uns auf Fenwick besuchen kommst, lässt meine Mutter dir Tee in ihrer hundertzwanzig Jahre alten *Wedgwood Creamware* servieren, und du kannst jeden Tag in einer anderen Zimmerflucht logieren. Du darfst dich nur nicht daran stören, dass jedes Stück Rosenseife, mit dem du dir die Hände wäschst, auf Pump gekauft ist.«

Christopher schüttete sich darüber aus vor Lachen. Zu den Dingen, die Senta an ihm faszinierten und die es zu einem solchen Vergnügen machten, mit ihm zusammen zu sein, gehörte seine Weigerung, Schwächen, Verfehlungen und dunkle Flecken auf seiner weißen Weste zu verbergen, wie es Menschen für gewöhnlich taten. Im Gegenteil. Christopher posaunte ungehemmt in die Welt hinaus, dass seine Familie verschuldet war, dass für seine Reisekosten sein reicher Freund aufkam und dass er dennoch das Geld mit vollen Händen zum Fenster hinauswarf.

Er erzählte mit begeistertem Elan von seinen alkoholischen Exzessen, nach denen er sich einmal in einem Rinnstein des Hafens von Odessa und ein anderes Mal – all seiner Kleider beraubt – im Hof einer Mädchenschule in Borsa wiedergefunden hatte. In Shanghai, so erzählte er, habe man ihm den Ehrentitel eines *Großen Rauchers* verliehen, weil er an die hundert Opiumpfeifen täglich habe rauchen können.

Er liebte es, Menschen in Schrecken zu versetzen oder sie zumindest dazu zu bringen, sich zu mokieren und die Nase zu rümpfen. Bei einem Galadinner, das der britische Konsul Clifford Heathcote-Smith auf der Dachterrasse des Konsulatsgebäudes gab, berichtete er ausführlich von seinen Besuchen im Hammam, die er zweimal wöchentlich mit Perceval Russell absolvierte, und schilderte dabei seiner Tischdame, wie er sich von dem albanischen Bademeister den gesamten Körper mit einem Handschuh aus rohem Ziegenhaar abreiben ließ, wie die Hautschüppchen und kleinen Härchen dabei durch die Luft wirbelten und dass er sich hinterher fühlte wie ein frisch gestriegeltes Pferd.

Die Tischdame war eine sehr süße, zarte Blondine, eine Verwandte der Heathcote-Smiths, die erst kürzlich aus London eingetroffen war. Sie hielt sich tapfer, fand Senta. Nach dem zweiten Zwischengang war ihre Leidensfähigkeit allerdings erschöpft, sie entschuldigte sich und verließ mit durchscheinend blassem Gesicht die Tafel.

»Das war übertrieben«, sagte Senta zu Christopher, während sie im offenen Wagen zurück ins Hotel fuhren. »Sie hätten dem armen Mädchen nicht so zusetzen dürfen.«

»Haben Sie sich um eine Stellung als ihre Gouvernante beworben?«, fuhr Perceval Russell dazwischen, dem sie die Einladung zu verdanken hatten und den es zweifellos erboste, dass Christopher Senta dazugebeten hatte. »Wenn nicht, wüsste ich kaum, weshalb es Sie etwas angehen sollte, was Mr. Christian tut oder lässt.«

»Wenn jemand sich einem anderen gegenüber schlecht benimmt, geht es jeden an«, konterte Senta, nicht bereit, sich einschüchtern zu lassen.

»Gutes Benehmen ist ein Privileg, das wir mit bester Empfehlung den Langweilern und Dummköpfen überlassen«, sagte Russell. »Bezeichnend ist, dass man sie so spielend leicht daran erkennt.«

Die Nacht war sternenklar. Nie zuvor hatte Senta eine solche Fülle von Sternen an einem so weit gespannten, wolkenlosen Himmel gesehen, und der Beschluss, die Sternwarte in der Enge der Berliner Innenstadt abzureißen, wurde ihr auf einmal verständlich. Percys Zorn auf sie war ihr ebenfalls verständlich, wenn auch die Gründe dunkler und komplexer schienen. Christopher saß neben ihr, statt, wie es sich schickte, neben seinem Freund, er war weit näher an sie herangerückt, als es der großzügig geschnittene Wagen erfordert hätte, und Russell mochte sich überflüssig fühlen, eine Art männliche Anstandsdame, die lästig fiel. Dass er sich jedoch zu einer offenen Beleidigung ihr gegenüber verstieg, überraschte sie.

Um eine Antwort wäre sie nicht verlegen gewesen, doch sie verkniff sie sich, weil sie abwarten wollte, was Christopher tat.

Er legte ihr die Hand auf den Schenkel, strich einen Atemzug lang über Verbotenes und jagte einen Schauder bis hinauf in ihren Bauch. Sie erschrak so sehr, dass ihr Körper einen kleinen Satz vollführte. Ihr Schenkel zitterte. Sie fand sich albern, schließlich war sie keine dumme Gans vom Lande, sondern die Tochter eines Berliner Verlegers, der nie ein Buch verboten worden war. Zuletzt nicht einmal die einst zensierte Untiefe von *Tausendundeine Nacht: »Sie entblößte ihre Brüste und setzte sich auf die Schenkel des Sängers, ritt auf ihnen, immer vor und zurück.«*

Senta hatte in der Neuausgabe gelesen, auch wenn sie sich anfangs trotzig dagegen gewehrt hatte. Sie wusste, dass es zwischen Männern und Frauen mehr gab als das Klimpern mit den Wimpern, aber seit dem Tod ihrer Eltern hatte sie die Bände nicht angerührt. Zudem hatte das, was sie erlebte, mit keinem Bücherlesen etwas gemein. Was auf kunstvoll illustrierten Seiten ein Märchen blieb, geschah hier und jetzt, vor den Augen Russells, auf ihrer eigenen Haut.

Christopher nahm ihre Hand. »Sich schlecht zu benehmen, eröffnet so viele wundervolle Möglichkeiten«, sagte er rau. »Aber ich würde mich deswegen nicht als sonderlich klug oder interessant rühmen.« Seine Fingerspitze fuhr über ihre Handfläche, dann löste sich seine Hand und glitt langsam zurück auf ihr Bein. »Schließlich benehmen sich auch Tiere schlecht. Das ist ja das Unwiderstehliche daran, das Tierische.«

Er streichelte Senta und sah dabei Russell in die Augen. Der verbarg glänzend, dass ihm ein Schlag versetzt worden war, obwohl die gelben Laternen sein Gesicht in eine Art Bühnenlicht tauchten. Senta, die nicht einmal sicher wusste, worin der Schlag bestand, bemerkte trotzdem seine Wirkung. Sie glaubte, sie in der Luft zu spüren, die zwischen ihr und Russell lag.

»Darf ich fragen, was genau dich am Tierischen begeistert?«, fragte Russell, als wäre er mit Christopher allein. »Furzende Gäule, sabbernde Hunde, ein schmatzendes britisches Hausschwein – welches *Plaisir* darf es denn sein?«

Christopher lachte, und der warme Nachtwind nahm sein Lachen mit. »Na, welches wohl? Das, was alle begeistert. Britische Schweine, osmanische Haremsdamen, französische Ministerialbeamte – ganz egal. *Plaisir d'amour, mon ami.* Sei ein Goldstück, lass hier anhalten, Val. Die Nacht ist so schön, Fräulein Zedlitz und ich gehen die letzten paar Schritte am Meer entlang zu Fuß.«

Vermutlich war dies die Nacht gewesen, in der Senta es sich mit Perceval Russell, dem reichsten Erben von Essex, endgültig verscherzt hatte, obwohl ihr Beitrag dazu gering gewesen war. Als sie Christopher darauf ansprach, winkte er ab, riet, sie solle sich die schönen Tage nicht vergällen lassen, und lachte. »Val überlass ruhig mir. Der ist wie ein Kamel, das nur ein einzelner Treiber handhaben kann. Er gerät bei jedem, der mir auf weniger als drei Schritte nahekommt, ins Bocken, ob das der Milchmann ist, der kleine Badegeselle mit dem Handschuh oder die grausam-schöne Ischtar, spielt keine Rolle.«

Er lachte immer, fand alles komisch, nahm weder anderen noch sich selbst etwas krumm. Senta hielt sich für nicht wenig selbstbewusst. Um aber mit dem Selbstvertrauen eines Christopher Christian durch jeden Raum des Lebens zu spazieren, musste man vielleicht in einem Weltreich geboren worden sein, in dem die Sonne nicht unterging. Berlin sehnte sich fiebrig nach einem Turm zu Babel, London beschied sich gelassen mit seinem alten Uhrenturm, auf dem die Augen der Welt ruhten. Ein deutscher Hotelgast, der sich in der Bar mit einem Ingenieur aus Bristol um eine Zeitungsmeldung zum Thema Wettrüsten gestritten hatte, herrschte seinen Kontrahenten an: »Ihr Briten habt es leicht, Frieden zu wollen, weil ihr glücklich seid und weil ihr dem Frieden die Bedingungen diktiert, die euch das Glück erhält.«

Senta hatte dabei an Christopher denken müssen. Sie mochte das an ihm gern – dass er glücklich war, Frieden wollte, auch wenn er es nicht lassen konnte zu provozieren, wie ein Junge, der an einem Ameisenhaufen nicht vorbeikam, ohne mit einem Stock darin herumzustochern. Das Gewimmel, das losbrach, amüsierte ihn, doch unter keinen Umständen wollte er, dass die Tiere zu Schaden kamen. Auch zwischen Russell und Senta genoss er ein bisschen Kabbelei, doch nicht mehr, keinen Krieg, kein Augenauskratzen.

Als Senta ihm sagte, sie bezweifle, dass die Reibungen zwischen ihnen harmloser Natur seien, hatte er wie üblich gelacht. »Wenn ihr zwei Streithammel euch nicht vertragt, ziehe ich eben mitten durch mich hindurch eine Linie, und an der müsst ihr mich dann zerteilen. Und? Welche Hälfte hätten Sie gern, Ischtar?« Er hob den linken Mundwinkel. »Die, wo das Herz ist, oder die, wo bei mir die schärferen Zähne sitzen?«

Also fuhren sie zu dritt nach Ephesos. Wagen und Pferde, Proviant für die lange Fahrt, Bedienstete, das alles hatte Russell bezahlt. Es war der heißeste Tag, seit Senta nach Smyrna gekommen war, und der vorletzte, den sie in der Stadt verbringen würde. Unterwegs wurde ihnen das Wasser knapp, weil ein Diener namens Hakan, der sich darum hätte kümmern sollen, einen Fehler gemacht hatte. Russell war außer sich, er war kurz davor, den Mann auf der menschenleeren Straße zwischen zwei Felshängen aus dem Wagen zu werfen. Christopher übernahm es, ihn zu beschwichtigen, verteidigte Hakan, versicherte Russell, sie würden irgendwo unterwegs gewiss Wasser nachkaufen können.

»Was ist los mit dir, Val?«, fragte er. »Ein knurriger Stinkstiefel bist du schon immer gewesen, aber als einen Tyrannen, der einen armen Teufel für einen Patzer, der jedem von uns hätte passieren können, hier in der Einöde verschmoren lassen will, kenne ich dich nicht.«

»Es geht mir nicht gut, auch wenn du es vorziehst, das zu ignorieren.« Russells Stimme klang augenblicklich weicher. »An meinem Körper klebt alles, und mein Kopf fühlt sich an, als würde dieser verdammte Orientexpress ohne Unterlass in beide Richtungen hindurchrasen.«

»Sollen wir kehrtmachen?«, fragte Christopher. »Dich zurück nach Smyrna bringen?«

»Und dann?«

»Dann sorge ich dafür, dass ein Arzt dich unter die Lupe nimmt, einer von den Armeniern aus Alsancak, die angeblich Tote aufwecken können. Ich lasse dir eine Pferdedosis Schlafmohn verpassen, und morgen früh bist du wieder der Alte und verlangst nach deinem Gin Tonic zum Frühstück.«

»Und was ist mit dir?« Russells Atemzüge kamen Senta zu flach vor, um die Lunge zu füllen.

»Ich fahre wie vereinbart mit Fräulein Zedlitz nach Ephesos«, erwiderte Christopher. »Für sie ist es eine einmalige Gelegenheit, die Stätte zu sehen. Es wäre nicht fair, sie um den Ausflug zu bringen, und wir sind Engländer, mein Alter. Was soll sie sonst nachher in des Kaisers Reich erzählen, wie weit es mit der berühmten Fairness der Engländer gekommen ist?«

Er lachte, brach aber gleich wieder ab. Auch ihm rann der

Schweiß. Es war kein Tag, um weit zu fahren, schon gar nicht jetzt, da es auf Mittag zuging, und durch eine Landschaft, in der es keinerlei Schatten gab.

Russell sah Christopher unverwandt in die Augen, als schätzte er darin seine Möglichkeiten ab.

»Wir könnten es doch morgen noch einmal versuchen«, begann Senta, obwohl sie mit Heyse verabredet hatte, am letzten Tag das Gepäck zu überprüfen und durch ein paar Einkäufe zu ergänzen. Außerdem wollte ein Tierarzt sich Basim ansehen, um sicherzustellen, dass er der Reise gewachsen war.

»Unsinn«, unterbrach sie Christopher. »Wir bringen Val zurück und holen uns Wasser, und wenn wir zu spät in Ephesos ankommen, können wir dort übernachten. Morgen früh brechen wir dann auf, ehe die große Hitze zuschlägt.«

»Vergiss es«, kam es von Russell. »So einfach wirst du mich nicht los.« Er rief dem Kutscher etwas zu, und der ließ die beiden Pferde wieder anziehen. Die Sonne brannte, der Wagen rumpelte durch bergiges, karges Land mit kaum Baumbestand, und Russells Atemzüge wurden lauter und kürzer. Senta kam es vor, als hörte sie die ganze Fahrt über kein anderes Geräusch.

Dann gelangten sie nach Ephesos, und für den Moment vergaß sie Russell und seinen Atem.

Die Grabungsstätte, auf der eine britische Expedition vor vierzig Jahren die Reste des Weltwunders entdeckt hatte, wurde inzwischen von Archäologen des österreichischen Kaisers betreut, doch schien derzeit niemand hier zu arbeiten. Das Grabungshaus war verschlossen, außer ein paar Absperrungen wies nichts darauf hin, dass hier vor Kurzem noch Menschen unterwegs gewesen waren. Die Landschaft war grüner, fruchtbarer, wieder näher am Meer gelegen, und in die waldige Senke, in der die antike Stadt mit ihrem Heiligtum gestanden hatte, führte keine Straße.

»Es ist keine Viertelstunde zu Fuß«, sagte Christopher.

»Gleich hinter der Kuppe bekommen wir die ganze Pracht zu sehen.«

Senta war voller Erregung vom Wagen gesprungen, kaum dass die Pferde stillstanden.

Er sprang ihr nach, lachte, umfing für einen flüchtigen Moment ihre Taille. »Glücklich?«

Sie reckte sich, sah über seine Schulter hinweg auf die mit Pinien und Zypressen bewachsene Kuppe und konnte in der Ferne, zwischen schwarz-grünen Kronen, einen Umriss aus hellem Stein ausmachen. »Sehr«, sagte sie. »So sehr.«

»He, Val, bist du eingeschlafen?«, rief Christopher. »Na komm, beweg dich, nicht, dass der alte Plunder uns wegläuft.«

»Geht ihr nur allein.« Russell hustete. »Ich würde eure bedeutsame Mission nur aufhalten.«

Mit einem Satz war Christopher wieder bei ihm auf dem Wagen. Er nahm ihn beim Hemd, rüttelte ihn geradezu zärtlich, rief ihn beim Namen. »Mach keinen Unsinn, Val! Was plagt dich denn, immer noch diese Orientexpress-Züge im Kopf?«

»Lass stecken«, knurrte Russell ihn kraftlos an. »Irgendeine Verstimmung, die dich bisher ja auch nicht von deinem Vergnügen abgehalten hat. Du wolltest um jeden Preis deiner Dame mit einem Tempel imponieren, also sieh jetzt zu, dass du sie dorthin bekommst. Ich warte hier. Wahrscheinlich geht es mir schon besser, wenn dieser Wagen ohne Federung mir nicht länger die Eingeweide durchschüttelt.«

Sie stellten das Dach des Wagens und einen Schirm so zurecht, dass Russell im Schatten sitzen konnte, und überließen ihm den kläglichen Rest des Wassers. Den Dienern schärfte Christopher ein, ihn sofort zu holen, falls der Zustand seines Freundes sich verschlechtern sollte. Davon abgesehen, wirkte er nicht sehr besorgt.

»Seine Gesundheit ist nicht die robusteste«, erklärte er Senta, sobald sie die Kuppe überquert hatten. »Davon abgesehen, liebt er es aber auch, mich mit seinen Krankheiten zu manipulieren. Sobald ich mich breitschlagen lasse und das, was ihm gerade nicht gepasst hat, in den Wind schreibe, ist er meist wie durch Zauberhand wiederhergestellt.«

Insgeheim hatte Senta etwas Ähnliches vermutet. Die immer kürzeren, immer lauteren Atemzüge hatten allzu übertrieben geklungen. Russell hatte diesen Ausflug mit Christopher allein geplant, und da dieser Senta eingeladen hatte, war er entschlossen gewesen, ihnen beiden den Tag zu verderben. Dieser Wissenschaftler, der angeblich mit einer Arbeit über das Gilgamesch-Epos und einem Buch zu Sentas eigenem Thema die Fachwelt beeindruckt hatte und dem Stellenangebote vom British Museum wie von der Universität in Oxford vorlagen, betrug sich wie ein rotznasiges Kind.

Aber er hat sich die falsche Gegnerin ausgesucht, dachte Senta. Sie war erregt, sie war glücklich, sie ging neben einem Menschen her, mit dem sie zusammen sein wollte, und sie hatte fast anderthalb Jahre gebraucht, um sich aus einer schwarzen, vor Leere hallenden Schlucht herauszukämpfen. Einem verwöhnten Herrensöhnchen, das es gewohnt war, in allem seinen Willen durchzusetzen, würde sie nicht erlauben, ihr das zu zerstören.

Sie hatten den Kamm des Hügels kaum hinter sich gebracht, als sie die Überreste der Stadt zu Gesicht bekamen. Zwischen das silbrige Laub von Olivenbäumen, die dornigen Blütenranken von Sträuchern und die fast schwarzen Zypressenkronen schmiegten sich Säulen, Fassaden, Sockel und Treppenstufen in gelblichem Stein. Antipatrios von Sidon, der griechische Dichter, von dem die ältesten Verse über die Sieben Weltwunder bekannt waren, hatte geschrieben:

»Doch als ich endlich den Tempel der Artemis erblickte,
Der sich in die Wolken erhebt,
Verblasste alles andere.«

Von dem auf einer Anhöhe errichteten Tempel aus bläulich schimmerndem Marmor, der der größte der griechischen Antike gewesen sein sollte, war nur mehr eine Reihe von fünf unterschiedlich hohen Säulenstümpfen übrig, und in die Wolken, von denen ohnehin am klaren Himmel nichts zu sehen war, erhob sich keiner davon. Stattdessen flitzten Eidechsen über die zerbröckelten Sockel, wucherten Moose und Farne in den Sprüngen, nisteten Vögel in dem einzigen erhaltenen Kapitell. Mehr als ihr Zwitschern, ein wenig Geraschel und sommerliches Gezirpe war nicht zu hören, die einst vor Leben wimmelnde Weltstadt wirkte gottverlassen. Dennoch fühlte sich Senta so berührt, dass ihr Herz heftig schlug und ihre Hand sich wie von selbst darauf wiederfand.

Mein erstes Weltwunder. Es war nicht das, was ihr naheging, sondern die Gewissheit, dass vor zweitausend Jahren Menschen hier gestanden hatten, denen dieser Ort heilig gewesen war, die sich, vor Ehrfurcht stumm oder Gebete murmelnd wie die Muslime auf der Straße in Konstantinopel, mit ihren Hoffnungen, Wünschen und Ängsten dem Haus der Göttin genähert hatten. Seit dem Tod ihrer Eltern war sie sich vorgekommen wie an der Wurzel ausgerissen, dem Wind überlassen und niemandem zugehörig. Hier aber, ungezählte Tagesreisen von ihrer Geburtsstadt entfernt, empfand sie von Neuem so etwas wie Verbundenheit.

Christopher ließ sie eine Weile mit den Überresten des Tempels allein, dann führte er sie weiter, um ihr die Bibliothek des Celsus zu zeigen, von der noch die Stufen und ein Teil der Fassade existierten. Anschließend gingen sie weiter zum großen Theater, das so vollständig erhalten war, dass man im Rondell der Bühne eine Tragödie hätte aufführen können, und den brandenden Applaus der Massen zu vernehmen glaubte. Ohne sich um die Gefahr durch lose Gesteinsbrocken zu kümmern, stiegen sie über die Sitzreihen hinauf bis zur obersten Brüstung und blickten hinunter auf die Hauptstraße, durch die Händler und Pilger, die der Artemis hatten huldigen wollen, in die Stadt gekommen waren. Die Luft war erfüllt vom Duft der Pinien, und bis auf ihrer beider Keuchen von der Anstrengung und das Zirpen der Grillen war alles still.

»Immer noch glücklich, Ischtar?« Christopher legte den Arm um sie.

»Noch viel glücklicher.«

Sie hatten beide in dieselbe Richtung gesehen. Jetzt drehte er sie sachte zu sich herum, nahm ihr Gesicht in beide Hände und küsste sie.

Seine Lippen schmeckten nach Salz und waren von der Sonne aufgesprungen. Ohne dass sie einander allzu fest umschlangen, machte ihr Körper die Konturen von seinem aus. Das vorgewölbte Becken, die kräftigen Schenkel, das Geschlecht, das sich hart gegen ihren Bauch legte. Es war das, worauf sie gewartet hatte, seit sie ihm vor einer Woche auf der Promenade beim Pasaport Pier begegnet war. Nein, das konnte nicht sein. Sie hatte viel länger als eine einzige Woche darauf gewartet. Ihre Arme schlossen sich um seinen Hals, ihre Zunge schob sich in seinen Mund, ohne dass ihr Verstand eine Entscheidung traf. Es war ganz einfach. Man war mit der Fähigkeit dazu geboren, und solange man sie nicht nutzte, war man im Grunde nicht vollständig, kein ganzer Mensch, sondern ein Zwischenwesen, das wie in einen Kokon verpuppt noch auf sein Menschsein wartete.

Als sie sich lösten, um Atem zu holen, lachte er auf, und in seinen schönen Augen schienen alle Sprenkel zu funkeln. »Das ist Christopher Christians Art von Weltwunder.«

Sie lachte mit.

Seine Hände strichen ihren Rücken hinunter, über die schmale Beuge ihrer Taille und auf den Ansatz ihrer Hinterbacken. »Du trägst kein Korsett, Ischtar. Erlaubt das dein Kaiser?«

»Ich hab ihn nicht gefragt.«

Christophers Lachen schallte über die steinernen Bankreihen, in denen einst die Leute von Ephesos die Qualen und Glückseligkeiten maskierter Schauspieler verfolgt hatten, und als wären ihre Geister noch da, warf ein Echo es zurück.

»Ich wäre fürchterlich gern hier mit dir über Nacht geblieben.«

»Ich mit dir auch.«

»Ich habe ein Einmannzelt. Ein ziemlich obskures, in Deutschland hergestelltes Ding, wie es die Landvermesser von der Bagdadbahn benutzen. Kaiserfertigung sozusagen. Angeblich hält es Sandstürmen, Raubtiergebissen und den Dolchstichen barbarischer Beduinen stand.«

»Wie schade, dass wir es nicht benutzen können.« Sie boxte ihm leicht in den flachen, harten Bauch. »Leider genügt es ja nur für einen Mann.«

»Du bist ja kiebig, Ischtar.« Er lachte ihr in die Augen. »Und du kennst deine Bibel nicht: *Diese zwei sollen ein Fleisch sein.*«

Sie tappte ihm auf die Wange, fühlte sich leicht und frei und voll Übermut. »Ich kenne sie besser als du. Was du da zitierst, ist für Leute geschrieben worden, die heiraten werden, nicht für solche, die auf Ausgrabungsstätten in obskuren Zelten übernachten. Und außerdem …«

»Wir übernachten ja eben leider nicht in meinem schönen kaiserlichen Zelt.«

»Lass mich ausreden, du schlecht erzogener Mensch. Und außerdem handelt es sich bei den Büchern Mose, in denen das Zitat steht, ohnehin mit größter Wahrscheinlichkeit um ein Sammelsurium aus älteren mesopotamischen Texten, von denen die meisten im Zuge der Übersetzung verfälscht worden sein dürften.«

»Um Gottes willen. Du bist ja schlimmer als Vally.« Er lachte ihr kleine Küsse aufs Gesicht und roch nach der *Shisha*, die er so gern rauchte, nach dunklem Tabak, Minze und Limonen. Und nach frischem Schweiß, der nicht stank. Oder vielleicht stank er doch, aber so, dass es ihr gefiel. Ihr gefiel schließlich auch der Gestank nach Kamel, der ihr nach einem Besuch bei Basim in den Kleidern hing und bei dem Heyse gegen ein Würgen ankämpfen musste.

Sie lachte laut auf.

»Darf Euer Anbeter erfahren, was komisch ist?«

»Ich«, rief Senta. »Und du. Ich habe gerade festgestellt, dass du stinkst wie mein Kamel.«

Er verdrehte den Hals und versuchte, an seiner Brust zu riechen, wo ihm der dünne, durchschimmernde Hemdstoff auf der Haut klebte. »Stimmt«, stellte er fest, »eindeutig Marke Kamel. Aber da du neulich am Pier das umkämpfte Wüstenschiff fast vor Liebe verschlungen hättest, scheine ich damit besser im Rennen zu liegen als mit *Acqua di Genova*.«

»Hüte dich! Ich verschlinge dich auch.«

»Sei mein Gast, Ehrfurcht gebietende Ischtar. Aber warte damit noch, bis wir diese Sache mit dem Zelt ausprobiert haben, ja? Und während dann um uns die Südnacht knistert, erzähle ich dir eine Geschichte, doch an der spannendsten Stelle höre ich auf, und du musst mich leben lassen, damit ich in der nächsten Nacht weitererzähle.«

»Mein Gott, Christopher.«

Sie küssten sich wieder. Und wieder. Er begann, ihr Gesicht zu streicheln, und sie streichelte seines, seine Haut war warm, und zwischen Küssen lachten sie und redeten in kleinen Wortwasserfällen aufeinander ein. Aber sie hatten kein Wasser. Senta hatte daheim in Berlin Warnungen gelesen, man solle keinesfalls ungeschützt in glühender Sonne stehen oder in großer Hitze nicht ausreichend trinken. Und sie hatte gedacht: *Kann wirklich jemand dumm genug sein, so etwas zu tun? Dann ist er selbst schuld, wenn es ihm elend ergeht.*

Jetzt war sie selbst schuld. Das Elend überfiel sie beide zugleich und von einem Atemzug zum andern.

»Mir ist schwindlig, Christopher.«

»Das liegt an mir. Ich verdrehe dir den Kopf.«

»Der tut mir weh. Er dröhnt. Bist das auch du? Dann sei so gut und hör damit auf.«

Er umarmte sie fest und küsste sie aufs Haar, was ihr nach allem, was sie gerade getan hatten, erstaunlich unschuldig vorkam. »Nein, liebste Göttin. Das bin ich nicht, und mein Kopf hat eben gleichfalls mit dem Dröhnen angefangen. Außerdem fühlt meine Kehle sich an, als hätte ich irgendein drahthaariges Tier verschluckt. Eine Ratte, Süße? Ich habe keine Ratte verschluckt, oder doch? In Konya ist mir mal eine übers Gesicht gelaufen, das war, nachdem ich in einer üblen Kaschemme bei einem alten Aramäer so viel *Raki* getrunken hatte, dass ich auf allen vieren ins Freie krauchen musste und auf der Schwelle liegen blieb ...«

Senta wurde übel. »Bitte, jetzt nicht.«

Er küsste sie wieder. »Ist nur Spaß, Schöne. Wir haben keine Ratten verschluckt, und uns rasen auch keine Züge durch die Köpfe. Wir sind ausgetrocknet. Wir Dummköpfe hätten als Erstes hinüber nach Selçuk fahren sollen, um jede Menge Wasser zu besorgen, und außerdem hätten wir uns besser die Schädel mit Lappen umwickelt wie unsere kameltreibenden Freunde.«

»Und jetzt?«

»Jetzt werden wir eben für unsere Dummheit leiden müssen. Und weil ja der, der den Schaden hat, für den Spott nicht zu sorgen braucht, wird uns mein herzerfrischender Freund Vally gleich erklären, dass uns das ganz recht geschieht, und er uns wünscht, dass uns die Hirnschalen platzen.«

»Meine Hirnschale platzt, Christopher.«

»Arme Ischtar. Kannst du uns nicht Wasser zaubern?«

»Ischtar ist ja keine allmächtige Gottheit wie die der Monotheisten. Ich fürchte, zaubern, wie du es nennst, kann sie nur Liebe und Krieg.«

»Das habe ich gemerkt, als du neulich am Pier auf einen Schlag beides ausgelöst hast. Im Augenblick nützt es uns allerdings eher wenig, fürchte ich.«

»Ich komme mir kein bisschen wie eine Göttin vor, sondern wie eine Idiotin«, sagte Senta. »Da traue ich mir großspurig eine Expedition durch die syrische Wüste zu und hole mir bei gewöhnlichen Sommertemperaturen an der Ägäis einen Sonnenstich.«

»Ach je, du armes Süßes.« Christopher gab ihr noch einen Kuss und fand sein Lächeln wieder. »Keine Sorge, so etwas passiert auch erfahrenen Wüstenfüchsen. Und es ist kein Beinbruch. Wir fahren nach Selçuk, besorgen uns Wasser und Salzgebäck, und sobald du die ausgeschwitzte Körperflüssigkeit ersetzt hast, fängst du gleich wieder an, dich wie ein Mensch zu fühlen. Nur um die Nacht in meinem kaiserlichen Einmannzelt ist es schade. Ich hatte mir schon eine Geschichte ausgedacht, der weder König Shahriyâr noch meine Göttin von Liebe und Krieg hätten widerstehen können.«

Er nahm ihre Hand, und sie machten sich daran, über die Sitzreihen des Amphitheaters wieder hinunterzusteigen, der alten Straße nach Ephesos entgegen. »Aber das holen wir nach, nicht wahr?«

Senta nickte. Das Gras auf dem Weg zurück zum Wagen reichte ihr bis über die Fesseln und roch nach wilden Kräutern. Sie wünschte sich eine Quelle, an der sie mit ihm hätte lagern wollen, um zu trinken, bis die hämmernden Schmerzen hinter ihren Schläfen nachließen, und dann in seinen Armen liegen zu bleiben.

Auf halbem Weg kam ihnen Hakan, der Diener, entgegengerannt: »Toffer *Effendi*, Sie kommen schnell! Russell *Effendi* geht schlechter, geht sehr, sehr schlecht.«

Sofort rannte Christopher los, und Senta hatte keine Chance mehr, mit ihm Schritt zu halten.

11

Sie fuhren nach Selçuk, um für Perceval Russell einen Arzt aufzutreiben. Unterwegs schrie Christopher, der sonnige, friedliebende Christopher, den Kutscher an, bis der die Pferde in den Galopp trieb. Dass das auf der steinigen, unwegsamen Straße keine sichere Gangart war, dass dem holpernden Wagen dabei eine Achse oder einem Pferd ein Bein brechen konnte, wusste er zweifellos selbst. Senta war angst und bange um die Tiere, aber sie hielt sich zurück und betete nur, dass der türkische Kutscher ein Meister seines Fachs war. Das Letzte, was Christopher jetzt brauchen konnte, waren Belehrungen und gute Ratschläge. Ihm war angst und bange um seinen Freund.

Als sie schwer atmend beim Wagen angekommen waren, hatte Russell wie ein verendender Fisch auf der Seite gelegen, den Mund offen, die Augen verdreht, den Oberkörper halb entblößt. Seine flachen Atemzüge waren in ein pfeifendes Röcheln übergegangen. Christopher hatte sich über ihn gebeugt und den schwereren Mann wie ein Kind in seine Arme gezogen. »Vally, du schnarchende Schildkröte, was machst du für Sachen? Wenn du mir einen Schrecken einjagen wolltest, damit ich mich wie der schlechteste Mensch auf der Welt fühle, hast du dein Ziel erreicht und kannst aufhören. Ist nicht lustig, altes Bocksbein. Ist kein bisschen lustig.«

Russell rührte sich nicht. Aus seinem Mundwinkel troff ein Speichelfaden. Christopher rüttelte ihn. Über seine Wangen, die von der Sonne und von Sentas Küssen gerötet waren, liefen Tränen oder Schweißtropfen.

»Wir bringen ihn besser zu einem Arzt.« Senta berührte ihn am Ellenbogen. »Ihm mag nur Wasser fehlen oder Kühlung. Du hast gesagt, nicht weit von hier ist eine Stadt?«

Christopher hatte sich zusammengerissen, Russell so bequem wie möglich auf den Sitz und in seinen Schoß gebettet, und sie waren losgefahren. »Warum habe ich ihn allein gelassen?«, herrschte er sich selbst viel heftiger an als zuvor den Kutscher. »Er hat mir gesagt, es geht ihm elend, warum habe ich ihm denn nicht geglaubt?«

Senta fühlte sich ähnlich, auch wenn sie, vernünftig betrachtet, nicht fand, dass einer von ihnen einen Grund dazu hatte. Sie hatten eine antike Ruine besichtigen wollen, wie es alle Reisenden taten, sie waren nicht einmal sonderlich lange fortgeblieben, weshalb also fühlten sie sich wie zwei verdammenswerte Sünder?

Irgendeine Himmelsmacht war ihnen trotz allem gnädig, denn es geschah kein Unglück, und bei der ersten Dämmerung erreichten sie die kleine Stadt Selçuk. Die schien in der brütenden Hitze in Tiefschlaf gefallen zu sein. Kein Geschäft war geöffnet, hinter keinem Fenster, keinem Balkon regte sich Leben. Auf der Schwelle eines Gebäudes, das ein Rathaus oder Postamt sein mochte, saß ein Straßenkehrer und schnarchte. Hakan sprang vom Wagen und rüttelte ihn wach. Mit einer wenig ermutigenden Nachricht kehrte er zurück: »In Selçuk nur ein Arzt. ›Nicht gut‹, sagt der Kamerad. ›Wenn du hast Schlangenbiss‹, sagt er, ›du gehst besser zurück zu Schlange als zu Doktor *Effendi*.‹«

»Zum Teufel, dein Kamerad soll sich seine Bonmots in den Hintern stecken«, rief Christopher. »Wo finden wir diesen Schlangendoktor? Kann der Clown uns den Weg zeigen?«

Sichtlich verlegen trat Hakan von einem Fuß auf den anderen, ehe er eine Hand ausstreckte. Christopher langte in seine Hosentasche und gab ihm ein paar Münzen, die Hakan an den Sitzenden weiterreichte. Der erhob sich umständlich, nahm seinen Besen unter den Arm und trottete dem Wagen voran die staubige Straße hinunter.

Auf dem quälend langen Weg begann Senta zu beten. Ob zu dem Gott, von dem sie bezweifelte, dass sie an ihn glaubte, zu Artemis, in deren Heiligtum sie die kostbare Zeit vertrödelt hatten, oder zu Ischtar, zu der sie eine unerklärliche Verbindung spürte, war gleichgültig. Sie brauchte nur jemanden, mit dem sie sprechen und ihre rasende Angst teilen konnte. Perceval Russells Atemzüge gellten in ihren Ohren. *Bitte lass ihn nicht sterben, bitte lass ihn nicht sterben, bitte lass ihn nicht sterben.* Sie hatte den Mann nicht gemocht, hatte sich ihn auf den Mond gewünscht. Jetzt aber wollte sie nichts mehr, als dass er gesund wurde. *Bitte lass ihn nur Wasser und irgendwelche Tropfen brauchen, lass ihn ein Spiel spielen, um Christopher zu manipulieren, bitte lass mich nicht schuld daran sein, dass er stirbt.*

Der Arzt, der angeblich bei Schlangenbissen versagte, war ein winziges, etwa hundert Jahre altes Männchen, das bei der nicht abklingenden Hitze eine Wollweste trug und aus einem halb verfallenen Haus geschlurft kam. Sobald Hakan ihm erklärt hatte, worum es ging, und er Russell zu Gesicht bekam, geriet allerdings Leben in ihn. Er war mit einem Sprung auf dem Wagen, sorgte für mehr Schatten, schickte den Straßenkehrer nach Wasser in sein Haus.

Der kam mit einem Blecheimer wieder, aus dem der Arzt Russells Gesicht und Brust besprengte, ehe er ihn zu untersuchen begann, nach Herzschlag und Puls tastete, in die verdrehten Augen und den offen stehenden Mund blickte. Mit erstaunlicher Kraft drehte er den schweren Mann auf die Seite und streckte ihm den Kopf so weit wie möglich nach hinten. Dann umfasste er seinen Unterkiefer und zog ihm das Kinn nach vorn. Augenblicklich ließ das rasselnde Geräusch in Russells Atem ein wenig nach.

Der Arzt legte ihm die Hand in den Nacken und übte vorsichtig ein wenig Druck aus. Russell stöhnte auf, und der Arzt zog die Hand zurück. Er blickte auf und sagte etwas zu Hakan und dem Straßenkehrer, das Hakan übersetzte: »Doktor sagt, Russell *Effendi* hat böse Schlag von Sonne. Nur das leider vielleicht nicht alles. Doktor versucht, Russell *Effendi* kühl zu machen, damit geht besser, aber dann muss nach Izmir in Hospital.«

Der Straßenkehrer wurde noch einmal nach Wasser geschickt, in das der Arzt Tücher tauchte, um sie Russell um die Stirn, die Brust und die entblößten Waden zu wickeln. Senta hatte erwartet, er würde am ganzen Körper so gerötet sein wie im Gesicht, und erschrak vor der fast gläsern blassen Haut. Sie wandte sich ab. Ihren erklärten Feind zu betrachten, während er hilflos und seiner Würde beraubt über der Sitzbank hing, kam ihr nicht richtig vor.

Aus dem Haus wurden weitere Utensilien herangeschleppt. In einem kupfernen Kaffeetopf mischte der Arzt Wasser und Salz und versuchte, Russell mit einem Löffel etwas davon einzuflößen. Als aber der Kranke zu würgen begann und alles wieder erbrach, hörte er damit auf und verteilte ihm mit den Fingern nur etwas Wasser auf den Lippen. Während der gesamten Prozedur kauerte Christopher stumm und erstarrt auf dem Boden des Wagens und hielt Russells Hand. Sein Gesicht war grau und sein Blick erloschen, als hätte jemand den erregend schönen Mann, den Senta eben noch in den Armen gehalten hatte, gegen seinen eigenen Schatten ausgetauscht.

Als die Sonne und damit die Temperatur spürbar zu sinken begann, machten sie sich auf den Weg. Christopher blieb auf dem Wagenboden sitzen, um aufzupassen, dass Russell nicht vom Sitz stürzte. Sich zu ihm setzen und seinen Kopf in den

Schoß nehmen, wie er es sich wünschte, durfte er nicht. Russells Kopf sollte tief gelagert bleiben, um die Atemwege frei zu halten. Senta saß auf der Bank gegenüber und die Bediensteten vorn auf dem Bock. Es war eine elende Fahrt, die sich ins Unerträgliche dehnte. Während am klaren Himmel die Sterne aufzogen, die sie in anderen Nächten so bewundert hatte, kam Senta sich vor, als wären sie in einem leeren, gleichgültigen Universum allein.

Als sie schon nicht mehr daran glauben konnte, erreichten sie Smyrna und fuhren geradewegs ins Viertel der Armenier. Es gab auch ein britisches Hospital, aber Hakan beschwor Christopher, das armenische habe einen legendären Ruf. »Mein Vater glauben, Armenier sein Pest und Cholera in einem und haben alle nur ein Auge wie Iblis, der Teufel, aber wenn mein Vater wäre tot, ich würde in armenische Hospital bringen, damit er wacht wieder auf.«

»Vally ist nicht tot«, fuhr Christopher ihn an, aber seinen Rat befolgte er doch. Vor dem schmiedeeisernen Tor des Gebäudes sagte er zu dem Kutscher: »Fahr Fräulein Zedlitz ins Hotel. Mich brauchst du später nicht abzuholen. Ich bleibe mit Mr. Russell hier.«

Senta hätte gern mit ihm gewartet, bis zumindest feststand, was Russell fehlte und dass er durchkommen würde. Als zwei Hilfskräfte des Krankenhauses ihn auf einer Bahre aus dem Wagen holten, sah er aus wie ein Toter, und seinen Atem hörte sie nicht mehr. Sie begriff aber, dass sie Christopher jetzt nicht helfen konnte, sondern ihm nur lästig fallen würde, denn er war ganz und gar auf seinen Freund konzentriert. Etwas Vergleichbares hatte Senta nur ein einziges Mal erlebt – bei ihren Eltern, die einer im anderen aufgegangen waren. Ihre Eltern aber waren verheiratet gewesen. Eine solche Liebe zwischen Freunden kannte sie nicht, denn ihr einziger, innig geliebter Freund war ihr Pferd Wahid gewesen.

»Toffer *Effendi* liebt Russell *Effendi* wie Bruder, wirklich wie Bruder«, versicherte ihr Hakan, der sie im Wagen zum Hotel begleitete. Vielleicht hätte Senta also besser nachfühlen können, was Christopher empfand, hätte sie einen Bruder gehabt. Oder eine Schwester, die nicht tot war. Unter Geschwistern wirkten auch kindische Kosenamen wie Vally und Chri-Chri nicht peinlich, sondern rührend – hätten sie und Cathrin einander Cati und Sennie genannt? Als sie das Hotel betrat, fühlte sie sich noch mehr allein als zuvor und wünschte sich, sie hätte irgendjemanden gehabt, der nicht tot war.

Sie hatte jemanden.

An der amerikanischen Bar, vor der ihm graute, saß Heyse.

12

Senta!«

Er war von seinem Barhocker gerutscht, sobald der Portier sie in die Halle geführt hatte, und sie hätte ihn umarmen wollen. Sie bemerkte erst jetzt, wie dumpf und heftig der Schmerz in ihrem Kopf noch immer pochte, und er holte ihr aus der Reiseapotheke, die sie gemeinsam zusammengestellt hatten, etwas Aspirin. Zuvor hatte er sie zu einem Hocker geleitet und in einer kaum als Englisch erkennbaren Sprache bei dem Barmann Eiswasser, starken Kaffee und einen Gin Tonic bestellt. Dass sie seit Neuestem, nämlich seit Christopher es ihr empfohlen hatte, Gin Tonic trank, hatte er sich gemerkt.

Senta war es gewohnt, von Männern gemustert zu werden, wo immer sie auftauchte, aber die Blicke, die sie jetzt trafen, hatten nichts Begehrliches. In ihnen lag die sezierende Neugier, die Menschen einem Artgenossen widmen, dem ein Unglück widerfahren ist. Auf einen Schlag wurde ihr bewusst, wie sie aussah: das helle Kleid verschwitzt und übersät von Flecken, an den Schuhen ein Riemen gerissen und die Strümpfe in Fetzen. Ihr Haar war vermutlich völlig derangiert, und ihr Gesicht glühte und war von der Sonne verbrannt.

Zu ihrer Erleichterung kehrte Heyse mit dem neuartigen Schmerzmittel zurück, ehe jemand sie ansprach. »Soll ich die

Getränke auf dein Zimmer bringen lassen? Ruhe könnte dir guttun, denke ich.«

Dankbar ließ sie sich von ihm helfen. In ihrem Zimmer schaltete er den Ventilator ein, schloss die Fensterläden, wie er es auch drüben bei sich im Zimmer zu tun pflegte, und deckte Senta, die auf dem Rücken lag, mit einer leichten Decke zu. Sie nahm das Aspirin und trank von ihrem Gin Tonic. Das Getränk war eine Wohltat, wobei sie nicht wusste, ob es der Alkohol, das Tonikum oder der Saft der Zitrone war, der seine Wirkung tat. Vielleicht war es nichts von alledem, sondern das Gefühl, sich fallen lassen zu dürfen und umsorgt zu werden.

Er ging in Richtung Tür. »Kann ich noch etwas für dich tun? Hast du Hunger? Vielleicht wäre es gut, wenn du etwas Leichtes zu dir nimmst.«

»Hast du schon gegessen?«

Er schüttelte den Kopf. »Als du zum Abendessen nicht zurückkamst, habe ich angefangen, mir Sorgen zu machen. Dabei habe ich das Essen vergessen.«

»Würde es dir etwas ausmachen, wenn wir hier zusammen essen? Könntest du noch eine Weile bei mir bleiben?«

Er blieb stehen. »Ich kann so lange bei dir bleiben, wie du willst.«

Sie bestellten kaltes Fleisch, Käse und Obst nach oben, dazu eine Flasche weißen, aus Griechenland stammenden Wein. Nachdem der Kellner, der den Servierwagen an Sentas Bett schob, gegangen war, erzählte sie Heyse, was mit Russell geschehen war. Er hörte ihr zu, schenkte ihr Wein nach und sprach erst, als sie geendet hatte: »Das muss sehr schlimm für dich gewesen sein. Es tut mir leid, dass dir der Ausflug nach Ephesos verdorben wurde. Du hattest dich doch so sehr darauf gefreut.«

»Das ist nicht so wichtig. Wenn nur Russell nicht stirbt.«

Fast erwartete sie, dass er in eine seiner Litaneien über die zahllosen Gefahren für die Gesundheit, die in diesem Land lauerten, verfallen würde, über die allzu große Hitze, die Insekten, den Schmutz und die absonderliche Zubereitung der Speisen klagen würde, doch stattdessen sagte er: »Er wird bestimmt nicht sterben, Senta. Dieses Krankenhaus soll doch sehr gut sein, hat euch der Türke gesagt, und tatsächlich gelten ja die Armenier bereits seit dem Mittelalter als medizinisch fortschrittlich. Versuch, dir nicht zu viele Sorgen zu machen. Sicher bekommst du morgen früh eine erlösende Nachricht.«

»Danke«, sagte sie. »Wenn Christopher morgen nicht zurück ist, werde ich beim Hospital vorbeigehen und zusehen, dass ich etwas in Erfahrung bringe. In jedem Fall muss ich zum Büro der Schifffahrtsgesellschaft und alles daransetzen, unsere Passagen noch einmal umzutauschen. Dabei weiß ich nicht einmal, wann wir nun werden fahren können, und dann müssen wir auch noch ein Schiff finden, das Basim mitnimmt.«

»Das verstehe ich nicht«, sagte Heyse. »Warum sollten wir denn nicht wie geplant am Mittwoch fahren?«

»Russell kann unmöglich in zwei Tagen reisebereit sein«, erwiderte Senta. »Nicht einmal im allergünstigsten Fall. Du hast ihn vorhin nicht gesehen. Ich habe gedacht, er stirbt in diesem Wagen.«

»Er wird nicht sterben«, versuchte Heyse noch einmal, sie zu beruhigen. »Und da er vermögend ist, wird es ihm nicht sonderlich viel ausmachen, neue Passagen zu kaufen, sobald er wiederhergestellt ist.«

»Nein, sicher nicht. Wir dagegen ...«

»Wir haben bereits dreimal für ein und dieselbe Überfahrt bezahlt«, fiel ihr Heyse ins Wort. »Wir können es uns kein viertes Mal leisten, schon gar nicht mit dem Kamel an Bord. Glücklicherweise sind wir aber nicht krank und können übermorgen fahren. Mach dir nicht so viele Gedanken.«

»Wir können eben nicht fahren!«, rief Senta. »Wenn Russell hierbleiben muss, bleibt auch Christopher, und wenn Christopher bleibt ...« Sie brach ab. Jäh sah sie Christopher an der Brüstung des Amphitheaters vor sich, dachte an sein kaiserliches Einmannzelt und an die Geschichten, die er ihr versprochen hatte, *Tausendundeine Nacht* mit verkehrten Rollen – sie der vor Kummer grausame König Shahriyâr und er ihre Scheherazade. Sie durfte nicht jetzt schon wieder verlieren, wonach sie gerade erst die Hände ausgestreckt hatte, doch das konnte sie Heyse nicht erklären.

Was aber konnte sie ihm erklären? Wie ihm begreiflich machen, dass eine Abreise ohne Christopher außer Frage stand?

»Ich weiß, du wärst gern mit Herrn Christian gemeinsam gefahren«, sagte Heyse. »Aber es ergibt sich nun einmal nicht, und davon solltest du dir nicht die Reise verderben lassen. Ich mache mir nicht vor, als Gesellschaft für dich zu taugen, aber du wirst überall Menschen kennenlernen, Senta. Du bist so gemacht. Dir wird nicht langweilig werden.«

»So ist es nicht«, beeilte sie sich zu versichern. »Du warst wundervoll heute Abend, ich weiß nicht, was ich ohne dich hätte tun sollen. Vorhin, vor dem Krankenhaus, habe ich mir gewünscht, ich hätte einen Bruder, und dann warst du da und hast dich um mich gekümmert, als ob ...« Wieder hielt sie inne, weil sie spürte, dass es grausam gewesen wäre, den Satz zu beenden, wie er ihr auf der Zunge gelegen hatte.

Sie wollte nicht näher darüber nachgrübeln, empfand jedoch eine plötzliche heftige Wehmut, weil Heyse nicht ihr Bruder sein konnte. Es hätte alles so leicht gemacht, und sie hätte ihn als ihren Bruder gemocht – sogar seine Schwarzseherei, seine Griesgrämigkeit, seine Umständlichkeit. Sie hätte darüber gelacht und ihm beigebracht, mit ihr zu lachen. Sie hätte ihn umarmen dürfen, ohne sich etwas dabei zu denken, sie hätte ihm erklären dürfen, warum der Gedanke, ohne Christopher zu reisen, sie krank machte.

»Was ich getan habe, ist nichts«, sagte er. »Du hast dich um mich gekümmert, seit wir hier angekommen sind, obwohl ich dir nichts als eine Last bin. Und am Pier, als das Kamel mich angegriffen hat, hast du mir das Leben gerettet.«

»Das ist Unsinn. Beides.« Sentas Lachen missglückte. »Basim hat dich nicht angegriffen, er hat sich nur erschreckt, und ich habe dir nicht das Leben gerettet, weil du nicht dabei gestorben wärst.«

»Ich habe seither einiges darüber gelesen«, sagte Heyse. Offenbar war der einzige Ort, den er in Smyrna aufgesucht hatte, die hoteleigene Bibliothek. »Kamele versuchen, ihre Gegner zu Fall zu bringen und sich dann mit dieser harten Hornschwiele auf dem Brustbein, die man Brisket nennt, auf sie zu legen, um sie zu erdrücken. Ich hätte mich dagegen nicht wehren können, und selbst wenn ich noch einmal davongekommen wäre, hätte dieser Mensch, der sich Abdullah nennt, mich wohl erstochen.«

»In der Welt, die du dir zurechtbastelst, möchte ich nicht leben«, sagte Senta. »Mein sanftäugiges Kamel, das nicht mehr tut, als sich pikiert zur Seite zu drehen, wenn etwas ihm gegen den Strich geht, will dich erdrücken, ein harmloser kleiner Gauner will dich erstechen, im Bad des Luxushotels befürchtest du Käfer, unter deinem Bett wähnst du eine Schlange – siehst du überall nur Geschöpfe, die dir übelwollen?«

Heyse war damit beschäftigt gewesen, das Geschirr auf dem Servierwagen zusammenzustellen. Nun hielt er inne, nahm seine Brille ab und sah Senta an. »Nein«, sagte er. »Ich denke, die überwältigende Mehrzahl aller Geschöpfe will mir weder übel noch wohl, sondern verhält sich ihrer Natur gemäß. Einem Kamel, das einen Feind wittert, befiehlt sein Instinkt, ihn mit diesem Brisket zu Tode zu drücken. Daran lässt sich nichts ändern, dafür ist es eben ein Kamel. Will ich dem entgehen, bleibt mir nur, mich so zu verhalten, dass das Kamel an mir nichts Feindseliges wahrnimmt, und genau das ist schwierig, weil ich in den Kopf eines Kamels ja nicht hineinsehen kann.«

»Ich bin nicht sicher, was du mir damit sagen willst«, erwiderte Senta langsam. »Sprechen wir noch von Kamelen? Oder galten deine Ausführungen auch Abdullah, der nicht weniger ein Mensch ist als du und ich?«

»Er ist natürlich ein Mensch«, sagte Heyse. »Aber kein Mitteleuropäer. Nicht einmal ein osmanischer Türke, die sich als muslimisches Turkvolk von uns ebenfalls unterscheiden, aber zumindest eine gewisse Neigung gen Westen haben. Seit diesem Vorfall am Pier habe ich gelesen, was immer sich zu der Thematik auftreiben ließ …«

»Nicht nur über Basim, sondern auch über Abdullah?« Sentas Versuch, das Ganze ins Lächerliche zu ziehen, war zum Scheitern verurteilt. Zum Lachen war ihnen beiden nicht, und das Thema war es noch weniger.

»Über Araber«, betonte Heyse. »Darüber, dass ein Großteil dieser Leute völlig anders lebt als die Osmanen, die über sie herrschen, von uns Europäern ganz zu schweigen. Nicht sesshaft in Städten. Sondern umherziehend in Rudeln wie Tiere. Diesen Sprung, den die Menschheit vor Tausenden von Jahren ausgerechnet in Mesopotamien gemacht hat – fort von der räuberischen Horde und hin zur Zivilisation –, haben sie ausgelassen. Sie töten, häuten und verzehren, was ihnen in ihrem wilden Land vor die Flinte kommt, und wenn sie dabei auf Reisende stoßen, fallen sie über diese nicht anders her als über ihre Jagdbeute und erpressen Geld.«

»Wie kannst du denn so über Menschen urteilen, denen du nie begegnet bist? Ich mag mir das nicht länger anhören. Ich stamme aus einem weltoffenen, liberalen Haus, und mein Vater hat mir beigebracht, mich mit Menschen erst vertraut zu machen, ehe ich über sie ein Urteil fälle.«

»Ich weiß, aus was für einem Haus du stammst«, entgegnete Heyse. »Aber ich bin sicher, dein Vater hätte dir das Gleiche gesagt wie ich. Du machst dich gar nicht mit diesen Leuten vertraut. Du bist hingerissen von ihrem Land, also findest du einfach jeden, der dir hier begegnet, reizend, auch wenn er dir das Geld aus der Tasche zieht. Und ich fälle auch kein Urteil. Ich stelle nur fest, dass diese Menschen anders sind als wir, dass sie auch anders sind als die, die seit Jahrhunderten über sie herrschen und ihnen ein Leben aufzwingen, das ihnen nicht entspricht. Dabei staut sich Zorn an. Und der kann aufflammen, wo wir ihn nicht erwarten, und sich auch gegen uns richten. Der deutsche Kaiser entsendet Geld und militärische Berater, um die Osmanen zu unterstützen, und damit gelten wir als ihre Verbündeten.«

Senta, deren Kopfschmerz einer dumpfen Benommenheit gewichen war, lehnte sich zurück und ließ sich das soeben Gehörte durch den Kopf gehen. Heyse, der in Berlin noch kaum gewusst hatte, wer im Osmanischen Reich die Zügel in der Hand hielt, hatte offenbar wirklich ohne Unterlass gelesen, seit er hier war. Vielleicht war etwas dran an dem, was er sagte. Zweifellos würde sie mit jeder Station ihrer Reise dazulernen müssen, und doch sah sie noch immer einen Unterschied zwischen ihrer Absicht, fremde Menschen zu studieren, weil sie sie interessant fand, und seiner Unterstellung, dass sie Gefahr bedeuten konnten.

Für den Moment aber gab es Fragen, die viel mehr drängten. Als Erstes galt es, dafür zu sorgen, dass sie die nächste Station der Reise überhaupt erreichten. Sie musste Christopher sprechen, um sich mit ihm auf ein Schiff zu einigen, sie musste ihn um Unterstützung bei der Buchung bitten, doch wie konnte sie ihn damit behelligen, während er um das Leben seines Freundes bangte? Ohne ihn wäre sie auf Mehmets Hilfe angewiesen, die sie vermutlich wieder teuer zu stehen käme.

Heyses Gedanken waren offenbar einen ähnlichen Weg gegangen. »Um noch einmal auf die Sache mit deinen englischen Freunden zurückzukommen«, sagte er. »Vielleicht wäre es ja möglich, dass wir in Beirut wieder zusammentreffen? Einen allzu langen Aufenthalt dort könnten wir uns nicht leisten, aber wenn wir davon ausgehen, dass Herr Russell in ein oder zwei Wochen reisebereit ist …«

»Wir warten hier«, schnitt ihm Senta das Wort ab. »Mach dir keine Sorgen, ich kümmere mich morgen um die neuen Passagen.«

»Senta, das ist nicht möglich. Ich kann die Kostenaufstellungen aus meinem Zimmer holen, wenn du sie sehen willst, aber ich versichere dir, ich habe sie bereits nach der letzten Umbuchung eingehend studiert.«

»Was meinst du damit?« In Berlin hatte er ebenso wie über die nötige Ausrüstung Listen über zu erwartende Geldausgaben angelegt. Senta, der vor Zahlenkolonnen graute wie Heyse vor einem Insekt in der Dusche, hatte ihm diesen Teil der Reisevorbereitung nur allzu gern überlassen. Auf seinen Wunsch hin hatte sie Kontoauszüge der Bank beschafft, damit er das verfügbare Kapital einteilen konnte.

»Und du bist sicher, dass du nichts zurückbehalten willst?«, hatte er sie damals gefragt.

»Todsicher.«

Der Verlag, das Lebenswerk ihres Vaters, ging in einer zweijährigen Reise in die Wüste auf, verpuffte im Sand. Etwas daran schien Senta angemessen. In den Kosten enthalten war eine ziemlich atemberaubende Summe, die sie nach Heyses Erkundigungen der Vorderasiatischen Abteilung des Museums gestiftet hatte. Das Geld sollte der Auswertung von Koldeweys Funden und dem Neubau zugutekommen, in dem diese Funde am Ende ausgestellt werden würden. Im Gegenzug erhielt sie das begehrte Empfehlungsschreiben, das ihre Chancen, vor Koldeweys Augen Gnade zu finden, erhöhen sollte.

Sie hatte Heyse seine Berechnungen anstellen lassen, nichts überprüft und nicht nachgefragt. Über das Erbe, das ihr zugefallen war, wusste sie nur, dass es groß war und dass sie damit nichts anzufangen wusste, als sich den einen Wunsch zu erfüllen, der sich in ihr noch immer regte: Sie würde nach Babylon reisen. Was werden sollte, wenn sie zurückkam, fragte sie sich nicht. Das würde in Babylon entschieden werden, nicht in Berlin, nur dessen war sie sicher, und zur Not blieben ihr das Haus und Mieteinnahmen, um zu überleben.

»Senta? Willst du, dass ich die Aufstellungen hole und sie dir zeige?« Heyse stand schon an der Tür.

»Nein«, sagte Senta. »Ich will jetzt überhaupt nicht mehr über diese Dinge reden, ich bin sehr müde und würde gern versuchen zu schlafen. Wenn du dich ums Geld sorgst, versichere ich dir, dass ich mich nicht übers Ohr hauen lasse, sondern die billigsten Passagen buche, die ich bekommen kann. Nur muss ich dazu erst einmal eine Gelegenheit finden, mit Christopher – mit Herrn Christian – zu sprechen, damit wir ein Schiff finden können, das für uns alle passt.«

Heyse öffnete die Tür und schob den Servierwagen, auf dem er alles ordentlich sortiert hatte, auf den Gang. Dann kam er noch einmal zurück und setzte sich Senta gegenüber. »Du hast mich nicht verstanden«, sagte er. »Ich habe nicht versucht, dich zum Kauf billiger Passagen zu bewegen, sondern wollte dir darlegen, dass wir uns überhaupt keine neuen Passagen leisten können. Wir haben nicht nur das Dreifache des veranschlagten Preises für unsere Überfahrt ausgegeben, sondern noch einmal die gleiche Summe für den Transport eines Kamels. Damit ist unsere Reserve aufgebraucht. Wenn wir jetzt noch einmal einen nicht eingeplanten Betrag ausgeben, heißt das, dass uns später Geld fehlt. Es könnte im schlimmsten Fall bedeuten, dass wir die Rückreise nicht bezahlen können, und das macht mir Angst.«

Seine Angst griff auf Senta über. Die Hoffnung, recht bald schlafen und dem Sturm der Gedanken zumindest für kurze

Zeit entfliehen zu können, schwand, und sie setzte sich im Bett auf. »Und welchen Schluss ziehst du daraus? Was sollen wir tun?«

»Am Mittwoch nach Beirut übersetzen«, sagte Heyse. »Mit den Passagen, für die wir bezahlt haben. Wenn du willst, können wir dort eine Woche lang auf deine Freunde warten, und sofern wir das teure Hotel wechseln, sogar zwei. Etwas anderes ist nicht möglich, Senta. Es sei denn, dir ist die Reisebegleitung wichtiger als die Reise selbst.«

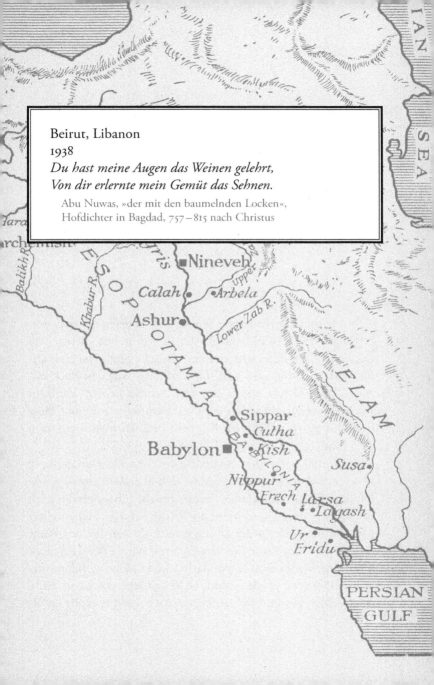

Beirut, Libanon
1938
Du hast meine Augen das Weinen gelehrt,
Von dir erlernte mein Gemüt das Sehnen.

Abu Nuwas, »der mit den baumelnden Locken«,
Hofdichter in Bagdad, 757–815 nach Christus

13

Linienschiff *Maréchal Lyautey,*
Neuer Hafen, Beirut, Libanon
September, letzte Sommerhitze

Er hatte recht behalten. Was er sich angelesen hatte, entsprach der Wirklichkeit, die sich ihm bot: Beirut war noch immer so sehr eine französische Stadt wie eine orientalische. Ariadne, die sich ihm auf dem Aussichtsdeck anschloss und stumm neben ihn trat, würde keinen Verdacht schöpfen, sondern weiterhin der Überzeugung sein, er sähe diese Ansammlung von Dächern, Kuppeln und Türmen nicht zum ersten Mal.

Ein Vierteljahrhundert lang hatte er agiert, als sei diese Reise Teil seines Lebens gewesen. Er hatte sich über den europäischen Charakter Beiruts ausgelassen, hatte über die Libanonbahn nach Damaskus gestöhnt und hatte die Wüste mit der Leidenschaft eines Mannes gehasst, der am eigenen Leib von ihr verbrannt worden war. Ohne diese Fantastereien war sein Lebenslauf nicht vollständig, klaffte eine Lücke darin, die er nicht zu füllen vermochte. Dort, wo er die erfundene Reise eingesetzt hatte, hätte der schwarze Abgrund sich auftun müssen, dem er mehr tot als lebendig entronnen war, und dem fühlte er sich nicht gewachsen. Mit der Zeit hatten die erfundenen, aus allerlei Schriftgut zusammengelesenen Geschichten eine Art eigene Wirklichkeit entwickelt. Er galt als Experte für Orientreisen, wurde von allen Seiten befragt und brachte es zu einer gewissen Meisterschaft in Scharlatanerie. Anfangs hatte er ständig damit gerechnet aufzufliegen, später legte sich das. Die Einzigen, die ihn noch hätten entlarven können, waren die Orte selbst, doch dazu hätte er sie aufsuchen müssen, und die Möglichkeit war vertan.

Jetzt aber suchte er sie auf, und auch sie verschonten ihn. Beirut zumindest. Dass er hier mit Chri-Chri gestanden hatte – auf der *Princess Maud*, nicht auf der *Maréchal Lyautey* –, noch ein wenig schwach auf den Beinen und gestützt von seinem Freund, hatte er erfunden, aber als er hinüber zum Ufer blickte, zweifelte er für einen Augenblick fast selbst. Dort lag das *Hotel Royal,* dessen westlichen Standard er Kollegen, die eine Reise planten, empfohlen hatte, links und rechts davon erhoben sich die Fassaden schmaler Häuser mit hohen Fensterreihen und zierlich geschmiedeten, blumengeschmückten Balkonen. »Bei gemäßigter Temperatur hätten wir annehmen können, wir kämen nach Paris«, hatte er ein ums andere Mal behauptet. »Sieht man einmal von der Tatsache ab, dass Paris nicht am Mittelmeer liegt.«

Jetzt machte Beirut seine Lügen wahr. Paris *lag* am Mittelmeer. Neben ihm stand die Erinnerung an Chri-Chri, der ihn behutsam stützte, weil er sich noch schwach auf den Beinen fühlte.

Jahrelang hatte er geglaubt, dass er eine Entlarvung verdiente. Jetzt schien ihm eine absonderliche Gerechtigkeit darin zu liegen, dass selbst Beirut sich auf seine Seite stellte. Hatte er nicht jenen nie gekannten Orten – Beirut, Aleppo, Bagdad und dem wüsten Land, das sie voneinander trennte – mehr Gedanken, mehr Lebenskraft gewidmet als denen, die er sein Zuhause genannt hatte?

»Ich will Sie nicht stören, Percy.« Ariadne berührte seine Hand. »Nur Sie wissen lassen, dass es einige Zeit dauern wird, eine geeignete Barkasse für uns heranzuschaffen. Isaac und ich wüssten gern, ob Sie uns, während wir warten, bei einem zweiten Frühstück Gesellschaft leisten möchten.«

»Nein.«

»Das dachten wir uns schon, aber wir wollten immerhin gefragt haben. Wenn Sie sicher sind, dass es Ihnen den Umständen entsprechend gut geht und ich nichts für Sie tun kann, überlasse ich Sie wieder Beirut.«

»Es geht mir gut. Sie können nichts für mich tun.«

Über ihr Gesicht huschte ein Lächeln, dann wandte sie sich zum Gehen.

»Ariadne«, rief er ihr leise nach, wusste dann aber, als sie sich umdrehte, nicht, wie er fortfahren sollte.

»Das geht schon in Ordnung«, sagte sie. »Es muss bewegend für Sie sein, wo Sie doch seit damals nicht mehr hier waren, und ich hoffe nur, wir haben nicht falsch gehandelt, als wir Sie drängten, uns zu begleiten.«

Sie ging, verschwand unter Deck, und er hätte sie gern zurückgerufen. Auf einmal glaubte er die Erinnerungen, die ihn übermannten – die richtigen wie die falschen –, nicht auszuhalten. Und wenn er wirklich hier gestanden hätte, damals mit Chri-Chri, wenn sein Körper ihn nicht im denkbar falschen Augenblick im Stich gelassen hätte, hätte das etwas geändert? Wären sie heute zwei vornehm ergraute ältere Herren, die ein gediegenes Zuhause in Oxford teilten und von Zeit zu Zeit zu erlesenen Teepartys einluden, ein wenig schräg beäugt zwar, aber mit der lächelnden Toleranz geduldet, die man unterhaltsamen Sonderlingen entgegenbringt?

Die Vorstellung, die er nie zuvor zugelassen hatte, tat so weh, dass er die Haltestange über der Reling umklammern musste, um nicht zusammenzubrechen. Hätte einer seiner Kollegen zu hören bekommen, dass der Hagestolz Perceval Russell von einem solchen Leben träumte, hätte er lauthals aufgelacht. Teepartys. Geselligkeit. Lächelnde Toleranz. Das alles klang so wenig nach ihm, dass er selbst hätte lachen mögen, hätte der Schleim in seiner Kehle dergleichen nicht sabotiert.

Vielleicht saß der Schleim gar nicht in seiner Kehle. Vielleicht saß er überall.

Er sah Chri-Chri vor sich, der in seinem geliebten weißen Leinenanzug in einem Wintergarten saß, nicht in dem düsteren Anbau, der in seinem Haus diesen Namen trug, sondern in einem luftigen, Chri-Chris exzentrischem Geschmack entsprechenden Ambiente, wie er roten *Amontillado*-Sherry in Gläser aus böhmischem Kristall schenkte, er hörte seine Stimme, das typische Lachen darin, die Gewissheit, der gewöhnlichen Welt eine Spur überlegen zu sein: »Auf uns, Vally. Auf das, was wir zwei alten Knacker schon zusammen überstanden haben.«

Wäre es so gekommen?

Percy schwankte, verspürte in den Beinen wieder die lähmende Kraftlosigkeit, der ein italienischer Wunderquacksalber in Izmir gerade erst mit Vitaminpräparaten und Eiweißgaben zu Leibe gerückt war. Von den Kollegen, Studenten, Bekannten, die sich an der Peripherie seiner Existenz bewegten, hätte niemand geglaubt, dass er einst Tennis gespielt, an der gefährlichen Themsemündung und in eiskalten Weihern gebadet hatte, dass er sich gern Strindbergs expressionistische Dramen und Wildes bittere Komödien angesehen hatte und fasziniert von der jungen Ausdrucksform des Films gewesen war. *Mit Chri-Chri. Damals, in den herrlichen Jahren mit Chri-Chri.*

Sie waren gereist – nach London, Wien, Paris, später New York und, weil Chri-Chri es unbedingt wollte, nach Shanghai. Sie hatten Lokale besucht, aus denen seine Studenten entsetzt geflohen wären, und hatten niemanden nach seiner Meinung gefragt. Ihr Leben war so gewesen, wie es ihnen passte, ihr Glück das Geheimnis zweier Verschwörer, von dem er niemals geglaubt hätte, dass es enden könnte.

Auch nicht, als Chri-Chri mit diesen Orientreisen anfing, die angeblich seinem Interesse für Eisenbahnbau geschuldet waren. Percy hatte keinen Grund gesehen, dagegen etwas einzuwenden. Er steckte selbst gerade tief in einer Arbeit zur Rolle Innanas – der sumerischen Ischtar – im *Gilgamesch-Epos*, und Chri-Chri war immer der abenteuerlustigere von ihnen gewesen, der, der das Gefährliche, Verbotene als Lebenselixier brauchte. Einen geliebten Menschen an die Kette zu legen, war nicht nur überholt und kleinbürgerlich, sondern entwürdigend für beide.

Als dann die ersten schwärmerischen Briefe eingetroffen waren, hatte er zuweilen einen Stich verspürt, weil offensichtlich wurde, dass Chri-Chri ein Erlebnis genoss, das er nicht mit ihm teilte, dass er Neigungen entwickelte und Erfahrungen machte, die nichts mit ihm zu tun hatten. Aber er war auch stolz auf sie beide, auf die Bedingungslosigkeit ihrer Freiheit, ihre Modernität und Verachtung jeder Konvention. Die Stellen, an denen Chri-Chri von seiner Sehnsucht nach ihm schrieb, kostete er aus wie Wein. Chri-Chri war ein grandioser Briefeschreiber. Wäre er imstande gewesen, länger an einem Schreibtisch still zu sitzen, hätte ein Poet aus ihm werden können.

Ein Poet aber wollte er nun einmal nicht sein, auch kein Landvermesser oder Gleisbauingenieur, sondern etwas, das dunkler, erregender war, das man an den Teetafeln seiner Mutter nicht laut beim Namen nennen, sondern nur hinter vorgehaltener Hand erwähnen durfte. »Sprechen Sie nicht darüber, aber er ist im Auftrag der Regierung unterwegs.«

»In was für einem Auftrag denn?«

»Ich sagte Ihnen doch, wir wären Ihnen höchst dankbar, wenn Sie nicht darüber sprächen.«

Ehrlich gestanden, hatte es Percy damals auch erregt. An gewöhnliche Aufgaben wäre ein so außergewöhnlicher Mensch wie Chri-Chri verschwendet gewesen. Eine Prise Furcht um des Freundes Wohlergehen verlieh der Sehnsucht Würze, und als Chri-Chri schließlich schrieb, er wünsche sich, Percy würde kommen und die größte Reise mit ihm zusammen antreten, hatte er Mühe, seine Begeisterung hinter Nonchalance zu verbergen. Bagdad.

»Das ist unsere Stadt«, schrieb Chri-Chri. *»Wenn du herkommst, stelle ich dir einen ihrer Hofdichter vor, und du wirst begreifen, was ich damit meine.«*

Abu Nuwas, »der mit den baumelnden Locken« genannt, der im 8. Jahrhundert die Schönheit von Männerhintern und seine Lust, in sie einzudringen, besungen hatte. Chri-Chris Haar war glatt, und er hatte es in jenem Jahr kurz geschnitten getragen, fast schon soldatisch kurz, was zu seinen Augen einen unwiderstehlichen Kontrast bildete. Er hatte sich so gefreut, als Percy nach Smyrna gekommen war, so unverhohlen und ohne Zweifel gefreut. Hatte sogar in der ersten Nacht im *Kraemer*, mit Blick auf den lärmenden, nimmermüden Hafen, eingestanden, dass er sich einsam gefühlt hatte.

»Es war eine gute Zeit, Vally. Dieser Teil der Welt ist so schön, so kurios, so reich, ein Schalenbrunnen der Geheimnisse, an dem jede Schale überquillt und eins ins nächste fließt, ohne dass du je ein Ende findest. Oder wie eine Zwiebel: Du schälst die erste Haut ab, und bei der zweiten weinst du, du schälst und schälst, und jede Haut ist zarter und schillernder als die zuvor, aber du machst mit all deinem Schälen dieses Land nie nackt. Der Orient ist dir immer eine Haut voraus. Ich habe daran meinen Spaß gehabt, ich war manchmal sogar sprachlos, ob du's glaubst oder nicht, aber ohne dich ist das alles eben nur eine halbe Sache.«

In jener Nacht hatte Percy es genossen, dass ihn der Lärm, die Hitze und das Rauschen der Ventilatoren vom Schlafen abhielten. Oder dass er nicht schlafen konnte, weil er so glücklich war.

Er hatte Chri-Chri zugesehen und gedacht: *Was bei dir am Tag nicht glänzt, das leuchtet in der Nacht, und das ist erst der Anfang, mein Schöner. Warte ab, wie blass die Welt wird, wenn wir zwei auf dem Gipfel stehen.*

Der Gedanke war so töricht gewesen, dass er ihn bis heute nicht vergessen hatte. Was aber hätte er seinem törichten jüngeren Selbst sagen wollen, wenn die Möglichkeit dazu bestanden hätte? Dass diese Nacht der Gipfel seines Glücks gewesen war? Was hätte sein jüngeres Selbst damit anfangen sollen? Wie die endlosen Jahre, die darauf noch folgten, durchstehen sollen? Wenn wir die Gipfel von Bergen nicht kennen würden, würde niemand sie besteigen. Wenn wir den Gipfel vom Glück kennen würden, würde niemand leben.

Es gab nur eines, das er seinem jüngeren Selbst in einer Nacht in Smyrna, das jetzt Izmir hieß, hätte sagen wollen: *Bei allen Teufeln, allen Gottheiten, bei allem Unsinn, an den Menschen sich klammern, weil sie die Leere um sich allein nicht ertragen – werde nicht krank. Erlaube diesem lächerlichen Trauerspiel, das du deinen Körper nennst, nicht, schlappzumachen, dich im Stich zu lassen. Gib auf den Menschen, den du liebst und dem du das noch nie gesagt hast, acht, denn er ist arglos und der dunklen Gewalt von Ischtar nicht gewachsen.*

Wenn er seinem jüngeren Selbst etwas in der Art hätte sagen, wenn er den verfluchten Körper hätte beherrschen können, wenn sie beide Wochen später an einer Reling gestanden und auf diese französisch wirkende Stadt geschaut hätten – wären dann er und Chri-Chri heute zwei alte Männer, die sich um Sherry-Sorten zankten und sich vor goldgerahmten Spiegeln um ihre Krähenfüße sorgten?

Seine Hände hielten sich mit dem bisschen Kraft, das er aufbringen konnte, an der Reling fest, die kläglichen Muskeln unter der schlaffen Haut der Arme verkrampften sich, und der Rest des Körpers rutschte darunter weg, als das Schiff an seinen

Ankerketten einen Satz vollführte. An der Hüfte spürte er den harten Aufprall, während seine Hände die Reling nicht losließen. Sein Körper war immer ein fehlerhaftes Modell gewesen. Ein Versager. Sein Körper war schuld daran, dass aus ihm ein einsames altes Wrack geworden war, das niemand um sich haben wollte, das allein im Dreck lag, das irgendwelche Fremden würden auflesen und versorgen müssen. Sein Körper war schuld daran, dass er die eine Liebe seines Lebens nicht hatte halten, nicht hatte schützen können.

»Dr. Russell? O mein Gott, wir hätten Sie nicht allein hier draußen lassen dürfen!«

Arme schoben sich unter seine Achseln, Hände schlossen sich vor seiner Brust. Mit erstaunlicher Kraft richtete der junge Mann Percys Körper in eine Sitzhaltung auf und lehnte ihn gegen die Bordwand. Er war gar nicht schmächtig, sondern sehnig und drahtig, und seine Hände agierten schnell und behutsam zugleich. Als Percy die Augen aufschlug, sah er ihn vor sich auf den Planken des Decks knien. Alles drehte sich um ihn, doch der Schwindel wurde besser, und die Übelkeit ließ nach.

»Dr. Russell? Können Sie mich hören?«

Percy nickte. Er war bei klarem Bewusstsein. Bei glasklarem, so kam es ihm auf einmal vor.

»Ich bin gekommen, weil unsere Barkasse jetzt bereit zum Einstieg ist«, sagte der Junge. »Aber ich denke, wir lassen besser einen Arzt rufen und warten ab.«

»Nein!«, rief Percy, so hart das Sprechen ihn ankam. »Keinen Arzt, ich brauche keinen. Es war nur ein Schwächeanfall, und er ist auch schon vorbei, ich hätte nicht so töricht sein und meinen Hut drinnen vergessen sollen.«

»Sind Sie sicher?« Der Junge zog sich seinen flachen, mit einem hellen Band eingefassten Florentinerhut vom Kopf und setzte ihn Percy auf.

»Ich halte Sie nicht noch einmal auf.« Percys Stimme

krächzte. »Wir nehmen die Barkasse, kümmern Sie sich um sich selbst, ich komme sofort nach.«

»Nein«, sagte der junge Mann fest. »Wir gehen zusammen. Ich bleibe hier bei Ihnen, bis Sie sich kräftig genug fühlen.«

»Warum?«

»Ich verstehe die Frage nicht«, erwiderte der Junge. »Wir sind gemeinsam unterwegs. Wenn einer nicht weiterkann, warten die anderen. Das ist selbstverständlich, oder? Mir würde es Angst machen, wenn es anders wäre, ich würde mit der Befürchtung, ich könnte irgendwo allein zurückgelassen werden, nicht in ein so fremdartiges Land reisen wollen.«

Percy, der eben gehofft hatte, es ginge ihm besser, bekam Herzrasen. Das war es, was ihn seit ihrem Aufbruch verfolgt hatte: Angst. Bei jedem kleinsten Anzeichen war ihm der Schweiß ausgebrochen, und seine Kehle war wie zugeschnürt, weil ihn die panische Angst packte, wieder krank zu werden, wieder zurückzubleiben, allein in Smyrna, vierzig Tage und Nächte lang. Am Ende hatte er zwischen den Symptomen einer Krankheit und den Symptomen der Angst nicht mehr unterscheiden können.

Aber hatte er es denn nicht selbst so geplant?

Er hatte in Smyrna bleiben und Ariadne mit dem Jungen in den Libanon abreisen lassen wollen. Es war Ariadne gewesen, die sich dem verweigert hatte: »Wir bleiben mit Ihnen hier, bis Sie gesund sind, Percy. Wenn Sie sich der Überfahrt gewachsen fühlen, reisen wir alle drei zusammen weiter. Ich hatte nie vor, Sie hierzulassen. Mir ist klar, dass es hart für Sie sein wird, die Orte, an denen Sie mit Christopher gewesen sind, noch einmal zu sehen, aber Sie hier alleinlassen, das kann ich nicht. Entweder wir reisen alle, oder wir kehren zusammen um.«

Er hatte nicht begriffen, was sie da sagte, hatte »Warum?« gefragt wie eben bei dem Jungen.

Sie hatte ihm einen Blick zugeworfen, als spräche er eine

schwer verständliche Sprache. »*Warum?* Weil man so etwas nicht tut, Percy. Erzählen Sie mir nicht, Sie würden im umgekehrten Fall mich krank und geschwächt hier sitzen lassen. Das würden Sie niemals, sosehr Sie es auch lieben, den Menschenfeind zu spielen, denn es widerspricht dem Anstand, zu dem wir erzogen worden sind. Und dabei bin noch nicht einmal ich es, die für diese Reise bezahlt.«

Er begriff es jetzt. Das, was er fünfundzwanzig Jahre lang nicht hatte begreifen wollen: Es war nicht sein Körper gewesen, der ihn im Stich gelassen hatte. Sondern Chri-Chri. Die Vision vom Wintergarten, in dem sie beide als elegante Grauköpfe Sherry tranken und mit wehmütig-zärtlichem Augenzwinkern Bilder aus verflogenen Tagen beschworen, war eine Lüge, weit mehr noch als die aus Büchern und Berichten zusammengeflickte Geschichte seines Aufenthalts in der Stadt Beirut. Sein Herz schlug noch einmal schneller und höher, dann fand es in seinen gewohnten Rhythmus zurück. Die Geschichte ihrer Liebe war in Smyrna zu Ende gegangen. Nicht, weil sein Körper schlappgemacht hatte. Sondern weil Christopher – sein Chri-Chri – ihn verlassen hatte.

Ein Stewart trat zu ihnen und sprach den Jungen auf Französisch an: »Benötigen Sie Hilfe? Sollen wir Ihrem Vater einen Arzt schicken?«

»Ich hatte das selbst vorgeschlagen«, erwiderte der Junge. Sein Französisch war makellos, und in seiner Stimme schwang ein kleines Lächeln mit. »Aber er besteht darauf, dass er allein zurechtkommt.«

Weshalb klärte keiner von ihnen den Irrtum über ihr Verhältnis auf? Der Junge wollte vermutlich nur keine weiteren Umstände machen, aber er selbst? Hatte er die Vorstellung wahrhaftig eine Sekunde lang genossen, hatte er dem Jungen in die Augen gesehen, sich noch einmal gewünscht, ihre Farbe wäre nicht über jeden Zweifel erhaben, hatte er sich gefragt, ob er sich als sein Vater hätte fühlen können, hätte die leiseste Chance bestanden, dass er Christophers Sohn war?

Der Gedanke verflog. Percy räusperte sich, bis seine Kehle frei war. »In der Tat«, sagte er. Vorsichtig stemmte er die Füße gegen die Planken, verstärkte den Druck und stellte fest, dass seine Beine ihn tragen würden, dass sie schwach waren, aber nicht unbrauchbar. »Wenn jemand mir auf die Füße hilft, werde ich von diesem Schiff schon herunterkommen, und von Ärzten habe ich für die nächste Zeit genug.«

Der Stewart lachte. Offenbar nahm er Percy die Rolle des starrsinnigen alten Vaters ab. »Dann alles Gute für Sie beide. Willkommen in Beirut, dem Brunnen der Levante.«

Wieder, diesmal jedoch von vorn, schob der Junge seine sehnigen Arme unter Percys Achseln und half ihm, sich aufzurichten. Sodann umfasste er seinen Rücken und gab ihm den Halt, den er brauchte, um mit langsamen Schritten zur Treppe zu gehen. Aus dem Augenwinkel sah er die berühmte Küstenlinie der Stadt vorbeiziehen, der arabischen Schwester von Paris, in die er tatsächlich seinen Fuß setzen würde.

Im selben Atemzug beschloss er, seine Lüge aufrechtzuerhalten. Er hatte es jahrelang getan, um sich selbst zu schonen, um seinem armen zerfetzten Stolz nicht noch ein derart monströses Eingeständnis zuzumuten. Er würde es von jetzt an weiterhin tun, um Ariadne zu schonen, um ihr nicht das Wissen um das zuzumuten, was ihr Bruder getan hatte. Sie sollte sein Andenken unbefleckt bewahren können.

Sie erreichten den Einstieg zur Treppe, und Percy griff nach dem Geländer. »Haben Sie Dank, Isaac«, sagte er. »Nach unten komme ich allein.«

Augenblicklich gab der Junge ihn frei und ließ ihn vorangehen. »Und ich danke Ihnen«, sagte er, während er ihm die Stufen hinunterfolgte.

»Wofür?«

»Dafür, dass Sie mich bei einem Namen angesprochen haben. Es war das erste Mal.«

»War es das?«

Statt einer Antwort fragte der Junge: »Darf ich der Teufel sein, der statt des kleinen Fingers die ganze Hand nimmt, und Sie um noch einen Gefallen bitten?«

»Bitten darf man immer«, knurrte Percy, der erleichtert die Plattform erreichte und Atem schöpfte. »Wie es einem bekommt, ist eine andere Frage, und ob Sie das Risiko eingehen, müssen Sie selbst wissen.«

»Ich gehe es ein«, sagte der Junge und trat neben ihn. »Ich habe mich entschlossen, jetzt, wo wir in Arabien sind, meinen richtigen Namen zu benutzen. Bitte nennen Sie mich Ishmael.«

DRITTER TEIL

Bagdad
1912

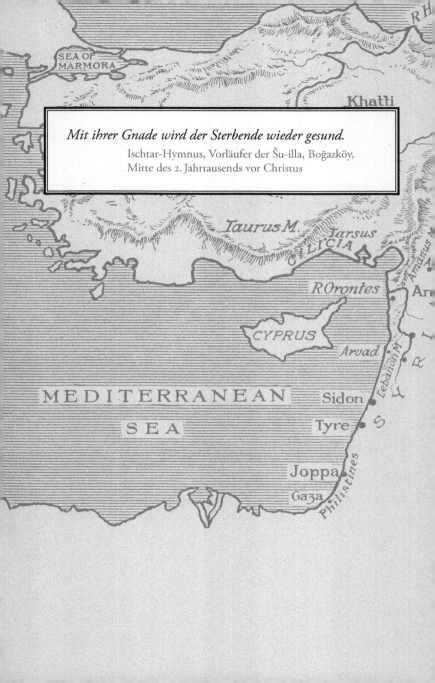

Mit ihrer Gnade wird der Sterbende wieder gesund.

Ischtar-Hymnus, Vorläufer der Šu-illa, Boğazköy,
Mitte des 2. Jahrtausends vor Christus

14

Al-Adhamiyah, Tigrisufer, Bagdad
Oktober 1912

In den Städten – Beirut, Damaskus und den beiden nicht eingeplanten – hatten sie weit länger bleiben müssen als erhofft. In jeder einzelnen galt es, einen undurchschaubaren Irrgarten von Behörden zu durchlaufen und eine stattliche Anzahl von Beamten, *Müdür* genannt, mit *Bakschisch* zu schmieren, ehe sie die benötigten Passierscheine erhielten. Ohne diese Papiere war die Weiterreise durch das Osmanische Reich nicht gestattet, und sie hätten den Schutz der Regierung verloren – ein Häuflein Vogelfreier auf gefährlichem Terrain.

Dieses Reich hatte sichtlich kein Ende. Wie konnte all das, was sie auf ihrer Reise durchmessen hatten, von Konstantinopel bis Bagdad, ein einziger Staat sein? Wie konnte die Verwaltung dieser riesenhaften Gebiete, die im besten Fall durch halb fertige Verkehrswege, brandneu verlegte, noch unerprobte Telegrafenleitungen und einen auf *Bakschisch* basierenden Postdienst verbunden waren, funktionieren?

»Sie funktioniert eben nicht«, glaubte Heyse zu wissen. »Das ist ja das Problem.«

Probleme sah Heyse immer und überall. Auch jetzt, da sie tatsächlich hier waren, durch ein schwer durchdringliches Netz von Adern vorgedrungen in das, was das pulsierende Herz des Orients sein musste. Oder sein Nabel, wie manche Araber es nannten: Bagdad. Nabel der Welt, Geschenk Gottes, Stadt des Friedens. Als sie die mehr als tausend Jahre alte Kalifenstadt erreichten – woran vielleicht keiner von ihnen mehr geglaubt hatte –, begann es, bei noch immer über dreißig Grad Hitze zu regnen, ein Ereignis, von dem sie ebenfalls nicht mehr geglaubt hatten, es noch einmal zu erleben. Kadif, der junge arabische Bedienstete, der sie seit Aleppo begleitete und Basim neben ihrem Wagen führte, sagte etwas, das Mehmet für sie übersetzte: »Kadif sagen, Regen in Bagdad zu diese Monat viel sehr selten. Kadif sagen, Regen sein Geschenk von Bagdad zu Willkommen von Lady *Tanriça*.«

Senta lachte. »Danke, Bagdad.«

Kadifs Blick traf ihren. Immer häufiger sprang sie das Gefühl an, das weiche, mesopotamische Arabisch des jungen Mannes auch ohne Übersetzung zu verstehen, so, wie Kadif sie immer und ohne Worte verstand. Das war umso hilfreicher, als der sonst so eifrige Mehmet für Kadif nur widerwillig den Übersetzer spielte. Der Araber und der Türke wirkten wie zwei gegen ihre Natur vor einen Wagen gespannte Pferde, ein zierliches Vollblut und ein robustes, aber herrisches New-Forest-Pony.

»Wüstenleute alle viel Schwätzer«, fügte Mehmet jetzt knurrig hinzu. »Immer Gedicht im Mund, aber wenn kommen zu Arbeit, es sich haben ausgedichtet.«

Kadif sagte nichts. Er kam Senta vor wie Basim – es schien unmöglich, ihn zu mehr als einer Drehung des Kopfes zu provozieren.

Der Regen war eine Wohltat. Er rann ihr unter die Kleider und über die verschwitzte, staubverklebte Haut und erfrischte all ihre Sinne. Das Grün der unzähligen Palmen begann, wie blank gewaschen zu glänzen, in Gärten und auf Balkonen schillerten die Pflanzen wie gerade erst aus dem Boden gesprossen. Nur, wer in der Wüste gewesen war, wusste, wie sehr man sich nach der Farbe Grün zu sehnen vermochte.

Heyse hingegen hatte Angst um den altersschwachen Wagen, den sie in einem Vorort gekauft hatten und der von ihren beiden Reitpferden die Hauptstraße der Stadt hinuntergezogen wurde. Tatsächlich war diese Straße durch keinen Pflasterstein befestigt, und mit jedem Schritt, den sie vorankamen, verwandelte sich der lehmige Boden in tieferen Schlamm.

Die Händler, die zu beiden Seiten der Straße in aus Brettern und Tüchern gezimmerten Buden hockten, schienen sich daran nicht zu stören, dösten weiter über ihren Waren und ließen sich nass regnen. Von irdenem Geschirr über bunte Gewebe und Leder, von Kaffee in kleinen Messinggefäßen, über Singvögel in Käfigen bis zu Pyramiden aus Früchten, Körben mit Gewürzen und frisch zubereiteten Fleischpasteten boten sie alles feil, was sich bewegen ließ. Ein Junge von höchstens zehn Jahren lief mit einer Stange auf den Schultern umher, von der gerupfte, ausgenommene Tauben hingen.

Ein anderer führte einen Esel hinter sich her, beladen mit einem Berg des Wüstenkrauts, das aussah wie roter Rhabarber. Der Esel sank bereits bis über die Fesseln im Schlamm ein, und Senta warf einen besorgten Blick auf den viel schwereren Basim. Das Kamel aber schritt hoheitsvoll hinter Kadif einher, hatte zwar den Kopf von der ihm zugemuteten Szenerie abgewandt, ließ sich aber ansonsten nicht aus dem Tritt bringen. Genauso war es in der Wüste gewesen, selbst während des Sandsturms, in den sie geraten waren. Pferde und Maultiere scheuten, eines entfloh und musste später eingefangen werden. Basim aber hatte den Kopf zur Seite gedreht und unbeirrt weiter seinen Weg gemacht, bis Senta ihn aufforderte, sich niederzulegen.

»Das weiße Kamel hat Schmerzen in der Hüfte«, hatte Kadif,

den Senta eingestellt hatte, weil er Kamele liebte, mithilfe eines besseren Übersetzers als Mehmet erklärt. »Ein Schaden, der gewiss bei seiner Geburt entstanden ist, denn die Geburt eines Kamels ist nicht leicht. Wenn er gut behandelt wird, weiß er sich zu helfen. Er konzentriert sich im Gehen darauf, den Schmerz auszugleichen, und vergeudet auf Störungen keine Kraft.«

Senta hatte Basim daraufhin noch mehr geliebt. Sie fand ihn klug und tapfer und hätte ihm gern die Tortur der weiten Wege erspart. Das aber hätte bedeutet, ihn zurückzulassen, ihn zu verkaufen, wie es ihr fortwährend geraten wurde, und ein Kamel mit einer so schwerwiegenden Einschränkung kaufte höchstens ein Schlachter. Das kam nicht infrage. Sie hatte Wahid im Stich gelassen, hatte zugelassen, dass er ohne ihren Beistand gestorben war. Sie würde ihr Kamel beschützen, und wenn die halbe Welt sie für verrückt erklärte.

Also blieb nichts übrig, als mit ihm weiterzuziehen. In den Wüstennächten, in denen die Temperatur jäh um dreißig Grad stürzte und der Himmel sich als schwarzgläserne Kuppel über unermessliche Einsamkeit wölbte, hatte sie sich an seine Flanke geschmiegt und ihm versprochen, dass sie bei ihm bleiben würde, solange er sie brauchte, sich jedoch von ihm trennen würde, wenn sie je einen Platz fand, an dem er sicher war. Der Gedanke drehte ihr das Herz um, aber Basim war ihr Freund und hatte diesen Liebesdienst von ihr verdient.

Während Basim und die Pferde sich weiter vorankämpften und die Händler träge ihre Geschäfte machten, fürchtete Heyse um sein Leben: »Haben wir dafür die Hölle der Wüste überstanden, damit wir jetzt hier im Schlamm versinken?«

Mehmet sagte etwas zu Kadif, und Kadif sagte etwas zu Mehmet. »O ja«, sagte Mehmet zu Heyse, »das passieren sehr viel, jede Winter – Wagen mit zwei Pferd und darauf sechs Leute versinken in Schlamm von Bagdad Hauptstraße, weil fallen von Himmel drei Handvoll Regen.«

Senta hatte lachen müssen, sosehr sie sich auch vorgenommen hatte, sich nicht mehr über Heyse und seine Ängste zu amüsieren. Er hatte Mitleid nötig, keinen Spott, denn in seiner Haut zu stecken, musste eine unentwegte Qual sein. Das ganze Leben erfüllte ihn mit tiefem Argwohn, und die Schönheiten, die es ihm darbot, konnte er vor lauter Furcht nicht wahrnehmen. Das eine Mal, da sie Hoffnung geschöpft hatte, er könne es vielleicht doch lernen und die Reise hätte ihn verändert, war sofort wieder verflogen. Unter dem Wunder eines Nachthimmels in der Wüste, der das gesamte Universum zu enthüllen schien, ohne auch nur ein Geheimnis preiszugeben, hatte er nie gestanden, weil er sich in sein Zelt eingeschlossen hatte und vor Skorpionen zitterte.

Als sie Adhamiyah, das Viertel, in dem das empfohlene Hotel stehen sollte, erreichten, hörte es zu regnen auf. Die schmaleren Seitenstraßen waren wegen des Schlamms unbefahrbar, und so beschlossen sie, sich zu trennen. Die Bediensteten sollten mit Basim und dem Wagen einen *Funduq* aufsuchen, wo auch die Tiere versorgt wären, während die drei Reisenden zu Fuß weitergingen. Das Gepäck würden ihnen Kadif und Mehmet hinterherbringen, sobald ihre Unterbringung geregelt war.

Adhamiyah lag im Nordosten der Stadt und wurde beherrscht von einer gewaltigen Moschee. Die Kuppel schimmerte wie vergoldet, und noch goldener – und weithin glänzend – war die Spitze des Minaretts. Die Moschee war von Palmen umgeben, und dieser Wald von Palmen setzte sich, allmählich lichter werdend, eine abfallende Straße hinunter fort. Zwischen den vollen Kronen ragten immer wieder zweistöckige Häuser auf, die Senta prächtig fand. Sie besaßen weit auskragende Balkone, die durch eine *Shanashil* geschützt waren, das kunstvoll geschnitzte Gitterwerk, das keine Einblicke, aber einen guten Ausblick auf die Straße erlaubte. Die Palmwedel, die sich bis über die Dächer der Balkone neigten, spendeten Schatten, und Senta stellte es sich darunter kühl und luftig vor, obgleich diese Kästen anderswo eng und düster auf sie gewirkt hatten.

In Aleppo hatte Christopher über einen dieser Balkone gewitzelt: »So ein Frauenkäfig wäre nichts für dich, was, Ischtar? Darin würde dich kein Ehemann lange festhalten können, du würdest ihm sein Gitter zersägen und wärst auf und davon.« Tatsächlich waren die Plätze hinter der *Shanashil* zumeist verheirateten Frauen vorbehalten, die dort unverschleiert sitzen und das Treiben auf der Straße verfolgen konnten, ohne dass ein Mann einen verbotenen Blick auf sie erhaschte.

»Wie ein Käfig kommt es mir allerdings vor«, hatte Senta erwidert. »Oder wie ein Gefängnis. Ich begreife nicht, wie eine Frau das erträgt.« Dass ein Mann seine Gefährtin auf solche Weise einsperrte, erschien ihr entwürdigend für beide. Sie musste an ihren Vater und ihre Mutter denken und war nicht fähig, sich vorzustellen, wie ein Mensch einem anderen so etwas abfordern und sich ihm dennoch nah fühlen konnte.

»Diese Leute sind anders als wir«, hatte sich Heyse mit einer seiner Formeln, die sie allmählich alle auswendig kannte, eingemischt. »Sie sind uns im Wesen fremd, deshalb begreift ihr sie nicht. Ich begreife sie auch nicht, aber ich bin der Ansicht, richtig wäre es, sich von ihnen fernzuhalten, nicht, sich einerseits mit ihnen zu verbrüdern und sich andererseits über sie zu mokieren.«

Es geschah immer häufiger, dass aus scheinbar heiterem Himmel so etwas aus ihm herausbrach, zumeist wenn Christopher und Senta sich amüsierten, lachten, den Tag genossen. Dass Christopher und Heyse als Reisegefährten unverträglich waren, ließ sich nicht verhehlen. Manchmal, wenn ohnehin Hitze, Erschöpfung oder ein Problem ihnen zusetzten, wurde die Spannung fühlbar wie eine Verdickung der Luft, und ein- oder zweimal hatte Senta dabei Gefahr gespürt. Was sich in der städtischen Welt, aus der sie stammten, durch anerzogene Regeln beherrschen ließ, konnte in der Fremde, auf einer Reise, die Menschen über ihre Grenzen trieb, im Handumdrehen außer Kontrolle geraten.

Sie wollte mit Christopher allein sein. Dass Heyse dabei störte und dass er dies vermutlich spürte, pflanzte in Sentas Hinterkopf ein immerwährendes Schuldgefühl. Vielleicht hätte sie es verdrängen können, wäre es nicht noch dadurch verschärft worden, dass sie und Christopher eine ähnliche Schuld bereits auf sich geladen hatten. Auch wenn sie darüber seit der Abreise aus Smyrna nicht mehr geredet, wenn sie eine Vielzahl von Gründen gefunden hatten, um sich freizusprechen, lag diese verschwiegene Schuld in der Luft und schlich sich mit ihnen überallhin.

»*There is an elephant in the room*«, hieß dieser Zustand im Englischen, und neben einem Elefanten blieb in Zelten und schmalen *Funduq*-Kammern wenig Platz. Nicht genug für drei Menschen, von denen zwei darauf brannten, miteinander allein zu sein.

Senta und Christopher brannten seit vier Monaten. In dieser Zeit hatten sie einander täglich gesehen, hatten miteinander gegessen, gelacht und gesprochen, sich gefreut, geärgert und gefürchtet, waren Seite an Seite gewandert und geritten und hatten ihr Nachtlager aufgeschlagen, ohne eine einzige Gelegenheit zu finden, zu tun, wonach es sie verlangte. Die Spannung wuchs. Es entging ihr nicht, dass Christopher Heyse immer häufiger provozierte und dass Heyse, der dies anfangs ignoriert hatte, inzwischen wie ein Raubtier darauf ansprang.

Jetzt aber, auf dem Weg zu dem Hotel, das ihnen empfohlen worden war, schien Christopher wieder ganz er selbst. Wie Senta bestaunte er die von Palmen umstandenen Häuser, stahl sich einen Einblick in ein fremdes Leben, das ihnen verwunschen und märchenhaft vorkam. Die meisten hatten offen stehende Tore, die in lichte Höfe führten. Brunnen plätscherten,

Zierbäume in Kübeln spendeten Schatten, und an kleinen Tischen saßen Mitglieder des Haushalts mit ihren Gästen, tranken Tee, rauchten *Shisha*, spielten ein Brettspiel, das *Doula* hieß. Von dem Hof führten nach drei Seiten Türen in die Räume des Untergeschosses und Treppen hinauf auf die Galerie, wo weitere Räume ihre Bewohner erwarteten. Von dort gelangte man wiederum über Treppen auf das flache Dach, auf dem Senta niedrige Tische und aufgeschlagene Nachtlager ausmachte.

»Übernachten die Leute dort oben?«, rief sie begeistert. In der Wüste, wenn sie sich vor dem Schlafen von Basim verabschiedete, hatte sie sich manchmal gewünscht, bei ihm zu bleiben und unter dem Sternenhimmel die Nacht zu verbringen. Es war zu kalt. In der völligen Trockenheit der Wüste stürzten die Temperaturen bei Nacht auf nicht mehr als zehn Grad. Zudem gab es Schlangen und Skorpione, und Senta war auch nicht sicher, ob sie die schrankenlose Weite ausgehalten hätte, sosehr sie sich andererseits danach sehnte.

Hier aber würden auch die Nächte mild sein, und die Menschenfülle der Stadt würde sich als schützender Ring um sie legen, wenn das Universum mit seiner hallenden Stille ihr Angst machte.

»Ich will so ein Haus«, sprach Christopher aus, was Senta gerade gedacht hatte. »Ich will mit dir dort oben übernachten, eine Mondscheinsonate unter Bagdads Himmel, eines von den nicht salonfähigen Märchen aus *Tausendundeine Nacht*.« Das englische *you*, das er benutzte, hätte auch *euch* bedeuten und Senta und Heyse zugleich bezeichnen können. Es tat unverfänglich, doch es war alles andere als das. Senta verspürte ein Kribbeln im Unterleib, und die kühlende Wirkung des Regens verflog.

»Mir dagegen wäre es lieb, wenn wir demnächst ein Dach über den Kopf bekämen«, sagte Heyse. »Ich frage mich seit geraumer Zeit, ob wir nicht in der falschen Richtung unterwegs sind.«

Seine Hemmung, Englisch zu sprechen, hatte er seit der Nacht, als Senta aus Ephesos gekommen war, überwunden. Grammatikalisch machte er so gut wie keine Fehler, doch seine Aussprache blieb unschön und war nur mit viel gutem Willen verständlich. Christopher entschied je nach Laune und je nach dem, was Heyse gesagt hatte, ob er ihn verstehen wollte oder nicht.

Diesmal wollte er. »Darf ich fragen, was Sie auf diese kuriose Idee bringt?«, erkundigte er sich.

Heyse zog seine Uhr aus der Westentasche und klappte sie auf. »Kurios ist daran nichts«, erwiderte er. »Wir sind seit mehr als einer halben Stunde unterwegs, und dieser Eierverkäufer hat gesagt, vom Ende der Hauptstraße zum *Hotel Zia* wären es gerade mal fünfzehn Minuten.«

»Er meinte vielleicht mit dem Pferdewagen«, sagte Senta. Dem Eierverkäufer, der eine Pfanne über eine steinerne Kochstelle gehalten und darin harte Eier in geschmolzener Butter und einer Mischung aus Zimt und rotem Pfeffer gebraten hatte, waren sie am Morgen beim Einzug in die Vorstadt begegnet. Während Christopher, Senta und die Bediensteten heißhungrig mehrere der köstlichen Eier verschlangen, hatte Mehmet den Mann nach dem Weg gefragt. Das Hotel, in dem sie unterzukommen hofften, war dasselbe, über das sich Heyses Kollege Fehling in Berlin derart ereifert hatte. Ihren Erkundigungen nach war es jedoch das beste in Bagdad, und im Vergleich mit den meisten Unterkünften, mit denen sie unterwegs vorliebgenommen hatten, würde es ihnen vermutlich komfortabel erscheinen.

»Es hat eine amerikanische Bar, das genügt, um mich zu überzeugen«, hatte Christopher bekundet. »Ich kann es nicht erwarten, mich endlich wieder ohne Reue volllaufen zu lassen, vorzugsweise mit einem *Tanqueray*, der es an Trockenheit mit unserer Wüste aufnehmen kann.«

Jetzt rieb er sich den Bauch. »Wenn einer von unseren arabischen Freunden fünfzehn Minuten sagt, rechnet man am besten mit einem mittleren Tagesmarsch«, schätzte er. »Aber da Sie den Burschen mit den Eiern erwähnen – mich erinnert gerade ein hässliches Grollen aus den Untiefen meines Bauchs daran, dass ich seit einer Ewigkeit nichts mehr zwischen die Zähne bekommen habe.«

»Weshalb machen Sie eigentlich zwanghaft aus allem, was Sie von sich geben, einen Witz, der sich gegen Araber richtet?«, fragte Heyse.

»Ich mache aus überhaupt nichts, was ich von mir gebe, etwas, das sich gegen Araber richtet«, erwiderte Christopher. »Schon gar nicht zwanghaft. Im Gegensatz zu Ihnen habe ich gegen dieses Land nämlich nichts einzuwenden, finde in meiner Suppe keine Haare, im *Pilaw* keine Würmer, sondern amüsiere mich bestens und halte unsere arabischen Freunde für prächtige, wenn auch ein wenig skurrile Burschen. Unser Freund Kadif zum Beispiel, der von Liebesnächten mit einer Kamelstute träumt, oder der Kerl in Aleppo, der so viele Frauen hatte, dass er mir gleich zwei davon verkaufen wollte. *But so what?* Wer von uns ist denn nicht ein wenig skurril?«

Als Heyse ihn im Gehen sprachlos anstarrte, fügte er hinzu: »Es ist nichts Teuflisches an einem bisschen Lachen, Herr Professor, es ist nichts Teuflisches daran, sich an Schönheit zu erfreuen, und es ist nichts Teuflisches daran, das Leben zu lieben. Ich weiß nicht, warum Sie in dieses Land gereist sind, und ich bezweifle auch, dass ich es wissen möchte. Ich jedenfalls bin hier, weil es mir gefällt, weil ich an diesen ganzen liebenswerten Kuriositäten und Absonderlichkeiten mein Vergnügen habe.«

»Tatsächlich?« Heyse nahm die beschlagene Brille ab. »Mussten wir deshalb im Zickzack den Baustellen der Bagdadbahn nachreisen, weil Sie an alldem solches Vergnügen haben? Was erscheint Ihnen denn so vergnüglich? Dass demnächst, wenn der Osmane zusammenbricht, dieser Teil der Erde herrenlos wird und Sie ihn Ihrem Weltreich einverleiben können? *Rule Britannia.* Ich werde Ihnen sagen, was dieses Land für Sie ist, nämlich das Gleiche wie all die anderen – eine gigantische Kolonialwarenhandlung. Sie bemühen nicht einmal den Inhaber, sondern bedienen sich selbst, und statt zu bezahlen, lassen Sie anschreiben – bis zum Sankt-Nimmerleins-Tag.«

Christopher setzte zu einer zornigen Erwiderung an, doch der Ruf des *Muezzin* von dem goldglänzenden Minarett ließ ihn verstummen. Dagegen anzuschreien, hätte keinen Sinn gehabt, ganz abgesehen davon, dass es Senta wie die Entweihung eines Heiligtums vorgekommen wäre. Ob Christopher oder Heyse darauf einen Gedanken verschwendeten, wusste sie nicht, doch zumindest sahen beide ein, dass es klüger war zu schweigen. Noch immer faszinierte Senta das Echo aus allen Richtungen, das von den Minaretten der übrigen Moscheen erfolgte, sobald eine mit dem *Adhan* begonnen hatte. Es war Zeit für *Asr,* das Nachmittagsgebet, das verrichtet werden durfte, bis die erste Nuance von Rot verriet, dass die Sonne ihren Untergang eingeleitet hatte.

Während sie alle drei schwiegen und still dastanden, betrachtete Senta Christopher von der Seite, den gesenkten Kopf, das Haar, das über die Stirn fiel, die kräftige Schulter, die angespannten Muskeln an Brust und Rücken, auf denen das dünne Hemd klebte, sodass sich jede Faser, jede Sehne, jeder Tropfen Schweiß, der über die Haut rann, abzeichnete. Die Anstrengung, die es kostete, ihn nicht zu berühren, sandte ein Zittern durch ihren Körper.

Dieses Zittern begleitete sie seit vier Monaten durch Städte und Dörfer, durch Tage und Nächte, durch handtuchschmale Gassen und durch weites, wüstes Land. Wo immer Senta Zedlitz und Christopher Christian beisammenstanden, hinderte sie kein Anstand, keine Moral, kein Verbot und keine Qual des

Gewissens, aufeinander zuzustreben, Schritt für Schritt, Glied für Glied. Der Drang, ihm nah zu sein, so nah, dass sie ihm die verschwitzte Baumwolle von der Haut herunterreißen wollte, war in Smyrna aufregend gewesen und in Beirut verheißungsvoll, in Samarra beinahe schicksalhaft und auf den Ritten durch die Wüste wie Durst, aber jetzt bekam es etwas Verzweifeltes. Senta war noch jung, sie spürte ihr Begehren mit einer Kraft, die sie zu überwältigen drohte, und zugleich war sie längst zu alt, um sich wieder und wieder zu vertrösten.

Christopher bemerkte, dass ihre Hüfte sich näher an seine schob, obwohl sie einander nicht berührten. Mit einem winzigen Seitschritt kam er ihr entgegen, wölbte seine Hüfte auf ihre zu, und noch immer berührten sie sich nicht.

Das Rufen der *Muezzin* verklang. *Asr,* das Nachmittagsgebet, ehe Lärm und Aufruhr des Tages in die Mattigkeit des Abends übergingen, neigte sich dem Ende zu. Den Hunger, von dem vorhin Christopher gesprochen hatte, verspürte jetzt auch Senta. Sie wandte sich wieder zum Gehen. »Wir sollten zusehen, dass wir das Hotel finden, ehe es dunkel wird.«

»Zumal wir nicht wissen, ob wir dort überhaupt ein bewohnbares Zimmer bekommen«, ergänzte Heyse spitz.

Christopher sagte nichts. Über die Schulter warf er Senta einen Blick zu, der sich wie eine Hand nach ihr ausstreckte, aber nicht weit genug greifen konnte. Zwischen auskragenden Häusern trotteten sie die schmale, verschlammte Straße hinunter, als hätte keiner von ihnen mehr viel Hoffnung, dass dieses Hotel sich noch ausfindig machen ließe. Dann aber endete die Straße abrupt und gab den Blick frei auf das, was sich dahinter erstreckte, sich nach beiden Seiten und in erstaunlicher Weite dehnte.

Der Fluss.

Tigris. Großes Wasser, eilende Fluten, der flinke Bruder des sich schleppenden Euphrat, der schlankere der Ströme, denen das Land seinen Namen verdankte. Mesopotamien, Zweistromland. Die Araber, die hier zu Hause waren, nannten es *al-Iraq*, was gut bewässertes, fruchtbares Land bedeutete.

Der Fluss war breit und weder bläulich wie die Spree noch grau wie die Themse, sondern unfassbar grün. An seinen Ufern, die ebenfalls grün waren, grasten Ziegen und Maultiere, spielten Kinder, die mit bloßen Füßen durchs Schilf und ins seichte Wasser liefen, ehe ältere Geschwister sie einfingen. Garköche, die vor Kohlefeuern hockten, verkauften Brocken eines großen, an Spießen gerösteten Fisches. Aus kleinen Booten ließen Männer mit *Keffiehs* Netze treiben, um diesen beinlangen Fisch zu fangen. Zu zweit mussten sie das sich windende Untier packen und bändigen, schlugen ihm an der Bordwand den Kopf ein und übergaben es den Halbwüchsigen – Söhnen, Neffen oder Enkeln –, die es auf den Armen an Land trugen und einem der Männer an den Feuern verkauften.

»Sieh dir das an, Ischtar.« Christopher nahm ihre Hand und zog sie mit sich den Uferhang hinunter. »Diese Köstlichkeit kann ich mir nicht entgehen lassen. Wie steht es mit dir?«

Sie probierten sie beide. Der Fisch hieß *Masgouf,* er wurde erst vom Spieß genommen, als sein Fleisch schon zerfiel und die Haut krustig aufplatzte. Die dampfenden Stücke wurden mit schmutzig-grünlichem, eingelegtem Gurkengemüse auf flachen Brotfladen serviert, schmeckten rauchig und würzig und stillten den Hunger. Senta und Christopher schlangen sie hinunter, ohne auf Gräten zu achten, schoben sich lachend gegenseitig die Reste in den Mund und bestellten radebrechend jeder eine zweite Portion. Heyse hingegen war wie üblich überzeugt, er würde vom Genuss der unbekannten Speise sterben, und blieb hungrig.

Den Fluss entlang, wo ein leiser Wind für Erfrischung sorgte, erhoben sich Häuser von derselben Bauart, die Senta und Christopher oben in der Stadt bewundert hatten. Nach nicht mehr als hundert Metern und einer Biegung kam jedoch ein weit größeres quaderförmiges Gebäude in Sicht, das in einem ummauerten Palmengarten lag und sich als das gesuchte Hotel entpuppte.

Zimmer bekamen sie auch. Ein einzelnes und eine Suite mit zwei Schlafräumen, wie Senta und Heyse sie bereits in Konstantinopel geteilt hatten. Die beiden Männer am Empfang waren zuvorkommend, sprachen leidlich gutes Englisch und schickten sofort einen Jungen zu Mehmet und Kadif in den *Funduq*, um das Gepäck zu holen. Das Restaurant, das sich in ganz Bagdad höchster Beliebtheit erfreue, sei für den Abend ausgebucht, beteuerten sie, aber für die werten Gäste werde man selbstverständlich sein Bestes tun und noch etwas möglich machen.

»Gegen *Bakschisch*«, knurrte Heyse.

»Warum auch nicht?«, fauchte Christopher zurück. »Die Brüder leben davon wie Sie von Ihren Bezügen.«

»Ich bettele nicht! Mir geht diese ewige Bettelei auf die Nerven. Weshalb nennt man nicht gleich ordentlich und korrekt den Preis, den etwas kosten soll, und damit hat es sich?«

»Weil nun einmal nicht alle Menschen ordentlich und korrekt im Deutschen Reich geboren sein können. Unsere arabischen Freunde bevorzugen ein bisschen Nervenkitzel, ein Risiko, machen aus allem ein Spiel …«

»So wie Sie?«

Senta kamen die beiden vor wie die Katzen, die sich am Flussufer fauchend um die Reste des Fisches gestritten hatten. Eine von ihnen hatte statt eines Auges eine blutige Höhle, die andere ein zerfetztes Ohr.

Die Zimmer waren neu renoviert, in der obersten Etage gelegen und boten einen Blick auf den Fluss. Bei der Einrichtung hatte man sich sichtlich um etwas wie europäischen Schick bemüht, und die Art des Scheiterns hatte etwas Rührendes. Die Ventilatoren funktionierten nicht richtig, und die frisch angebrachte Tapete löste sich bereits in den Zimmerecken, doch im Großen und Ganzen war das Hotel weit angenehmer, als der Bericht von Heyses Kollegen hatte vermuten lassen.

Heyse war noch damit beschäftigt, Musselintücher über die Sitzmöbel zu breiten und Moskitonetze aufzuhängen, als Christopher ohne Anklopfen zur Tür hereinstürmte. Sie hatten vereinbart, sich zum Essen zu treffen, doch bis dahin war noch mehr als eine halbe Stunde Zeit. Zudem wirkte er derangiert, wie er sich sonst in keinem Speisesaal sehen ließ. Zwar liebte er es, in exzentrischen Farb- und Musterkombinationen aufzutauchen, doch er war stets frisch gewaschen, wohlriechend, ein Mann, nach dem Frauen sich die Köpfe verdrehten. Jetzt schien er sich nicht einmal das Haar gekämmt zu haben und trug die verschwitzten Kleider von der Reise noch am Leib.

»Ich halte es hier nicht aus«, sagte er – der sich sonst nie beschwerte, sondern bei jedweder Unannehmlichkeit einen *Raki* trank und sie mit seinem Humor beiseitewischte.

»Ich denke, Ihnen gefällt in diesem Land alles so großartig«, kam es von Heyse.

Senta hatte erwartet, dass Christopher zurückschießen würde, und sie setzte schon an, um dazwischenzugehen und den beiden zu sagen, wie sehr ihr das ewige Gezänk an den Nerven zerrte. Christopher aber setzte sich auf eine von Heyse abgedeckte Ottomane und sagte in ruhigem Ton: »Ja, es gefällt mir. Gerade deshalb bin ich es leid, meine Zeit in Hotels zu verbringen. Ich hätte gern für eine Weile meinen eigenen Haushalt, möchte ausprobieren, wie es sich als *Baghdadi* lebt.«

»Das wird wohl kaum möglich sein«, sagte Heyse.

»Warum nicht? Ich miete mir eines dieser Häuser am Fluss. Um die paar Bedürfnisse, die ich habe, können sich Kadif und Mehmet kümmern, und in meinen Hof kann unser lächelnder Freund mit dem Höcker einziehen.«

»Kadif kann nicht kochen«, wandte Heyse ein.

Darum, dass Senta lieber einen Kameltreiber als einen in der europäischen Küche versierten Koch eingestellt hatte, war in Aleppo eines der üblichen Palaver entbrannt. Dass Senta lieber die gesamte Reise über nur von Brot gelebt hätte, als diesen einen Kameltreiber nicht einzustellen, sprach sie nicht aus, aber vermutlich hatte Heyse mit seinem ewigen Argwohn etwas davon gespürt. Demzufolge hatte er während des zweiwöchigen Rittes nach Samarra mehr als einmal die Befürchtung geäußert, an Kadifs in Ziegenmilch gekochtem und mit wilden Kräutern gewürztem Reis zu sterben.

»Es ist sehr aufmerksam von Ihnen, sich um mein leibliches Wohl zu sorgen«, sagte Christopher. »Aber ich denke, ich gehe zu den Mahlzeiten ohnehin meist aus.«

»Und selbst wenn es sich tatsächlich wieder einmal alles so richten lässt, wie Sie es sich in den Kopf gesetzt haben, würde der Aufwand sich ja wohl kaum lohnen. Ich wenigstens habe nicht vor, mich lange hier aufzuhalten, sondern hoffe, diese Stadt bald hinter mir zu lassen und endlich Babylon zu erreichen.«

Senta war überrascht. Bis nach Babylon würden sie noch einmal hundert Kilometer durch Sumpfland, Steppe und Wüste zurücklegen müssen. Sie hatte nicht erwartet, dass Heyse, der noch am ganzen Leib zerschunden sein musste, es eilig haben könnte, auf den verhassten Pferderücken zurückzukehren, doch sie begriff: Für sie war die Reise selbst zum Ziel geworden. Sie fragte sich nicht länger, wohin der Weg sie führen würde, sondern vertraute sich ihm an und spürte, dass sie mit jedem Schritt in die Fremde auch einer fremden Facette ihres Wesens begegnete. Für Heyse hingegen war die Reise vom ersten Tag an eine Qual gewesen, die er nur auf sich nahm, um am Ende dorthin zu gelangen, wo er sich wieder auf sicherem Boden fühlte: auf seinem eigenen Forschungsgebiet, dem einzigen, mit dem er sich auskannte – in Babylon.

In der Wüste hatte es eine Gelegenheit gegeben, bei der er

dieses Gebiet betreten konnte, und er war wie ausgewechselt gewesen, ein völlig anderer Mensch.

»Ein paar Tage würde ich schon gern bleiben«, warf sie ein. »Wir sind in Bagdad, wir sehen mit eigenen Augen, wovon die meisten Menschen ihr Leben lang nur im Märchen lesen. Es käme mir geradezu respektlos vor, sofort wieder aufzubrechen, ohne mir die Stadt zumindest angesehen zu haben.«

»Dem schließe ich mich an.« Von Christophers hingegossenem Körper auf der Ottomane stieg eine Duftwolke auf, die er einst, auf dem Amphitheater von Ephesos, als *Marke Kamel* bezeichnet hatte und die es Senta zur Qual machte, still sitzen zu bleiben. »Wenn Sie Ihr Fenster nicht vernagelt halten würden, könnten Sie sehen, wie an beiden Ufern des Flusses das Leben dieser Stadt noch immer brodelt. Aber obgleich ich nicht erwarte, dass Sie daran Interesse zeigen ...«

Er legte eine kleine bedeutungsvolle Pause ein, die Heyse nutzte: »Ich denke, es brodelt, weil das, was man am anderen Ufer vorhin schwach erkennen konnte, das Heiligtum ist, zu dem die Schiiten pilgern, weil zwei ihrer Imame dort begraben sind. Diese große Moschee hier auf unserer Seite ist dagegen ein bedeutendes Heiligtum der Sunniten. Die Osmanen sind auch Sunniten, und seit sie mit jedem beliebigen Mittel darum kämpfen, an ihrer Macht hier festzuhalten und sich bei ihren Glaubensbrüdern lieb Kind zu machen, nehmen die Repressalien gegen Schiiten zu. Dem *Lloyd* zufolge kommt es ständig zu Kämpfen. Zwischen solche Fronten möchte ich nicht gern geraten.«

»Sie meinen das Gerangel zwischen denen, die Mohammeds Schwiegervater anbeten, und denen, die es lieber mit dem Schwiegersohn halten? Kuriose Sache. Einerseits plustern die Brüder sich auf und fordern einen einigen arabischen Staat, und andererseits geraten sie sich über Spitzfindigkeiten in die Haare. Aber über so etwas braucht man sich nicht zu echauffieren, so etwas muss man sich zunutze machen. Wenn zwei sich streiten, freut sich der Dritte.«

»Das ist wohl zu befürchten.«

»Darf ich fragen, was Sie damit zum Ausdruck bringen wollen?«, fragte Christopher scharf.

»Das, was ich gesagt habe«, erwiderte Heyse. »Mich geht es nichts an, aber für diese Leute fürchte ich, dass die Briten den Streit der Konfessionen ebenso ausnutzen werden wie die Schwäche der Osmanen. Gerade unter den Wilden in der Wüste soll es jede Menge Schiiten geben, die sich sicher gern vor den Karren Ihres Weltreichs spannen lassen.«

»Ich habe jetzt genug«, rief Senta, der an den Schläfen ein Schmerz zu pochen begann. Sie brauchte Wasser, immer wieder vergaß sie, ausreichend zu trinken. Und sie brauchte ein Getränk an der amerikanischen Bar, um das Wortgefecht der Männer aus ihrem Kopf zu vertreiben.

»Ich auch.« Christopher stand auf, zog sich das zerknitterte Hemd zurecht und wirkte plötzlich wieder ruhig. »Ob wir es nun wollen oder nicht: Wir werden einige Zeit hierbleiben müssen. Erfahrungsgemäß wird sich der zuständige *Müdür* bei der Ausstellung unserer Passierscheine nicht vor Arbeitseifer überschlagen, und um Reittiere und Bewaffnete für den Weg haben wir uns ebenfalls zu kümmern. Obendrein gibt es finanzielle Angelegenheiten, die ich dringend regeln muss.

»Und warum tun Sie dann nicht, was Sie so dringend tun müssen, und lassen uns unserer Wege ziehen, wie es geplant war? Ich habe ohnehin nie begriffen, weshalb Sie auf einmal mit uns nach Babylon reisen, wo Sie doch ursprünglich nur bis nach Bagdad wollten.«

»Sollte es Sie nicht freuen, wenn Menschen sich für Ihr Fachgebiet interessieren?«

»Ihre Leute graben in Ninive!«, setzte Heyse sich hilflos zur Wehr.

»Ihre Leute und meine Leute sind ja nicht verfeindet«, erwiderte Christopher gelassen. »Ich weiß von einer ganzen Reihe von Landsleuten, die Babylon besucht und sich sehr angetan geäußert haben. Zudem haben Senta und ich nun einmal beschlossen, dass ich Sie schon zu Ihrer Sicherheit auf dem Weg begleite, ehe ich nach Bagdad zurückkehre und meine Arbeit aufnehme. Ich werde mich also aufmachen und ein Haus hier in der Nähe mieten. Vielleicht brauchen wir einfach eine Pause voneinander, was denken Sie, Professor?«

»Was ich denke, interessiert Sie doch gar nicht! Sie wollen keine Pause von mir, Sie würden mich, wenn Sie könnten, genauso irgendwo am Weg zurücklassen wie ...«

»*Stop!*« Christopher hob die Hand. Flüchtig hatte Senta das Gefühl, als drücke der Elefant im Raum sie gegen die Wand, aber Christopher tat, als bemerke er ihn nicht. »Ich weiß, Sie erwarten von mir, dass ich Sie verletze, so, wie Sie es von jedem erwarten, der Ihnen über den Weg läuft. Vermutlich haben Sie in meinem Fall sogar recht. Ich würde es tun, aber nicht härter als nötig. Ob Sie es glauben oder nicht, nach allem, was wir auf dieser Reise geteilt haben, empfinde ich eine gewisse Verbundenheit mit Ihnen. Dafür brauchen wir uns ja nicht zu mögen. Wie Sie mir die Stadt unter dem Sand gezeigt haben, werde ich nicht vergessen, und als Gäste sind Sie in meinem Haus selbstverständlich jederzeit willkommen.«

Der Blick, den er im Gehen über die Schulter warf, galt Senta, nicht Heyse. Gleich darauf zog er die Tür auf und verschwand.

15

Erinnerung an eine Reise –
von Smyrna nach Bagdad
Einen Sommer lang

Aus seiner Sicht betrachtet hatte Heyse nicht unrecht:
Letzten Endes schien sich immer alles so einrichten zu
lassen, wie Christopher es sich in den Kopf gesetzt
hatte. Schon in Smyrna, als sowohl er als auch Senta hatten
fürchten müssen, das hoch schlagende Feuer, das zwischen
ihnen entbrannt war, würde sogleich wieder ausgetreten.

Perceval Russell hatte die Reise nicht antreten können. Nie-
dergeschlagen, mit vor Erschöpfung fahlem Gesicht war Christopher an jenem Morgen ins Hotel gekommen. Als Senta ihn
umarmte, ohne sich um die Blicke der übrigen Gäste zu scheren, klammerte er sich an ihr fest wie ein Kind.

»Er ist doch nicht …« Das Wort, das fehlte, schluckte Senta
hinunter, als brächte es Unglück, es auszusprechen. Wenn Russell gestorben war, hatte sie ihn umgebracht, klagte die Stimme
in ihrem Hinterkopf sie beharrlich an, obgleich ihre Vernunft
dafür keine Grundlage fand.

»Nein, er ist nicht tot.« In Christophers Stimme schwang

endlich ein wenig Erleichterung mit. »O Senta, ich habe die ganze Nacht neben ihm gesessen und bin vor Angst fast verrückt geworden, dass er einfach zu atmen aufhört und stirbt.«

Senta musste an Cathrin denken und strich ihm über den zitternden Rücken. »Ist er über den Berg?«

Christopher nickte. »Dieser armenische Arzt, der entweder ein Gott oder der schwarzen Magie mächtig sein muss, hat gesagt, sein Zustand ist stabil, es besteht keine Lebensgefahr mehr. Aber diese ganzen Krankheiten, über die ich mich immer lustig gemacht und ihn ein hypochondrisches altes Weib genannt habe, die treiben schon von Geburt an in seinem Körper ihr Unwesen. Mit dem, was sie neuerdings Immunsystem nennen, stimmt bei ihm etwas nicht. Er braucht Ruhe, Pflege und weitere Untersuchungen, sagt der Armenier. Mindestens vier Wochen. Eher länger. Wir können nicht abreisen, Senta.«

Diesen ganzen niederschmetternden Morgen über hatte er sie nicht einmal Ischtar genannt. Aber selbst unter der Last von Sorge und Verzweiflung strebten ihre Körper zueinander, entstand dort, wo sie sich berührten, Reibung, schlugen Funken.

Jetzt war es Senta, deren Rücken zitterte, weil sie gegen die Tränen kämpfte und sich verspannte. »Heyse und ich haben keine Wahl. Wir müssen abreisen, Christopher.«

»Was soll das heißen, ihr müsst? Du hast mich doch gehört, Vally kann frühestens in vier Wochen fahren. Abwarten, das ist es, was wir müssen. Die Dinge nehmen, wie sie sind, und das Beste daraus machen.«

»Wir haben kein Geld für neue Passagen«, erklärte Senta. Die halbe Nacht lang hatte sie die verhassten Budgetaufstellungen von Heyse überschlagen, hatte gehofft, einen Fehler zu entdecken, aber es gab keinen. Reisen, sofern man keine Tricks und Kniffe kannte, verschlang ein Vermögen. Wenn sie für ihre Gruppe samt Basim neue Passagen kauften und obendrein vier Wochen lang ihren Unterhalt im extravaganten Smyrna bestritten, würden sie nach Babylon und zurück nicht mehr kommen.

Aber wie konnte sie Christopher aufgeben, wie die bisher intensivste, bedeutsamste Erfahrung der Reise verstreichen lassen? Sie würde in die Schwärze zurückfallen, die sie nach dem Tod ihrer Eltern monatelang umfangen hatte, und die Angst davor nahm ihr noch immer den Atem.

Es war die Schwärze in einem Sarg, die Aufeinanderfolge von Nächten, von denen man sicher ist, dass sie in keinen neuen Tag münden.

Christopher hielt sie. »Sorg dich nicht. Für eure Passagen komme ich auf.«

»Das kann ich nicht annehmen.«

»Kannst du doch.« Kaum spürbar berührte er ihr Haar mit den Lippen. Sein Lächeln war noch müde, doch es war wieder als seines erkennbar. »Zahlen tut ohnehin Vally, und der hat uns das Ganze schließlich eingebrockt. Ich selbst nenne weder Para noch Penny mein Eigen, ehe wir in Bagdad sind.«

In diesem Punkt hatte er jedoch die Rechnung ohne den Wirt gemacht. Ohne *zwei* Wirte. Heyse weigerte sich, sich von Christopher aushalten zu lassen, und Russell weigerte sich, neben Christopher auch noch Senta und Heyse – samt Mehmet und Basim – auszuhalten. Wobei er sich im Fall von Mehmet und Basim vermutlich hätte erweichen lassen.

Sie hatten keine Chance. Senta musste zusehen, wie Heyse umständlich und altjüngferlich penibel ihr Gepäck verschnürte. In den paar Augenblicken, in denen sie Christopher über den Weg lief, brachten sie kaum ein Wort heraus, weil sie nicht wussten, was sie einander versprechen konnten.

»Wir sehen uns wieder.«

Gewiss – aber wie und wo? Vier Wochen oder länger in Beirut zu warten, war nicht möglich. Noch immer konnte der Krieg zwischen Italien und dem Osmanischen Reich, von dem man sonst nirgendwo etwas spürte, ihnen eine Unterbrechung aufzwingen, und unterwegs würden sie einander schwerlich über den Weg laufen.

»Wir schreiben uns.«

Und wohin? Postlagernd an Robert Koldewey, der nichts von ihnen wusste, oder nach Bagdad, wo sie keine Adresse hatten? Außerdem sehnten sich ihre Körper nach allem Erdenklichen, aber nicht nach Worten auf Papier.

Also sagten sie nichts. Das Hotel ließ ihr Gepäck bereits am Abend vor der Abreise auf die *Princess Maud* schaffen, und Senta hatte genug damit zu tun, Basim an Bord zu bringen. Sie fuhr mit ihm in der Barkasse und führte ihn über die ausgefahrene Brücke zum Einstieg ins Unterdeck, wo er in einem Verschlag die sieben Tage auf See verbringen sollte.

Vielleicht war ihre Anwesenheit bei alldem auch gar nicht vonnöten. Basim war friedfertig, schläfrig, schloss ständig die doppelten Lider und die zwei Wimpernkränze über jedem Auge. Der junge Araber, der sich während der Überfahrt um ihn kümmern würde, kam ausgezeichnet mit ihm zurecht. Senta aber war froh, einen Grund zu haben, um den Abend nicht mit Heyse im Hotel verbringen zu müssen. Für den Verlauf der Ereignisse konnte er nichts, doch in ihrer Verzweiflung grollte sie ihm zutiefst, weil sie wusste, dass er darüber froh war.

»Was haben Sie ihm gegeben?«, fragte sie den Araber, der fließend Englisch sprach, als das Kamel sich träge auf die Knie sinken ließ.

»Schlafmohn«, antwortete er. »Das schadet ihm nicht, und er wird es leichter haben.«

»Ich wünschte, Sie könnten mir auch welchen geben«, entfuhr es Senta.

Der Mann lächelte. »Wünschen Sie es sich nicht zu sehr, damit niemand Ihnen diesen Wunsch erfüllt.«

Sie sagte Basim Gute Nacht und verbrachte an Bord eine

schlaflose, sehnsuchtskranke Nacht. Am Morgen, eine Stunde vor der Abfahrt, kam Heyse. Er klopfte zaghaft an die Tür ihrer Kabine, und sie rief ihm zu, sie habe Kopfschmerzen und wolle nicht gestört werden. Als das Signal zum Ablegen durch das Schiff dröhnte, hatte sie das Gefühl, es zerreiße sie. Wenig später klopfte Heyse erneut.

»Ich habe doch gesagt, ich möchte mich gern eine Stunde ausruhen!«, rief Senta. »Mir tut der Kopf weh.«

»Mir auch«, sagte Christopher.

Mit einem Satz war Senta aus dem Bett und riss die Tür auf. In seinem weißen Tropenanzug und mit seinem komischen Tornister, den ihm wie das Einmannzelt angeblich ein deutscher Eisenbahner geschenkt hatte, füllte er den Rahmen aus, lächelte und sagte: »Ischtar.«

Lange sprachen sie nichts, hielten sich nur fest. Dann aber hatten sie sich doch wieder loslassen müssen, weil ja jemand hätte vorbeikommen können. Heyse vor allem. *Was wäre schon dabei?*, fragte sie sich. *Er ist frei, und ich bin frei, warum mache ich dieser Farce mit der Verlobung nicht ein Ende?*

Stattdessen fragte sie Christopher, wie es kam, dass er da war.

»Frag mich das nie wieder«, sagte er. »Und ich werde es mich auch nie wieder fragen, eher mein Seelenheil im *Arak* ertränken. Ich musste kommen, Ischtar. Ich war die ganze Nacht krank. *Du* machst mich krank.«

»Du mich auch. Und Russell?«

»Der Armenier hat mir dreimal versichert, dass für ihn keine Gefahr besteht. Er ist bestens versorgt und wird gesund. So gesund, wie einer mit seiner Konstitution eben sein kann. Die Reise wäre ohnehin eine enorme Strapaze für ihn geworden, die er vielleicht nicht überstanden hätte. Und um ehrlich zu sein, hat er sich ums Reisen sowieso nie gerissen, sondern ist meist nur um meinetwillen mitgefahren.«

»Ist das dein Ernst?«

»Ist es. Aber frag mich nicht mehr.«

»Ich frag dich nicht«, sagte Senta. »Ich will es selbst nicht wissen. Und ich bin froh, dass du gekommen bist.«

»Ich auch.« Obwohl sie beide froh waren, standen sie einen Schritt voneinander entfernt und wagten nicht einmal, die Hände nach dem anderen auszustrecken.

»Was ist mit Geld?«

»Ich habe seine Vollmacht«, antwortete Christopher. »Er hat mir immer freie Hand gelassen. Und ich habe auch Wechsel, die er schon auf mich ausgestellt hat, er wollte nie, dass ich wie ein armer Schlucker durch die Gegend laufe.«

»Du hast diese Wechsel genommen und bist gegangen, ohne ihn zu fragen?«

»Ich gebe nur das Nötigste aus. Und ich schicke ihm alles aus Bagdad zurück. Wenn ich ihn gefragt hätte, hätte ich nicht kommen können, Senta.«

Sie sprachen nicht mehr darüber. Als Heyse sich später deswegen empörte, wies ihn Senta scharf zurecht, es gehe ihn nichts an.

So begann ihre Reise zu dritt.

In Beirut, ihrer ersten Station, hatten sie das große, französisch geführte *Hotel Royal* bewohnt, in dem die Männer sich recht einfach aus dem Weg gehen konnten. Mit jedem Tag, den sie darauf warteten, dass der *Müdür*, der zuständige Beamte des *Vilâyets*, ihre Passierscheine ausstellte, wuchsen jedoch die Spannungen. Sie gaben mehr *Bakschisch* aus, als jeder von ihnen sich leisten konnte. Jeden Morgen fuhr Christopher in den Gouverneurspalast, jeden Morgen hofften sie, er käme mit den Papieren wieder, und an jedem Nachmittag kehrte er mit leeren Händen ins Hotel zurück. »Es scheitert vor allem an dem Kamel, für das wir die Steuerzahlung nicht nachweisen können«, erklärte Christopher. »Und an der Tatsache, dass wir mit einer Frau unterwegs sind, die mit keinem von uns verheiratet ist.«

Irgendwann herrschte Heyse ihn an, er glaube ihm nicht mehr. »Es liegt an Ihnen! Die Osmanen sind uns Deutschen bekanntlich wohlgesonnen, und wir haben ein Geleitschreiben von unserem Institut, das die Gründe für unsere Weiterreise nach Babylon darlegt. Doch Sie können nicht einmal uns erklären, was Sie überhaupt hier wollen. Angeblich interessieren Sie sich für Eisenbahnen. Die Eisenbahn bauen aber *wir*, nicht Sie.«

Dieser Streit hatte in dem Restaurant auf der Hotelterrasse stattgefunden, von der man einen herrlichen Blick über die Bucht von Beirut hatte. Ein Bild des Friedens. Lediglich die beiden weit draußen vor Anker liegenden Zerstörer gaben einen Hinweis darauf, dass Beirut in Wahrheit ein Kriegshafen war, in dem erst vor Monaten eine blutige Seeschlacht stattgefunden hatte. Wo die Kette der Häuser und die wie aufgefädelten Lichter der Straßenlaternen aufhörten, stieg die Küstenlinie an und war von hohen Zedern, Tannen und Wacholder bewachsen. Darüber zerfloss nicht in Flammen, sondern in den Farben von Wein der letzte Rest Sonne. Senta hatte die Männer schließlich gebeten, sie allein zu lassen, war an die Brüstung getreten, und die stille, herzzerreißende Schönheit hatte sie bis ins Innerste traurig gemacht.

Ein Mann war zu ihr getreten, ein französischer Diplomat, der seit zehn Jahren in der Levante lebte und mit dem sie ein paar Abende zuvor ins Gespräch gekommen waren.

»Es tut mir leid, *Mademoiselle*«, sagte er. »Ihre Augen sind so sehr geöffnet für all das Schöne, das der Orient uns zum Geschenk macht, vielleicht weil Sie selbst so schön sind. Aber vergeben Sie mir bitte, falls ich die Grenzen des Anstands überschreite – Sie reisen mit den falschen Leuten. Wenn man sein Herz zum Reisen nicht weit macht, sodass etwas hineinpasst, kann man im Grunde auch zu Hause bleiben und in einem Hotel am heimischen Fluss seinen Tee trinken.«

Sie war nicht der Ansicht, dass er die Grenzen des Anstands

überschritt, sie fand ihn nett und war für seine Freundlichkeit dankbar. Er fragte sie, wohin ihre weitere Route sie führen würde, und als sie es ihm geschildert hatte, sagte er: »Warten Sie ab, bis Sie in der Wüste sind, vielleicht besinnen sich ja Ihre beiden Verehrer. Die Wüste bricht manchem das Herz auf, und sie verändert uns alle. Als der Mensch, der er vorher war, kehrt niemand daraus zurück.«

Sie hatte gelacht, obwohl das, was er gesagt hatte, in ihr ein Echo fand. »Wir sind Reisegefährten. Mr. Christian und Professor Heyse sind nicht meine Verehrer.«

»Oh doch«, erwiderte ihr reizender französischer Kavalier, »wir alle hier sind Ihre Verehrer, *Mademoiselle,* aber das nützt Ihnen wenig. Angebetet zu werden, verschafft einem ab und an einen geringen Vorteil, aber es ist etwas ganz anderes und Banaleres, das einen glücklich macht.«

Anderntags kam Christopher bereits gegen Mittag ins Hotel zurück. Er hatte unterwegs eine Flasche echten Champagner aufgetrieben, und er hatte ihre Papiere. »Wir nehmen morgen früh um sieben die Libanonbahn nach Damaskus, müssen uns zwar ein Abteil teilen, bekommen aber einen halben Viehwagen für das göttliche Kamel. Nur dürfen wir von Damaskus nicht über Palmyra die Wüstendurchquerung antreten, sondern müssen eine Zwischenstation in Aleppo einlegen.«

Heyse, der praktisch den gesamten vergangenen Winter über Karten zugebracht hatte, um ihre Route zusammenzustellen, platzte los: »Wir fahren also von hier gen Süden nach Damaskus, und kaum sind wir dort ausgestiegen, werfen wir mit dem Geld, das wir nicht haben, um uns und fahren wieder nordwärts nach Aleppo, richtig? Und warum das Ganze, wenn ich fragen darf?«

»Sicherheitsgründe, Professor, nichts als Sicherheitsgründe.« Christopher schien entschlossen, sich seine glänzende Laune nicht verderben zu lassen. »Offenbar bezweifelt man, dass von

Damaskus aus unsere Expedition sicher geleitet werden kann. Sie müssen versuchen, das zu verstehen. Den aus dem letzten Loch pfeifenden Osmanen ist an der Mund-zu-Mund-Beatmung durch Ihren Kaiser gelegen. Das Letzte, was sie sich wünschen, sind diplomatische Verwicklungen, und die würden sie bekommen, wenn eine schöne deutsche Dame in einer ihrer Wüsten einem *Ghasu* zum Opfer fiele.«

»Was ist ein *Ghasu*?«

»Ach, das wissen Sie nicht? Dabei verstehen Sie, wenn ich richtigliege, doch deutlich mehr Arabisch als ich. *Ghasu* nennt man die Überfälle unserer beduinischen Freunde, die sich beileibe nicht nur gegenseitig die Köpfe einschlagen, sondern neuerdings verstärkt ein Auge auf westliche Reisende geworfen haben. Weil sie deren *Khuwwa* wollen, eine Schutzgeldzahlung, die sie ironischerweise *Bruderschaft* nennen. Am liebsten in Waffen zu entrichten, am zweitliebsten in Geld.«

»Um uns davor zu schützen, wollten wir in Damaskus doch einen dieser *Rafiks* anheuern, die Reisende in Bewaffnung begleiten.«

»In der Tat, das wollten wir. Nur erscheint das dem Herrn *Müdür* offenbar nicht sicher genug. Er rät, sich einer Karawane anzuschließen, doch um diese Jahreszeit ist es nicht leicht, eine zu finden. In Aleppo hätten wir eher Glück, meint er. Obendrein erhalten Sie auf diese Weise Gelegenheit, auf dem ganz neu verlegten Abschnitt der Bagdadbahn zu fahren, die ja Sie als Deutscher bauen, nicht wir Engländer. Auf der letzten Probefahrt, ehe gewöhnliche Reisende einsteigen dürfen. Reizt Sie das denn gar nicht?«

»Nein«, erwiderte Heyse. »Mich reizt nichts. Mich macht nur wütend, dass sich offenbar wieder einmal alles in Ihrem Sinne geordnet hat.«

»Jetzt seien Sie kein Frosch, Professor. Wir haben so lange auf diesen Augenblick gewartet, finden Sie nicht, wir sollten ihn feiern?« Christophers Zimmer lag im vierten Stock, hoch über den Dächern, Kuppeln, Minaretten und Kirchtürmen der berückenden Stadt Beirut. Vor seinem Balkon entkorkten sie den Champagner, und tatsächlich gestaltete sich dieser Abend voller Vorfreude geradezu friedlich. Dennoch hatte Heyse auch damals nicht ganz unrecht gehabt.

Am nächsten Morgen fuhren sie mit der Libanonbahn, in die sich Regierungsbeamte in Abendgarderobe und Militärs in Paradeuniformen neben Bauern mit lebenden Hühnern zwängten, nach Damaskus. Dort warteten sie wiederum weit länger als erhofft auf ein Reisepapier, erhielten aber endlich die Erlaubnis, mit einem Probezug über den noch nicht freigegebenen Abschnitt der Bagdadbahn nach Aleppo weiterzureisen. Dort war noch nicht einmal der Bahnhof fertiggestellt. Die Halle wölbte sich zwar in majestätischer Größe, doch überall lag Bauschutt herum, es gab keine Gepäckträger, und nach einer Mietdroschke mussten sie mühsam suchen. Zum Ausgleich war der gesamte Zug fabrikneu, und bis auf eine leutselige Gruppe deutscher Ingenieure hatten sie ihn für sich allein gehabt.

Die beiden syrischen Metropolen, das Schwesternpaar Damaskus und Aleppo, waren seit mehr als sechstausend Jahren bewohnt und gehörten damit zu den ältesten Städten der Menschheitsgeschichte. Sich zunächst mit ein wenig Scheu, doch überwältigt von staunender Neugier in ihnen zu bewegen, schenkte Senta endgültig das Gefühl, der eigenen Welt entflohen und in die fremde eingetaucht zu sein. War das schöne Beirut mit seinen schlanken, von der Sonne schimmernden Fassaden noch zur Hälfte eine Französin, so stürzte in den überdachten *Souqs* von Damaskus, wo sie sich im Gewirr verirrte, der Orient ungefiltert über sie her.

Ein Orient, der verzauberte, der aber ebenso Tag für Tag vor neue Herausforderungen stellte. Senta gefiel das, weil sie sich diesen Herausforderungen zu stellen und sie schließlich zu bestehen vermochte, während sie den Problemen zwischen den beiden Männern hilflos gegenüberstand. Zudem konnte sie all die ungenutzte Energie, mit der das Verlangen nach Christopher sie erfüllte, daran abreagieren, durch das Labyrinth aus Buden, Verkaufstischen, Läden und Garküchen zu streifen und ihre Ausrüstung zu vervollständigen. Mit jedem Gegenstand, den sie erwarb – vom Kaffeetopf bis hin zu den Zelten, von Laternen, Petroleum und Feldflaschen zu den mit Leinwandtaschen ausgestatteten Sätteln –, nahm die Gewissheit zu: Sie würde die Wüste durchqueren. Irgendwo dort draußen, wo alles städtische Leben nur noch eine ferne Erinnerung war, würde sie auf sich allein gestellt sein.

Da sie als unbegleitete Frau mehr als nötig aufgefallen wäre, machte sie sich wie schon in Konstantinopel wieder mit Mehmet auf den Weg und genoss es. Er war ein Taschenspieler, ein kleiner Glücksritter, der zwischen Schein und Sein, Lüge und Wahrheit keine Grenze kannte, aber sein unerschütterlicher Glaube daran, dass Allah ihm ein schönes Leben wünsche, wirkte oft heilsam, und dass er nichts krummnahm und nie ein Wort auf die Goldwaage legte, machte das Zusammensein mit ihm zu einer willkommenen Erholung.

In Aleppo kamen sie im Aziziyeh-Viertel unter, im von Armeniern geführten *Hotel Baron,* das so neu erbaut war, dass die Wände Heyse zufolge nach Kalkmörtel stanken. Ihre drei Zimmer waren klein und unter dem Dach gelegen, wo sich die Hitze ballte. Dennoch konnten sie sich glücklich schätzen, sie ergattert zu haben, denn das Hotel platzte aus allen Nähten. In dem um einen blühenden Innenhof arrangierten Gebäude logierten französische, britische und auch zwei deutsche Gruppen, von denen sich eine ausschließlich aus hochdekorierten Offizieren zusammensetzte. So gut wie jeden Abend hielt eine der Gruppen aus wechselnden Gründen eine Feier mit üppigem Bankett ab, zu der dann die übrigen eingeladen waren. Das Ganze hatte etwas von einer immerwährenden Sommerfrische und war nicht wenig unterhaltsam, doch wie üblich schloss Heyse sich niemandem an.

Christopher dagegen zeigte sich von der Gesellschaft begeistert und bemühte sich beim Abendessen, vor allem mit den Offizieren ins Gespräch zu kommen. Sich und seine Begleiter stellte er als »Archäologen aus London und Berlin, unterwegs nach Babylon« vor. Die Offiziere, offenbar ein wenig gelangweilt, gingen nur zu gern darauf ein, zogen an ihren Tisch um und begannen, auf eher klobige Art, die sie nicht mehr gewohnt war, mit Senta zu flirten.

»Weshalb haben Sie dem General eine Lüge erzählt?«, ereiferte sich Heyse später. »Sie sind gar kein Archäologe.«

»Ich bin so sehr einer wie Sie, wenn ich will«, wies ihn Christopher leichthin in die Schranken. »Der Begriff ist schließlich nicht geschützt. Haben Sie an einer Grabung teilgenommen? Sehen Sie. Ich auch nicht. Aber unter den Leuten, die graben, finden sich Architekten ebenso wie Philologen, Ingenieure wie vermögende Damen, die auf unkonventionelle Weise nach Männern zum Heiraten suchen.«

»Er hat recht«, sagte Senta, als Heyse – beharrlich wie ein Maulesel – später noch einmal darauf zurückkam. »Koldewey ist selbst Architekt, und Christopher könnte sich genauso gut als Archäologe betätigen wie wir.«

»Mir geht es nicht darum, dass er vorgibt, etwas zu sein, was er nicht ist«, erwiderte Heyse. »Sondern darum, dass er das, was er ist, verschweigt.«

Senta vergaß es. Sie war verliebt in Aleppo, in diesen um die Zitadelle gelegten Flickenteppich, diesen Bienenkorb, in dem jede Wabe sich innerhalb eigener Schutzmauern ihre Geschichte, Religion und Lebensart bewahrte. Treppen und Gassen führten durch jahrhundertealte Tore und Bögen, und sobald sie von einem Viertel ins nächste wechselte, war ihr, als hätte ein Zauberstreich sie in eine neue Welt gestellt.

In Dschudaide, dem christlichen Viertel, erhob sich in jeder Straße das Gotteshaus einer anderen Konfession – eine griechisch-orthodoxe Basilika, eine armenisch-apostolische Kathedrale, die trutzige Kirche syrischer Katholiken. Im Viertel der sephardischen Juden verbreitete eine majestätische byzantinische Synagoge Stille um sich, in einem anderen lebten vorwiegend Kurden, und wieder ein anderes bestand so gut wie ausschließlich aus dem überdachten Gewimmel der *Souqs*.

Da Senta mit ihren Einkäufen und Besichtigungen so beschäftigt war, konnte sie sich um das, was Christopher tat, wenig scheren. Wie schon in Beirut war er es, der sich um ihre Papiere bemühte. Heyse misstraute ihm zwar, war aber zu linkisch und zu scheu, die Sache in die eigenen Hände zu nehmen. Darüber hinaus hatte er aus seinem Tornister das hochwertige, brandneue Modell einer Boxkamera zutage gefördert und war ganze Tage lang fotografierend unterwegs. Senta, die in jedem Winkel der uralten Stadt ein Bild für immer hätte bewahren wollen, fand daran nichts weiter verwunderlich, doch für Heyse war auch dies ein Grund zu neuem Argwohn:

»Wird er uns demnächst erzählen, dass er unter die Fotografen gegangen ist? Und wirst du ihm das dann auch wieder glauben, so, wie du jeden Salm glaubst, solange er nur über Herrn Christians Lippen kommt?«

An diesem Abend erschien Christopher zu spät und sichtlich angetrunken zum Dinner. Essen wolle er nichts, nur weitertrinken, verkündete er so laut, dass jeder im Saal ihn hörte, er habe sich in der Stadt den Bauch mit *Kibbeh* vollgeschlagen, von denen er Heyses Ansicht nach heute Nacht gewiss eines traurigen Todes sterben werde. Dazu lachte er und hieb Heyse auf den Rücken, dann zog er los, um die Generäle an ihren Tisch zu holen und alle zum Trinken einzuladen. Senta fand ihn unmöglich. Und wollte ihn umso mehr.

Heyse ging früh zu Bett, und Senta wollte ihm folgen, konnte sich jedoch nicht dazu durchringen. Christopher beachtete sie kaum, ließ sich von den ebenfalls betrunkenen Offizieren deutsche Trinklieder beibringen und schüttete sich aus vor Lachen. Als sie sich endlich doch aufmachte, kam er ihr hinterher. Sie hatte den Hof, der zum Trakt mit ihren Zimmern führte, schon fast durchquert, da rief er ihren Namen. Senta blieb stehen, drehte sich um und sah ihn bei dem mit blauen Mosaiksteinen besetzten Brunnen stehen, über dessen Schalen unablässig Wasser plätscherte. Er hielt sein Glas noch in der Hand und goss den *Arak*, der noch darin war, in die oberste Schale des Brunnens.

»Es ist deinetwegen, dass ich mich betrinke«, sagte er, seine Aussprache war scharf und klar wie der von Sternen übersäte Himmel. Eine Laterne aus blauem Ton tauchte ihn in ihr Licht, sein von der Sonne gebleichtes Haar war zerrauft, sein Gesicht ganz offen. Das Hemd hing ihm aus der Hose, und Senta fand ihn so schön, dass sie sich an ihr Herz fasste.

»Du siehst aus wie eine Lichtgestalt, Ischtar, die Morgen- und Abendstern zugleich ist, aber du hast etwas Dunkles in dir, und das macht mich krank.«

»Ich kann es doch nicht ändern, Christopher.«

»Kannst du nicht? Weißt du, wie oft ich in der Nacht schweißnass wach gelegen und gewartet habe, dass du kommst? Bei jedem Geräusch bin ich aufgeschreckt, weil ich sicher war, das bist du, die an meine Zimmertür klopft. Kannst du nicht heute kommen, Ischtar? Nur diese eine Nacht?«

»Mit Heyse nebenan, der wegen der Mücken nicht schlafen kann und bis in die Morgenstunden liest? Ich höre ihn jede Seite umblättern, ich höre ihn atmen und im Zimmer auf und ab gehen. Die Wände in diesem Hotel sind dünn wie Papier.«

»Und stinken nach Kalkmörtel, ich weiß.« Christopher sah aus, als hätte er gern auf den Boden gespuckt. »Ihm stinkt es ja überall, er erträgt den Wüstenstaub nicht, der ihm in seine alberne Taschenuhr eindringt, und die Hitze, in der ihm das Fleisch auf dem Teller verfault. Ich dagegen rieche nur die Süße der Damaszener Rosen, deren Blütenblätter aus dem Blut des Propheten gemacht sind und den Schmutz des Bodens nicht berühren dürfen. Ich sehe einen mondbeschienenen Garten und zwischen Jasmin, Pomeranzen und prallen Granatäpfeln die göttlichste aller Frauen. Aber das alles ist für mich verboten und dem Herrn Professor vorbehalten, dem das ganze Leben stinkt. Nach Kalkmörtel.«

»So ist es doch nicht …«

»Doch. So ist es. Gute Nacht, Ischtar.«

Er ging an ihr vorbei und verschwand im Haus.

Anderntags kam er mit den Papieren und der Nachricht, es habe sich für sie eine Möglichkeit zur Weiterreise ergeben, eine ganz wunderbare Möglichkeit, die ihnen allen erdenklichen Aufwand ersparte. Die deutschen Generäle würden Anfang der Woche mit einer militärischen Eskorte nach Samarra aufbrechen und wären hocherfreut, Fräulein Zedlitz und ihren Begleitern Geleitschutz zu gewähren.

»Nach Samarra?«, fuhr Heyse auf. »Aber wir reisen doch nach Bagdad!«

Christopher zuckte die Schultern. »Ein kleiner Umweg, den wir um der Vorteile willen in Kauf nehmen sollten.«

Heyse breitete eine seiner Karten aus, studierte sie und bekundete zur allgemeinen Verblüffung: »Nun gut. Viel verlieren wir dadurch wirklich nicht, und wenn es auf diese Weise endlich weitergeht, soll es mir recht sein.«

Diesmal war es Senta, der entfuhr: »Nicht nach Samarra! Ich will da nicht hin.«

Christopher sah sie an, und seine Augen kamen ihr dunkel vor. »Warum denn nicht, Ischtar? Weil der Tod dort mit uns allen verabredet ist?«

»Ich weiß, es ist albern«, wehrte sie sich. »Aber ich will da nicht hin.«

»Worum geht es?«, mischte Heyse sich ein. Sie saßen nach dem Essen im Hof. Christopher hatte sich eine *Shisha* bringen lassen, die einen starken, benebelnden Duft nach Pomeranzen verbreitete, und er und Senta tranken schwarzen, bitteren Kaffee. Heyse hatte sich nur ein Glas Wasser erbeten, das er jetzt beiseiteschob, um seine Hand auf ihre zu legen. »Es ist Sentas Reise. Wenn sie nicht nach Samarra will, dann müssen wir eben auf eine andere Karawane warten.«

»Sie will ja«, sagte Christopher. »Ihr fehlt nur der Mut. Weil uns in Samarra der Tod einholt.«

»Was soll diese Angstmacherei?«

Christopher lachte. »Es hat etwas geradezu Possierliches, ein Wort wie Angstmacherei ausgerechnet von Ihnen zu hören. Und die Geschichte kennen Sie nicht? Es ist eine dieser Anekdoten, die sich die arabischen Hutzelweiblein auf dem Markt erzählen, aber ich kenne jemanden, der behauptet, ihr Ursprung liege in Babylon. Auf den Markt in Bagdad – oder von mir aus in Babylon – schickte also angeblich einst ein Kaufmann seinen getreuen Diener zum Einkauf. Der war beflissen dabei, das ihm Aufgetragene zu erledigen, als er in der Menge um den Brunnen, wo Karawanen ihre Reittiere tränkten, eine verhüllte Gestalt erblickte ...«

»Nicht!«, rief Senta. Ihre Hand unter Heyses ungewohnter Berührung lag starr.

»Die Gestalt drehte sich um, starrte ihn geradewegs an, und der arme Diener erkannte, dass er den Tod vor sich hatte«, erzählte Christopher weiter, ohne sich um Sentas Protest zu kümmern. »Kopflos rannte er zurück in das Haus seines Herrn und flehte diesen an: Teurer *Effendi*, wenn Euch etwas an mir liegt, dann leiht mir Euer schnellstes Pferd, damit ich nach Samarra entfliehen kann. Mir ist auf dem Markt der Tod begegnet, und mit seinem starren Blick hat er mich zu seiner Beute bestimmt.«

»Senta hat Ihnen gesagt, Sie sollen damit aufhören«, sagte Heyse und schloss seine Hand fester um ihre. »Aber von solchen Schauermärchen solltest du dir keine Angst einjagen lassen, Senta. Der Tod steht auf keinem Markt. Alles Unheil geht von Menschen aus, nicht von irgendwelchen Geistergestalten, die Leuten erscheinen, weil sie zu viel aus dieser stinkenden Pfeife geraucht haben.«

»Genau«, sagte Christopher und nahm am Mundstück der *Shisha* einen tiefen Zug. »Bringen wir das Schauermärchen, das dir keine Angst machen muss, also zu Ende. Der Kaufmann, dem viel an seinem treuen Diener lag, lieh ihm sein Pferd, und der arme Bursche jagte im Galopp in Richtung Samarra davon. Kurz darauf begab sich der Kaufmann selbst auf den Markt und entdeckte den Tod, der noch an dem Brunnen stand, sich jedoch anschickte aufzubrechen. *Effendi,* sprach er ihn an, weshalb habt Ihr denn heute Morgen meinen Diener mit Eurem Blick so erschreckt? Ach, habe ich das?, fragte der Tod und bekundete sein Bedauern: Es tut mir von Herzen leid, denn ich hatte gar nicht vor, ihn zu erschrecken. Ich war nur verwundert, ihn hier in Bagdad zu sehen. Ich habe nämlich eine Verabredung mit ihm – heute Abend in Samarra.«

»Was für ein hanebüchener Unsinn«, spie Heyse aus. »Wir sind Wissenschaftler, Senta, wir fürchten uns nicht vor Dingen, für die es keinen Beweis gibt und auch nie einen geben kann.«

Senta hatte die Augen geschlossen. Ein paar Sekunden lang stand sie wieder auf dem Schlesischen Bahnhof, eingeholt von ihrem eigenen Dunkel, das sie in sich trug und dem sie so wenig entkam wie der Diener dem Tod. Sie hatte am Gleis zwei gewartet, wo der Zug nach Warnemünde abfuhr, und ihre Eltern waren noch einmal in den Gang getreten und hatten die Köpfe aus dem Fenster gestreckt.

»*Pass auf dich auf, mein Mädchen.*«

»*Grüß deinen jungen Mann, mein Liebes. Vergiss nie, wie sehr wir dich lieben und wie stolz wir auf dich sind.*«

Sie hatte gelacht. »Ihr hört euch an, als würdet ihr eine Weltumsegelung antreten und vor Weihnachten nicht zurückkommen. Dabei fahrt ihr nur bis Warnemünde.«

In Warnemünde aber hatte der Tod gewartet. Doch nein, er hatte ja gar nicht gewartet. Ihre Eltern hatten ihn mitgebracht, so, wie Senta ihr Dunkel überallhin mitbrachte.

»Senta?« Christopher klang ein wenig verunsichert. »Wo selbst der Herr Professor die Sache für gefahrlos erklärt und wir uns ausnahmsweise einmal einig sind – sollten wir das Geleit der kaiserlichen Generäle nicht doch in Erwägung ziehen?«

»Selbstverständlich«, zwang sich Senta zu einer Antwort. »Ihr beide habt recht, und ich betrage mich wie eine dumme Gans. Schließen wir uns also den Generälen an und reisen über Samarra.«

16

Erinnerung an eine Reise –
von Bagdad nach Samarra
Wüste, September

In den letzten Tagen vor dem Aufbruch fanden sie kaum eine
ruhige Minute, weil die Liste der Dinge, die noch erledigt
werden mussten, so lang war. Der Schutz der militärischen
Eskorte ersparte es ihnen, einen *Rafik* zu suchen, und für ihre
persönlichen Bedürfnisse würde so weit wie möglich Mehmet
sorgen, aber sie brauchten noch einen Koch und vor allem
brauchten sie Pferde und ein Packtier.

Der *Funduq*, in dem Mehmet mit Basim untergekommen
war, lag am Ende des *al-Madina Souq*, wo es sowohl von Herbergen für Reisende mit Tieren als auch von Händlern, die diese
Tiere an- und verkauften, wimmelte. Während ihrer täglichen
Besuche bei Basim hatte Senta dort einen dieser Händler –
einen knorrigen kleinen Mann namens Hamdi – kennengelernt. Hamdi versprach, er könne ihr jedes Tier, das sie verlangte, beschaffen, selbst einen Indischen Elefanten, wenn ihr
der Sinn danach stehe. Sie verlangte drei Pferde und ein Maultier, traf eine Verabredung mit ihm und brachte dieses Mal

Christopher mit in den *Funduq*, um das Geschäft gemeinsam abzuschließen.

»Ich kann mir den Herrn Professor nicht auf einem Pferd vorstellen«, meinte Christopher unterwegs.

»Er hat den Winter über Reitstunden genommen«, erwiderte Senta. »Sicher ist er kein Jockey, aber du solltest anerkennen, dass er sich bemüht.« Sie selbst war in Oxford ein wenig geritten, zum ersten Mal seit Wahids Tod, und hatte festgestellt, dass sie es nicht verlernt hatte. Christopher jedoch, der auf dem weitläufigen Anwesen seiner Familie aufgewachsen war, behauptete, er habe eher reiten als laufen gelernt und auf Turnieren Schleifen im Geländereiten eingeheimst.

Er sah an ihr hinunter. »Bist du sicher, dass du dir nicht eine dieser Pluderhosen anschaffen und im Herrensitz reiten willst, Ischtar?«, fragte er. »Meine Schwester würde sich vermutlich lieber das Genick brechen, als einen solchen Skandal auch nur in Erwägung zu ziehen, aber hier draußen sieht dich doch niemand. Die Generäle wenden sich verschämt zur Seite, und der Professor ist blind. Bleibe nur ich. Und mich würdest du auch noch in *Niqab* und *Tschador* in den Wahnsinn treiben.«

Es war das erste Mal, dass er seine Schwester erwähnte. Sie wussten kaum etwas voneinander, stellte Senta fest. Seit sie Smyrna verlassen hatten, war es gewesen, als wären sie schon immer unterwegs, Reisende, die von nirgendwoher kamen und sich nur noch wenig darum scherten, wohin sie gingen, weil sie immer weiterreisen würden. Dies aber war nicht der Augenblick, darüber nachzudenken. Stattdessen kam ihr ihr Sturz in den Sinn, und sie beschloss, seinem Rat zu folgen. Sie würde ihren Damensattel ins Geschäft zurücktragen und versuchen, ihn gegen einen für Herren zu tauschen.

Als sie den *Funduq* erreichten, mussten sie feststellen, dass Hamdi statt der versprochenen drei Pferde nur zwei mitgebracht hatte. Dafür stand in dem Hof, in sicherem Abstand von

Basim, ein Kamel. Es hatte dunkleres Fell, war deutlich kräftiger und ein prächtiges Tier.

»Ich heute kommen mit wunderbares Angebot«, sagte Hamdi. »Du haben Kamel, das nicht zum Reiten gut, ich dir berechnen Fleischpreis, und für kleine Kleinigkeit dazu du bekommen beste Kamel von Aleppo.«

Der Wirt des *Funduq,* ein Türke, der Arabisch und Englisch sprach, hatte sich aus Neugier dazugesellt, und der schlanke Junge, der sich bisher um Basim gekümmert hatte, kam hinübergelaufen und stellte seinem Herrn eine Frage. Er wirkte erschrocken, redete sprudelnd auf den Älteren ein. Unwirsch mischte sich nun auch Hamdi ein, und alle drei führten eine erregte Debatte, bis Christopher dem ein Ende setzte: »Schluss jetzt! Wenn Sie versuchen, uns übers Ohr zu hauen, kaufen wir unsere Pferde anderswo. Also sagen Sie uns lieber ehrlich, was Sie hier miteinander aushecken.«

Der Wirt tauschte noch einen Blick mit dem Händler, dann wandte er sich an Christopher. »Gar nichts, *Effendi.* Meinem Jungen hier, Kadif, es bricht das Herz, dass das weiße Kamel soll werden geschlachtet. Er sagt, man kann gut reiten, für das Kamel ist kein Unterschied, ob geht allein oder mit leichtem Reiter.« Er verpasste dem Jungen einen kräftigen Katzenkopf. »Hat er selbst ausprobiert, und dafür es setzt eine gediegene Portion Schläge. Weiß er genau, er darf nicht Tiere von Gästen reiten.«

»Und noch eine Portion dazu, weil er mir verderben Geschäft«, knurrte Hamdi und versetzte dem Jungen einen Backenstreich.

»Niemand schlachtet Basim«, sagte Senta. »Und niemand schlägt diesen Jungen. Fragen Sie ihn, ob er wirklich Basim geritten hat und ob er es mir zeigen könnte. Und wenn es Basim nicht mehr Schmerzen bereitet, als er ohnehin schon hat, fragen sie ihn, ob er mir zutraut, auf einem Kamel nach Bagdad zu reiten.«

»Du bist verrückt, Ischtar.« Christopher schien nicht recht zu wissen, ob er erschrocken oder amüsiert sein sollte. »Hast du gesehen, wie die Brüder da oben hocken? Wie die Affen auf dem Schleifstein. Das kannst nicht mal du, meine Göttliche.«

Der Junge wartete die Übersetzung kaum ab. Lautlos und auf bloßen Füßen lief er los, um den Sattel zu holen, mit dem Senta Basim gekauft hatte. Dann sprach er dem Tier etwas ins Ohr und klopfte ihm auf den Widerrist. Basim ging in die Knie wie damals am Pier, der Junge schnallte ihm den Sattel um und stieg in einer einzigen fließenden Bewegung auf. Vorn, wo der Höcker abfiel, setzte er sich zurecht und kreuzte gelenkig die Beine zu einer Art Schneidersitz. Senta war wie gebannt. Es war verblüffend schön, zuzusehen, wie er seinen Körper beherrschte und ihn mit dem des Tieres vereinigte.

Mit einer rauen, überhaupt nicht mehr jungenhaften Stimme rief er Basim etwas zu, beugte sich vor und tappte ihm mit den Fingerspitzen auf den Ansatz des Halses. Langsam und würdevoll setzte das Kamel sich in Bewegung. Ehe es das Tor erreichte, ließ der Junge sich aus dem Sattel gleiten, landete auf den Füßen und zog Basim an der Führleine zurück auf seinen Platz. Dann wandte er sich an den Wirt und sagte etwas in seinem schnellen Arabisch, das singender klang als das der Aleppinen und von dem Senta kein Wort verstand.

»Er sagt, das Kamel hat weiche Gangart und trägt dich sanfter durch Wüste als Pferd«, übersetzte der Wirt. »Aber dieser Junge ist verrückt. Von mir er erst kriegt seine Prügel, dann ich jage zum Teufel. Er hat im Kopf nur Kamele, keinen Gedanken für Arbeit, keinen für Geschäft. Ist einer von den *Ma'dan*, von den Marschleuten, sein Vater hat in seinem Schilfhaus Kamele verkauft.«

»Fragen Sie ihn, ob er mir beibringen will, so zu reiten, wie er es tut«, sagte Senta. »Und ob er kochen kann.«

»Was die *Ma'dan* eben kochen nennen, wird er schon können. Nicht mehr als Reis und ihr ewiges Bulgur, alles mit ihrem *Laban* gepanscht. Wenn es aber geht um Kamele, dann gibt es nichts, was der nicht kann.«

»Und wie heißt er?«

»Kadif. Das ist Wort für Diener, aber für einen Diener, der hat im Kopf zu viel Starrsinn und Stroh.« Er drohte Kadif mit einer kurzen Peitsche, der jedoch hatte nur Augen für Basim.

»Kadif«, sagte Senta zu dem Jungen, der kein Englisch verstand. »Willst du mit mir und unserer Karawane über Samarra nach Bagdad reisen? Und weiter nach Babylon? Wir bezahlen dich gut, du wirst nicht geschlagen, und wir bringen dich auf dem Rückweg wieder hierher zurück.«

Sie hatte kaum zu Ende gesprochen, da wandte der Junge sich ihr zu, und sie erstarrte. Seine Augen waren dunkel und unvergesslich. *So wie Wahids Augen.* Quer über sein Gesicht, das ebenfalls dunkel war, von der Stirn bis zum Kinn, zog sich eine verblassende Narbe. Es war der Junge aus Konstantinopel, den die Polizisten vor dem Portal des Bahnhofs zusammengeschlagen und verschleppt hatten. Der Junge, mit dem ihre Reise begonnen hatte.

»Von Bagdad kommt er ja«, sagte der Wirt. »Von diesen Sümpfen dort drüben. Ein Streuner ist der, und bin ich froh, wenn ich bin ihn los. Aber schlagen ihr müsst ihn! Der ist ein Schiit. Tut nicht ihr's, tut er's selbst.«

Niemand schlägt ihn mehr, dachte Senta. *Ich nehme ihn mit und gebe auf ihn acht, wie ich auf Basim achtgebe. Wie ich auf Wahid hätte achtgeben müssen.*

»Verrät mir die Göttin von Liebe und Krieg, was für einen Akt des Wahnsinns sie gerade wieder vollzieht?« Christopher grinste.

»Nichts, was wir nicht geplant hätten«, gab Senta, die noch immer um Beherrschung rang, knapp zurück. »Ich stelle einen Koch ein.«

Sie kauften Hamdi die beiden leicht gebauten Braunen und das Maultier ab und erwarben obendrein das Zaumzeug seines Kamels für Basim. Was ihnen sonst noch fehlte – Kochgeschirr, Vorräte, Werkzeug und die von Christopher empfohlenen Pluderhosen –, besorgten sie am letzten Tag vor der Abreise. Am folgenden Morgen, vor Sonnenaufgang, würde ihre Reise durch die syrische Wüste beginnen.

Sämtliche Araber und nicht wenige der Reisenden, die ihnen begegnet waren, hatten sie gewarnt: Es sei nicht nur töricht, sondern geradezu tödlicher Leichtsinn, zu dieser Jahreszeit einen Landstrich zu durchqueren, in dem die Temperaturen auf über fünfzig Grad ansteigen konnten. Dem sonst so ängstlichen Heyse schien jedoch so viel daran gelegen zu sein fortzukommen, dass er dieses Mal die Warnungen ignorierte. Für Christopher konnte ein Abenteuer nicht gefährlich genug sein, und Senta machte sich keine Sorgen. Sie hatte sich der Reise überantwortet, und die Offiziere versicherten zudem, die Strecke sei zu bewältigen. Sie würden die kühleren Stunden des Morgens zum Reiten nutzen, über Mittag für Schatten sorgen und Rast machen und am Abend versuchen, noch einmal ein Stück voranzukommen.

Senta hatte der Gedanke widerstrebt, mit den fünf Männern und ihrer schwer bewaffneten Eskorte zu reiten. Sie hatte sich von der Reise durch die Wüste erhofft, dass etwas mit ihr geschah, dass etwas in ihr sich lösen und verändern würde, so, wie der französische Diplomat in Beirut es versprochen hatte. Sie hatte geglaubt, sie würde ein langes Schweigen aushalten müssen, um zu hören, was die Wüste ihr zu sagen hatte. Nicht auf ihrem Wunschzettel hatte ein Haufen deutscher Militärs gestanden, die untereinander lauthals Witze rissen oder versuchten, galante Konversation zu führen.

Sie hätte sich nicht zu sorgen brauchen. Die Wüste war in der Tat ein langes Schweigen, das jeder von ihnen für sich allein bestehen musste. Vom ersten Tag an wurde deutlich, dass sie einander zwar in den praktischen Dingen unterstützen konnten, dass aber im Herzen jeder auf sich gestellt war, auch wenn sie in großer Gruppe reisten.

Die Diener und Treiber hielten sich abseits, und von den vier bewaffneten Kavalleristen der Eskorte ritten zwei ein gutes Stück voraus und zwei ein gutes Stück hinterher, um zum Angriff bereite Beduinen rechtzeitig auszumachen. Von den acht Reisenden hatte jeder zu viel mit sich selbst und seinem Tier, mit seinem Durst und seiner Erschöpfung, seinem Staunen und seiner Furcht zu tun, um mehr als das Nötigste mit den Übrigen auszutauschen. Sie ritten jeder für sich und blickten sich nur von Zeit zu Zeit um, um sich zu vergewissern, dass alle das Tempo hielten und niemand in Schwierigkeiten war.

Kadif hatte Senta auf Basims Rücken geholfen. Er hatte ihr auch gezeigt, wie sie sich vorn auf dem Höcker zurechtsetzen und die Beine kreuzen musste. Hätte er sie bei ihren ersten Versuchen nicht gestützt, wäre sie geradewegs wieder zu Boden gestürzt. Vor seinen Berührungen hatte sie sich gefürchtet, vielleicht mehr seinet- als ihretwegen, weil ein Muslim eine *Kafira*, eine Ungläubige, nicht berühren durfte. Kadif aber berührte sie mit seinen schlanken Händen ohne Scheu und nur gerade so viel, wie nötig war, um sie vor dem Sturz aus der Höhe zu bewahren. Kaum spürbar half er ihrem Körper, sein Gleichgewicht zu suchen und zu halten. Es war nichts Unangenehmes daran, weil er kein Aufsehen darum machte.

Etwa eine Stunde lang ging er neben ihr her und lehrte sie schweigend, wie sie mit einem kurzen Stock und leichtem Zug an den Zügeln dem Kamel Zeichen geben konnte. Dann ließ er sie und Basim allein ihren Weg finden, und sie liebte ihn dafür, dass er es ihr ohne Zaudern zutraute.

Seiner Mentalität entsprach es nicht, sich Arbeit aufzubürden, die niemand von ihm verlangte, er spielte sich nicht auf und legte es nicht darauf an, sich ihr unentbehrlich zu machen. Verwundert stellte sie fest, dass seine schweigende Gegenwart die einzige Menschennähe war, die sie hier in ihrem Ringen um die Wüste nicht störte.

Die Entscheidung, auf ihrem Kamel zu reiten, bereute sie keinen Augenblick, obwohl sie nach kurzer Zeit hätte aufzählen können, wie viele Muskeln sie besaß, weil jeder einzelne davon schmerzte. Wurde der Schmerz zu heftig, so hieß sie Basim, sich niederzulegen, stieg ab und humpelte eine Weile durch den Sand, der keinen Halt bot, neben ihm her. Sobald die verspannten Muskeln sich gelöst hatten, stieg sie wieder auf. Hier oben war ihr Platz. Für die Weite, die sie von hier aus überblickte, waren ihre Augen gemacht. Und ihr Herz. Es saugte die Grenzenlosigkeit ein und berauschte sich daran.

Es war ein Rausch wie von schwerem Wein. Ihr wurde schwindlig, in ihrem Kopf tanzten Funken im Kreis, und auf ihre Zunge legte sich schon der pelzige Geschmack des Katers, der sie bei Ernüchterung heimsuchen würde. Solange der Rausch aber währte, trug er sie und verlieh ihr die Gewissheit, dass nichts zählte als der Weg: Nur eine Schrittlänge nach der anderen, die ihr Kamel und sie zurücklegten, nur die Zuversicht, dass sie beide dem nächsten Schritt gewachsen waren.

Sie war frei, weil außer der Notwendigkeit, sich vorwärtszubewegen, die Hitze und die Entkräftung auszuhalten, in der Wüste kein weiterer Zwang bestehen konnte. Die Zwänge, die Menschen übereinander verhängten, verloren sich in einem Land, in dem von einem Horizont zum anderen nichts lag als Sand. In den Städten war es der Mensch, an dem alles sich messen lassen musste, hier aber, wo es keine Menschenspur gab, verloren menschliche Gradmesser ihre Funktion, und das Unermessliche übernahm.

Wie sehr man selbst als Städterin an Pflanzen, an Grün, an die Schatten ausladender Baumkronen gewöhnt war, lernte

Senta hier. Vor dem Gelb des Sandes fragte sie sich zuweilen, wie ein Mensch sich im Farbengewitter der Großstadt zurechtfand. Mit der Zeit aber lernte sie, dass das Gelb des Sandes funkeln konnte und manchmal leuchten, dass der geringste Wind kleine Wirbel in den Sand bohrte und zarte Verwehungen wie Nebel über den Boden trieb.

Bis auf ein paar niedrige Bodenwellen war die Wüste flach, und die Wasserstellen lagen weit auseinander. Wenn sie bis zur Mittagszeit keine erreichten, mussten sie sich in der sengenden Hitze weiterquälen, weil weder Zelte noch Windschutz genug Schatten boten, um darin Erholung zu finden. Fanden sie schließlich eine der seltenen Oasen, ein Wasserloch, von ein paar dornigen Tamarisken und dem rhabarberähnlichen Kraut umwachsen, das die Kamele liebten, so kam ihnen dieses wie der Garten Eden vor.

Sie bauten die Zelte auf, rollten die Feldbetten aus, und Kadif machte sich daran, aus Zwiebeln, Reis und der vergorenen Ziegenmilch, die *Laban* genannt wurde, eine Mahlzeit zu bereiten, gewürzt mit dem aromatischen *Baharat* aus Kümmel, Zimt und allerlei Geheimnissen, das er aus Aleppo mitgebracht hatte. Senta hätte ihm dabei ohne Ende zusehen wollen, weil seine Hände jede Bewegung mit einer so sicheren Grazie verrichteten, als hätte er sie genauso gut blind ausführen können. Anschließend molk er mit einem Schlauch die Ziege, die sie mitführten, und gab den Rest des *Laban* zu der Milch. Den Schlauch trug er tagsüber auf den Schultern, und bis zum Abend hatte sich die Milch darin in neuen, nahrhaften *Laban* verwandelt.

Wenn jemand Senta fragte, so war Kadif ein Meisterkoch. Während des Rittes stopften sie sich nicht mehr als ein paar Würfel Zwieback, etwas Dauerwurst und Salzgurke in den Mund, um den quälendsten Hunger zu stillen, und der duftende Reis, den ihnen der Junge in einer Art Weidenkorb servierte, schmeckte ihr wie ein Festmahl.

Die Offiziere aßen getrennt von ihnen. Sie hatten ihren eigenen Koch, der weit üppiger auftischte, doch als einer von ihnen herüberkam, um sie einzuladen, lehnte Senta ab. Sie wollte nicht mehr als das: einen Berg Reis, den sie in sich hineinschaufelte, einen Napf dünnen, ungesüßten Tee, den schwarz leuchtenden Himmel, unter dem sie Basim eine gute Nacht wünschte, und danach ihr Feldbett, um die geschundenen Glieder auszustrecken. Der Wind, den sie tagsüber vermisst hatte, ließ die Zeltbahnen knattern, und darunter fühlte sie sich seltsam geborgen. In der jähen Kälte schnürte sie sich in ihren Schlafsack und die Baumwollbahn, die vor Insekten schützte, und schlief, wie vielleicht ein Kind geschlafen hätte, wäre es ohne Lasten und Erwartungen geboren worden.

Die zweite Nacht verbrachten sie in einem Dorf, in dem sich die aus ungebrannten Ziegeln erbauten Häuser wie Erdhügel aus dem Sand hoben. Sämtliche Kinder und Ziegen des Ortes liefen zusammen, um die Ankömmlinge zu begrüßen. Ein quietschendes Wasserrad betrieb einen Brunnen, an dem sie ihre Trinkwasservorräte auffüllen und die Tiere tränken konnten. Es gab frisches Fladenbrot, eine dicke Suppe aus Favabohnen und zur allgemeinen Freude obendrein eine Familie, die aus wer weiß welchen Zutaten Bier braute. Die Erschöpfung und der Stolz, es bis hierher geschafft zu haben, entluden sich in einem Gejohle, das sie für einen flüchtigen Augenblick zu Freunden machte – und wenn nicht zu Freunden, so wenigstens zu Gefährten, die erlebt hatten, dass sie sich aufeinander verlassen konnten.

»Ihr Kerle behauptet, euer Allah verbietet euch, das Zeug zu saufen, aber brauen könnt ihr's, dass es einem die Schuhe auszieht«, alberte Christopher und haute Mehmet, der ebenfalls dem Bier kräftig zusprach, auf den Rücken.

»Brauen und vergiften *Kuffar*, das nicht verboten, das Allah gefällt«, gab Mehmet grinsend zurück.

Christopher zog ihm den Napf weg und roch daran. »Bist du vielleicht auch ein *Kafir*, oder willst du mir erzählen, das da in deinem Topf ist Kamelmilch, an die dein arabischer Kumpan sich hält?«

Mehmet spreizte die Hände. »Bin ich so weichherzige Mann, Toffer *Effendi,* kann ich nicht Lady *Tanriça* und ihre Freunde, was sind auch meine Freunde, allein sehen leiden.«

Wenn Senta keiner Sinnestäuschung aufsaß, lachte diesmal sogar Heyse, und vielleicht waren sie alle drei – Heyse, Christopher und Senta – einander in jener Nacht in dem Dorf so nah wie nie zuvor oder jemals danach. Sie waren zu erschöpft, um Begehren oder Furcht zu spüren, tranken zimtsüßes Bier und lehnten sich aneinander, um nicht berauscht und entkräftet umzusinken. Heyse erzählte mit nicht ganz sicherer Zunge von britischen Archäologen in Ur, die Beweise dafür gefunden hatten, dass dort Bier seit den Anfängen der Zivilisation gebraut worden war, und wieder entstand das Gefühl der Verbundenheit, das Senta in Ephesos erlebt hatte: Sie war ein Teil von dem, was Menschen seit Jahrtausenden und von einem Ende der Welt zum anderen ausmachte – Bier, wohlige Müdigkeit und ein wenig Nähe. Vielleicht hatte vor sechstausend Jahren jemand an dieser Stelle vor einem Kohlefeuer gesessen und das Gleiche empfunden.

Das Gefühl schloss sie zusammen, auch wenn in der erkalteten Luft über der erloschenen Glut bereits spürbar wurde, dass solche Gefühle vergänglich waren.

Christopher schenkte von seinem Napf etwas in den von Heyse und legte ihm den Arm um die Schultern. »Professor, an Ihnen ist nicht nur ein Rennreiter, sondern auch ein tüchtiger Säufer verloren gegangen. Wenn wir es mit unseren wunden Hintern je zurück ins 20. Jahrhundert schaffen, verfassen Sie die Kulturgeschichte des Biers!«

Was Heyse, der im Sattel des Braunen gnadenlos auf und ab

geschleudert wurde, aber immerhin bisher durchgehalten hatte, empfand, ließ sich nicht erraten. Es war zu dunkel, sie waren zu müde, und das schläfrige Wohlgefühl war zu angenehm zum Nachdenken.

Nach vier Tagesreisen erreichten sie den Euphrat, dessen Lauf sie ein gutes Stück weit folgen würden. Der Weg über den Lehmboden war für die Tiere nicht leicht zu bewältigen, aber die Nähe zum Wasser verschaffte ein wenig Erfrischung. Der Euphrat war dunkelgelb. Senta fand, ehrlich gestanden, dass der Fluss, von dem sie ihr halbes Leben lang geträumt hatte, der Kamelpisse ähnelte, die Basim des Morgens absonderte.

Die Kamelpisse hatte die Konsistenz von Sirup, und Kadif riet ihr, sich damit das Gesicht einzureiben, weil die ölige Flüssigkeit die Haut davor schützte, in der Trockenheit aufzuspringen. Wie gewohnt benutzte er dafür keine Worte, sondern sprach zu ihr, indem er es vormachte. Mehmet konnte seine Abscheu davor nicht laut genug bekunden, und Senta musste an Koldeweys Mär von dem Nähzeug für aufgeplatzte Haut denken. Sie lachte. Kadif aber, der hier draußen längst nicht mehr wie ein Junge, sondern durch und durch wie ein Mann wirkte, wickelte sich seinen *Keffieh* vom Kopf und rieb sich Basims Pisse ins Haar.

Eines Schauders konnte sich auch Senta nicht erwehren, doch sie musste eingestehen, dass die Schönheit von Kadifs dichtem, schimmernd schwarzem Haar ihresgleichen suchte. Zudem brachte das seltsame Ritual, das er bei der Schönheitspflege ausführte, ihr ihren Diener noch näher. Bisher hatte sie ihn als unnahbar und würdevoll empfunden wie Basim und hatte schon fast geglaubt, ihm wären menschliche Schwächen fremd. Jetzt aber stellte er ein Ausmaß an Eitelkeit zur Schau, bei dem kein europäischer Mann sich hätte erwischen lassen.

Dass Basims Urin so sämig konzentriert war, hatte einen faszinierenden Grund: Anders als die anderen Tiere vermochte er tagelang ohne Wasser auszukommen. Wurde er dann zur Tränke geführt, so senkte er den Kopf hinein und trank ohne Unterlass, als wollte er das ganze Gewässer leeren. »Irgendwo muss der Kerl ein Loch haben«, alberte Christopher. Kadif aber versicherte, diesmal von Mehmet übersetzt, das Kamel könne binnen einer Viertelstunde hundert Liter Wasser aufnehmen und seinen Körper damit auf Tage hinaus versorgen.

Was sein Futter betraf, war Basim nicht minder genügsam. Sein Höcker war sein Speicher, in dem er einen Notvorrat mitführte und den er mit allem auffüllte, was man ihm vorsetzte. In den Oasen rupfte er das rhabarberartige Kraut, das Kadif pflückte, um es in ihre Reisgerichte zu mischen. Senta sah, wie Heyse sich vor Widerwillen krümmte, ihr aber schmeckte die süße Schärfe des Krauts nicht weniger als dem Kamel.

Das Wasser des Euphrat, so wenig einladend es aussah, schmeckte ebenfalls und war ohne Bedenken trinkbar. Solange sie an dem Fluss entlangzogen, brauchten sie sich also um Wasser nicht zu sorgen, mussten aber oft weit reiten, ehe sie an eine Stelle kamen, wo sie selbst und die Tiere gefahrlos trinken konnten. Über erhebliche Strecken fielen die Uferhänge aus Kalkstein senkrecht ab, sodass ein Zugang unmöglich war.

Dort, wo das Ufer sich sanfter senkte und kleine Strände bildete, fanden sich manchmal sogar Dattelpalmen, die für paradiesischen Schatten und eine Abwechslung in ihrem Speiseplan sorgten. Obendrein schenkten die Soldaten der Eskorte ihnen regelmäßig eines der Sumpfhühner, die sie erlegten, Kadif briet den Vogel über dem offenen Feuer und servierte ihn mit schwarzbraun verkrusteter Haut auf einem Bett aus seinem Reis. Dieser Köstlichkeit widerstand nicht einmal Heyse. Weil aber, Mehmets Belehrung zufolge, Allah nicht duldete, dass Menschen sich auf Erden allzu paradiesisch fühlten, setzten ihnen Mücken in wolkigen Schwärmen zu.

Dass ihnen Gefahren drohten, geriet immer häufiger in Vergessenheit. In der weiten Ebene hätten sich weder Menschen noch Tiere gut verbergen können, und ein Hinterhalt schien schwer vorstellbar. Einer der Offiziere, General Sanders, der so etwas wie ihr Wortführer und dazu der erfahrenste Wüstenreisende war, warnte jedoch: »Einer ausgehungerten Raubkatze, die tagelang keine Beute gemacht hat, genügt die flachste Bodenwelle, und hier im Uferland gibt es Verstecke ohne Zahl. Was die *Bedu* betrifft, so haben sie keinen Hinterhalt nötig. Wenn sie wollen, können sie kampffähige Männer von überallher zusammenrufen und uns mit einer hundertköpfigen Angriffslinie geradewegs entgegenpreschen.«

Senta wünschte, er hätte das nicht ausgerechnet in Heyses Gegenwart gesagt. Der fragte prompt wie aus der Pistole geschossen: »Und wie machen sie das? Hier draußen gibt es doch keinerlei Mittel zur Verständigung.«

»Das glauben *Sie*«, belehrte ihn der General. »Die Wege der *Bedu*, die Ihnen verborgen bleiben, funktionieren verlässlicher als ein modernes System von Telegrafenleitungen. Meinen Sie, die *Schammar* oder die *Ruwallah*, die vor Bagdad kampieren, wüssten nicht längst, dass eine europäische Frau auf einem weißen Kamel zu ihnen unterwegs ist? So etwas in Erfahrung zu bringen, ist ihre Lebensgrundlage, weit mehr als die paar Stück mageres Vieh, die sie sich züchten.«

»Sie meinen, sie lauern uns unterwegs auf?«

»Es besteht kein Grund, in Hysterie zu verfallen«, erwiderte der General. »Schon gar nicht für einen Mann. Wenn eine Rotte von *Bedu* eine so gut bewachte Karawane wie unsere ausmacht, spart sie sich die Mühe und sucht sich ein anderes Ziel. Zudem erkennen die Anführer in uns Offiziere einer mit den Osmanen befreundeten Macht und wissen daher, dass wir unter dem Schutz der Hohen Pforte stehen. Das fuchst sie zwar, doch in der Regel hält es sie ab. Und Sie haben ja wohl vorher gewusst, dass Sie hier nicht durch die Seebäder an der Ostsee spazieren.

Solange man also Vernunft walten lässt, mit ausreichendem Geleitschutz reist und die Genehmigung der osmanischen Behörden einholt, braucht man den Teufel nicht an die Wand zu malen.«

Am Abend brachte Heyse das Thema noch einmal auf, als er mit Christopher und Senta beim Essen saß. »Uns wird also nichts übrig bleiben, als die ewige Warterei und das ewige *Bakschisch* in Kauf zu nehmen«, sagte er. »Wir können nicht vorsichtig genug sein. Dass die Wilden über den Menschenstrom, den die Osmanen in ihren Lebensraum schleusen, in Zorn geraten, ist aus ihrer Sicht nicht einmal unverständlich. Sie werden sich fragen, was all diese Leute, die hier nichts zu suchen haben, in ihrem unwirtlichen Land wollen. Und dass Senta und ich Archäologen sind, denen es lediglich um für sie wertlose Altertümer geht, sieht man uns ja leider nicht an.«

Kadif, der ihnen gerade eine Art Dessert aus Datteln und Ziegenmilch servierte, hielt in der Bewegung inne, als hätte er Heyse verstanden und wäre wie Senta erschrocken, weil dieser Christopher ausschloss. Zu ihrer Erleichterung war Christopher an diesem Abend jedoch nicht in der Stimmung, sich provozieren zu lassen, und das Gespräch verlor sich in belanglosem Geplänkel. Einzig von dem, was Heyse gesagt hatte, blieb in Sentas Hinterkopf etwas haften wie eine Notiz, von der man weiß, dass man sie eines Tages benötigen wird.

Den ganzen folgenden Tag ritten sie an einer schroffen, steil abfallenden Felsenküste entlang, an der man unmöglich Mensch und Tier tränken konnte. Erst gegen Abend erreichten sie, verschwitzt und ausgetrocknet, endlich eine schmale Senke. Senta stieg ab, führte Basim hinter den Offizieren den Hang hinunter und stieß einen kleinen Laut des Erstaunens aus. Von einem Flussufer zum anderen erstreckte sich eine Pontonbrücke, die einen alles andere als stabilen Eindruck machte.

»Dort müssen wir hinüber«, kommandierte Sanders. »Auf

der anderen Seite suchen wir uns dann einen geeigneten Platz für die Nacht.«

»Mit meinem Kamel?«, fragte Senta entsetzt. »Muss das wirklich sein?«

Zum ersten Mal sah sie den General lächeln. »Wenn Sie nach Mesopotamien wollen, schon«, sagte er. »Das, was Sie da drüben sehen, ist es nämlich.«

Kadif half ihr mit Basim, ging bei seinem Kopf und lehnte seine Wange an die des Kamels, an die Stelle, wo das Tier sein *Wasm*, sein Brandzeichen, trug. Wie üblich ließ Basim sich gar nicht aus der Ruhe bringen, und so überquerten sie einer nach dem anderen die schwankenden Elemente der Brücke, die sie ins Land der zwei Ströme führte. Senta hatte sich gerade dem berührenden Moment hingeben wollen, während die Bediensteten bereits das Gepäck abluden und begannen, die Zelte aufzubauen, als ein Geräusch die wabernde, Konturen weichzeichnende Luft zerriss. Ein Schuss. Dann eine Salve von Schüssen, die man für Donnerschläge hätte halten können, hätte am Himmel eine Wolke gestanden.

Wie aus dem Boden gewachsen stand Kadif wieder bei Basim und hielt ihm mit flachen Händen an den Wangen den Kopf. Heyse hingegen schrie gellend auf und warf sich bäuchlings auf den Boden. Senta war sicher, sie hatte noch nie einen erwachsenen Menschen so schreien hören. Sein Pferd, dessen Zügel er losgelassen hatte, scheute und preschte den Uferhang hinauf, ehe es zwei Treibern gelang, es wieder einzufangen. Christopher war ebenfalls ein paar Schritte den Hang hinaufgeeilt und hatte aus seinem Tornister einen Gegenstand gezogen, der silbrig in der Sonne blitzte. Einen Revolver.

Erst im Nachhinein fiel Senta auf, dass die Soldaten nicht in Stellung gegangen waren. »Schluss mit der Panik!«, schrie Sanders ohne eine Spur seiner üblichen Höflichkeit. »Dort hinten ist einer der Uferfelsen eingebrochen, das ist alles. So was knallt

wie Kanonendonner, aber es passiert bei Kalk alle nasenlang.«
Er wies über den Fluss auf eine nasenartige Einbuchtung in der
Uferlinie, die zuvor nicht da gewesen war. Auf dem sirupgelben
Fluss trieben sandgelbe Brocken.

Der Schrecken löste sich in Gelächter auf. Christopher schob
die Pistole zurück, als hätte sie nie existiert, und verkündete, er
brauche jetzt dringend einen Drink, und zwar einen steifen.
Der arme Heyse aber wand sich vor Scham.

»Wäre das wirklich ein *Ghasu* gewesen, hätte das Pferd, das
Sie losgelassen haben, uns verraten, ehe meine Leute auch nur
hätten anlegen können«, stauchte der sonst so gelassene Sanders
ihn vor versammelter Mannschaft zusammen. »So war nur der
arme Gaul in Gefahr, sich die Beine zu brechen, und wie wären
Sie dann nach Samarra gekommen? Glauben Sie, wir hätten Sie
in einer *Araba* herumkutschiert wie eines von den Damenkränzchen, die neuerdings Orientreisen als modischen Zeitvertreib
entdecken? Verdammt, der Mittlere Osten ist kein Spielplatz für
europäische Kindsköpfe, denen ihr Sandkasten fehlt.«

Heyse, dessen Gesicht ohnehin von der Sonne verbrannt war,
lief dunkel an.

»Jetzt lassen Sie's gut sein, General«, mischte sich einer seiner
Männer, der ihm ständig mit einer Aktenmapppe hinterherlief,
begütigend ein. »Bei dem Menschen ist ja Hopfen und Malz
verloren, der hat diese neumodische Krankheit, von der es bisher hieß, die können nur Weiber kriegen.«

Sanders beruhigte sich, der Kamerad mit der Aktenmappe
stiftete eine Flasche *Arak*, und von den Kochstellen stieg der
Duft nach gebratenem Fleisch auf. Heyse aber verzog sich in
sein Zelt, ohne etwas zu sich zu nehmen.

Von der Schwimmbrücke bis nach Samarra waren es nur
noch zwei Tagesreisen. Dort würden die Offiziere zurückbleiben. Was genau sie in Samarra zu tun hatten, wusste Senta
nicht, nur dass es etwas mit der militärischen Beratung zu tun

hatte, die zwischen Deutschland und dem Osmanischen Reich vereinbart worden war. Die Männer sollten sich offenbar vor Ort ein Bild von der Lage verschaffen und dabei vor allem die Stationen der Bagdadbahn in Augenschein nehmen. Wohl zu diesem Zweck diente die Aktenmappe, die einer der Männer unentwegt Sanders hinterhertrug. Zuweilen hatte Senta die beiden abends vor ihrem Zelt über Dokumenten aus dieser Mappe sitzen sehen.

Hatte sie sich in Aleppo noch an ihrem Geleit gestört, so wünschte sie nun, die Offiziere würden mit ihnen bis nach Bagdad ziehen. Sie hätte so gut wie jeden als Geleit akzeptiert, hätte es nur eine Möglichkeit gegeben, weiterzureisen, ohne sich in Samarra aufzuhalten.

Samarra.

Warnemünde in der Wüste. Dorthin trug sie ihr Dunkel wie ihre Eltern den Tod. Auf dem letzten Stück Strecke fing sie, ohne es zu wollen, an, Basims Zügel kürzer und kürzer zu fassen, wie man es bei einem Pferd getan hätte, um es in eine langsamere Gangart zu zwingen. Dann spürte sie eine Bewegung an ihrer Seite und sah, dass Kadif an Basims Flanke ging. Er hatte ihre Furcht gespürt, wie er spürte, wenn Basim sich fürchtete. Wie meist sprach er kein Wort, ging jedoch mit festen Schritten neben ihr her und ließ die Hand auf Basims Hals ruhen, um zu zeigen, dass er selbst und sie und das Kamel eine Einheit bildeten, dass sie dem, was in Samarra auf sie wartete – was immer es auch sein mochte –, gemeinsam begegnen würden.

Wir erlauben dem Tod nicht, uns zu trennen, dachte Senta. *Die, die allein zurückbleibt, bin dieses Mal nicht ich.*

Sobald von Weitem die Stadt in Sicht kam, riss der glutheiße Wind, der an diesem Tag aufgekommen war, ihre Beklemmung mit sich fort. Die ummauerte Stadt wirkte beinahe weiß und ins Land gestellt wie eine Spielzeugwelt. Westlich der Mauer aber ragte in goldenem Sandstein auf, was einst das Ziel von Sentas

Reise, der Endpunkt all ihrer Träume gewesen war – eine *Zikkurat*. Der Turm von Babel.

Natürlich war es nicht der Turm von Babel, denn der hatte ja meilenweit entfernt gestanden. Laut Heyse, der noch in Aleppo Nachrichten des Instituts erhalten hatte, war er noch immer nicht freigelegt worden, da sich Koldewey auf die Hängenden Gärten konzentrierte. Das Bauwerk, das sich spiralförmig in den Himmel schraubte und auf das Land herabsah, entstammte nicht einmal der Antike, sondern war das Minarett der Großen Moschee von Samarra, errichtet im 9. Jahrhundert. Etwas Babylonisches hatte es dennoch, denn es war einst das größte Minarett der Welt gewesen, und zudem war es anders als alle, die Senta von Smyrna bis Aleppo zu sehen bekommen hatte.

Bei den übrigen fiel ins Auge, dass ihre architektonischen Merkmale mit denen der mesopotamischen Bauwerke nichts gemein hatten, sondern sich bewusst von ihnen abzugrenzen schienen. Eine Renaissance, eine Rückbesinnung auf die Wurzeln, den ersten Gipfelpunkt der eigenen Kultur, hatte hier sichtlich nicht stattgefunden. Das, was Heyse gesagt hatte, fiel ihr ein, die Notiz in ihrem Hinterkopf: Für die Nachfahren der mesopotamischen Völker hatten die Altertümer, um die die Europäer sich ein Rennen lieferten, keinen Wert. Das Minarett von Samarras Großer Moschee hatte jedoch eindeutig eine *Zikkurat* zum Vorbild, einen der Tempeltürme, die die Babylonier in den Himmel hatten bauen wollen, um bei ihren Göttern zu sein.

Die Menschen von Samarra beteten zu einem anderen Gott. Ob sie ihm auf ihrem spiralförmigen Turm nahe kamen, blieb Senta verborgen, so gern sie es gewusst hätte. Ohne Zweifel nah waren die Architekten, die diesen Bau erträumt hatten, jedoch ihren Vorfahren gewesen, die vor ihnen hier gelebt und ihr hartes Land urbar gemacht hatten.

In Samarra wartete nicht der Tod, aber ihr Aufenthalt dort

ließ sich denkbar schlecht an. Der übervorsichtige Heyse hatte sich tatsächlich etwas am Magen zugezogen, würgte sich die Seele aus dem Leib und lag dann gekrümmt auf dem Bett in seiner Kammer. Diese befand sich in einem *Funduq*, der nach den harten Wochen in der Wüste bequem schien, es aber weder an Sauberkeit noch an Komfort mit einem europäisch geführten Hotel aufnehmen konnte. Es gab keine Ventilatoren und nur am Brunnen im Hof frisches Wasser, niemand sprach Englisch, und ihr Essen mussten sie sich selbst zubereiten.

Der Arzt, den Sanders organisierte, wirkte fachkundig und versicherte ein ums andere Mal, dass Heyse an einer Verdauungsstörung erkrankt sei, die hier regelmäßig europäische Reisende ereilte und eine Qual, aber keine Gefahr darstellte. Heyse jedoch ließ sich von dem Gedanken nicht abbringen, dass es sich um Typhus handelte. Es war nicht zu übersehen, dass er Sanders auf die Nerven ging und dieser sich der Sorge für die Landsleute gern entledigt hätte. Außerdem waren wieder einmal Papiere zu besorgen, und wie sie eine Karawane auftreiben sollten, der sie sich anschließen konnten, war Senta ein Rätsel. Die Ungewissheit zerrte an den Nerven. Bagdad, das eben noch so nah gewesen war, schien in unerreichbare Ferne gerückt.

Bei all dem Druck spürte Senta die Enge wieder, das Gewicht, das sich auf ihre Brust legte. Um sich Erleichterung zu verschaffen, riss sie eines Abends einfach aus und machte sich zu Fuß auf den Weg zum Minarett. Sie trug ihre Pluderhosen und darüber ein leichtes, wie ein *Kaftan* geschnittenes Gewand, das sich in der Wüste als angenehm bewährt hatte. Um den Kopf hatte sie sich einen *Keffieh* gewunden, wie sie ihn draußen jetzt meistens trug. Zu Beginn der Reise hatte Kadif ihr gezeigt, wie man ihn band, um sich damit vor der Unbarmherzigkeit der Sonne zu schützen.

Wer sie von Weitem sah, hätte sie für einen jungen Araber halten können, und niemand hinderte sie, durch das Tor in der

Mauer zu treten, das offen stand. Sie tat, was sie die wenigen anderen Besucher tun sah, zog sich die Schuhe aus, stellte sie an der Mauer ab und ging, um sich im klaren Wasser zu waschen, das sich aus einem Brunnen in ein mit Ornamenten in Weiß, Grün und Blau gekacheltes Becken ergoss. Wohin die anderen verschwanden, sah sie nicht, sondern wartete ab, bis sie allein im Vorhof stand. Dann machte sie sich daran, unter der noch immer glühenden Sonne die Wendeltreppe zu erklimmen.

Mit jedem Schritt wurden ihr die Beine schwerer. In ihrem Kopf hämmerte die Gewissheit, etwas Verbotenes zu tun, einen Frevel zu begehen, sich durch Betrug Einlass in ein fremdes Heiligtum zu erschleichen. Während sie weiter dem sich rötenden Himmel entgegenschritt, wuchs die Beklemmung, bis sie endlich stehen blieb. Sie durfte nicht weitergehen, sosehr die Spitze des Turms sie auch zu sich zog. Als sie sich umdrehte, entdeckte sie wenige Stufen unter sich Christopher. Er schloss zu ihr auf, nahm ihre Hand, und Seite an Seite fuhren sie fort, die schmale Treppe hinaufzusteigen. Als würden sie wie die Turmbauer von Babylon bestraft, war ihnen die Verständigung genommen, nur sprachen sie nicht in verschiedenen Sprachen, sondern verstummten völlig.

Unter dem Balkon, wo die Treppe in das Gehäuse für den *Muezzin* eintauchte, hielt ein geschmiedetes Tor sie auf. Es reichte Senta nur bis zur Taille und wäre leicht zu überwinden gewesen, doch eine solche Tat stand außer Frage. Als Christopher Anstalten machte, ein Bein hinüberzuschwingen, zog Senta ihn zurück. Sie wandte sich zur Seite, blickte über die Wüste hinweg und sah weithin nichts, nur leeres, flaches, gelbliches Land. *Etemenanki*, hallte es durch ihren Kopf, *Fundament des Himmels und der Erde. Ich habe den Turm erstiegen, aber ich sehe nichts. Nichts, das mir auffällt, nichts, das mich lehrt, nichts, das mir weiterhilft.*

Christopher, der auf der anderen Seite in Richtung Stadt geblickt hatte, nahm wieder ihre Hand und führte sie die Stufen hinunter. Als sie auf halbem Weg waren, setzte der Gebetsruf des *Muezzin* ein. Der Turm schien zu beben, und Senta spürte, wie klein sie war, verschwindend winzig in antwortloser Unendlichkeit.

Wie auf einen Handstreich senkte sich nächtliches Dunkel, und noch immer schweigend kehrten Christopher und Senta in die Stadt zurück. Senta musste an ihren Vater denken, egal, wie sehr sie sich dagegen wehrte. Sie hätte ihn fragen wollen, wie es war, in der Nacht mit jemandem zu schweigen und dabei keine Angst, sondern Frieden zu spüren. Das Schweigen zwischen ihr und Christopher war beklemmend und erfüllt von Unaussprechlichem. So, als wären sie auf einmal beide nicht mehr sicher, ob in Samarra nicht doch der Tod auf sie wartete.

In der Stadt herrschte noch Leben, wie es Senta inzwischen von orientalischen Städten vertraut war: Auf Balkonen und vor Haustüren saßen Menschen beim Essen, denen es bei Tag dafür zu heiß gewesen war, in den Lokalen gab es Tee und *Shisha,* und in den Geschäften wurde noch Ware verkauft. Am anderen Ende der Stadt, wo ihr *Funduq* lag, war es jedoch dunkel und still. Ehe sie in die unbefestigte Straße, einen schmalen Gang zwischen hohen Mauern, einbogen, blieb Christopher stehen, nahm ihre Hände und drehte sie zu sich herum.

»Ischtar«, sagte er, »bleib heute Nacht bei mir.«

Ihr Herzschlag kam ihr vor wie der Donner, mit dem am Euphrat der Kalkfelsen zersprungen war.

»Ich muss nach Heyse sehen«, presste sie hervor. »Er wird sich Sorgen machen, weil ich noch immer nicht zurück bin.«

»Ischtar«, sagte er noch einmal, und sein Griff um ihre Handgelenke wurde hart. »Wir zwei sind Meister darin, die Elefanten im Raum zu verschweigen, aber irgendwann verbrauchen diese Biester zu viel Platz und müssen hinaus. Hier hast du einen davon: Warum löst du diese Farce mit der Verlobung nicht auf? Vor welchem Skandal, den du verursachen könntest, hast du hier draußen denn Angst, wer soll sich darum scheren?«

Sie hätte sich das selbst fragen müssen, war vor der Frage aber geflohen wie der Diener in dem Märchen vor dem Tod. Vielleicht hatte sie Angst vor dem Augenblick, in dem wirklich niemand mehr zu ihr gehörte, keine Eltern, weder Schwester noch Bruder, und auch der aus dem Hut gezauberte Verlobte nicht mehr, dem ihre Eltern sie ja wohl anvertraut hatten. *Grüß deinen jungen Mann, mein Liebes.* Hätten die Eltern auch gewagt, sich davonzustehlen und Senta zurückzulassen, wenn sie und Heyse diese traurige Komödie nicht begonnen hätten?

»Er liegt krank in seiner Kammer, in einer Stadt, die er hasst«, krächzte sie. »Wir sind immerhin Freunde, ich kann ihn nicht ausgerechnet jetzt im Stich lassen.« Am Vorabend, als er nicht einmal Tee hatte bei sich behalten können, hatte Heyse zu ihr gesagt, sie sei die Einzige, deren Nähe ihm wohltäte. Sanders ertrüge er nicht, der Arzt mache ihn krank, und Kadif sei ihm unheimlich, schon seit dem ersten Tag.

»Elefant Nummer zwei.« Christophers Stimme wurde schneidend. »Mein Freund liegt ebenfalls krank in einer Stadt, die er hasst, wenn auch nicht mit der gleichen Vehemenz, zu der unser Professor fähig ist. Mein Freund ist krank, und ich habe ihn im Stich gelassen. Für dich, Ischtar. Weil du mir im Blut sitzt.«

Er saß ihr auch im Blut. Sie wollte *ja, ja, ja,* über die dunkle Straße rufen und sich in seine Arme werfen, aber was war, wenn Heyse recht hatte, wenn es wirklich der Typhus war, den er sich eingefangen hatte, wenn er in Samarra starb, während sie mit Christopher Christian die Liebe erkundete?

Außerdem war etwas falsch daran, Heyse und Russell zu vergleichen, obwohl ihr nicht einfiel, was es war. »Es ist nicht das Gleiche«, sagte sie lahm.

»Wirklich nicht?«, fragte er.

Senta schüttelte den Kopf, riss sich los und rannte den Gang zwischen den zwei Mauern hinunter zum *Funduq,* solange sie es noch konnte.

17

Bagdad
Winter

Nach Bagdad waren sie schließlich doch gekommen. Heyse war nicht am Typhus gestorben, sondern hatte nach ein paar Tagen etwas Suppe und wenig später feste Nahrung zu sich genommen. Tags darauf war Sanders noch einmal im *Funduq* erschienen und hatte erklärt, er hätte für sie die Genehmigung erwirkt, bis Balad mit der noch in Erprobung befindlichen Bagdadbahn zu fahren. Von dort hatten sie noch zwei großzügig berechnete Tagesreisen vor sich, und um diese hinter sich zu bringen, würde er ihnen zwei seiner Leute mitgeben. Besonders der Ring um Bagdad galt als umkämpft, und große Unterstämme der *Ruwallah* sollten in die Gegend vorgerückt sein.

Senta, die sich um Heyse gekümmert hatte, begleitete Sanders in den Hof und bedankte sich.

»Nichts zu danken«, sagte er, »ich tue das ja nicht in erster Linie für Sie, obwohl ein Mann in meiner Stellung eine Dame schwerlich sich selbst überlassen kann. Wenn ich ganz offen sein darf, sind weder Sie noch Ihr neurasthenischer Verlobter mir sonderlich geheuer. Ich helfe Ihnen, weil uns Mr. Christians Gesellschaft ein ausgesprochenes Vergnügen war und wir eine weitere Zusammenarbeit nicht ausschließen, was immer man sonst auch von den Briten halten mag. Im Übrigen tut der Mann mir leid.«

Sanders' Blick hatte klargestellt, dass er alles wusste. Senta tat Christopher auch leid. Sie selbst tat sich leid. Ihre Hoffnungen hatten sich nicht erfüllt: Sie war in der Wüste gewesen, sie war nach Bagdad gekommen, und beide Erlebnisse hatten ihre kühnsten Erwartungen übertroffen. Das, was der französische Diplomat ihr in Aussicht gestellt hatte, war jedoch nicht eingetreten: Sie hatte sich nicht verändert. Hatte sie sich eine Zeit lang von Angst und Enge befreit gefühlt und gut geschlafen, so waren die quälenden Gedanken inzwischen zurückgekehrt. Sie lag in den Nächten wach und quälte sich mit der irrationalen Angst, auf das Dunkel könnte kein Tag folgen. Ebenso hatte sich auch die Hoffnung, in ihrer aller Verhältnis – vor allem dem der Männer zueinander – könne sich etwas ändern, binnen Kurzem zerschlagen.

Dabei hatte es einen Augenblick lang so ausgesehen, als wären sie tatsächlich imstande, sich einander anzunähern:

Auf dem letzten Abschnitt ihrer Strecke, nach dem Verlassen der Bahn in Balad, hatten ihnen zwar keine *Ruwallah* aufgelauert, aber sie waren in einen der gefürchteten Sandstürme geraten. Der brennende, trockene Wind hatte sie seit dem Morgen begleitet, er war rasch heftiger geworden, doch als er anfing, sie zu beunruhigen, war es schon zu spät gewesen. Die turmhohe Woge aus Sand wälzte sich in einer Geschwindigkeit auf sie zu, die Flucht unmöglich machte. Ohnehin gab es nirgendwo Deckung, und die ersten Sandwehen, die Senta ins Gesicht peitschten, raubten ihr die Sicht. Es fühlte sich an, als risse ihre Haut in Fetzen.

Sie tat, was Kadif ihr vorgemacht, was er sie ohne Worte gelehrt hatte: Sprang vom Kamel, denn sie alle mussten so schnell wie möglich von den Tieren herunter, ließ Basim sich niederlegen und schmiegte sich an ihn, ihr Gesicht an seinen Hals gepresst. Augenblicklich fühlte sie sich geschützt, atmete den Duft seines wolligen Fells ein, und der Schmerz auf der Haut ließ nach.

Basim selbst würde den Sturm unbeschadet überstehen, er war ein Meisterwerk der Natur. Seine doppelten Augenlider und die zusätzlichen Wimpernkränze schützten seine Augen vor dem Sand, der hart wie eine Schrotsalve auftraf, und seine schlitzförmigen Nüstern würden sich schließen, damit nichts in seine Atemwege eindrang. Sie machten sich klein, sie drängten sich zusammen, sie waren wie Kinder, die sich tot stellten, damit das Wüten der Welt sie nicht bemerkte.

Das Brüllen, mit dem der Sturm über sie hinwegbrauste, übertönte jedes andere Geräusch. Nur ganz am Anfang glaubte sie zu hören, wie ein Pferd laut wieherte und wie jemand schrie. Heyse. Der sich womöglich gerade das Genick brach und den sie in eine Fremde geschleift hatte, in der er sich nicht zurechtfand. Ein Fisch auf dem Land. Sie trug die Verantwortung für ihn und musste sich endlich eingestehen, dass sie dieser Verantwortung nicht gewachsen war.

Als das Wüten vorüber war, der Sturm sich müde gebrüllt hatte, wagte Senta erst einmal nicht, den Blick zu heben. Dann aber spürte sie eine Bewegung an ihrer Seite und wusste, noch ehe sie die Augen öffnete, dass es Kadif war. Er hatte sich neben sie an das Kamel gelehnt, ohne dass sie ihn bemerkt hatte, und jetzt stand er auf und half ihr hoch. Senta fasste sich ein Herz und erkannte durch die aufgewirbelten Sandhosen, die sich wie Nebelschwaden nur langsam legten, die Konturen ihrer Gefährten. Christopher und die beiden Soldaten hatten sich verhalten wie sie selbst: Sie hatten, so gut es ihnen möglich war, ihre Reittiere zur Ruhe gebracht und sich auf den Boden gelegt, die Gesichter geschützt. Mehmet rannte schimpfend dem Maultier hinterher, und keinem von ihnen schien viel geschehen zu sein.

Einzig Heyse fehlte. So wie immer. Senta wusste, wie unfair sie war, sie hätte sich um ihn sorgen sollen, doch sie war es einfach nur von Herzen leid. Dass dieser unfaire Zorn verkleidete Angst war, kam ihr zu Bewusstsein, als Kadif einen vom Sturm aufgeschütteten Sandhügel überquerte und mit Heyses Pferd zurückkam. Die Zügel waren zerfetzt, der Sattel war dem Tier vom Rücken gerutscht und baumelte unter seinem Bauch. Von seinem Reiter fehlte jede Spur. Aus der Hülle von Zorn brach die Angst.

Sie schwärmten aus, um Heyse zu suchen, und fanden ihn schließlich hinter einer weiteren Aufschüttung in gut einem Kilometer Entfernung. Lebend. Die Kleider hingen ihm in Fetzen vom Leib, und sein Rücken war blutüberströmt.

»Heyse!«, schrie Senta und fiel schwerfällig in einen Laufschritt.

»*Bloody hell!*«, schrie Christopher. »Was hat dieser verdammte Idiot uns jetzt wieder eingebrockt?«

Er war bei Heyse, ehe Senta ihn erreichte, und kurz fürchtete sie, er werde ihn schlagen. Stattdessen blieb er stehen und war so verblüfft wie sie: Offenbar registrierte er erst jetzt, dass der verletzte Heyse nicht wie erwartet wimmernd am Boden lag. Stattdessen kniete er aufrecht vor etwas, das der Sturm aus dem Sand befreit hatte: einem Berg braungelber, zerfallender Brocken, von denen er einzelne in seine blutenden Hände nahm und von allen Seiten betrachtete.

»Was machen Sie denn da?«, fragte Christopher. »Wir suchen diesen ganzen gottverdammten Sandhaufen nach Ihnen ab.«

Heyse wandte den Kopf nach ihm um und hielt ihm einen der Brocken entgegen. »Das hier«, sagte er, »das war einmal ein Haus. Hier hat vor schätzungsweise viertausend Jahren jemand gewohnt – sich zu Tisch gesetzt, sich schlafen gelegt, seine Kinder aufgezogen. Den Resten nach zu schließen, hat der Haushalt in diesem Bereich vermutlich gekocht und Lebensmittel aufbewahrt, vielleicht handelt es sich auch um ein kleines Lokal. Aber um das mit Sicherheit sagen zu können, müsste man die Ruinen freilegen und untersuchen. Ich nehme an, die ganze Straße, die hier verlief, bestand aus Wohnhäusern und Werkstätten …«

»Zum Teufel, wie kommen Sie denn darauf, dass dieser Haufen vergammelter Steine eine Stadt gewesen ist?«, rief Christopher. »Sind Sie aus Ihrem Elfenbeinturm überhaupt mal rausgekommen, haben Sie sich die Funde aus Mesopotamien angesehen, die bei uns in den Museen ausgestellt sind? Mein Freund« – kurz unterbrach er sich und holte Luft – »mein Freund arbeitet damit. Diese Funde sind riesenhaft, monumental, allein diese Löwen mit den Menschenköpfen, die vor einem Palasttor gestanden haben, sind dreimal mannshoch. Können Sie sich den Palast dazu vorstellen? Mit Ihren zweieinhalb traurigen Gesteinsbröckchen hat das nichts gemein.«

»Ich weiß«, sagte Heyse. »Unsere Regierungen finanzieren ja auch nur Ausgrabungen, die nachher etwas hermachen, Paläste, Türme, Stadttore, so gigantisch, dass man bei uns erst einmal ein neues Museum dafür bauen muss. Für den Wettkampf, den sich unser Kaiser und Ihr König liefern, taugen nur Prachtbauten, das war damals nicht anders als heute. Deshalb hat man für solche Gebäude die Ziegel gebrannt und sie in Emaille und Gold gekleidet. Hier aber haben Menschen gewohnt. Kleine Kneipen betrieben oder vielleicht als Zimmerleute ihren Lebensunterhalt verdient. In Mesopotamien gibt es keine Steinvorkommen, weshalb dies auch keine Gesteinsbröckchen sind. Es gibt nicht mal Holz. Unter dem Sand hier liegt eine Stadt aus Lehmziegeln, die an der Luft getrocknet worden sind. Sie wird für immer hier liegen, wenn nicht Wilde sie finden und die Ziegel für ihre eigenen Häuser wegschleppen. Aber dass der Sturm sie mir gezeigt hat, ist ein glücklicher Zufall für mich.«

Heyse schwankte auf seinen Knien, doch das Stück Ziegel in seiner Hand ließ er nicht los. Christopher zögerte. Dann ging er zu ihm, kniete sich neben ihn und ließ sich die zerbröckelnden Reste des viertausend Jahre alten Hauses zeigen. Nach einer Weile fasste er Heyse unter die Achseln und half ihm auf die Füße. »Ihr Pferd hat Sie mitgeschleift, richtig?«

»Ich wollte die Zügel diesmal nicht loslassen«, antwortete Heyse. »Letzten Endes sind sie mir zerrissen, aber anders hätte ich dies hier nicht gefunden. Ich hoffe, dem Pferd ist nichts passiert.«

»Dem geht's blendend«, erwiderte Christopher. »Und Sie schaffen wir jetzt zurück nach Balad, damit ein Arzt sich diese Wunden ansieht und wir Ihre Wüstenstadt feiern können.«

Die Soldaten waren sofort bereit gewesen, mit ihnen umzukehren, und nachdem Heyses Verletzungen verbunden worden waren, fanden sie alle in einem *Han* – einer schlichteren Variante des *Funduq* – ein Quartier. An diesem Abend trennten sie sich nicht. Die Soldaten teilten ihre Rationen von Büchsenfleisch, Mehmet und Kadif besorgten Oliven, Nüsse und ein Flachbrot namens *Lahmajoun*, das mit einer Soße aus Gemüsen und Gewürzen bestrichen war, und dazu zauberte Christopher von irgendwoher eine Flasche *Arak*. Heyse, der sich nicht rühren konnte, lag seitlich auf seinem Bett, und die Übrigen scharten sich um ihn, versorgten und beglückwünschten ihn.

Einzig Kadif zog sich in einen Winkel der Kammer zurück, wo er schweigend abwartete, ob jemand Befehle für ihn hatte. Zudem stand trotz aller Überredungsversuche für ihn fest, dass er bei den Tieren schlafen würde. Senta ließ ihn gewähren, doch das machte ihn in ihren Augen nicht weniger dazugehörig.

Diesen einen Abend lang hatte es flüchtig den Anschein gehabt, als könnte eine derart fundamentale Erfahrung Menschen zusammenschweißen, so unterschiedlich sie auch waren. Dieser Abend aber lag viele Wochen zurück, und seither hatte das Verbindende sich als eine Wand aus luftgetrockneten Lehmziegeln erwiesen, während das Trennende sich wie eine monumentale Mauer zwischen ihnen erhob, auf der ein Streitwagen hätte entlangfahren können.

Der Augenblick, in dem alles möglich erschienen war, lag jetzt jedoch bereits sechs Wochen zurück. Der lange Weg durch die Wüste war zu Ende, sie verharrten in der hitzestarren Luft von Bagdad, und die alten Spannungen waren längst in nie gekannter Wut neu aufgelebt. Wieder einmal warteten sie auf Papiere, auf Genehmigungen, auf eine Möglichkeit, sich anderen Reisenden anzuschließen. Christopher hatte getan, was er sich vorgenommen hatte: Er hatte am Fluss ein Haus gemietet, das mit einem Innenhof, einem Springbrunnen und einem Dachgarten unter freiem Himmel ausgestattet war. Die drückende Hitze begann zu weichen und machte den angenehmen Temperaturen eines deutschen Frühsommers Platz, während die Nächte wie in der Wüste regelrecht kalt wurden. Dennoch stand noch immer ein breites Feldbett auf Christophers Dach und sprach eine Einladung oder eine Anklage aus.

Er schien in Bagdad alle möglichen Leute kennenzulernen, ließ sich meist nur auf einen Sprung im Hotel sehen, um den Stand der Dinge zu besprechen, und Senta sehnte sich nach ihm. Mehrmals hatte er sie und Heyse in sein Haus zum Essen eingeladen, zu einer bunten Tafel, an der es von zusammengewürfelten Gästen wimmelte. Briten, Franzosen, Deutsche, auch ein paar Araber, die gut Englisch sprachen. Die erlesenen Speisen für diese opulenten Veranstaltungen ließ er sich aus einem nahen Restaurant kommen, während Kadif in einer weißen Fantasieuniform bei Tisch bediente.

Zwar begrüßte er Senta und Heyse stets mit großer Geste als

Ehrengäste, doch sie kam sich eher wie eine ergraute Tante vor als wie die Frau, die er begehrte. Ihre wütende Lust auf ihn peitschte das in eine solche Höhe, dass sie kaum essen konnte und nur dem Wein zusprach. Verlor er das Interesse an ihr, hatte sie ihre Chance verpasst? Sie hörte, wie er der französischen Diplomatengattin an seiner Seite Komplimente machte, und hätte ihr Glas umstoßen und aus dem Raum stürmen wollen.

Heute Abend hatte er sie wiederum eingeladen. Bis zum Aufbruch blieben noch zwei Stunden Zeit, aber Senta saß bereits vor dem fast blinden Spiegel auf ihrem Frisiertisch, starrte sich ins Gesicht und versuchte herauszufinden, was einen Mann daran faszinierte. Es kam ihr seltsam vor und ein wenig erbärmlich. Sie hatte ihre Schönheit so oft eingesetzt, um sich Wege zu bahnen, sich vor verschlossenen Türen Einlass zu erzwingen, aber sie hatte nicht die geringste Ahnung, wie man sie nutzte, um einen Mann zu umwerben. Er nannte sie Ischtar. Hatte er endlich herausgefunden, dass seine Göttin von Liebe und Krieg in Wahrheit eine alte Jungfer war, die vom Krieg gar nichts, vom Tod dafür allzu viel und von der Liebe nur aus Märchen wusste?

Seinen König Shahriyâr hatte er sie an dem Nachmittag in Ephesos auch genannt, und er hatte ihre Scheherazade sein wollen – *Tausendundeine Nacht* mit vertauschten Rollen. Damals hatte sie darüber gelacht, jetzt erkannte sie, mit welch zynischer Präzision es ins Schwarze traf: Die Rolle der Verführerin gebührte ihm, während zu ihr der vor Kummer kranke König passte, den Scheherazades Liebeskunst aus seinem Wahn erlöste. *Ich will keine verdammte Nacht hindurch schweigen,* hätte sie die weinrot gemusterte Wand anschreien wollen, *ich will eine männliche Scheherazade, die Nacht für Nacht etwas Neues ersinnt, um mich statt des Todes die Liebe zu lehren.*

Es klopfte an der Tür. *Wenn es Christopher ist, gehe ich mit ihm.* Sie hatte dergleichen schon oft gedacht und war im entscheidenden Augenblick dann doch nie gegangen. »Herein.«

Es war nicht Christopher, sondern Heyse. »Entschuldige, dass ich dich störe, Senta.«

Sie widersprach nicht, wandte ihm nur langsam ihr Gesicht zu, sah ihn an, ohne ihn wirklich zu sehen.

»Ich bin nur kurz hier, um dir zu sagen, dass ich nicht mit zu Herrn Christians Bankett komme. Und dass ich heute früh bei der deutschen Vertretung war.«

Senta schreckte aus ihrer Trance. »Du warst *wo*?«

»Mir ist das alles zu viel geworden. Das Warten. Das ewige Hinnehmen von dem, was Christian uns erzählt, obwohl ich ihm vom ersten Tag an nicht über den Weg getraut habe.«

»Warum haben wir hier eine Vertretung?«

»Herr Holstein ist Konsul in Mossul«, antwortete Heyse vage. »Er ist derzeit in Bagdad, weil ein Büro, eine Zweigstelle der Deutschen Bank und ein Krankenhaus für die Bagdadbahn eröffnet werden sollen. Ein Ingenieur aus Hamburg, der mit uns hier im Hotel logiert und den ich ansprach, hat mir freundlicherweise diesen Hinweis gegeben.«

Heyse, der vor jeder Geselligkeit floh, hatte sich um eine Bekanntschaft bemüht. Der Wunsch, von hier fortzukommen, musste ihn noch stärker gequält haben, als es Senta angenommen hatte.

Heyse sprach längst weiter. »Wir haben Glück«, behauptete er. »Eine Gruppe von Journalisten und Fachleuten wird demnächst aus Deutschland erwartet. Sie reisen umgehend nach Babylon weiter und können uns mitnehmen. Ihre Passierscheine liegen bereits vor, und für unsere wird Holstein sich persönlich beim hiesigen *Wali* einsetzen. Er hat mir bestätigt, was ich seit Langem vermutet habe: Seiner Erfahrung nach machen die *Müdüre* so gut wie keine Schwierigkeiten, wenn es um Anträge von Deutschen geht. Ich soll ihm gleich morgen unsere Dokumente bringen, aber die hat ja Christian an sich genommen. Ich wollte dich bitten, sie mir mitzubringen, wenn du nachher zu ihm gehst. Ich selbst könnte den Anblick dieses Menschen, der uns seit Monaten belügt, heute nicht ertragen.«

Senta sagte nichts. Sie hatte Mühe genug, ihre Gedanken zu ordnen.

»Wir sollen uns bereithalten«, sprach Heyse weiter. »Die Gruppe trifft vermutlich im Januar ein, womöglich aber noch vor Weihnachten, und wann immer es so weit ist, müssen wir reisefertig sein.«

Weihnachten. Der Gedanke, dass das Fest in nur zwei Wochen bevorstand, war absurd. Was sollten sie tun, in Christophers Innenhof die Krone einer Dattelpalme schmücken? Senta wusste, sie hatte Weihnachten immer geliebt – die Behaglichkeit der Feiertage, wenn Rosine und Bertha ihnen Vorräte für drei Tage vorbereitet hatten, ehe sie zu ihren Familien fuhren, wenn ihr Vater nach seinem letzten Arbeitstag die Tür verriegelt, die Arme ausgebreitet und gerufen hatte: »Kommt her, meine schönen Damen! Die nächsten drei Tage gehören niemandem als uns!«

Sie hatten *Schlesische Lotterie* gespielt, Musik von Bach gehört, im Salon am Feuer gesessen und sich gegenseitig aus ihren Büchern vorgelesen. Sie wusste das alles noch, aber sie konnte sich nicht daran erinnern. Kein Bild entstand vor ihren Augen, nicht bei noch immer über zwanzig Grad Wärme und den Gerüchen, die vom Fluss herauf ins Fenster stiegen. Das einzige Bild, das sie vor sich sah, war das von dem Mädchen mit dem Bären am Weihnachtsbaum.

»Ist dir nicht wohl, Senta?«

»Doch.«

»Es tut mir leid, dass ich dir das über Christian habe sagen müssen.«

Nein, tut es nicht, dachte sie. Und dann ertrug sie das Stillsitzen nicht mehr und sprang auf. »Sei mir nicht böse, aber ich brauche frische Luft. Ich werde vor dem Essen noch ein Stück spazieren gehen.«

»Du willst nicht, dass ich dich begleite, oder?«

Erstaunt horchte sie auf. »Sei mir nicht böse«, sagte sie dann noch einmal. Er nickte, wünschte ihr eine gute Nacht und zog sich zurück.

Senta hatte nicht vor, spazieren zu gehen. Sie zog sich in aller Hast um, griff nach dem erstbesten Kleid und machte sich auf den Weg zu Christophers Haus.

Es lag nicht weit hinter dem britischen Konsulat, eines der schönen Häuser mit hölzerner Fassade und zwei Balkonen zum Fluss hin. Mit hastigen Schritten durchquerte Senta den Torbogen. Im Hof lag meist Basim in der Sonne oder stand wie jetzt am Fangbecken des Brunnens, um zu trinken. Neben ihm auf dem Beckenrand saß Kadif und hielt die Hand unter das Wasser, das sich aus der blütenförmigen Brunnenschale ergoss, sodass ein kleiner Strahl auf Basims Stirn gelenkt wurde. Basim schien es zu gefallen. Von Zeit zu Zeit zog er seine nasse Schnauze aus dem Wasser und versetzte Kadif mit den Lippen einen weichen Stoß in die Seite. Es war eine friedliche Szene, das Gegenteil von dem, was in Sentas Innerem Sturm lief, und sie verspürte einen kleinen Stich von Neid oder Eifersucht.

»Kadif!«

Der junge Araber drehte sich um. Er hatte sich den *Keffieh* nicht um sein schönes Haar gewickelt, und statt der albernen Fantasieuniform, die aus einer Aufführung von *Die Entführung aus dem Serail* hätte stammen können, trug er das lange weiße Gewand, in dem er mit ihnen durch die Wüste gezogen war. Christopher machte sich über diesen Aufzug der Beduinen lustig, nannte sie Nachthemden oder Gespensterroben, und auch Senta hatte früher gedacht, es handle sich um ein Nachtgewand. Kadif aber wirkte darin männlich und würdig, und Senta fragte sich, wie sie ihn in Aleppo für einen Jungen hatte halten können.

Nicht zum ersten Mal stellte sie fest, wie gern sie ihn mochte, wie sehr sie seine Gegenwart genoss. Seit sie in Bagdad waren, hatte es sich zwischen ihnen eingespielt, dass sie, wo Worte nötig waren, in einfachem Englisch zu ihm sprach und er ihr in knappem Arabisch Antwort gab. Sie verstanden sich, auch wenn da und dort ein Wort umschrieben oder durch ein Zeichen angedeutet werden musste. Und auf diese behutsame Weise begann Senta, sich in die Sprache hineinzuschleichen, die ihr einst wie ein vermauertes Tor erschienen war.

Der einzige Mensch, dem ich noch rückhaltlos vertraue, ist mein arabischer Kameltreiber, schoss es ihr durch den Kopf. Sie war sich sicher, dass er klug war, und hatte manchmal erwogen, ihm aus der Straße der Buchhändler, die sie liebte, einen Band mitzubringen, um zu erfahren, ob er lesen konnte oder es vielleicht lernen wollte. Sie hätte nur nicht einschätzen können, was für eine Art von Buch für seine Bedürfnisse geeignet gewesen wäre, weil ihr Arabisch dafür noch nicht ausreichte und weil sie nicht wusste, was für Kenntnisse er hatte.

Jetzt aber sah sie, dass eines neben ihm auf dem Rand des Beckens lag. Um den Titel zu entziffern, war sie zu weit entfernt, und außerdem war er zweifellos arabisch. Daher erkannte sie nur, dass auf dem Einband ein farbenprächtiges Bild aufgedruckt war.

»Du liest, Kadif?«, entfuhr es ihr.

Er gab ihr keine Antwort. Das geschah selten. Auf ihre Befehle und Wünsche reagierte er ausnahmslos prompt, nur wenn sie ihm eine persönliche Frage stellte, verweigerte er sich. Einmal hatte sie ihn gebeten, ihr von seinem Volk, den *Ma'dan*, zu erzählen, die dort, wo Euphrat und Tigris sich trafen, in den Marschen lebten. Er hatte ihre Frage ignoriert, wie er es auch jetzt tat. »Sie können nicht nach oben gehen, *Sayidati*«, sagte er stattdessen. »Christian *Effendi* hat Gäste.«

Christopher wies arabische oder türkische Bedienstete grundsätzlich an, ihn *Toffer* zu nennen, da er überzeugt war, an seinem Vornamen würden sie sich die Zunge brechen und mit Familiennamen wüssten sie nichts anzufangen. Einzig Kadif hatte ihn immer Christian *Effendi* genannt, und er sprach Senta mit dem arabischen Begriff für *meine Dame* oder *gnädige Frau* an.

»Ich weiß«, sagte Senta. »Ich bin eingeladen.«

»Noch nicht. Erst später.« Sie hatte ihn nie zuvor verunsichert erlebt. »Es ist jetzt jemand anders da. Christian *Effendi* darf nicht gestört werden.«

»Ist es etwas Geschäftliches?«, schoss Senta ins Blaue.

Kadifs Blick traf ihren. Seine Augen waren so dunkel wie die des Kamels und von schweren Lidern verhangen, was es unmöglich machte, in ihnen zu lesen. »Ja. Etwas Geschäftliches«, stimmte er mühsam zu.

»Dann störe ich ihn erst recht. Aber vorher sehe ich mir an, was du liest.«

Sie ging zum Brunnen, küsste den saufenden Basim auf die Wange und tippte Kadif auf die Schulter, was sie noch nie zuvor getan hatte. »Was ist – darf ich mir dein Buch etwa nicht ansehen? Willst du vor mir verborgen halten, dass du dich bildest?«

Sein Blick, der sie nicht losließ, begann zu flackern, als hätte er Angst, sie könnte ihn verprügeln lassen wie der Wirt in Aleppo, wie die Polizisten auf der Straße in Konstantinopel. Senta aber wäre nie auf den Gedanken gekommen, ihm ein Haar zu krümmen, und hätte es auch niemandem sonst erlaubt. Zudem hatte Kadif vor dem prügelnden Wirt in Aleppo keine Spur von Angst an den Tag gelegt, und auch im Zugriff der Polizisten war er ruhig gegangen, soweit sein geschundener Körper es ihm erlaubt hatte.

Jetzt aber fürchtete er sich, daran bestand kein Zweifel.

Kurzerhand griff sie über seinen Schoß hinweg nach dem Buch. Was sie sah, verschlug ihr den Atem. Das Bild auf dem Einband war Maarten van Heemskercks ausufernd üppige Fantasiedarstellung von Babylon, mit den Hängenden Gärten im Vordergrund, einem *Lamassu,* der über sie wachte, und dem spiralförmigen *Etemenanki*, der im Hintergrund alles überragte. *Les jardins suspendus de Babylone* stand als Titel darüber, und der Name des Autors kam Senta vage bekannt vor. Kadif las ein Buch über die Hängenden Gärten der Semiramis, die Robert Koldewey ausfindig gemacht hatte und zur Stunde freilegte. Und er las es nicht auf Arabisch, sondern auf Französisch, was selbst Senta nicht leichtgefallen wäre.

»Belügst du mich jetzt auch?«, fuhr sie ihn unbeherrscht an. »Verstehst du Französisch und sagst es mir nicht?«

Er warf den Kopf auf und schnalzte mit der Zunge, wie Araber es taten, um ein Nein mit Nachdruck zu versehen. »Nicht doch. Ich sehe mir nur die Bilder an.«

Hastig blätterte Senta das Buch auf. Es war voller Karten und Zeichnungen. »Hast du dir das in der Straße der Buchhändler gekauft?«

Wieder warf er mit einem Schnalzen den Kopf auf. »Nein.«

»Wem gehört es dann? Hast du es gestohlen, Kadif?«

Das Flackern erlosch, und sein Blick wurde hart. »Natürlich. Wir stehlen doch alle, nicht wahr?«

Ehe der überrumpelten Senta etwas einfiel, das sie erwidern konnte, wurde ihre Aufmerksamkeit von Kadif abgelenkt, weil jemand die Treppe, die von der Galerie des Seitenflügels in den Hof führte, herunterpolterte. Sie blickte auf und sah einen rundlichen Mann in *Fes* und samtenem Mantel, der eine Dame am Arm führte, als könnte sie nicht gut gehen oder wäre blind. Die Dame trug einen Halbschleier, der mehr betonte als verbarg, und ein aufwendig besticktes Gewand, das in mehreren seidigen Lagen ihren Körper umspielte. Sie war nicht fett, aber üppig gebaut und hatte fleischige Kurven.

Die beiden überquerten den Hof. Sie waren aus dem Zimmer gekommen, das Christopher zum Schlafen nutzte. Im Näherkommen wurde deutlich, dass die Frau weder blind noch gehbehindert war, sondern dass der Mann sie führte wie ein Maultier aus seinem Besitz. Eine Dame war sie auch nicht. Der Mann blieb mit ihr vor dem Brunnen stehen. »As-salamu 'alaikum«, grüßte er mit übertriebener Ehrerbietung und verneigte sich. Senta beachtete ihn nicht, ließ auch Kadif stehen und rannte die Treppe hinauf.

Rücklings, ein Bein angewinkelt, lag Christopher auf dem zerwühlten Bett. Über seine Taille war ein dünnes Laken gebreitet, ansonsten war er nackt. Das Licht, das vom Hof hereinfiel, ließ seine Haut golden schimmern.

Senta schlug die Läden zu, versenkte den Raum in Zwielicht. »Wer war das? Ein Mädchenhändler? Ist es das, was du treibst, wenn du dir angeblich für uns beim *Müdür* die Beine in den Bauch stehst und dich immer wieder vertrösten lassen musst? Faltest du dir aus unseren Papieren eine Pfeife und rauchst sie mit deinen Huren?«

Christopher rauchte keine Pfeife, sondern eine der bitteren türkischen Zigaretten und blies schwankende Ringe zur Decke. Er wandte Senta das Gesicht zu, schenkte ihr aus weiten Augen einen Blick, und sie dachte: *So also sieht sein Gesicht aus, wenn es frisch geküsst worden ist, frisch von Frauenaugen angehimmelt, frisch geliebt.*

»Was hast du denn gedacht, Ischtar? Dass ich einem Mönchsorden beitrete, während ich mir von dir einen Korb nach dem anderen hole? Haben unsere muslimischen Freunde überhaupt Mönchsorden, oder gehört das zu dem Schwachsinn, der nur Christen einfällt?«

»Du bist kein Muslim.«

»Nein, und die kleine Dicke war auch keine, sondern eine Griechin aus Thessaloniki. Dabei habe ich Karim, diesem Schlitzohr, etliche Male eingeschärft, er soll mir heute Abend eine Muslimin bringen, und zwar keine, die aussieht, als ließe sie sich ihre Dienste nach Gewicht bezahlen, sondern eine gertenschlanke.«

»Warum?«

»Warum eine Muslimin?« Er zuckte seine nackten, schönen Schultern. »Weil es etwas anderes ist, oder etwa nicht? Etwas Aufregendes, Exotisches, das mich armen Hund ein bisschen ablenkt.«

»Wovon ablenkt?«

»Davon, dass du mich nicht willst.«

»Du schämst dich nicht einmal, habe ich recht?«

»Nein. Sollte ich?« Er setzte sich auf, griff nach dem Krug, der neben ihm auf dem mit kunstvollen Intarsien verzierten Serviertisch stand, und ließ Wein bis zum Rand in einen Becher laufen. Unbekümmert führte er ihn zum Mund, sodass der Wein sich über die seidenen Laken ergoss. »Schämst du dich etwa, weil du zwei Männer gleichzeitig in den Wahnsinn treibst? Dem einen Avancen machst, bis er nicht mehr weiß, wie er heißt, den anderen aber zur Sicherheit auf kleiner Flamme warmhältst wie unser Kameltreiber seinen Reis?«

Sie wollte nicht, dass er recht hatte. Niemand durfte ihr so wehtun, ihren Stolz so tief verletzen und dabei auch noch recht haben. »Du lügst uns an«, schrie sie los. »Uns erzählst du, der *Müdür* hält unsere Papiere zurück, und in Wahrheit bekommen Deutsche sie innerhalb von ein paar Tagen ausgestellt.«

»*Dich*, Ischtar?« Er hob die geraden von der Sonne ausgeblichenen Brauen, zwei Streifen Gold im gebräunten Gesicht. »*Dich* lüge ich an, *dir* schade ich, weil du als Deutsche mit deinem Professor ja im Handumdrehen hier wegkämst, wie du es dir so sehnlichst wünschst? Ich bitte untertänigst um Verzeihung. Ich idiotischer Tropf habe mir eingebildet, ich lüge deinen Professor an, und zwar in unser beider Interesse, ich habe ernsthaft angenommen, du würdest lieber mit mir in Bagdad bleiben, statt in der Wüste seine Magenleiden zu kurieren.«

Ihre Blicke trafen sich, der seine nicht weniger verstört und gekränkt, als sie sich fühlte. Ihre Kraft war restlos verbraucht.

Die Pfeiler der Selbstbeherrschung, an die sie sich ein halbes Jahr lang geklammert hatte, brachen nieder. Sie wusste jetzt nicht einmal mehr, warum sie es getan hatte, warum sie um jeden Preis das, was ihr an Moral und Anstand beigebracht worden war, hatte aufrechterhalten wollen. Wohin hätte das führen sollen? Was hatte sie sich davon erhofft?

Sie ließ alles hinter sich. Warf ihr Tuch auf den Boden, ging zu ihm und begann schon im Gehen, sich das Hemd aufzuknöpfen, die Manschetten und den Kragen zu lösen. Ehe er sie in die Arme schloss, stand Christopher noch einmal auf und öffnete einen der Läden einen Spalt.

»Ich mache nur rasch diesem Faulpelz von Kameltreiber Beine«, sagte er. »Er soll laufen und den Gästen sagen, das Bankett fällt heute Abend aus.«

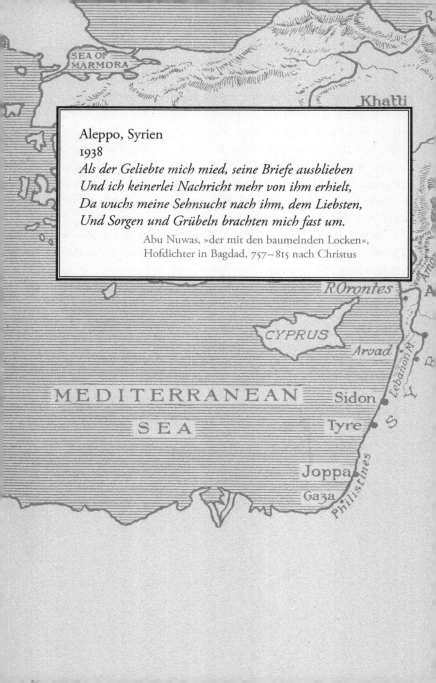

Aleppo, Syrien
1938
*Als der Geliebte mich mied, seine Briefe ausblieben
Und ich keinerlei Nachricht mehr von ihm erhielt,
Da wuchs meine Sehnsucht nach ihm, dem Liebsten,
Und Sorgen und Grübeln brachten mich fast um.*

Abu Nuwas, »der mit den baumelnden Locken«,
Hofdichter in Bagdad, 757–815 nach Christus

18

Al-Madina *Souq*, Aleppo
November

So oft er zu Hause danach gefragt worden war, hatte Percy
geantwortet: »Wenn es überhaupt eine gute Zeit gibt, um
sich in Aleppo aufzuhalten, dann probieren Sie es im November.«

Jetzt sah er, dass er Aleppo im November hätte mögen können, wäre er als unbedarfter, ahnungsloser junger Mann hierhergekommen. Von sengender Hitze war nichts mehr zu spüren,
es herrschte eine frühlingshafte Milde, die dem menschlichen
Organismus zuträglich war, und es fehlte nicht an Regen. Jede
andere große orientalische Stadt wäre Percy mit ihrem Mangel
an Ordnung, ihrem Lärm und ihrem Gedränge auf die Nerven
gegangen, aber Aleppo atmete bei all dem Würde, Zivilisation
und Lebensart.

Das überraschte ihn. Die Franzosen, die bei der Zerstücke-
lung des osmanischen Beutetiers im letzten Augenblick noch
ein Filetstück an die britischen Spießgesellen verloren hatten,
waren mit dem ihnen zugefallenen Batzen nicht eben behutsam
umgegangen. Niemand tat das mit solchen Batzen, die man sich

angeschafft hatte, um sie auszuwringen, nicht, um sie zu hegen und zu pflegen. Die Behandlung, die die Franzosen ihrer Hälfte hatten angedeihen lassen, war geprägt von Chaos und Inkompetenz.

Zuerst hatten sie ihr Gebiet ein weiteres Mal zerstückelt, hatten aus dem kleinen Libanon einen eigenen und aus dem größeren Syrien drei Staaten gebildet, weil sie hofften, das Land ließe sich besser kontrollieren, wenn Aleppo von Damaskus abgeschnitten bliebe. Der Traum vom einigen arabischen Staat, dessen Erfüllung vor allem die Stämme in der Wüste in greifbarer Nähe geglaubt hatten, als sie den Alliierten ihre Unterstützung im Kampf gegen die Osmanen zusagten, zerfiel damit im Sand. Bis alle drei syrischen Teile zusammengefügt waren, weil die Franzosen offenbar die fruchtlose Verwaltungsarbeit satthatten, verstrichen siebzehn Jahre. Percy, der all dies emotionslos, mit rein wissenschaftlichem Interesse verfolgte, hatte sich gelegentlich gefragt, wie das den uralten, jahrhundertelang blühenden Städten bekommen war.

Was Aleppo betraf, so erschien die Mischung attraktiv. Die Franzosen drückten der Stadt ihren Stempel auf, zogen breite Avenuen mit herrlichen Villen durch das Mosaik der Altstadt um die Zitadelle, siedelten Zweigstellen ihrer Unternehmen an, eröffneten Restaurants und Hotels, Geschäfte, Bars und Revuetheater. Hier und da hatte das etwas Erzwungenes, als lege sich Arabien in ein Bett, und Frankreich setze sich obendrauf. Im Großen und Ganzen und ohne Kenntnis von Hintergründen entstand jedoch der Eindruck, dass Aleppo eine neue Blüte durchlebte und die Franzosenherrschaft der Stadt gut bekam.

Und wie einfach es inzwischen war, dorthin zu gelangen! Ariadne, der Junge und er selbst hatten sich morgens in Beirut in einen leidlich bequemen Zug gesetzt und waren am frühen Abend in Aleppo, auf dem *Gare de Baghdad* wieder ausgestiegen. Der weitläufige Bahnhof, in dem man in einem französisch geführten Kaffeehaus einkehren oder aus Frankreich eingeführten Reisebedarf hätte kaufen können, war 1912 fertiggestellt worden, kurz nachdem Chri-Chri hier angekommen war. Die Bagdadbahn hatte damit eine weitere Hürde genommen und strebte im Eiltempo ihrer Vollendung zu. Je mehr sie Fahrt aufnahm, desto mehr gewann auch das deutsche Kaiserreich an Selbstbewusstsein und drängte die britischen Unternehmen, die sich an der Finanzierung beteiligt hatten, ins Hintertreffen und schließlich ins Aus.

Den Briten war das weniger Schlagzeilen wert gewesen als das Flottenwettrüsten, in dem der Kaiser beständig Boden gutmachte und ihnen seinen heißen Atem bereits in den Nacken blies. Dennoch hatte es die, die davon wussten, aufgebracht. Die Stimmung brodelte, damals im Herbst 1912. Montenegro hatte dem Osmanischen Reich, das gerade erst einen zerbrechlichen Frieden mit Italien geschlossen hatte, den Krieg erklärt, und Bulgarien, Griechenland und Serbien waren ihm gefolgt. Es mehrten sich die Stimmen in Britannien, die nach mehr Einmischung verlangten, ehe sich der Deutsche, den man nicht einfach gewähren lassen dürfe, den *kranken Mann am Bosporus* einverleibte.

Nicht viel anders als jetzt, dachte Percy. *Es brodelt wieder, nur dass es um diesen Teil der Welt still geworden ist, dass an dieses Pulverfass niemand mehr denkt, weil Europa mit sich selbst beschäftigt ist.* Mit dem Münchner Abkommen, das Chamberlain vor fünf Wochen unterzeichnet hatte, um den *Frieden in unserer Zeit* zu sichern, war beileibe nicht jeder einverstanden. Nicht wenige sahen mit Besorgnis auf Österreich und das Sudetenland und fragten sich, was *der Deutsche,* wenn man ihn gewähren ließe, sich als Nächstes einverleiben würde.

Im Grunde war Europa auch damals – wie immer – mit sich selbst und der Beschau seines Nabels beschäftigt gewesen. *Wir haben unseren Krieg hierhergetragen, und wenn wir das nächste*

Mal einen anfangen, werden wir ihn wieder in Länder tragen, die im Grunde nicht einmal wissen, worum es uns geht. Vielleicht täten wir gut daran, uns davor zu fürchten, dass eines Tages diese Länder ihren Krieg zu uns tragen, aber für solche Klugheit haben wir nie die Zeit.

Länder wie Syrien und Mesopotamien wurden in erster Linie dann interessant, wenn es in ihnen etwas zu holen gab, das der Nabelschau in Europa dienlich war. Ressourcen, die man vor allem keinem Rivalen überlassen durfte. Zu diesem Zweck schickte man beizeiten seine Leute zur Erkundung der Lage aus: speziell ausgebildete Forscher, um festzustellen, welche Art von Ressourcen überhaupt zu haben waren, und Leute wie Chri-Chri, um in Erfahrung zu bringen, was der Rivale diesbezüglich plante.

Chri-Chri war ein sonniger Spion gewesen, einer, der die Arbeit nicht erfunden hatte, mit seinem Charme und seiner Anziehungskraft aber gelegentlich etwas Nützliches lieferte, solange es um Geschäfte mit Verkehrswegen und Altertümer für die Museen ging. Dann aber war die Gangart über Nacht schärfer geworden. Zusammen mit einem Trassenbau in deutscher Wertarbeit lieferte der Kaiser zunehmend militärische Berater in das marode Großreich im Osten. Darüber hinaus kam eine weitere Ressource ins Spiel, bei deren Sicherung es mit ein bisschen Geplänkel auf Banketten nicht getan sein würde. Eine Ressource, so viel war sämtlichen Entscheidungsträgern klar, die in Zukunft darüber entscheiden würde, wer Kriege gewann und wer sie verlor.

Deutschland und Großbritannien bauten Schiffe um die Wette, aber Schiffe wurden schon lange nicht mehr mit Windkraft betrieben.

Deutschland und Großbritannien waren stolz auf ihre schmucken Kavalleristen, aber als kriegsentscheidendes Mittel hatte das Pferd so gut wie ausgedient.

Was die *Royal Navy*, der Stolz der Nation, brauchte, um ihre

Flotte auf Fahrt zu halten, lag verborgen am Persischen Golf, und wenn der deutsche Kaiser und die Hohe Pforte es wollten, konnten sie London von diesen unschätzbar wertvollen Quellen abschneiden. *Schwarzes Gold.* Öl. Dass es bald an allen erdenklichen Stellen aus der Erde sprudeln sollte, hatte über das Schicksal der arabischen Gebiete entschieden.

»Dass ich in dieser Situation nicht nach Hause kommen kann, wirst Du verstehen«, hatte Chri-Chri an Percy geschrieben. Er schrieb immer seltener, immer nichtssagender und kürzer. Meist berichtete er nicht mehr als irgendwelche Anekdoten über die Vorbereitungen der Wüstenreise, die zu aufgesetzt klangen, um komisch zu sein, und webte zum Ende hin, wie zum Trost, einen anzüglichen Vers von Abu Nuwas mit ein. Percy dagegen schrieb ihm seiner Erinnerung nach nahezu wöchentlich und so gut wie ausschließlich zu einem einzigen Thema:

» Wem versuchst Du eigentlich, etwas vorzumachen, Dir selbst oder mir? Dass Du dort unten nicht unentbehrlich bist, sondern es jetzt um Aufgaben geht, denen andere besser gewachsen sind, weißt Du so gut wie ich. Falls Du tatsächlich neuerdings Dein Herz für den Patriotismus entdeckt hast, was mich wundern sollte, dann schaff Deinen Hintern zurück an Old Blightys Strand, und ich bemühe mich für Dich um einen Posten im Diplomatischen Korps. Falls Deine Weigerung jedoch mit deutschen Bahnstrecken und Militärattachés nichts zu tun hat, sondern allein Deiner deutschen Animierdame geschuldet ist, dann beleidige nicht uns beide, indem Du mich belügst. «

Der nächste Brief, den er von Chri-Chri erhielt, ging auf seinen gar nicht ein, sondern schilderte eine Anekdote von einem Tierkauf. Er war derart lustlos abgefasst, dass Percy ihn hätte wegwerfen mögen, wäre er in der Lage gewesen, überhaupt irgendetwas, das von Chri-Chri kam, wegzuwerfen. Stattdessen zog er ihn aus der Innentasche seines Sakkos und warf noch einmal einen Blick darauf, als er jetzt mit Ariadne durch den Teil der *Souqs* von al-Madina wanderte, wo die Gassen wieder weiter wurden und die Menschenmassen sich zerstreuten. Dass er sich zu dieser Unternehmung in der Lage fühlte, konnte er selbst kaum glauben. Mit seiner Gesundheit war es seit Beirut bergauf gegangen, und im Innern war er bereit, sich dem Schmerz noch einmal zu stellen. Um ihn auszubrennen. Um den Teil seines Lebens, in dem er Vally gewesen war, endgültig hinter sich zu lassen und als Percy zu sterben.

Ariadne lächelte. »Ich will mich ja nicht beklagen, sondern bin im Gegenteil hocherfreut, dass ausgerechnet Sie mich zu einem Streifzug durch die Altstadt auffordern. Aber wenn Sie mir sagen würden, wonach wir eigentlich suchen, könnte ich vielleicht helfen, Ausschau zu halten. Was haben Sie da? Einen Stadtplan? Eine Visitenkarte?«

Er zögerte nur einen Herzschlag. Dann reichte er ihr wortlos den Brief.

Sie nahm ihn, und ihre Finger auf dem Papier versteiften sich. »Von Toffer.« Es war keine Frage. Den Kindernamen, den Chri-Chri sich selbst gegeben hatte, hatte sie seit der Zeit von Fenwick nie mehr in Percys Gegenwart benutzt. Sie blieb stehen und las die paar Zeilen. Ein mit Krügen an Seilen beladener Esel trottete ohne menschliche Begleitung vorbei.

»Hier war es also?« Ariadne ließ den Brief sinken, dessen Inhalt sie sofort erfasst hatte. »Percy, ich weiß, Sie wollen es nicht hören, aber das müssen Sie Isaac sagen. Deshalb hat er doch sein Herz an diese Reise gehängt. Nicht, weil er unbedingt die herrschende wissenschaftliche Meinung zu den Hängenden Gärten als falsch enttarnen will, sondern weil er verzweifelt nach Spuren seiner Eltern sucht, von denen er nichts besitzt, kein Bild, keinen Brief, kein Souvenir, nicht einmal ein Grab. Wenn es in dieser Karawanserei war, wo die beiden sich kennengelernt haben, dann hat er ein Recht darauf, sich das anzusehen, und wenn Sie dabei waren, müssen Sie ihm davon erzählen.«

»Sie haben sich nicht *kennengelernt*«, brach es aus Percy heraus und fegte alle Ausgeglichenheit hinweg. »Sie haben Personal für die Reise angeheuert, der Bursche gehörte dazu, und das Vertrauen, das sie ihm entgegengebracht haben, hat er ausgenutzt, um sich an ihnen zu vergehen.«

Zu spät fiel ihm ein, dass er *wir*, nicht *sie* hätte sagen müssen, aber Ariadne schien keinen Verdacht zu schöpfen. Sie wartete, bis er wieder zu Atem gekommen war. »Ich verstehe, was Sie empfinden, Percy. Sie können sich nicht vorstellen, wie entsetzt ich war, als ich von alldem erfahren habe. Mir hatte er geschrieben, er wolle sie heiraten.«

»Christopher hat Ihnen das geschrieben?«

Ariadne nickte. »Mein Vater war ja damals schon tot, also hat mein Vetter Carlisle es übernommen, Erkundigungen über sie einzuholen.«

»Und?«

»Es kam nichts Nachteiliges dabei heraus. Dass sie Deutsche war, löste auch 1912 keine Begeisterungsstürme aus, aber als das Ende der Welt wurde es noch nicht betrachtet.«

Percy schluckte an dem Schleim, der ihm die Kehle verstopfte. Christopher, der Unstete, der Abenteurer, hatte heiraten wollen! In Ehren ergrauen und in seinem Wintergarten Sherry trinken, aber nicht mit Percy Russell an seiner Seite. Sein kleines erstes Buch fiel ihm ein, seine Thesen zu Innana, der babylonischen Ischtar, im *Gilgamesch-Epos*. »*Für C. C.*«, hatte er als Widmung drucken lassen und das erste Exemplar Christopher geschenkt. »*Für meinen König Gilgamesch*«, hatte er unter die Widmung geschrieben, »*weil selbst Ischtar weiß, dass ein großer Mann an seiner Seite keine Frau, sondern einen ebenbürtigen Gefährten braucht.*«

Er fühlte sich lächerlicher als je zuvor. Als diesen Gefährten, Enkidu, hatte er sich selbst betrachtet. Wer größenwahnsinnig war, musste sein Spiel gewinnen, ansonsten reduzierte er sich zur Witzfigur, zum erbärmlichen Gnom.

»Christopher hatte seit diesem Tag in al-Madina eine Schlange am Busen«, rang er sich ab. »Sind Sie wirklich der Ansicht, Sie als seine Schwester sollten diesem Kerl noch huldigen, indem Sie den Ort, an dem er ins Leben Ihres Bruders eindrang, zu einer Art Gedenkstätte machen?«

»Zur Gedenkstätte machen Sie ihn«, entgegnete Ariadne und gab ihm den Brief zurück. »Ich will die Stätte lediglich nutzen, nicht für mich, sondern für Isaac. Haben Sie keine Bilder Ihrer Eltern auf dem Kaminsims, Percy, bewahren Sie keinen Brief, den Ihr Vater Ihnen zum Schulabschluss schrieb, kein Spieltier, das Ihre Mutter Ihnen zusteckte, auf? Mir tut um Isaac das Herz weh. Denken Sie, ich hätte mich sonst in meinem Alter auf diese Reise gewagt, die Toffer schließlich nichts mehr nützt?«

»Mir hat er mitgeteilt, er wünsche nun, Ishmael genannt zu werden«, sagte Percy steif.

»O ja, ich weiß, und ich gebe mir Mühe, aber es fällt mir schwer. Mir gefällt Isaac besser.«

»Mir auch.«

»Nein, nein, nicht aus den Gründen, an die Sie denken«, rief sie schnell. »Weder, weil es der Name ist, den Christopher ausgesucht hat, noch, weil er zu der uns vertrauten Hälfte des Jungen gehört, nicht zu der fremden. Sondern weil mir um den kleinen, in die Wüste geschickten Ishmael das Herz so wehtut. Ich wünschte, unser Ishmael, der ein feiner, kostbarer und unglaublich tapferer Kerl ist, hätte nicht den Namen des Opfers, des Verstoßenen für sich gewählt, sondern hätte es bei dem des geliebten Erbsohns belassen.«

Dass der Erbsohn Isaac von seinem liebenden Vater Jahre später um ein Haar umgebracht worden war, ließ sie tunlichst unter den Tisch fallen. So waren die Frauen. Dachten sich ihre Literatur – selbst die als heilig erklärte – zurecht, wie es ihnen passte. Sein Gedankenfluss stockte, und fast hätte er gelacht. War er selbst etwa anders gewesen mit seinen größenwahnsinnigen *Gil-*

gamesch-Fantasien? »Ich werde es mir überlegen«, brummte er schließlich. Der Schleim in seiner Kehle hatte sich gelöst.

»Wissen Sie, was ich Ihnen schon seit Izmir erzählen will?«, fragte Ariadne, während sie weitergingen. »Toffer, als er ein kleiner Junge war, noch ehe Sie ihn kannten – ich habe ihn über alles geliebt, wir alle haben ihn über alles geliebt, aber er hatte dieses Übermaß an sich, diese Intensität, die ich manchmal nicht aushalten konnte. Einmal, als ich im Spielgarten auf ihn achten sollte und stattdessen einen Jane-Austen-Roman gelesen habe, hat er eines der Gärtnermesser erwischt und sich damit in Gesicht und Händen mehrere tiefe Schnitte beigebracht. Ich sah von meinem Buch auf, weil ich ihn weinen hörte, und da stand er vor mir, vielleicht acht Jahre alt und blutüberströmt. Ich habe mich so erschrocken, dass er dafür von mir, seiner großen Schwester, die einzige Tracht Prügel seines Lebens bekam. Er hat sie klaglos hingenommen, und als ich ihn anschließend fragte, wie er so etwas hatte tun können, hat er gesagt: *Weil ich fühlen will, dass ich lebendig bin.*«

So war Chri-Chri gewesen. So war jeder Tag, jede Nacht, jedes Warten auf einen neuen Tag mit Chri-Chri gewesen, und wer ihn geliebt hatte und von ihm geliebt worden war, war danach für jede alltägliche Liebe verdorben.

Als er im Schatten zweier größerer Gebäude das eingezwängte Torhaus der Karawanserei, die Chri-Chri *Funduq* nannte, entdeckte, erkannte er sie sofort. Chri-Chri hatte den Ort so detailliert beschrieben, als wäre ihm klar gewesen, welche Bedeutung er erlangen würde. Percy betrachtete die hohe Fassade und wusste nicht mehr, was er hier eigentlich wollte. Hatte er geplant, hineinzugehen, nach einem uralten türkischen Wirt zu suchen und ihn zu fragen, ob er sich nach fünfundzwanzig Jahren an einen auffallend attraktiven britischen Mann mit sandfarbenem Haar erinnerte, der mit einer auffallend attraktiven deutschen Frau mit kastanienrotem Haar eines Morgens in sei-

nen Hof spaziert war und ihm einen faulen Kameltreiber abge-
worben hatte?

Das stand außer Frage. Er verspürte nicht einmal den Wunsch,
den Innenhof zu sehen, aber er begriff jäh, warum er geglaubt
hatte, einen solchen Wunsch empfinden zu können. Dort, hinter der gelben Mauer, an der ein Mann mit *Keffieh* lehnte und
im Sitzen schlief, hatte Christopher gestanden, als ihm die gleiche Verletzung zugefügt worden war, die er zuvor Percy zugefügt hatte. Die tiefste, zerstörerischste Verletzung, die Percy sich
vorzustellen vermochte:

*Nichts für ungut. Es war hübsch mit dir, aber es hat mir nicht
genügt.*

Chri-Chri, der längst Christopher geworden war, hatte es zu
dieser Zeit noch in keinem Brief zum Ausdruck gebracht, und
seine Sirene Senta hatte es ihm erst ein volles Jahr später ins Gesicht geschleudert. Stattdessen hatte er seine belanglosen Geschichten vom Kauf oder Nichtkauf von Kamelen erzählt, sie
mit einem Abu-Nuwas-Vers über anmutige Hinterbacken ge-
spickt – oder wochenlang überhaupt nicht geschrieben. Genau
genommen, hatte er es nie ausgesprochen, sondern hatte später,
als ihm das Ausmaß bewusst war, Percy einen Brief geschrieben,
der ein Klagelied an seine verlorene Liebe darstellte. Als wäre
Percy eine Art brüderlicher Kumpan, bei dem man sich über
einer Flasche Gin ohne Tonic ausweinen konnte.

Percy hatte hinter dem Tor, auf dem schicksalhaften Flecken
Erde stehen wollen, um so etwas wie Schadenfreude zu empfinden, Hohn für den Verräter, der mit der eigenen Medizin vergif-
tet worden war. Jetzt erschien ihm das hohl und töricht. Erde
war nie schicksalhaft, es sei denn, der Mensch machte sie dazu,
indem er Linien in den Sand zog, die Völker teilten. Das Ereignis in dem *Funduq* aber war nur ein Zufall gewesen, wie sie sich
täglich zu Hunderten ereignen, und Percy empfand nichts als
Mitleid und Traurigkeit.

»Da vorn?«, fragte Ariadne.

Percy nickte und reichte ihr Christophers Brief. »Geben Sie den dem Jungen und sagen Sie ihm, wenn ihm daran liegt, beschreibe ich ihm den Weg. Sagen Sie ihm auch, wir können von hier aus den direkten Zug nach Mossul nehmen, statt uns die Unannehmlichkeiten aufzubürden, die uns der endlose Umweg über Bagdad kostet. Wer von Cardiff nach London will, reist schließlich auch nur in den seltensten Fällen über Edinburgh.«

Ariadnes Lachen klang erstaunlich jung. »Danke, Percy. Ich glaube, ich würde Bagdad trotzdem gern wiedersehen, mir anschauen, was in den Jahren unseres Mandats daraus geworden ist. Ich habe mir sagen lassen, in den Cafés würde statt *Tavla* jetzt *Cribbage* gespielt, statt zur *Shisha* finde man sich zum *Cream Tea* zusammen, und die Einheimischen hätten neuerdings ihre Leidenschaft dafür entdeckt, sich beim Pferderennen zu ruinieren. Isaac – Ishmael – würde es auch gern sehen. Bagdad und Babylon. Koldeweys falsch platzierte Hängende Gärten.«

»Was macht diesen Grünschnabel eigentlich so sicher, dass ein Archäologe, der zwanzig Jahre seines Lebens dieser Grabung gewidmet hat, eines der wichtigsten Elemente falsch platziert hat?«

»Da dürfen Sie mich nicht fragen, der Altorientalist sind schließlich Sie«, erwiderte Ariadne. »Aber vielleicht sind diese Gärten ja das Andenken, sozusagen der Brief von seinem Vater, den er nie bekommen hat.«

Percy räusperte sich, entschied sich dann aber, nichts zu erwidern.

»Und eine Unannehmlichkeit ist die Reise ja auch nicht«, fuhr Ariadne fort. »Wir überqueren die Wüste mit dem Flugzeug. Für einen jungen Mann ist das ein Abenteuer, das in seine Welt gehört und das er sich nicht entgehen lassen sollte.«

Sie sahen einander an. Zweifelnd rieb Percy sich die Stirn. »Und für uns?«

Ariadne lächelte. »Der Turm von Babel von oben, Perceval? Mir kommt so ein letzter Rest Größenwahn wie ein Jungbrunnen vor. Zumindest die Art, die sich respektlos zu den Göttern erhebt, statt verächtlich über andere Menschen.«

Die dahingesagten Worte schienen sich in eine düstere Prophezeiung zu verwandeln, als sie ins *Baron* zurückkamen und die Hotelhalle in Aufruhr fanden. Für gewöhnlich trafen die ausländischen Zeitungen im Lauf des Vormittags ein und wurden auf einem Tisch zur allgemeinen Verfügung ausgelegt. An diesem Tag aber waren nachmittags noch einmal Sonderausgaben geliefert worden, und um eine davon scharte sich eine Gruppe amerikanischer Reisender, die sie sich regelrecht aus den Händen rissen. Es handelte sich um die *New York Times,* und nach dem, was Percy zu sehen bekam, waren die Bilder auf der Titelseite größer als der Textanteil. Genaues zu erkennen, war nicht möglich, nicht mehr als die Umrisse von Gebäuden, die in Flammen standen.

Der Junge – Ishmael – befand sich unter ihnen, er hatte sie am Vorabend kennengelernt und berichtet, dass sie sich auf der Durchreise nach Palästina befanden. Obwohl er ebenso korrekt oder sogar korrekter noch als sie gekleidet war, hob er sich scharf von den hellhäutigen, groß und kräftig gewachsenen Amerikanern ab.

Von Ariadne angesprochen, drehte er sich um und kam zu ihnen. »In Deutschland brennen die Synagogen«, sagte er. »Die Herrschaften hier sind der Meinung, das ist erst der Anfang, und Großbritannien und Frankreich hätten im September in München nicht stillhalten dürfen.«

Großbritannien und Frankreich, dachte Percy. *Wenn einer sich die Last der Welt auf die Schultern lädt und sie dann nicht tragen will – zu was macht der sich?*

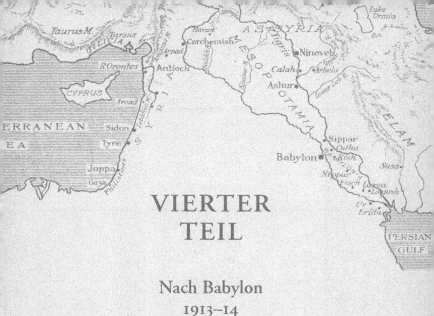

VIERTER TEIL

Nach Babylon
1913–14

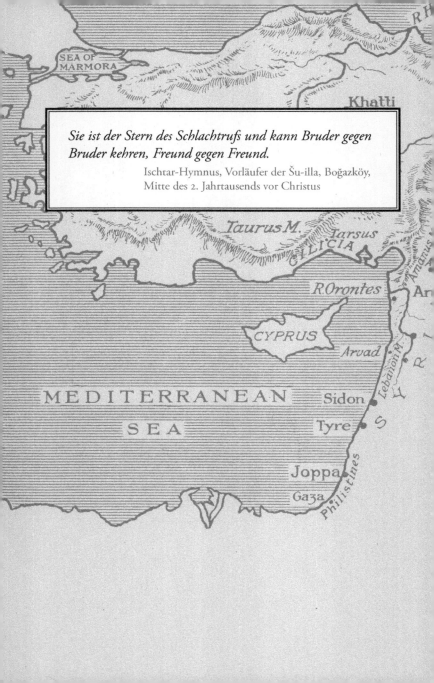

> *Sie ist der Stern des Schlachtrufs und kann Bruder gegen Bruder kehren, Freund gegen Freund.*
>
> Ischtar-Hymnus, Vorläufer der Šu-illa, Boğazköy,
> Mitte des 2. Jahrtausends vor Christus

19

Al-Adhamiyah, Tigrisufer, Bagdad
Februar

Die Liebe mit Christopher war wie eines dieser Gerichte, die nicht satt machen, sondern immer hungriger. Sein Haus war ihre Opiumhöhle. Von Shanghai hatte er ihr erzählt, dass es ihn immer wieder in eine solche hineingezogen hatte, und sooft er sich morgens mit letzter Kraft hinausgeschleppt hatte und entschlossen gewesen war, seinem Körper Ruhe, nahrhaftes Essen und eine Pause zu gönnen, hatte er abends schon wieder vor der Tür gestanden.

»Warum hast du das getan, Christopher?«, hatte Senta ihn gefragt. »Ist es dir schlecht gegangen, hattest du Schmerzen oder Kummer, den du vergessen wolltest?«

»Aus keinem solchen Grund, Ischtar. Ich wollte das Leben spüren.«

Dieselbe Antwort hätte sie ihm geben können, hätte er sie gefragt, warum sie Abend für Abend wieder vor seiner Tür stand, sich über den Hof schlich, um Kadifs dunklen Blicken auszuweichen, als schämte sie sich ausgerechnet vor dem Kameltreiber, und in sein Schlafzimmer schlüpfte, wo alles schon bereit war: das große Bett mit den Seidenlaken, der abgedunkelte Raum, der Krug voll schwerem Wein. Und Christopher. Sich auf ihn zu stürzen, half ihr nicht länger als ein paar Augenblicke beim Vergessen, es nahm keinen Schmerz, es nahm keine Einsamkeit, aber es gab ihr Leben zu spüren, wild und laut und ausufernd, als könnte dieses triumphierende Leben den Tod klein und hässlich machen.

Tausendundeine Nacht. Süchtig nach Leben verschlang sie wie der König, der den Tod nicht ertrug, Nacht für Nacht Geschichten von Liebe, Leidenschaft und sinnlichem Verlangen, die im ersten Licht des Tages verblassten, sodass sie am Abend schon wieder eine neue brauchte.

Nach oben auf den Dachgarten, wo Christopher ihnen schon vor Monaten ein paradiesisches Liebesnest hatte bereiten lassen, waren sie nie gegangen. Die Nächte waren kühl in Bagdads Winter, und vielleicht war ihre Liebe für den freien Himmel nicht gemacht, weil sie sich vor den Sternen schämten wie vor Kadif, dem sie nicht mehr in die Augen sehen konnte.

Ob sie sich vor Heyse schämte, wusste Senta nicht. Aber sie erzählte ihm noch immer Lügen.

Heyse begnügte sich, fragte nie nach, und es schien ihm dabei besser zu gehen als während der gesamten Reise. Er war mit der Planung für die Weiterfahrt nach Babylon beschäftigt und ging dabei erstaunlich selbstständig vor, kaufte ein, vervollständigte die Ausrüstung und suchte mehrmals wöchentlich Konsul Holstein auf, der ihn zugleich mit Neuigkeiten von der Koldewey-Grabung versorgte. Er erhielt sogar Abzüge von Fotografien, die einen treppenförmigen Aufbau hinter dem südlichen Flügel von Nebukadnezars Palast zeigten. Die einzelnen gemauerten Etagen wurden, Koldeweys Bericht zufolge, über eine Brunnenanlage bewässert, die sich nicht aus dem Euphrat, sondern aus verschiedenen Quellen speiste.

»Die Hängenden Gärten«, sagte Heyse zu Senta, als er ihr die

Bilder wie ein verspätetes Weihnachtsgeschenk über den Tisch schob. »Dein Weltwunder. Wie es aussieht, hat sie also tatsächlich Nebukadnezar II. für seine Gemahlin Amytas errichtet, die sich nach den bewaldeten Hängen ihrer Heimat sehnte. Wer die Wüste erlebt hat, den kann solch eine Sehnsucht nicht verwundern. In jedem Fall hat Koldewey damit seine allerorten geforderte Expertise zur Frage der Gärten abgegeben und kann das Thema abhaken. Sobald seine Grabungslizenz verlängert worden ist, ist er endlich frei, sich dem zu widmen, was dich vor allem hierhergezogen hat: dem *Etemenanki*. Wir werden dort sein, wenn die Arbeiten wieder aufgenommen werden, Senta.«

Er holte Atem, ließ ihr aber keine Zeit zu einer Erwiderung, sondern sprach gleich weiter: »Ich weiß, ich habe auf dieser Reise nichts getan, um die Kosten, die dir durch mich entstanden sind, zu rechtfertigen, ich war dir nichts als eine Last, doch für dieses eine werde ich sorgen: Du wirst dabei sein, wenn der *Etemenanki* gehoben wird.«

Die Gruppe aus Deutschland wurde unterwegs aufgehalten, weil der Italienkrieg zwar endlich halbherzig beendet worden war, aber die Rückführung von Truppen Häfen blockierte. Sie mussten einen Umweg nehmen und trafen Anfang März ein. Zwei Wochen wollten sie bleiben, um sich zu erholen, in der Stadt ein paar Aufnahmen zu machen und ihre Karawane auszustatten. Der Aufbruch nach Babylon wurde somit für Mitte März festgelegt, eine gute Zeit, um durch die Wüste zu reisen, weil die Temperaturen bei Tag noch erträglich waren, in der Nacht aber über den Gefrierpunkt stiegen.

Ihre Zeit in Bagdad hatte somit ein terminlich festgesetztes Ende. Senta und Christopher nutzten jede verfügbare Nacht für die Liebe. Der Gedanke, dass sie binnen Kurzem keinen Ort mehr haben würden, an dem sie allein sein und hölzerne Läden hinter sich schließen konnten, brachte ihr Blut in Wallung, als wären sie wirklich Morphinisten.

Nacht für Nacht ließen sie sich Neues einfallen, um die Lust zwischen ihnen zu steigern, begnügten sich nicht mit Vergnügen, sondern verlangten nach Raserei. In der Finsternis schlichen sie sich nackt aus dem Haus und badeten im eisigen Grün des Flusses. Das Wissen um die Gefahr, entdeckt und verhaftet, beschämt und womöglich misshandelt zu werden, erhöhte den Kitzel. Tropfnass flohen sie in ihr Schlafzimmer zurück und liebten sich, bis die Laken troffen. Christopher wollte Kadif rufen, damit er ihnen das Bett frisch bezog, er schüttete sich darüber vor Lachen aus, aber Senta verbot es ihm, und sie zogen in eines der Gästezimmer um. Noch lieber hätte sie das Bettzeug selbst gewechselt, weil es sie peinlich genug berührte, dass Kadif am Morgen das Chaos, das sie angerichtet hatten, zu Gesicht bekäme, aber ihre Gier ließ ihr dafür keine Zeit.

Was sie hier taten, wusste er ohnehin. Christopher war nicht bereit, daraus ein Geheimnis zu machen. Zu sehr amüsierte es ihn, sich vorzustellen, wie »der Kameltreiber«, der seiner Ansicht nach »jungfräulich wie eine Klosterschülerin« war und von der Liebe mit Kamelen träumte, beim Gedanken an das Treiben seines Herrn errötete und sich vor Verlegenheit wand. Er ließ Kadif aus seinem Lieblingsrestaurant Platten mit *Mezze* holen und vor dem Bett servieren, wenn er mit Senta zu Abend speiste. Senta wartete in der Zwischenzeit nebenan im Ankleidezimmer, doch das half der Peinlichkeit der Szene kaum ab. Sie fühlte sich wie die Griechin, die der Händler über den Hof geführt hatte, nicht anders als ein Stück Vieh zur Auktion.

Eigentlich war ich Kadifs Herrin, dachte sie, *und eigentlich hätte ich die Pflicht gehabt, ihn zu schützen.* Sie hielt den Kameltreiber ebenfalls für unschuldig, und es widerstrebte ihr, sein Schamgefühl zu verletzen. Noch mehr widerstrebte es ihr, dass er ihn wie einen babylonischen Sklaven behandelte. Christopher versprach, sich zu bessern, aber er vergaß es sofort wieder. Als sie ihn schalt, legte er seinen Kopf zwischen ihre Brüste und sah zu ihr auf: »Willst du mich wirklich gebessert und geläutert? Keusch und kreuzbrav wie der reinherzige kleine Kameltreiber oder unser treudeutscher Herr Professor?«

Statt eine Antwort abzuwarten, nahm er sie, und ihr Körper gab ihm Antwort genug.

Schlafen konnte sie nie. Sie wartete, bis Christopher hingestreckt wie ein Kind in den Schlaf gesunken war, dann schlich sie den kurzen Weg ins Hotel zurück.

Mit jedem Tag wuchs die bizarre Mischung aus Verzweiflung, weil sie noch immer keine Lösung für ihr Dilemma wusste, und Erregung, weil sie nach Babylon kommen würde, was nach der langen Reise kaum mehr wirklich schien. Am Abend vor dem geplanten Aufbruch fing Heyse sie ab, als sie das Hotel verließ. »Bitte«, sagte er, ohne sich mit einer Begrüßung aufzuhalten oder Senta zu fragen, wohin sie wollte, »iss heute mit mir zu Abend. Ich habe eine Überraschung für dich, mir ist schließlich doch noch etwas gelungen.«

In seinem wie üblich verschwitzten Gesicht stand so viel freudige Erwartung, dass es ihr wehtat, ihn abzuweisen. Ehe sie aber zusagen konnte, überfiel sie die Vorstellung, Christopher nicht zu sehen, ihrem Körper heute, an ihrem letzten Abend, sein Opium verweigern zu müssen, wo er schon bebte und danach schrie. »Es tut mir leid«, sagte sie. »Ich bin verabredet, habe Abschiede zu machen – Bagdad war ja fast ein bisschen Heimat für uns.«

»Ja«, murmelte er, und die Freude auf seinem Gesicht erlosch. »Für dich war es das wohl.« Er machte eine Pause und fasste sich. »Nun gut, dann versuche ich nicht, dich zu überreden. Bitte komm aber nicht zu spät zurück, damit du morgen früh nicht verschläfst. Die Karawane bricht um halb fünf auf, und der Expeditionsleiter hat mir versichert, er wartet auf keinen, der zu spät kommt. Für mich wäre es fatal, sie zu verpassen, weil ich Anfang nächster Woche in Babylon sein muss.«

»Keine Sorge, wir verpassen sie nicht«, sagte Senta und wollte gehen.

Heyse jedoch gab den Weg nicht frei. »Das war es nämlich, was ich dir sagen wollte«, begann er. »Zwar nicht hier zwischen Tür und Angel, aber wenn es anders nicht möglich ist, wird es eben so gehen müssen. Auch wenn du wohl zu Recht nicht mehr daran geglaubt hast, habe ich nun doch noch meine Berufung in Koldeweys Mannschaft erhalten. Holstein hat mir als Vermittler geholfen, und Koldewey selbst hat sich schließlich entschieden, es mit mir zu versuchen.«

Die Verstimmung war verflogen. Seine Wangen, die sich trotz des kühleren Wetters schälten, glühten vor Stolz. Senta überlegte nicht, sondern tat, was ihr als Erstes in den Sinn kam: Sie umarmte ihn. »Heyse, das ist ja großartig, ich kann dir gar nicht sagen, wie sehr ich mich für dich freue. Wenn jemand es verdient hat, dann du.« In ihren Armen spürte sie, wie knochig und schmächtig er im Vergleich mit Christopher war. Durch den fast zerbrechlichen Körper ging ein Zittern.

»Es kommt in der Tat gelegen«, erwiderte er rau und drehte das Gesicht ein wenig von ihrem weg. »Wir haben nämlich außer dem Nötigsten für die Rückfahrt keine Reserven mehr. Diese Monate in Bagdad haben Unsummen verschlungen, aber wenn ich jetzt über Koldewey von der Gesellschaft Gehalt beziehe, können wir uns über Wasser halten. In Babylon werden wir ja auch sparsamer leben als hier. Wir kommen in einem Ort namens Kuweiresch unter, vermutlich einem von diesen Erdhügeldörfern, in denen man gar nicht erst Gelegenheit hat, Geld auszugeben …«

Vor Schrecken hatte Senta ihn losgelassen. Wie hatte sie so nachlässig sein können, das Geld zum Fenster hinauszuwerfen, ohne zu bedenken, was daraus zwangsläufig folgte? Er hatte sie in Smyrna gewarnt, dass ihre Reserven knapp waren, sie aber hatte sich in einen Traum nach dem anderen gestürzt, ohne für die Wirklichkeit einen Gedanken zu erübrigen. Jetzt war es geschehen: Ihr Verhältnis, auf das sie sich herausgeredet hatte, wenn ihr Gewissen sie allzu sehr quälte, war ins Gegenteil verkehrt: Er war nicht länger von ihr abhängig, sondern sie von ihm.

Die Hoffnung, Koldewey werde ihr die Chance geben, sich selbst in ihrem Fach zu bewähren, konnte sie vergessen. Wie daheim in Berlin war bereits alles unter den Männern entschieden worden, ohne dass auch nur ihr Name gefallen war.

»Senta«, sagte er, streckte die Hände aus und ließ sie auf ihren Schultern ruhen. »Senta, darf ich mir etwas von dir wünschen?«

Senta nickte.

»Damals in Smyrna – auf dem Pier, als das Kamel mich totdrücken wollte – hatte ich eben noch Angst gehabt, ich würde sterben, aber dann war alles, was ich denken konnte: Sie hat mich beim Namen gerufen, Senta hat mich zum ersten Mal beim Namen gerufen! Du weißt nicht, was das für mich bedeutet hat. Auch wenn es kein guter Name ist: Heyse. Ich bin nicht ehelich geboren. Die Schande, das Verächtliche, das Stigma – es war immer für jedermann sichtbar, weil ich den Namen meiner Mutter, nicht den meines Vaters trug, weil sie ein Fräulein Heyse war und es einen Herrn Heyse dazu nicht gab.«

Senta stand still, ließ die Arme hängen, wusste nicht, wohin sie den Kopf wenden sollte.

»Könntest du ... meinst du, du könntest dich dazu überwinden, mich bei meinem Vornamen anzusprechen?«

Sie hatte ihn vergessen. Von einem Entsetzen ins andere fallend, stellte sie fest, dass sie vergessen hatte, wie er mit Vornamen hieß.

»Natürlich.«

»Danke.« Er lächelte. »Senta, ich muss dir das auch noch sagen. Du weißt, wie Koldewey zu Frauen als Archäologinnen steht. *Mulier taceat in excavationes.* Die Angehörigen seiner

Leute sind ihm jedoch willkommen, und ich habe daher, wie wir es von Beginn an vereinbart haben, dich als meine Frau angekündigt. Es gibt keine Probleme, niemand hat verlangt, ein Dokument zu sehen. Herr Christian wird sich selbst darum kümmern müssen, als Gast akzeptiert zu werden, aber wie ich ihn kenne, wird er damit keine Schwierigkeiten haben.«

»Du hast diesen Leuten erzählt ...«

Sein Lächeln wagte kaum, sich zu zeigen, und verschwand gleich wieder. »Meinst du, du könntest dich daran gewöhnen, als Frau Heyse angesprochen zu werden? Wir werden natürlich ein Quartier teilen müssen, aber ich gebe dir mein Wort, wie ich es auch deinem Vater gegeben habe, als ich dich damals abholte und er mir gestattete, mit dir auszugehen. Damals, in die Oper, in *Sardanapal*. Ich gebe dir mein Wort als Ehrenmann, dass nichts geschehen wird, das du nicht willst.«

20

Senta hatte in der Tat von ein paar Menschen und Orten Abschied nehmen wollen: bei Salah, ihrem Lieblingsbäcker, noch einmal ein mit fliegenden Händen an den Innenwänden des *Tannour*, des Lehmofens, gebackenes *Khubz*-Brot kaufen, um es sich mit gesalzenem *Laban* in den Mund zu stopfen. Noch einmal den Fischverkäufern am Fluss zusehen, noch einmal durch die Straße der Buchhändler laufen und all die Schätze bestaunen, die sie nie würde lesen können, noch einmal den *Muezzin* von der Abu-Hanifa-Moschee hören, dem alle übrigen antworteten.

Jetzt aber gab sie all diese Pläne auf und rannte die Uferstraße hinauf zu Christophers Haus. Wie eine Lösung für ihr Dilemma aussehen sollte, konnte sie sich beim besten Willen nicht vorstellen, aber er musste sich eine einfallen lassen, er *musste*! Es war kühl, doch in seinen Hof fiel noch Sonne, tauchte den Brunnen in ein diesiges Licht und brachte den Staub zum Funkeln. Wie so oft saß dort Kadif, tränkte und liebkoste Basim, während auf seinen Knien aufgeschlagen sein Buch lag.

In den vergangenen Wochen war sie immer stehen geblieben, wenn sie ihn dort gesehen hatte, hatte sich verschämt um das Haus herumgeschlichen und den Eingang des hinteren Flügels benutzt. Diesmal aber war es zu spät dafür, denn er blickte auf, sobald sie den Durchgang betreten hatte, und ihre Augen trafen sich. Auf einmal überfiel sie mit unwiderstehlicher Wucht der Wunsch, bei ihm und dem Kamel zu sitzen, an ihrer Ruhe teilzuhaben und keine Forderung erfüllen zu müssen. Sie hatte ihn vermisst, etwas hatte in ihrem Leben gefehlt, und auf einmal war sie sicher, dass sie es nicht länger entbehren konnte.

»*Sayidati*«, sagte er. »Christian *Effendi* ist auf die Post gegangen und noch nicht zurück.«

»Er ist auf die Post gegangen? Weshalb schickt er denn nicht dich?«

Wie immer schwieg Kadif und wartete auf ihre Anweisungen. Als er dann doch die Stimme erhob, fuhr Senta zusammen, weil es so unverhofft kam. »Wollen Sie ein wenig Zeit mit Basim verbringen, *Sayidati*? Ich lasse Sie allein, ich bereite Ihnen Tee zu, wenn Sie welchen möchten.«

»Ich will ein wenig Zeit mit euch beiden verbringen«, entfuhr es Senta. Mit Kadif fiel ihr nie auf, ob sie Englisch oder Arabisch sprach, sich durch Schweigen oder Zeichen verständigte, und erst hinterher wunderte sie sich darüber.

Er rückte auf dem Rand des Beckens beiseite und überließ ihr den Platz neben dem Kamel. Basim hob die Schnauze aus dem Wasser, seine Lippen tropften. So weit, Senta anzustoßen, wie er es bei Kadif tat, ging er nicht, aber er wandte ihr das Gesicht zu und sah aus, als ob er glücklich wäre.

»Sein Name passt zu ihm«, sagte sie. »Ich habe immer wieder Leute sagen hören, Kamele wären übellaunige Gesellen, aber Basim lächelt oft einfach so in sich hinein. Obwohl er Schmerzen hat. Ich glaube, er liebt das Leben.«

Kadif schwieg weiter, und Senta fügte hastig hinzu: »Das war unglaublich dumm. Entschuldige. Was für uns wie ein Lächeln aussieht, ist für ein Kamel mit Sicherheit keines und spricht nicht gegen Übellaunigkeit.«

Er trug seinen *Keffieh* nicht. Sein Haar schimmerte unglaublich schwarz vor dem sich langsam abschwächenden Licht, und in seinem Gesicht war jeder Zug scharf wie mit dem Messer eingekerbt. »Was für uns so aussieht, ist für ein Kamel aber auch nicht unbedingt Übellaunigkeit und spricht nicht gegen ein Lächeln.«

»Ach, Kadif. Ich hätte so gern, dass er lächelt. Dass es ihm wohl ergeht. Dass ich wenigstens mit ihm nichts falsch gemacht habe.«

Er saß noch immer sehr aufrecht vor ihr, ein Bein über das andere geschlagen, und sie glaubte zu erkennen, wie er über das, was sie gesagt hatte, nachdachte. »Ich bin ja nicht Basim«, sagte er dann. »Aber an seiner Stelle würde es mich freuen, dass es Sie kümmert, ob Sie mit mir etwas falsch gemacht haben.« Nach einer kleinen Weile fügte er hinzu: »Und ich glaube, ich fände es deswegen nicht mehr sonderlich schlimm, falls Sie doch etwas mit mir falsch gemacht hätten.«

Senta wollte losprudeln, wollte ihn wissen lassen, wie nett sie fand, was er zu ihr gesagt hatte. Dann aber kam ihr das zu banal vor, zu wertlos. Er war arm, ihm war offensichtlich an Bildung gelegen, die er sich kaum würde leisten können. »Kadif, wenn du Geld brauchst ...«

»Ich bedanke mich, *Sayidati*. Ich brauche keines.«

Jäh erinnerte sie sich, dass sie ja selbst welches brauchte, dass sie so gut wie nichts mehr zu verschenken hatte. »Ich wollte dich nicht kränken.«

»Was bringt Sie auf den Gedanken, Sie hätten mich gekränkt?«

»Ich weiß auch nicht, Kadif. Ich rede Unsinn. Es geht mir nicht gut heute Abend, und ich habe keine Ahnung, was man zu einem *Ma'dan* sagen darf und was nicht. Ich weiß gar nichts über euch, denn du erzählst mir ja nichts. Nur, dass ihr euch auf Kamele versteht, weil ihr in euren Schilfhäusern im Marschland welche züchtet.«

»Die *Ma'dan* züchten keine Kamele«, erwiderte Kadif. »Wenn ein Kamel geboren wird, kämpft es so lange, bis es auf seinen Beinen stehen kann, und dann beginnt es zu rennen. Es rennt und rennt, wie es das als erwachsenes Tier nie wieder tun wird, weil es sich überzeugen muss, dass es die Fähigkeit dazu besitzt, sollte ihm je in der Wüste Gefahr drohen. Dafür eignet sich kein Sumpfland. Die *Ma'dan* leben vom Fischfang und bauen auf dem feuchten Boden zwischen den Flüssen Melonen an.«

»Aber der Wirt in Aleppo hat gesagt …«

»Das müssen Sie selbst entscheiden«, erwiderte Kadif. »Ob Sie dem Wirt in Aleppo glauben oder mir.«

»Das ist überhaupt keine Frage«, rief Senta. »Du bist ja selbst *Ma'dan*, also glaube ich dir. Ich frage mich nur, warum der Mann mir erzählt hat, dass dein Vater Kamele züchtet.«

»Weil ich es ihm erzählt habe«, sagte Kadif. »Weil ich wollte, dass er mich mit den Kamelen arbeiten lässt.«

»Warum fällt es mir nur so schwer, mir vorzustellen, wie du jemanden anlügst? Warum bin ich derart überzeugt, dass du durch und durch ehrlich bist?«

»Vielleicht, weil ich will, dass Sie davon überzeugt sind.« Er nahm sein Buch und erhob sich, wirkte auf einen Schlag hoheitsvoll und ihr nicht länger nah. »Basim und ich werden jetzt gehen, *Sayidati*.«

»Wohin geht ihr denn?«

»Uns am Fluss die Beine vertreten. So wie jeden Abend. Warum warten Sie nicht oben auf Christian *Effendi*? Es wird ja jetzt kühl, und ich habe vorhin Obst hinaufgebracht, auch Wein und Süßigkeiten, die Christian *Effendi* für Sie bestellt hat.«

Lass mich nicht allein, lass mich mit dir und Basim gehen, wollte sie rufen und schluckte es nur mit Mühe herunter. »Kommt nicht zu spät zurück, wir brechen morgen in aller Frühe auf«, sagte sie und kam sich vor wie Heyse, den sie nicht einmal in Gedanken beim Vornamen nannte.

»Sehr wohl. Wir gehen nur ein paar Schritte, *In scha'a llah.*«

»Du brauchst zu mir nicht *sehr wohl* zu sagen«, rief Senta. »Ich betrachte dich nicht als einen Untergebenen, Kadif. Eher als einen Freund.«

Er nickte ihr zu, ordnete die Führleine des Kamels und strich dem Tier mit der flachen Hand die Stirn. »Es ist sehr freundlich von Ihnen, das zu sagen, *Sayidati.*«

»Ich sage es, weil ich es so meine. Und ich bin gar nicht freundlich, ich bin – ach Gott, ich rede heute nur dummes, konfuses Zeug, weil ich mich so darauf gefreut habe, nach Babylon zu kommen und weil es mir jetzt so schwerfällt, aus Bagdad fortzugehen. Weißt du, dass ich mir die Stadt viel größer vorgestellt habe, ehe wir hergekommen sind?«

»Sie war einmal größer. Sie war die größte. Aber es wäre kaum angemessen gewesen, wenn sie das als osmanische Provinzstadt geblieben wäre.«

»Sie ist die schönste«, sagte Senta. »Kadif, wenn wir nach Babylon kommen, wirst du dich über manches wundern, und ich möchte nicht, dass du schlecht von mir denkst. Ich weiß, deine Religion verbietet es, dass Männer und Frauen einander lieben, wenn sie nicht verheiratet sind. Ich glaube, meine Religion verbietet es auch, ich kenne mich nur mit meiner Religion nicht besonders gut aus.«

»Zum Wundern und zum Denken haben Sie mich ja nicht eingestellt.« Er zog Basim sachte von dem Brunnen weg. »Und meine Religion ist mein Haus, aber wer immer in seinem Haus bleibt, erstickt.«

Sie wollte es ihm so gern erklären, aber es war zu kompliziert, ein Irrgarten, in dem sie sich rettungslos verlaufen hatte.

»Gute Nacht, *Sayidati*«, sagte er.

»Gute Nacht, Kadif. Gute Nacht, Basim.«

Er war schon am Tor, und sie sah den Schwanz des Kamels, der im Takt seiner majestätischen Schritte hin und her pendelte, als ihr noch etwas einfiel. »Ich hatte schon einmal ein Tier aus Arabien. Einen Rapphengst. Sein Name war Wahid. Sagst du mir, was das bedeutet, so, wie du mir gesagt hast, was Basim bedeutet?«

»Einsam«, sagte Kadif.

Er verließ mit Basim den Hof, und Senta stieg die Treppe hinauf ins Schlafzimmer, wo Kadif wie immer alles hergerichtet hatte, damit es ihnen in ihren Liebesnächten an keinem Sinnesreiz fehlte. Auf den schönen, blau gemusterten Platten lagen Feigen, Datteln und dunkle Nüsse, dazwischen blitzten Perlen von Granatäpfeln. In zwei Krügen wartete Wein, eine herbe Sorte und eine süße, und darum reihten sich Schalen mit buntem Gebäck. Die Laken dufteten, und vor dem Bett stand ein Waschbassin, dessen Wasser mit Rosenblättern bestreut war.

Senta hätte sich auf das Bett legen können, all den Komfort, der ihr heute zum letzten Mal zuteilwurde, genießen, doch sie fand keine Ruhe. Rastlos streifte sie von einem Zimmer ins nächste. Auf den kleinen Ankleideraum, in dem Christophers Kleider auf Ständern vor der Wand hingen, folgte das längliche, zum Fluss weisende Zimmer, in das er sich einen Schreibtisch aus Rosenholz hatte stellen lassen. Christopher hatte ein Faible für edles Mobiliar, für alle Dinge, die ästhetisch, stilvoll und teuer waren.

Über den Schreibtisch verteilt lagen Briefe. Unzählige Briefe, Bogen um Bogen, alle in derselben schrägen, heftig geführten Handschrift abgefasst. In einem Augenblick war Senta eine wohlerzogene Frau mit Sinn für Anstand, für die es außer Frage stand, in den Briefen eines anderen Menschen zu wühlen, im nächsten hatte sie schon einen der Briefe in der Hand. Sie brauchte eine ganze Weile, ehe sie begriff, von wem die Briefe stammten, und in dieser Zeitspanne hatte sie bereits zu viel gelesen, um es aus ihrem Gedächtnis je wieder auszustreichen.

21

Er war ins Haus getreten und hatte nach ihr gerufen, erregt und glücklich, wie er es immer tat. Sie hatte sich nicht vom Fleck gerührt, hatte den Brief in ihrer Hand nicht einmal fallen lassen. Er hatte nach ihr gesucht, geglaubt, sie spiele ein Spiel, und lachend mitgespielt.

»Was machst du an meinem Schreibtisch?«

Rasch war er zu ihr hingesprungen, hatte ihr weggerissen, was sie in den Händen hielt, und als er sah, was es war, hatte er es geradezu erleichtert wieder losgelassen. »Nun ja«, sagte er, ging zu einem Tagesbett unter dem Fenster und setzte sich hin. »Der gute Vally. Selbst hält er sich ja für einen furztrockenen Wissenschaftler, aber in Wahrheit macht ihm seine blumigen Wortgirlanden nicht mal Abu Nuwas nach.«

»Das ist nicht dein Ernst!«, schrie sie. »Nicht, dass du … nicht, dass ihr beide …« Ihr fiel kein Wort ein. Sie riss eine Handvoll Briefe vom Schreibtisch und schleuderte sie durch den Raum.

»Worüber regst du dich denn so auf?«, fragte er. »Sind wir Kleinbürger, verbringen wir unser Leben mit Briefmarkensammeln? Was ist so entsetzlich daran, dass ich alle Möglichkeiten, die sich mir bieten, ausprobieren will, dass ich mein Leben bunt mag, nicht in kleine graue Spalten eingeteilt?«

Senta schrie von Neuem los, fand wieder Worte, warf ihm welche an den Kopf, von denen sie kaum gewusst hatte, dass sie sie kannte. Christopher fuhr fort, mit spitzen, eloquenten Antworten zu kontern, mit Argumenten, die klangen, als hätte er recht, wo sie doch wusste, dass er unmöglich recht haben konnte.

»Weshalb denn auf einmal so engherzig? Liebst du nicht *Tausendundeine Nacht*, wo jeder auf jeden gestiegen ist? Und warum auch nicht? Der hartherzige König sollte sich schließlich amüsieren, sonst wäre die arme Scheherazade einen Kopf kürzer gewesen, noch ehe sie den Morgenstern erblickt hätte. Und deine Mesopotamier ließen sich auch nicht von Moralaposteln ihren Spaß verderben. Diese zwei Kerle, Gilgamesch und Enkidu, denen Vally verfallen ist, verbringen Tag und Nacht damit, sich gegenseitig anzuschmachten, und keiner stört sich daran, schon gar nicht die lieblichen Mädchen, die ihnen in Scharen hinterherscharwenzeln.«

»Ich bin keines von den Mädchen, die dir in Scharen hinterherscharwenzeln«, schrie sie. Das war es, was falsch war. Nicht, dass Russell ein Mann war, auch wenn ihr das einen gehörigen Schrecken versetzt hatte, sondern dass er und Christopher sich liebten, sich Briefe schrieben, die vor Zärtlichkeit und Sehnsucht überflossen. Der neue Elefant im Raum war der Satz, den sie nicht aussprechen würde:

Und ich habe geglaubt, du liebst mich.

Nicht das erotische Geplänkel war es, das ihr am meisten wehtat, sondern die kleinen Anspielungen, die Neckereien und Halbsätze, die von inniger Vertrautheit zwischen zwei Menschen kündeten und Fremde ausschlossen. Sie selbst hatte so etwas nur bei ihren Eltern erlebt, doch ihre Eltern hatten eine letzte Kammer besessen, die sie vor Senta verschlossen gehalten hatten. Ein Lachen, ein Schweigen und ein verzweifeltes Weinen, das nur ihnen beiden – und Cathrin – vorbehalten war.

Sie war allein.

Christopher gehörte nicht zu ihr, sondern zu Russell, und was vielleicht noch unfassbarer war: Christopher hatte Russell, mit dem er Liebesbriefe tauschte, in einem Krankenhaus in Smyrna im Stich gelassen, um einem Spielzeug, einem Abenteuer hinterherzujagen. Er würde nicht zögern, auch sie im Stich zu lassen, die von weit geringerer Bedeutung für ihn war.

Sie wollte ihn von Neuem anschreien, wollte ihm wehtun, wie er ihr wehgetan hatte, doch stattdessen musste sie weinen.

Er war sofort bei ihr, nahm sie in die Arme, und allzu schnell ging ihr die Kraft aus, sich zu wehren. »So schlimm, Ischtar, wirklich so schlimm?«

Wie konnte er sie noch Ischtar nennen, ihr den Namen der mächtigsten Göttin geben, die Morgen- und Abendstern zugleich regierte? Senta dagegen war ein Häuflein Elend, das weder Tage noch Nächte ertrug. Ihr Pferd hatte Wahid geheißen, was *einsam* bedeutete, und einsam war sie immer gewesen. Ischtar war berüchtigt für die Grausamkeit, mit der sie ihre Liebhaber behandelte, sie ließ sich die Perlen von Prostituierten um den Hals legen, um arglose Männer zu verführen, und an dem Tag, an dem sie in die Unterwelt hinabfuhr, erlosch auf der Erde jede sinnliche Liebe.

Senta dagegen verlor ihr Spiel gegen Perceval Russell, der selbst nicht weniger verloren hatte. Vielleicht war sie deshalb von der Liebe mit Christopher nie satter, sondern gieriger geworden, weil er ihr nie wirklich etwas von sich gegeben hatte.

Er küsste ihr Haar, hob ihr Kinn, wollte ihr die Augenlider küssen, doch sie drehte den Kopf weg.

Ich fahre nach Babylon, versuchte sie, sich klarzumachen, *als Winfried Heyses Frau.* Winfried. Er hieß Winfried. Aber das nützte jetzt auch nichts mehr.

»Es war etwas, das ich ausprobiert habe, meine Süße«, sagte Christopher. »Etwas, das mir gepasst hat, als ich jung und furchtbar neugierig war. Vally wird immer mein Freund bleiben, er ist wie ein Teil von mir und von meiner Geschichte, aber dem anderen bin ich entwachsen. Im Grunde seit Jahren schon, nur habe ich es erst richtig bemerkt, als ich dir begegnet bin. In eurer Antike war das die übliche Praxis, weißt du das nicht? Diese ganzen kraftstrotzenden jungen Männer, die vor der Ehe die Mädchen ja nicht einmal anschauen durften, vergnügten sich miteinander, und die Mädchen taten Ähnliches. Was meinst du wohl, woher der Ausdruck *Lesbierin* stammt? Na, siehst du. Alles viel harmloser und natürlicher, als die bürgerliche Moral es uns glauben machen will, und hinterher sind sie trotzdem alle treu sorgende Familienväter und ehrbare Matronen geworden.«

Senta weinte weiter, und Christopher redete weiter auf sie ein. Irgendwann, als sie zu fürchten begann, ihre Beine würden einknicken, führte er sie hinüber ins Schlafzimmer. Sie legten sich zusammen aufs Bett, zogen die Laken über sich, weil sie plötzlich froren, hielten sich aneinander fest und tranken in hastigen Zügen den Wein. Als das nicht genügte, holte Christopher *Arak*. Während sie sich betranken, versuchten sie heftig und schmerzhaft und ungeschickt, sich zu lieben, bis sie endlich aneinandergeklammert in einen schweren, betäubten Schlaf fielen. In ihrem Traum war Senta wieder in Berlin, am Landwehrkanal, in dem Cathrin und ihr Bär trieben und in den ihre Eltern hinterhersprangen.

Als sie erwachte, dachte sie als Erstes an das Kamel. *Ich will zu Basim.* Sie versuchte aufzustehen, aber ihr Kopf schmerzte dermaßen höllisch, dass sie sofort in die Kissen zurückfiel. Ihre Zunge fühlte sich an wie geschwollen, und die Bettlaken klebten ihr am Körper. Es stank nach *Arak* und saurem Schweiß. Neben ihr lag Christopher, der im Schlaf leise röchelte.

Eine Beklommenheit ergriff von ihr Besitz, die Gewissheit, einen Fehler begangen zu haben, der nicht wiedergutzumachen war. Durch die Läden, die sie in der Nacht nicht richtig befestigt hatten, drang Tageslicht. Gleich darauf hob der *Adhan* des *Muezzin* an. Rief er zur *Fadschr,* zum ersten Gebet, das das Ende der Nacht feierte und nur bis zum Sonnenaufgang verrichtet werden durfte? Senta sprang aus dem Bett, hielt sich im Laufen den Kopf und spähte durch den Spalt zwischen den Läden hinaus. Im Hof, unter dem kleinen Zitronenbaum auf der Bank, saß Mehmet. Neben ihm angepflockt standen das mit Gepäck beladene Maultier und Christophers gesatteltes Pferd. Heyse hatte sich seines bereits am Vortag in den Stall des Hotels schaffen lassen.

Sentas Herz schlug ihr bis in den Hals. Der *Muezzin* hatte nicht zur *Fadschr,* sondern zur *Zuhr* gerufen, dem Gebet des Vormittags. Dem Stand der Sonne nach war es mindestens acht Uhr, und um fünf hatte die Karawane aufbrechen wollen.

Um halb fünf *war* die Karawane aufgebrochen! *Der Expeditionsleiter hat mir versichert, er wartet auf keinen, der zu spät kommt.*

Senta stürzte zum Bett, rüttelte Christopher wach, schrie auf ihn ein, was geschehen war. Er wand sich, hielt sich den Kopf so wie sie zuvor, wiederholte mit krächzender Stimme, das alles sei doch halb so schlimm. »Dann sehen wir eben zu, dass wir dieser Karawane hinterherkommen. Nach Babylon sind es nicht viel mehr als sechzig Meilen, auf denen werden wir ganz sicher weder von wilden Tieren gefressen noch von wilden Beduinen zu Kamelsätteln verarbeitet werden.«

»General Sanders hat gesagt, wir sollen unter keinen Umständen ohne ausreichenden Geleitschutz reisen.«

»General Sanders sagt viel, wenn der Tag lang ist. Er ist ein netter Kauz und spielt ordentlich *Cribbage,* aber in seiner Übervorsicht nimmt er's mit deinem Professor auf. Tu mir den Gefallen und lass uns erst einmal einen brauchbaren Kaffee trinken. Mir platzt der Kopf, und ohne Kaffee kann ich nicht denken. Sag dem Kameltreiber, er soll uns einen kochen, aber lass es um Himmels willen nicht Mehmet machen. Der streckt das Zeug, um ein paar Bohnen zu mopsen, und am Ende schmeckt's wie Wasser aus dem *Şadirvan*, nachdem die halbe Gemeinde sich die Füße darin gewaschen hat.«

Senta fühlte sich hundeelend, sie hätte nicht einmal Kaffee heruntergebracht. Dennoch warf sie sich ein Tuch über und ging zurück zur Tür. »Mehmet«, rief sie hinunter in den Hof, »wo ist Kadif?«

»Mir sehr viel tut leid, Lady *Tanriça*«, antwortete Mehmet betrübt. »Dass ich viel leider nicht weiß. Der feine Herr Kadif und der feine Herr Kamel habe ich beide gesehen ganze Morgen nicht.«

Mit einem Schlag war Senta hellwach. In wilder Hast stieg sie in die Kleider und schrie dabei Christopher an: »Kadif und Basim sind verschwunden! Ihnen muss etwas passiert sein, sie sind wahrscheinlich gestern Abend gar nicht mehr vom Fluss zurückgekommen.«

Endlich stieg Christopher aus dem Bett, kam zu ihr und hielt sie an den Armen fest. »Jetzt beruhige dich doch. Wenn sie wirklich verschwunden sind, kannst du darauf wetten, dass ihnen überhaupt nichts passiert ist. Dann hat der Marschbewohner, dieses *Pokerface*, uns nach Strich und Faden übers Ohr gehauen und sich mit deinem Kamel aus dem Staub gemacht. Ich habe mir schon so manches Mal gedacht, irgendetwas stimmt nicht mit dem Kerl, und ich bin ein Idiot, ihm zu trauen, aber andererseits war es so bequem, ihn hierzuhaben.«

Senta war nicht fähig, das zu glauben, alles in ihr wehrte sich dagegen. Kadif, ihr Kadif, bei dem sie in diesen Monaten des Wanderns und Suchens Ruhe gefunden, bei dem sie Arabisch und Kamelreiten und das Überleben in der Wüste gelernt und am Brunnen in der Sonne mit einem Lächeln geschwiegen hatte, sollte ihr Kamel gestohlen haben? Der junge Mann, der ihr manchmal vorgekommen war, als hütete er ein weises Geheimnis, sollte nur ein gewöhnlicher Dieb sein?

Aber er war doch der Einzige, der verstand, was das Kamel ihr bedeutete, der Einzige, der wissen musste, dass sie sonst keinen Freund besaß, dass sie auf seltsame Weise unfähig war, mit Menschen Freundschaft zu schließen, obwohl sie Menschen gern mochte, gesellig war und mit jedem ins Gespräch kam. Er musste all das wissen, sie hatte es ihm erzählt, noch ehe sie Worte gefunden hatten, sich zu verständigen. An den Abenden in der Wüste war der Unterstand, den er Basim aus Stäben und Decken zum Schutz gegen den Wind gebaut hatte und unter dem auch er selbst schlief, ihr liebster Ort gewesen.

Einmal hatte sie zugesehen, wie er in den Sand eine halbmondförmige Kuhle grub. Er benutzte dazu seinen ganzen Körper, damit die Form sich dem Sand einprägte und er sich an Basims Seite wie in eine Wiege hineinlegen konnte. Sie hatte an Abdullah, den Kamelhändler aus Smyrna, denken müssen, der behauptet hatte, Basim könne sie genau das lehren, und hatte Kadif gefragt, ob er es auch von dem Kamel gelernt hatte. Sie hatte wohl Mehmet zum Übersetzen geholt, doch als Kadif Antwort gab, hatte sie zum ersten Mal gemeint, seine Sprache zu verstehen:

»Von Basim hätte ich es nicht lernen können, *Sayidati*. Aber von seiner Mutter. Halbmondförmige Nester bauen die *Nagas*, die Kamelstuten, die geboren haben. Sie schützen damit ihre Fohlen in der Nacht, und die Fohlen vergessen es niemals. Die Umarmung der Wüste. Wo alles um sie weit ist, muss etwas eng sein und sie halten. Sie fühlen sich in diesen Kuhlen geborgen, und wenn sie geborgen schlafen, sind sie am Morgen gut erholt.«

Senta hatte sich gewünscht, er möge auch für sie eine solche Kuhle in den Sand graben, eine Umarmung der Wüste, in der sie geborgen schlafen könnte. An diesem Abend hatte sie zum ersten Mal gesehen, wie er lächelte, und am folgenden Tag hatte sie einen der Soldaten angeschrien, weil er mit seiner Reitgerte nach Kadif geschlagen hatte, wie sie es alle mit ihren Treibern taten, um ihnen Beine zu machen.

Sie hatte ihn schützen wollen, ihn als Mitglied ihrer Gruppe betrachtet. *Als meinen Freund.* Er konnte Basim nicht gestohlen haben, es konnte nicht alles, woran sie Halt gesucht hatte, in Stücke zerfallen.

»Was ist da los?« Mühsam rappelte Christopher sich im Bett auf. »*Bloody hell,* ich brauche meinen Kaffee.«

Vom Hof drangen Stimmen herauf. Senta rannte zur Tür, und aus ihrer Kehle befreite sich schon ein Jubeln, weil sie sicher war, dort unten ihr Kamel zu erblicken. Es war alles ein Missverständnis, es würde sich aufklären – die Briefe auf Christophers Schreibtisch gehörten in ihren Traum, die Karawane reiste erst morgen, nicht heute, und Kadif hatte sich mit Basim am Fluss die Beine vertreten. Der Mann, der im Hof stand und mit zornigen Worten auf Mehmet einredete, hatte jedoch ein Pferd bei sich, kein Kamel. Es war nicht Kadif, sondern Heyse.

Ohne sich um Christopher, der sie aufhalten wollte, zu kümmern, lief Senta die Treppe hinunter, um ihm zu sagen, dass sie es war, die er beschimpfen sollte, nicht Mehmet. Sie würde ihm klarmachen, dass er sich endlich von ihr befreien musste, von einer Frau, die ihm kein bisschen Respekt erwiesen hatte und sich nicht einmal seinen Namen merken konnte, die ihm ohne Skrupel wehtat und die jetzt auch kein Geld mehr besaß, das die Kränkungen wettmachte.

Als sie den Hof, auf dessen Bodenfliesen die Frühlingssonne Muster tanzen ließ, erreichte, hatte Heyse aufgehört, Mehmet zu beschimpfen. Er sah aus wie ein sehr trauriger Spaniel. Nein. Wie ein unendlich trauriger Mann.

»Winfried«, rief sie, lief ihm entgegen und blieb zwei Schritte vor ihm stehen. »Mein Kamel ist weg«, war alles, was sie herausbrachte.

»Die Karawane ist auch weg«, sagte Heyse. »Sie haben eine

halbe Stunde lang gewartet, während ich zur *Zaptiye* gelaufen bin, weil ich sicher war, dir müsse etwas passiert sein. Natürlich haben sie dort nichts unternommen, sie haben in ihren roten Karnevalsuniformen hinter dem Tresen herumgelungert und mich ausgelacht. Ich hätte ihnen *Bakschisch* anbieten sollen, aber ich war zu dumm, welches einzustecken. Vor allem zu dumm, darauf zu kommen, dass du hier sein würdest. Als ich ins Hotel zurückkehrte, war die Karawane fort. Die Eskorte, die ihnen der *Wali* gestellt hatte, um sie sicher aus der Stadt hinauszubringen, hatte nicht länger warten wollen.«

Die *Zaptiye* war die osmanische Polizei, die dem Militär angehörte. Sie galt als notorisch faul und korrupt, doch wenn sie zugriff, sagte man ihr beispiellose Brutalität nach. Jäh erinnerte sich Senta an die Szene in Konstantinopel, die eine Ewigkeit her zu sein schien, an den blutenden, gekrümmten Kadif, der vergeblich versuchte, seinen Kopf vor den Knüppeln zu schützen.

Christopher wankte die Treppe hinunter und schloss im Gehen seine Hosenträger. Derangiert, mit zerrauftem Haar und verschwollenen Augen war er vielleicht attraktiver denn je, aber die Gier war vorüber. Es war wie bei einem dieser Gerichte, von denen man aß und aß, bis man sie irgendwann satthatte. Von dem Wortschwall, den er von sich gab, hörte Senta kaum etwas, nahm nur wahr, dass er heiter klingen, die Sache herunterspielen wollte. Sie selbst stand mit hängenden Armen und schweigend da, denn sie hatte nichts zu sagen. Nicht einmal die groteske Behauptung, es tue ihr leid.

22

Im Nachhinein einen Entschluss als Wahnsinn zu bezeichnen, war erheblich leichter, als im Moment der Entscheidung eine bessere Lösung vorzuschlagen. Heyse musste in vier Tagen in Babylon eintreffen, oder er würde die Stellung verlieren, für die er alles aufgegeben hatte. Sie hatten kein Geld, um erneut wochenlang auf eine geeignete Karawane zu warten. Bis Babylon waren es nicht viel mehr als hundert Kilometer, lediglich einer der Tagesritte würde wirklich durch menschenleere Wüste führen, und Christopher zog aus seinem Holster die Pistole und legte sie auf den Tisch.

»Für eine Handvoll armer Schlucker werden sich unsere beduinischen Freunde nicht von ihren *Shishas* weglocken lassen. Schon gar nicht wird da ein Sturm von hundert Mann aufgeboten, und sollte ein vorwitziger Einzelkämpfer einen Alleingang wagen, nehme ich ihn selbst aufs Korn.«

»Wozu haben Sie die?«, fragte Heyse. Es war das erste Mal seit dem Morgen im Hof, dass er das Wort an Christopher richtete.

»Meine *Webley Top-Break* habe ich, weil ich sie für meine Art von Geschäften brauchen könnte«, erwiderte Christopher, allzu angestrengt um Gelassenheit bemüht. »So, wie Sie Ihre Bücherstapel mit sich herumtragen und vermutlich Schaufel und Pinsel. Wollen wir es dabei belassen? Statt zu streiten, sollten wir zu einem Entschluss kommen, und wenn jemand mich fragt, dann sollten wir reisen.«

»Wir haben zur Alleinreise keine Genehmigung«, wandte Heyse ein.«

»Wir haben auch keine Genehmigung, zu niesen oder uns am Hintern zu kratzen«, erwiderte Christopher, der deutlich eher nervös als belustigt wirkte. »Auf der kurzen Strecke wird uns wohl kaum ein osmanischer Agent einer Kontrolle unterziehen, wir sind schließlich nicht die Königin von Saba oder sonst eine erhabene Persönlichkeit.«

»Konsul Holstein hat mir wiederholt eingeschärft ...«

»Werter Professor«, fiel ihm Christopher ins Wort, »an der Expertise eines kaiserlichen Konsuls will ich selbstverständlich nicht rütteln. Die Entscheidung liegt bei Ihnen. Was mich betrifft, so habe ich keine Verabredung am Turm zu Babel, ich fühle mich in Bagdad recht wohl, und die Miete für mein Haus ist noch für zwei Monate bezahlt. Ich habe mich nur eingemischt und als Ersatz für einen *Rafik* angeboten, weil ich mich in gewisser Weise in Ihrer Schuld fühle. Ich dachte, ich hätte etwas gutzumachen, aber ich werde mir deswegen kein Büßerhemd kaufen, und ich dränge mich ganz sicher nicht auf.«

Sie beschlossen also, zu reisen. Nicht, weil sie von ihrem Tun überzeugt waren, sondern weil niemand einen anderen Vorschlag hatte. Senta überließ es Christopher, irgendein Pferd für sie aufzutreiben. Der Gedanke, Basim zu ersetzen, Basim verloren zu haben, brach ihr fast das Herz. Sie hatte ihn einem ungewissen Schicksal überlassen, wie Wahid. Er würde ohne sie sterben, und sie hatte sich nicht einmal von ihm verabschiedet.

Drei Tage nach dem ursprünglich geplanten Aufbruch waren sie vor dem Morgengrauen reisefertig. Christopher, der sich in Abwesenheit eines einheimischen Führers als erstaunlich versiert erwies und eine Fülle von Kartenmaterial bei sich trug, brachte sie aus der Stadt hinaus und versicherte ihnen, er werde auch den Weg nach Babylon finden. Heyse hatte sich bereits in Berlin kundig gemacht, und zur größten Not würden sie unterwegs auf eine Siedlung stoßen und jemanden als Geleit engagieren können.

Der erste Tag, der sie von den fruchtbaren Ebenen und dem erfrischenden Wind des Euphrat fortführte, verlief ohne Zwischenfälle. Es tat gut, wieder zu reiten und ganz mit praktischen Fragen wie Essenszubereitung und Zeltaufbau beschäftigt zu sein, sodass für das, was zwischen ihnen brodelte, keine Zeit blieb. Mehmet erwies sich am Kochgeschirr als weit weniger begabt als Kadif, und sie hatten keine Ziege bei sich, doch mit Dauerwurst, Brotfladen und Gurkengemüse würden sie zwei Tage lang über die Runden kommen.

Als sie sich nach dem Essen zu den Schlafstellen begaben, fand Heyse in einem Bassin vor seinem Zelt einen Skorpion. Er schrie nicht gellend über das Gelände, drohte nicht, ohnmächtig zu werden, sondern informierte nur Mehmet, der das Tier mit einem spitzen Messer in den gepanzerten Rücken stach. »Skorpion kleiner *şeytan* sein, viel bisschen wie Araber. Jetzt, wo sein über alle Berge kleine Kameldieb, Mehmet können sagen. Du wollen mit Knüppel zerschmettern, aber Skorpion sich machen viel flach und danach stehen wieder auf. Du mit Messer stechen ganz durch, schneiden durch Herz, dann sein tot.«

»Wenn du jetzt Angst hast und nicht gut schlafen kannst, können wir die Zelte tauschen«, bot Senta an.

»Ich habe keine Angst«, erwiderte Heyse. »Gute Nacht.«

Am nächsten Morgen erreichten sie die Wüste.

Sie waren alle erschöpft von Aufruhr und Verstörung, ritten gemächlich, in großen Abständen ihres Weges und verständigten sich nur durch Zeichen. Sentas Pferd war knochig und alt, sie ritt es mit Vorsicht, und Heyse zog ohnehin eine langsame

Gangart vor. Zwar waren die Temperaturen im Vergleich zu ihrer ersten Reise noch mild, doch vergaß man schnell, dass sich die trockene Hitze der Wüste mit keiner anderen Hitze vergleichen ließ und dazu zwang, mit den Kräften hauszuhalten. Senta döste hin und wieder auf dem Pferderücken ein, was sich erholsamer anfühlte als das schlaflose Herumwälzen in der Nacht. Hatte das Knattern der Zeltplanen ihr während der ersten Reise Geborgenheit vermittelt, so kam es ihr jetzt vor wie Gewehrdonner oder fortwährendes Trommeln.

Umso willkommener war die Ruhepause für den Geist, die das langsame Dahinziehen ihr gewährte. Sie hatten nicht vor, bereits an diesem Tag Babylon zu erreichen, sondern strebten eine auf dem Weg liegende Siedlung an, um dort noch einmal zu übernachten.

Dass sie die Siedlung nicht wie geplant gegen vier Uhr nachmittags erreichten, verwunderte noch niemanden, von Beunruhigung ganz zu schweigen. In der Wüste dienten Zeitangaben und Pläne höchstens als ungefähre Richtlinien. Als eine Stunde später jedoch noch immer weder Rauch in Sicht kam noch erhöhte Feuchtigkeit in der Luft die Nähe von Wasser verriet, begann Senta, unruhig zu werden. Christopher, der schneller ritt als die Übrigen, trieb sein Pferd mehrmals weit vor und wieder zurück, wie um nach der erwarteten Siedlung zu suchen. Mehmet, der das Maultier führte, begann, ihn mit nervösen Blicken zu verfolgen. »Wir vielleicht nicht auf richtige Weg gegangen, Toffer *Effendi*?« In seiner Stimme schwang Furcht mit. »Weg verlieren in Wüste sein sehr viel schlimm, irgendwann du sehen Geier, was nicht mehr hört auf zu kreisen, und wir haben Wasser, was nur reichen bis Abend.«

»Unsinn«, versetzte Christopher. »Es scheint einen kleinen Fehler in dieser Karte zu geben, das ist alles. Machst etwa du uns jetzt den Angsthasen, wo der Professor sein Monopol auf die Rolle aufgegeben hat?«

»Nicht doch, nicht doch, Toffer *Effendi*. Wenn keine Grund, dann Mehmet keine Angst. In Leben nicht.«

Der Professor – Heyse – äußerte sich kein einziges Mal, als hätte er tatsächlich an jenem Morgen in Christophers Hof alle Angst verloren. Sie ritten weiter, doch Anzeichen einer menschlichen Siedlung tauchten auch in der folgenden Stunde nicht auf.

Obwohl Kadif der letzte Mensch war, an den Senta denken wollte, erinnerte sie sich daran, wie sie von ihm gelernt hatte, die Wüste zu lesen, wie er sofort reagiert hatte, wenn sich die Landschaft veränderte, während für ungeübte Augen das Bild des ewigen Sandes scheinbar unverändert blieb. Wo das Gelände welliger wurde, mehr Verwehungen und dünenhafte Erhebungen aufwies, hatte er augenblicklich durch Rufen und Gesten die Soldaten gedrängt, sich enger um die Gruppe zusammenzuschließen und die Waffen in Anschlag zu bringen. Hatten sie anfangs dagegen aufbegehrt, sich von einem arabischen Kameltreiber Befehle erteilen zu lassen, so bestand bald selbst der ausgefuchste Sanders darauf, dass Kadifs Anweisungen beachtet wurden.

Warum ihr das in diesem Augenblick einfiel, wurde Senta erst klar, als es zu spät war. Genau genommen, wäre es aber zu jedem Zeitpunkt zu spät gewesen, da sie keine Soldaten bei sich hatten, die sie hätten zusammenziehen können, und weil der eine Revolver, den Christopher bei sich trug, keinen Unterschied gemacht hätte. Es war ihr eingefallen, weil die Gegend um sie herum sich verändert hatte, weil sich im Sand dunklere Partien abzeichneten und sich aus dem flachen Land Buckel hoben, die stetig höher und weitläufiger wurden.

Der, der zuerst schrie und auf die große Anhöhe wies, war Mehmet. Wie aus dem Boden gewachsen, schnitt ihnen der Hügel in vielleicht hundert Schritt Entfernung den Weg ab. Über der Kuppe flimmerte das Licht auf eine Weise, die häufig Luftspiegelungen erzeugt und den Wüstenreisenden narrt. Die drei Gestalten, die auf Kamelen thronend dort oben warteten, waren jedoch keine Trugbilder, sondern aus Fleisch und Blut. Das Kamel in der Mitte war größer als die zwei anderen. Das auf der linken Seite war weiß.

»Nur die Ruhe«, kam es von Christopher. »Dass hier drei von den *Sheikhs* ihrer Wege ziehen, heißt ja nicht, dass die was gegen uns im Schilde führen. Wenn sie's auf uns abgesehen hätten, wären sie wohl kaum nur zu dritt gekommen.«

Sie waren nicht zu dritt gekommen. Als hätte Christopher einen Wunsch geäußert und als wäre den Beduinen daran gelegen, ihn prompt zu erfüllen, tauchten links und rechts von den Kamelen Reiter zu Pferd auf, die im Nu die gesamte Breite des Hügelkamms einnahmen.

»*Bloody hell!*«, schrie Christopher. »Zurück! Schnell!«

Das Letzte, was Senta sah, ehe sie das steifbeinige Pferd zum Wenden zwang, waren die Ströme von Reitern, die den Hügel herunterschwemmten, wie wenn eine Welle brach und ihre Gischt auf die Oberfläche des Meeres ergoss. Sie gab dem Pferd jegliche Hilfen, wusste jedoch, dass es vergeblich war, dass die arme alte Mähre auf dem Sandboden nicht mehr als ein paar stolpernde Schritte weit galoppieren konnte. Heyse bekam sein Pferd gar nicht erst in Galopp, und Mehmet, der auf das mit Gepäck überladene Maultier gesprungen war, hoppelte in einem Trab dahin, in dem das Tier rasch ermüden würde.

Von ihnen allen hatte einzig Christopher eine Chance, den Verfolgern zu entkommen. Ihr donnernder Hufschlag ließ die Wüste beben und wirbelte den Sand auf, der sie bereits in eine Wolke hüllte. Im Angaloppieren drehte er sich noch einmal um. »Ich hole Hilfe!«, schrie er und feuerte einen Schuss in die Luft. Dann beugte er sich vor, duckte sich auf den Hals des Pferdes nieder und sprengte davon.

Sein Pferd besaß ein wenig Araberblut, doch gegen die Tiere der Beduinen hätte es keine Chance gehabt. Dass er ihnen dennoch entwischte, lag daran, dass sie auf seine Verfolgung keinen Wert legten, sondern sich mit Heyse, Senta und Mehmet, die den Großteil des Gepäcks mit sich führten, begnügten. Für die drei war jeder Fluchtversuch zwecklos. Gut dreißig Reiter hatten sie im Handumdrehen umzingelt, brachten ihre Tiere zum Stehen und richteten ihre Gewehrläufe auf sie. Heyses Pferd, das nicht rechtzeitig gezügelt wurde, bäumte sich, ehe es in ein anderes hineinlief. Wie durch ein Wunder gelang es Heyse, sich im Sattel zu halten.

Die Männer, die gemusterte *Keffiehs* und weiße *Kaftane* trugen, verständigten sich untereinander in raschem, gedämpftem Arabisch, von dem Senta nur Brocken erhaschte. »Runter von den Pferden!«, befahl ein bärtiger Mann auf einem Rappen auf Englisch. Mit seinem Gewehrlauf stieß er Mehmet an. »Du auch.«

Nie zuvor hatte Senta einer entsicherten Waffe gegenübergestanden. Wenn sie eine kleine Ewigkeit dazu brauchte, aus dem Sattel zu steigen, lag es nicht daran, dass sie sich dem Befehl widersetzen wollte, sondern daran, dass ihr ganzer Körper in unkontrolliertes Zittern ausbrach. Beinahe fasziniert, als steckte sie gar nicht selbst in dem Körper, betrachtete sie die Bewegungen ihrer Arme und Beine, mit denen es binnen eines Herzschlags ein Ende haben konnte. Auch mit dem Herzschlag würde es ein Ende haben. Mit allem. Mit der Enge um die Brust wie mit der Sehnsucht nach Weite, mit dem Verlangen nach Christopher, der Angst in der Nacht, dem Glücksgefühl in Bagdads Buchhändlerstraße, der Wärme an Basims Hals, der immerwährenden Traurigkeit.

Sie hatte mit all ihrer Kraft versucht, die Traurigkeit zu ersticken, und hielt sich jetzt mit noch viel größerer Kraft daran fest. Wenn sie starb, wenn mit ihr die Traurigkeit starb – würden dann nicht ihre Eltern und Cathrin noch einmal sterben, weil die Familie ausgelöscht war?

Mehrere Männer ließen sich von ihren Pferden gleiten, schnallten das Gepäck vom Rücken des Maultiers und begannen, die einzelnen Bündel zu durchsuchen. Ein paar Dinge – Heyses Bücher und Karten, einen Feldstecher, den kleinen Koffer mit den Medikamenten – warfen sie anderen, die noch im Sattel saßen, zu, doch das meiste entlockte ihnen nur ein enttäuschtes Murren und wurde in den Sand geworfen. »Keine Waffen«, glaubte Senta zu verstehen. »Munition auch nicht. Nichts.«

Zwei kamen zu Senta und machten sich an den Satteltaschen ihres Pferdes zu schaffen. Der Größere zerrte ihr die Leinentasche vom Leib. Sentas Herz raste. Die Geldbörse, die sie nicht in die Tasche gesteckt hatte, sondern am Gürtel trug, entdeckte der Große als Nächstes und riss sie ihr herunter. Das bisschen Geld, das sowieso zu nichts mehr genügte, war ihr gleichgültig. Sie musste die Tasche wiederbekommen, sie durfte sie nicht verlieren!

Aus dem Augenwinkel sah sie, wie Heyse ebenfalls die Börse und seine Taschenuhr weggerissen wurde. Dann aber vermochte sie sich nur noch auf den großen Mann zu konzentrieren, der ihre persönliche Habe aus der Leinentasche klaubte und das meiste zu Boden warf. Ein, zwei Schmuckstücke steckte er in einen Beutel, den der andere ihm hinhielt, ihre Bürsten mit den Schildpattrücken folgten. Aber es waren nicht diese Wertgegenstände, um die Senta bangte. Es war der Gegenstand, den der Mann als Letztes aus der Tasche zutage förderte und mit einem Laut des Staunens betrachtete.

Die Fotografie des kleinen Mädchens vor dem Weihnachtsbaum war unbeachtet in den Sand gefallen. Wenn niemand sie entdeckte, würde sie sie später aufheben können, doch den Gegenstand drehte der Mann in den Händen, dann zeigte er ihn seinem Kumpan. Sie lachten beide, drückten darauf herum. Endlich zog der mit dem Beutel ein kleines Messer. »Hübsches

Versteck«, sagte er und machte sich daran, den Gegenstand aufzuschlitzen.

»Bitte nicht!« Sentas Stimme war winzig klein wie die eines bettelnden Kindes. »Darin ist nichts versteckt, das schwöre ich Ihnen, es ist uralt, es ist gar nichts wert.« Sie streckte die Hände aus, die wie Schlegel zitterten.

Der Mann warf ihr einen Blick zu. Dann schlug er ihr die Hände mit dem Knauf des Messers beiseite und richtete von Neuem die Klinge auf den Gegenstand.

»Gib ihr das zurück!«

Sentas Widersacher hielt in der Bewegung inne. Dass die drei Reiter auf den Kamelen zu ihnen aufgeschlossen hatten, hatte sie nicht bemerkt. Einer von ihnen, der auf dem weißen Kamel, war bis an den Kreis um die Gefangenen herangeritten. »Gib ihr das zurück!«, wiederholte er, diesmal schärfer. »Es ist nur ein Spielzeug, ein Andenken, nichts, was einer von uns brauchen könnte.«

Senta sah, wie der Mann sekundenlang mit sich kämpfte. Dann reichte er ihr den Gegenstand, und sie drückte ihn an sich, schloss die zitternden Arme darum, so fest sie konnte.

Der Gegenstand war der Bär, den sie vom Kleiderschrank geholt und in ihre Reisetasche gestopft hatte, ehe sie das Haus ihrer Eltern verschloss.

Das weiße Kamel, das ein geflochtenes, mit Muscheln und Troddeln geschmücktes Zaumzeug trug, war Basim.

Der Mann, der aus seinem Sattel glitt, die Fotografie des kleinen Mädchens aufhob und sie Senta hinhielt, war Kadif.

23

Das Zelt war schwarz und aus Matten von Ziegenhaar gefertigt, die einen scharfen, lebendigen Geruch verströmten. Es musste groß sein. Der Teil, in den zwei der Männer Senta geschafft hatten, war vom restlichen Zelt durch weitere Matten abgetrennt. In diese waren kunstvolle rotgelbe Rautenmuster eingewebt, in denen sich der Blick verlieren konnte. Senta war allein. Wohin Heyse und Mehmet verschleppt worden waren, wusste sie nicht. Ihre Angst um die beiden war so groß, dass sie es kaum ertrug, an sie zu denken.

Um Mehmet vor allem. Er hatte vor Kadif ausgespuckt. Während die Männer sie gefesselt und auf ihre Pferde gezerrt hatten, hatte er versucht, den einstigen Gefährten mit einer seiner Wortkaskaden zu beschwören, aber Kadif hatte nicht darauf reagiert. Als sie das Zeltdorf erreichten, wurden sie wieder aus den Sätteln gerissen, und als Kadif ebenfalls abgestiegen war, hatte Mehmet ihm vor die Füße gespuckt. »Du verlogener arabischer Dreck.«

Zwei der Männer waren mit erhobenem Gewehrkolben dazugesprungen, und nur ein Befehl von Kadif hatte verhindert, dass sie Mehmet niederschlugen. Seit Senta allein in diesem Teil des Zeltes lag, hatte sie mehrere Schüsse gehört. Sie konnte nicht einmal sicher sein, ob die beiden noch am Leben waren.

Im Verlauf der Reise hatten ihnen immer wieder Leute von der Schnelligkeit berichtet, mit der die Männer der Wüstenstämme sich zum Töten entschlossen. »Hartes Land, harte Menschen«, hatte General Sanders gesagt. »In der Wüste herrscht ständig Krieg. Die Kreatur, die hier überleben will, weiß, dass eine andere dafür zu sterben hat.«

Wenn Heyse tot war, wenn er die Stellung, die sich der uneheliche Sohn einer Kneipenwirtin so hart erkämpft hatte, nie antreten konnte, trug sie die Schuld daran. Wenn er tot war, dann war der übervorsichtige Mann, der jede denkbare Vorkehrung zu ihrer Sicherheit getroffen hatte, daran gestorben, dass zwei gedankenlose, unreife Egoisten nicht genug voneinander bekommen konnten. Zwei europäische Kindsköpfe, denen ihr Sandkasten fehlte und die zum Reisen weder Besonnenheit noch Feingefühl aufbrachten.

Diese Einsicht war so traurig, dass sie nicht einmal weinen konnte. Der arme Heyse, der sein Leben lang so gerungen hatte, würde von niemandem betrauert werden.

Auf dem Zeltboden war aus ebenfalls kunstvoll gemusterten Webdecken ein Lager bereitet. Durch den Schock wie gelähmt, hatte Senta dagesessen und nichts tun können, als abwechselnd diese Decken und ihre gefesselten Hand- und Fußgelenke zu betrachten. Wenig später aber sank die Sonne, und die Kälte der Wüstennacht kroch durch die Ritzen. Senta zwang sich, sich aus der Starre zu lösen und unter eine der Decken zu kriechen, die aus rauer Wolle waren und gut wärmten. Zusammengekrümmt lag sie darunter und spürte ihren dumpfen Herzschlag.

Draußen hörte sie die Schafe blöken, die in Herden zwischen den Zelten hin und her gelaufen waren. Ziegen liefen ebenfalls frei herum, dazu Pferde, Esel, Kamele und drei oder vier hochbeinige Windhunde mit hellem, seidigem Fell. In offenen Unterständen hatten Frauen in zeltartigen Kleidern gesessen und Essen zubereitet, Früchte aus Hülsen geschält und Getreide auf

Steinen zerstoßen. Eine buk mit einer Reihe von Mädchen Brot auf einer Platte aus glühendem Eisen. Kinder rannten überall umher, bekamen Bissen in den Mund gesteckt oder wurden mit Klapsen verscheucht.

Auf ihrer ersten Wüstenreise hatte Senta sich gewünscht, auf ein solches Dorf zu stoßen und es sich ansehen zu dürfen. Nun aber kam sie als Gefangene. Sie sah sich nichts an, sondern hörte nur die Geräusche, die von draußen ins Zelt drangen. Wind, der den Sand gegen die Matten schleuderte und an den Tauen, die das Zelt hielten, riss. Schritte, die vor und zurück eilten, Hundegebell, Ziegengemecker, unentwegt Menschenstimmen, manchmal Lachen. Irgendwann beruhigten sich die Geräusche, nahmen eine Ordnung an, ohne jedoch zu verstummen. Vermutlich saßen jetzt die Familien beim Essen, erzählten einander von ihren Erlebnissen, lachten, stritten sich, wurden müde, zogen sich in die Zelte zurück und verknoteten die Matten vor den Eingängen. Ohne Vorwarnung rollte eine derart gewaltige Woge von Einsamkeit über Senta hinweg, dass die Angst und das Gefühl der Enge darin ertranken.

Die Schritte des Mannes, der wenig später die Matten auseinanderzog und seinen wendigen Körper ins Zelt schob, hatte sie nicht gehört. Es war Kadif. Sein *Keffieh* war dunkelrot, umwickelt mit einem schwarzen Band, und über dem *Kaftan* trug er einen mit Schaffell gefütterten Mantel. In der Rechten hielt er eine Schüssel aus Ton, in der Linken einen irdenen Becher. Aus beidem stieg Dampf auf. »Guten Abend, Miss Zedlitz«, sagte er in makellosem Englisch. »Ich bringe Ihnen etwas zu essen.«

Sie konnte ihn nicht ansehen. Zu ungeheuerlich war, was er getan, wie er ihr Vertrauen missbraucht hatte. Er stellte die Gefäße vor sie hin, drehte sich lautlos um und verschwand gleich wieder. Senta hob den Kopf und fühlte sich von dem duftenden Dampf, der ihre Wangen traf, flüchtig getröstet. Der Boden der flachen Schüssel war mit einem Reisbett bedeckt, wie Kadif es ihnen auf der ersten Reise allabendlich zubereitet hatte, gekocht in einem Sud aus Schafsmilch und angereichert mit Zwiebeln, in Würfel geschnittenen Datteln und Rosinen. Obenauf lagen mehrere geröstete Fleischstücke, die dem starken Geruch nach von einer Ziege stammten. Der Becher enthielt eine schaumige gelbliche Flüssigkeit, die dampfte, ohne erhitzt zu sein.

Kadif kam zurück, trug eine Laterne und einen Korb mit kleinen Laibern *Khubz*. Er hatte nichts Serviles mehr an sich, nichts Jungenhaftes, schon gar nichts Unschuldiges. Seine Brauen waren wie mit Pech geschwärzte Balken in seinem herrischen Gesicht. Er setzte den Korb neben den Gefäßen ab und stellte die aus Ton gebrannte Laterne, die flackerndes Licht verbreitete, vor die Zeltwand. Senta blickte wieder zur Seite, konnte sich aber nicht daran hindern, ihn aus den Augenwinkeln zu betrachten. Er ging neben ihr auf ein Knie und löste die Fesseln um ihre Handgelenke, dann tat er das Gleiche mit den Fußfesseln. Von irgendwoher holte er ihren Bären und setzte ihn an ihre Seite.

Wann war aus Cathrins Bär ihr Bär geworden? Als sie ihn mitgenommen hatte, das einzige Stück aus dem Elternhaus, das sie leer geräumt und hinter sich gelassen hatte? Sie drückte ihn wieder an sich, kämpfte von Neuem gegen die Tränen und kam sich vor Kadif kindisch und erniedrigt vor.

»Was ist das?«, fragte sie barsch und wies auf die schaumige Flüssigkeit, die aufgehört hatte zu dampfen.

»Milch von meiner *Naga*«, sagte er. »Meiner Kamelstute.«

»Warum hast du mein Kamel gestohlen?«, brach es aus ihr heraus. »Du hast mit uns gelebt, bist mit uns gereist, du hast gewusst, was mir Basim bedeutet, dass ich ihn von Smyrna mit hierhergebracht habe und dass ich niemanden habe als ihn.«

Sie verstummte. Die Worte taten weh, und sie wollte sich vor ihm nicht noch weiter entblößen, zumal er gewiss nicht glaubte, dass sie außer dem Kamel niemanden hatte. Er hielt sie für eine

Hure wie die Griechin, eine, die mit dem einen schlief, dem anderen die Ehe versprach und mit allen Übrigen ein Spiel trieb.

»Fräulein Zedlitz«, sagte er. »Kann ich mit Ihnen sprechen?«

»Du kannst doch tun, was du willst«, herrschte sie ihn an. »Ich bin deine Gefangene.«

»Wir betrachten das nicht so. Für uns sind Sie unsere Gäste, die mit Respekt behandelt werden.«

»Eure Gäste?«, schrie sie. »Respekt? Soll das ein Witz sein?«

Er ging nicht darauf ein. »Ich habe Basim nicht gestohlen«, sagte er. »Sie haben ihn von Smyrna hierhergebracht, und dafür bin ich Ihnen dankbar. Ich aber habe ihm aus dem Leib meiner Stute auf die Welt geholfen. Ich war noch ein Kind, und Sabiya ist zum Gebären eine zu zierliche Stute. Waqi, die sie jetzt bei sich hat, ist erst ihr zweites Fohlen, und dabei wird es bleiben. Vielleicht war ich schuld daran, dass Basims Hüfte bei seiner Geburt verletzt wurde, aber es war niemand sonst da, um Sabiya zu helfen, und ich habe, solange ich konnte, für ihn gesorgt. Sie haben sein *Wasm* gesehen, oder nicht? Es ist das Zeichen, mit dem mein Stamm seine Kamele brennt. Basim gehört mir.«

Ungläubig sah sie auf, und ihr Blick traf seinen. »Ich habe ihn doch gekauft«, murmelte sie. »In Smyrna.« Es war nicht mehr als ein Flüstern.

»Er ist uns auf der Reise nach Konstantinopel geraubt worden«, sagte Kadif, und seine Augen sprachen jedes Wort mit. »Wir sind mit einer großen Menge Kamele unterwegs gewesen, um sie zu verkaufen, und eine Gruppe *Schammar* hat uns überfallen und sie mitgenommen, auch Basim, den ich nicht verkaufen wollte. So etwas geschieht ständig. Araber vergeuden zu viel Kraft, einander zu bekämpfen, weil zu viele Menschen ein Interesse daran haben, dass es so bleibt. Die *Schammar* gelten als unsere Erzfeinde, während sich mit den Türken jeder arrangiert.«

»Die *Schammar* sind die Erzfeinde von deinem Stamm, der angeblich in den Marschen lebt?«, rief Senta. »Hier sind überhaupt keine Marschen, nur Wüste, hier fängt kein Mensch Fische oder baut Melonen an.«

»Wir sind ja auch keine *Ma'dan*«, erwiderte er. »Wir sind *Ruwallah*.«

»Und warum hast du mir erzählt, du wärst ein *Ma'dan*?«, fuhr sie ihn an. »Ausgerechnet mir, für die das eine so gut wie das andere ist, weil sie von keinem etwas weiß?«

»Ich habe Ihnen das nicht erzählt. Es war der Türke in Aleppo.«

»Und warum?« Zwischen Schreien und Weinen, zwischen der Sorge um Heyse und Mehmet und der Trauer um Kadif hätte sie am liebsten immer nur das eine Wort wiederholt: *Warum, warum, warum?*

Kadif drehte die Handflächen nach oben. »Wer weiß. Als ich zu ihm kam, war ich schmutzig, zerlumpt und dumm, ich hatte Striemen von Peitschenhieben auf dem Rücken, also musste ich einer von den elenden *Ma'dan* sein, die sich selbst geißeln.«

»Du geißelst dich selbst?«, fragte sie erschrocken.

»Alle Schiiten tun es«, sagte er. »Zumindest einmal im Jahr, während des *Muharram,* des Trauermonats, in dem wir des Todes von Imam al-Husain ibn-Ali, dem Enkel des Propheten, gedenken. Er ist von sunnitischen Truppen ermordet worden, und indem wir uns schlagen, teilen wir seinen Schmerz und bestrafen uns, weil wir ihn im Stich gelassen haben. Allerdings folgen die wenigsten dieser Vorschrift so ernsthaft wie die *Ma'dan*.«

»Das ist abartig.«

»Sicher. Genauso abartig, wie es uns vorkommen mag, dass Sie das Blut eines Mannes trinken, den Sie für göttlich halten.«

Sie wollte nicht mit ihm sprechen, er hatte es nicht verdient, dass sie hier mit ihm saß und über Sitten und Gebräuche plauderte, wie sie es sich am Brunnen in Christophers Hof gewünscht hätte. Dennoch fiel es ihr unsagbar schwer, die Frage *Warum?* herunterzuschlucken.

»Trinken Sie Sabiyas Milch«, sagte er. »Sie wird Ihnen gut- tun, auch wenn Sie glauben, keine feste Nahrung zu sich neh- men zu können.«

»Ich will nichts von dir.«

»Das wundert mich nicht«, sagte er. »Aber vor Hunger krank werden wollen Sie auch nicht.«

Sie fixierte ihn, sandte seinen Augen einen harten Blick. »Ich will, dass ihr uns gehen lasst. Ihr habt uns überfallen und ausge- raubt, obwohl wir nichts damit zu tun haben, dass die *Scham- mar* euch Kamele stehlen oder Sunniten euren Imam ermorden, oder was immer euch sonst an Leid geschieht. Nicht wir sind es, die euch etwas getan haben, sondern umgekehrt. Müsst ihr uns obendrein noch quälen?«

Er zögerte, wich aber ihrem Blick nicht aus. »Um sicherzu- stellen, dass Sie nicht gequält werden, bin ich gekommen«, sagte er schließlich. »Um zu versuchen, Ihnen die Lage zu erklären, und um den Männern des Stammes deutlich zu machen, dass Sie unter meinem Schutz stehen.«

»Unter deinem Schutz? Wer bist du denn?« Es war diese Frage, die sie vor allen anderen hätte stellen wollen. Kadif sei ein Name für einen Diener, hatte der Wirt in Aleppo behauptet, und viel später, schon in Bagdad, hatte Senta es nachgeschlagen, sie wusste selbst nicht, warum. Es traf zu. *Kadif* bedeutete Die- ner, und so, wie er gewesen war, hatte der Name zu ihm gepasst: dienstbar, schweigend. Einer, der ohne Aufhebens tat, was ein anderer von ihm verlangte.

Unverwandt ruhte sein Blick in ihrem und las ihre Gedan- ken. Er hatte das immer getan, schon als sie noch kein einziges Wort in einer gemeinsamen Sprache hatten wechseln können, selbst vor dem Bahnhof in Konstantinopel. Und sie hatte seine gelesen, bis in ihre Träume hinein. Abrupt hielt sie inne. Auch das war ja eine Lüge. Er sprach Englisch, als hätte er es in Oxford gelernt, er hatte all das Unerklärliche zwischen ihnen, das Verstehen im Schweigen wie eine Nebelschwade um sich gehüllt, um sie zu täuschen.

»Ich bin Faysal«, sagte er, als hätte er ihre Gedanken dennoch gelesen. »Das bedeutet Richter. Mein Vater ist Ahmad ibn-Salah, der *Sheikh* des Unterstamms.«

»Das ist mir egal!« Sie war so unendlich verletzt, und jedes Wort, das er aussprach, steigerte den Schmerz.

»Ich weiß. Aber Sie haben danach gefragt.«

»Warum tust du das, warum erzählst du allen Leuten Lügen?«, platzte sie heraus und konnte nicht mehr aufhören. »Warum widersprichst du nicht, wenn ein Wirt in Aleppo dich für einen Araber der Marschen hält, warum verdingst du dich als Diener, wenn du der Sohn eines *Sheikhs* bist, warum bringst du mir bei, mein Kamel zu lieben, wie ich mein totes Pferd geliebt habe, wo du vom ersten Tag an wusstest, dass du es mir wieder wegnehmen willst?«

Sie hasste sich dafür, dass die verfluchten Tränen ihr keine Ruhe ließen, dass sie kämpfen musste, um klare Worte zu formen. Bis sie sah, dass er ebenso kämpfte – und verlor. Über die hohen, scharf geschnittenen Wangen, die ihr unerträglich arrogant erschienen, liefen die Tränen, die sie mit so viel Mühe unterdrückt hatte. Sie wollte gern etwas Verächtliches sagen, etwas, das ihm wehtat. Nicht einmal Heyse hatte geweint, trotz allem, was er an diesem Tag hatte aushalten müssen. Ihr Vater, dem eines Tages von den Ärzten mitgeteilt worden war, dass seine Gefährtin, sein Pfauenmädchen mit ihrer kranken Niere nicht mehr lange leben würde, hatte sich von seinem Schmerz zu keiner Träne hinreißen lassen. Zumindest nicht in Sentas Nähe.

Nur zum Sterben.

Sie unterdrückte den Gedanken. Männern war etliches gestattet, das bei Frauen verpönt oder sogar verboten war. Hätte sie als Frau ausprobieren dürfen, was Männern vorbehalten war, hätte sie weder sich noch die anderen in diese elende Lage gebracht. »Heulen ist etwas für Frauen«, blaffte sie ihn an. »Wenigstens das.«

Er hielt inne, schüttelte verwundert den Kopf, dann wischte er sich mit dem Ärmel des *Kaftans* die Wangen trocken. »Bei uns ist das anders«, sagte er. »Aber ich nehme es zur Kenntnis und werde mich bemühen.«

»Was hast du überhaupt für einen Grund zum Heulen? Liegst vielleicht du irgendwo in der Fremde in einem Gefängnis und weißt nicht, ob du morgen noch lebst?«

Er wischte sich noch einmal über die Wangen und hatte sich wieder im Griff. »Muslimische Männer dürfen weinen, weil die Gefährten des Propheten geweint haben, als sie von ihm Abschied nehmen mussten«, sagte Kadif, der nicht Kadif hieß. »Es tut mir weh, dass Sie von Basim Abschied nehmen müssen. Auch wenn ich mir das an Ihrer Stelle nicht glauben würde.«

Wind heulte um die Zeltwand, peitschte gegen die Matten und riss an den Seilen. Kadif, der nicht Kadif hieß, saß regungslos.

»War das ein Zufall?«, fragte Senta. »Wie bist du in diesen *Funduq* nach Aleppo gekommen, ausgerechnet, als ich Basim dort eingestellt habe? Und nachdem wir uns in Konstantinopel begegnet sind.«

»Das weiß ich nicht«, sagte er. »Ich habe mich von Stambul bis nach Aleppo durchgeschlagen, und als ich dort ankam, hatte ich keine Kraft mehr, mich noch länger durch Stehlen und Betteln über Wasser zu halten. Ich hätte jegliche Arbeit angenommen, die mir ein Stück Brot einbrachte, ich hatte gar keine andere Wahl. Dass Sie mit Basim in den *Funduq* kommen würden, habe ich nicht gewusst. Können Sie mir das zumindest glauben?«

Senta war sich nicht sicher. »Was hast du überhaupt in Konstantinopel gemacht?«, fragte sie. »Warum bist du nicht mit deinen Leuten zurückgereist, nachdem euch die Kamele gestohlen wurden?«

»Ich habe dort studiert. Zuvor war ich vier Jahre in Paris.«

»Ist das dein Ernst? Du hast vier Jahre in Paris studiert?« Und sie hatte ihm in der Straße der Buchhändler ein Buch kaufen wollen, um ihn das Lesen zu lehren! Senta schwirrte der Kopf. Was war dieser Mann, ein Kaleidoskop, ein Verwechslungskünstler? Wie ein Kastenteufel sprang er einmal als Diener heraus und gleich darauf als *Sheikh*, einmal als Dieb und Bettler und dann als Student der Sorbonne.

»Ich habe mich aber dort nicht einfügen können«, sagte er. »Unter den Kommilitonen war ich der Kameltreiber wie bei Ihrem Freund Mr. Christian, und ich fürchte, ich erinnere mich aus der Zeit wirklich vor allem daran, dass ich mein Kamel vermisst habe. Also versuchte ich es am *Dar-ül Fünun* in Stambul. Aber dort habe ich mich auch nicht einfügen können.«

»Hast du da auch dein Kamel vermisst?«

»Immer«, antwortete er, als hätte er ihren Hohn nicht bemerkt. »Das Unterwegssein mit einem Kamel, die Gewissheit, alles Nötige bei sich zu tragen und überall, wo man müde wird, ein Haus zu haben.«

Senta merkte auf. Die meisten Menschen hätten wohl angenommen, jemand, der lebte wie die Bedu, hätte nirgendwo ein Haus. Das, was er gesagt hatte, klang jedoch wie das, was sie fühlte: *Die Welt ist die Wohnung dessen, der keine Wohnung hat.*

»Trinken Sie Ihre Kamelmilch«, sagte er. »Sie ist von Basims Mutter, und es ist schade, dass sie kalt geworden ist.«

Plötzlich bemerkte Senta, wie hungrig sie war. Sie nahm den Becher in beide Hände und trank die Milch, die noch immer schaumig war, sämig und ein wenig süß. Anschließend klapperten ihr die Zähne. Sie hätte noch von dem Reis und dem Fleisch essen wollen, aber eine lähmende Erschöpfung griff nach ihr.

»Sie sind sehr müde«, sagte er. »Wir reden morgen weiter. Seien Sie jedoch versichert, dass Sie nicht um Ihr Leben fürchten müssen.«

»Bitte«, sagte sie kraftlos, »lasst wenigstens den armen Heyse frei. Er muss nach Babylon, um eine Stellung anzutreten, und er hat mit alldem nichts zu tun.«

»Und wenn wir ihn freilassen würden?« Er kam zu ihr, zog sich den Mantel aus und breitete ihn über die Decken. Die Wärme war eine Wohltat. Sie hatte so sehr gefroren, dass selbst ihr Atem sich verkrampfte. »Wie soll er denn den Weg nach Babylon finden? Sie hatten sich doch hoffnungslos verlaufen, und was geschehen wäre, wenn Sie den falschen Weg weiterverfolgt hätten, möchten Sie sich vielleicht nicht ausmalen.«

»Willst du mir vielleicht einreden, ihr hättet uns nur helfen wollen?«

»Nein.« Er warf den Kopf auf und schnalzte mit der Zunge. »Wir wollen Waffen. Oder zumindest Geld, um welche zu kaufen.«

»Um noch mehr Karawanen zu überfallen?«

»Das ist unsere Sache.«

»Wir haben doch gar keine Waffen!«, bäumte sie sich ein letztes Mal auf. »Und das bisschen Geld, das wir für unseren Lebensunterhalt bei uns trugen, habt ihr euch schon genommen. Wir haben euch doch gar nichts mehr zu geben.«

»Sie nicht«, erwiderte er. »Aber zurzeit befindet sich einer Ihrer Konsuln in Bagdad. Wir gehen davon aus, dass er es sich etwas kosten lassen wird, zwei Untertanen seines Kaisers unversehrt an ihrem Bestimmungsort zu wissen, zumal es sich um einen namhaften Archäologen und um die Tochter eines angesehenen Berliner Verlegers handelt.«

»Ihr erpresst Konsul Holstein? Habt ihr deshalb ausgerechnet uns überfallen?«

Kadif, der nicht Kadif hieß, stand auf.

»Du hast es ihnen gesagt!«, rief Senta. »Du hast mit uns gelebt und uns ausspioniert, und dann hast du deinen Leuten berichtet, dass Heyse mit Konsul Holstein in Verbindung steht und es sich lohnen könnte, uns zu überfallen.«

Er hob die Schüssel und den Napf auf wie zu der Zeit, als er noch ihr Diener gewesen war. »Ich nehme das Essen mit, lasse Ihnen aber das Brot und bringe noch eine Trommel mit Wasser«, sagte er. »Versuchen Sie, etwas Schlaf zu bekommen. Gewiss müssen Sie nicht lange hierbleiben. Ihr Konsul wird auf unsere Bedingungen eingehen und jemanden schicken, der Sie nach Babylon bringt.«

24

W enn er wiederkam, das nahm Senta sich fest vor, würde sie sich nicht hinreißen lassen, noch ein einziges Wort mit ihm zu sprechen. Das war sie dem kläglichen Rest ihrer Würde schuldig, und sie würde diesen Rest brauchen, um zu überleben. Tagsüber brachte eine junge Frau ihr Wasser zum Waschen und zwei Mahlzeiten, gab jedoch keine Antwort, als Senta ihr eine Frage stellte, und zeigte auch nicht ihr Gesicht. Bis zum Abend war sie völlig ausgehungert nach menschlicher Ansprache.

Sie hatte dennoch nicht mit ihm reden wollen. Als er aber kam, trug er in einer Hand die Schüssel mit ihrem Abendessen und zog mit der anderen ein fast weißes Geschöpf hinter sich her, das nicht viel größer als die Windhunde war. »Das ist Waqi«, sagte er. »Sie sind so traurig. Ich dachte, Basims Schwester könnte Ihnen vielleicht helfen.«

Senta hätte allem widerstehen können, aber nicht dem kleinen Kamel. Basims Distanziertheit war Waqi fremd, denn sie hatte in ihrem jungen Leben noch keine einzige böse Erfahrung gemacht. Auf dem einzigen freien Fleck ließ sie sich gemächlich auf ihre Knie nieder, kaute an einem Halm und hatte dabei um die Lippen den gleichen beinahe lächelnden Zug wie ihr Bruder. Senta schob sich zu ihr, streichelte ihren Hals und kraulte sie hinter den Ohren. Statt eines Elefanten war jetzt ein Kamel im Raum, und daneben hatte für kurze Zeit nichts anderes Platz.

»Ich lasse Sie beide allein«, sagte Kadif. »Später hole ich Waqi wieder ab und bringe sie zurück zu ihrer Mutter, die mir grollt wie der Ostwind, nach dem sie benannt ist.«

Waqi und Senta lehnten die Köpfe aneinander, und Senta, der den ganzen Tag schon ein Stein im Magen gelegen hatte, zog sich die Schüssel heran und aß das Gericht aus Hammelfleisch und Bohnen auf. »Sag mir, Waqi«, murmelte sie in das pelzige kleine Ohr. »Warum können nicht alle Leute Kamele sein und das Leben mit ein bisschen mehr Grazie nehmen?«

Sie war auf einmal von einer Oase aus Frieden umgeben, und so, wie sie an den Oasen in der Wüste getrunken hatten, so viel sie nur konnten, nahm sie jetzt so viel wie möglich von dem Frieden in sich auf. Ihre aufgepeitschten Nerven beruhigten sich, sie döste im Sitzen sogar ein wenig ein, und Waqi schnorchelte an ihrem Ohr. Es war der röhrende Ruf einer Kamelstute, der sie aus dem wohligen Dämmerzustand riss, und gleich darauf erschien Kadif.

»Ich muss Waqi jetzt abholen«, sagte er leise. »Hat sie Ihnen geholfen, werden Sie heute Nacht besser schlafen?«

»Nein!«, rief Senta. »Waqi hat mir geholfen, aber wenn sie fort ist, ist alles so schlimm wie zuvor. Ich bin hier eingesperrt, ich weiß nicht, was mit uns wird, ich bin völlig allein.«

»Sie sind nicht eingesperrt«, entgegnete er verwundert. »Das Zelt lässt sich nicht einmal versperren. Sie können im Lager herumgehen, wie Sie wollen. Sie dürfen es nur nicht verlassen.«

»Kann ich dann mitkommen und Waqi zurück zu ihrer Mutter bringen?«, fragte sie, ohne nachzudenken. »Kann ich Basim sehen?«

Kadif nahm die Führleine, die das kleine Kamel um den Hals trug, und schob die Matte an der Tür beiseite. »Kommen Sie.«

Sie hatte die sternenklare Unendlichkeit der Wüste fast vergessen, und sie hatte in dem wimmelnden Lager keine solche Stille erwartet. Mensch und Tier schienen zu schlafen, der Wind bewegte die schwarzen Matten der Zelte, und am Himmel stand ein voller Mond in einem weißen Ring aus Licht. Die Kälte ließ sie schaudern. Kadif zog sich den Schaffellmantel von den Schultern und legte ihn ihr um. Wie Verschwörer schlichen sie sich mit Waqi aus dem Zeltdorf hinaus zu einer kleinen Senke, in der sich das Wasserloch und der Unterstand für die Kamele befanden. Die großen Tiere standen oder lagen um ihre Tränke herum, ein jedes für sich und doch nicht allein. Die weiße Stute in ihrer Mitte stieß noch einmal ihren röhrenden Ruf aus, dann fuhr sie mit gerecktem Hals herum, um auf Kadif loszugehen. Der ließ die Führleine los, Waqi rannte zu ihrer Mutter, und diese verhielt im Schritt, damit ihr Fohlen an ihrem Euter trinken konnte.

»Du darfst mir keine Milch mehr von ihr bringen«, sagte Senta, nachdem sie den beiden eine Zeit lang verzaubert zugesehen hatte. »Sie ist für Waqi da, nicht für mich.«

Im Mondlicht sah sie Kadif lächeln. »Der armen Sabiya platzt das Euter, wenn wir ihr nichts davon wegnehmen. Von der Menge, die sie erzeugt, könnte sie drei Fohlen großziehen. Damals bei Basim hatte sie überhaupt keine Milch, und jetzt gehen wir bei jedem Melkgang mit fünf Litern im Eimer davon. Mit Waqi fällt ihr die Mutterschaft leicht. Deshalb hat mein Cousin, der sich an meiner Stelle um sie gekümmert hat, sie auch Waqi genannt. Das bedeutet *gefallen,* und sie heißt so, weil sie bei der Geburt einfach aus Sabiya herausgefallen ist, statt sie zu quälen wie Basim.«

Keinen Augenblick später hatte Senta Basim entdeckt. Er stand ein wenig abseits unter einer zerrupften Palme und sah aus, als wäre er im Stehen eingeschlafen.

Kadifs Blick war ihrem gefolgt. »Es geht ihm gut«, sagte er. »Er ist nicht auf der Hut, weil er weiß, er ist in Sicherheit.«

Sie sah sich nach ihm um und wünschte, sie hätte das auch gekonnt: sich an einem Ort, bei einem Menschen so sehr in Sicherheit fühlen, dass sie nicht länger auf der Hut sein musste. In Wüstennächten wie dieser und an den Nachmittagen am Brunnen in Christophers Hof hatte sie manchmal geglaubt, genau das gefunden zu haben.

»Ich glaube, ich fühle mich unter Tieren wohler als unter Menschen«, sagte sie. »Tiere können nicht lügen.«

»Wer weiß«, entgegnete Kadif. »Vielleicht lügen sie nur besser als wir und sind nicht so einfach zu entlarven.«

»Du warst nicht einfach zu entlarven! Ich habe dir vertraut.«

»Ein Diener hat leichtes Spiel«, sagte er. »Für das, was er ist, und das, was er tut, interessiert sich kein Mensch, solange er seine Befehle befolgt. Er könnte inmitten einer Gesellschaft einen Mord gestehen, und niemand würde ihn zur *Zaptiye* schleppen, weil niemand ihm glauben würde. *Ja, sehr amüsant, Ali,* würde man sagen, *aber jetzt komm in die Hufe und serviere uns den* Mhalabia.«

»Ich habe mich sehr wohl für dich interessiert.«

Er verzog den Mund zu einem tückischen kleinen Lächeln. »Für das, wofür Sie bezahlt haben und was Ihnen von Nutzen war.«

»Das ist nicht wahr. Ich habe dir Fragen gestellt, weil ich etwas von dir erfahren wollte, und dass du mir Lügen erzählt hast, kannst du nicht mir ankreiden. Ich habe dich gefragt, ob du Französisch lesen kannst, und du hast behauptet, du siehst dir in diesem Buch nur die Bilder an.«

Verlegen senkte er den Kopf. »Das haben Sie geglaubt? Ich bitte um Verzeihung. Es hatte keine Lüge sein sollen, sondern – ein Witz.«

Zu Ihrer Verblüffung musste sie lachen. Nur ganz kurz, aber es war vielleicht die angenehmste Art von Lachen, die sie kannte: das Lachen über sich selbst, das niemanden aufbrachte und niemanden verletzte. »Du hast recht«, sagte sie. »Das war dumm von mir.«

»Gar nicht mal so sehr. Man glaubt eben das, was man zu sehen meint. Beduinische Kameltreiber können nicht lesen und sprechen schon gar kein Französisch.«

»Ja, ich habe das geglaubt«, gestand Senta ein. »Man hat es mir so beigebracht, ich habe nie etwas anderes gehört.« Sie fühlte sich schuldig, andererseits war ihr nicht recht klar, wie sie etwas hätte besser machen können.

»Es ist ja auch nicht falsch«, sagte Kadif. »Mein Volk schickt seine Kinder nicht in Schulen, sondern zum *Ribas*-Pflücken für die Kamele. Aber die Zeiten ändern sich. Mir hat man auch nicht beigebracht, dass europäische Frauen Altertumskunde studieren und durch unsere Wüste reisen, und doch scheinen manche es zu tun.«

Sein Profil zeichnete sich scharf gegen das weiße Licht des Mondes ab, und der Wind riss an seinen Kleidern, schloss den Stoff des *Kaftans* um die Konturen seines Körpers wie eine Haut. »Kadif«, sagte Senta, weil sie es einfach tun musste, »ich hasse dich. Du reihst Geschichten aneinander, als würdest du mir etwas von dir erzählen, doch in Wahrheit verwirrst du mich immer mehr. Du sagst lauter Dinge, die klingen, als wärst du im Recht, und dabei weißt du, dass du im Unrecht bist, du weißt es genau! Und dann heißt du nicht einmal Kadif. Faysal – Richter. Als solcher spielst du dich auf, dabei hast du allen Grund, froh zu sein, wenn nicht andere über dich richten.«

Er überlegte, rieb sich erst die Stirn und drehte dann den Kopf von ihr fort wie ein beleidigtes Kamel. »Kann man nicht auch so sehr im Recht sein, dass man sich dafür ins Unrecht setzen muss?«, fragte er dann. »Mit Ihrem Hass muss ich leben. Vielleicht werden unsere Völker auf Jahrhunderte damit leben müssen, aber davon darf ich mich nicht abhalten lassen, zu tun, was ich für das Richtige halte.«

Das Richtige, sagte er so heftig, als müsste er sich selbst davon überzeugen. In seiner Stimme schwang ein Zittern mit wie von Schmerz oder übergroßer Anstrengung. Eine Weile standen sie so, er von ihr abgewandt und sie mit dem Blick auf seinem abgewandten Gesicht. Dann sagte er, noch immer, ohne sie anzusehen: »Es ist spät. Sie sind müde. Ich bringe Sie zurück ins *Bait scharar.*«

»Was bedeutet das?«

»Haus aus Haar. So nennen wir unsere Zelte.«

»Ich denke, ich bin nicht Ihre Gefangene, sondern Ihr Gast und darf mich frei bewegen«, höhnte Senta. »Warum entscheiden dann Sie darüber, wann ich in mein Zelt zu gehen und müde zu sein habe?«

»Weil ich für Sie verantwortlich bin. Weil Sie leichtsinnig sind und in der Wüste herumspazieren wie auf den *Champs Élysées.* Weil wir einen Sturm auslösen könnten, auf den wir nicht vorbereitet sind, wenn Ihnen etwas passiert.«

»Mir ist schon längst etwas passiert!«, rief sie so laut, dass eines der Kamele in der Nähe erschrocken zur Seite wich. »Ich bin von Verbrechern überfallen und verschleppt worden, und den Sturm, den das über euch bringt, den gönne ich euch von Herzen.«

Er stand unbewegt, starrte über die Senke.

»Du bist ein Feigling, Kadif«, sagte sie. »Du bist ein Feigling, Richter Faysal. Du hast nicht einmal Mumm genug, mich anzusehen.«

In seiner Schulter spannte sich ein Muskel, dann drehte er sich sehr langsam zu ihr um. Auf seinem Gesicht las sie, dass er dem, was er durchzustehen versuchte, nicht gewachsen war. Was immer es sein mochte und sosehr er an das, was er gesagt hatte, vielleicht glaubte – er war dafür nicht gemacht.

»Ich glaube, ich bin wirklich müde«, sagte sie. »Ich gehe in mein haariges Haus. Kann ich morgen wieder herkommen und die Kamele sehen?«

»Wann immer Sie wollen«, sagte er.

In den nächsten Tagen tat Senta, was er ihr vorgeschlagen hatte: Sie stand auf und ging im Dorf umher, vertrat sich die Beine und genoss es, viele Tiere um sich zu haben. Sie streichelte schwarze Lämmer, ließ sich von einem goldäugigen Ziegenbock bezirzen und bewunderte die herrlichen Pferde, die in einem eingezäunten Streifen Land hinter der Senke standen und an stoppeligen Halmen rupften. Die Kinder schwärmten den ganzen Tag über aus, um zu rupfen, was in der Umgebung an Grün zu finden war, und es den wertvollen Tieren hinzuwerfen. Überhaupt wurde das Leben im Dorf von Frauen und Kindern bestritten, die umherliefen, Essen beschafften, Kleider wuschen, Gewaschenes zwischen den Zelten zum Trocknen aufhängten, Stoffe webten, Gewebtes spannten und flickten. Die Männer hielten sich abseits, sprachen in Gruppen miteinander oder verschwanden ganz, bis sie zum Abendessen wiederkehrten.

Die Frauen wichen ihr aus. Von den Kindern wagte sich immer wieder eine Gruppe – verstohlen kichernd, großäugig, Finger nach ihr ausstreckend – in ihre Nähe, flitzte aber davon, sobald Senta sich ihnen zuwandte. Einem der Männer begegnete sie nur gelegentlich am Rand der Pferdekoppel oder beim Durchqueren des Dorfes. Angesprochen wurde sie nicht, doch ihr entging nicht, wie diese Männer sie musterten – nicht anders als die Männer auf den Fluren deutscher Universitäten oder auf den Hockern in Bars. Taxierend. Begehrlich. Wie man einen Gegenstand betrachtete, für den man bereit war, einen Preis zu zahlen.

Der Gedanke sprang sie an: Sie hatte auch früher schon Männer für eine Ware zahlen lassen, die sie später nicht lieferte. Warum sollte sie es nicht jetzt versuchen, da jedes Mittel recht war, um sie aus ihrer verzweifelten Lage zu befreien? Ein Tag nach dem anderen verstrich, ohne dass Nachricht von Konsul

Holstein eintraf. Was, wenn die Verkehrswege unterbrochen waren, weil wieder irgendwo Truppen durchgeführt wurden, was, wenn Konsul Holstein mit anderen Dingen beschäftigt war oder sich um das Schicksal von zwei leichtsinnigen Deutschen schlicht nicht scherte? Sie könnte herausfinden, wer unter den Männern das Sagen hatte, sie könnte ihm Zeichen senden, die jeder verstand, ohne dass man ihr etwas nachweisen konnte. Wenn sie mit einem von ihnen ins Gespräch kam, war sie vielleicht in der Lage, ihn glauben zu machen, dass ihn als Gegenleistung für ihre Freilassung die Erfüllung seiner Wünsche erwartete.

Und dann?

Würden sie es schaffen, ihren Weg nach Babylon zu finden, würden sie sich ihre Pferde wiederbeschaffen können, würden sie unterwegs eine Wasserstelle finden, oder rannten sie von einem Verderben ins nächste?

Ehe sie eine Entscheidung traf, musste sie Heyse sprechen, musste sich vergewissern, dass es ihm und Mehmet gut ging. Nach diesen paar Tagen glaubte sie, zu überblicken, wie das Leben im Dorf funktionierte. Männer und Frauen bewohnten in den haarigen Zelten getrennte Trakte. Ihre Begegnungen fanden vorwiegend im Freien statt – beim Essen und bei den Verrichtungen des täglichen Lebens. Den Trakt, in dem Mehmet und Heyse untergebracht waren, durfte sie nicht besuchen. Aber es gelang ihr, Mehmet abzufangen, der sich gelegentlich draußen blicken ließ.

»Heyse *Effendi* sehr viel schlecht«, sagte er ohne eine Spur der üblichen Unverwüstlichkeit. »Nicht essen, nicht schlafen, immer nur hin und her und her und hin in viel kleine Zelt, dass Mehmet kann nicht schlafen auch. Mehmet sagen: Du nicht machen Sorgen, deine Mann in Bagdad Freund sein mit Hohe Pforte und uns befreien, aber Heyse *Effendi* gar nichts sagen, nur: zu spät, zu spät.«

»Sag ihm, ich muss ihn sprechen. Er soll zu mir nach draußen kommen, wir treffen uns beim *Tannour*, am Nachmittag, wenn die Frauen ihr *Khubz* gebacken haben.«

Viele Frauen benutzten unter den Vordächern ihrer Zelte erhitzte Metallscheiben, um Fladenbrot zu backen, doch das lockere, Blasen werfende *Khubz* bereiteten sie alle in dem großen, wie ein Fass geformten Lehmofen am westlichen Rand der Zeltsiedlung zu. Dort wurde auch der Dorfklatsch ausgetauscht, es fanden Tauschgeschäfte statt, und Gelächter flog durch die drückende nachmittägliche Luft. Senta begab sich dorthin, als der Trubel sich legte. Sie wartete eine Weile, dann sah sie Heyse kommen.

Er schlich daher wie ein alter Mann und hielt sich im Gehen den Bauch. Senta erschrak, lief ihm entgegen und beschloss im selben Augenblick, zu tun, was immer es kostete, um ihn hier herauszuholen.

Sie legte die Arme um ihn. »Heyse! Nein, Winfried. Entschuldige.«

»Das«, sagte er, »ist nun auch schon gleichgültig.«

»Nein, ist es nicht. Ich hätte dich immer bei deinem Vornamen nennen sollen, es fiel mir nur schwer, weil du einmal mein Vorgesetzter warst.« Sie versuchte zu lächeln. Er ging nicht darauf ein. »Bist du wieder krank? Dein Magen? Bekommt dir das Essen nicht?«

»Es ist mir noch nie bekommen«, sagte er. »Aber das ist das kleinste Übel.«

Sie brauchte ihn nicht zu fragen, was das größere Übel war. Er hatte alles gegeben und war um den Lohn für seine Mühe bitter betrogen worden. »Es tut mir so leid«, sagte sie. »Ich werde mir nie verzeihen, dass ich dich in diese Lage gebracht habe, aber ich verspreche dir, ich hole uns da heraus.«

»Es ist ja zu spät«, sagte Heyse. »Mach dir keine Gedanken. Das alles ist genauso meine Schuld wie deine. Welcher Teufel mich geritten hat, als ich mir einbildete, eine Frau wie du könnte lernen, einem Mann wie mir etwas abzugewinnen, frage ich mich selbst. Als die Sache mit Koldewey klappte, habe ich kurzfristig gehofft, ich könnte dich halten, indem ich dir deinen Traum erfülle. Aber das war die lächerlichste Hoffnung von allen, und darum ist mir nicht recht begreiflich, weshalb ich mich jetzt um diese verpasste Möglichkeit so gräme. Das Kind war ja vorher schon in den Brunnen gefallen.«

»Es tut mir so leid!«, rief Senta noch einmal. »Glaub mir, die Schuld an alldem liegt allein bei mir. Etwas stimmt nicht mit mir, ich weiß nicht, was es ist, und das mit Christopher …«

»Du brauchst dich nicht zu rechtfertigen«, schnitt er ihr ins Wort. »Wer Herrn Christian und mich nebeneinander erlebt, würde allein schon über den Vergleich lachen.«

Senta lachte nicht. Sie dachte an die rauschhafte Leidenschaft, die sie mit Christopher geteilt hatte, und ihr Blick wanderte zu der Glut im *Tannour*, die schon erkaltet und bis auf einen kleinen Funken erloschen war. Sie wünschte, sie hätte mehr empfunden. Hätte sie Christopher geliebt, dann hätte sie für die Trümmer, die zurückgeblieben waren, wenigstens eine Erklärung gehabt, vor der Welt wie vor sich selbst.

»Und bei alldem kann es nur verwundern, dass der Gedanke, hier zu sterben, dennoch schmerzt«, murmelte Heyse vor sich hin. »Nein, ich mache mir keine Hoffnung, dass Konsul Holstein zu unserer Rettung einspringen wird. Warum sollte er? Er hat uns gewarnt, er hat sich bemüht, für unser Geleit zu sorgen, er ist aus dem Schneider. Ich lasse ja auch niemanden zurück, und das sollte es leichter machen, aber seltsamerweise ist das Gegenteil der Fall. Der Gedanke, gehen zu müssen, schmerzt umso mehr.«

Sie wollte ihn an den Schultern packen und rütteln, wollte ihn anschreien, er solle sich nicht aufgeben, doch sie blieb reglos stehen und hörte zu, wie er fortfuhr. »Weißt du, was Robert

Koldewey einmal gesagt haben soll, als einer von diesen Zeitungsleuten ihn fragte, warum er nie geheiratet habe? Er sagte, er habe stattdessen Babylon entdeckt und damit seinen Wechsel zu Lebzeiten eingelöst. Nur jemand, der in der Insolvenz endet, müsse das eigene Leben durch ein Kind verlängern. Vielleicht stimmt das ja. Ich bin mir von Geburt an insolvent vorgekommen, weil ich niemanden hatte, den ich Vater nennen konnte. Geträumt habe ich davon, diesen Wechsel einzulösen, wenn eines Tages jemand da sein würde, der mich Vater nennt. Dass das nun auch nie geschehen wird, scheint ein wenig so, als hätte man sein Pfund weggeworfen, statt auch nur im Ansatz damit zu wuchern.«

Sentas Magen zog sich zusammen. Nie hätte sie gedacht, Heyse könnte sich Kinder wünschen. Eher hätte sie für möglich gehalten, dass er nicht mit Sicherheit wusste, wie Kinder entstanden.

»Ich liebe dich, Senta«, sagte er. »Verzeih mir. Wenigstens das habe ich tun wollen – es dir einmal sagen. Keine Sorge, dir erwächst keine Verpflichtung daraus.« Unfroh lachte er auf. »Schon gar nicht jetzt noch. Unter den Ziegendecken bei den Wilden. Ich wünschte nur, sie würden wenigstens dich gehen lassen. Es ist so schade um dich. So furchtbar schade.«

Sie hatte auch nie gedacht, dass ihm an ihr als Frau etwas lag. Dass er sie liebte. *Ich weiß doch gar nicht, was das ist!*, hätte sie ausrufen wollen. *Ich betrage mich wie die Göttin der Liebe, aber ich kann sie nicht spüren.* Vielleicht hatte ja Ischtar das auch nicht gekonnt, vielleicht hatte sie begonnen, Zwietracht zu säen und sich dem größeren Nervenkitzel des Krieges hinzugeben, weil etwas in ihr fehlte.

Senta legte Heyse die Hände auf die Schultern. »Wir kommen hier raus«, sagte sie, »das verspreche ich dir. Und was dann noch möglich ist, kann doch kein Mensch wissen. Wir gehen nach Babylon. Selbst Koldewey wird einsehen, dass man es nicht dir anlasten kann, wenn du von Beduinen überfallen wirst. Du wirst dich bewähren. Du bist gut in deinem Fach. Wir werden zusammen dort sein, den *Etemenanki* sehen, und was weiter geschieht, das wird sich finden.«

»Der Herr Christian …«, begann er.

»Vergiss den Herrn Christian«, sagte Senta. Und weil sie sah, dass das alles nicht genügte, und weil sie so tief in seiner Schuld stand, fügte sie hinzu: »Ich bin mit dir hierhergekommen. Wir sind verlobt. Daran ändert sich nichts.«

Es waren diese Sätze, die er gebraucht hatte. Sein Gesicht verwandelte sich. »Ist das dein Ernst?«

»Ist es. Aber du darfst dich nicht aufgeben, hörst du? Du musst versuchen, zu essen und bei Kräften zu bleiben.«

»Ich versuche alles«, sagte Heyse. »Kannst du mir nur eines versprechen, Senta?«

Sie nickte und wand sich innerlich.

»Wenn das zwischen dir und Christian nicht zu Ende ist, musst du es mir sagen, denn dann können du und ich nicht mehr zusammen sein. Womöglich würde ich es selbst dann noch wollen, aber dem Rest von Selbstachtung, den ich noch in mir trage, wäre ich es schuldig, dem nicht nachzugeben.«

Senta atmete auf. Wenigstens das konnte sie ihm versprechen, ohne ihr Gewissen neuerlich zu belasten. »Es ist zu Ende«, sagte sie. »Lassen wir es hinter uns und denken an das, was noch kommt. An Babylon.«

25

Die Hoffnung, doch noch mit Konsul Holsteins Hilfe freizukommen, schwand mit jedem Tag. Umso mehr bemühte sich Senta, selbst einen Weg in die Freiheit zu bahnen, doch jeder ihrer Versuche, die ihr zunehmend hilflos vorkamen, scheiterte schon im Ansatz. Wenn sie sich bemühte, am Brunnen oder bei den Pferden allein zu sein, näherten sich ihr zwar immer wieder Männer, die sie von oben bis unten mit Blicken maßen, doch sobald einer von ihnen einen gewissen Abstand überschritt, tauchte wie aus dem Boden gewachsen einer der Männer auf, die Christopher als *Sheikhs* bezeichnet hatte, und jagte den Verwegenen mit einer Salve harter Worte davon.

Als es das dritte Mal geschah, sprach Senta den Mann auf Arabisch an und fragte ihn, warum er niemandem erlaube, sich mit ihr zu unterhalten.

»Sie sind nicht hier, um Gespräche zu führen«, erwiderte er hart. »Meine Pflicht ist es, dafür zu sorgen, dass Sie nicht belästigt werden.«

»Und wer sind Sie?«

»Rashad ibn-Ahmad. *Sheikh* Ahmads Sohn.«

Damit ließ er sie stehen. Ihren ohnehin hanebüchenen Plan konnte sie somit vergessen, aber welchen anderen hätte sie sonst fassen sollen?

Kadif – Faysal – begegnete ihr tagsüber immer wieder im Dorf, doch mehr als einen stummen Gruß hatte er nie für sie übrig. Einmal sah sie ihn vor dem großen Zelt sitzen, das er offenbar bewohnte, und in einem Mörser etwas zerstoßen. Die Wucht, mit der er den Stößel führte, verriet die Kraft, die in seinem leicht gebauten Körper steckte und die Senta bereits während ihrer Reise gelegentlich verblüfft hatte.

»Was machst du da?«, sprach sie ihn an, denn sie hatte an dem schweren steinernen Mörser bisher nur Frauen gesehen.

Er blickte nicht auf. Der Inhalt des Mörsers knackte unter seinen Stößen. »Ich mahle Kaffee.«

»Ist das bei euch nicht Frauenarbeit?«

»Das mag sein. Aber mit dem, was ich in meinen Kaffee gebe, traue ich niemandem als mir selbst.«

Sein Kaffee – so bitter, dass es im Herzen zuckte, und so stark, dass der Löffel darin stand – hatte unter den Teilnehmern ihrer Wüstenreise Berühmtheit erlangt. Sie ging, als offensichtlich wurde, dass er nichts mehr sagen würde, und entschied, ihn in der Nacht, wenn das Lager schlief, bei den Kamelen aufzusuchen.

Als sie dort ankam, sah sie ihn am Wasserloch knien und sich waschen. Der Mond, der schon wieder zunahm, warf sein Licht wie eine Decke über ihn, wie eine silbrig schimmernde, durchsichtige Decke auf der dunklen Haut.

Sein Rücken war schmal, die Beuge der Taille geradezu zart, aber an den Schultern und Armen spielten kräftige Muskeln. Sein Haar, das er meist bedeckt trug, fiel ihm schwarz und dicht in den Nacken. Immer wieder schöpfte er sich mit beiden Händen Wasser auf den Rücken, doch sooft er stillhielt, sah Senta das Netz tiefer Striemen, das die Haut von den Schultern bis hinunter auf die Hüften entstellte. Wie konnte ein Mensch eine Peitsche nehmen und sich selbst solche Verletzungen beibringen – zur Strafe für den Verrat an irgendeinem seit tausend Jahren toten Religionsführer? Er musste verrückt sein. Fanatisch, verblendet, und dabei hatte sie ihn einmal für den Inbegriff von Ruhe gehalten.

Gelenkig erhob er sich und streifte sich, ohne sich abzutrocknen, seinen *Kaftan* über. Statt einen Teppich auszubreiten, legte er eine handtellergroße Scheibe aus Lehm, die Senta schon bei ihm gesehen hatte, auf den Boden, und dann verrichtete er sein *Ischa*, das Gebet zur Nacht. Sobald er auf die Knie fiel und sich vornüber zu Boden warf, stieß er mit der Stirn hart auf den gebrannten Lehm.

Alles an dieser Religion ist hart, dachte Senta. *Alles an diesem Leben. Es gibt nichts Sanftes, nur die halbmondförmigen Kuhlen, die die Kamelstuten in den Sand graben, damit ihre Jungen geborgen sind.*

Als das Gebet beendet war, kam er den Hang herauf, entdeckte Senta bei den Kamelen und erschrak. Er brauchte eine Weile, um sich zu sammeln und seinen Weg fortzusetzen. Senta schämte sich ein wenig, weil sie ihn bei etwas so Intimem, für sie so Fremdem nicht hätte beobachten dürfen, doch die Scham verblasste vor dem Wunsch, sein Haar anzusehen, das ihm dicht und glänzend aus der Stirn fiel.

»Weshalb sind Sie hier?«, fragte er.

»Um zu reden«, erwiderte Senta. »Eure Frauen sprechen nicht mit mir, und wenn ein Mann es versucht, taucht sofort ein bärtiger Tugendwächter auf, der so wie du der Sohn eures *Sheikhs* sein will.«

»Rashad«, sagte er. »Mein Bruder. Er achtet darauf, dass niemand Ihnen zu nahetritt und Sie nicht als leicht verfügbares Mädchen betrachtet werden. Für unsere Leute wäre das schlecht. Und für Sie auch.«

Senta spürte, wie ihr das Blut ins Gesicht schoss. »Um meinen Ruf braucht sich niemand Sorgen zu machen«, versetzte sie. »Ich würde gern sprechen, mit wem es mir gefällt.«

»Darauf werden Sie verzichten müssen. Was bei Ihnen zu Hause angemessen wäre, kann Sie hier bei uns in Gefahren bringen, die Sie nicht überblicken können.«

»Zum Teufel, dann lasst uns gehen. Wir finden unseren Weg nach Babylon allein. Gebt uns unsere Karten und unsere Pferde zurück, und ihr braucht euch um uns nicht länger zu kümmern.«

»Sie wissen, dass ich das nicht tun kann.«

»Und warum nicht?« Er wollte an ihr vorbei, doch sie trat ihm in den Weg. »Bist du nicht der künftige Herr dieses Stammes, kannst du dich mit einer Anordnung nicht durchsetzen?«

Die Idee kam ihr ganz plötzlich. Warum versuchte sie ihr Glück bei fremden Männern, an die sie nicht herankam, statt bei diesem, zu dem sie Zugang hatte und den sie immerhin kannte? Instinktiv schob sie ein Bein vor, dann zog sie es wieder zurück, wohl wissend, dass kein so billiger Trick bei ihm verfangen würde. Aber was verfing dann bei ihm? Christopher war überzeugt gewesen, er träume von der Liebe mit Kamelstuten.

»Nein«, sagte er. »Ich bin nicht der künftige Herr dieses Stammes. Mein Bruder ist es, über den Sie sich beklagt haben.«

»Ist er der Ältere?«

Er warf den Kopf auf und schnalzte mit der Zunge. »Das bin ich. Aber Rashad hat die richtige Mutter.«

»Dann ist deine Mutter gestorben?«

»Das auch«, sagte er. »Aber sie war schon die falsche, als sie noch gelebt hat.« Über sein Gesicht glitt so etwas wie ein Lächeln, dessen Wehmut Senta einen Stich versetzte. »Sie war eine von meines Vaters Cousinen, die er geheiratet hat, wie es unserer Sitte entspricht. Kamila dagegen, Rashads Mutter, war ein süßes Mädchen, das er im Sommerquartier bei einem befreundeten Unterstamm zu Gesicht bekam und in das er sich mit Haut und Haar verliebte. Mohammed gestattet einem Gläubigen die Vielehe nur, wenn er für alle seine Frauen und

Kinder gleich gut sorgt und sie gleich behandelt, aber zu einer derartigen Größe muss man wohl das Herz eines Propheten haben.«

»Wie hart das ist!«, entfuhr es Senta. »Für die Frau, aber erst recht für die Kinder, die schließlich nichts dafür können, dass die falsche Mutter sie geboren hat.«

»Daran, welche Mutter ihn geboren hat, kann doch niemand etwas ändern«, erwiderte er. »Und meine Mutter war nicht die falsche. Nicht für mich. Ich würde nicht tauschen, ich wäre immer lieber mit Hagar in die Wüste gegangen, statt von Sarai gehätschelt im Haus zu bleiben.«

Dunkel erinnerte sich Senta. Die Erzählung stand im Buch Genesis: Als Sarai, seine Hauptfrau, Abraham doch noch den ersehnten Sohn Isaak geboren hatte, verlangte sie von ihm, dass er seine ägyptische Sklavin Hagar, die Mutter seines ersten Sohnes Ismael, unversorgt in die Wüste schickte. Sarai hoffte, Hagar würde mit ihrem Sohn umkommen, doch die beiden überlebten. In Bagdad, in der Buchhändler-Gasse, hatte jemand Senta erklärt, dass die Schiiten Ismael als ihren Stammvater betrachteten, während die Juden und Christen vom legitimen Sohn Isaac abstammten.

»Wir haben das alles also nicht erfunden«, sagte Kadif. »Ich denke, eine Zeit lang mochte mein Vater mich trotzdem ganz gern. Aber ich war lange fort. Wir haben uns voneinander entfernt.«

»Wollte er nicht, dass du in Europa studierst?« Sie sah sich um. Dass dieser gottverlassenen Welt zwischen Schafsködteln und Zelten aus Ziegenhaar ein Student der Sorbonne entstammen konnte, schien noch immer unvorstellbar.

»Ach, zu Anfang gefiel ihm das nicht schlecht. Er war stolz und erpicht darauf, dem Westen zu beweisen, dass uns vor ihren heiligen Institutionen nicht bange ist. Darauf, seine Söhne zu bilden, hat er Wert gelegt, aber was bei mir daraus geworden ist, wurde ihm zu viel. Ich war schon als Junge allzu rebellisch, nur hat es ihn damals nicht beunruhigt, weil junge Pferde Kraft brauchen, damit sie nicht brechen, wenn man sie biegt.«

Hartes Land, dachte Senta, *harte Menschen.* Etwas an dem, was er sagte, tat weh. Sie wollte sich ihm im Reden nähern, ihm die Hand wie zufällig auf den Arm legen, sich ihm langsam in den Kopf, ins Blut schleichen, bis sie auf ihn den Einfluss nehmen konnte, den sie dringend brauchte. Im Augenblick aber fiel es ihr schwer, ihre Strategie zu verfolgen, ja, sich überhaupt auf sie zu besinnen.

Nach einem glühend heißen Tag war der Wind, der durch die Nacht jagte, unbarmherzig kalt. Senta sah, wie Kadifs Schultern zitterten, und spürte ihr eigenes Frösteln. Er war verstummt, ging fort und holte aus dem Unterstand bei der Tränke seinen Mantel, der wärmte wie kein anderes Kleidungsstück und von dem sie inzwischen wusste, dass er *Furwah* hieß. Er hielt ihr ihn hin, die Finger vor Kälte steif.

»Das kann ich nicht annehmen. Du frierst genauso wie ich. Gehen wir in mein Zelt, da haben wir Decken für uns beide.«

Über seinen zweifelnden Blick hätte sie um ein Haar gelacht. Er brachte ihr den Kadif zurück, den sie gekannt hatte, ihren scheuen, stillen, behutsamen Gefährten, der mit dem arroganten, fanatische Rituale vollziehenden Faysal nichts gemein hatte. »Stell dich nicht so an«, ermunterte sie ihn. »Du hast schon neben mir in einem Zelt gesessen, und ich habe dich nicht mit dem bösen Blick verhext. Also komm. Dieser Wind macht Eiszapfen aus uns, und ich muss mit jemandem sprechen. Du bist verantwortlich für mich, hast du gesagt. Wenn ich den ganzen Tag mit keinem Menschen ein Wort wechsle, werde ich verrückt.«

Er zögerte noch immer. Dann warf er sich schließlich den *Furwah* über eine Schultern, holte seine Laterne und trottete hinter ihr her. Im Zelt hob sie die Decken wie ein Dach, um ihn einzuladen, sich mit ihr in die Wärme darunter zu setzen. Er aber wickelte den *Furwah* um sich und setzte sich ihr gegenüber, Arme und Beine verschränkt. Trotzig, fand sie. Und auf der Hut. Sie würde seine Schale aufsprengen müssen und zwang sich mit aller Kraft, an Heyse und ihr Versprechen zu denken, um nicht den Mut zu verlieren.

»Erzähl mir mehr«, sagte sie. »Von dir.«

»Warum?«

»Ich will begreifen. Wir sind Geiseln, wir werden von der Grabung ferngehalten, für die wir ein Jahr lang gereist sind und das Erbe meiner Eltern ausgegeben haben, und ich weiß nicht einmal, zwischen welche Fronten wir hier geraten sind. Das macht mich krank, verstehst du das nicht? Professor Heyse geht es elend. Er ist überzeugt, von Holstein werde keine Hilfe kommen, und sobald euch das klar ist, würdet ihr uns töten.«

»Niemand tötet euch.« Im Schwarz seiner Pupillen tanzten Lichter von der Laterne. »Ich habe dir mein Wort gegeben, ihr braucht um euer Leben nicht zu fürchten.«

Senta fiel auf, dass sie das eigentlich keinen Augenblick getan hatte. Sie war wütend, einsam, erfüllt von Schuldgefühlen, alle erdenklichen Ängste hetzten sie, aber nicht die, Kadifs Leute könnten ihr ein Leid zufügen. *Faysals* Leute.

»Ich will begreifen«, sagte sie noch einmal. »Du hast in Frankreich gelebt, bist mit Europäern durch die Wüste gezogen, liest Bücher über die gleichen Themen, die uns umtreiben. Wenn ich verstehen könnte, warum einer wie du uns das antut, vielleicht fiele es mir dann leichter, Professor Heyse Mut zuzusprechen.«

Sie sah, wie er dreimal schluckte, wie sein Kehlkopf dreimal auf und ab ruckte, ehe er sich dazu durchrang, das Wort an sie zu richten. »Ich war viele Jahre nicht bei meinem Stamm«, sagte er. »Aber das hier sind meine Wurzeln. Dafür bin ich auf der Welt, auch wenn ich mich hier noch schlechter einfüge als in

Paris und Konstantinopel, auch wenn ich hier keinen Tag leben kann, ohne jemanden gegen mich aufzubringen. Dies ist unser Land, Fräulein Zedlitz. Es gehört meinem Volk, und wenn die Zeit der großen Reiche vorbei ist, wenn sie in Stücke brechen wie auf dem Balkan, dann muss es mein Volk sein, in dessen Hände es fällt. Ich habe Geschichte studiert, ich habe nach anderen Wegen gesucht, aber am Ende läuft es immer auf dasselbe hinaus.«

»Auf was?«

Er strich sich über die Augen. »Die Osmanen verbeißen sich mit ihren morschen Zähnen in das Land, die Briten halten freundlich die Hand auf, die Franzosen scharren dahinter mit den Füßen, und die Deutschen bauen mit heißem Atem ihre Eisenbahn hindurch, damit sie die lachenden Vierten sind. Wenn es uns ernst damit ist, dass es trotz allem nur uns gehört, dann müssen wir darum kämpfen, und wenn es uns ernst damit ist, dass wir kämpfen wollen, dann brauchen wir Waffen. Das nämlich haben die vier anderen gemeinsam: Sie haben welche, und wir haben keine.«

Senta hatte sich an seinem Blick festgesaugt, doch jetzt verschwamm ihr sein Bild vor den Augen, und stattdessen überschlugen sich welche aus dem Jahr ihrer Reise: türkische Basare in Konstantinopel, griechische Tempel in Ephesos, ein armenisches Krankenhaus in Smyrna, ein französisches Café in Beirut. Auf die Synagoge in Aleppo folgte das durch und durch arabische *Souq* al-Madina, dann folgten Fluten von Bildern von der Wüste, unter denen Samarras beinahe babylonisches Minarett herausragte, bis Heyse vor den Lehmziegeln der sumerischen Siedlung den Schlusspunkt bildete. Dann kam Bagdad. Fischverkäufer am Fluss, die Abu-Hanifa-Moschee, deren *Muezzin* die ganze Stadt Antwort gab, die Straße der Buchhändler, die die Sprachen der Welt wie unter dem Brennglas einfing.

»Muss das Land einem Einzigen gehören?«, hörte sie sich von

der Bilderflut geblendet fragen. »Es ist so lange von so vielen Völkern bewohnt worden, und wenn du mich fragst, dann ist es genau das, was es schöner und reicher macht als alle anderen. Bagdad ist, als hätten seine Bewohner den Turm von Babel überwunden: all diese Sprachen, all diese Völker und all die fuchtelnden Hände, mit denen sie sich verständigen.«

Wiederum glitt ein flüchtiges, trauriges Lächeln über sein Gesicht. Er hatte sich den Mantel über den Kopf gezogen wie sie die Decke, und etwas ließ sie wünschen, es wäre nicht völlig unangemessen, angesichts dieses Dilemmas zu lachen. Dass man in der Wüste derart fror, könnte man in Deutschland niemandem erklären, vermutlich hätte man sie dort für zwei Eskimos gehalten. »Es ist ein bisschen merkwürdig, denn ich habe an dem Land ja nichts geschaffen«, sagte er. »Aber es freut mich, dass Sie es schöner als die anderen finden.«

»Ich finde es unglaublich schön!«, rief Senta. »Und aus meiner Sicht hast du kein Recht, zu behaupten, es gehöre euch allein. Es ist unser aller Zivilisation, die hier geboren wurde. Die ersten Städte der Weltgeschichte, die ersten in Stein gehauenen Gesetze, auf die Menschen sich verlassen konnten, die erste rein zum Vergnügen geschaffene Schönheit und die erste Herausforderung an die Götter. Mesopotamien ist nicht nur eure, sondern unser aller Wurzel.«

»Ich verstehe.« Seine Züge verschlossen sich. »Deshalb verpacken Sie es in Kisten und verschiffen es Ladung für Ladung nach Berlin, habe ich recht?«

»Sollen wir es hier liegen lassen, damit eure Leute es Stein um Stein wegschleppen, um sich Häuser daraus zu bauen?« Immer wieder hatte Heyse sie auf die Stellen in Koldeweys Berichten hingewiesen, in denen der Grabungsleiter sich beklagte, Wüstenbewohner hätten die Pracht von Babylon bis auf die Fundamente abgetragen und als Baumaterial in ihre Dörfer geschafft. »Vom *Etemenanki* und von den Hängenden Gärten ist kaum noch etwas übrig. Würdest du es vorziehen, wenn das Ischtar-Tor ebenfalls in irgendwelchen vergänglichen Hütten verloren ginge, wenn niemand es je zu sehen bekäme? In Berlin wird es von Wissenschaftlern mit der größtmöglichen Sorgfalt rekonstruiert und bekommt ein eigenes Museum, wo es für die Generationen, die nach uns kommen, sicher bewahrt werden kann.«

Er gab nicht gleich Antwort. In Bagdad hatte sie das an ihm geliebt, dass er nicht wie alle Welt schon auf das brannte, was er selbst sagen wollte, während der andere noch sprach, sondern die Worte seines Gegenübers überdachte. »Ja«, sagte er schließlich. »Das klingt hübsch und richtig, und ich glaube, ich würde dieses Museum eines Tages gern sehen. Es *ist* aber nicht hübsch und richtig. Sie brauchen die Bauten nicht. Meine Leute brauchen sie.«

»Um daraus Hütten zu bauen?«

»Nein. Um herauszufinden, wer sie sind.«

»Das wirst du mir erklären müssen«, sagte Senta.

»Ich habe es befürchtet«, erwiderte er und zog den *Furwah* fest um seine Schultern. »Leicht ist es nicht, zumal wir keine tausend Nächte lang Zeit haben. Wir sind Muslime. Das war Jahrhunderte hindurch unsere Art, uns zu beschreiben. Da die Gemeinschaft der Muslime von einem Kalifen regiert wird, und da die osmanischen Sultane Anspruch darauf erhoben, zugleich diese Kalifen zu sein, fungierte das als Klammer, die uns alle unter der Regierung der Hohen Pforte zusammenhielt. Aber die Klammer ist zerbrochen. Anfangs, als die Jungtürken ihre Revolte begannen, schlossen viele sich ihnen an, weil sie glaubten, sie würden um bessere Lebensbedingungen für alle Völker im Reich kämpfen. Ich habe das auch geglaubt.« Er senkte den Kopf. »Aber schnell wurde deutlich, dass es darum gar nicht ging, sondern um eine Idee, die in Europa bereits verankert war und die wir ebenso mit Verspätung geliefert bekamen wie die Segnungen Ihrer Eisenbahn.«

»Was für eine Idee ist das?«

»Nationalismus«, antwortete er. »Serbien den Serben, Griechenland den Griechen, also auch die Türkei den Türken, wie Enver Paschas Jungtürken es sich auf die Fahnen schreiben. Nur besteht das Osmanische Reich eben nicht allein aus der Türkei. Das ist meine Antwort auf Ihre Frage, warum unser Land nicht vielen Völkern gehören kann. Weil die Zeiten vorbei sind. Weil wir, wenn wir nicht durch den Rost fallen wollen, ›Arabien den Arabern‹ fordern müssen und die Waffen brauchen, um der Forderung Gewicht zu verleihen. Darüber hinaus brauchen wir etwas, das uns alle – ob wir in Städten wohnen oder in Wüsten, ob wir uns Schiiten, Sunniten oder Alawiten nennen – unter einer Fahne vereint. Identität. Das Wissen, wer wir sind. Wenn wir darauf keine Antwort anzubieten haben, liefern die Wahhabiten uns eine.«

»Wer sind die?«

»Religiöse Fanatiker«, antwortete er. »Solche, die Predigten mit Feuer und Schwert halten und überzeugt sind, um uns in einem einzigen Staat zu vereinen, müssten wir nicht lernen, zusammen zu leben, sondern nur zahlreich genug zusammen sterben. In einem Heiligen Krieg, versteht sich. *Dschihad.* Und nicht, ohne vorher zu töten.«

Senta war sich nicht sicher, glaubte aber, einen Ansatz der Erklärung zu begreifen. »Hast du deshalb studiert?«, fragte sie. »Geschichte?«

Er nickte zweimal hintereinander, wie sie es bei Arabern häufig beobachtet hatte. »Geschichte und Literatur. Als ich jung war, war ich überzeugt, so etwas wie Stolz auf unser Erbe müsste genügen, um uns zu einer Einheit zu verschmelzen. Babylon, Ninive, Uruk. *Tausendundeine Nacht.* All die großen Dichter.«

Senta musste nun doch lachen und unterbrach ihn. »Wie uralt bist du denn jetzt, Kadif?«

Er sah sie an und lachte nicht. »Ich heiße Faysal. Dafür, dass ein Türke in Aleppo befand, ein arabischer Kameltreiber müsse Kadif heißen, kann ich nichts.«

»Schon gut«, sagte Senta. »Verrätst du mir dein Alter trotzdem?« Wieder einmal fiel ihr auf, dass Sie nie über die Sprache nachdachte, in der sie mit ihm redete, sondern es nahm, wie es kam – Englisch, Arabisch, zuweilen fiel er ins Französische, und ihr rutschten gelegentlich Begriffe auf Deutsch heraus. Nur im Englischen aber wurden alle Menschen gleich angesprochen. Im Französischen und Deutschen bestand eine scharfe Trennung zwischen *Du* und *Sie,* und im Arabischen lautete die ehrerbietige Anrede *Ihr,* wie er sie ihr gegenüber benutzte. Sie beschloss, es künftig ebenso zu halten, doch es widerstrebte ihr wie die Benutzung des ihr fremden Namens. Als gäbe sie damit ihren Freund Kadif, den Kameltreiber, endgültig auf.

»Ich bin nicht sicher«, sagte er. »Ich habe aufgehört zu zählen. Damals in Konstantinopel war ich zweiundzwanzig.«

»Und in Paris? Als Sie nach Paris gekommen sind?«

»Sechzehn.«

»Was hast du … was haben Sie in Konstantinopel gemacht, als Sie zweiundzwanzig waren? Warum haben Sie gesagt, Sie haben sich dort auch nicht eingefügt? Warum sind Sie mitten auf der Straße verprügelt und verschleppt worden?«

»Und warum stellen Sie mir all diese Fragen? Sie wollten begreifen, haben Sie gesagt, und ich habe mich bemüht, Ihnen eine Erklärung zu liefern. Wenn die nichts taugte, tut es mir leid. Es ist komplex, über tausend Jahre gewachsen, und alles ist miteinander verflochten. Wenn es einfach wäre, ließe sich womöglich eine einfache Lösung finden, wie ich sie mir damals in Konstantinopel zurechtgeträumt habe.«

»Was für eine Lösung war das? Was haben Sie getan?«

»Sie haben mir noch immer nicht erklärt, warum Sie mir all diese Fragen über mich und mein Leben stellen. Sie hassen mich.« Er sprach die Worte aus und zuckte dabei zusammen.

Senta zögerte. Dann streckte sie die Hand aus und berührte flüchtig sein Knie. »Nein. Eher nicht. Ich hasse es, dass es Kadif, dem ich vertraut habe, nicht mehr gibt, und dass ein Fremder seinen Platz eingenommen hat, der uns übelwill. Vielleicht stelle ich Ihnen deshalb Fragen – weil ich hoffe, ein Stück von Kadif wiederzufinden, oder weil ich denke, es könnte alles leichter zu ertragen sein, wenn mir der Fremde nicht mehr so fremd wäre.«

Er hob den Kopf, sodass sie sich wieder in die Augen sehen konnten, und sie saßen sich lange gegenüber und schwiegen.

Das Schweigen beruhigte Senta. »Ich habe Kadif alles über mich erzählt«, sagte sie und hörte voll Staunen ihrem gleichmäßigen Atem zu. »Ich glaube, mehr als irgendwem sonst.«

»Von dem Bären haben Sie Kadif nichts erzählt«, sagte Faysal und wies mit dem Kopf auf das Spielzeug, das neben ihr unter der Decke saß.

»Nein«, murmelte Senta. »Das wäre wie Erzählen vom Tod. Wenn ich das versuche, schnürt mir die Angst die Kehle zu.«

»So wie vor Samarra?«

»Ja. Wie vor Samarra.« Sie glaubte, noch einmal seine Nähe zu spüren, als er auf dem Weg in die Stadt an Basims Seite gegangen war und das Kamel nicht losgelassen hatte. *Sie* nicht losgelassen hatte. Sie hätte mit Basim wenden und durch fliegenden Sand zurück flüchten wollen, doch als sie Kadif neben sich bemerkt, als sie sich nicht mehr allein gefühlt hatte, war die Angst erträglich geworden. Sie waren miteinander dem Tod entgegengegangen, und der Tod hatte seinen Schrecken verloren.

»Der Bär hat meiner Schwester gehört«, hörte sie sich zu ihrem Erstaunen sagen. »Cathrin hieß sie. Sie hat ihn von meinen Eltern zu ihrem letzten Weihnachtsfest bekommen. Ein paar Tage darauf ist sie in einen schwarzen Kanal gefallen und ertrunken. Ich bin erst nach ihrem Tod geboren worden, sie war meine einzige Schwester, und ich habe sie nie gekannt. Meine

Eltern sind auch ertrunken. Sie sind mehr als zwei Jahrzehnte später meiner Schwester hinterhergesprungen, und seitdem kommt es mir vor, als wäre ich nur versehentlich noch auf der Welt. Ich gehöre zu niemandem, und irgendwann hebt sich aus dem schwarzen Kanal eine Hand und holt mich nach.«

Es war, als hätte sie mit jedem Wort ein Loch in einen Staudamm geschlagen. Faysal stand auf, trat vor sie hin und legte die Arme um sie. Ohne die Decken beiseitezuschieben, ohne sie wirklich zu berühren, hielt er sie, solange sie weinte. Dass ihr Kopf an seinem Bauch lehnte, bemerkte sie erst, als das Weinen schwächer wurde und sie das Pochen unter der harten Bauchdecke spürte.

»Die Hand aus dem schwarzen Kanal holt Sie nicht«, sagte er leise. »Nicht jetzt. Nicht hier. Nicht, ehe Sie gelernt haben, dass Sie nicht versehentlich auf der Welt sind.«

Mit dem Weinen sprudelten neue Worte. Sie erzählte ihm alles. Das, was sie sich zusammengereimt, was Rosine, die nutzlose Kinderfrau, ihr erzählt und was ihre widerstrebenden Eltern mit den Jahren preisgegeben hatten. Von der kleinen Cathrin, die nach Jahren des verzweifelten Kinderwünschens geboren worden war. Von der federhaarigen, weiß aufgeputzten Erfüllung des Glücks, die zu ihrem letzten Weihnachtsfest ein Schaukelpferd, einen Puppenwagen samt Puppen und einen der brandneuen Bären der Firma Steiff als Geschenke erhalten hatte.

In der folgenden Nacht hatte es geschneit, und als die kleine Cathrin am Morgen erwacht war und aus ihrer Kinderstube auf die verschneite Bellevuestraße gesehen hatte, hatte sie augenblicklich hinausstürmen und in der weißen Pracht ihren Bären ausfahren wollen. Annette Zedlitz hatte zwar eine Kinderfrau eingestellt, weil Frauen ihres Standes eben eine hatten, doch um ihr so lange ersehntes Kind kümmerte sie sich so weit wie möglich selbst. Nahezu täglich ging sie mit Cathrin im Tiergarten spazieren, damit das Stadtkind die Natur erlebte, den Wechsel der Jahreszeiten und die frische Luft. Leider litt sie jedoch unter empfindlichen Nieren, hatte sich in jenem Januar eine schmerzhafte Entzündung zugezogen, und der Arzt hatte ihr Bettruhe verordnet.

Also bat sie Rosine, die Kinderfrau, mit Cathrin und ihrem Puppenwagen in den Tiergarten zu gehen, setzte ihrem Kind die Pelzmütze auf, die ebenfalls unter dem Weihnachtsbaum gelegen hatte, und winkte ihr vom Fenster nach.

Den Rest hatte Senta nie jemand erzählt. »Wir verschweigen das nicht«, hatten ihre Eltern behauptet, wenn Senta nach dem Mädchen auf der Weihnachtsfotografie gefragt hatte oder nach dem Bären, der unerreichbar hoch oben auf ihrem Kleiderschrank saß und nicht heruntergeholt werden durfte. »Cathrin war schließlich unser Kind, und dir werden wir nicht vorenthalten, dass du eine Schwester hattest.«

Sie verschwiegen es nicht. Aber sie sprachen auch nicht mehr darüber als zwingend erforderlich. Was Senta wissen wollte, musste sie sich aus verborgenen Zeichen zusammenreimen und aus Rosines Gestammel, wenn sie zu lange an Berthas Rumtopf gewesen war und in Klagen ausbrach: »Ich hab sie doch nicht halten können! Die Kleine war schneller weg, als ich gucken konnte.«

Ein andermal jammerte sie: »Hätte ich sie doch den Bären nehmen lassen, ach, hätte ich doch, das verzeihe ich mir mein Lebtag nicht.«

Annette und Justus Zedlitz dagegen hatten ihr verziehen. Ihrer Ansicht nach traf Rosine keine Schuld, sie durfte bleiben. Nicht als Kinderfrau, denn es gab ja kein Kind mehr, aber in unbestimmter Position im Haushalt. Senta, die nach drei verzweifelten Jahren als Ersatz daherkam, reimte und träumte sich in schwarzen Bildern zusammen, was geschehen war:

Die kleine Cathrin hatte den Bären, den sie heiß liebte, mitnehmen wollen, aber Rosine hatte es ihr verboten, denn in einen Puppenwagen gehörte eine Puppe. »Deshalb hatte das Madamchen schlechte Laune«, hatte Rosine nach einem ihrer Ausflüge an den Rumtopf fallen lassen. Cathrin hatte ohne den Bären losziehen müssen, und auf einem vereisten Uferweg längs des Landwehrkanals hatte sie aus Zorn darüber dem Wagen mit der Puppe einen Stoß versetzt.

Der Puppenwagen war auf dem Eis ins Gleiten geraten und den Uferhang hinuntergestürzt. Cathrin mochte auf die Puppe zwar böse gewesen sein, doch sie wollte gewiss weder sie noch den Wagen verlieren und rannte hinterdrein. Am Hang kippte der Wagen zur Seite und blieb liegen. Cathrin aber stolperte, rutschte und fiel ins schwarze Wasser des Kanals. Sie war erst drei Jahre alt gewesen. Als geistesgegenwärtige Helfer sie Minuten später aus dem Wasser zogen, war sie bereits tot.

In ihren Volksschuljahren hatte sich Senta manchmal vor das Weihnachtsbild, das nicht berührt werden durfte, gestellt, dem fremden Kind in die Augen gesehen und hätte fragen wollen: *Wer warst du? Und wie fühlt es sich an, so zu sterben?*

Später hatte sie gelernt, dass sie ihre Eltern traurig machte, wenn sie dort stand, und sie hatte sich das Sinnieren vor dem Kaminsims abgewöhnt. An Cathrin dachte sie fortan nur noch in den Nächten, wenn sie statt in erholsamen Schlaf in die Schwärze eisigen Wassers stürzte und sich in jäher Enge fühlte, als läge sie begraben. Selbst in den Nächten hatte sie jedoch nicht gewusst, dass die Schwärze und die Enge den Namen Cathrin trugen, sondern hatte angenommen, sie müsse sich mehr zusammenreißen, sich stärker aufs Lernen konzentrieren und dürfe sich nicht so gehen lassen.

Dass Kadif vor ihr in die Knie gegangen war, hatte sie nicht bemerkt. Jetzt hielt er sie umfangen, und strich seine trockenen Wangen über ihre nassen. »Ihr Bär gefällt mir sehr«, sagte er.

»Warum?«

»Das erzähle ich Ihnen später.« Er hatte ihre Wange gestreichelt, ihre Stirn, ihr Haar. Sie hatte sich an ihm festgeklammert und in der Sicherheit seiner Arme einen weiteren Tränenausbruch überstanden. Dann hatte sie ihm den Rest erzählt. Das, was ihre Eltern getan hatten und was sie hatte aushalten müssen, als sie an jenem ersten hellen Frühlingstag nach Hause gekommen war und die Welt, die sie kannte, nicht mehr vorgefunden hatte.

Es war der Tag gewesen, an dem Heyse ihr gesagt hatte, dass er als Expeditor für Babylon abgelehnt worden war. Irgendein Tag, zwei oder drei Wochen nach Ostern, als Senta ihre Eltern in Warnemünde wähnte und sich auf dem Heimweg darauf freute, sich daheim die Decke über den Kopf zu ziehen, ein großes Glas weißen Burgunder mit unter die Deckenburg zu nehmen und erst morgen wieder über ihr Leben nachzudenken.

Stattdessen hatte jemand bereits in der Tür die Arme um sie geworfen, und der Geruch nach Rumtopf und Kernseife hatte verraten, dass es Rosine war. Augenblicklich hatte sie Senta wieder freigegeben. »Ich bitte um Entschuldigung, gnädiges Fräulein. Vielmals, vielmals.«

Ihre Stimme hatte verschwommen, nicht nüchtern geklungen. Ihr Gesicht hatte nass geglänzt. »Es ist Besuch da. Ich hab ja nicht gewusst, wie ich Sie erreichen kann … also habe ich den Herrschaften gesagt, sie sollen sich zum Warten doch in den Salon setzen.«

Die Herrschaften sprangen wie gestochen von den Stühlen, als Senta den Raum betrat. Es war ein Paar alter Leute, die Frau trug einen völlig aus der Mode gekommenen fliederblauen Hut auf kleinen, grauweißen Löckchen, der Mann hielt seinen in den Händen und hatte einen kahlen Kopf. Dicht aneinandergeschmiegt, standen sie vor Senta, als müsste einer dem anderen Halt geben.

»Meine liebe Senta«, sagte der alte Mann, schnappte nach

Luft und korrigierte sich. »Ich meine natürlich, mein liebes Fräulein Zedlitz …«

Erst an der Stimme erkannte ihn Senta. Dass Menschen innerhalb von zehn Jahren, in denen man sie nicht gesehen hatte, von kantigen, robusten Küstenbewohnern, die Jollen an Land zogen und Bierfässer anstachen, zu fragilen Greisen werden konnten, hatte sie nicht bedacht. Der Mann war Onkel Anton. Anton Knudsen, der Inhaber des Warnemünder *Hotel Pavillon.*

»Es ist so traurig«, sagte die alte Frau, die Tante Gesine sein musste, »so schrecklich traurig.«

Onkel Anton nahm eine Hand vom Hut und strich über Tante Gesines Arm. »Deine Eltern – oh, verzeihen Sie, Ihre Eltern hatten einen Unfall«, sagte er. »Mit der *Senta.*«

»Mit welcher Senta?«

»Mit dem Boot«, antwortete Onkel Anton. »Vielleicht war es zu alt. Vielleicht leck. Was da wirklich passiert ist, wissen wir auch nicht genau. Es gab ja keinen Sturm, es war ein Wetter, bei dem kleine Jungs zum Segeln gehen. Warum die gesunken ist, die *Senta,* das versteht kein Mensch, und jetzt vor Saisonbeginn, da ist ja am Strand auch nichts los und keiner hat was gesehen. Bis die Wasserwacht kam, war's zu spät, Mädchen. Deinen Eltern hat niemand mehr helfen können, ach Gott, Ihren Eltern, habe ich sagen wollen. Ihren armen, guten Eltern. Unser Herrgott sei Ihnen gnädig.«

Ihre Eltern hatten sich das Leben genommen. Hatten in den Boden ihres geliebten Bootes, das erst Cathrins und dann Sentas Namen getragen hatte, ein Leck geschlagen. Die Küstenwache hatte das Boot mit den Leichen bergen können, was ein seltener, durch günstige Strömung bedingter Glücksfall war. Andernfalls hätte es nichts mehr gegeben, was man in einen Sarg legen und neben Cathrin auf dem Friedhof hätte beerdigen können.

Senta hatte mit den fremden Menschen, die sie absurderweise immer noch Onkel und Tante nannte, nach Warnemünde fahren müssen, die beiden Toten als ihren Vater *Justus Cornelius Zedlitz* und ihre Mutter *Annette Zedlitz, geborene von Waldhofen,* identifizieren und für ihre Überführung nach Berlin sorgen müssen. Wochen später gab es noch eine Anhörung und zu guter Letzt einen mit dem Testament hinterlegten Abschiedsbrief.

Sie hatten es von langer Hand vorbereitet. Die von Geburt an kranken Nieren der Mutter standen kurz davor zu versagen, und die Ärzte konnten nicht mehr helfen. Hunden transplantierte man neuerdings versuchsweise Nieren, und Sentas Vater hätte zweifellos seiner Frau eine gespendet, aber bis die Operation an Menschen gelang, wäre es für Sentas Mutter zu spät gewesen. Sobald feststand, dass sie den nächsten Winter nicht erleben würde, hatten sie gemeinsam nach einer Lösung gesucht.

Zurückgeblieben war Senta, alt genug, um ohne elterliche Fürsorge auszukommen, und als alleinige Erbin.

Aus Sentas Weinen löste sich ein Schrei. Zorn, Trauer und Einsamkeit – alles zusammen überwältigte sie. Ja, sie war schon erwachsen gewesen, ja, sie hatte auf eigenen Füßen gestanden, aber zurück blieb das Gefühl, dass sie es niemandem wert gewesen war, für sie weiterzuleben, dass von all der Wärme über Nacht nichts mehr da war.

Kadifs Umarmung war da. Sein Duft, der ihr wohltat, sein Atem, der sich an ihrem Ohr bewegte wie ein kleines Lied. Sein Haar, das ihre Wange kitzelte, seine Lider mit den dichten Wimpern, die sich hoben und senkten. »Arme Senta«, sagte er so dicht bei ihr, dass sie jedes seiner Worte nicht nur hörte, sondern spürte. »Arme Cathrin, arme Annette, armer Vater Justus. Arme, arme Senta.«

Sie weinte noch einmal auf und hielt sich an ihm fest. Dann sank sie in sich zusammen und ruhte sich lange – so lange, dass sie die Zeit vergaß – bei ihm aus.

Langsam öffnete er dann seine Arme wieder. »Kann ich Sie jetzt loslassen?«

Senta hätte am liebsten den Kopf geschüttelt, doch sie nickte.

Mit zwei Schritten kehrte er an seinen Platz zurück. »Ihr Bär gefällt mir sehr«, sagte er noch einmal, und sie blickte auf und fragte noch einmal: »Warum?«

Völlig unverhofft lächelte er. »Ich finde es großartig, dass Eltern in Europa ihren Kindern Bären schenken. Wenn ich ein Kind hätte, hätte ich für es auch gern einen Bären.«

»Warum?«, hörte sie ihre Stimme wie ein Echo.

»Ein Bär ist ein guter Beschützer für ein schlafendes Kind, oder nicht?« Seine Brauen hoben sich, und seine Augen wurden weit. »Niemand kann ihn besiegen, jeder fürchtet sich vor ihm, aber er ist nicht nervös und sprunghaft wie die Raubtiere, die wir hier haben. Wenn keine Gefahr besteht, schläft er selbst viel und weckt mein Kind nicht auf.«

Senta spürte, wie ihr Mund sich zum Lächeln verzog. Dann musste sie an Heyse denken. »Hättest du gern eins?«

»Ein Kind?«

Sie nickte.

»Ich weiß das nicht«, sagte er, »bei uns stellt sich niemand solche Fragen. Man heiratet und zieht Kinder auf, die das Leben des Stammes weitertragen. Wenn ich bald heirate, werde ich wohl auch Kinder haben, aber manchmal frage ich mich, ob nicht besser wäre, erst die Welt aufzuräumen, ehe wir unsere Kinder darin herumlaufen lassen. Ich stelle zu viele Fragen, die man nicht stellt und die zu nichts führen.«

»Und du heiratest bald?«

»Gewiss. Das tun wir alle. Ich bin schon spät dran, und die Familie meiner Braut verliert die Geduld.«

»Du hast eine Braut, Kadif?«

»Gutne«, sagte er. »Eine meiner Cousinen.«

Senta hätte um ein Haar gefragt, ob er sie liebte. Dass er eine

Braut hatte, dass es eine Frau gab, zu der er gehörte, verlieh dem Spiel, das sie mit ihm treiben wollte, etwas Tückisches, Böses. Ohnehin vergaß sie ständig das Spiel, wenn sie mit ihm zusammen war. Wie sollte sie an ein Spiel noch denken nach dem, was sie ihm heute erzählt hatte?

Sie hatte vor ihm nie mit jemandem darüber gesprochen, und etwas in ihr war gewiss: Sie würde auch nach ihm mit niemandem mehr darüber sprechen.

»Was ist mit Ihnen?«, fragte er. »Wünschen Sie sich Kinder?«

»Professor Heyse wünscht sich eines«, sagte Senta, um sich an den Sinn des Spiels zu erinnern. »Er hat Angst, dass er keines mehr haben kann, sondern hier sterben muss.«

»Er muss nicht sterben. Ich bin sicher, es hat nur eine Verzögerung gegeben und von Ihrem Konsul wird bald Nachricht eintreffen.«

»Und wenn nicht?«

»Warum denken Sie darüber nach? Ihr Konsul wird Sie nicht Ihrem Schicksal überlassen.« Er stand auf. »Hören Sie, Fräulein Zedlitz, die Nacht ist fast zu Ende, und es wäre für uns beide nicht gut, wenn mich jemand hier fände. Können Sie jetzt schlafen?«

»Kommst du morgen wieder?«, fragte sie zurück.

»Das wäre auch nicht gut.« Er bemerkte ihren Blick und fügte hinzu: »Wenn Sie noch weiterreden wollen, kommen Sie zu den Kamelen, bringen Sie Ihre Decken mit. Dass Sie Kamele mögen, dürfte niemandem entgangen sein. Dort draußen bringen wir wenigstens niemanden auf ungute Gedanken.«

Bei den letzten Worten wand er sich. Seinen Mantel trug er noch immer über den Kopf gezogen und sah schwarzäugig und verstört darunter hervor. Jetzt war er es, der sich fürchtete, der über dünnes Eis ging, das ihn nicht trug, und obwohl sie genau das beabsichtigt hatte, tat er ihr plötzlich leid. Mit zwei Fingern berührte sie seine Wange, zog die Hand aber sofort wieder zurück. »Danke, Faysal«, sagte sie. »Ich bin Senta.«

26

Zu den Kamelen ging sie in jeder Nacht.

Sie brachte ihre Decke mit, er kam in seinem *Furwah,*
und sie erzählten gegen Angst und Kälte und Einsamkeit an. Dort draußen, wo die Sterne wie Splitter zerstreut
waren, als wären unzählige Welten wie die ihre schon zersprungen, lernte sie, dass sie das Gefühl, verloren und winzig zu sein,
aushalten konnte. Nicht in jeder Nacht und nicht immer leicht,
aber mit wachsendem Vertrauen.

Manchmal ging er und molk ihnen einen Becher von Sabiyas
Milch, und Senta sah ihm zu, wie er auf einem Bein stand, mit
dem Oberschenkel des anderen das schwere Euter stützte und
mit flinken, kraftvollen Händen die Milch zapfte. In anderen
Nächten brachte er ihr eine Süßigkeit aus Käse und gehackten
Pistazien oder Konfekt aus Datteln mit. Oft war es so kalt, dass
sie enger und enger aneinanderrückten, bis sie Decke und Mantel teilten, und einmal schliefen sie sogar ein und schreckten
hoch, weil Waqi an ihren Kleidern zupfte.

Sie erzählte ihm von ihren Eltern, von ihrem Leben in der
Bellevuestraße, den Schallplatten, die ihr Vater mit nach Hause
gebracht hatte, und dem Sofa, auf dem sie zu dritt herumge-
lümmelt, geredet und gealbert hatten. Weil Faysal diese Berichte
liebte, weil er immer weiter fragte und immer noch mehr hören

wollte, war auf einmal alles wieder da. Die Bilder, die sie sich versagt hatte, damit der Schmerz sie nicht umwarf. Von Weihnachten bis zu den Geburtstagsfeiern, von den Sommern in Warnemünde bis zu Mahler am Kamin.

Er unterbrach sie selten. Einmal tat er es, um zu sagen: »In Frankreich habe ich gelernt, dass die Generation deiner Eltern in Europa ihre Zeit *Belle Époque* nennt. Die schöne Epoche. Ich fand das anmaßend, ich wusste nicht, was es bedeuten sollte. Wenn ich dir zuhöre, glaube ich, ich weiß es jetzt.«

Dass ihr Vater ihr eine Ausgabe von *Tausendundeine Nacht* zum Abschied geschenkt hatte, musste sie ihm dreimal erzählen, so begeistert war er davon.

Sie schrieb ihm die Widmung auf, die ihr Vater in das Buch hatte setzen lassen und die sie seit seinem Tod nicht angesehen hatte: *Für meine Tochter Senta in Liebe, Bewunderung und Dankbarkeit.* Darunter schrieb sie den Satz, den sie in Cathrins Buch unterstrichen hatte, dem verbotenen Buch, das ganz allein in Cathrins kleinem Regal zurückgeblieben und von ihr nie gelesen worden war: *Die Welt ist die Wohnung dessen, der keine Wohnung hat.*

»Hast du keine Wohnung, Senta? Keinen Ort, wohin du zurückwillst?«

»Ich weiß es nicht, Faysal. Wenn ich hier sitze und um mich schaue, denke ich, ich bin vielleicht nicht für das Zurück gemacht und könnte in der Welt geborgen sein. In einer Kamelkuhle.«

Sie saßen so still, dass sie die Bewegung auf seinem Gesicht dicht bei ihrem spürte. Das Licht der Sterne enthüllte ihr das Lächeln, das darüberglitt und wieder verschwand.

Dann stellte sie ihm ihre Fragen, und er erzählte ihr vom Leben seines Stammes, vom Umherziehen mit den Tieren, den Sommer- und Winterlagern und den Kämpfen mit gegnerischen Stämmen, in denen Leben billig war und sein Vater all seine Brüder verloren hatte. Er erzählte von Kindern, die mit fünf Jahren lernten, einem Sumpfhuhn den Kopf abzuschlagen, aber auch von Abenden mit der *Rahab*, der einsaitigen Violine, die in der Familie herumgereicht und abwechselnd gespielt wurde, während der Spieler sang oder Gedichte rezitierte.

»Kannst du sie auch spielen?«

Er lachte. »Nicht gut. Rashad ist ein Meister. Bei uns sagen wir von einem wie ihm: Wenn er spielt, wächst einem Maultier ein Herz.«

»Und wie steht es mit Gedichten?«

Er lachte wieder, diesmal verlegen, und drehte den Kopf weg wie ein Kamel. Inzwischen kannte sie das und widerstand der Versuchung, ihm auf die abgewandte Wange zu klopfen, um ihn zu sich zurückzuholen. »Bitte sag's mir. Ich habe über Ischtar-Hymnen promoviert und habe für Gedichte eine Schwäche. Auch wenn ich versuche, sie zu verbergen, weil ich gern wie eine Frau wirken will, die in Reitstiefeln auf Grabungsstätten herumstapft und überhaupt keine Schwächen hat.«

Er fuhr zu ihr herum. Statt ihr die erbetene Antwort zu geben, bombardierte er sie mit Fragen nach ihrer Promotion, nach Ischtar, nach Texten, die sie liebte, und Übersetzungen, die sie bevorzugte. Sie ließ ihn gewähren, weil es schön war, dass ein Mann all dies von ihr wissen wollte, dass er sein kantiges Kinn auf seine feste Faust stützte und nichts tat, als ihr zuzuhören, dass er jeder ihrer Erklärungen eine neue Salve kluger Fragen folgen ließ. Dennoch brachte sie ihn am Ende zurück zu dem, was sie wissen wollte, so, wie ein guter Reiter sein galoppierendes Pferd wendet: mit dem Druck der Schenkel, einer Verlagerung des Gewichts und sanften Paraden, ohne Reißen im Maul.

»Jetzt erzähl mir von den Hymnen, die deine Leute singen, Faysal. Daran, dass diese uralte Weise, göttliche und menschliche Liebe zugleich zu besingen, Erben haben könnte, habe ich nie gedacht.«

Er drehte sich wieder von ihr fort und sagte: »Die wenigsten von meinen Leuten könnten eine Zeile in *Tausendundeine Nacht* lesen, und was Keilschrift ist, die hier, auf dem Boden, auf dem sie geboren worden sind, der Menschheit die Literatur geschenkt hat, wissen sie nicht. Aber die endlosen Strophen der Gedichte, die sie abends zur *Rabah* hersagen, sind so alt, dass sie Ischtar gesungen worden sein könnten. Und einer schönen Babylonierin zugleich.«

Statt ihm auf die Wange zu tappen, statt irgendetwas Neckisches zu tun, legte sie kurz die flache Hand auf sein Herz, wie er selbst es tat, wenn er sich für etwas bedankte. »Bitte«, sagte sie leise. »Sing mir eines vor.« Dann zog sie sie zurück und ließ ihm Zeit.

Sein Blick folgte Basim, der seit einigen Nächten aus seiner gewohnten Lethargie erwacht war und die Gesellschaft einer jungen Stute suchte. Als Senta ihm ebenfalls nachsah, entdeckte sie, dass von seinen Lippen eine große, tiefrote Blase hing. Sobald sie den ersten erschrockenen Laut von sich gab, legte ihr Faysal, ohne sich ihr zuzuwenden, die Hand auf den Mund. »Es ist gut, ihm fehlt nichts. Das ist die Brautwerbung der Kamele: Er bläst seinen Gaumen mächtig auf, um ihr zu zeigen, wie mächtig er sie liebt.«

Die junge Stute, deren Fell die Farbe von starkem Tee hatte, lief davon, und Basim folgte ihr in größer werdendem Abstand, weil seine lädierte Hüfte ihn zurückwarf. Er gab jedoch nicht auf, und Senta war sicher, ihn noch nie so schön, so wild und so männlich gesehen zu haben. Nach ein paar Runden um die Senke verlangsamte die Stute ihr Tempo, blieb endlich stehen und legte sich nieder. Als Basim sie erreichte, ihre Einladung annahm und ihren Rücken erklomm, wandte Faysal sich ab und sah wieder Senta an. Rau und kehlig, zwischen Singen und Sprechen, begann er zu deklamieren:

»Der Morgenstern hat seine Strahlen ausgeschickt.
In meiner Brust ist ein Knoten, der mich unablässig quält.
Sie ist eine Gazelle, die Ambra verströmt,
Und die übrigen Gazellen in Paaren anführt.
Sie ist die süß duftende Blume beim Teich, wenn das Wasser
noch klar ist.
Sie breitet den Reichtum ihrer Blätter aus, die immer zittern.
Fünf kleine Finger hat sie, die keiner als ich je berühren darf,
Und Nachtaugen, deren Blick den Liebeskranken töten kann.
Oh Morgenstern.
Löse das Ende deines ledernen Gürtels
Und warte beim Pfahl, wo ich in jeder Nacht nach dir suche.«

Es war eine Ischtar-Hymne, schon viertausend Jahre alt, und die Nacht trug ihr Echo zu ihnen zurück und machte ein Liebeslied ihrer Tage daraus. Senta nahm Faysals Hände, weil sie keine Worte wusste, weil Schweigen genügen musste. Sie waren kalt, und ihre waren nicht wärmer. Sie hielten sich so fest, dass es beim ersten Bleichen des Himmels wehtat, die erstarrten Finger auseinanderzuflechten.

»Und sie schreiben ihre Lieder wirklich nie auf?«

»Nein. Nie.«

»Ein solches Lied könnte viertausend Jahre weit durch die Zeit gereist sein, einfach weil Menschen es abends an ihren Feuern weitergeben?«

»Ich glaube, dass vieles so durch die Zeit reist. Dass Menschen lebende Tempel sind und wir gut daran täten, zarter mit ihnen umzugehen.«

Mit steifen Gliedern wankte Senta zurück zu ihrem Zelt, grub sich tief in ihr Nest aus Wolle und schlief sofort ein. Als sie Stunden später erwachte, war sie in Schweiß gebadet, weil längst die Sonne mit ungezügelter Kraft auf die Zeltbahnen schien.

In der folgenden Nacht fragte sie ihn noch einmal nach dem, was in Konstantinopel geschehen war, als er zweiundzwanzig Jahre alt gewesen war.

»Das *Dar-ül Fünun* – das Haus des Wissens – war gerade erst eröffnet worden und steckte bereits voller Lehrkräfte, die den Jungtürken angehörten. Sie traten lautstark und notfalls mit Gewalt dafür ein, dass türkische Institutionen türkischen Bürgern vorbehalten bleiben sollten. Für Minderheiten wurden sogenannte Stammesschulen eröffnet. Ein armenischer Professor verschwand. Arabische Professoren gab es ohnehin nicht. Ich wollte keine Minderheit in meinem eigenen Land sein, ich wollte an keine Stammesschule verwiesen werden, ich wollte nicht, dass meine Herkunft bestimmt, was ich lernen darf.«

»Was hast du getan?«

»Was grüne Jungen, denen der Mut zu Raufereien fehlt, eben tun. Ein albernes Plakat habe ich gezeichnet und es drucken lassen. ›*Mesopotamien ist nicht die Türkei*‹, stand darauf. ›*Die Türken beuten unser Land aus und verkaufen unser Erbe an den deutschen Kaiser*‹. Ich habe ein Bild von Babylon dazu gezeichnet, wie ich es mir vorgestellt habe. Das Tor, die Palastanlage, den Turm. Ein Dutzend von diesen Plakaten habe ich rund um die Universität aufgehängt.«

»Und dann?«

»Vielleicht hätte mich und meine Plakate niemand beachtet. Aber in diesen Wochen kam es unter den Studenten so gut wie täglich zu Krawallen. Die verschiedenen Gruppen – Türken, Griechen, Armenier – sprengten Veranstaltungen, und wen die *Zaptiye* zu fassen bekam, den nahm sie mit. Ein kleiner Idiot, der keiner Gruppe angehörte und Bilder von Altertümern an Türen klebte, war leicht zu erwischen. Sie haben mich in dasselbe Gefängnis geschleppt, in dem hundertfünfzig Jahre zuvor die Griechen des Orlow-Aufstands gefangen gehalten wurden, Männer, die für ihr Volk etwas erreicht haben. Ich hatte nichts erreicht. In dem Gefängnis haben sie mich trotzdem ein Jahr festgehalten.«

»Ohne Prozess?«

Er warf den Kopf zurück und schnalzte mit der Zunge. »Prozesse führt man da drinnen mit Stock und Peitsche. Auf der Haut von verdreckten Wüstenratten tanzen die mit besonderem Vergnügen, und ein Schiiten-Bastard kann das Doppelte vertragen. Als sie mich rausgelassen haben, bin ich auf den Kanten meiner Füße gegangen und dachte, meinen Rücken bekomme ich im Leben nicht mehr gestreckt. Aber so etwas heilt ja. Nur der Zorn heilt nicht.«

Unwillkürlich wanderte Sentas Blick an ihm herab. Er hielt die Beine wie so oft gekreuzt, die Sohlen seiner schmalen, bloßen Füße waren im Futter des *Furwah* verborgen. Sie hätte die Arme um ihn legen und seinen Rücken streicheln wollen, sich stumm für alles entschuldigen, was sie ahnungslos von ihm geglaubt hatte.

»Als ich dich am Bahnhof gesehen habe – bist du da noch einmal verhaftet worden?«

Gallig lachte er auf. »Im Gegenteil. Das war der Tag, an dem sie mich gehen ließen. Ich habe einen von ihnen eine Marionette geschimpft, die an den Fäden der Deutschen tanzt, während ihr Reich längst zerfallen ist, und sie haben mir zum Andenken noch eine Tracht Prügel verpasst. Das hätte ich mir vorher denken können, oder? Aber ich habe mir wohl irgendwie beweisen müssen, dass ich noch da bin. Noch der bin, den ich kannte.«

»Und dann hast du dich nach Aleppo durchgeschlagen? Bis zu dem *Funduq* im *Souq* von al-Madina, wo du nicht mehr weiterkamst?«

Er nickte zweimal.

»Hat deine Familie nicht nach dir gesucht?«

»Wer weiß«, sagte Faysal. »Wir haben hier wenig Zeit, einen

Einzelnen, der durch eigene Schuld verloren geht, wieder einzusammeln. Vielleicht war mein Vater auch der Ansicht, es bekäme mir nicht schlecht, wenn mich das Leben zurechtstutzt. Von meinen Flausen hat er nie etwas gehalten. Statt über gemeinsame Identitäten zu grübeln, will er, dass wir diesen Stamm bis an die Zähne bewaffnen, damit wir den Briten etwas anzubieten haben.«

»Den Briten?«

»Viele Araber glauben daran, dass die Briten uns helfen werden, unseren eigenen Staat zu gründen. Es tauchen neuerdings immer mehr Leute auf, von denen niemand weiß, ob sie Abenteurer, Diplomaten oder Spione sind. Sie verbringen Tage oder auch Wochen bei uns, loben unseren Kaffee, führen getuschelte Gespräche und machen Versprechungen.«

»Und du? Glaubst du auch daran?«

»*In scha'a llah.* Wenn die Briten sich davon einen Nutzen versprechen, kann ich es schon glauben«, sagte er. »Wir haben ja nicht gerade eine Fülle von Wahlmöglichkeiten, warum es also nicht versuchen? Es gibt da einen jungen Agenten oder Archäologen oder was auch immer, einen Mann namens Lawrence, der unsere Sprache spricht, mit den Scheichs der mächtigsten Stämme redet und offenbar wirklich wissen will, was unsere Leute sich vorstellen. Nur wissen sie das eben oft selbst nicht, und zudem wünschte ich mir, dass wir nicht für irgendjemanden um dessen Sache kämpfen, sondern um unsere eigene. Dass wir begreifen, was uns ausmacht und was unsere Sache ist.«

Von seinem Volk sprach er nie als *Bedu,* sondern nannte sie *Ruwallah* oder Araber. Als sie ihn danach fragte, erklärte er ihr, die umherziehenden Stämme der Wüste seien überzeugt, die wahren Araber zu sein und das reinste Arabisch zu sprechen. Abu Nuwas, der Dichter, dessen Buch Christopher neben seinem Bett liegen hatte, sei ein Jahr lang in die Wüste gezogen, um von deren Bewohnern jenes reine Arabisch zu lernen, erzählte er.

»Ist das wahr?«

»Wer weiß. Wenn es uns nicht gegeneinanderhetzt, sondern stark macht, kann es von mir aus auch wahr sein.«

Es war schon Mai. Senta hatte kaum bemerkt, wie die Zeit verrann, aber Mehmet zeigte es ihr auf dem Kalender, den Heyse auf der Rückseite seines Klemmbretts gezeichnet hatte und auf dem er jeden Tag, der ergebnislos verging, ausstrich. »Von Tage sein schon viel nicht mehr übrig. Und von Heyse *Effendi* noch weniger. Wenn nicht bald kommen Konsul …« Statt zu Ende zu sprechen, sandte er Senta einen trüben Blick und fuhr sich mit der Hand wie mit einem Messer über den Hals. Senta hatte keine Schwierigkeiten, die Geste zu verstehen. Sie hatte ein Versprechen gegeben und musste endlich handeln.

An diesem Abend hatte sie Faysal Entwürfe für das neue Museum in Berlin und Zeichnungen von Andrae und Koldewey zeigen wollen, nach denen das Ischtar-Tor restauriert werden sollte. Sie nahm sie mit und breitete ihnen beiden die Blätter über den Schoß. Schon zuvor hatten sie sich Bücher und Dokumente auf diese Weise angesehen, doch heute fühlte es sich falsch an.

Statt auf die Nähe seines Körpers versuchte sie, sich auf die Zeichnungen zu konzentrieren. »Du kannst erkennen, wie gut durchdacht das alles ist. Es wird nicht sorglos mit diesem Erbe umgegangen, Faysal, sondern mit größter Hingabe. Andrae hat einen ganzen Satz nachgestalteter Tierreliefs verwerfen lassen, weil sie zwar eindrucksvoll aussahen, den Originalen aber nicht entsprachen.«

»Ich weiß«, erwiderte Faysal. »Und ich weiß auch, dass wir selbst das Tor und die Prozessionsstraße niemals mit solchem Aufwand hätten heben und rekonstruieren können. Ich habe mich trotzdem in die Idee verbissen, einen Teil für uns zu behalten. Eine von den Sensationen. Ich will um jeden Preis euch in

Europa beweisen, dass wir keine dummen Kamelbrotfresser sind, die von ihrem Land nichts verstehen und weder mit seinem Erbe noch mit seiner Zukunft betraut werden können. Die Welt soll sich bewusst sein, dass bei der Erforschung unserer Geschichte mit uns zu rechnen ist, dass das überlieferte Wissen, das in uns weiterlebt, uns hilft und dass wir uns eines Tages unser eigenes Museum bauen werden.«

Am Ende jeder Nacht hatte sie sich mit dem Gefühl von ihm getrennt, ihn besser zu verstehen, und war abends wiedergekommen, um fortzufahren, wo sie aufgehört hatten. In diesem Augenblick war sie sicher, sie verstünde ihn ganz. Sie legte ihre Hand auf seine, die an der Zeichnung des Ischtar-Tors festhielt. »Das wäre leichter für dich, nicht wahr? Auf diese Weise zu kämpfen? Das andere passt nicht zu dir, auch wenn du überzeugt bist, es deinem Stamm schuldig zu sein. Du kannst mit dem Kopf für dein Volk eintreten, mit deinen Ideen, deinem Wissen, sogar mit deinen komischen Plakaten. Aber um Karawanen zu überfallen und mit Waffen auf Menschen zu zielen, bist du nicht gemacht.«

Zweifelnd sah er sie an. »Mein Bruder hat mir heute schon gesagt, dass ich ein Schlappschwanz bin. Sagst du mir mit hübscheren Worten das Gleiche?«

Sie warf den Kopf zurück und schnalzte mit der Zunge. »Nein, und das weißt du. Frauen wie ich bewundern Männer nicht dafür, dass sie mit der Waffe im Anschlag ein rennendes Kamel reiten und fünf Gegner nacheinander totschießen können. Daran besteht in einem europäischen Universitätshörsaal kein Bedarf.«

»Wirklich nicht? Eine Frau wie du bewundert keinen Mann, der Stärke zeigt und sich als Beschützer eignet?«

Senta stockte. Sie wusste, sie musste seiner Eitelkeit schmeicheln, das Spiel weitertreiben, das sich schon viel zu lange hinzog, und auf dem Höhepunkt, wenn sie ihn ganz in der Hand hatte, ihre Bitte aussprechen: *Lass uns gehen. Lass Heyse gehen, und ich gebe dir, was du dir von mir wünschst.*

Weiter hatte sie sich die Szene nie ausgemalt. Sie kam ihr plötzlich töricht vor. »Ich finde, du eignest dich als Beschützer«, sagte sie, nicht, um seiner Eitelkeit zu schmeicheln, sondern weil er sie ja tatsächlich beschützt hatte. Vor sich selbst, vor der Schwärze des Kanals, vor dem Tod in Samarra. Dann schwenkte sie jäh und nicht sonderlich klug auf ein anderes Thema um: »Erzähl mir, welche Sensation es ist, die du behalten willst. Die, die uns beweisen soll, dass bei der Erforschung eurer Geschichte mit euch zu rechnen ist.«

»Die Hängenden Gärten«, kam es wie aus der Pistole geschossen. »Das ist doch einfach zu begreifen, oder? So tief in der Wüste legt kein König, der bei Verstand ist und aus Mesopotamien stammt, sich einen Stufengarten von solchen Ausmaßen an. Nebukadnezar hätte gewusst, dass der Euphrat zu weit weg ist, um eine Fülle anspruchsvoller, blühender Pflanzen daraus zu bewässern. Babylonische Könige wollen wie Götter dastehen, die aus dem Nichts eine üppige Pracht stampfen können. Nicht wie traurige Bauern, denen ihr mickriger Reis vertrocknet. Die Hängenden Gärten können nicht in Babylon gewesen sein.«

Seine Augen leuchteten, sein Eifer machte ihn jung, und mit Schrecken wurde Senta bewusst, wie hübsch sie ihn fand. Sogar seine lachhaft kohlschwarzen Brauen, über die sie mit der Fingerspitze gefahren war, um hinterher Kohle auf ihrer Haut zu entdecken. *Ruwallah*-Männer bemalten sich alle die Brauen, hatte er beteuert, aber das Schwarz von seinen war konkurrenzlos. Senta hatte gelacht. »Wenn du ein Mädchen wärst, würde man dich bei uns fragen: Bist du in deinen Schminktopf gefallen?«

Mochte seine Braut, das Mädchen Gutne, das einen blauen Schal um ihr Haar trug, die pechschwarzen Brauen, sah sie gern die starke Sehne an seinem Hals, wenn er den Kopf so wie jetzt triumphierend reckte, die Muskelstränge an der Schulter, die sich spannten, oder war eine arabische Braut zu züchtig dazu?

Sie schüttelte die Gedanken ab. »Es tut mir leid, dich enttäuschen zu müssen«, sagte sie. »Aber die Gärten hat Koldewey in Babylon bereits freigelegt. Die Anlage befindet sich am südlichen Flügel des Palastes, und bewässert wurde sie über ein System von Quellen.«

»Was für Quellen?« Die schwarzen Brauen zogen sich zusammen. »Es gibt dort unten bei Babylon ein so reiches Quellsystem, dass man Kanäle daraus ableiten und ein Weltwunder von Garten bewässern kann? Pinien, Zypressen, Granatapfelbäume, Wacholder, Feigen, Oliven und Wein? Wenn es dort ein solches Quellsystem gäbe, dann hätte ein Schriftsteller es erwähnt, Senta. In der Wüste wird jedem Tropfen Wasser eine Hymne gesungen.«

»Robert Koldewey hat in seinem letzten Bericht weitreichende Beweise angeführt.«

Er legte den Kopf schräg und wirkte beinahe kokett. »Robert Koldewey ist kein Araber aus Mesopotamiens Wüste.«

»Na schön. Und wo sollen die Gärten nach der Expertise eines Arabers aus Mesopotamiens Wüste stattdessen gelegen haben?«

Er spitzte die Lippen, wie um zu pfeifen. »Warte. Ich habe dir etwas mitgebracht.« Er langte nach seinem Bündel, aus dem er in anderen Nächten Konfekt hervorgezaubert hatte, und förderte eine der Wassertrommeln, die die *Bedu* benutzten, im Miniaturformat zutage. Sie passte in seine Hände. »Wir kaufen manchmal etwas Wein für Gäste«, sagte er. »Ich dachte, das Weintrinken würde dir vielleicht fehlen.«

Er gab ihr die Trommel, und sie probierte den Wein, der blumig und schwer, aber nicht süß war. »Er ist aus Jordanien«, erklärte er stolz. Die Weinberge um Petra sind älter als die im Herzen von Frankreich.«

»Stimmt das?«

»Wer weiß. Aber so etwas behauptet jeder, der irgendwo Wein anbaut, oder nicht?«

Senta trank mehr und konnte kaum fassen, wie angenehm es war, wie wunschlos glücklich es sie machte, hier mit ihm an ihrem Platz unter dem Himmel zu sitzen, sich in die Decke zu verkriechen, ein wenig Wein zu trinken und darauf zu warten, wie seine Geschichte weiterging.

»Trinkst du nie welchen?«

»Nein.«

»Hier, probier ihn.« Sie hielt ihm die Trommel hin. »Du hast gesagt, deine Religion ist dein Haus, und wenn du immer in deinem Haus bist, erstickst du.«

Seine Mundwinkel zuckten. »Warum merkst du dir alles, was ich sage, Senta?«

Sie wusste es auch nicht. Sie tat es einfach. »Lenk nicht ab, Faysal. Trink Wein.«

»Ich glaube, ich möchte nicht.«

»Angst?«

Er nickte. »Es gibt schon so vieles, wovon ich betrunken bin.«

Sie lehnte sich an ihn und trank aus der kleinen Trommel. »Deine Geschichte von den Hängenden Gärten klingt allerdings betrunken. Und jetzt sagst du mir, wo die gewesen sein sollen, du Meister der Ablenkung.«

»Dazu muss man sich überlegen, welcher andere König die Möglichkeit gehabt hätte, sich bei seinem Palast das Paradies nachzubauen, wem Wasser in Hülle und Fülle zur Verfügung stand und zu wem ein solches Vorhaben passte. Er muss größenwahnsinnig wie Nebukadnezar gewesen sein, fantasievoll wie Assurbanipal und praktisch begabt wie Hammurapi.«

»Hör schon auf, du Angeber. Welcher ist es?«

»Andere mögen zu anderen Schlüssen kommen«, erwiderte er. »Ich aber stoße bei meiner Suche nach einem König auf eine

Königin. Sammuramat, die die überirdisch schöne, überirdisch kluge, fatal verführerische Semiramis der Legende gewesen sein dürfte. Ihre Gärten stehen in Ninive. Am Tigris. Wenn ich eine Grabungslizenz hätte, würde ich es beweisen.«

»In Ninive graben die Briten«, sagte Senta, wider Willen beeindruckt.

»Wer auch immer da gräbt, er wird seine Pfründe nicht ausgerechnet mit mir teilen.«

Der Triumph in seiner Miene, der Stolz auf seine Forschungsarbeit, der ihn jung gemacht hatte, wich einer zornigen Traurigkeit, die ihn älter wirken ließ. Senta erkannte das Gefühl: Genau so war es ihr ergangen, als sie wochenlang von einem Büro ins nächste gerannt war, um einen der Männer, die die Zügel in der Hand hielten, zu überzeugen, dass sie als Altorientalistin etwas taugte. Die Männer hatten ihren anliegenden Rock und die taillierte Kostümjacke taxiert, und einer hatte angeboten, sie in seinem Vorzimmer zu behalten. »Ich brauche zwar niemanden, aber wenn Sie sich um jeden Preis ein wenig nützlich machen möchten, mein Fräulein …«

»Senta?«

Sie erschrak und sah zu ihm auf, und ihrer beider Verzweiflung, ihre Ohnmacht trafen aufeinander. Sie waren beide verletzt worden, weil ihnen die Rolle, die ihre Gesellschaft ihnen zuwies, nicht passte, weil sie zu eng war und weil sie es gewagt hatten auszubrechen. Sie waren beide allein, weil sie zwischen zwei Welten balancierten und weder in der einen noch in der anderen Platz fanden.

Sie hatten Gott herausgefordert wie Babylons Turmbauer, hatten gewollt, was sie nicht wollen durften, und zur Strafe fehlte ihnen etwas zur Verständigung mit ihresgleichen.

»Ich würde meine Pfründe mit dir teilen«, sagte sie. »Ich habe nur leider genauso wenig eine wie du.«

»Teilen wir. Die Hälfte von nichts ist so gut wie alles.«

Sie stellte die Weintrommel ab und schloss die Arme um ihn. Während sein Gesicht sich ihrem näherte, um sie zu küssen, blieben seine Augen weit offen. Ihre auch. Bis zum Schluss.

Der Schreck, als sie zu sich kam, war so heftig wie der Taumel zuvor. Er hielt sie noch in den Armen, hatte den Kopf ein wenig gehoben und betrachtete ihr Gesicht. Um seine Lippen schlich sich ein Lächeln, das noch nicht wagte, sich niederzulassen. Ihre Hände strichen über seinen Nacken, gruben sich in sein dichtes Haar und tasteten sich unter den Stoff des *Kaftans*.

Lag es am Wein? Hatte sie den Verstand verloren?

Um sich zu retten, so rettungslos, wie sie sich fühlte, rief sie sich das Erstbeste in Erinnerung, was sie zu fassen bekam: *Es ist das Spiel, es ist nur das Spiel, das du begonnen hast, weil du es Heyse schuldig warst und es ihm versprochen hast. Du hast das Ruder noch herumgerissen, und jetzt ist der Augenblick gekommen, es zu Ende zu bringen.*

Statt sich von ihm zu lösen, griff ihre Linke noch fester in sein Haar, während die Rechte die schöne Linie der Schulter entlangstrich und die sehnige Festigkeit durch den dünnen Stoff spürte. *Furwah* und Decke waren zu Boden geglitten und wurden nicht länger gebraucht, denn in den Nächten war es längst nicht mehr so kalt.

»Senta.« Seine Lippen formten ihren Namen beinahe ohne Stimme. »Der Türke nennt dich Lady *Tanriça*, der Brite Ischtar, und eine Zeit lang habe ich dich für mich Lady *Maebuda* genannt. Aus lauter Trotz. Weil ich meinen eigenen Namen für dich wollte.«

»Was heißt das?«

»Alles dasselbe: Göttin. Aber das geht jetzt nicht mehr.«

Er beugte sich nieder, um sie wieder zu küssen, und sie hörte, was seine Lippen ihr statt der Worte sagten: *Ich will dich nicht anbeten. Ich will dich lieben.*

Verdammt, das hier war verboten, es war so falsch und verboten, dass selbst sie, die so viele Grenzen überschritten hatte, davor zurückschreckte. Sein Haar kitzelte ihre Stirn. Wenn er zwischen zwei Küssen kurz Luft holte, küsste sein Atem sie weiter.

Er besaß nichts von Christophers Erfahrung und Raffinesse, hatte nichts von Heyses Unbeholfenheit und Angst. Er war ganz zärtliche Erregung und Staunen. Seine Hände strichen wieder und wieder über ihr Gesicht, als müssten sie sich vergewissern, dass das, was sie ertasteten, wirklich war.

Denk an Heyse!, rief sie sich zu. *Denk an Heyse!,* hallte es als Echo durch ihren Schädel. Heyse, der ein Kind haben wollte, Heyse, der allein in einem Zelt lag und sich vor Todesangst krümmte, Heyse, der durch ihre Schuld in dieses Elend geraten war.

Heyse, der sie liebte.

Sie strich ihm die Seite entlang, über Rippen und Taille bis hinunter auf die Hüfte. »Faysal, hilf mir«, presste sie hervor. »Du weißt, dass der Konsul niemanden schickt, dass deine Leute nicht mehr lange warten und sich nicht mit uns belasten werden. Hilf uns zu fliehen. Wir werden uns wiedersehen, Faysal. Ich weiß noch nicht, wo und wie wir es anstellen können, aber wenn du uns hilfst, von hier wegzukommen ...«

Er stieß sie so abrupt von sich, als hätte er sich an ihr die Hände verbrannt. Wie von einem Skorpion gestochen, sprang er auf.

»Deshalb tust du das? Deshalb kommst du Nacht für Nacht zu mir und lässt mich reden wie einen Damaszener Kaffeehauserzähler, deshalb küsst du mich und legst dich vor mir nieder wie Aysha, die Kamelstute, vor Basim, dem Hengst?«

Für das Letzte ohrfeigte sie ihn. Es war das, was sie gelernt hatte: Nimmt sich ein Herr eine Unverschämtheit heraus, so setzt die Dame sich handgreiflich zur Wehr. Auch wenn die Dame wusste, dass eher sie selbst als der Herr den Schlag ins Gesicht verdient hatte, wenn sie weit weg von allen Tanzstunden-

und Benimmregeln in einer Welt verloren war, in der es weder Herren noch Damen gab.

Faysal zuckte nicht einmal mit der Wimper, sondern stand auf und spuckte aus.

»Geh in dein Zelt! Komm nicht wieder zu mir! Wenn du kannst, dann bete, dass dein Konsul sich deiner erbarmt.«

27

Wie sie die Hölle der folgenden Woche hinter sich brachte, blieb ihr unklar. Vielleicht war es keine Woche, sondern ein Monat, vielleicht kein Monat, sondern nur zwei Tage. Dass es die Hölle war, war alles, was Senta wusste. Wenn sie schlaflos auf dem Rücken lag und an das schwarze Zeltdach starrte, drohte der Drang, zu Faysal zu laufen und ihm alles zu erklären, sie fast in den Wahnsinn zu treiben. Nur: Was gab es denn zu erklären? Er hatte das, was sie getan, was sie mit ihm getrieben hatte, richtig gedeutet. Fast richtig. Aber die Spur von Unrichtigkeit erklärte sie besser nicht einmal sich selbst.

Scheherazade hatte König Shahriyâr betrogen, und der würde sie dafür köpfen lassen. Das Verrückte war, dass Gefühle in ihr wie in einer Sandhose durcheinanderwirbelten, dass alles Erdenkliche darin auf und ab wogte, doch noch immer keine Angst vor dem Tod.

Sie brauchte nicht zu ihm zu gehen. Als sie glaubte, die Hölle nicht länger zu ertragen, kam er zu ihr. Wie spät es war, wusste sie nicht, sie besaß keine Uhr, doch nach ihren Erfahrungen mit der Wüstennacht musste es fast Mitternacht sein. »Mach die Laterne nicht an«, raunte er. »Sprich Französisch, sprich leise.« So weit von ihr entfernt, wie es in dem engen Zelt voller Elefanten möglich war, setzte er sich mit verschränkten Beinen auf den Boden. Es war zu dunkel, um in seinem Gesicht zu lesen.

»Euer Konsul schickt niemanden, und er zahlt auch kein Geld für euch«, sagte er. »Unsere Leute sind aus Bagdad zurück und sehr wütend. Wir ziehen bald in ein Sommerlager weiter. Ihr wärt dabei nur eine Last und zu nichts nütze.«

Sentas Herz hatte dumpf zu hämmern begonnen, sobald er das Zelt betreten hatte. Wollte er ihr sagen, er werde wahr machen, was sie nicht hatte glauben können? Seinen gekränkten Stolz rächen, indem er Scheherazade töten ließ? Aber das war doch vollkommen absurd! Sie war nicht Scheherazade, und er war kein König. Sie hatte ein törichtes, von Anfang an verlorenes Spiel mit ihm getrieben, das jeder Fairness entbehrte, aber wie fair war es, eine Gruppe von unbewaffneten Archäologen zu überfallen und über Monate als Geiseln zu halten?

Sie kam nicht zu Wort. »Ich habe meine Meinung geändert«, sagte er. »Ich werde tun, was du mir vorgeschlagen hast. Allerdings nicht zu deinen Bedingungen, denn die interessieren mich nicht. Ich habe meine eigenen.«

»Welche?«

»Wenn ich euch helfe, von hier wegzukommen, werdet ihr mich mitnehmen müssen. Nach Babylon. Ich weiß, dass euer Koldewey arabische Grabungshelfer beschäftigt, und ich will, dass ihr ihn dazu bringt, mich als einen von ihnen aufzunehmen.«

»Natürlich!«, rief Senta. »Aber was ist mit deinem Stamm?«

»Wenn ich euch von hier wegbringe, habe ich keinen Stamm mehr«, sagte er und stand auf. »Das ist meine Sorge, nicht deine. Verständige deine Leute, macht keinen Lärm, haltet euch morgen Nacht hier bereit. Um die Bewachung bei den Männern kümmere ich mich. Die beiden sollen um Mitternacht zu dir herüberkommen und nichts mitnehmen, was sie entbehren können.« Er schob ihr Heyses Taschenuhr hin, die brav tickend ihren Dienst tat. Dann ging er.

Heyse und Mehmet zu verständigen, stellte das größte Problem dar. Nicht, weil sie bewacht wurden, denn in der Tat hatte Faysal dafür gesorgt, dass der träge, Zigaretten rauchende Wächter vor ihrem Zelteingang verschwunden war, sondern weil Heyse und Mehmet vor Erregung außer sich gerieten und kaum dazu zu bewegen waren, ihre Stimmen zu dämpfen. Wenn Senta Heyse ansah, empfand sie Faysal gegenüber keine Schuldgefühle mehr. Die Gefangenschaft hatte die Vielzahl seiner Ängste in eine wahre Armee verwandelt, die erbarmungslos über ihn hergefallen war. Oder in ein Nest von Schlangen, vor denen er sich mehr als vor allem anderen fürchtete.

Nein, nicht mehr als vor allem anderen.

Am meisten fürchtete er sich davor, beschämt zu werden, wie er als vaterloser Junge, als Sohn der leichtlebigen Kneipenwirtin beschämt worden war. In der Gefangenschaft, den Händen und Blicken, der Willkür Fremder ausgesetzt, war ihm dies tagtäglich widerfahren. Es hatte in wenigen Monaten einen alten Mann aus ihm gemacht. Das Haar war ihm ausgegangen, die Gesichtshaut hing ihm grau über den Wangenknochen, und er war abgemagert bis aufs Skelett. Durch die lange Bewegungslosigkeit hatten seine Glieder sich versteift, und Senta hatte Sorge, wie er den Ritt bis nach Babylon durchhalten sollte.

Vorsichtig nahm sie ihn bei den Schultern und rüttelte ihn. »Du hättest doch essen müssen«, fauchte sie ihn flüsternd an. »Wie kannst du dich denn so hängen lassen, denkst du denn nicht mehr an das Kind, das du dir wünschst?«

Es war die Zauberformel, die seine Lebensgeister entzündete und ihn dazu brachte, sich zusammenzunehmen. Eine halbe Stunde vor Mitternacht kauerten er und Mehmet reisefertig in Sentas Zelttrakt. Da ihnen kaum Besitz geblieben war, fiel die Entscheidung über das, was mitzunehmen war, nicht schwer. Senta schob den Bären und das zerknitterte Bild von Cathrin in ein Bündel mit ein paar Kleidungsstücken. Behälter für Trink-

371

wasser hatten sie nicht, sondern mussten sich darauf verlassen, dass Faysal dafür sorgte.

Der kam auf die Minute pünktlich, kaum dass Heyse – mit seiner Taschenuhr wiedervereint – »Mitternacht« geflüstert hatte. »Ich kann noch immer nicht glauben, dass es diesem Menschen ernst ist, dass er uns nicht auch hierbei betrügt.«

»Tut er nicht«, kam es geflüstert vom Eingang, und mit dem nächsten Schritt stand Faysal im Zelt. Statt des üblichen weißen *Kaftans* trug er dunkle Hosen, den *Furwah* über einem Hemd und einen schwarzen *Keffieh*. Seine schlanke Silhouette hob sich von der Dunkelheit im Zelt kaum ab.

»Versteht der Mensch Deutsch?«, wandte Heyse sich verblüfft an Senta.

Senta wusste es nicht. Wenn es um sie und Faysal und Sprachen ging, wusste sie nie etwas genau. Aber sie und Faysal gab es nicht mehr. Sie wollte nur noch weg, auf irgendein Reittier steigen und ihn nicht länger ansehen müssen. *Was ist mit Gutne?*, bohrte eine Stimme in ihr, *was ist mit deiner süßen Braut im blauen Schleier? Was ist mit deinem Bruder Rashad, deinem unbarmherzigen Vater, dem Grab deiner Mutter, die du so lieb gehabt hast, dass du lieber mit ihr in die Wüste gegangen wärst, statt verwöhnt in einem Haus zu bleiben?*

Aber dein Haus ist ja in einer Wüste, und kein Kind wird hier verwöhnt.

In ihrer Kehle zog sich ein Knoten zu. Aber dafür war jetzt keine Zeit.

Ohne weiteres Reden forderte Faysal sie auf, einer nach dem andern das Zelt zu verlassen. Wie vereint mit den tanzenden Schatten schlichen sie sich durch das schlafende Dorf. Die Hunde, die stets angeschlagen hatten, wenn Senta nachts hier entlanggelaufen war, umsprangen Faysal, gaben aber keinen Laut von sich. Der Mann, der für gewöhnlich gegenüber von der Senke mit seinem altmodischen Gewehr Wache stand, war im Sand zusammengesunken und eingeschlafen. Als sie ihn hinter sich ließen, atmete Heyse hörbar auf.

Sie schienen eine Ewigkeit lang durch mondlose Dunkelheit und über immer gleiches Gelände zu wandern, die Arme vor den Augen, um sich vor Verwehungen des Sandes zu schützen. Dass der Boden leicht anstieg, bemerkte Senta erst, als er wieder abfiel und sie am Ende des Hangs, an den einzigen Strauch weit und breit gebunden, zwei Pferde und drei Kamele entdeckte. Drei weiße Kamele. Basim, Sabiya und Waqi. Ihre Satteltaschen waren kaum beladen, nur die Trommeln für Trinkwasser hingen von den Schäften. Ohne Federlesens machte sich Faysal daran, die Tiere einzuteilen und beim Aufsteigen zu helfen. Als er Heyse in der Hüfte stützte, zuckte der vor seiner Hand weg, sodass Faysal ihn abfangen musste, sonst wäre er auf der anderen Seite heruntergestürzt.

»Sie werden Ihren Ekel überwinden müssen«, raunte er in seinem dunklen, polierten Englisch. »Bis Babylon sind Sie auf mich angewiesen. Sind wir dort, brauchen wir uns nie wieder zu berühren.«

Heyse klammerte sich am Sattelknauf fest und würdigte ihn keiner Antwort.

Ohne sie anzusehen, führte Faysal ihr Basim zu. Der Knoten in ihrer Kehle verhärtete sich. Sie wollte sich bei ihm bedanken, war sich aber bewusst, dass das nicht angemessen war und dass sie damit niemandem half. »Wir nehmen das Fohlen auch mit?«, fragte sie deshalb nur.

»Sabiyas Euter ist unser Proviant«, sagte er. »Ich kann nicht die Mutter nehmen und das Fohlen zurücklassen, oder?«

»Nein. Natürlich nicht.«

Unter seinem Auge zuckte ein Muskel. »Ich nehme die drei als mein Erbteil mit«, sagte er und wandte sich ab, um Sabiya zu besteigen, die Stute, die er am Tag seiner Geburt geschenkt bekommen hatte und die mit ihm aufgewachsen war. An seiner

Flanke sah sie das Gewehr baumeln. Mehmet und Heyse hatte er wortlos zwei langläufige Pistolen gegeben.

So brachen sie auf. Bis die Sonne aufging, ritten sie in kurzen Abständen hintereinander her und hatten schon gut vier Stunden Weg hinter sich gebracht, als das erste Tageslicht sich zeigte. Zwischen zwei Bodenwellen ordnete Faysal eine Rast an und füllte eine Schüssel, die sie zu teilen hatten, mit Kamelmilch. Dann zündete er ein Feuer an, um ihnen allen einen Kaffee zu brauen, wozu er erst umständlich in seinem Mörser die Bohnen zerstampfte. Er trank keinen Alkohol, und Senta hatte ihn nie rauchen sehen, weder *Shisha* noch Zigaretten, aber nach diesem Kaffee schien er süchtig zu sein. Als Senta das Gebräu zum ersten Mal probiert hatte, hatte sie es erschrocken ausgespuckt. Seit sie sich an die brennende Bitterkeit jedoch gewöhnt hatte, bemerkte sie, wie auch ihr eigenes Blut danach zu verlangen begann.

Weder aus dem Kaffeetopf noch aus der Schüssel mit der Kamelmilch wollte Heyse trinken, bis Senta ihn anfuhr: »Herrgott noch mal, können wir uns diese Empfindlichkeiten nicht aufsparen, bis wir in Babylon sind? Wenn du nichts zu dir nimmst, klappst du uns in ein paar Stunden zusammen, und wir sind alle geliefert, ist es das, was du willst?«

»Mir graut vor dem Menschen.«

»Das weiß ich. Und ihm graut vor uns. Aber damit werden wir uns zwei Tage lang abfinden müssen.«

»Es geht mir gegen jegliches Moralempfinden, dass er uns erpresst und damit durchkommt.«

»Nun gut. Aber einen bescheideneren Erpresser wirst du schwerlich finden. Was verlangt er schon? Unsere Hilfe, damit er sich für nicht viel mehr als Kost und Logis in glühender Hitze mit der Schaufel abrackern darf. Wir haben alle unsere Gründe und Hintergründe, die kein anderer durchblickt, weil Menschen komplizierter als Kamele sind. Warum bringen wir diese

Tage nicht einfach hinter uns und geben uns anschließend Mühe, das Ganze zu vergessen?«

Wie ein gescholtener Schuljunge trank er ein wenig Milch, ehe sie aufstiegen und ihren Weg fortsetzten. Es wurde jetzt schnell sehr heiß. Noch gut zwei Stunden lang kamen sie unbehelligt voran.

Dann tauchten die Reiter auf. Faysal, der auf Sabiya voranritt, bemerkte sie, sobald sie in einer Wolke von Staub in Sicht kamen. »Nach Westen«, befahl er scharf. »Dort, über die Welle.« Tatsächlich erhob sich in vielleicht einer Meile Entfernung eine Düne, die ihnen als Deckung dienen konnte. Ehe es aber Heyse und Senta gelang, ihre Tiere zu wenden, hatten die Reiter sie entdeckt und trieben ihre Pferde in Galopp.

»*Yallah, Yallah*«, rief Faysal Senta, Mehmet und Heyse zu, *schnell, schnell,* er selbst aber ließ Sabiya, an die sich das langbeinige Fohlen drängte, stillstehen und brachte sein Gewehr in Anschlag. Obwohl er auf die Entfernung unmöglich zielen konnte, feuerte er einen Warnschuss ab, der über die Ebene hallte.

Mehmet und Senta trieben ihre Tiere auf die Düne zu, Heyse aber riss urplötzlich die Zügel so heftig an sich, dass sein Pferd mit einem erschrockenen Satz stehen blieb. Sand wirbelte auf.

»Hast du den Verstand verloren?«, schrie Senta, der eine Wolke bis in die Augen stob. »Jetzt reite verdammt noch mal weiter, oder willst du, dass uns die *Schammar* zu fassen bekommen?«

Daran, dass es sich bei den Angreifern um *Schammar* handelte, zweifelte sie keine Sekunde. Von den tödlichen Rivalitäten zwischen den Stämmen hatte Faysal ihr viele Geschichten erzählt, vor allem aber von seinem Wunsch, mit diesem größten der *Bedu*-Stämme Frieden zu schließen. Ohne Einigkeit unter den Stämmen würde der arabische Staat eine Illusion bleiben, weshalb die osmanischen Behörden ein Interesse daran hegten, die Blutfehde aufrechtzuerhalten. Wenn sie diesen Männern zusammen mit Faysal in die Hände fielen, würden die kaum lange fackeln, und diesmal wäre niemand da, der sich schützend vor sie stellte.

»Mach, dass du weiterkommst!«, schrie sie Heyse noch einmal an.

Heyse aber zerrte weiter an seinen Zügeln und versuchte, das Pferd zu wenden. »Das sind keine *Schammar*!« Seine Stimme klang vor Triumph geradezu entrückt. »Siehst du nicht die roten Osmanen-Uniformen? Das sind unsere Leute!«

Dass ausgerechnet er osmanische *Zaptiye*-Beamte einmal als »seine Leute« bezeichnen würde, hätte sich Winfried Heyse noch vor einem Jahr vermutlich nicht träumen lassen.

Mehmet riss die Arme hoch und brach in Jubel aus. Faysal, der offenbar zu demselben Schluss gekommen war wie die beiden anderen, ließ das Gewehr sinken. Im Näherkommen zählte Senta sieben Reiter, sechs in roter Uniform und einen hochgewachsenen, weiß gekleideten Mann in ihrer Mitte. Faysal war kein Idiot und würde keinen sinnlosen Kampf beginnen, in dem er allein gegen alle stand und nur die Tiere gefährdete. Er ergab sich. Ließ den Riemen des Gewehrs, die Zügel und sogar seine ewig gekreuzten Beine hängen, saß wartend da und streichelte Sabiyas Hals.

»Runter vom Kamel!«, brüllte der Mann in Weiß. »Jetzt geht's dir an den Kragen, Freundchen, ich kann nur hoffen, du hast bei deinem Allah einen Stein im Brett.«

Im Absteigen strich Faysal noch einmal über Sabiyas Hals. Zwei der Osmanen sprangen hinzu, stießen ihn vornüber in den Sand und drehten ihm zum Fesseln die Arme auf den Rücken.

Der Mann in Weiß war ebenfalls vom Pferd gesprungen, ließ das Tier einfach laufen und rannte durch den Sand auf Senta und Basim zu. »Ischtar! Ischtar!« Sein Gesicht war tränenüberströmt. »Komm zu mir herunter, ich flehe dich an. Ich muss dich anfassen, sonst kann ich nicht glauben, dass du lebst.«

Christopher Christian.

War es wirklich möglich, dass sie ihn in allem, was geschehen war, vergessen hatte?

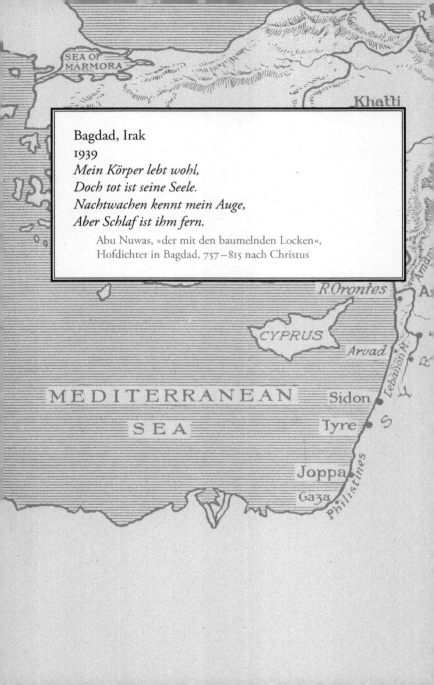

Bagdad, Irak
1939
Mein Körper lebt wohl,
Doch tot ist seine Seele.
Nachtwachen kennt mein Auge,
Aber Schlaf ist ihm fern.

Abu Nuwas, »der mit den baumelnden Locken«,
Hofdichter in Bagdad, 757–815 nach Christus

28

Al-Adhamiyah, Bagdad
Januar, Jahresbeginn mit Vorzeichen

Obwohl die Truppen der Mandatszeit abgezogen worden waren, die Institutionen der britischen Verwaltung geschlossen und die Schulen für Offizierskinder stillgelegt, machte Bagdad den Eindruck, als hätten die Briten ihre Party hier noch nicht ganz zu Ende gefeiert. Es gab Herrenclubs, Tanzcafés, Tennisplätze, Polofelder, Hotels am Fluss, die auf verglasten Terrassen Tee servierten, Pubs, die an Londons East End erinnerten, und ein Etablissement, das *Sheherazade* hieß und dem in Englisch gehaltenen Ladenschild zufolge »Ansprüche des gehobenen Geschmacks« befriedigte. Aus den Grammofonen der Kaffeehäuser plärrten zwar arabische Schlager auf die Straße, aber Percy fand den Unterschied zu dem, was im Sommer aus Oxforder Studentenkneipen drang, erstaunlich gering.

Hier wie dort widerstand er der Versuchung, sich die Ohren zuzuhalten.

Ariadne hatte um jeden Preis durch die Mutanabbi Street gehen wollen, eine gewiss mehr als sechshundert Fuß lange, beängstigend schmale Gasse, die von der blau schillernden Kuppel der Haydar-Khana-Moschee hinunter zum Fluss führte und in der sich ein Verkaufsstand an den anderen reihte. Zwischen die Stände quetschten sich obendrein Buden, und zwischen Buden und Ständen krakeelten Händler mit Bauchläden. Nichts davon überraschte in einer orientalischen Stadt. Im Gegenteil. Nach Beirut, Aleppo und dem weihnachtlichen Abstecher nach Damaskus war Percy beinahe schon daran gewöhnt. Aus dem Rahmen fiel in der Mutanabbi Street nur, dass an all den Ständen, Buden und Bauchläden das Gleiche verkauft wurde: Bücher.

Das Gleiche und doch nicht das Gleiche. Von zusammengeschusterten Broschüren bis zum kostbaren Folianten, von hundert Jahre alten Erstausgaben bis zu George Orwells noch druckfrischer *Hommage to Catalonia,* von billig aufgemachten englischen Taschenbüchern bis zu Einzelstücken arabischer Buchkunst schien es nichts zu geben, das es nicht gab. Bücher in allen Sprachen, in allen Farben, Qualitäten, Formaten.

»Habe ich Ihnen zu viel versprochen?« Ariadne blickte zu ihm auf, und eine Sekunde lang sah er in ihren Augen das Spitzbübische von Christopher.

»Sie haben mir gar nichts versprochen«, beschied er sie. »Nur darauf bestanden, mich, koste es, was es wolle, durch dieses Gewimmel zu schleifen. Genau, wie Sie heute Vormittag unbedingt schleimiges, an Froschgliedmaßen erinnerndes Gemüse bei einem Straßenhändler kaufen mussten, nur weil Ihnen diese Fregatte im Hotel erzählt hat, das Zeug hieße *Turshi* und sei so *formidablement* landestypisch. Gehen Sie eigentlich in London je nach Bethnal Green und kaufen einem kleinen Schmutzfinken einen Zeitungsbogen mit *Pie, Mash and Liquor* ab, weil es so gottverdammt landestypisch ist?«

Sie mussten lachen. Erst sie, dann er. Wenn sie nicht bald aufhörten, zusammen zu reisen, würden sie es demnächst gleichzeitig tun.

Aber das Ende war ja in Sicht. Ariadne und der Junge warteten auf ein Armeefahrzeug, das der britische Luftstützpunkt auf Percys Veranlassung zur Verfügung stellen würde. Sobald Fahrer und Geleit dafür bereitstanden, würden sie aufbrechen. Dass er sich dem nicht gewachsen fühlte, hatte Percy den beiden in Aleppo unmissverständlich klargemacht: »Unsere Wege trennen sich hier. Ich bin damals, als ich noch halbwegs im Besitz von so etwas wie körperlicher Kraft war, durch keine Wüste gereist, und ich fange nicht ausgerechnet jetzt damit an, wo außer Schmerzen von mir nichts Nennenswertes mehr übrig ist.«

Im Vergleich zu 1913 war der Wüstenweg nach Mossul zwar zu einem Kinderspiel geworden, aber die Trasse der *Yurubiyah*-Bahn, die demnächst die gesamte Strecke abdecken würde, war zurzeit erst in Teilen benutzbar. Zwischendurch würden die Reisenden immer wieder auf Geländewagen mit zweifelhafter Federung angewiesen sein, ganz zu schweigen von der Strapaze, solche Wagen samt Fahrer in diesem Staat aufzutreiben und sich ihnen anzuvertrauen.

Es ist gar kein Staat, dachte Percy. Jedenfalls nicht in dem Sinn, wie ihn moderne Europäer heutzutage betrachteten. Das einstige britische Mandatsgebiet war noch immer eine weite, leere Masse Land mit geballten Menschenansammlungen dazwischen, die nicht recht begriffen, was sie miteinander zu tun haben sollten. Die wahren Erben der Babylonier waren sie, fanden untereinander zu keiner Verständigung, obwohl sie ihren gotteslästerlichen Turm nicht einmal selbst gebaut hatten. Aus dem Land war keine Nation geworden, und wenn es hundertmal jetzt *Irak* hieß, wie die Stämme in den Wüsten es immer genannt hatten. Aus Percys Sicht war das kein schlecht gewählter Name, weil er ihn von *Uruk* herleitete, dem Namen der ältesten Metropole der Menschheitsgeschichte.

Seltsam, dachte er, *dass wir hierherkommen mit unseren Clubs und Damenkränzchen und überzeugt sind, wir müssten ausgerech-*

net diesen Herrschaften beibringen, was Zivilisation ist und wie man aus einer Ansammlung von Häusern eine Stadt macht. Vielleicht haben wir es ja gut gemeint, vielleicht haben wir uns selbst auf die Schulter geklopft und beteuert, wir machen es besser als die Deutschen, und vielleicht denkt mancher, der gerade nach Deutschland schaut: Gott sei Dank!

Aber es blieb dabei: Sie hatten durch den Sand dieses Landes, dessen Namen die Wüstenbewohner nicht von Uruk herleiteten, sondern mit *fruchtbares, wohl bewässertes Land* übersetzten, eine Linie gezogen und mit den französischen Verbündeten angestoßen: *Cheers, mates. A votre santé. Die Hälfte im Norden ist eure, die im Süden unsere, und wohl bekomm's.*

Sie mochten es gut gemeint haben. Leuten wie Ariadne, die den Schnitt durch die arabischen Länder mit schlicht nicht vergleichbaren Situationen in Europa verglichen, warf Percy Sentimentalität vor, und wenn sie auf ihrer Ansicht beharrten, forderte er sie auf, eine bessere Lösung zu liefern. Nicht für das erhabene, allwissende Jahr 1939, sondern für das Jahr 1917, umringt von einer Welt in Trümmern.

Die schärfste Waffe fuhr er dabei noch gar nicht auf. Er hätte diesen Rettern der Welt, die nie irgendwo dabei gewesen waren und es deshalb grundsätzlich besser wussten, entgegenhalten können: *Wir waren gerade selbst in den grauenhaftesten Krieg unserer Geschichte gezwungen worden und standen im Begriff, siebenhunderttausend unserer jungen Männer zu verlieren. Eine komplette Generation. Warum erwartet jeder von Weltmächten, dass sie für jeglichen Irrsinn eine Lösung wissen, dass sie die eigene Verwundung wegstecken und keine Zeit zum Trauern brauchen?*

Aber selbst wenn sie es gut gemeint hätten, bliebe übrig: Die Chance, sich selbst zu finden, hatten sie diesem Teil der Erde verwehrt.

Selbst, wenn sie es gut gemeint hätten, bliebe übrig: Sämtliche britischen Beteiligten hatten gewusst, dass das Versprechen, das den Wüstenstämmen für ihren Beistand gegen Deutschlands osmanische Verbündete gegeben worden war, gebrochen werden würde. Als die arabische Revolte, geführt von zwei britischen Befehlshabern, im Juni 1916 losbrach, war die Tinte auf dem Abkommen, das Mark Sykes für Britannien und François Georges-Picot für Frankreich unterzeichnet hatten, noch nicht ganz trocken. Darin besiegelten die beiden Mächte ihren Beschluss, die arabischen Gebiete nach Beendigung des Krieges unter sich aufzuteilen.

Selbst, wenn sie es gut gemeint hätten, bliebe übrig: Die Linie im Sand, die die arabische Welt in zwei Hälften zerschnitten hatte, war im letzten Augenblick noch einmal zugunsten Britanniens korrigiert worden, weil in Mossul Öl gefunden worden war. Gut gemeint, versteht sich.

Christopher – unter falschem Namen und Nutzung einer Deckadresse – hatte nach Ausbruch der arabischen Revolte geschrieben:

»Die Angst, dass dies eines Tages auf uns zurückfällt, wird uns begleiten, bis wir ins Gras beißen. Ein betrogenes Volk ist eines, das irgendwann nicht mehr weiß, warum es vor Zorn im Innern verbrennt, und dieses ist hart, von archaischer Grausamkeit und ohne Scheu vor dem Tod. Wenn wir ungeschoren davonkommen, zahlen unsere Kinder den Preis. Falls wir Kinder haben. Und falls nicht, ist der Preis, den es zu zahlen gilt, womöglich ebendies.«

Wann hatte Christopher – die personifizierte Sonnenseite des Lebens – angefangen, solche Briefe zu schreiben? An Politik hatte er kaum je ein echtes, mehr als spielerisches Interesse gehabt, hatte sich darauf verlassen, dass das vertraute Gefüge der Kräfte sich schon ausschaukeln und alles beim Alten bleiben würde. Als er jedoch begriff, dass die arabischen Stämme ihren Aufstand gegen die Osmanen, in den Britannien sie gelockt hatte, umsonst führten, dass sie betrogen werden würden und dass er auf seine nebensächliche, nachlässige Weise dazu beigetragen hatte, traf es ihn tief. Hier in Bagdad war es gewesen, in seinem geliebten Haus mit dem Brunnen und dem aufgeschlagenen Bett auf dem Dach. Sein Vertrauen in die Rechtschaffenheit seiner Welt war dabei beileibe nicht das Einzige, das ihm unter den Händen wie eine Sandskulptur zerbröckelte:

»Mein Bett ist voller Käfer, voller Insekten, Samen und Hülsen, die der Wind von irgendwelchen Bäumen herübergeweht hat. Aber ich wage nicht, dem Boy zu sagen, er solle es abziehen, als könnte gerade dann, wenn ich es nicht mehr offen halte, meine Göttin zurückkommen, um sich in dieses nie benutzte, seit drei Jahren nicht frisch aufgeschlagene Bett zu legen.«

Anfangs – vor dem Krieg – hatten seine Briefe anders geklungen, so anders, dass Percy sich gewünscht hatte, er hätte sie nicht öffnen müssen:

»Das Paradies, Vally – glaub mir, das Paradies liegt in Bagdad. Es hat einen blauen Brunnen, der allzeit sprenkelt, die Äpfel an seinem Baum der Erkenntnis sind aus roten Perlen, und durch seine betörende Süße latscht unser unvermeidliches Kamel.«

Es war hier gewesen, wo er den Gipfel seines Glücks erklommen hatte, und kaum hatte er den überschritten, war es auch schon vorbei gewesen. *So wie ich in Smyrna,* erkannte Percy. Trotz des Sturms auf seine Sinne, seine Nerven, seine Gesundheit, dem er in der orientalischen Metropole ausgesetzt war, hatte er am Pier von Smyrna über einem in Viertel gebrochenen Granatapfel den Gipfel seines Glücks erlebt.

Tausend Nächte, denen kein Tag gefolgt war, im Licht des Morgens verglommen. Vielleicht war ein Glück von solcher Intensität nicht dazu geeignet, in ein behaglich-zufriedenes Beisammensein hinüberzugleiten, vielleicht war es von Anfang an dazu verurteilt, mit einem Donnerschlag in Rauch aufzugehen und Lebensentwürfe in Trümmer zu schlagen, wie diese ganze sogenannte *Belle Époque* es getan hatte.

Er hielt inne, blieb vor einem wackligen Klapptisch stehen,

auf dem nicht mehr als ein halbes Dutzend Beispiele islamischer Buchkunst ausgelegt waren. Percy sah die Miniaturen in der Randmalerei und spürte sein Herz, das mit den wuchtigen, holpernden Schwüngen eines überalterten Motors Blut pumpte. Mensch und Tier waren bis ins winzigste Detail ausgearbeitet, die Vögel, die an einem geborstenen Granatapfel pickten, wie die Liebenden, die sich an den Schultern noch zögernd umschlangen, während ihre Becken sich bereits vereinigt hatten. Die Schönheit und Unverblümtheit der Darstellung setzte sich über alles hinweg – über das Verbot, Allahs Geschöpfe in Bildern nachzugestalten, wie auch über das, die falsche Hälfte dieser Schöpfung zu lieben.

Bagdad, frühes dreizehntes Jahrhundert, erkannte er. Das neue Selbstbewusstsein der Städter ließ sich von kleingeistiger Strenge nicht länger im Zaum halten, sondern bildete sich selbst ab, ihre verwegenen Sehnsüchte, ihren Humor, ihre Wirklichkeit. Er hatte die kostbare Ausgabe von Abu Nuwas' Wein- und Liebesliedern für ein kleines Vermögen bei einem Buchhändler in Smyrna gekauft, weil Chri-Chri verrückt nach den vor Lust berstenden Ergüssen des Bagdader Hofdichters war. Gegeben hatte er sie ihm, als sie nebeneinander am offenen Fenster ihrer Suite im *Kraemer* lagen, ihre Glieder glücklich erschlafft, ihre Körper glänzend vor Schweiß.

Percy hatte das Buch auf Chri-Chris bebende Bauchdecke gelegt. »Du wolltest doch Arabisch lernen. Wenn bei Schulkindern Bilderbücher helfen, warum nicht auch bei dir?«

Chri-Chri hatte auf seine wundervoll vornehm-dreckige Art gelacht und Percy auf den Mund geküsst. Bis die Frau auftauchte, die er Ischtar nennen und nicht überleben sollte, waren ihnen noch drei Tage geblieben.

Percy drehte das Buch um und fand den schmalen Schweißring, der das kunstvoll geschmückte Leder des Einbands verunzierte. Der Händler ließ eine erregte Wortsalve los und zog das

Buch, zweifellos sein teuerstes Stück, aus Percys Händen. Der ließ es geschehen, rührte sich nicht.

»Wusste ich es doch, dass Sie Ihre Finger nicht von Büchern lassen können, Percy. Wollen Sie dieses hier kaufen?«

»Nein«, murmelte Percy und riss sich aus der Trance. »Ich habe es schon einmal gekauft, das dürfte genügen.«

Sie schoben sich weiter. Nach ein paar Schritten nahm Ariadne seinen Arm. »Chris hat damals alles verkauft, was sich irgendwie zu Geld machen ließ, um in Bagdad bleiben zu können. Den Siegelring unserer Familie, meines Vaters Feldstecher, sein Werkzeug, sogar Kleidung und offenbar auch dieses Buch, von dem ich annehme, dass Sie es ihm geschenkt haben. Bitte nehmen Sie es sich nicht zu Herzen. Er war in Not, er war nicht mehr er selbst, aber ich weiß, dass er Ihre außerordentlich großzügigen, einfühlsamen Geschenke zu schätzen wusste. Sie waren ein wundervoller Freund, Percy. Der beste, den Christopher hätte haben können. Sie müssen aufhören, sich zu fragen, was Sie wann falsch gemacht haben und was Sie hätten verhindern können, oder Sie gehen daran kaputt.«

Krächzend lachte er auf: »Und wenn schon! Zu welchem Zweck soll ich diesen Haufen zerbrochener Teile denn aufbewahren?«

Sie gab eine Weile keine Antwort, sondern ging mit ihm weiter durch die sich lichtende Menge, bis sie die Mutanabbi Street verließen und in eine sich schlängelnde Seitenstraße, die zum Fluss hinunterführte, einbogen. Als diese sich am Ende öffnete und den Blick aufs Wasser freigab, sagte Ariadne: »Wissen Sie noch, wie Sie mich in Smyrna – nein, in Izmir – gefragt haben, warum ich nie geheiratet habe? Haben Sie sich nicht gewundert, warum ich Sie nicht dasselbe zurückgefragt habe?«

»Nein.« Der Gedanke kam ihm absurd vor. Aber natürlich musste er für sie naheliegen. Männer wie er heirateten. Selbst solche mit seiner unglückseligen Veranlagung, wie ein Arzt es ihm gegenüber bezeichnet hatte. Es hinderte sie nicht daran. Im Gegenteil. Ihn aber hatte es daran gehindert, auch wenn er es seltsam fand, es mit Begriffen wie Veranlagung zu belegen.

»Ich habe Sie nicht gefragt, weil man so etwas nur Menschen fragt, die ein kleines, leeres Leben hinter sich haben – ein bisschen Handarbeiten für frierende Soldaten, eine Reihe von Wohltätigkeitskränzchen, ein paar verpasste Gelegenheiten.«

»Wenn Sie damit sich selbst beschreiben, sind Sie nicht fair«, unterbrach er sie. »Sie sind allein durch den Mittleren Osten gereist, in ein Land, das vom Krieg durchpflügt war wie ein irischer Kartoffelacker, über eine künstliche Grenze, gegen die wütende Horden, die sich verraten fühlten, anstürmten. Sie haben das auf sich genommen, um den eigentümlichen Wunsch Ihres Bruders zu erfüllen und ein Kind zu sich zu holen, mit dem Sie nicht das Geringste zu tun hatten. Wenn Sie mich fragen, gibt es für eine Dame Ihrer Gesellschaftsschicht ödere Wege, um ihr Leben zu fristen.«

»Ohne Frage.« Ihre Stimme klang gepresst. »Wenn ich daran denke, an den Tag, an dem ich in das von unseren Truppen besetzte Bagdad kam, an den Würgegriff, in dem wir diese uns so fremde Stadt hielten ...« Sie unterbrach sich. »Vielleicht wollte ich auch deshalb Bagdad so dringend noch einmal sehen: um mich zu überzeugen, ob es sich wiedergefunden, unseren Würgegriff von damals abgeschüttelt hat.«

»Was hätten wir Ihrer Ansicht nach denn tun sollen?«, fragte Percy sich selbst nicht weniger als sie. »Es den Deutschen überlassen? Glauben Sie, die wären zartfühlender damit umgegangen?«

»Die Frage ist tückisch«, erwiderte sie. »Gerade heute. Den Gesprächen beim Frühstück zufolge besteht Sorge, Hitler bereite den Einmarsch seiner Wehrmacht in die Tschechoslowakei vor – oder besser gesagt: in das, was er davon übrig gelassen hat. Wer ist dann die bessere Wahl: Hitler, der tut, was ihm passt, oder wir, die wir uns einmischen? Aber vermutlich werden wir uns diesmal gar nicht einmischen. Was wollen wir schließlich mit der Tschechoslowakei? Da wird ja wohl kaum jemand Öl finden.«

»Werfen sonst nicht Sie mir vor, zynisch zu sein?«

Sie lachte auf. »Vielleicht färben Sie ab. Nein, natürlich nicht, Sie sind durch und durch farbecht. Das, was zurzeit in Europa geschieht, versetzt Isaac in Sorge, und was Isaac in Sorge versetzt, steckt mich an. Dabei hat er davon nichts. Was uns zurück zum Thema bringt. Es war sehr galant von Ihnen, mir beweisen zu wollen, ich hätte mein Leben nicht gänzlich sinnlos verplempert. Getan habe ich es trotzdem. Ja, ich bin von einem halben *Platoon* britischer Infanteristen geleitet durch das besetzte, schockstarre Bagdad spaziert, um im Hospital des Hinaidi-Stützpunkts ein typhuskrankes, zum Skelett abgemagertes Kind abzuholen, weil es der letzte Wunsch war, den ich meinem Bruder erfüllen konnte. Weil das Kind nur ein einziges Wort sprach, und das war der halbe Name meines Bruders. Schließlich hatte ich mein ganzes Leben durch meinen Bruder gelebt und tue es noch.« Wieder lachte sie auf. »Selbst meine Freunde sind die Freunde meines Bruders. Sie allen voran.«

Sie löste sich von seinem Arm und ging zwei Schritte voraus, am Ufer des Flusses entlang. Den grünlichen Nebel, der daraus aufstieg, brachte ein matter Sonnenstrahl zum Leuchten.

»Mein Bruder ist aber seit zweiundzwanzig Jahren tot«, rief sie über das Wasser hinweg. »Er war damals schon tot, und meine Chance, zu lieben, hätte ich nutzen können, indem ich den Jungen geliebt hätte. Isaac. Ishmael. Indem ich keine angesehene englische Betreuung für ihn gesucht und mit Ihrer Hilfe bezahlt, sondern indem ich ihn wirklich zu mir geholt hätte. Mich nur einmal mit ihm zu *Scones* und *Clotted Cream* und Erdbeerkonfitüre an einen Tisch gesetzt hätte. Ihm einen langohrigen Beagle, wie Chris einen hatte, geschenkt hätte, um mit ihm durch Suffolks Wälder zu streifen. Ihm das blutige Knie verarztet hätte, wenn er gefallen wäre. Mich über alle Konventionen hinweggesetzt hätte, um einen schwarzäugigen kleinen Jungen, der mir nicht ähnlich sah, in die Arme zu schließen.«

»Ariadne ...«

»Seien Sie still!« Sie wirbelte herum. »Sie haben das doch getan – sich über alle Konventionen hinweggesetzt, um den Menschen in den Armen zu halten, den Sie halten wollten. Ich dagegen habe ein Internat bezahlt und mich für meine Menschenfreundlichkeit preisen lassen. Der kleine Junge, der auf der Seuchenstation in Hinaidi um sein Leben kämpfte, hätte mein Kind sein können. Aber er war es nicht. Ich habe nie eines gehabt.«

Sie wandte sich wieder nach vorn und ging mit hoch erhobenem Kopf weiter. »Deshalb erübrigt sich bei Ihnen die Frage, warum Sie nie geheiratet haben. Sie haben geliebt, das genügt.«

Ariadne wusste es. Sie hatte all die Jahre gewusst, dass er nicht der treu ergebene Studienfreund ihres Bruders gewesen war, sondern dessen von Leidenschaft verzehrter Liebhaber, und sie war weder vor Entsetzen in Ohnmacht gesunken, noch hatte sie sich angewidert von ihm abgewandt.

Statt sich bei ihr zu bedanken, wie er kurz versucht war, es zu tun, fragte er: »Welchen Wert hat denn Lieben? Wenn es dem Geliebten nichts nützt, wenn es ihn nicht rettet, wenn er es weggibt wie ein nicht länger interessantes Buch?«

Vor ihnen, in vielleicht hundert Fuß Entfernung, erhob sich hinter einer halb verrotteten, halb überwucherten Mauer ein zweistöckiges Haus mit flachem Dach, um einen lichten Innenhof erbaut, wie es für Bagdad typisch war. Ariadne ging bis an die Mauer vor, lehnte sich an sie und sah Percy entgegen. »Versuchen Sie, das mit dem Buch zu verschmerzen. Chris konnte frappierend oberflächlich sein, aber er war auch von ungewöhnlicher Wärme. Solche Menschen sind gefährlich. Aber sie schenken auch im Übermaß Glück. Darf ich Sie in *Toffer's Heaven* willkommen heißen? Ich habe es von Ihrem Geld gemietet, ohne Sie zu fragen. Wie damals mein Bruder. Ishmael und ich fanden, wir drei sollten die letzten Tage nicht im Hotel, sondern hier zusammen verbringen. Darum, dass das Gepäck hergeschafft wird, hat er sich bereits gekümmert. Er hat jemanden eingestellt, der uns versorgt, und arrangiert, dass uns die Mahlzeiten aus der Hotelküche geliefert werden.«

Hier also, dachte Percy. *Hier hat er mich betrogen, unsere tausend Nächte in den Wind geworfen und mir am nächsten Morgen geschrieben, er hätte die schönste Nacht seines Lebens hinter sich. Hierher ist er immer wieder zurückgekehrt, hat unter falschem Namen und in ständiger Gefahr, enttarnt zu werden, gelebt und zu Geld gemacht, was sich zu Geld machen ließ, um das Haus nicht zu verlieren. Um seinen Fuß nicht aus der Tür des Orients zu ziehen, der seine Geliebte, seine Göttin längst verschluckt hatte.*

Hier also. Das verdammte Haus hat er Toffer's Heaven *genannt. Chri-Chri war lange begraben.*

Sie gingen um das Haus herum zum Tor, das links und rechts von vergitterten Balkonen überragt wurde. Der Junge und der Bedienstete, den er eingestellt hatte, kamen ihnen entgegen. Wer Herr war und wer Diener, ließ sich nicht unterscheiden. *Wir Briten sind Kolonialherren geblieben*, stellte er fest. *Alles Schmale, Dunkle, Flinke ordnen wir einer gesichtslosen Masse dienstbarer Geister zu.* Christopher hatte das auch getan. Der gesichtslose dienstbare Geist hatte in seinem Hof gestanden, sein Kamel versorgt und ihm Kaffee gekocht, während er selbst sorglos seine Göttin liebte.

»*Das gehört zu unseren schwersten Fehlern*«, hatte er Percy geschrieben. »*Und glaub mir, keiner hat diesen Fehler auf so fatale Weise begangen wie ich: Wir betrachten diese Leute als so meilenweit unter uns stehend, dass sie uns aus dem Blickfeld rutschen, dass wir sie nicht länger wahrnehmen. Bis sie mit gebleckten Gift-*

zähnen zurückkommen und uns an die Gurgel springen. Etwas zu verlieren haben sie nicht, denn wir haben ihnen ja nichts gelassen.«

»Die Schlafzimmer sind schon fertig«, sagte der Junge. »Es ist alles so luftig, hell und geräumig, man fühlt sich viel freier als im Hotel. Wenn Sie allerdings lieber dortgeblieben wären, wenn Sie mit diesem Haus zu viele schmerzliche Erinnerungen verbinden ...«

»Machen Sie halblang«, fiel Percy ihm ins Wort. »Reden Sie nicht mit mir wie die Kolumnenautorin von *Peg's Paper*. Sie sind noch kein Vierteljahrhundert auf der Welt, Sie wissen noch gar nicht, was schmerzliche Erinnerungen sind.«

Dabei kämpfte er darum, sich die Erinnerungen, die er an diesen Ort hätte haben sollen, zusammenzuflicken. Ariadne und der Junge mussten davon ausgehen, dass er mit Christopher hier zumindest ein paar Wochen lang gewohnt hatte, bis er nach England zurückgekehrt war, dass er sich hier von Christopher zum letzten Mal verabschiedet hatte. Von seiner Hassliebe zu dem Haus hatte Christopher ihm häufig genug geschrieben, aber nach seinen Schilderungen hätte Percy nicht sagen können, wo die Schlafzimmer lagen, was für Bäder es gab oder wo gegessen wurde.

War dies der Moment, in dem er auffliegen würde, nachdem er bisher sämtliche Klippen mit einem unverschämten Dusel umschifft hatte?

»Sie haben recht«, sagte der Junge. »Ich weiß überhaupt nicht, was Erinnerungen sind. Ich bin hier, um welche zu finden, wofür dieses Haus der richtige Ort ist. Wenn Sie dagegen welche verlieren wollen, ist es wohl eher der falsche.«

»Wir bleiben hier, Ishmael«, bestimmte Ariadne, ehe Percy zu Wort kam. »Gibt es Neuigkeiten vom Stützpunkt? Wegen des Wagens?«

»Ich wollte noch einmal hinüber zum Hotel laufen und danach fragen«, erwiderte der Junge. »Auch nach Zeitungen, die heute früh noch nicht eingetroffen waren. In Deutschland ...«

»Sparen wir uns Deutschland für später auf, mein Lieber«, bat Ariadne. »Du läufst zum Hotel, erledigst deine paar Besorgungen, und anschließend können wir zu Abend essen.«

Zu Percy sagte sie, kaum dass der Junge losgelaufen war: »Wollen wir diese Farce jetzt nicht beenden? Sie müssen sie doch von Grund auf satthaben.«

»Welche Farce?«

»Ich weiß, dass Sie nicht mit Christopher hier waren«, sagte Ariadne. »Ich weiß, dass Sie mit ihm weder in Beirut noch in Aleppo waren. Ich weiß, was mein Bruder Christopher getan hat, ich habe es immer gewusst, weil ich Christopher kannte und zwei und zwei zusammenzählen kann. Es war sehr nobel von Ihnen, ihn zu schützen, aber das brauchen Sie nicht länger zu tun.«

Er war sprachlos. Sie legte ihm die Hand auf den Arm. »Armer Percy. Christopher war so: ein Dreckskerl, der seinen kranken Freund im Stich lässt, und ein Held, der ein ausgesetztes Kind vor dem Tod in der Wüste rettet. So haben wir beide, Sie und ich, ihn geliebt, aber ich hätte trotzdem gern die Chance gehabt, den Mann kennenzulernen, der aus ihm geworden wäre, wenn er dies überlebt hätte.«

Percy hatte daran nie gedacht. Christopher war hier in Bagdad erwachsen geworden. An seiner Ischtar. Am Schmerz. An der Schuld.

»Sie hatten nicht einmal die Chance, sich von ihm zu verabschieden.«

Seine Stimme kämpfte sich durch den Schleim in seiner Kehle. »Ich habe ihn immer wieder gebeten, nach Smyrna oder Konstantinopel zu kommen – ich wollte ihn in Sicherheit wissen, und wenn nicht das, so wollte ich ihn wenigstens wiedersehen. Aber er schaffte das nicht. Er ertrug es nicht, sich weiter als bis nach Bagdad von der Frau wegzubewegen. Als der Krieg begann, als sie allein war, hat er sich eingeredet, sie brauche ihn. Und als General Maude mit den britischen Truppen auf Bagdad vorrückte, hat er sie retten wollen, wie ich ihn retten wollte.«

»Versuchen Sie, hier und jetzt von ihm Abschied zu nehmen«, sagte Ariadne. »Lassen Sie es uns zusammen tun. Ich habe mich entschieden, mit Ihnen hierzubleiben, Percy. Ich dachte, ich müsse mit Isaac in die Wüste, aber der junge Mann hat sich sein ganzes Leben lang ohne unseren Beistand durch Wüsten schlagen müssen. Er kommt auch jetzt zurecht. Mein Platz ist hier, bei Ihnen. Es lässt Sie nicht noch ein Mitglied unserer Familie im Stich.«

Er nahm ihre Hand, betrachtete den von Altersflecken übersäten Handrücken. »Wir fahren beide«, sagte er. »Den ganzen Weg. Sobald der Wagen kommt.«

»Ist das Ihr Ernst?«

»In Ermangelung von Gegenbeweisen gehe ich davon aus«, sagte Percy.

»Aber was ist mit Ihrer Gesundheit?«

»Von Gesundheit kann bei mir keine Rede sein. Und wie bereits gesagt – wozu ich den Rest von mir aufbewahren sollte, ist mir unklar. Irgendwo zwischen dieser Stadt und Mossul ist Christopher gestorben, Ich fahre mit Ihnen in diese wabernde, flirrende, den Wanderer narrende Wüste, um Abschied zu nehmen.«

FÜNFTER TEIL

Babylon
1914–17

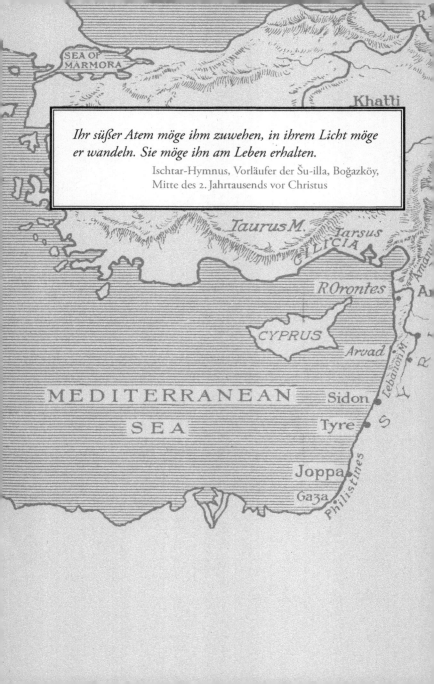

Ihr süßer Atem möge ihm zuwehen, in ihrem Licht möge er wandeln. Sie möge ihn am Leben erhalten.

Ischtar-Hymnus, Vorläufer der Šu-illa, Boğazköy,
Mitte des 2. Jahrtausends vor Christus

29

Erinnerung an Liebe und Krieg

Als sie hierhergekommen waren, war Waqi ein Fohlen gewesen, an die Hüfte ihrer Mutter Sabiya gepresst, wie um vor der Grausamkeit der Welt Schutz zu suchen. An Sabiyas hinteren Sattelknauf hatten die Männer der *Zaptiye* Seile geknotet, deren Enden sie Faysal um Beine, Bauch und Brust schlangen, um ihn hinter dem Kamel durch den Sand zu schleifen. Senta hatte aufgeschrien und sie daran zu hindern versucht, aber Christopher hatte sie zurückgehalten. »Lass sie! Wenn sie ihr Mütchen an ihm gekühlt haben, ist die Chance größer, dass sie ihn leben lassen.«

Christopher hatte zumindest irgendwann verstanden, was sie ihm klarzumachen versuchte, während Mehmet sich heraushielt und Heyse sich völlig verweigerte: dass sie Faysal ihr Leben verdankten, dass er sie gerettet und dafür seine Familie, seine Wurzeln und jegliche Sicherheit aufgegeben hatte. Dass sie bei ihm im Wort stand.

Zunächst allerdings hatte er sie nicht weniger für verrückt erklärt als Heyse: »Ich soll verhindern, dass dem Kerl ein Härchen gekrümmt wird? Ist dir eigentlich klar, dass der und sein

Clan dir um ein Haar die zierliche Gurgel durchgeschnitten hätten, Ischtar? Du machst dir keine Vorstellung davon, was es mich gekostet hat, diese breit gesessenen osmanischen Hintern in Bewegung zu versetzen. Was von Russells Geld übrig war, ist dabei draufgegangen, ich bin blanker als meine Rasierklinge.«

»Aber Konsul Holstein hätte doch …«

»Vergiss Konsul Holstein! Der hätte keinen Finger gekrümmt, um euch aus der Patsche zu helfen. Er ist nämlich längst wieder auf dem Weg nach Mossul und hat andere Sorgen. Mit Verlaub, du hast allen Grund, froh zu sein, dass du lebst, und dem Verbrecher würde ich an deiner Stelle mehr als eine Tracht Prügel an den Hals wünschen.«

Die Tracht Prügel – samt Tritten in Magen, Geschlecht und Gesicht – hatte Faysal längst bekommen. Zusammengekrümmt wie damals auf der Straße vor dem Bahnhof Sirteki hing er in den Fesseln im Sand. Nachdem er eine Stunde lang hinter seiner Kamelstute hergeschleift worden war, war selbst Christopher übel geworden. »Macht den Mann los, *bloody hell,* gebt ihm Wasser! Wir sind doch keine Tiere.«

Sie warfen ihn in Sabiyas Sattel. Vornübergebeugt, mehr tot als lebendig, war er in Babylon angekommen. Von dort wollten die osmanischen Beamten, die sie geleitet hatten, ihn mit nach Bagdad ins Gefängnis schleppen. »Wenn er unterwegs stirbt, sind wir eine Last los. Wüstenratten gibt es genug, um die weint kein Mensch.«

Sentas Stimme war ohne Gewicht, und Christophers Eintreten bewirkte wenig, doch mit den deutschen Archäologen wollte es sich niemand verderben. Senta bestürmte Heyse und fuhr schließlich ihr schwerstes Geschütz auf: »Ich habe ihm mein Wort gegeben, dass er als Grabungshelfer hierbleiben darf. Glaubst du, ich kann dann noch bleiben und mit dir ein neues Leben anfangen, wenn ich dieses Wort breche? Ich müsste nach Bagdad und darum kämpfen, ihn zu befreien, denn er hat das Gleiche für uns getan.«

Heyses Ekel vor Faysal war körperlich spürbar. Der Wunsch, das kleine Haus und ein kleines Leben mit Senta zu teilen, erwies sich jedoch als stärker. Er verwendete sich bei Koldewey für Faysal, und der Grabungsleiter, der vom ersten Tag an einen Narren an ihm gefressen hatte, stimmte ohne sonderliches Interesse zu. Die Männer von der *Zaptiye* gaben sich damit zufrieden. Gesteigerten Wert legten sie ohnehin nicht darauf, sich unterwegs mit Beduinenhorden anzulegen, weil sie einen ihrer Söhne als Gefangenen mit sich führten.

Faysal blieb also in Babylon. Heyse bestand allerdings darauf, ihn in keinem Zelt bei den anderen Helfern, sondern in einem Schuppen des Grabungshauses unterzubringen, der sich mit einem Riegel verschließen ließ. Alles in Senta sträubte sich dagegen: Faysal musste vor Schmerz und Angst halb wahnsinnig sein, er war misshandelt und erniedrigt worden, und die Einriegelung bedeutete für ihn noch zusätzliche Qual. Mit Heyse gab es darüber jedoch kein Verhandeln: »Der Mann ist ein Menschenräuber und Erpresser. Wenn er nicht hinter Schloss und Riegel sitzt, kann ich die Verantwortung nicht übernehmen.«

»Das, was du hier vorhast, geht nicht gut, Ischtar«, warnte Christopher, mit dem sie die höllische Nacht am Feuer verbrachte, seine *Shisha* und seinen *Arak* teilend. »Warum kommst du nicht mit mir nach Bagdad zurück? Weißt du nicht mehr, wie luftig es in meinem Haus am Fluss war und wie süß die Rosen rochen? Ich verlange doch nichts von dir. Nach allem, was wir durchgemacht haben, könnten wir beiden einfach nur feiern, dass wir noch einmal davongekommen sind.«

»Ich bin Heyse im Wort. Ich bin Faysal im Wort.« Senta wusste nicht, wie oft sie die beiden Sätze wiederholt hatte.

»Mein Angebot gilt«, sagte Christopher, als er im Morgengrauen in sein Zelt taumelte, um vor dem Aufbruch nach Bagdad noch ein paar Stunden zu schlafen. »Ich muss mir ein bisschen Geld verschaffen, aber dann komme ich wieder. Ich komme immer wieder, Ischtar. So lange, bis du Vernunft annimmst und mit mir kommst.«

Insgeheim wünschte sich Senta, er wäre geblieben. Mit ihm konnte sie reden und über Fragen, in denen sie geteilter Meinung waren, verhandeln. Mit Heyse dagegen gab es kein Reden. Er war einzig darauf erpicht, ihr gemeinsames Leben in geordnete Bahnen zu bringen. *Ihr Eheleben.* Mit Feuereifer stürzte er sich in die Arbeit wie ein treu sorgender Familienvater, klagte weder über den ewigen Staub auf der Zunge noch über das nächtliche Heulen des Windes, wie er es auf der Reise in einem fort getan hatte. Daneben versuchte er, soweit es die beschränkten Mittel und seine Ungeschicklichkeit erlaubten, das Haus einzurichten, kaufte den Dorfbewohnern Teppiche und Keramik und einen kupfernen Kaffeetopf ab.

»Ich weiß, du bist anderes gewohnt«, sagte er. »Aber das hier ist Babylon. Das, was wir wollten.«

Senta hatte auch Heyse ein Versprechen gegeben. Aus der Falle, die sie sich gegraben hatte, führte kein Weg hinaus. Als sie das erste Mal mit ihm schlief, stellte sie fest, dass es nicht so schlimm war, und darüber weinte sie hinterher womöglich heftiger, als wenn es entsetzlich gewesen wäre. Sie war in Babylon, sie war eine Frau, die sich ihren Traum erfüllt hatte, und der Rest ihres Lebens würde *nicht so schlimm* sein.

Sie hatte andere Sorgen. Faysal durfte nicht länger in dem Schuppen gefangen bleiben. Tatsächlich schien eine Nachricht in der Wüste schneller zu reisen als ein Mensch, und von den arabischen Grabungshelfern wusste jeder, dass Faysal ibn-Ahmad seinen Stamm verraten hatte. Auch die beiden, die ihn bewachten. Es stand zu befürchten, dass sie ihm ihre Verachtung zu spüren geben würden, dass er von ihnen nicht weniger Schikanen auszuhalten hätte als von den osmanischen Behörden.

Senta hatte außerdem nach einer dauerhaften Unterkunft für die Kamele suchen müssen und war mit Mehmets Hilfe auf einen Bauern gestoßen. Der ließ sich überreden, gegen einen Aufpreis auch Faysal, der ihm die Pflege der Kamele abnehmen würde, in seinem Unterstand nächtigen zu lassen. Im Stillen hoffte Senta, dass es Faysal ein Trost wäre, mit seinen geliebten Kamelen zusammenzuleben. Der einzige Trost, den sie ihm verschaffen konnte.

Sie ließ ihn von anderen Grabungshelfern in sein neues Quartier bringen. Dass sie es ihm schuldig gewesen wäre, es selbst zu tun, wusste sie und schämte sich für ihre Feigheit. Sie redete sich jedoch ein, sie habe seine Gefühle schonen und zudem Heyse nicht reizen wollen. Heyse aber schien Faysal vergessen zu haben. Er ging in seiner Arbeit auf, und er wünschte sich ein Kind, an andere Dinge dachte er nicht. In jenen ersten Wochen in Babylon war er womöglich so glücklich gewesen wie niemals zuvor.

Mit jedem Tag, den sie den Besuch bei Faysal hinausschob, fühlte Senta sich schäbiger. Zum Reden hatte sie nur Mehmet, ihren treuen, lebensfrohen Mehmet, der das Angebot der Beamten, ihn zurück nach Konstantinopel zu entsenden, abgelehnt hatte, um bei seiner Lady *Tanrıça* zu bleiben. Das Thema Faysal war jedoch ein Fuß, auf den man bei dem sonst so gelassenen Mehmet nicht treten durfte: »Weshalb Lady *Tanrıça* sollen für ihn verantwortlich sein? Du auch nicht verantwortlich für Skorpion, der dich stechen, oder Hornviper, das in Kehle beißen. In Leben nicht.«

Senta hatte ihn mehrmals darauf hingewiesen, dass sie inzwischen genug Arabisch sprach, um sich fließend mit ihm zu unterhalten. Er aber beharrte auf seinem Kauderwelsch. Vielleicht, so überlegte sie viel später, war es sein Schutzschild gewesen, das die Fremden, von denen er abhängig war, bei aller Leutseligkeit nicht zu durchdringen vermochten.

Seine Warnungen vor Faysal rissen nicht ab: »Bleiben weg von Wüstenmann, Lady *Tanrıça*, Mehmet anflehen dich. Wenn aber Lady *Tanriça* nicht hören, dann nehmen Mehmet mit. Du nicht wollen verstehen, du zu gute Herz, aber Wüstenmann viel sehr tückischer als wildes Tier.«

Senta nahm Mehmet nicht mit. Eines Nachts, als sie die Schuldgefühle nicht länger aushielt, wartete sie, bis Heyse neben ihr eingeschlafen war, und schlich sich zum Gehöft des Bauern. In der von Sternen übersäten Endlosigkeit schien der Weg viel weiter als bei Tag. Beim ersten Mal verlief sie sich, doch danach nie wieder.

Faysal war noch wach. Später bastelten sie es sich so zurecht wie vielleicht alle Liebenden der Weltgeschichte: Er sei noch wach gewesen, weil er auf sie gewartet hatte. In Wirklichkeit konnte er nicht schlafen. So wenig wie sie. Sie waren König und Königin der schlaflosen Nächte, und in dem einen Jahr, das ihnen geschenkt werden würde, sollten sie einer in den Armen des anderen so viel schlafen, als wollten sie für ihr Leben aufholen.

Der Unterstand, den der Bauer den Kamelen gezimmert hatte, stand ein Stück vom Gehöft entfernt und in einer Senke wie jener im Lager der *Ruwallah*. Er war jedoch kleiner und enthielt nur eine Tränke mit einem Brunnen, der über ein Wasserrad betrieben wurde. Das Wasserrad quietschte unaufhörlich in jedem leisen Windstoß. *Mein Liebeslied war ein quietschendes Wasserrad, begleitet vom Schnaufen dösender Kamele und einem bisschen Heulen vom Wind.* In jener Nacht sah sie Faysal zwischen den Tieren stehen, wie sie ihn im Lager seines Stammes gesehen hatte.

Der Bauer, selbst Wüstenaraber, wenn auch seit Langem sesshaft, hatte ihn nicht in seine Remise eingesperrt, wie Senta es Heyse weisgemacht hatte. Faysal einzusperren hieß, ihn zu foltern. Er sehnte sich nach dem Leben in der Stadt, nach dem Weg aus der Wüste in die Zivilisation, aber er war ein *Ruwallah*. Die Wüste, die in ihm war, nahm er überallhin mit.

In einem weißen *Kaftan*, den der Bauer ihm gegeben haben musste, bewegte er sich von einem Kamel zum anderen. Sabiya, die sich unterwegs die Schulter aufgeschürft hatte, rieb er eine Salbe auf die Wunde. Die Verletzung war nicht schwer, das hatte der Bauer Senta versichert, sie bedurfte im Grunde keiner Behandlung. Vielleicht strich Faysal ihr die Salbe nur auf, um die Verbindung zwischen ihnen wiederherzustellen, die gelitten haben mochte, als das Kamel als Waffe benutzt worden war, um ihm Schmerz zuzufügen. Immer wieder strich er den Hals der Stute entlang, benutzte dabei nicht die Handfläche, sondern die Fingerspitzen und raunte ihr einen Schwall von Worten ins Ohr.

Mein Liebeslied war das zärtliche Gesäusel, das mein Liebster seiner höckerigen Freundin sang.

»Faysal!«

Er drehte sich um. Basim fuhr ungerührt fort, getrocknete Datteln zu mahlen, und Sabiya hatte nur Augen für Faysal, aber Waqi tat, was keinem Kamel sonst eingefallen wäre: Sie sprang wie ein übergroßer Hund auf Senta zu. Senta schlang die Arme um sie und küsste sie auf die wulstigen Lippen. Das war gefährlich. Kamelzähne konnten einem Menschen das Gesicht zermalmen, aber Waqi war ja kein Kamel. Senta küsste sie noch einmal, und ein Schauder lief durch ihren Körper, weil sie sich jäh und heftig danach sehnte, einen Menschen zu küssen.

»Was ist?«, fragte Faysal. Mondlicht fiel auf sein Gesicht und beleuchtete die Blessuren von den Schlägen, die er hatte erdulden müssen, eine Schwellung über der Braue, eine Schnittwunde von der Schläfe zum Kinn. Senta krümmte sich innerlich, als hätten die osmanischen Beamten die Demütigung ebenso ihr angetan wie ihm.

Sie hatte sich jedes Wort, das sie zu ihm sagen wollte, unterwegs zurechtgelegt. Sie wollte ihm erklären, dass sie nur aus

Sorge um sein Leben nicht eingeschritten war, als die Männer ihn misshandelten, wollte ihn fragen, ob er jetzt ordentlich behandelt wurde, ob er ausreichend zu essen bekam und ob seine Wunden versorgt worden waren. Sie wollte ihm versprechen, dass sie ihn mit auf die Grabungsstätte nehmen würde, sobald die Wogen sich ein wenig gelegt hatten. Jetzt aber sah sie ihn neben dem Kamel stehen, sah, wie seine schlanke, hoch aufgerichtete Gestalt sich gegen das Samtblau der Nacht abzeichnete, und der Wind, der an seinem schwarzen Haar zerrte, riss die bereitgelegten Worte mit sich fort. Stattdessen sagte sie etwas ganz anderes.

»Du hattest nur zur Hälfte recht, Faysal«, sagte sie. »Ja, ich habe ein Spiel mit dir gespielt, weil ich wollte, dass du uns hilfst zu fliehen, aber das Spiel hat mich eingeholt. Ich habe dich nicht geküsst, um das Spiel zu gewinnen, sondern weil ich dich wollte. Ich will dich immer noch. Ich will dich jetzt.«

Sie erschraken beide so sehr, dass sie sich für lange Zeit nicht rühren konnten. Senta presste sich die Hand auf den Mund, und Faysal krallte die Finger in Sabiyas Fell. Großäugig starrten sie sich an wie Kinder, die unter allem verbotenen Bösen nach dem am strengsten verbotenen gegriffen hatten. Senta saugte sein Bild in sich auf und begriff, warum sie diese Worte hatte sagen müssen, ohne Vorbereitung, ohne mildernde Umschreibung. Weil sie keine Zeit hatte, länger zu warten, weil sie ihr Leben lang gesucht und gewartet hatte.

»Herrgott«, platzte sie heraus, »was soll ich denn noch tun? Über dich herfallen? Dazu bin ich zu stolz, Faysal. Ich habe den ersten Schritt getan, und wenn du es nicht über dich bringst, den zweiten zu tun, gehe ich, und wir müssen ohne einander auskommen.«

Sie drehte sich um.

»Geh nicht«, rief er. »Senta.«

Als sie sich wieder umwandte, stand er schon da und zog sie

in seine Arme. »Bitte sieh nicht hin«, sagte er leise. »Ich weiß, du findest, Männer, die heulen, sind Waschweiber, aber ich …«

Senta hatte sich noch nie so hell lachen hören. Sie reckte sich und küsste die zarte, feuchte Haut unter seinen Augen. »Es ist mir egal, Faysal. Was immer du bist, was immer du tust und was uns beiden dafür geschehen wird – ich will nur dich.« Ihre Hände ertasteten die Form seiner Schultern, als wäre sie erblindet und hätte etwas einst Geliebtes wiedererkannt. Sie fuhren den schlanken, festen Rücken hinunter bis zu dem kräftigen Schwung der Hinterbacken. Es war, als erteilten ihre Hände den seinen die Erlaubnis. Als entfesselten sie einen Sturm.

So begann ihre Liebe. So begann ihr Jahr mit Faysal.

Seit er im Grabungshaus eingesperrt gewesen war, hielt er keine Wände um sich mehr aus. Also grub er ihnen im Schutz der Kameltränke ein Halbmondnest und polsterte es mit Decken. Kurz fürchtete Senta, der freie Himmel könnte ihr die Lust verderben, die umherstreifenden Tiere, der Gedanke, dass der Bauer oder einer seiner Söhne jeden Augenblick vor ihnen auftauchen könnte. Doch der Gedanke verflog, als Faysal sich mit ihr niederlegte und sie wieder in die Arme schloss. Er war scheu, er war unerfahren, und er würde ihr niemals sagen müssen, dass er sie liebte, weil sie es in jeder seiner Berührungen spürte.

»Du bist schlimmer als Robert Koldewey, Faysal.«

Er entblößte kein Stück Haut von ihr, ohne es in langem Staunen zu betrachten. Der Archäologe, der jedes kleinste Fundstück analysierte, war harmlos dagegen.

Über seinen eigenen Körper jedoch, dem sie entgegengefiebert hatte, warf er eine Decke, kaum dass er ihn aus den Kleidern befreit hatte.

»Das geht nicht! Ich will dich sehen«, fuhr sie ihn an, sah sein entsetztes Gesicht und verliebte sich in ihn wie ein Schulmädchen und wie eine Frau, die gefunden hatte, was sie vom Leben wollte. »Deine Religion ist dein Haus, weißt du nicht mehr? Wenn sie dir verbietet, dich mir zu zeigen, musst du wohl oder übel aus dem Schneckenhaus herauskommen.«

»Nicht meine Religion.« Er drehte das Gesicht weg wie Basim. »Nur ich.«

»Aber warum?«

Sie spürte, wie die Muskeln in seinem Rücken sich verkrampften. »Bei uns ist es nicht wie bei euch, wo ein Mann eine schöne Frau nur durch sein Vermögen und seine Stellung ehrt«, sagte er. »Bei uns hat eine schöne Frau ein Recht darauf, dass ihr Mann auch schön ist.«

Senta spürte das Lachen, das glucksend und sprudelnd ihren ganzen Körper füllte. Sie wollte vor Lust, vor Glück, vor Rührung und vor höllischem Vergnügen lachen, und sie musste sich mit beiden Händen den Mund zuhalten, damit das Lachen sich nicht befreite und er sich von ihr ausgelacht fühlte.

»Ich dachte, ich bin ein ziemlich schöner Mann für Gutne«, murmelte er. »Aber für dich? Für die Schönste? Im Vergleich mit Christian *Effendi*?«

Sie riss ihm die Decke herunter, drehte sein Gesicht zu sich und sah ihn sich an. Seine Schlankheit, Wendigkeit, Sehnigkeit, die hellbraune, an Flanke und Hüfte aufgeschürfte Haut, das viele schwarze Haar, das im Wind vibrierte, die kleine Grube zwischen den Schlüsselbeinen, den aus dem dichten Schamhaar aufgerichteten Schwanz.

»Ich denke, du gehst in Ordnung«, sagte sie.

So begann ihre Liebe. So begann ihr Jahr mit Faysal.

Die Bedingungen hätten schwieriger kaum sein können. Um ihn zu sehen, musste sie sich aus dem Haus schleichen, wenn Heyse eingeschlafen war, und das ganze Dorf durchqueren, manchmal im Zickzack, weil eine Hausfrau zum Wasserholen aus ihrer Tür trat oder einer der Hirten noch spät mit seinen Tieren zurückkehrte. Darüber, was geschehen würde, wenn sie entdeckt wurden, durfte sie nicht nachdenken. Sie gab dem Wirt zu viel von Heyses Geld, in der Hoffnung, dass es sein Schweigen erkaufen würde, falls etwas ihm merkwürdig aufstieß.

Von all den Hindernissen, die sie zu überwinden hatten, waren sie, wenn sie endlich zusammenfanden, oft so müde, dass sie Arm in Arm einschliefen.

Senta liebte es, ihn zu halten und ihm, selbst halb dösend, beim Schlafen zuzusehen. Er aber schalt sich: »Ich hasse mich, wenn ich schlafe. Ich will mit dir zusammen sein, jeden Augenblick genießen, nicht kostbare Zeit vergeuden.«

Sie lachte und schlang die Arme noch fester um ihn, wie um ihn vor sich selbst zu schützen: »Genieß doch, dass du schlafen kannst, Liebling. Mit mir zusammen. Ich habe im Leben nicht so gut geschlafen wie jetzt, und ich wünschte, wir könnten die ganze Nacht lang weiterschlafen, bis uns morgen früh die Sonne auf den Pelz brennt.«

»Ich auch«, sagte er und blickte versonnen, mit schläfrigen Augen über sie hinweg in die Weite, in der sein Blick sich an nichts festhalten konnte. »Ich wünschte, wir hätten nach all diesen Nächten einmal einen Tag.«

Am Tag mussten sie tun, als wären sie so etwas wie Herrin und Diener, sie ging mit dem Klemmbrett voran, und er trug ihr Kamera und Messgeräte hinterher. Es war oft schön, es war ihr gemeinsamer Traum, aber sie durften ihn nicht teilen, sondern mussten strikt voneinander getrennt gehen und Blicke meiden. Sich einander zuwenden, Arme und Augen öffnen, durften sie erst wieder, wenn sie allein in ihrem Nachtgemach waren, mit dem Himmel als Decke, hinter Tür und Wänden aus Unendlichkeit. Tausendundeine Nacht, und wenn der Tag nahte, musste Scheherazade ihre Röcke raffen und laufen, und König Shahriyâr blieb einsam zurück.

Obendrein mussten sie sich vor Christopher in Acht nehmen, der in einem fort von Bagdad herüberkam. Dass ihm das Geld ausging, war selbst seiner Kleidung anzumerken, aber darum scherte er sich nicht. Er schien sich um gar nichts mehr zu scheren als darum, Senta zu bewegen, mit ihm zurück nach Bagdad zu gehen. Dass sie offiziell als Heyses Frau galt und mit ihm in seinem Haus lebte, ignorierte er.

»Der Professor ist es nicht, der dich hier hält, das wissen wir beide. Was ist es dann, Ischtar?«

»Könnte es nicht meine Arbeit sein?«, fragte sie spitz zurück.

»Du bekommst doch kaum Arbeit!«, fuhr er auf. »Das bisschen Steinezählen, was dein Professor dir zuschanzt, kann ja wohl nicht dein Lebenstraum gewesen sein.«

Damit hatte er nicht ganz unrecht. Heyse bemühte sich redlich, doch jede Aufgabe, die er Senta übertrug, musste er bei Koldewey durchsetzen, und überdies war er ja selbst ein Steinezähler, der sich um das Große, Aufsehenerregende nicht riss. Auf der anderen Seite gewann sie ihrer Tätigkeit überraschend viel ab. Sie hatte es nach Babylon geschafft, und sooft sich ihr ein Splitter versunkenen Menschenlebens erschloss, fühlte sie stärker denn je die Verbundenheit mit ihrer Art, die den Schmerz der Wurzellosigkeit linderte.

Zudem war sie bei der Arbeit mit Faysal zusammen. Heyse war über diesen Vorschlag in Wut geraten, doch er sah ein, dass sie auf dem weitläufigen Gelände nicht ohne Begleitung unterwegs sein konnte. Es gab nichts Böses unter der Sonne, das er Faysal nicht zutraute, aber wenn Senta ihn an das Versprechen erinnerte, das sie dem Araber gegeben hatte, wusste er wenig entgegenzusetzen. »Ohne ihn wären wir nicht hier«, sagte sie. »Das Kind, das du dir wünschst, könnte nie geboren werden.«

Das Kind war eine Zauberformel. Senta selbst betete zu jeglicher Gottheit, die sich berufen fühlen mochte, dass sie keines bekommen würde, und ließ sich immer abenteuerlichere Ausreden einfallen, um nicht mit Heyse zu schlafen. Am besten wirkte die Behauptung, sie fühle sich schwanger, denn dann rührte Heyse sie aus Sorge um das Kind nicht mehr an. Sobald er dann drängte, man müsse mit Koldeweys Arzt sprechen, ließ Senta die Seifenblase wieder platzen.

Es war brutal, derart skrupellos mit Heyses Hoffnungen zu spielen, aber die andere Möglichkeit kam ihr weit erschreckender vor: Was, wenn sie ein Kind bekam, das sie nicht wollte, wenn sie auf immer an einen Mann gebunden war, während sie einen anderen mit aller Kraft ihres Daseins liebte?

Über kurz oder lang würden sie eine Lösung finden müssen. Als der erste Glücksrausch vorüber war, begannen sie und Faysal, danach zu suchen, doch inmitten der Weite kamen sie sich dabei vor wie an die Wand gedrängt. Welche Möglichkeiten hatten sie denn, an welchen Orten würde es einem Paar wie ihnen gestattet sein, ein menschenwürdiges Leben zu führen?

»In den Städten«, sagte Faysal. »Kairo oder Alexandria vielleicht. Das ist wie damals in Mesopotamien: Solange wir in der Wüste umherzogen, ging es ums nackte Überleben, da zählte Zusammenhalt, und niemand durfte aus der Reihe tanzen. Sobald wir aber in die Städte kamen und das Leben leichter und sicherer wurde, entdeckten die Menschen sich selbst und entwickelten eigene Wünsche.«

Er hatte sich so sehr selbst entdeckt, dass sie ihn vor Stolz manchmal schier erdrücken wollte. »Und aus deiner Wüste gehen wir fort, Faysal? Hältst du das aus?«

Er hob die Schultern, und sie umarmte ihn fester. »Und wenn wir dort, wo wir hingehen, nicht bleiben können, wenn wir immer wieder weiterziehen müssen und nirgendwo ein Zuhause haben – hältst *du* das aus?«

Ihre Blicke trafen sich. Sie zweifelten nie an der Antwort.

»Ich bin bei dir zu Hause, Faysal.«

»Und ich bei dir.«

Die Welt ist die Wohnung dessen, der keine Wohnung hat.

Sie würden zusammen überallhin gehen können, doch das löste ihre praktischen Probleme nicht. Sie hatten kein Geld, nicht einmal genug, um bis nach Bagdad zu kommen. Sie würden, wohin sie auch gingen, Wohnung und Arbeit brauchen. Wenn sie sich am Morgen nach einer Nacht voll beglückender Liebe und ergebnisloser Diskussionen trennten, spürte Senta, dass sie das alles nicht mehr lange aushalten könnten, dass die Situation zu kippen drohte und etwas geschehen musste.

»Ich will nicht, dass mein Leben mit dir nur aus Nächten besteht«, sagte Faysal. »Ich träume davon, nur einmal mit dir an einem *Tannour* zu stehen und dir den Korb zu halten, bis er voll mit *Khubz* ist.«

»Ich kann nicht backen, Faysal. Weder *Khubz* noch sonst etwas. Für dein leibliches Wohl wäre bei Gutne erheblich besser gesorgt worden.«

»*Al'ama*«, fluchte er, »es war nur ein verdammtes Beispiel. Musst du auf den Unterschieden zwischen uns herumreiten, auf Gutne, auf dem Leben, das ich gewohnt war? Ich habe es aufgegeben, oder nicht? Du hast gesagt, du würdest nicht dulden, wenn ich neben dir eine andere Frau nähme, du hast gesagt, du würdest auf deine Arbeit nicht verzichten, um Kinder aufzuziehen, du hast all dies gesagt, und ich habe dir nicht ein einziges Mal widersprochen. Musst du mir jetzt einen Strick daraus drehen, dass ich mir einen Alltag mit dir wünsche, einen Morgen, an dem ich dir nachwinken kann, wenn du fortgehst, und sicher sein, dass du abends wiederkommst?«

Sie hatte ihm keinen Strick drehen, sondern einen Witz reißen wollen, aber sie verstand ihn. Nicht sie, sondern er war es, dessen Leben auf den engsten Zirkel beschränkt war, und er hielt es um ihretwillen aus. Er machte sich Sorgen um sein Volk, um Entwicklungen in Konstantinopel und Europa, doch wenn sie ihm keine Zeitung brachte, hatte er nicht einmal die Chance, an Nachrichten zu gelangen.

Für seinen Ausbruch entschuldigte er sich viele Male, Senta aber streichelte sein Gesicht und küsste ihm die Selbstvorwürfe von den Lippen. »Es ist in Ordnung, Faysal. Es ist wirklich in Ordnung. Irgendwann musst du dir Luft machen, oder du erstickst.«

»Aber ein Mann, der eine Frau anschreit, macht ihr Angst.«

Senta streichelte ihn weiter, strich ihm alles Haar aus der Stirn, um die geradezu archaisch schöne Form seines Kopfes zu bewundern. »Stimmt«, sagte sie. »Aber du weißt das. Und ich vertraue dir.«

Wenn sie später an das Schwere zu denken versuchte, wollte es ihr kaum noch einfallen, weil das Schöne mit seinen Farben, seiner Wärme, seinem Licht alles Dunkle vertrieb. Dann aber war das Ende gekommen und hatte mit seinem Dunkel das Licht ausgelöscht.

Dass ein Jahr vergangen war, hatten sie womöglich erst bemerkt, als der Österreicher in Sarajewo ermordet worden war. Wie die meisten Nachrichten erreichte auch diese Babylon mit Verspätung, und die erste Erregung schien sich rasch wieder zu legen. Es wurde Juli, die Temperaturen kletterten weit über die üblichen Marken, sodass Arbeit nur noch in den frühen Morgenstunden möglich war. Die Gereiztheit, die auf der Grabungsstätte herrschte und die vor allem Heyse an den Tag legte, schrieb Senta deshalb anfangs dem Wetter zu. Heyse litt unter der Hitze mehr als die anderen, doch anders als im vorigen Sommer lag er nicht teilnahmslos auf dem Bett, sondern verlangte Liebe von Senta.

Als sie behauptete, sie sei müde, schrie er sie an: »Glaubst du, ich merke nicht, dass du immer müde bist, wenn ich dich umarmen will? Glaubst du, ich merke nicht, dass ein Jahr verstrichen ist und wir noch immer kein Kind haben?«

Ich muss es ihm sagen, dachte Senta und dachte es fortan täglich. Es gab Nächte, in denen Faysal nach der Liebe nichts mehr in ihrem Nest hielt, in denen er aufsprang und wie ein gefangenes Tier auf und ab strich. »Ich rede mit Heyse«, versprach sie ihm. »Wenn ich die leiseste Ahnung hätte, wie wir überleben könnten, hätte ich es längst getan.«

Er blieb stehen, und als sie ihn lockte, kehrte er zu ihrer Kuhle zurück und kniete sich vor sie in den Sand. »Wir könnten uns nach Bagdad durchschlagen und die Kamele verkaufen«, sagte er.

»Unsere Kamele? Aber sie sind unsere Freunde!«

Seine Miene verfinsterte sich, und sie hegte keinen Zweifel: Der Handel wäre ihm noch schwerer gefallen als ihr. »Sie sind unsere Freunde, aber wir nicht die ihren«, rang er sich dennoch ab. »Solange wir sie gut unterbringen, leiden unter der Trennung nur wir, nicht sie.«

Seine schwarzbraunen Augen wurden glasig, worüber sie schon des Öfteren gelacht und ihn »*mein liebstes Waschweib*« genannt hatte, weil es allzu dramatisch aussah. Jetzt umarmte sie ihn. »Ich finde eine andere Lösung. Vielleicht kann Christopher uns helfen, wenn er das nächste Mal herkommt.«

»Christopher Christian? Ein Mann, der dich liebt, soll dir helfen, dir mit einem anderen, der dich auch liebt, ein Leben einzurichten?«

»Das ist Quatsch. Christopher liebt nicht mich, sondern einen Mann, der mit allerlei Doktortiteln und Krankheiten in Oxford auf ihn wartet.«

»Einen *Mann*?«

»Sei kein Spießer. Das Gleiche habe ich mich gefragt, ehe ich einem schiitischen *Ruwallah*-Beduinen verfallen bin.«

»Ich gebe mir Mühe«, versetzte Faysal. »Dein Mr. Christian mag so viele Männer lieben, wie er will, das geht mich nichts an. Aber wenn du mir erzählen willst, er liebe keine einzige Frau, kommen mir mehr Zweifel, als die Hohe Pforte korrupte Beamte beschäftigt.« Er sandte ihr einen Blick unter gefurchten

Brauen, die sie ihm eigenhändig mit Kohle hätte schwärzen wollen.

»Das zwischen Christopher und mir war ein Rausch, ein Spiel, nichts weiter«, sagte sie. »Was davon bleibt, ist, glaube ich, Freundschaft, obwohl ich mich damit nicht auskenne. Ich werde ihn fragen. Wenn irgendwer Verständnis für Liebe außerhalb der Ordnung haben muss, dann er.«

Faysals Brauen blieben gefurcht. »Ich rede dir nicht drein«, sagte er. »Aber einen Weg müssen wir finden, Senta, darum bitte ich dich. Ich könnte allein gehen und dich nachholen, wenn ich eine Arbeit aufgetrieben habe, die uns beide ernährt. Etwas Großartiges wird es nicht werden.« Er seufzte. »Aber vielleicht ist ja alles besser als dies hier?«

»Nein, das nicht.« Senta schlang die Arme um ihn. »Alles ist besser, als dich fortgehen zu lassen. Ich würde verrückt werden, Faysal, ich würde Nacht für Nacht fürchten, dich nicht wiederzufinden.«

»Ich auch.« Er zog sie an sich, und sie hielten sich fest, bis der schwarze Landwehrkanal, der sich vor ihr aufgetan hatte, verblasste. »Liebe mich, Faysal«, sagte Senta. »Lass uns heute Nacht nicht weiter davon sprechen.«

»Ist schon gut«, sagte er und begann, sie zu streicheln. »Ich habe nur Angst, dass ein Krieg kommt. Dass ich dich in den Wirren verliere und niemand uns hilft, weil wir für die Welt nicht zusammengehören.«

Sie taten, was sie beschlossen hatten, und diskutierten in dieser Nacht nicht weiter. Der nächste Tag aber brachte neue Nachrichten aus Europa, die noch mehr Angst schürten, und der nächste Tag wieder und nicht anders der danach. Als der Juli fast zu Ende war, sagte auch Heyse, als er neben Senta im Bett lag: »Ich mache mir Sorgen. Es sieht aus, als gäbe es keine Möglichkeit mehr, in Europa den Frieden zu bewahren.«

In dieser Nacht fand er keinen Schlaf, und statt sich zu Faysal zu schleichen, musste Senta all ihre Kräfte aufbieten, um ihn zu beruhigen. Beim Versuch, sie zu lieben, verspritzte er sich auf ihrem Bauch. Das kam häufig vor. Vermutlich wusste er nicht, dass er ihr auf diese Weise kein Kind machen würde. »Wenn man in den Krieg müsste und hätte daheim kein Kind, das wartet – es ist dieser Gedanke, den ich nicht aushalten kann.«

»Du musst doch in keinen Krieg«, sagte Senta. Er war fast vierzig, er würde für die Reise vermutlich länger brauchen, als der Krieg dauerte, und gewiss gab es für Wissenschaftler, die in Babylon forschten, eine Art von Unabkömmlichkeitsattest. Aber dessen sicher sein konnte sie nicht, denn sie hatte ja noch keinen Krieg erlebt.

In der nächsten Nacht fing Heyse wieder vom Krieg an, fiel aber nach kurzer Zeit entkräftet in den Schlaf. Senta, die todmüde und überwach zugleich war, rannte los, ohne wie üblich aus Vorsicht noch eine Zeit lang abzuwarten.

Faysal war so erregt wie sie. Einer der Söhne des Bauern hatte ihm eine Zeitung besorgt. »Die Briten haben den Osmanen zwei Schlachtschiffe verkauft, aber als die sie abholen wollten, hat Churchill sie ihnen nicht herausgegeben. Stattdessen ist der deutsche Kaiser eingesprungen. Damit hat er die Hohe Pforte endgültig auf seine Seite gezogen. Österreich hat vor drei Tagen Serbien den Krieg erklärt und Deutschland gestern dem russischen Zaren.«

Sie umarmten und liebten sich, als wäre es das letzte Mal. Es war das letzte Mal, ehe sie handeln mussten, Hand in Hand vor eine Welt treten, die sich von nun an in zwei Hälften teilte, wobei sein Volk, das es mit den Briten hielt, auf der einen Seite und ihres mit den Osmanen auf der anderen stand. Wenn sie verhindern wollten, dass der Krieg, der sie nichts anging, sie trennte, mussten sie sich jetzt dazu bekennen, dass sie untrennbar waren. Zuvor aber schliefen sie einmal mehr einer in den Armen des andern vor Erschöpfung ein.

Der Lärm schreckte zuerst die Kamele auf. Als ihr Trampeln und Rufen, das ein so seltenes Geräusch war, Senta weckte, erhob sich die Gestalt bereits aus den Schatten oberhalb der Senke. Ein heiserer Schrei entfuhr ihr. Was im Licht der Sterne aufblitzte, war der Lauf einer Pistole.

»Das nicht, Senta, das nicht, das nicht!« Heyse wimmerte, stammelte und schrie zugleich. »Ich habe vermutet, Herr Christian wäre zurückgekommen, ich habe mir alles Erdenkliche ausgemalt, aber das doch nicht!«

»Nimm die Pistole weg, Heyse.« Schlaftrunken und schwindlig vor Schrecken kämpfte Senta sich auf die Füße, schlang ein Gewirr aus Decken und Kleidern um sich und lief ein paar Schritte weit auf ihn zu. »Winfried! Du willst doch niemanden umbringen, lass uns vernünftig sein und reden.«

Im Träumen oder Erwachen regte sich Faysal und streckte den Arm nach ihr aus. »Mein Leben, wo bist du? Ist schon Tag, musst du weg?«

»Doch, das will ich«, sagte Heyse mit einer Stimme, die sie kaum erkannte. »Ich bringe ihn um.«

Senta schrie auf, und im nächsten Moment war Faysal hellwach. Er sprang auf, warf sich vor sie, und Heyse zielte mit seiner Pistole.

»Nein!«, brüllte Senta aus Leibeskräften und versuchte, sich vor Faysal zu drängen. Der aber zwang sie wieder zurück. Sie glaubte, noch mehr Schreie zu hören, einen von oben, vom Haus des Bauern, und einen von der Seite. Als der Schuss krachte, schien alles sich zu verlangsamen. Senta warf sich nach vorn, und Faysal stieß sie zu Boden. In ihrem Rücken vernahm sie das Prasseln schneller Schritte, und ehe die Kugel Faysal traf, schoss ein schwarzer Schatten dazwischen.

»*Bloody hell,* Ischtar, bleib unten!« Christophers schwere Gestalt schnellte von hinten auf sie nieder und drückte sie mit seinem Gewicht in die Kuhle. Mit den Knien in ihrem Rücken, der höllisch schmerzte, richtete er sich auf. »Werfen Sie verdammt noch mal das Ding weg, Professor. *Holy shit,* Sie haben einen Mann umgebracht!«

Senta glaubte, Heyse aufheulen zu hören, doch in ihrem Kopf war nur ein Gedanke: *Faysal.* Wenn er tot war, musste Heyse sie auch erschießen, weil ohne ihn das Leben zu hart war, zu einsam und zu dunkel. Um sie schloss sich der Landwehrkanal, eisig schwarzes Wasser umfing sie. Gleich darauf spürte sie in ihrem Unterleib wieder das Ziehen, über das sie in den letzten Tagen gerätselt, es dann jedoch wieder verdrängt hatte.

Sie würde nicht sterben dürfen. Sie hatte Leben in sich. Ein Kind.

Es dauerte eine Ewigkeit, bis Christopher Heyse entwaffnet hatte und zurückkam, um Senta aufzuhelfen. »Es ist kein schöner Anblick«, sagte er. »Am besten verschwindest du und läufst so schnell wie möglich zurück zu deinem Haus. Du hast geschlafen und nichts gesehen. Wir regeln das hier unter uns.«

»Was regelt ihr?« Senta starrte auf ihren Arm und sah, wie das feine Haar auf ihrer Haut sich sträubte.

»Heyse und ich haben nach den Kamelen sehen wollen, dabei haben wir den Toten gefunden«, erklärte Christopher. »Ein vereitelter Überfall, wie er in dieser Gegend eben vorkommt. Wenn wir uns alle daran halten, haben wir eine Chance, mit dieser verdammten Schweinerei davonzukommen. Andernfalls sehe ich schwarz für deinen exquisiten *Lover.* Einen Mord hängt man immer dem an, von dem man von Anfang an erwartet, dass er einen begeht.«

Mit einem Satz befreite sich Senta und rannte los. Vor dem Toten, bei dessen Kopf Waqi an blutigem Gras rupfte, kniete Heyse, vergrub das Gesicht in den Händen und weinte. Der Tote war Mehmet. Warum er ausgerechnet in dieser Nacht geglaubt hatte, er müsse seiner Lady *Tanriça* folgen und sie schützen, würden sie nie erfahren.

30

Heyse bot an, sich zu stellen, doch Senta und Christopher brachten ihn davon ab. In Europa war Krieg, und es war nur eine Frage der Zeit, wann er auf das kampfbereite Osmanische Reich übergreifen würde. Es herrschte überall Chaos, Heyse sprach kein Türkisch, und eine mit Sorgfalt durchgeführte Morduntersuchung war das Letzte, auf das er hoffen durfte. Vielleicht würde man ihn ohne Prozess hinrichten oder ihn irgendwo in einem Gefängnis verschwinden lassen.

Faysal war in einem osmanischen Gefängnis geschlagen worden. Senta wollte nicht, dass Heyse das Gleiche geschah. Sie war schuld an dem, was geschehen war, an dem, wozu Heyse sich hatte hinreißen lassen. Schuld, schuld, schuld.

Wie sich zeigte, behielt jedoch Christopher recht: Einen Mord hängte man dem an, von dem man nichts anderes erwartet hatte. Faysal hatte die auf ihn abgefeuerte Kugel überlebt, weil Mehmet angenommen hatte, Heyse schieße auf Senta, als deren Beschützer er sich fühlte. Schlaftrunken hatte er kaum mitbekommen, was vor sich ging, doch für die Gemeinschaft auf der Grabungsstätte war er der Täter: für die Archäologen, weil *Ruwallah* als gewalttätig galten, und für die arabischen Helfer, weil der aus der Art geschlagene Prinz seinen *Ruwallah*-Stamm verraten hatte.

Christophers Aussage war wertlos, denn über Nacht war der ohnehin suspekte Brite zum Feind geworden, und Heyse war nicht in der Lage, eine Aussage zu machen.

»Ich nehme ihn mit«, schlug Christopher vor, »und sorge dafür, dass er irgendwo unterkommt. Nach ihm suchen werden sie nicht, sie haben jetzt andere Probleme, und um einen toten Türken macht keiner einen Aufstand. Aber von dir will ich seinen Namen nie wieder hören, Ischtar. Ist dir nicht klar, dass der kleine Wüstensohn deinem Zauber noch weniger gewachsen ist als der arme Professor? Er ist von dir abhängig, er hat keine Möglichkeit, sich zu wehren, und mit deiner albernen Mission, ihn als deinesgleichen zu behandeln, hättest du ihn fast um Kopf und Kragen gebracht.«

Vermutlich hätte Senta in dieser Lage allem zugestimmt, wenn es nur Faysal rettete. Sie hatte Mehmet auf dem Gewissen, sie hatte aus Heyse einen Mörder gemacht, und sie hatte Faysal bereits seiner Familie beraubt. Wer sie in seiner Nähe hatte, wer ihr vertraute, der brauchte keinen Tod in Samarra mehr.

»Du kümmerst dich wirklich um ihn?«, fragte sie nach.

Christopher nickte. »Er will nicht gehen, der Trottel. Ist dir verfallen wie Romeo vor dem Balkon in Verona. Schreib ihm ein paar Zeilen und schick ihn dahin, wo der Pfeffer wächst, ja? Zu seinem eigenen Besten, Ischtar.«

Senta hatte die Zeilen geschrieben. Sie werde bei Heyse bleiben, versuchen, mit allem ihren Frieden zu machen, und sie bitte Faysal, das Gleiche zu tun. *Die Ordnung herauszufordern, führte vermutlich nicht nur in Babylon zu Verwirrung und Tod. Gerade jetzt, wo niemand weiß, was die Zukunft bringt, brauchen wir wohl die alten Gesetze, um uns festzuhalten. Bitte pass auf Dich auf. Dein Gott, der Dein halbmondförmiges Kamelhaus in der Wüste sein soll, behüte Dich.«*

Davon, dass sie ein Kind bekam, schrieb sie ihm nichts. Aber sie sagte es Heyse, der Wochen später – als Faysal und Christopher längst fort waren – erklärte, er werde sich freiwillig melden. Wie das vonstattengehen sollte, Tausende von Meilen von jedem deutschen Wehramt entfernt, wusste er selbst nicht, doch er war entschlossen, den Transport, der die letzten Fundkisten nach Basra schaffen würde, zu begleiten. Alles andere, so teilte er mit, würde sich dann schon finden.

»Pflicht fürs Vaterland«, murmelte er. »Das klingt so erhaben. Für mich ist es der Versuch, etwas zu sühnen, das man nicht sühnen kann.«

»Ich bekomme ein Kind.«

»Seines oder meines?«

»Ich weiß es nicht.«

Er ließ sie stehen, kam aber am Morgen der Abreise noch einmal zu ihr. »Du sollst wissen, dass ich dich mit dem Kind nicht im Stich lasse. Ich habe die Kollegen gebeten, dir als meiner Frau ihren Schutz zu gewähren, und dabei wird es bleiben. Wenn ich den Krieg überlebe, lasse ich unsere Verbindung und auch das Kind legalisieren, damit du nicht ohne Sicherheiten dastehst. Mit mir zu leben, brauchst du nicht mehr. Wir finden einen Weg.«

Sie hätte sein Angebot gern abgelehnt, doch um des Kindes willen musste sie froh sein, halbwegs versorgt in Babylon bleiben zu können. Solange sie hier war, konnte Christopher sie erreichen. Es war ihre einzige Chance, je eine Nachricht von Faysal zu erhalten. Daran, dass das Kind seines war, zweifelte sie nicht. Es gab kaum eine andere Möglichkeit.

Ende August brach Heyse auf.

Ende November kam der Krieg nach Mesopotamien.

Und im Frühling des folgenden Jahres, 1915, kam Sentas Sohn zur Welt.

31

Babylon, Grabungsstätte
Wüstenwinter, Februar 1917
Letzte Tage

Etemenanki. Fundament des Himmels und der Erde.
Als sie ihn aus dem Sand der Jahrtausende befreit hatten,
hatte Senta dabeigestanden, wie sie es sich jahrelang
gewünscht hatte. Alle Archäologen der Mannschaft, die Zeich-
ner, Fotografen und Gäste hatten einen Kreis um den gemauerten, kaum mehr als mannshohen Block gebildet, dessen gelb-
licher Stein in der vor Hitze diesigen Luft nahtlos in die Farbe
des Sandes überging. Das war alles, was von dem Turm, der angeblich die Götter herausgefordert und die Verständigung unter
den Menschen zerstört hatte, übrig war. Ein Fundament aus
gelbem Ziegelwerk und eine Legende.

Robert Koldewey arbeitete mit äußerster Sorgfalt. Bei ihm
wurde jedes Stück Mauerwerk betrachtet, bewertet und katalo-
gisiert, ehe es in einem der Kartons verschwand, die über Basra
nach Berlin geschickt werden sollten. Irgendwann. Vorläufig gelangte weder über das von britischen Truppen gehaltene Basra
noch auf einem anderen Weg etwas aus Mesopotamien hinaus.

Die Kisten aber wurden weiter in den eigens dafür errichteten Unterständen gestapelt, damit sie in dem Augenblick, in dem ein Weg sich auftat, ohne Verzug verschifft werden konnten. In Babylon belassen wurden lediglich die Grundmauern bedeutungsloser Gebäude. Häuser, Werkstätten, Geschäfte und Lokale, mit denen kein Staat zu machen war.

Und der *Etemenanki*. Schlicht jetzt, unscheinbar, ein Zeuge, der von dem, was er gesehen hatte, nichts verriet.

»Hier etwas abzutragen, hat vorerst keinen Sinn«, hatte Koldewey bestimmt. »Was daraus werden soll, ob eine Rekonstruktion möglich ist, muss in Berlin entschieden werden, wenn der Krieg vorbei ist. Wir haben derzeit genug damit zu tun, die Bestandteile des Tores sicher hinauszubekommen. Dann folgen die Flügel des Palastes. Die Hängenden Gärten. Was mich betrifft, so haben die Reste des Turms keinen Vorrang, sondern können fürs Erste zurückbleiben.«

Es war fast, als fürchtete er sich, den von Legenden des Unheils umgebenen Turm von dem Ort, an dem er gebaut worden war, zu entfernen. Koldewey aber war dazu nicht der Typ. Er dachte praktisch, konzentrierte seine Kräfte. So blieben der Turm, der kein Turm mehr war, und ein Labyrinth aus gelben Mauern stehen. Wer dazwischen spazieren ging und über genügend Vorstellungskraft verfügte, sah die Häuser, die einst ihre Schatten auf die Gassen geworfen hatte, auferstehen, sah Menschen vorbeieilen und ihre Geschäfte tätigen oder in der Sonne, an eine Wand gelehnt, dösen, während der Turm, die *Zikkurat* für Babylons Schutzgott Marduk, auf das Treiben seiner Stadt hinuntersah.

Senta ging oft hier spazieren und ließ sich von Babylon Geschichten erzählen. Sie hielt es im Dorf, in den Quartieren rund um das Grabungshaus nie lange aus. Allzu schwer fiel es ihr, sich unter Menschen zu bewegen, die sie mieden, ihr in allem, was sie taten, deutlich machten, dass sie nicht zu ihnen gehörte –

weder zu der kleinen Schar arabischer Grabungshelfer, die ihnen geblieben waren und ringsum in Zelten hausten, noch zu der noch kleineren Schar deutscher Archäologen.

Sie duldeten sie, weil ihnen nichts anderes übrig blieb. Senta war die Frau eines Kollegen, der zur siegreich beendeten Belagerung von Kut seinen Teil beigetragen hatte, der weiterhin heroisch kämpfte, um die Briten vom Vormarsch auf Bagdad abzuhalten, und der dafür ihre Unterstützung verdiente. Winfried Heyse hatte seine Familie ihrem Schutz anvertraut, und diesen Schutz würden sie ihr gewähren. Aber das änderte nichts an ihrer Verachtung.

Wäre es nach Koldewey und seinen Männern gegangen, so hätte Heyse Frau und Kind zurück nach Deutschland, nach Konstantinopel oder zumindest nach Bagdad schaffen müssen. Seiner Behauptung, das sei gefahrvoller, als sie hierzulassen, schenkten die wenigsten Glauben, aber sie fanden sich damit ab. Es war nicht die Einzige von Heyses Behauptungen, denen niemand Glauben schenkte und die dennoch jeder schlucken musste. Der Frau, die noch Tage vor der Landung der Briten in Fao von ihrem britischen Liebhaber besucht worden war, traute keiner der Archäologen über den Weg.

Untereinander schalten sie Heyse einen Idioten, weil er Senta traute. Der sonderbare Todesfall damals bei Kriegsausbruch – gewiss gab es niemanden im Ort, der nicht insgeheim sicher war, dass Heyses Frau dahintersteckte. Aber sie mochten Heyse. Hier mochte ihn jeder und bewunderte seine einzigartige Expertise umso mehr, als sie mit völliger Weltfremdheit einherging. Wenn er zu gutmütig war, die falsche Schlange zu entlarven, wenn er sich schützend vor sie stellte und sich wünschte, dass sie hier auf ihn wartete, dann brachte es niemand übers Herz, ihm den Wunsch zu versagen.

So lebte Senta unter ihnen wie eine Aussätzige, die klappernde Schellen an Hand- und Fußgelenken trug, damit jeder,

der sich näherte, rechtzeitig einen Bogen schlagen konnte. Sie bewohnte die bucklige Lehmziegelhütte im Schatten des Grabungshauses, die sie mit Heyse bewohnt hatte, und versorgte sich vorwiegend selbst. Zu den Mahlzeiten ging sie mit Becher und Schüssel zur Kochstelle und holte sich das, was sie zum Leben brauchte, in ihr Haus.

Zu tun hatte sie wenig. Sooft sie einen von Koldeweys Männern darum bat, ihr Arbeit zu geben, wurde sie vertröstet oder rundheraus abgewiesen. An Koldewey selbst kam sie nicht heran. Seine Entschlossenheit, Frauen von seiner Grabungsstätte fernzuhalten, hätte er vermutlich damit begründet, dass es Frauen wie Senta gab.

Der Einzige, der ihr hin und wieder eine Aufgabe zukommen ließ und sie auch sonst als Menschen zu betrachten schien, war einer von Koldeweys Assistenten: Curt Parchimer, ein Mann von Ende fünfzig, der sich schon auf die Heimreise vorbereitet hatte, als der Krieg seine Pläne durchkreuzte. »Dafür, dass Sie schön sind und daher in den Augen unserer Leute eine Männer mordende Dämonin sein müssen, können Sie ja nichts«, hatte er gesagt. »Wäre Ihr Äußeres weniger spektakulär, würde man Ihnen wohl kaum jeden Schritt, den Sie tun, zu Ihren Ungunsten auslegen.«

Die Gelegenheiten, zu denen er ein wenig Arbeit für sie an den Kollegen vorbeischmuggeln konnte, blieben jedoch rar. Also band Senta sich an den meisten Tagen ein Tuch um den Leib, wie die Frauen des Dorfes es taten, legte ihren Jungen hinein und ging in Babylon spazieren. Monatelang. Als der Junge in dem Tuch zu zappeln begann und darauf brannte, seine Beinchen zu benutzen, setzte sie ihn auf die Erde und ließ ihn in den Gassen und Winkeln von Babylon laufen lernen. Ein paarmal versuchten Grabungshelfer, sie daran zu hindern, doch sie gaben es bald auf. »Hier sind vor dreitausend Jahren Kinder herumgerannt, da wird ein weiteres keinen Schaden anrichten«, beschied sie Senta.

Um sein Haar hatte sie dem Jungen einen *Keffieh* gewunden, was hier nicht weiter auffiel. Hätte ihm allerdings jemand in die Augen gesehen, wäre mit einem Schlag offensichtlich geworden, dass er nicht sein konnte, wofür die Leute mit ihrem Getuschel ihn hielten. Da aber niemand ihr und ihrem Jungen so nahekam, blieb es dabei: *»Den Bankert hat ihr der Engländer gemacht. Ihr Mann steht im Krieg, kann jeden Tag fallen, und sie hängt ihm ein Kuckucksei vom Feind an.«*

Bei seinem Namen sprach den Jungen niemand an. Nicht einmal Senta. Sie hatte Heyse in der Feldpostnachricht, in der sie ihn von der Geburt unterrichtete, halbherzig vorgeschlagen, ihm den Namen ihres Vaters zu geben. »Weil es ein bisschen auch der Name deines Vaters ist«, hatte sie ihrem Sohn zugeflüstert. »Der deines Großvaters bedeutet *der Gerechte,* der deines Vaters *Richter.* Das sollte ein so großer Unterschied nicht sein.«

Gegen den Namen war nichts einzuwenden, und dennoch kam es ihr falsch vor, eine so wichtige Entscheidung im Leben ihres Kindes allein zu treffen. Falsch und schmerzhaft. Sie konnte den Namen nicht benutzen, und was spielte es hier draußen schon für eine Rolle, ob sie den Kleinen *mein Stern, mein Wüstenwind, mein kleines Kamelauge* oder bei einem bürgerlichen Namen rief? Wüste und Krieg pfiffen auf Bürgerlichkeit, und Geburtsurkunden gab es nicht.

»Mach Dir keine Sorgen darum, dass ich das Kind nicht ordnungsgemäß anmelden und – nach unserer Hochzeit – auch für ehelich erklären lassen werde, sobald dies möglich ist«, hatte ihr Heyse geschrieben, ohne das Thema der Vaterschaft noch einmal zu berühren. *»Was es bedeutet, außerhalb der bürgerlichen Ordnung geboren zu werden, weiß ich aus eigener schmerzlicher Erfahrung und werde es keinem Kind zumuten, das schließlich an den Wirren, die wir angerichtet haben, keine Schuld trägt. Vorerst aber hat das zu warten, denn alle ordnenden Kräfte, die unserem Leben Halt gaben, sind zum Stillstand gekommen.«*

So war es wohl. Die Welt befand sich im freien Fall, und nach Halt sehnte sich nicht nur der ordnungsliebende Heyse. Wie hatte die Ermordung eines österreichischen Thronfolgers in einer Stadt, die die meisten Leute auf der Landkarte schwerlich gefunden hätten, innerhalb von Wochen dazu führen können, dass bis hierher, in das vergessene Land zwischen den zwei Strömen, ein Krieg schwappte?

Er schwappte überallhin, deckte auf, was unter der Oberfläche geschwelt hatte. *Nationalismus,* hatte Faysal gesagt. An allen Ecken und Enden der Riesenreiche verlangten Völker nach ihrem eigenen Staat, während die Riesenreiche in das, was sie für ihren Besitz hielten, ihre Klauen schlugen wie die Geier der Wüste in ein Stück Aas. Und obendrein gab es noch Italien und Deutschland, die erst ins große Spiel gekommen waren, als es schon so gut wie ausgespielt war, und die sich mit ihrem Gewicht an das Aas hängten, bis es zerriss.

Nur, dass das Aas noch lebte, führte zuweilen zu unerwarteten Störungen.

Überraschende Allianzen bildeten sich: die Araberstämme der Wüste und die britischen Kolonialherren von der feuchten Insel. Eine Zeit lang hatte es danach ausgesehen, als würden es im Kriegsfall die Osmanen mit ihnen halten, doch am Ende hatten die Briten das Pferd gewechselt und bereits zugesagte militärische Hilfe wieder entzogen. Den Zuschlag erhielten die Deutschen, während die Briten ernteten, was sie Monate zuvor gesät hatten: Von Christopher wusste Senta, dass schon im Februar 1914, beinahe ein halbes Jahr vor Kriegsausbruch, Unterhändler mit den *Sheikhs* der Stämme verhandelt und ihnen Unterstützung bei der Gründung eines eigenen Staates versprochen hatten, falls sie sich zu einem Aufstand gegen die Osmanen bereitfänden. Unter jenen Unterhändlern befand sich der erstaunliche Thomas Edward Lawrence, von dem Christopher behauptete, er kenne Arabien wie seine Westentasche.

»Und was noch wichtiger ist – die Burschen vertrauen ihm. Er knotet sich um den Kopf das gleiche Stoffbündel wie sie, kann wie sie auf einem Kamel schaukeln und schmiert sich vermutlich auch dessen Pisse ins Gesicht. Aber Brite bleibt natürlich Brite. Einerseits gibt er sich wie einer von ihnen, und andererseits ist er so, wie sie selbst gern wären. Deshalb mögen sie ihn.«

Faysal, so erinnerte sich Senta, hatte ihn auch gemocht. Lawrence war kaum älter als er und führte seit Juni gemeinsam mit den Söhnen des Großscherifs von Mekka die Stämme in die Revolte. Die Kämpfe hatten in Medina begonnen und Mekka erreicht. Wenn sie sich wie geplant ausbreiteten, wenn sie nach Mesopotamien kamen – würde Faysal sich ihnen anschließen dürfen, obwohl sein Stamm ihn ausgestoßen hatte?

Solche Informationen, nach denen Senta hungerte, konnte nur Christopher ihr geben. Er kam noch immer zu ihr nach Babylon, er riskierte sein Leben, um sie zu sehen. Wenn es ihm gelang, sich zu ihr durchzuschlagen, verbarg er sich bei den Kamelen, die noch immer bei dem Ziegenbauern untergebracht waren, eine Viertelstunde Fußweg hinter dem Dorf. Der Bauer, der für europäisches Geld seinen linken Fuß und seine rechte Hand verkauft hätte, schickte dann nach Sonnenuntergang seinen jüngsten Sohn mit einer Nachricht zu Senta ins Dorf. Sobald sie den Jungen an ihrer Tür sah, hob sie ihren schlafenden Sohn aus seinem Korb und schlich mit ihm zu dem entlegenen Gehöft, dorthin, wo sie und Faysal sich geliebt hatten.

Sie war jedes Mal unendlich erleichtert. So belastet ihre Beziehung zu Christopher auch sein mochte, er war jemand, der mit ihr sprach, der kein Blatt vor den Mund nahm, der zumindest einen Teil von dem, was er wusste, an sie weitergab. Zum letzten Mal war er im Juni hier gewesen, als die Revolte gerade begonnen hatte.

»Ich mache mir Sorgen um die Burschen«, hatte er ihr gestanden. »Wer hätte gedacht, dass ausgerechnet ich einmal so etwas von mir geben würde.«

»Hast du denn etwas gehört?«, hatte sie zu fragen gewagt, weil sie die Unwissenheit nicht länger ertrug. Mehr Worte brauchte es nicht. Christopher verstand, was sie wissen wollte, er hätte es auch ohne ein Wort verstanden.

»Nein«, verwies er sie scharf. »Und wenn ich etwas gehört hätte, würde ich es dir nicht sagen. Das weißt du. Es ist das, was wir besprochen haben, Senta. Du wolltest, dass er eine Chance auf ein neues Leben hat, also musst du ihn vergessen.«

Ehe sie wusste, wie ihr geschah, hatte er die Arme um sie geschlungen. Dunkel stöhnte er auf. »Denkst du noch an das, was ich dir versprochen habe? Wenn du es nicht mehr aushältst, bringe ich dich und den Jungen hier raus. Ein Wort von dir genügt. Wir gehen, wohin du willst.«

Sie wollte ihn wegschieben, aber die Furcht, dass er womöglich nicht wiederkäme, dass sie sich die letzte Verbindung kappte, war zu groß. Erstarrt stand sie in seinen Armen, bis er sie von sich aus freigab.

»So schlimm?«, hatte er verletzt gefragt. »Du beträgst dich, als würdest du dich vor mir ekeln. Dabei habe ich mir tatsächlich einmal eingebildet, du hättest in meinen Armen vor Ekstase geseufzt.«

»Ich ekle mich nicht vor dir«, murmelte Senta. Das entsprach der Wahrheit. Sie war unendlich froh, wenn er kam, wenn in all der Feindseligkeit jemand auftauchte, der es gut mit ihr meinte. Seinen Körper, seine gesprenkelten Augen und sein gut geschnittenes Gesicht fand sie noch immer so attraktiv wie am Pier von Smyrna. Vielleicht sogar noch attraktiver. Die neue Magerkeit, die eingefallenen Wangen, der bittere Zug um den Mund, der sein Lächeln verhärtete, verliehen der Lebenskraft, die er ausstrahlte, Charakter. Flüchtig war sie durchaus in Versuchung gewesen, sich in seinen Armen fallen zu lassen. Aber sie hätte ihn dabei betrogen, und das wollte sie nicht mehr.

Es hatte genug Verstellung und Betrug in ihrem Leben gegeben, genug Schaden war damit angerichtet worden, und zu vieles ließ sich nicht mehr geraderücken. Sosehr Christophers Gegenwart ihr half, so froh es sie machte, dass er ihren Jungen mochte, sich wie eine Art Taufpate um ihn bemühte und ihm kleine Geschenke mitbrachte – sie wollte sich nichts mehr unter Vorspiegelung falscher Tatsachen erschleichen.

Dieses letzte Mal war Christopher gegangen, ohne sich von ihr zu verabschieden, und seither war er nicht wiedergekommen. Dass er gar nicht mehr kommen würde, hatte sie auch zuvor schon oft befürchtet, aber diesmal schien die Furcht begründeter denn je. Warum sollte ausgerechnet Christopher sich mit der Sorge um eine Frau belasten, die ihm dafür nicht einmal zu Gefallen war? Er hatte in der Liebe freie Auswahl, und im Hintergrund lauerte vielleicht immer noch Perceval Russell, der gewiss sein Geld und seine Beziehungen aufbieten würde, um ihn aus dem Hexenkessel herauszuholen.

Christopher war auf sie nicht angewiesen. Wenn er künftig nicht mehr herkam, stand sie völlig allein da.

In den Nächten, die jetzt wieder kälter wurden, kehrte etwas von der alten Einsamkeit zurück. Die Archäologen arbeiteten fieberhaft. Es gab Gerüchte, dass die Briten, sobald sie Bagdad eingenommen hätten, das Werk ihrer Feinde in Babylon dem Erdboden gleichmachen würden, also galt es, zu retten, was zu retten war. Zugleich kam es Senta so vor, als würden die Männer sich in eine Art Spielzeugwelt flüchten, in der sie emsig werkelten, um nicht denken zu müssen. Sie selbst hatte keine Arbeit, um sich abzulenken, sondern nur ihren Sohn, der nachts Stunden vor ihr einschlief.

Kehrten sie abends von ihren Streifzügen zurück in ihr Haus, stolperte der Junge vor Müdigkeit, und nur Senta war hellwach.

Sie fütterte ihn, gab ihm den Bären, der ein guter Beschützer für ein Kind war, und spürte, wie der Kleine in ihren Armen schwerer wurde. Einen Herzschlag lang war sie glücklich, weil ihr Kind so unbeschwert schlief, weil der Schlaf es nicht quälte. Sobald jedoch der Junge mit dem Bären in den Armen im Korb lag, war sie allein mit dem Geschrei der Stille.

Wer sein Leben lang einsam gewesen ist und dann ein einziges seliges Jahr lang erlebt, wie es sich anfühlt, zu zweit zu sein – ist der hinterher einsamer als vorher, oder war das Gegenteil der Fall? Senta wollte nicht, dass von alldem gar nichts mehr übrig blieb – von dem Schweigen und Reden, von den Nächten voller Geschichten, von der aus Zärtlichkeit geborenen Leidenschaft. Sie hatte zu einem Menschen gehört und gehörte noch immer zu ihm, auch wenn er nicht mehr zurückkam und die Sehnsucht sie in manchen Nächten fast umbrachte. Sie hatte geliebt und war geliebt worden, und ihr Sohn war noch hier, um es ihr täglich in Erinnerung zu rufen.

Ihr Sohn und die Hängenden Gärten. Das wenigstens konnte sie für Faysal noch tun: schriftlich festhalten, was sie gemeinsam entdeckt hatten. Sooft ihre Situation es erlaubt hatte, hatten sie den terrassenförmigen Aufbau, den Koldewey als die Gärten identifiziert hatte, und die umliegenden Strukturen auf die Frage hin untersucht, ob Babylons Ausgräber damit recht hatte – wie mit so vielem anderen –, oder ob er einem Irrtum aufgesessen war. Hatte er recht, so würden die Gärten früher oder später nach Berlin geschafft werden. Irrte er und standen sie irgendwo anders, wo kein Deutscher, kein Brite und kein Franzose sie vermutete, bestand die Chance, dass sie Arabien erhalten blieben.

Die grundlegendste von Faysals Vermutungen hatte sich im Handumdrehen als falsch erwiesen: Der Euphrat war zu Babylons Glanzzeit keineswegs zu weit entfernt gewesen, um die Gärten zu bewässern, sondern musste mitten durch die Stadt geführt haben. Die Pfeiler einer Brücke bewiesen dies ebenso eindeutig wie eine markierte Furt und vor allem die breite, ausgebaute Uferstraße, auf der einst Babylons *Crème de la Crème* flaniert haben mochte wie das reiche Völkergemisch auf der Promenade von Smyrna, unter Gustave Eiffels Laternen.

Als Senta mit Faysal an den Resten der Ufermauer gestanden hatte, hatte sie an seine Worte über die Belle Époque gedacht und an ihre Mutter, die einmal zu Senta gesagt hatte, sie lebe in einer zu schönen Zeit, um traurig zu sein. Damals hatte sie sich mitten in der Arbeit hingesetzt und Faysal, der als Helfer neben ihr hertrotten und die Ausrüstung tragen musste, gefragt: »Haben die Babylonier das damals auch gedacht, dass sie in einer Zeit leben, die zu schön ist zum Traurigsein? Ist das der wahre Hochmut, der wahre Turm zu Babel, dass wir glauben, es stünde uns zu, im Paradies zu leben? Gehen Welten wie die von Babylon unter, weil wir auf die, die für unser Paradies bezahlen, keinen Gedanken verschwenden?«

Seine Antwort hallte in ihr bis heute nach: »Du bist so klug, Senta. Ich habe nicht gewusst, dass Frauen so klug sein können.«

Ehe er sich einen Schlag mit ihrem *Keffieh*, der sich gelöst hatte, einfing, hatte er sie angelacht, so frei und so frech, wie sie es von ihm nicht kannte. »Ich wusste nur, dass Männer es nicht sein können.« Das Lachen verschwand, doch die Freiheit in den Augen blieb. »Wenn es um den Umgang von Menschen miteinander geht, habe ich allerdings feststellen müssen, dass selbst eine kluge Antwort nie die einzige Antwort ist.«

Du hast mich klüger gemacht, als ich war.

Und du hast mir erlaubt, dich klüger zu machen, als du warst.

Für eine wie mich, Faysal, und für einen wie dich klingt das wie ein Rezept gegen Einsamkeit.

Sie durfte solche Erinnerungen nicht zulassen, nicht jetzt, da sie arbeiten wollte, Beweise zusammenstellen, die sie und Faysal in mühevoller Kleinarbeit gesammelt hatten. Solche Beweise gab es nämlich durchaus. Auch wenn der Euphrat mitten durch

Babylon geflossen war, wäre die Bewässerung eines terrassenförmigen Garten Eden, wie Koldewey ihn an der Flanke des südlichen Palastflügels vermutete, nicht möglich gewesen. Die noch vorhandenen steinernen Stufen hätten von überfließender Nässe angegriffen sein müssen, es mussten sich Spuren eines Bewässerungssystems finden, oder die üppige Fülle frucht- und blütentragender Pflanzen hätte in der trockenen Hitze nicht lange überlebt. Je länger sie gemeinsam geforscht hatten, desto mehr waren sie zu der Überzeugung gelangt, dass der Erbauer – oder die Erbauerin – eine gigantische Förderpumpe benutzt haben musste, die als archimedische Schraube bezeichnet wurde.

»Etwas anderes kommt nicht infrage«, hatte Faysal gesagt und sie mit den Augen aus drei Schritten Entfernung geküsst, weil er ihr Grabungshelfer war, der sie mit dem Mund nicht hätte küssen dürfen. »Jedermann ist überzeugt, der mächtige Nebukadnezar habe sie seiner Gemahlin errichtet, die sich nach ihrer grünen, waldreichen Heimat Medien sehnte. Ich würde das auch tun, wenn ich in meiner Wüste mächtig wäre und du dich nach deiner grünen, waldreichen Heimat Deutschland sehnst. Und zur Bewässerung würde ich die grandioseste Errungenschaft meiner Epoche nutzen, damit du mich für einen Gott hältst, der die Wüste begrünt.«

Seiner Ansicht nach konnte es nur Semiramis gewesen sein, die die Gärten ihrem Geliebten aus dem waldreichen Armenien geschenkt hatte. »Denn in Wahrheit denken Männer ja nicht so weit. Statt als göttlicher Wüstenbegrüner hätte ich vermutlich als ziemlicher Idiot vor dir gestanden und ein paar vertrocknete Blumenstrünke hinter meinem Rücken versteckt.«

Senta rang schluchzend nach Atem und verfluchte sich. Die Einzelheiten, die ihre Theorie untermauerten, hatte sie schriftlich festhalten wollen. Stattdessen hatte sie sich in der Erinnerung verloren, und jetzt saß sie tränenblind an einem Flussbett, das es nicht mehr gab.

Ihr kleiner Junge kam angelaufen, schlang die Arme um ihre Beine und presste sein Gesicht an ihr Knie. Er sprach noch kein Wort. Möglicherweise lag es daran, dass außer seiner Mutter nie ein Mensch das Wort an ihn richtete und dass seine Mutter nie sicher war, in welcher Sprache sie es tun sollte. Wäre Mehmet noch hier gewesen, dessen Fröhlichkeit sie jeden Tag vermisste, hätten er und ihr Junge vermutlich in einer Mischung aus Englisch und osmanischem Türkisch miteinander geplappert, die nicht ihresgleichen kannte.

Zum Ausgleich war ihr Sohn so beredt im Schweigen wie sein Vater. Er rieb seine Wange mit einer solchen Heftigkeit an ihrem Bein, dass sie Angst um die zarte Haut bekam. »He, kleiner Wüstenwind, so schlimm ist es doch nicht.« Sie zog ihn auf ihren Schoß, doch dann brach ihr die Stimme, und ein Blick in seine erschrockenen Augen verriet ihr, dass es noch viel schlimmer war.

Wie sollte es auch anders sein? Der Mann, der ihr die Einsamkeit genommen hatte, würde nie erfahren, dass er einen Sohn hatte, dass sein Sohn seine Augen besaß und dass seinen Schlaf ein Bär bewachte, wie er es sich gewünscht hatte. Wenn sie den Beweis erbrachte, dass seine Hängenden Gärten tatsächlich nicht hier gestanden hatten – wie sollte sie ihm davon Nachricht geben, und wie sollte er für sein Volk daraus Nutzen ziehen?

Sie umschlang den kleinen Körper ihres Jungen und starrte über seine Schulter hinweg, damit er von ihrem verzweifelten Weinen so wenig wie möglich mitbekam.

»Frau Heyse!« Zweimal musste Curt Parchimer rufen, ehe sie seine Stimme erkannte, und ein drittes Mal, ehe sie begriff, dass sie gemeint war. Als sie sich umdrehte, kam er den einstigen Uferhang herunter auf sie zu. »Frau Heyse? Ich habe nach Ihnen gesucht.«

»Ist etwas passiert?«

Immer wartete sie darauf. Auf die Nachricht, ihr Mann sei für Kaiser und Vaterland gefallen, auf die Sekunde, die sie brauchte, bis ihr einfiel, wer ihr Mann gewesen war, und schließlich auf die von Schuld zerfressene Traurigkeit: Heyse hätte ausgemustert oder freigestellt werden können wie der Rest der Archäologen. Dass er sich freiwillig gemeldet hatte und seit zwei Jahren sein Leben riskierte, hatte sie allein zu verantworten.

Parchimer wiegte den Kopf. »Nein, passiert ist noch nichts. Und ehe es dazu kommt, würde ich gern einschreiten. Frau Heyse, ich bin es nicht gewohnt, mit Frauen über die politische oder gar militärische Lage in der Welt zu debattieren. Dennoch sehe ich mich gezwungen, Ihnen deutlich zu machen, dass allein die Versorgungsengpässe und die törichten strategischen Entscheidungen unseres Kriegsgegners uns bisher den Hals gerettet haben, der bereits in der Schlinge hing. Die Zeiten sind vorbei. Der Mann, der den Versager Gorringe bei den Briten ablöst, ist ein General Maude, und er besitzt die Weitsicht, die dort bisher fehlte. Hinzu kommen die arabischen Stämme, die offenbar entschlossen sind, unseren Sieg bei Kut al Amara ins Gegenteil zu verkehren. Um die Sache abzukürzen: Wir wissen nicht, wie lange wir Bagdad halten können, und würden Sie und Ihren Sohn gern schnellstmöglich evakuieren.«

Senta, die ihr Kind umschlungen hielt, nickte mechanisch. Wenn sie evakuiert wurde, war jede Hoffnung, dass Christopher zurückkam und sich dazu bewegen ließ, doch noch eine Nachricht an Faysal zu übermitteln, verloren. Hier am Wüstenrand verwischten sich Grenzen in der wabernden Luft. Babylon war eine Art Parallelwelt, geschützt in einem Puffer zwischen Legende und Wirklichkeit. Hätte man Senta jedoch erst nach drüben, hinter die Front, geschafft, läge zwischen ihr und Christopher ein Todesstreifen.

An Faysal wagte sie nicht einmal zu denken.

»Würden Sie bitte anfangen, sich vorzubereiten?«, fragte Parchimer, der fraglos ein freundlicher Mann war. »Wir wissen nicht, wie lange es dauert, wir bemühen uns derzeit, Ihren Mann zu verständigen, und hoffen auf Hilfe durch seine Einheit. Jedoch sollten wir in dieser prekären Lage für jegliche Möglichkeit offen sein.«

»Was wollen Sie damit sagen?«, fragte Senta.

Parchimer, der bisher wie der Rest der Gruppe den Jungen ignoriert hatte, trat heran und strich ihm linkisch über den Kopf. »Ich will damit sagen, dass Sie mit Ihrem Sohn hier wegmüssen, egal, auf welchem Weg. Wir packen alle unsere Sachen, Frau Heyse. Eine erneuerte Lizenz wird es nicht geben, und selbst Koldewey, der geplant hatte, in seinem Babylon zu sterben, wird es jetzt zu heiß. Wenn hierher noch einmal ein Frühling kommt, wird es diese Grabungsstätte nicht mehr geben.«

Sentas Hände krallten sich in den Mauerrest, auf dem sie mit ihrem Jungen saß. Ihr Babylon, für das sie durch ihr halbes Leben gereist und wo sie endlich angekommen war, würde es nicht mehr geben. Der Ort, an dem sie lieben gelernt und ihr Kind zur Welt gebracht hatte, wäre für sie verloren. Wenn es je Frieden gab und Faysal dann noch lebte, wenn er eine Möglichkeit fand, hierher zurückzukehren, würde er sie nicht mehr finden.

»Wir werden selbst Mühe haben, uns durchzuschlagen«, fuhr Parchimer fort. »Eine Frau und ein Kleinkind aus dem Krisengebiet herauszubringen, ist eine Aufgabe, der wir uns nicht gewachsen fühlen. Ich kann Ihnen daher nur raten, jede Möglichkeit, die sich Ihnen bietet, in Erwägung zu ziehen. Selbst, wenn wir natürlich hoffen, dass Ihr Mann in der Lage sein wird, Ihnen Geleit zu schicken.«

Jetzt begriff Senta, was Parchimer mit seinen obskuren Wendungen andeuten wollte: Wie alle anderen nahm er an, dass sie ihr Kind von dem britischen Feind hatte, der hier vor Kriegsbeginn ein und aus gegangen war. Jetzt hofften sie also darauf, dass der Brite sich auf seine Verantwortung besinnen und den Deutschen ihre Last abnehmen würde. Dass er selbst seine Geliebte samt seinem Kind in Sicherheit bringen würde, sobald er mit General Maude in die Provinz Bagdad vorgerückt war.

Zitternd lösten sich Sentas Hände von der Mauer. Wenn sie sich bemühte, die Dinge nüchtern zu betrachten, war dies die beste Lösung, auf die sie hoffen durfte. In Christophers Gesellschaft zu reisen, konnte unmöglich so qualvoll sein wie unter der Obhut der feindseligen Archäologen. Vor allem aber blieb ihr, wenn sie auf britischer statt auf osmanisch-deutscher Seite evakuiert war, zumindest eine kleine Chance, Nachricht von Faysal zu erhalten oder ihm ein Zeichen zukommen zu lassen.

»Ich danke Ihnen«, sagte sie, schloss die Hand um den Hinterkopf ihres Sohnes, der eingeschlafen war, und stand auf. »Ich werde über das, was Sie mir gesagt haben, nachdenken und mich entsprechend vorbereiten. Jetzt entschuldigen Sie mich bitte, ich muss meinen Jungen zu Bett bringen.«

»Selbstverständlich, Frau Heyse. Ich wollte gewiss keine Panik auslösen, sondern nur sicherstellen, dass Sie sich über die Lage im Klaren sind.«

»Das bin ich jetzt. Haben Sie vielen Dank.«

Sie trug ihren Sohn auf den Armen davon, trug ihn den ganzen Weg bis ins Dorf. Als sie mit schmerzenden Armen vor ihrem Haus ankam, war es noch nicht ganz dunkel, obwohl die Sonne um diese Jahreszeit schnell sank. In ihrem stillen Haus wartete auf sie beide kein Mensch, nur der Bär.

Tagelang harrte Senta aus, versuchte, sich einzureden, dass Christopher kommen würde, wie er damals mit den Osmanen von der *Zaptiye* gekommen war. Aus Tagen wurden Wochen. Die Archäologen feierten noch einmal ihr bizarres Weihnachtsfest mit Lametta über dürren Tamariskenzweigen und »*Stille Nacht, Heilige Nacht*«, das aus dem Grabungshaus ins lauschende Schweigen hallte. Durch die Moskitonetze vor den Fenstern leuchteten die Flammen von Kerzen, die sie für ihre Verstorbenen in der Heimat aufstellten. In Sentas erstem Jahr, 1913, waren es nicht mehr als zwei oder drei Kerzen gewesen, doch jetzt schien in sämtlichen Fenstern ein Lichtermeer. Es gab unter ihnen keinen mehr, der nicht einen Sohn, einen Bruder, einen Freund zu betrauern hatte. In Europa musste ein Monstrum wüten, gegen den Marduks Drache Muschuschu zum harmlosen Kinderschreck aus dem Bilderbuch schrumpfte.

Dann begann das neue Jahr 1917, und als der Wüstenboden sich von Neuem erhitzte und die Luft zum Wabern brachte, begannen die Männer zu packen. Manche von ihnen hatten mehr als ein Jahrzehnt hier verbracht und würden das Land, aus dem sie einst aufgebrochen waren, nicht mehr erkennen. Senta war sicher, sie würde es ebenfalls nicht mehr erkennen, selbst wenn kein Krieg es verändert hätte. Ihre Erinnerung bestand aus blass umrissenen Schemen, es gab nichts, das zu ihr gehörte, und nichts, wonach sie sich sehnte.

Funde, die nicht mehr verschickt werden konnten, wurden in den Unterständen gestapelt. Koldewey, der sein Lebenswerk im Sand zerrinnen sah, machte den Eindruck, als vernagelte er eigenhändig jede einzelne Kiste. Die Grabungshelfer wurden nicht mehr gebraucht und nach Hause geschickt – manche mit herzlichen Umarmungen und Geschenken wie frisch pensionierte Kollegen. Zweimal traf Geleit aus Bagdad ein, um einer Gruppe den Weg durch umkämpftes Land zu weisen. Der letzten Gruppe, die in der alten Königsstadt die Stellung hielt, gehörte Parchimer an.

»Wir haben leider schlechte Nachrichten«, ließ er Senta wissen. »Ihr Mann ist derzeit unter keinen Umständen abkömmlich. Er gehört offenbar zu dem Kreis von Offizieren, die den osmanischen Verbündeten helfen, Bagdad gegen den Ansturm der Briten zu verteidigen.«

So war also Heyse, den einst sein Vorgesetzter in eine Schreibstube hatte verbannen wollen, unverhofft zu militärischen Ehren gelangt. Senta war seltsam erleichtert. Sie wusste nicht, was sie wollte, aber dass sie nicht ihrem sogenannten Mann in die Arme laufen wollte, das wusste sie.

»Wenn Sie also nicht selbst für Ihre Abreise sorgen können, wird uns nichts übrig bleiben, als Sie mitzunehmen«, fuhr Parchimer fort. In seinem Ton lag dabei ein Missmut, wie er mittlerweile jedes Gespräch kennzeichnete.

Die Erleichterung verflog. Mit bleischwerem Herzen und dem schlafenden Jungen in den Armen machte sich Senta auf den Weg zu ihrem Haus.

Dass es diesmal nicht menschenleer war, erkannte sie, sobald sie die vom letzten Regen verschlammte Gasse betrat. Zwar gab sich Murat, der jüngste Sohn des Ziegenbauern, alle Mühe, sich zu verbergen, aber Senta hatte in den letzten Jahren gelernt, auf jedes noch so geringe Zeichen zu achten.

Murat klemmte im Türrahmen. »Besuch«, wisperte er wie immer, wenn Christopher in der nach Ziegen stinkenden Remise des Bauern auf sie wartete. Sentas Herz vollführte einen Satz. Auf dem Weg hierher hatte sie einem Gott, den sie nicht kannte, geschworen, dass sie nicht zögern würde, wenn Christopher doch noch käme, dass sie mit ihm gehen würde, um ihr Kind in Sicherheit zu bringen, egal, was es sie kostete. Der Gott, den sie nicht kannte, hatte das Gebet einer blasphemischen Sünderin erhört. Nun war es an ihr, ihren Teil einzulösen.

Sie nickte Murat zu und folgte ihm. Unterwegs stützte sie das Köpfchen ihres schlafenden Kindes und barg es in ihrer Handfläche, so, wie die Kamelstute ihr Kind in der halbmondförmigen Grube im Sand barg. Mit jedem Schritt nahm sie Abschied. Versuchte, sich die Bilder einzuprägen, die schon hinter ihr lagen, das im Zwielicht verblassende Gold des *Etemenanki* und den Mauerhang beim südlichen Flügel des Palastes, wo die Hängenden Gärten der Semiramis sich nicht befunden haben konnten, wo aber Faysal ibn-Ahmad Senta Zedlitz geküsst hatte.

Dann das Dorf und dahinter der Weg durch die Leere, aus der sich das Gehöft am Wasserloch kaum herausschälte. Für einen Fremden hätte alles hier gleich ausgesehen, eine endlose Fläche ohne Höhen und Tiefen. Vor Sentas Augen aber wechselten sich Orte, an denen sie am glücklichsten gewesen war, mit solchen, wo sie das Schlimmste erlebt hatte, in fliegendem Wechsel ab.

Der Unterstand, den der Bauer für die drei Kamele errichtet hatte, bewahrte beides zugleich: die Erinnerung an die schönste Nacht ihres Lebens ebenso wie die an die schlimmste.

Während sie hinter Murat durch die Nacht gegangen war, hatte sie in Gedanken das alles noch einmal durchlebt. Ihr Kind würde bald zwei Jahre alt sein, und in diesen zwei Jahren hatte sie es nie geschafft, die Hoffnung aufzugeben. Jetzt ließ sie sie hinter sich. Nahm Abschied. Nur noch eines gab es, das sie erledigen musste, dann würde Babylon für sie Vergangenheit sein.

Sie musste den Ziegenbauern bitten, die Kamele zu behalten. Sie hatten es gut dort, Sabiya und ihre beiden Kinder, und Senta hatte Faysal versprochen, dass sie sich darum kümmern würde. Geld hatte sie zwar keines mehr, aber mit ein wenig Schmuck würde der Mann sich hoffentlich begnügen. Besonders für Basim schien er eine regelrechte Schwäche zu hegen, was Senta nicht verwunderte: Es war eine Zeit, in der jedes Lächeln selten wie Gold und kostbar wie Erdöl war.

Im Dunkel machte sie die Silhouetten der Tiere aus, wie sie sie unzählige Male zwischen den kümmerlich wachsenden Bäumen wahrgenommen hatte. Bei der Tränke, unter dem Dach des Unterstandes verrotteten die Überreste ihres Lagers. Nach Christopher suchte sie dort nicht, er würde wie immer in der Remise auf sie warten. Aber dennoch stand ein Mann dort neben Basim, trug *Kaftan* und *Keffieh* und hatte seine Stirn an die des Kamels gelehnt.

Es war Faysal.

Senta rannte nicht, sondern ging mit ruhigen Schritten, um ihren Sohn nicht aus dem Schlaf zu reißen. Nur ihr Herz raste. Als sie in die Senke trat, drehte Faysal sich um. Auf seinem Gesicht erkannte sie die Veränderung, die auch mit ihrem eigenen vor sich gegangen sein musste. Sie waren älter geworden. Weit über ihre Jahre hinaus.

Er strich Basim über die Wange, dann kam er mit lautlosen Schritten auf Senta zu. Sein Blick ließ ihren nicht los, bis er vor ihr stand und sich über das Kind beugte. Ein Zittern lief ihm über den gekrümmten Rücken. Ganz kurz vergrub er das Gesicht in dem schwarzen Schopf.

»Ishmael«, sagte er.

Sie hätte sich denken sollen, dass er diesen Namen für ihren Jungen wählen würde. Er passte zu ihnen beiden: Sie hatten sich ausgestoßen gefühlt, von ihren Eltern in die Einsamkeit geschickt, doch sie hatten in der Wüste überlebt.

Noch immer sah Faysal auf sein Kind nieder, formte die Hände um sein Köpfchen zu einer Kuppel, ohne es zu berühren. »Seid ihr zurechtgekommen? Es fühlt sich so schäbig an, das jetzt zu fragen.«

»Es ist uns nicht schlecht ergangen«, sagte Senta. »Und du hast nichts davon gewusst.«

»Warum hast du es mich nicht wissen lassen?« Er blickte mit gequälter Miene auf. »Warum hast du mir geschrieben, ich solle gehen und nicht wiederkommen?«

»Weil ich wollte, dass du lebst. Weil Christopher es im Gegenzug für deinen Schutz verlangt hat. Weil ich jedem Unglück bringe, Faysal. Auch dir.« Als ihr die Tränen kamen, fiel ihr auf, dass sie in den zweieinhalb Jahren, seit sie ihn verloren hatte, nicht geweint hatte.

»Das ist dumm. Und anmaßend. Du bist keine Göttin Ischtar, die über die Geschicke von Menschen bestimmt, und den

Krieg haben andere gemacht. Du bist nur ein Mädchen, das Pech hatte. Mein Mädchen.«

Von Neuem senkte er den Kopf und küsste den Haarschopf des Kindes, dann hob er ihn wieder und küsste Senta kaum spürbar auf den Mund.

Das ist alles, was ich sein will, dachte sie. *Dein Mädchen, Ishmaels Mutter. Bei euch zu Hause.*

»Nicht weinen. Das ist für Waschweiber.«

»Du weinst ja selbst.«

»Die Gefährten des Propheten weinten, als sie von ihm Abschied nahmen, weil es ihm bewies, dass ihre Herzen lebendig waren«, sagte er und berührte noch einmal ihre Lippen mit seinen. »Wenn der Krieg vorbei ist, werden sehr viele Herzen tot sein, Senta. Auch in Hüllen, die noch leben.«

»Ich will deine Hülle in meinen Armen halten, mein Waschweib mit dem lebendigen Herzen«, sagte Senta. »Aber in denen liegt schon Ishmael.«

Unter Tränen lächelte er, schlang die Arme um sie beide und wiegte sie eine Zeit lang schweigend. »Ich bin gekommen, weil ich dich noch einmal sehen musste. Von dir Abschied nehmen. Mr. Christian hat zweieinhalb Jahre lang jede Erwähnung deines Namens vermieden, aber dass er dich holen kommt, um dich nach Europa zu schaffen, ist ihm herausgerutscht.«

»Du bist mit Christopher hier?« Der Gedanke, mit dem Briten nach Europa zu gehen, wie sie es eben noch sämtlichen Göttern der Menschheitsgeschichte geschworen hatte, erschien auf einmal absurd.

Faysal nickte. »Er hat mich nicht mitnehmen wollen. Aber ich habe ihm gedroht, ich würde mich andernfalls allein auf den Weg machen und dich überreden, mit mir zu kommen.«

Keine Überredung nötig, dachte Senta. *Nimm mich mit, wohin du auch gehst, du und ich brauchen keine Wohnung als die Welt.*

»Bist du die ganze Zeit bei Christopher gewesen?«

Er warf den Kopf auf und schnalzte mit der Zunge. »Nur anfangs eine Weile. Dann war ich nirgendwo und überall. Auch in Mossul. In Ninive.« Flüchtig blitzte in seinen Augen etwas auf. »Sie sind dort, Senta. Die Hängenden Gärten, und ein System aus Kanälen, Dämmen und gigantischen Schrauben, um sie zu bewässern. Um Mossul wird gekämpft, dort gibt es jetzt keine ausländischen Grabungen mehr. Die Deutschen haben die Briten vertrieben, und sie selbst haben andere Probleme. Es ist vielleicht meine einzige Chance, meine Entdeckung zu beweisen und den Anspruch meines Volkes darauf geltend zu machen.«

Er machte eine Pause, strich mit dem Kinn über ihr vom *Keffieh* bedecktes Haar. »Zwischendurch bin ich immer wieder nach Bagdad zurückgekommen, um mit Mr. Christian zu sprechen«, fuhr er fort. »Ich konnte die Hoffnung nicht aufgeben, er würde mir irgendwann eine Nachricht von dir bringen. Aber das hat er nie getan.«

»Bei mir auch nicht.« Senta presste ihr Gesicht an seine Brust und sog seinen Duft in sich auf. Wie konnte sie ihn jetzt gehen lassen – noch einmal? Sie hatte geschworen, ihr Kind in Sicherheit zu bringen, ehe die Briten eintrafen, ehe im gesamten Gebiet die Kämpfe losbrachen, aber wie konnte sie sich denn jetzt noch einmal von ihm losreißen?

»Ich muss nach Mossul zurück«, sagte Faysal. »Ich habe gedacht, ich bleibe eine Nacht und reise vor dem Morgengrauen weiter, aber jetzt weiß ich nicht mehr, wie ich das fertigbringen soll.«

»Du kannst nicht gehen, Faysal. Die Nacht darf kein Ende haben.«

»Das habe ich in jeder Nacht mit dir gedacht. Aber sie hatten alle eines.«

Er wiegte sie. Sie wussten nichts mehr zu sagen. Ishmael murmelte im Schlaf.

»Der verdammte Hund hat sich nicht abhalten lassen.«

Christophers Stimme drang über die Senke zu ihnen herüber und kam näher, aber Senta drehte sich nicht nach ihm um. »Ich habe getan, was ich konnte, um ihm ein bisschen Verstand ins Hirn zu schütteln, ihm begreiflich zu machen, dass das hier zu nichts Gutem führt. Aber der Kerl begreift gar nichts. So wenig wie du.«

»Doch«, sagte Faysal. »Wir begreifen es jetzt.«

Christopher hatte recht gehabt: Sie hätten sich nicht wiedersehen dürfen. Sie hatten es einmal über sich gebracht, sich voneinander zu trennen. Wer aber der Hölle entronnen ist, der läuft kein zweites Mal hinein.

»Davon, dass ihr hier steht und euch anhimmelt, wird nichts besser«, knurrte Christopher. Er war bis auf wenige Schritte herangekommen, und im Licht der Kutscherlaterne, die er bei sich trug, erkannte Senta, wie elend er aussah. Seine Augen waren blutunterlaufen, unter einem zuckte ein Muskel, und die einst so gesunde Haut wirkte gelblich verfärbt. »Eine von den Frauen aus dem Ziegenstall-Harem hat uns oben in die Remise etwas halbwegs Essbares gestellt. Lasst uns versuchen, etwas davon herunterzubringen, vielleicht hilft uns das ja, Vernunft anzunehmen.«

»Sie gehen mit Senta und Ishmael«, sagte Faysal, ohne Senta loszulassen. »Ich kann nicht essen, ich bleibe hier bei den Kamelen.«

»Ich kann auch nicht essen«, sagte Senta.

»*Bloody hell!* Kommt euch nicht wenigstens vage in den Sinn, dass ihr an den Jungen zu denken habt? Er ist bald zwei, er spricht noch kein Wort und lebt mitten in einem Pulverfass, das jeden Augenblick in die Luft fliegen kann. Im gesamten Osmanischen Reich kämpfen nicht mehr nur Mächte gegeneinander, sondern Volk gegen Volk. Da wird nicht getötet, sondern gemetzelt, egal, ob Greis, Frau oder Kind. Meint ihr nicht, es wird Zeit, dass auf diesen armen Jungen jemand Rücksicht nimmt und es ihm ermöglicht, ein halbwegs erträgliches Leben zu führen? Oder zumindest ein weniger gefährliches?«

Faysal und Senta schwiegen. In der Stille der Nacht glaubte Senta, die Fieberhaftigkeit ihrer Gedanken zu spüren.

»Geben Sie uns noch einmal eine Nacht«, sagte Faysal dann. »Wir trennen uns morgen früh. Ich gehe zurück nach Mossul, und Sie bringen Senta und Ishmael nach Europa.«

Christopher überlegte. Nach kurzer Zeit schien er einzusehen, dass er mehr nicht erreichen würde. »Also schön. Aber ihr bleibt mit dem Kleinen nicht hier draußen.«

Faysal warf den Kopf auf und schnalzte. »Keiner von uns will hierbleiben. Hier schläft nur der Tod.«

Sie gingen in Sentas Haus. Das Dorf schlief, niemand bemerkte die späten Ankömmlinge, und sie öffneten ein einziges Mal gemeinsam eine Tür und legten ihr Kind wie gewöhnliche Eltern schlafen. Faysal setzte den Bären ans Kopfende des Korbs und sprach Ishmael in seinem rauen Singsang eine der uralten Hymnen seines Volkes vor:

»Der Morgenstern hat seine Strahlen ausgeschickt.
In meiner Brust ist ein Knoten, der mich unablässig quält.
Sie ist eine Gazelle, die Ambra verströmt,
Und die übrigen Gazellen in Paaren anführt.«

Dann zogen sie den Netzvorhang um den Korb zu und gingen zu Bett. In dieser Nacht schliefen sie nicht einer in den Armen des anderen ein, sondern wachten miteinander in all den Stunden.

Als der Morgen graute, als sie jede Sekunde der Nacht genutzt und aufgebraucht hatten, sagte Senta: »Ich will nicht, dass du gehst. Komm mit uns nach Europa. Solange wir zusammen sind, werden wir es schon irgendwie schaffen.«

In seinem Gesicht stand eine Verzweiflung, als werde er inwendig zerrissen. »Ich will das auch. Aber ich muss nach Mossul.«

»Verdammt, Faysal, ich weiß, was dir die Hängenden Gärten bedeuten. Aber bedeuten wir dir nicht mehr?« Sie wollte die Frage zurücknehmen, es war eine Entscheidung, die man einem Menschen, den man liebte, nicht aufzwingen durfte. »Verzeih«, murmelte sie. »Ich weiß einfach nicht, wie ich die Einsamkeit aushalten soll. Und die Angst.«

»Ich weiß es auch nicht.« Seine Augen flackerten, und Senta sah, wie die Angst ihn würgte. »Und ich würde für keine Hängenden Gärten auf der Welt euch beide verlassen. Aber allein um die Hängenden Gärten geht es nicht.«

»Worum dann?« Sentas Herz hämmerte.

»Meine Leute ... mein Stamm, für den ich ein Verräter bin ...« Er hielt inne, holte Atem und setzte noch einmal an: »Mein Vater ist tot. Mein Bruder hat für den Stamm den geheimen Vertrag unterzeichnet, den die Briten mit dem Großscherif von Mekka geschlossen haben. Er hat die kampffähigen Männer nach Mossul geführt, wo sie mit den kampffähigen Männern etlicher anderer Unterstämme an der Seite der Briten in die Schlacht ziehen und in rauen Mengen sterben werden. Aber die Briten betrügen uns, Senta. Die Briten hatten nie vor, uns unseren eigenen Staat zu gewähren. Einer ihrer Diplomaten namens Sykes und ein französischer Diplomat namens Picot haben unser Land schon Monate, ehe die Revolte losbrach, zwischen sich aufgeteilt.«

»Woher weißt du das?«, fragte Senta fassungslos.

Faisal senkte den Kopf, um seinen Zorn zu verbergen. »Von Christopher Christian. Er ist ein Spion. Seit Jahren schon. Kein besonders brillanter, aber wenn er nichts Besseres zu tun hat, trägt er seiner Regierung zu, was er beim Gelage mit deutschen Eisenbahnern oder mit arabischen Stammesfürsten in Erfahrung bringt. Er trinkt zu viel und raucht *Shisha*, als enthielte sie Atemluft. Und er ist einsam. Solche Leute reden. Sogar mit Kameltreibern, die ihnen die Frauen stehlen.«

»Du hast ihm nichts gestohlen. Und du bist kein Kameltreiber.«

»Glaub mir, Senta, wenn ich mir ansehe, was dieser Krieg aus Menschen macht, möchte ich nichts lieber und mit mehr Stolz sein als ein Kameltreiber. Ich muss nach Mossul. Meinen Bruder und unsere Leute warnen, dass sie ihre Söhne für ein gebrochenes Versprechen in den Kampf schicken. Bitte versuch, mich zu verstehen. Ich bin einer von ihnen, auch wenn sie mich nicht mehr unter sich dulden wollen. Dieses Land, das verraten und zerstückelt wird, ist meines, ich habe keine Wahl.«

Senta schloss ihn noch einmal in die Arme und spähte über seine Schulter hinweg aus dem Fenster, um zu prüfen, wie hoch die Sonne schon stand. Die Nacht war zu Ende. Sie durften keine Zeit mehr verlieren. Keine einzige Sekunde.

»Nein, du hast keine«, sagte sie. »Und ich auch nicht. Ich lasse Christopher unseren Ishmael in Sicherheit bringen und komme mit dir nach Mossul.«

32

Sie verließen das Haus viel zu spät und konnten von Glück sagen, dass niemand sie sah, als sie sich aus dem Dorf stahlen. Den geraden Weg zum Gehöft zu benutzen, war zu gefährlich, und ein Umweg im Wüstenland ist weit, weil man oft meilenweit laufen muss, um Deckung zu finden. Als sie das Haus des Ziegenbauern endlich erreichten, befand sich Christopher in heller Aufregung. Er selbst war aber kaum weniger leichtsinnig gewesen als sie, sondern hatte sich in die Nähe der Grabungsstätte geschlichen, die verlassen wirkte, es aber noch nicht ganz war.

»Ein Armeefahrzeug ist eingetroffen, einer von diesen neuen gepanzerten Wagen. Koldeweys Männer laden Kisten auf, als gäbe es kein Morgen. Vermutlich gibt es auch keines. Wenn jemand mich fragt, kann das nur bedeuten, dass Bagdad gefallen ist, dass wir es eingenommen haben, ansonsten würden weder Fritze noch Mehmets ein so kostbares Gefährt opfern, um ein paar alte Männer zu evakuieren.«

Senta wusste, dass die Soldaten der kämpfenden Truppen einander mit solchen Spitznamen versahen – Tommie für die Briten, Fritz für die Deutschen und Mehmet für die Türken –, aber sie ertrug es nicht. Den Mehmet, den sie gekannt hatte, gab es nicht im Plural. Er war ihr Freund gewesen, ohne dass sie

446

es gewusst hatte, er hatte den Clown gespielt und damit ihr Leben leichter gemacht. Am Ende war er für sie gestorben, und sie konnte ihn so wenig um Verzeihung bitten wie einst Wahid, ihr Pferd.

»Gut für uns, Ischtar«, sagte Christopher. »Es ist also davon auszugehen, dass wir in Bagdad sicher sein werden. Mein Haus ist zwar ein bisschen verwahrlost, seit du seine Gastfreundschaft zum letzten Mal genossen hast, aber im Vergleich zu dem, was du seitdem gewohnt bist, ist es mindestens der Topkapi-Palast. Gib unserem Ziegenfreund noch ein *Bakschisch,* ehe wir uns vom Acker machen. Der Schrat hat öfter für uns seinen Hals riskiert, als ich es für meine Großmutter täte. Ach, und da wir beim Riskieren von Hälsen sind – nach Bagdad reist du in Anbetracht der Lage besser nicht als kaiserliche Frau Professor Heyse, sondern als Mrs. Christian mit Sohn.«

Dies war der Augenblick, in dem Senta ihm eröffnen musste, dass sie ihn nicht nach Bagdad begleiten würde. Faysal fiel ihr ins Wort und versuchte noch einmal, sie umzustimmen, aber Senta blieb fest. Sie hatte bereits das bisschen Gepäck, das sie brauchen würden, in zwei Bündel geteilt: ein großes für Ishmael und ein kleines für sie selbst. »Wenn ihr in Bagdad jetzt sicher seid, Christopher – bitte fahr nicht nach Europa. Warte in Bagdad mit ihm, bis wir ihn holen kommen.«

Natürlich hatte Christopher sie für verrückt erklärt. Natürlich hatte er sie beschimpft, hatte alle erdenklichen, undurchführbaren Drohungen ausgestoßen und zuletzt behauptet, er werde sich weigern, Ishmael mitzunehmen. »Was habt ihr euch überhaupt bei diesem verdammten Namen gedacht? Wollt ihr noch mehr Unglück auf den kleinen Burschen häufen, als er ohnehin schon abbekommen hat? Wenn er irgendwo mit mir hingeht, heißt er weder *der Gerechte,* der arme Teufel, noch so wie das ausgesetzte Wurm, das er ist.«

Als sie das hörte, wusste Senta, dass er ihren Sohn mitnehmen würde, was immer er redete, und dass er ihn beschützen würde, was immer geschah. Sie nahm ihm Faysal aus den Armen und stellte ihn auf den Boden, auf seine eigenen zwei starken Beinchen. »Weißt du, wie Onkel Christopher dir immer versprochen hat, dass du mit ihm nach Bagdad fahren darfst, wenn dort keine Gefahr mehr herrscht?«, fragte sie ihn. »Dass er ein Haus mit einem Springbrunnen hat und dass er für dich in seinem Hof mit dem Brunnen eine Geburtstagsparty geben wird, wie die Engländer sie feiern? Dass du einen Hund haben darfst, einen Beagle, wie er selbst einen hatte?«

Ishmael sagte nichts, sah sie nur mit seinen nachtschwarzen, todernsten Augen an.

»Nun, der Moment für deine Reise ist gekommen«, bot Senta alle Heiterkeit, zu der sie fähig war, gegen den Klumpen in ihrer Kehle auf. »Du bist ein Glückspilz, mein Wüstenwind, du fährst mit Onkel Christopher nach Bagdad, und ehe Mama und Papa nachkommen, kennst du schon die ganze Stadt.«

»Onkel Toffer«, verbesserte Christopher. »Das andere klingt, als wäre ich mindestens achtzig und bräuchte einen Kneifer mit Goldrand, um mir die Fußnägel zu schneiden.«

»Toffer«, sagte Ishmael. Alle drei horchten auf. Es war sein erstes Wort.

»Onkel *Toffer*«, presste Senta heraus. »Und du selbst bekommst für die Reise auch einen neuen Namen, damit ihr beide zusammenpasst. Wenn wir drei wieder beieinander sind, bist du wieder Ishmael, aber bis dahin bist du …«

»Isaac Christian«, sagte Christopher, stieß Senta recht grob zur Seite und nahm die kleine Hand des Kindes in seine. »Wie's aussieht, werden wir zwei friedfertigen Gesellen nach unserer Meinung nicht gefragt. Aber wir bekommen das hin, was? Bist du schon mal auf einem Pferd geritten? Nein? Glaub mir, Kumpel, einmal ist immer das erste Mal.«

Sie gingen, um mit dem Bauern zu sprechen, und bereiteten

die Kamele vor. Sie würden die Stuten nehmen, Sabiya und Waqi, während Basim in Kuweiresch bleiben würde. Die Schmerzen, die seine Hüfte ihm bereitete, hatten sich in letzter Zeit verstärkt, und der langen Reise war er nicht mehr gewachsen. Es zerriss Senta das Herz, aber sie hatte Basim versprochen, dass sie ihn zurücklassen würde, sobald er an einem Ort in Sicherheit war. Der Ziegenbauer würde gut für ihn sorgen. Das Kamel brauchte sie nicht, und sie hatte Faysal und würde auch Ishmael bald wieder bei sich haben. Sie würde lernen, ihr lächelndes Kamel nicht mehr zu brauchen.

Sie beluden das Maultier, das sie dem Bauern zusammen mit einer Ziege abgekauft hatten, und ließen sich dabei mehr Zeit, als sie hatten, wie um die Trennung hinauszuzögern. Es gab noch ein paar Dinge, die Senta Ishmael geben wollte: das Bild von seiner Tante Cathrin unterm Weihnachtsbaum, eine Reihe von glatten Besatzsteinen, die sie am Fuß des *Etemenanki* gesammelt hatten, sein bisschen Spielzeug und zwei Geschichten aus *Tausendundeine Nacht,* die sie für ihn aufgeschrieben hatte. Aber dazu kam es nicht mehr. Über die Leere der Ebene hallte ein Schuss wie eine Explosion. Ein zweiter folgte, dann ein ganzer Hagel. In der Ferne, über dem dunkleren Gelb von Babylons Ruinen, formte sich eine Rauchwolke.

»*Al'ama*«, entfuhr es Faysal. »Das sind Deutsche. Eine zurückgefallene Einheit aus Bagdad.«

»Aha, du Schlaumeier«, brüllte Christopher ihn an und presste Ishmael-Isaac, den er auf seinen Braunen gehoben hatte, die Hände auf die Ohren. »Und warum ballert diese zurückgefallene Einheit auf der Grabungsstätte ihrer Landsleute herum, *holy shit*? Auf die Kamele, und ab mit euch, ihr Idioten. Das ist der gottverdammte Professor, der da ballert, und was für eine Einheit er bei sich hat, will ich lieber nicht wissen. Jetzt macht schon, überlasst den Rest mir, oder habt ihr Lust, wie unser *Kavuklu* zu enden?«

Viel schneller, als sie hätte denken können, stieg Senta auf Waqis Rücken. Für einen ausgiebigen Abschied war keine Zeit mehr, und vielleicht war das ihr Glück. Faysal trieb Sabiya zu höchstem Tempo, und Waqi folgte. Kamele waren Passgänger, die niemals in Galopp fielen. Wenn sie rannten, hatten sie etwas von Segeljachten an höchstem Wind. Kurz fiel ihr die *Senta* ein, wurden Sandhosen, die über dem Boden tanzten, zu Wellen, die sie zu verschlingen drohten, aber Faysal war bei ihr. Sie würde schwimmen, nicht untergehen. Vom Horizont her breitete sich das Tageslicht über das Gelbbraun der Landschaft aus, als verschütte jemand sein geschmolzenes Gold.

Neue Schüsse hallten. Im Reiten drehte Senta sich um. »Bitte lass Ishmael nicht bei Heyse!«, schrie sie aus Leibeskräften. »Behalt ihn bei dir, bis wir kommen, bitte gib ihn nicht her!«

Christopher, der neben dem Pferd stand und den Jungen darauf festhielt, schrie auch etwas, aber sie waren schon zu weit entfernt, um auch nur ein Wort zu verstehen. Nur, dass er den Daumen hochreckte, sah sie das Zeichen, mit dem er ihr sagte: *Mach dir um deinen Sohn keine Sorgen. Verlass dich auf mich.*

Sie preschten weiter in schnellster Gangart über stiebenden Sand, bis die Siedlung, das Gehöft und das Grabungsgelände, das einmal das machtvolle Babylon gewesen war, wie von der Wüste verschluckt hinter dem Horizont verschwanden. Dann ließen sie die Tiere auslaufen, in Schritt fallen, ihren eigenen Rhythmus finden. Erschöpft glitten sie aus dem Hocksitz in eine bequemere Stellung, holten Atem und sahen sich an. Senta wusste nicht, wann sie Faysal das letzte Mal bei Licht gesehen hatte, auf seinem Gesicht Sonnenflecken, die tanzten und sie blendeten. Er schirmte seine Augen mit der Hand ab. An seinem Haar und den Enden des *Keffieh* riss der heiße Wind.

Mit dem nächsten Gedanken durchfuhr sie ein Schrecken. »Der Bär!«, rief sie entsetzt. »Wir haben Ishmael seinen Bären nicht gegeben. Er steckt noch in meinem Bündel.«

Faysal streckte die Hand aus und griff nach der ihren, doch auf seinem Gesicht zeichnete sich das gleiche Erschrecken ab. »Wir borgen ihn uns nur aus, weil wir hier draußen einen Beschützer brauchen«, versicherte er ihr mit bebender Stimme. Seine Hand drückte ihre so fest, dass es wehtat. »Wenn wir wiederkommen, *In scha'a llah,* bekommt unser Junge ihn zurück.«

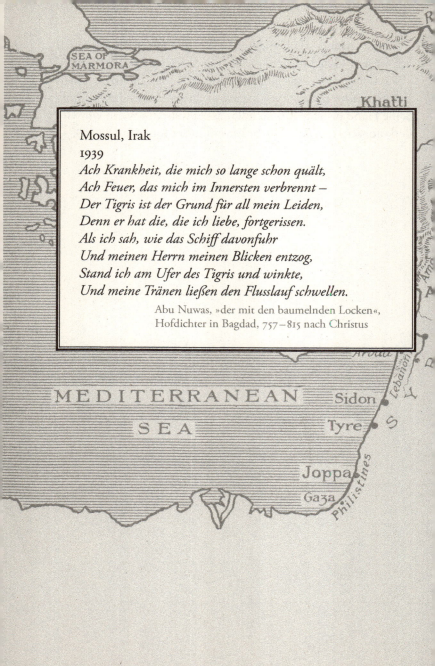

Mossul, Irak
1939
Ach Krankheit, die mich so lange schon quält,
Ach Feuer, das mich im Innersten verbrennt –
Der Tigris ist der Grund für all mein Leiden,
Denn er hat die, die ich liebe, fortgerissen.
Als ich sah, wie das Schiff davonfuhr
Und meinen Herrn meinen Blicken entzog,
Stand ich am Ufer des Tigris und winkte,
Und meine Tränen ließen den Flusslauf schwellen.

Abu Nuwas, »»der mit den baumelnden Locken««,
Hofdichter in Bagdad, 757–815 nach Christus

33

März. Nah dem Ende

Selbst eine Fahrt nach Mossul ließ sich inzwischen ohne nennenswertes Risiko überleben. Die paar Wechsel zwischen Zügen und Geländewagen waren lästig, aber wenn demnächst die Bahnstrecke fertig wurde, würde man nicht viel anders reisen als von Oxford nach Cardiff oder Southampton. Binnen Kurzem würde es auf der Welt nur noch Katzensprünge geben, keine Abenteuer mehr, bei denen ein Mensch sich selbst finden oder verlieren konnte. Oder beides.

Noch aus Bagdad hatte Percy den beiden Archäologen – Thompson und Farringdon, die die Grabung in Ninive leiteten – telegrafiert. John Farringdon war einer seiner Studenten gewesen und schuldete ihm mehr als nur einen Gefallen. Reginald Carlton Thompson war zwar Cambridge-Absolvent, gehörte jedoch noch zur alten Garde, wo man sich aufeinander verließ, ob man sich ausstehen konnte oder nicht. Hatte Percy es in Oxford noch weit von sich gewiesen, sich bei den Kollegen für den Jungen zu verwenden, so erschien es ihm jetzt als die naheliegende Lösung.

Sie wohnten in einem Hotel am Stadtrand, nicht weit von

der Stelle, an der der kleine Fluss Hosr in den viel breiteren Tigris mündete. Das Hotel hieß *Morning Star* und verfügte über einen Dachgarten, ein Schwimmbad, ein französisches Restaurant und eine amerikanische Bar. Sogar Mossul, der von Kurden, Türken, Briten und der irakischen Zentralregierung umkämpfte Zankapfel, in dessen Vororten syrische Christen und Jesiden lebten und der inmitten seiner Ölfelder vermutlich niemals zur Ruhe kommen würde, verwöhnte seine europäischen Gäste mit Luxus und Komfort, mit Bädern aus Marmor und *Cream Tea* auf *Wedgwood*-Porzellan.

War die Welt dir nicht ein herrlicher Spielplatz, Europa? Wenn es damit tatsächlich jetzt vorbei sein sollte, vergiss nicht, wie sehr du es genossen hast.

Anders als Babylon, das isoliert lag, war das Grabungsgelände von Ninive in Mossuls neueres Stadtgebiet geradezu eingebettet. Die freigelegten Fundamente zogen sich an der Gabelung der Flüsse entlang und waren von den Balkons des Hotels aus gut zu überblicken. Auf diesen von Palmwedeln und Sonnensegeln schattig gehaltenen Balkons standen Bistrotische wie vor Pariser Cafés. Percy hatte Ariadne gebeten, sich eine hervorragend gekühlte Flasche weißen Burgunder nach oben zu bestellen und auf dem Balkon auf ihn zu warten. »Ohne den Jungen.«

»Warum das? Es geht ihm nicht gut, er macht sich um so vieles Gedanken.«

»Weil ich mir derzeit noch alles andere als sicher bin, dass es ihm nach dem, was ich in Erfahrung bringe, besser gehen wird und er sich weniger Gedanken macht.«

Ariadne fügte sich, und Percy ging, um sich mit Thompson und Farringdon zu treffen. Die beiden luden ihn zum Lunch in ihr Grabungshaus ein: Suppe, Flussgarnelen, Käse, hinterher Obst, bitterer Kaffee und schwarze Zigaretten.

Zu seinem Schneid, sich zu einer solchen Reise entschlossen zu haben, machten sie ihm überschwängliche Komplimente.

Man habe ja allzu Bedauerliches über seinen Gesundheitszustand gehört, und hinzu komme die Lage in Europa – »Ist Ihnen bekannt, dass Chamberlain diese Garantieerklärung, die die Polen fordern, nun tatsächlich unterzeichnet hat? Zusammen mit den Franzosen, versteht sich.«

Zusammen mit den Franzosen, versteht sich. Das hat inzwischen ja bereits Tradition. Vielleicht nennt man unsere absonderliche Zweieinigkeit irgendwann die Allianz des Jahrhunderts, die großen Kuchenschneider oder die Schiedsrichter der ganzen Welt.

»Wenn Herr Hitler also jetzt nicht haltmacht, wird es ernst«, fuhr Farringdon fort. »Umso mutiger, dass Sie sich dennoch zu der Reise durchgerungen haben.«

»Mir war nicht bewusst, dass ich in Polen, geschweige denn in Deutschland gelandet bin«, knurrte Percy.

Thompson und Farringdon lachten. Darin waren die Briten Meister: So zu tun, als wäre etwas, das als Beleidigung gemeint war, komisch.

»Zuweilen fragt man sich ja, ob ein Krieg wie der letzte nicht zwangsläufig einen weiteren nach sich ziehen muss. Ob da nicht allzu viel schwelt, um auf Dauer Ruhe bewahren zu können. Und wenn man an einem Ort wie dem hier lange genug gelebt und seinen Teil an Grenzstreitigkeiten mitbekommen hat, führt das unweigerlich zu der Frage, ob dieses Land seine Kriege nicht noch vor sich hat. Das mag eine Saat sein, die irgendwann aufgeht, ob wir es wollen oder nicht.«

Percy war nicht gekommen, um bei Kaffee und Cognac über die Entwicklung von Kriegen zu plaudern. Er teilte dies den Herren mit und kam ohne weiteren Verzug auf sein Anliegen zu sprechen.

Auf sein Telegramm hin hatten Thompson und Farringdon sich vorbereitet und eine Reihe von Leuten befragt. »Was wir Ihnen an Information geben können, ist höchst dürftig, aber wir raten Ihnen sehr, doch selbst mit unseren Grabungshelfern zu sprechen. Es könnte sich lohnen. Zwischen Hosr und Tigris scheint es niemanden zu geben, der von den beiden, die trotz der Kämpfe hier gegraben haben, nicht gehört hat. Wir haben ja eine Menge Christen hier, da wird eine solche Geschichte zwischen einem Muslim und einer Christin schnell zur Legende. *Die Liebenden von Ninive.* Noch dazu mitten im Krieg. Die Frau heißt bei unseren Arabern nur *Semiramis auf dem weißen Kamel.*«

Semiramis. Ischtar. Königin und Göttin. Bombastische Ehren für eine Frau, die Percy – von rotbraunen Locken und langen Beinen abgesehen – eher gewöhnlich vorgekommen war. Wenn man ihr erlaubt hätte, gewöhnlich und nichts als eine Frau zu sein – wäre ihr Einfluss auf die Männer in ihrem Dunstkreis dann weniger toxisch gewesen? Was hatte sie für die Männer in ihrer Umgebung zu einer derart toxischen Droge gemacht?

»Wir werden das wohl nicht mehr herausfinden«, hatte Ariadne gestern gesagt, als sie nach der Ankunft, ebenfalls auf ihrem Balkon, eine Flasche Wein – und gut die Hälfte einer zweiten – geteilt hatten und er ihr die Frage gestellt hatte. »Wenn Sie mich fragen, so glaube ich nicht, dass sie toxisch war. Toxisch war höchstens die Zeit. Sehr rasant, sehr gierig, unersättlich und furchtlos. Ein bisschen wie diese jetzt. Wie alle Zeiten, die ihr Ende in sich spüren. Oder ist das zu pathetisch?«

»Ist es in der Tat«, sagte Percy. »Zeiten spüren nichts. Sie werden von Menschen gemacht.«

Hinter der Bärbeißigkeit verbarg er seine Verblüffung. Noch hatte er nicht zur Gänze begriffen, dass die beiden es tatsächlich bis nach Mossul geschafft hatten. Sie hatten auf eigene Faust hier gegraben, ehe sie – wie Thompson und Farringdon ihm zweifelsfrei darlegten – auf dem Weg in ein Lager rebellischer Beduinen von osmanischen Truppen erschossen worden waren. Womit genau sie sich beschäftigt hatten, wussten die beiden

Archäologen nicht. »Wir nehmen an, sie waren einfach leidenschaftliche Altertumskundler, die diese Stätte faszinierte.«

Aber Percy wusste es, und er hätte nicht sein Leben der Altorientalistik verschrieben, wenn dieses Wissen nicht in ihm gebohrt hätte: Hatten sie zur Lage der Hängenden Gärten tatsächlich etwas herausgefunden? Und wenn ja, würde es sich wiederfinden lassen? Britische Truppen hatten Mossul erst 1918, nicht lange vor Kriegsende, zurückerobert. Teile des Ausgrabungsgeländes lagen verschüttet, und eine eventuelle Entdeckung mochte verloren sein.

Verloren wie Christopher, der es nicht bis hierher geschafft hatte.

»Was genau geschehen ist, werden wir nicht erfahren«, hatte Ariadne gestern gesagt. »Ihnen hat er zu diesem Zeitpunkt keine Briefe mehr geschickt, nicht wahr?«

Percy hatte nur den Kopf schütteln können. »*Wenn du nicht aufhören kannst, wenn du süchtig danach bist, dich selbst zu zerstören, dann tu es fortan ohne mich als dein Publikum*«, hatte er Christopher im Frühjahr 1917 geschrieben. Daraufhin war keine Antwort mehr eingetroffen. Die Reue war eine Woge, die über Percy hinwegzufluten drohte. Warum nur durften in Wut hingeschmierte Worte die letzten werden, warum löschten diese letzten alle früheren aus?

Ariadne hingegen hatte noch einen Brief erhalten. »Mir schrieb er, er müsse nach Mossul, die Sorge um Senta bringe ihn um. Er hatte den deutschen Professor in Babylon in die Irre geführt, fürchtete aber, der sei ihm inzwischen auf die Schliche gekommen und selbst nach Mossul unterwegs. Also reiste er in aller Eile ab, um ihn aufzuhalten. Neben der Angst, der Professor werde Senta etwas antun, fürchtete er, er könnte ihm den Jungen wegnehmen, der offiziell als sein Kind galt. Deshalb brachte er ihn unter dem Namen *Isaac Justus Ishmael Christian* auf dem neuen Stützpunkt in Hinaidi unter. Falls er nicht zurückkomme, so schrieb er, solle ich den Jungen zu mir nach England holen. Unter keinen Umständen dürfe ich gestatten, dass er dem Professor in die Hände fiele.«

Percy hatte schlucken müssen. »Sie sind eine Heldin, Ariadne. Ganz im Gegensatz zu mir.«

Sie hatte die Schultern hochgezogen. »Natürlich hatte ich augenblicklich den gleichen Gedanken, die gleiche Hoffnung wie Sie. Chris hatte geschrieben, der Junge sei ein feiner kleiner Bursche und er betrachte ihn als sein Patenkind, doch in mir war diese Stimme nicht zum Schweigen zu bringen: Wenn Chris ihm unseren Namen gibt, dann muss er doch sein Sohn sein! Aber so war Chris nicht mehr. Er hatte sich verändert. Den Jungen liebte er, weil er Sentas Sohn war, er hatte ihn einfach ins Herz geschlossen und hätte gern für ihn gesorgt.«

Stattdessen war er mit dem deutschen Professor irgendwo zwischen Bagdad und Mossul ums Leben gekommen. Wie, wusste niemand. Sämtliche Nachforschungen, die Ariadne im Lauf der Jahre angestellt hatte, waren im Sande verlaufen.

»Allgemein geht man davon aus, sie hätten sich eine Schießerei geliefert und wären beide verblutet. Vielleicht war es so. Alles, was Christopher noch wollte, war ja, Senta und den Jungen zu schützen, und am Ende war er aufgrund von Krieg und Hitze und Raubbau an seinem Körper wohl wirklich nicht mehr bei Verstand.«

Senta und den Jungen, dachte Percy. *Und dieses Land.* Wenigstens das hatte er auf dieser Reise erkannt: dass das Land denen, die es ihm gestatteten, unter die Haut ging. Christopher hatte der Verrat, der dem Land bevorstand und den er mitgetragen hatte, auf der Seele gelegen. Vielleicht hatte er vorgehabt, die Araber, die sich vor Mossul zusammenzogen, zu warnen. Stattdessen hatten ein halbes Jahr später die Russen, die von ihrer Revolution aus dem Krieg katapultiert wurden, den Sykes-Picot-Coup aufgedeckt. Zu spät für die Araber, denen nur die

Wahl blieb, an der Seite der Alliierten weiterzukämpfen oder sich von osmanisch-deutscher Seite zermalmen zu lassen.

»Aber ich mag das nicht glauben«, hatte Ariadne gesagt.

»Was?«

»Dass Chris und der Professor sich gegenseitig erschossen haben. Eher kommt es mir vor, als hätten sie füreinander fast so etwas wie Sympathie entwickelt. Geteiltes Leid und so weiter. Sie saßen im selben Boot. Ich stelle mir vor, sie sind zusammen gestorben. Krank geworden, verdurstet oder zwischen die Fronten der kämpfenden Parteien geraten.«

»Wäre Ihnen das lieber?«

»Vielleicht. Für mich stehen nur zwei Dinge fest: Was immer Sie getan haben, Percy, was Senta Zedlitz, was der Araber getan hat – Geschichten wie diese, in denen Menschen verrückt spielen, enden kaum je tödlich, wenn nicht die Welt verrückt spielt. Und das Zweite: Ich habe kein Grab für meinen Bruder, und dieses Schicksal teile ich mit ziemlich vielen Schwestern meiner Generation. Ich wünschte, es stünde keiner neuen Generation von Schwestern bevor, nicht zu wissen, wo ihre Brüder begraben liegen.«

Dass dies ein ebenso frommer wie vergeblicher Wunsch war, wussten sie beide. Auf der Titelseite der *Times,* die in Thompsons Grabungshaus auf dem Teewagen lag, war der in eine Menschenmasse brüllende Hitler abgebildet, der die Faust zum Himmel reckte. Percy würde Ariadne und dem Jungen auch kein Grab für dessen Eltern bieten können. Aber zumindest konnte er ihnen das wenige weitergeben, das Thompson und Farringdon ihm über die Umstände von deren Tod berichtet hatten. Und überdies hatte er dem Jungen ein Angebot zu machen.

»Der Mann, mit dem Sie vor allem sprechen sollten, heißt Djamal«, riet ihm Farringdon. »Unser ältester Grabungshelfer, ein Syrer. Er muss über neunzig sein und hat die auf einem weißen Kamel reitende Semiramis und ihren Liebsten noch gekannt.«

»O ja, sprechen Sie mit Djamal«, schloss Thompson sich an, nachdem sein arabischer Diener den Teewagen mit der Cognac-Karaffe und dem Hitler-Titelfoto aus dem Zimmer gefahren hatte. »Ich bedaure, dass wir Ihnen nicht weiterhelfen können, aber es war eine Freude, Sie bei so guter Gesundheit zu sehen. Wenn Sie Interesse haben, den aktuellen Stand unserer Grabung zu diskutieren, würden wir uns natürlich geehrt fühlen.«

»Ich nicht mehr«, erwiderte Percy. »Man sollte seinen Zenit kennen und ihm Achtung zollen. Aber den jungen Mann, über den wir gesprochen haben, werde ich Ihnen schicken.« Von den Hängenden Gärten sagte er nichts. Das war Ishmaels Sache, nicht seine.

»Jederzeit gern, wenn Sie ihn uns ans Herz legen. Sie sind Taufpate, habe ich das richtig verstanden? Darf ich sagen, dass mich das überrascht und für Sie freut?«

»Ein Kerl wie der kann die halbe Welt als Taufpaten brauchen«, brummte Percy und verabschiedete sich. Von dem Fahrer, den das Hotel ihm besorgt hatte, ließ er sich an die Adresse im nordöstlichen Vorort al-Zahra bringen. Der Fahrer bot sich als Dolmetscher an, doch wie nicht anders erwartet, erwies die Verständigung mit dem Greis aus Syrien sich als wenig ergiebig. Zwar schien Djamal noch bedeutend beweglicher als Percy, doch die Segnungen britischer Zahnheilkunde waren ihm versagt geblieben, und dem Gemümmel über zwei Stummel war kaum Brauchbares zu entnehmen. Stattdessen überließ der Alte seinem Gast jedoch etwas, das keiner Erklärung bedurfte.

Percy war es zufrieden. Auch die weitere Befragung des syrischen Greises konnte er dem Jungen überlassen. Seinen Teil hatte er erledigt, hatte etwas Besseres bekommen als Worte, und zudem hätte er längst wieder im Hotel sein sollen.

Ariadne nahm die Burgunderflasche beim Hals und schwenkte sie tadelnd, als er auf den Balkon trat. »Sieh an, Professor Russell, die Pünktlichkeit in Person«, bemerkte sie spitz. »Das Eis in diesem Kühler musste ich bereits dreimal auswechseln lassen.«

Das vom Schatten der Palme gedämpfte Licht, das über den Balkon fiel, hatte etwas berückend Schönes. Es war nicht heiß, nur angenehm mild, auf dem Bauch der Flasche glitzerten Tropfen, und unter ihnen bewegte sich das Leben Mossuls zu Fuß, auf Eseln, in Karren und Automobilen wie ein breiter Blutstrom flussaufwärts. »Ich bitte um Vergebung«, sagte Percy und verbeugte sich, so tief sein Rücken es erlaubte.

»Dass ich Sie so etwas in meinem Leben noch aussprechen höre, ist die Wartezeit wert.«

»Ich spreche gleich noch ganz andere Dinge aus«, erwiderte Percy. »Aber nur, wenn Sie die Freundlichkeit besitzen, diesen Wein einzuschenken, ohne den Kellner zu bemühen.«

Ariadnes Gesichtsmuskeln spannten sich. Percy nahm ihr die Flasche ab und schenkte die Gläser randvoll, wie Christopher es getan hätte.

»Darf ich Ishmael rufen? Er sitzt unten in der Halle schon viel zu lange und liest Zeitungen.«

»Wenn er über denen noch drei Minuten länger sitzt, wird er daran nicht sterben«, versetzte Percy. »Andernfalls ist er für das, was ich ihm anzubieten habe, nicht gemacht und bewirbt sich besser in meinem Institut als Schreibtischtäter. Was ihn vor einer Einberufung nicht bewahren würde. Im Ernstfall, meine ich.«

»Percy ...«

»Lassen Sie mich ausreden«, sagte er und trank einen großen Schluck Wein. »Ansonsten bin ich nämlich keinesfalls sicher, dass ich das, was ich mir vorgenommen habe, zu Ende bringe. Ich sage es Ihnen und sonst keinem, anschließend kümmere ich mich um die Formalitäten und bin aus dem Schneider. Es dem Jungen mitzuteilen, überlasse ich Ihnen. Für tränenreiche Rührstücke war ich schon mit zwanzig zu alt.«

Er trank den Rest Wein aus seinem Glas und räusperte sich, bis seine Kehle frei war. Dann hielt er die kurze Rede, die er sich so oft zurechtgelegt hatte, dass es ihm vorkam, als läse er sie ab.

»Mein Kollege Thompson hat sich bereit erklärt, den Jungen hierzubehalten, was für den Anfang nicht schlecht ist. Wenn er allerdings mit leeren Händen kommt, wird er selbstständig keine Untersuchungen vornehmen können und muss sich damit abfinden, dass sämtliche Funde zu Thompsons Auftraggeber, ins British Museum, abtransportiert werden. Zweifellos sind sie dort so sicher wie in der Bank von England. Auch im Ernstfall. Für den Stein von Rosette und die *Lamassu* von Nimrod existieren präzisere Evakuierungspläne als für die Bewohner der Brick Lane. Was dagegen hier mit den Kunstschätzen geschehen wird, male ich mir lieber nicht aus, aber sei's drum. Darüber zu entscheiden, maße ich mir nicht länger an.«

»Percy, ich bin ganz sicher, dass Ishmael so weit gar nicht denkt. Er will erst einmal einfach hier arbeiten, wo seine Eltern gearbeitet haben, und er wird Ihnen unendlich dankbar sein.«

»Sie sollen mich ausreden lassen, Ariadne.«

»Ich bitte um Verzeihung.«

Percy nahm ihr Glas und trank. »Ich habe mich also entschlossen, das Vermögen meiner Familie, für das es keinen natürlichen Erben gibt, in die *Christopher-Christian-Stiftung zu Erforschung und Erhalt von mesopotamischem Kulturgut in situ* zu überführen. Und ich habe vor, Ihren Isaac-Justus-Ishmael als Alleinvorstand einzusetzen. Ich habe diesem Land keine Liebe entgegenbringen können, aber das heißt ja nicht, dass ihm keine gebührt. Wenn also der Junge es kann und mein Geld in Christophers Namen darauf verwenden will, dann soll es so sein. Britisches Vermögen, das in arabischem Wüstensand versickert – in gewisser Weise besitzt das womöglich sogar eine Art von ausgleichender Gerechtigkeit.«

»Sie sind verrückt, Percy. Sie sind vollkommen verrückt.«

»Ich hatte mir tränenselige Rührstücke verbeten. Rufen Sie am Empfang an, und lassen Sie den Jungen heraufschicken. Der Rest liegt bei Ihnen. Ich habe noch eine Übergabe zu machen, dann verschwinde ich.«

Der Gegenstand, den der Greis Djamal ihm gegeben hatte, war in einen der unappetitlichen Fetzen gewickelt, den sich Männer hier um ihre Köpfe knoteten. Den Moment auskostend, befreite Percy ihn daraus, als der Junge ins Zimmer trat. Er wirkte verschwitzt und erregt und hielt eine Zeitung in der Hand. »Die Mittagsausgaben sind gerade gekommen. Hitler hat durchgesetzt, dass das Memelland an das Deutsche Reich übergeben wird, und in Danzig hat er die Schutzpolizei in Alarmbereitschaft versetzt.«

»Jetzt vergessen Sie für den Moment mal Hitler«, sagte Percy. »Der läuft Ihnen ja leider nicht weg.«

Der Junge verharrte. Ariadne nahm seinen Arm und führte ihn weiter. Percy wartete, bis die beiden auf den Balkon traten, und kam sich vor wie sein Vater vor einer halben Ewigkeit an Weihnachten. Oder zumindest wie sein Taufpate, Onkel Leonard, den er recht gern gehabt hatte.

Er zog das Tuch weg und setzte den Gegenstand auf den Tisch. Das Fell des Bären war abgewetzt, schmutzig, zerrissen. Ein Ohr fehlte, und eine Pfote war aufgeplatzt, aber das Design war so stimmig, dass sich noch immer erkennen ließ, um was für ein Tier es sich handelte. Deutsche Wertarbeit, bewahrt in arabischem Sand.

»Es wird niemals möglich sein, alles, was in Kriegswirren verloren geht, gestohlen wird oder in falsche Hände gerät, dem rechtmäßigen Besitzer zurückzugeben«, sagte Percy zu dem Jungen, der stand wie erstarrt. »Aber das heißt ja nicht, dass wir es nicht versuchen sollten.«

Er machte eine Pause und schob den Bären in Ishmaels Richtung. »Ich versuche es hiermit. Wenn ich nicht irre, gehört das hier Ihnen.«

Glossar

Adhan. Islamischer Gebetsruf, der fünfmal täglich auf Arabisch erfolgt.

Araba. Überdachter, meist von Ochsen gezogener, ungefederter Karren mit Bankreihen.

al-Arab. Der Name, mit dem Beduinen sich überwiegend selbst bezeichnen. Der Begriff bedeutet »Menschen, die deutlich sprechen«.

Ashmolean Museum. Das seit 1633 bestehende und 1677 an die Universität Oxford übergebene Museum ist das älteste Universitätsmuseum der Welt. Neben anderen Bereichen verfügt es über eine bedeutende archäologische Abteilung, die sich vor allem durch die minoischen Funde des Archäologen Arthur Evans auszeichnet.

Babel-Bibel-Streit. Durch den Altorientalisten Friedrich Delitzsch ausgelöster wissenschaftlicher Diskurs des frühen 20. Jahrhunderts. Delitzsch hatte 1902 in einem Vortrag vor der Orientgesellschaft erklärt, das Alte Testament der Bibel sei auf babylonische Wurzeln zurückzuführen, wogegen vor allem konservativ-christliche und jüdische Theologen heftigen Protest einlegten.

Baharat. Aromatische Gewürzmischung aus Kreuzkümmel, Zimt, schwarzem Pfeffer, Muskat, Koriander, Minze und anderen, individuell gewählten Zusätzen.

Bait sharar. Arabisch: Haus aus Haar. Zelt aus dem Fell schwarzer Ziegen, wird von Beduinen benutzt.

Bakschisch. Aus dem Persischen stammendes Wort für Geschenk, im gesamten Gebiet des ehemaligen Osmanischen Reiches für Schmiergeld verwendet.

Beduinen. In Stämmen lebende Wüstennomaden der Arabischen Halbinsel und angrenzender Gebiete, die sprachlich wie ethnisch als Araber zu charakterisieren sind, sich von sesshafter Bevölkerung stark abgrenzen und ein Selbstverständnis als traditionsbewusste Elite pflegen. Beduinen bezeichnen sich selbst als *arab*, gehören in aller Regel dem islamischen Glauben an und führen ihre Herkunft auf Ismael zurück.

Berliner Luft. Dessertcreme aus Eigelb.

Bilingue. In zwei Sprachen abgefasster Text, der zur Entschlüsselung einer noch unbekannten Sprache hilfreich ist. Ein in drei Sprachen abgefasster Text wie der *Stein von Rosette* ist dementsprechend eine Trilingue.

Bleichröder, Bankhaus. In Berlin-Mitte gelegene Privatbank, die seit 1803 bestand und im 19. Jahrhundert zu den wichtigsten deutschen Investoren im Osmanischen Reich zählte. Zwar wurde *Bleichröder* vor der Jahrhundertwende aus den lukrativen Geschäften, namentlich der Bagdadbahn, herausgedrängt, man hielt jedoch nach wie vor Investitionen dort.

Bodleian Library. Wichtigste Forschungsbibliothek der Universität von Oxford, eine der sechs Pflichtexemplarbibliotheken Großbritanniens, in der jedes im Land gedruckte Werk hinterlegt wird.

CIWL. Compagnie Internationale des Wagons-Lits. Internationale Schlafwagengesellschaft, die den Orientexpress ins Leben rief und betrieb.

Dar-ül Fünun. »Haus der Wissenschaften«. Erste Universität nach europäischem Verständnis, die im Osmanischen Reich gegründet wurde. Nach zwei fehlgeschlagenen Versuchen nahm die Universität im Jahr 1900 in Istanbul endgültig ihren Lehrbetrieb auf. Sie wurde 1933 aufgelöst bzw. ging in die Universität Istanbul über.

Deutsche Orient-Gesellschaft. 1898 von dem Berliner Textilgroßhändler James Simon gegründet, sollte diese Gesellschaft Forschungen im Bereich orientalischer Altertumskunde fördern und deren Ergebnisse der breiten Öffentlichkeit zugänglich machen.

Dragoman. Dolmetscher, vorwiegend für Arabisch, Persisch und Türkisch, häufig auch Reiseführer.

Du'a. Persönliches Bittgebet des Islam, steht im Gegensatz zu den vorgeschriebenen fünf täglichen Gebeten, dem *Salāt.*

Dulaim. Arabischer Stamm, der bereits seit vorislamischer Zeit auf dem Gebiet des heutigen Irak und umliegenden Ländern ansässig ist. Die Dulaim sind Sunniten, die meisten von ihnen leben an den Ufern des Euphrat, südlich von Bagdad. Da der Stamm sich seit dem 18. Jahrhundert weigerte, den osmanischen Beamten Steuern zu entrichten, kam es zu zahlreichen Kämpfen. Die Dulaim galten bis in die Zeit des Ersten Weltkriegs hinein als gut bewaffnet und kampferfahren.

Effendi. Respektvolle Anrede, dem englischen *Sir* entsprechend und dem Namen nachgestellt. Im Osmanischen Reich bezeichnete *Effendi* außerdem mittlere Beamte und Offiziere der unteren Ränge.

Epitheton. Griechisch: »das Hinzugefügte«, Attribut. Bei Gottheiten: Beiname.

Etemenanki. Vermutlich vor dem 12. Jahrhundert vor Christus errichtete *Zikkurat* in Babylon, die dem Stadtgott *Marduk* gewidmet war. Der *Etemenanki* dürfte eine Höhe von mehr als neunzig Metern gehabt haben. In ihm wird allgemein der berühmte Turm zu Babel des Alten Testaments vermutet. Sein Name ist sumerisch und bedeutet »Haus des Fundaments von Himmel und Erde«. Die Überreste des *Etemenanki* wurden

1900 von Robert Koldewey aufgefunden und dreizehn Jahre später ausgegraben.

Everest & Jenning. Britisches Unternehmen, das Anfang der 1930er-Jahre zusammenklappbare Rollstühle entwickelte.

Funduq. Auch *Khan* oder Karawanserei. Seit dem 10. Jahrhundert an den Straßen von Karawanen entstandene Herbergen mit einem ummauerten Innenhof, in der Regel zweigeschossig, wobei im unteren Geschoss die Tiere der Reisenden untergebracht waren.

Furwah. Mit Schaffell gefütterter Beduinen-Mantel.

Ghasu. Beduinen-Überfall.

Gilgamesch-Epos. Sammlung literarischer Texte aus dem babylonischen Raum. Eine der ältesten bekannten schriftlichen Dichtungen. Erzählt wird vom Leben des Gilgamesch, des legendären Königs der sumerischen, später babylonischen Stadt Uruk.

Gluteus maximus. Größter der menschlichen Gesäßmuskeln.

Han. Kleinerer Gasthof im Osmanischen Reich, meist ohne Hof, doch wie ein *Funduq* mit einem Untergeschoss für die Tiere der Reisenden ausgestattet.

Hohe Pforte. Allgemein in Europa verwendeter Beiname für die Osmanische Regierung, ursprünglich Bezeichnung der Eingangspforte des Sultanspalasts in Istanbul.

Hornviper. Mittelgroße, gedrungene, nacht- und dämmerungsaktive Viper, deren Variante Wüsten-Hornviper auf der Arabischen Halbinsel beheimatet ist. Charakteristisch sind die beiden Schuppendornen oberhalb der Augen und die sandgelbe Tarnfarbe.

Ischtar. Nicht nur eine der bedeutendsten, sondern auch der komplexesten Gottheiten des mesopotamischen Pantheons. In Babylon, wo ihr als Morgen- und Abendstern gehuldigt wurde, war sie die wichtigste weibliche Gottheit überhaupt. Die *Ischtar* Babylons und Assyriens, häufig auch mit dem Epitheton *lab-*

batu, Löwin, verehrt, entspricht der sumerischen Innana. Ischtar, deren Symbol ein Stern mit acht Zacken ist, ist zugleich die Göttin des Krieges und des sexuellen Begehrens, was ihr immense Machtfülle sowie zwei verschiedene Mittel zur Eröffnung von Konflikten verschafft. Sie gilt als Gründerin Ninives.

Jungtürken. 1876 gegründete politische Bewegung des Osmanischen Reichs, die zunächst Liberalisierungen anstrebte. Hatten der Bewegung zunächst Vertreter verschiedenster Ethnien angehört, so setzte der nationalistische Flügel sich letztendlich durch und stellte das »Komitee für Einheit und Fortschritt«, das die Revolution von 1908 anführte. Mit kurzer Unterbrechung hatte das Komitee bis 1918 die Regierungsmacht im Reich inne.

Kafir, Plural: *Kuffar,* weiblich: *Kafira.* Arabisch: Ungläubiger.

Kavuklu. Türkisch: Der mit dem Turban. Tollpatschig-vertrottelte Figur des *Orta Oyunu,* des türkischen Straßentheaters, bekleidet mit der altmodischen Tracht aus *Kaftan, Salvar* und *Kavuk.*

Keffieh. Um den Kopf gewundenes Tuch.

Khubz. Traditionelles, nicht völlig flaches Brot des Mittleren Ostens.

Khuwwa. Arabisch: Bruderschaft. Tribut bzw. Schutzgebühr, die verschiedene Beduinenstämme – darunter die *Ruwallah* – von Siedlern und Karawanen forderten, damit sie sie vor den Überfällen anderer Stämme schützten.

Kibbeh. Aus Bulgur, Fleisch und beliebigen weiteren Zutaten geformte Kugeln, die ausgebraten oder über dem Feuer geröstet werden.

Königlich-Preußische Akademie der Wissenschaften. Seit 1700 bestehende Akademie, in der sich als weltweit erster Akademie Natur- und Geisteswissenschaften vereint fanden.

Laban. Arabisches Sauermilchprodukt, das durch Einrühren von einem Rest des fertigen Produkts in lauwarme Milch in etwa vier Stunden frisch erzeugt werden kann. Wichtiger Bestandteil der Nahrung, der aus der Milch von Kühen, Schafen, Ziegen, aber auch häufig von Kamelen hergestellt wird und äußerst vielfältig, meist als Zugabe zu Fleisch, Hülsenfrüchten und Gemüse, verwendet wird. In der entwässerten Form *Labaneh* hat er eine quarkähnliche Konsistenz und wird als Vorspeise serviert.

Lahmajoun. Dünner Hefeteig, belegt mit Gemüse, Gewürzen und zuweilen auch Fleisch.

Lamassu. Babylonische Schutzgottheit bzw. schützender Dämon, der zumeist weiblich empfunden wird. Monumentale Steinskulpturen dieser Hütergestalt, die auf dem Körper eines Stieres einen menschlichen Kopf und Flügel aufweist, finden sich häufig vor den Toren von Palästen, so unter anderem in Ninive.

Leaping Horn. Drei-Horn-Sattel, in England seit dem 18. Jahrhundert entwickelte Form des Damensattels, der diese Art des Reitens deutlich sicherer machte und sich im 19. Jahrhundert auch in Kontinentaleuropa zu verbreiten begann.

Lokum. Türkische Süßigkeit aus Sirup.

Luwisch. Im 1. und 2. vorchristlichen Jahrtausend am weitesten verbreitete anatolische Sprache, die sowohl in Keilschrift als auch in Hieroglyphen geschrieben und ab 1919 als eigenständige Sprache erkannt und erforscht wurde.

Ma'dan. Beduinen, die im Marschland bis hin zum Zusammenfluss von Euphrat und Tigris vorwiegend von Fischfang und Ackerbau leben und schiitischen Glaubens sind. Auch: Marscharaber.

Madrasa. Arabisch: »Ort des Studiums«. Schule für islamische Studien, seit dem 10. Jahrhundert bestehend.

Marduk. Stadtgott von Babylon, später durch Hammurapi zum Hauptgott des Pantheons erklärt.

Mhalabia. Pudding aus Maismehl und Orangenblütenwasser.

Misbaha. Gebetskette.

Morbus Menière. Unheilbare und ursächlich unbekannte Krankheit des Innenohrs, die Schwindelgefühle, Hörschwäche und dem Tinnitus ähnliche Phantomgeräusche verursacht.

Müdür. Hoher Verwaltungsbeamter im Osmanischen Reich.

Muharram. Erster Monat des islamischen Kalenders, der Aschura-Riten, die Trauertage um den ermordeten Iman al-Husain, enthält. (Nach schiitischer Lehre wurden mit einer Ausnahme alle Imane ermordet.)

Muschuschu. Mythologisches Geschöpf Babylons mit dem Kopf einer Hornviper, dem Vorderteil einer Raubkatze, dem Hinterteil eines Raubvogels und dem stachelbewehrten Schwanz eines Skorpions. Der *Muschuschu* ist das Symboltier des babylonischen Stadtgottes Marduk.

Müze-i Hümayun. Türkisch: »Museum des Imperiums«. 1881 von Osman Hamdi Bey gegründetes, erstes Museum auf dem Boden der heutigen Türkei. Im Viertel Sultanhamet von Konstantinopel gelegen, heute das Archäologische Museum Istanbul.

Naga. Säugende Kamelstute.

Osmanischer Lloyd. Von der Deutschen Botschaft in Konstantinopel sowie dem Auswärtigen Amt herausgegebene, im Osmanischen Reich erscheinende und von deutschen Bankhäusern und Unternehmen wie Krupp und Bleichröder finanzierte Zeitung. Teil der Strategie, den deutschen Einfluss im Reich zu stärken.

Para. Osmanische Währungseinheit. Vierzig Para ergaben einen *Qirsch.*

Peg's Paper. Britische Wochenzeitschrift für Frauen, die von 1919 bis 1940 erschien und sich mit Themen wie romantischer Liebe, Filmstars und Lebensberatung explizit an die Frauen der ärmeren Schichten richtete.

Pera Palace. Eigens für die Gäste des Orientexpress errichtetes Luxushotel in Konstantinopel.

Pilaw. Orientalisches Reisgericht, mit Brühe, Zwiebeln sowie nach Belieben Fleisch- und Gemüsesorten zubereitet. In Bagdad seit dem 13. Jahrhundert nachgewiesen.

Pinches. Als »der *Pinches*« werden die Standardwerke bezeichnet, die der britische Assyriologe Theophilus Pinches zu assyrischer Grammatik (1910) und babylonischer Keilschrift (1880) verfasste und die zu Koldeweys Zeit praktisch die einzigen Nachschlagewerke beim Umgang mit mesopotamischen Keilschrifttexten darstellten.

Ponton. Schwimmkörper für Schiffbrücken.

Preußisches Herrenhaus. Erste Kammer des preußischen Landtags, bildete zusammen mit der zweiten Kammer, dem preußischen Abgeordnetenhaus, die preußische Legislative. Tagte seit 1851 in der Leipziger Straße.

Qirsch. Osmanische Währungseinheit, dem europäischen Piaster entsprechend und eingeteilt in *Para*. Anfang des 20. Jahrhunderts war die osmanische Lira bereits gebräuchlicher.

Rafik. Arabisch: Kamerad, Freund, Begleiter.

Rahab. Violine der Beduinen, besitzt nur eine Saite und wird mit einem stark gekrümmten Bogen gespielt.

Reitschürze. Ende des 19. Jahrhunderts in England entwickelter, speziell für das Reiten im Damensattel vorgesehener Rock, der zwar bis auf den Fuß der Reiterin fiel, aber knapp geschnitten war, sodass verhindert wurde, dass bei einem Sturz weit fallender Stoff am Sattel hängen blieb, was zuvor für schwere Verletzungen bei Reiterinnen gesorgt hatte.

Ribas. Wilder Rhabarber.

Ruwallah. Beduinenstamm, den *Anazzah* zugehörig, überwiegend im Norden der Arabischen Halbinsel und auf dem Gebiet der heutigen Länder Syrien, Jordanien und Irak angesiedelt. Die zu der Zeit größtenteils bewaffneten *Ruwallah* nahmen am Aufstand gegen die Osmanen von 1916 teil. Viele von ihnen sind Schiiten und leiten ihre Herkunft von Abrahams Sohn Ismael her.

Salāt. Rituelles, fünfmal täglich gen Mekka zu verrichtendes Gebet des Islam, höchste Pflicht der Muslime.

Şadirvan. Reinigungsbrunnen vor Moscheen.

Sardanapal. Möglicherweise letzter König des assyrischen Reiches, der häufig mit dem babylonischen König *Šamaš-šuma-ukin* gleichgesetzt war, der sich vermutlich während der Eroberung seiner Stadt in seinem brennenden Palast das Leben nahm. Eine Ballett-Pantomime mit dem Titel *Sardanapal, die letzten Tage von Ninive* ließ der orientbegeisterte Kaiser Wilhelm II. im Spätsommer des Jahres 1908 in der Königlichen Oper Berlin aufführen. Dazu hatte er sich von führenden Assyriologen beraten und die imposanten Bühnenbilder von Walter Andrae anfertigen lassen, der bei der Grabung in Babylon bis 1903 Robert Koldeweys Partner gewesen war. *(Anmerkung der Autorin: Aus dramaturgischen Gründen habe ich mir erlaubt, diese Aufführung um zwei Jahre nach hinten zu verschieben. Da das Babylon-Fieber des Kaisers und seiner Hauptstadt sich inzwischen sogar noch gesteigert hatte, hielt ich es für legitim.)*

Schildhorn. Bewaldete Landzunge am östlichen Ende der Havel, beliebtes Berliner Ausflugsziel.

Shanashil. Speziell im irakischen Raum verwendeter Begriff für das ansonsten *Maschrabiyya* genannte Merkmal islamischer Architektur. Ein dichtes, kunstvoll geschnitztes Gitterwerk, als Sichtschutz vor Erkern, Fenstern und Balkonen benutzt, sodass sich die Frauen dahinter vor Blicken verbergen und dennoch dem Treiben auf der Straße zusehen konnten.

Slup. Einmastige Segeljacht.

Somerville College. Nach der Mathematikerin Mary Somerville benanntes College der Universität Oxford, 1879 als eines der ersten Colleges für Frauen gegründet.

Suffragette. Britische Frauenrechtlerin des beginnenden 20. Jahrhunderts, in der Regel organisiert. Vom englischen Wort *suffrage* = Wahlrecht abgeleitet.

Sumerisch. Altorientalische Sprache der Sumerer, vermutlich älteste Schriftsprache der Welt. Man bezeichnet das Sumerische als isolierte Sprache, weil es mit keiner uns bekannten Sprache verwandt ist.

Takhtarawan. Aus Syrien stammende, von Maultieren getragene Sänfte.

Teddybär. Stofftiere der Firma Steiff gibt es seit 1880, und die kleine Cathrin Zedlitz könnte eine solche Neuheit 1882 von ihren Eltern zu Weihnachten bekommen haben. Diese Spielzeugtiere waren aber keine Bären – die gibt es bei Steiff erst seit 1902 –, sondern Elefanten, Hunde, Katzen und Schweine. Die sind auch alle wundervoll – aber eine Kindheit ohne Bären kann ich mir nicht vorstellen. Ich bitte deshalb um Entschuldigung dafür, dass ich aus dem Stofftier auf dem Schrank meiner Senta leicht anachronistisch einen Bären gemacht habe.

Tannour. Lehmofen, in dem an den Innenseiten das traditionelle Brot des Mittleren Ostens, *Khubz* genannt, gebacken wird.

Turshi. Eingelegtes Gemüse.

Urartäisch. Sprache der Urartäer, deren Reich sich im 1. Jahrtausend vor Christus in der Gegend des Van-Sees in der heutigen Osttürkei befand. Die Sprache wurde im Wesentlichen in den 1930er-Jahren erforscht.

Utrufan. Auch syrischer oder babylonischer Rhabarber. Kräftiges Kraut mit rötlichen Blättern, das von Anatolien bis nach Persien vorkommt. Es wird im Frühling gepflückt, als Salat gegessen und als Gewürz verwendet.

Vali. Generalgouverneur eines *Vilâyets*.

Vilâyet. Provinz des Osmanischen Reichs.

Vossische Zeitung. Seit 1721 erscheinende, überregional gelesene Berliner Zeitung, die liberal-bürgerliche Positionen vertrat und sich in wechselnden politischen Verhältnissen großer Beliebtheit erfreute. Wurde 1934 zwangsweise eingestellt.

Wasm. Brandzeichen für Kamele, häufig am Kopf. Jeder Unterstamm hat sein eigenes Zeichen.

Webley Top-Break. Faustfeuerwaffe. Ordonnanzwaffe der britischen Armee vor dem und im Ersten Weltkrieg.

Zikkurat. In Stufen erbauter mesopotamischer Tempelturm. Das berühmteste Beispiel für diese Architekturform stellt der *Etemenanki* – vermutlich der sogenannte Turm zu Babel – dar.

Zaptiye. Osmanische Polizeiorganisation, die dem Militär unterstellt war.

Quellenhinweis

Übersetzungen/Nachdichtungen von Zitaten aus »Tausendundeine Nacht« und den Gedichten des Abu Nuwas stammen, unter Mithilfe von Jennifer Lewis und Adnan Al-Sayed, von der Autorin. Verwendet wurden dazu die Ausgaben »Kitab Alf Layla Wa Layla« (JiaHu Books 2013) sowie »Der Diwan des Abu Nuwas«, Arabische Ausgabe, Bibliotheca Islamica Band 20e (Klaus Schwarz Verlag, Berlin 2003).

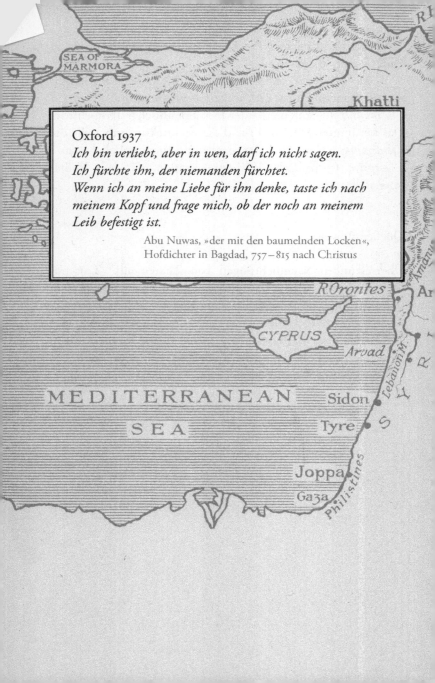

Oxford 1937
*Ich bin verliebt, aber in wen, darf ich nicht sagen.
Ich fürchte ihn, der niemanden fürchtet.
Wenn ich an meine Liebe für ihn denke, taste ich nach
meinem Kopf und frage mich, ob der noch an meinem
Leib befestigt ist.*

Abu Nuwas, »der mit den baumelnden Locken«,
Hofdichter in Bagdad, 757–815 nach Christus

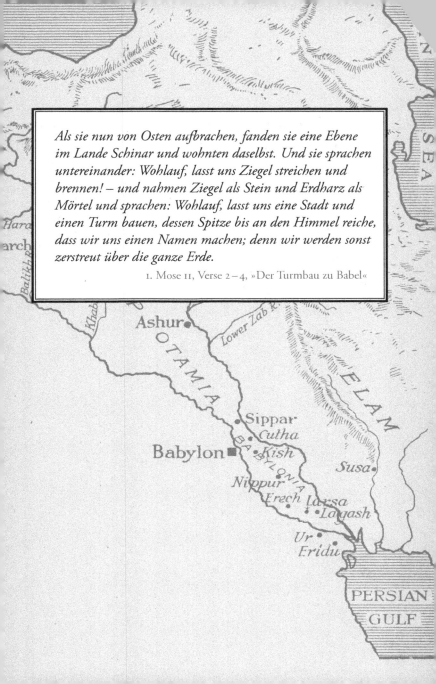

Als sie nun von Osten aufbrachen, fanden sie eine Ebene im Lande Schinar und wohnten daselbst. Und sie sprachen untereinander: Wohlauf, lasst uns Ziegel streichen und brennen! – und nahmen Ziegel als Stein und Erdharz als Mörtel und sprachen: Wohlauf, lasst uns eine Stadt und einen Turm bauen, dessen Spitze bis an den Himmel reiche, dass wir uns einen Namen machen; denn wir werden sonst zerstreut über die ganze Erde.

1. Mose 11, Verse 2–4, »Der Turmbau zu Babel«